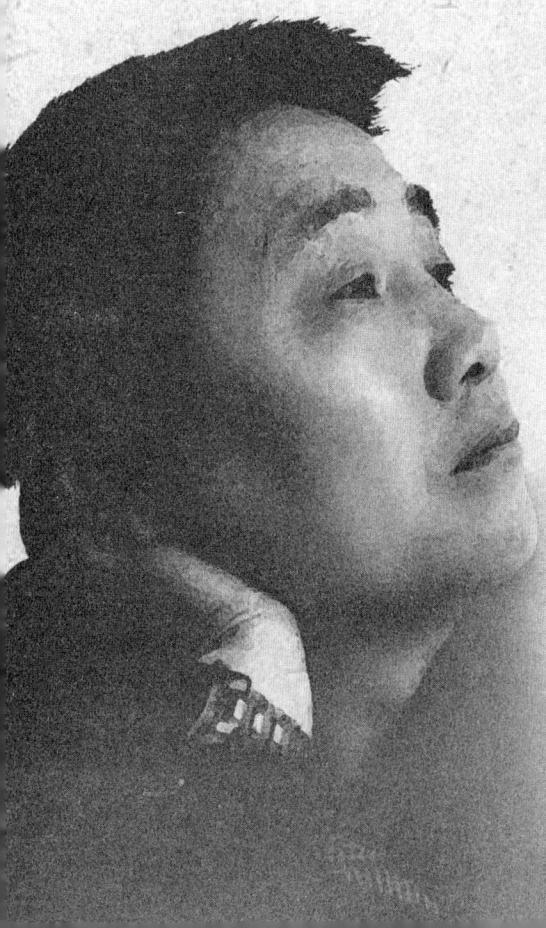

鄱阳湖文学研究

明然◎著

吉林文史出版社

图书在版编目（CIP）数据

鄱阳湖文学研究/ 明然著. –– 长春: 吉林文史出
版社, 2023.6
ISBN 978-7-5472-9462-8

Ⅰ.①鄱… Ⅱ.①明… Ⅲ.①文学研究－江西Ⅳ.
①I209.956

中国国家版本馆CIP数据核字(2023)第107145号

鄱阳湖文学研究
POYANG HU WENXUE YANJIU

出 版 人　张　强
著　　者　明　然
责任编辑　杨　卓
出版发行　吉林文史出版社
地　　址　长春市福址大路5788号
印　　刷　长春市华远印务有限公司
开　　本　700mm×1000mm　1/16
印　　张　25
字　　数　414千
版　　次　2023年6月第1版
印　　次　2023年6月第1次印刷
书　　号　ISBN 978-7-5472-9462-8
定　　价　78.00元

鄱阳湖文学研究之于我

——《鄱阳湖文学研究》自序

　　说起"鄱阳湖文学"这个话题，搁在 2008 年 7 月 18 日以前，之于我来说，完全是一个陌生的文学符号。因为此前，我就从未听说过这样的一个文学概念。

　　7 月 18 日那天，一次偶然的机会让我误打误撞地走进了县政协二楼的小会议室，参加了在那里举办的"鄱阳湖文学研究会"的第一次换届大会。缘于这样的一个原因，我幸运地走进了鄱阳湖文学研究会行列并成为其中的一分子。此刻的鄱阳湖文学研究之于我来说成了我生命中的一部分。

　　在会议结束后的会长办公会上，我作为新当选的副会长接受了一项任务，那就是在接下来的年度工作中，负责执行对会刊《鄱阳湖》文学报的编审工作。

　　就这样，随着时间的推移，在办报的同时，也随着我对《鄱阳湖》文学报编审工作的深入，让我逐步地对"鄱阳湖文学"有了一些明确且较为清醒的认知，故而，就导致我对"鄱阳湖文学"这么一个文学的新名词，对鄱阳湖地域文化的好奇，产生了浓厚的探究兴趣，并借此创办了鄱阳湖文学研究会的大型纯文学会刊《鄱阳湖文学》，以期通过《鄱阳湖文学》这个平台，推动鄱阳湖文学研究事业。这之于我来说，让我对鄱阳湖文学研究产生了极为深度的痴迷与热爱。

　　随着办刊工作的进一步深入下去，我便开始有针对性、有目的性地逐步对鄱阳湖地域文化及地域文学进行系统性、专业性的挖掘和研究。这之于我来说，觉得做这项工作很有文学的现实意义，甚至还可以说，觉得兴许在不远的将来，开展鄱阳湖地域文学的研究于历史的意义上来说，也许有它自身的价值在其中，故而，之于此时的我已经在内心里打算把对鄱阳湖文学的研究工作，当作是自己后半生的事业来做了。

　　故此，今天我手头上这部近五十万字的《鄱阳湖文学研究》文集，就是我这十几年来，通过对鄱阳湖地域文化及其鄱阳湖地域文学开展一系列研究所积累下来的资料和近五年来砚田笔耕的劳动成果。

我们应该知道，在人类的社会活动中，不同的地域有着不同的地域生态环境，不同的生产、生活方式就造成了不同的社会构造，不同的集体意识，不同的人生观念。我国的广阔地域，各地不同的气候、地理条件都相差甚远。自然地理条件的差异与不同，便相应地导致了不同地区人民生活习俗的改变，由此，便形成了各自不同的文化形态。

通过对手头上掌握的现有历史资料研究表明，自然的河流、湖泊，对地域文化、地域文学的发展，是有着举足轻重的意义的。众所周知，历史上最先出现的文明形态，往往都是沿着河流而分布开来的。长江、黄河是中华文明的摇篮，关于这一点是没有人持疑义的。在我国的古代，长江沿线分布有荆楚文化、巴蜀文化、吴越文化，当然也包括鄱阳湖文化。而鄱阳湖文化发展早期，也主要是沿着鄱阳湖流域四散分布的。鄱阳湖流域的地理位置十分特殊和重要。

鄱阳湖是我国的第一大淡水湖，它承纳了赣江、抚河、信江、饶河、修河五大河流的水量，最后在鄱阳湖口进入长江，它每年流入长江的水量甚至超过了黄河、淮河、海河这三河水量的总和注入东海，正是由于鄱阳湖这种连接江西境内主要河流和长江的特殊地理位置，使得鄱阳湖在地域文化的形成与发展历程中起着举足轻重的作用。各个地域文化的发展都面临着与中原文化的交融问题。在鄱阳湖流域之上，虽然早有稻作文明，但鄱阳湖文化是在江左文化南移的环境和影响之下才得以发展壮大起来的。

唐以前，鄱阳河网平原这片土地上，虽然出现过毛苹、徐穉、李朝这样的文化大家，也出现了像聂友、徐整、陶渊明这样的大文学家，但整个流域的经济并不发达，文化也处于一种十分滞后的状况。自唐宋以来，鄱阳湖流域的经济与文化才逐渐地得以兴盛起来，这种现象的出现自然与魏晋以来中国的政治、经济与文化的重心逐渐南移相关。北方政权的相继南移，使得南方不断地得到开发，由此带动经济与文化的逐步兴盛。在这样大的社会背景下，鄱阳湖就成了与外地连接的重要通道，就成了江左文化进入鄱阳湖流域的主要渠道。这样来看，早期的江右文化，主要就是沿着鄱阳湖流域顺理成章地发展起来了。

从鄱阳湖流域的文明遗址来看，鄱阳湖流域星罗棋布的古城与名镇，书院和寺观以及楼台亭阁不计其数，鄱阳湖上的先民们在这里创造出了令人惊叹的稻作文化、陶瓷文化、青铜文化、纺织文化、宗教文化、茶文化、戏曲文化和候鸟文化，形成了与各种资源相对应的产业中心，譬如像瓷都景德镇、木都吴城、茶都浮梁、铜都永平、纸都铅山和银都乐平等等看得见的历史文明。

从文学发展的角度看，自东汉至东晋，鄱阳湖流域见诸史籍的文学家，只有陶侃、聂友、熊远、徐整、邓粲、喻归、熊默、邓忠缶等人，并且，他们中的大多数人集中在豫章与浔阳两个地方。东晋时期，鄱阳湖流域出现了大文学家陶渊明。从陶渊明到中唐，鄱阳湖流域的文学家见诸史籍的只有六个人：新吴的刘眘虚，浔阳的陶岘，南康的綦毋潜，南昌的熊曜、熊暄、余钦。由此可见，自东汉至中唐时期，除南康的綦毋潜外，江右的文学家大都集中在鄱阳湖周边地区，因此，自中唐至宋代，鄱阳湖文学逐渐兴盛起来，进而臻于繁荣。

据《中国文学家辞典》所录，江西文学家在西晋之前是空白；东晋录4人，在全国的排位是与湖北并列第六位；南北朝录6人，在全国排位第九名；隋代空白；唐代前期录1人，与广东、广西并列最后，排位为第十三名；唐代后期录11人，与湖北并列，排位第十一名；五代时录3人，排位与四川、浙江并列第六名；宋辽金时期录文学家156人，其中北宋、辽时期录文学家45人，在全国名列第二。南宋录文学家111人，位居全国第二。从以上的罗列来看，有些说法是不正确的。例如，在两晋之前就有徐稺、聂友、徐整等文化名家与文学家从鄱阳湖流域走了出来，只是当时的编者们挂一漏万，并没有注意到他们这些人的身影而已。

不仅中唐至宋代鄱阳湖流域的文学家众多，而且分布的区域已经逐渐遍及鄱阳湖流域全境。然而，在鄱阳湖文学逐渐从鄱阳湖周边向流域南部扩散的过程中，无论是在北宋还是在南宋，鄱阳湖周边的这几个地域：比如南昌市、九江市、景德镇市、抚州市、上饶市、鹰潭市以及宜春市的部分县市，都是文学家密集的地方。

据此可见，鄱阳湖在地域文学发展进程中，站在了举足轻重的特殊位置上，也正是因为鄱阳湖流域是古代该地域文学家密集的地区，故而，鄱阳湖地域的历代文学家对鄱阳湖的书写也是经久不衰的，成为地域文学史上一道独特的风景。

由于鄱阳湖上的大美风光，吸引了历代无数的文人墨客们前来畅游其上，他们中有很多人都是外来客，或是在鄱阳湖上为官一任，或是主政一方，或是羁旅在湖上，或是遭贬谪而来，有些人或是纯属慕名而至，他们各自不同的生活际遇，不同的自然地理成长环境，不同的心理状态，都在鄱阳湖上相互碰撞与交流开来，鄱阳湖便自然地给他们留下了强烈的印象。白居易被贬江州司马的时候，他在游览鄱阳湖时便留下了诸多的愁苦之作。例如《彭蠡湖晚归》："彭蠡湖天晚，桃花水气春。鸟飞千白点，日没半红轮。何必为迁客，无劳是病身，但来临此望，少有不愁人。"正是因为鄱阳湖上夕阳西下的独特景致，令白居易想到了自己的贬谪生涯，更添愁绪。可见，同样是鄱阳湖，对不同人的影响截然不同。

同样的道理，面对自然地理，人类并非仅仅只是停留在欣赏和受其影响的阶段，也还会从对自然地理的作用中给自身带来巨大的作用，人类通过改造自然地理的现状和塑造人文地理的方式，来赋予脚下的自然地理以更多的文化内涵。古往今来，无数的人文古迹，无数的文学篇章，随着时间的流逝历史的沉淀，逐渐地与鄱阳湖融为一体，成为鄱阳湖文化的重要组成部分，并形成了独具特色的鄱阳湖地域文化及其鄱阳湖地域文学。

纵观历代的鄱阳湖文学作品，我们可以知道鄱阳湖的特殊自然地理环境使得其地域文学作品都集中在以鄱阳湖为载体的文学主题上。世界上的任何一座名山大川都有其独特的地理地貌，不同的地理地貌，给人的感觉也大不相同。鄱阳湖的独特之处在于其是连通长江与五大河流的通道，会给往来鄱阳湖的文人们送去很多共同的感受，因而使得历代的鄱阳湖文学作品地域性特征尤其明显。比如，自从隐逸诗人之宗的陶渊明辞官归隐于鄱阳湖上的庐山脚下之后，鄱阳湖流域就被他赋予了更多的隐逸之气，使之成为历代文人逸士们隐居的理想之地。

通过文学作品这一媒介，鄱阳湖与读者之间会产生强烈的互动关系。一方面，文学作品所书写的鄱阳湖形象，会对不同的读者产生不同的影响。对于那些从小生长在鄱阳湖流域的读者而言，文学作品书写的鄱阳湖形象会勾起他们对从前生活的回忆，产生强烈的精神及深层意识的共鸣。对于那些生长在外地的读者，他们会被文学作品所描写的鄱阳湖形象所吸引，从而形成更亲密的接触与互动。这就是历代文人墨客们向往鄱阳湖的重要原因之一。另一方面，由于读者阅读文本所产生的接受心理异彩纷呈，因而他们对鄱阳湖形象的想象与建构也各不相同，故此，就对鄱阳湖的形象及其文化内涵产生较大的影响。

如果在关注一个地域的文学现象时，仅仅只是关注某个特定地域里出产过多少个文学家，诞生了多少文学作品，出现过几种不同的文学现象，成长起来了多少个不同的文学群体等等，这样的研究还不能算是真正的地域文学研究。真正的地域文学研究应该揭示自然地理状态下的地域文化生成的语境。因为文学家、文学作品、读者与自然地理间的多边互动，都是深层次的文化逻辑在作用和推动。鄱阳湖流域的文学家创作出来的文学作品，除了与其人生经历、当时的情感状态等相关外，还与其成长的文化语境以及整个时代流域的文化背景密不可分，进而形成独特的鄱阳湖文化地理现象，至于读者对鄱阳湖文学作品与鄱阳湖形象的接受，往往会形成多种地域文化的碰撞与交融。故此，开展鄱阳湖文学文化生成语境的研究就很有必要。

总之，自然状态下的文学地理优势在于人们可以通过研究文学与自然地理的深层次关系，深刻地揭示不同文化地理下的文化特性，文学特征。在这个意义上来说，站在鄱阳湖自然地理文学地域学的视角来看待和研究鄱阳湖文学，能够十分有效地揭示鄱阳湖流域的文学特性与文化内涵，进而找到鄱阳湖地域文化及其地域文学在中华文化历史进程中的独特地位。这就是我们从事鄱阳湖地域文学研究的真正意义所在。

因此，之于我来说，投身鄱阳湖地域文化及地域文学的研究事业，鄱阳湖文学便成为我这后半生一道永远做不完的文学命题，倾尽一生也割舍不了的文学研究事业！

目 录

鄱阳湖文学概述

什么是鄱阳湖文学？这是一直以来摆在我们大家面前的一个地域性的文学命题。记得之前就曾经有人这样问过我，鄱阳湖文学的内涵是什么？它是以怎样的形态呈现的？它是以一种怎样的文化方式以及怎样的文学体态存在的？

提到鄱阳湖文学，我们就会有一道绕不开的话题要谈，那就是鄱阳湖地域文化。要了解鄱阳湖地域文学，我们首先要弄清楚鄱阳湖地域文化的属性，然后才能找出自己需要的答案。

什么是鄱阳湖地域文化？鄱阳湖地域文化的蕴涵是什么？基于此，我们就有必要追本溯源，既要弄清楚"文化"二字的含义，也更要了解鄱阳湖流域这块土地在地理位置上的意义。

鄱阳湖流域的地理环境较之于我国其他的地区来说，尤其显得很是特别。拿整个鄱阳湖流域的地貌特征来说，它总体是呈南高北低的一种态势。它的东北面一直到东南面被怀玉山脉隔绝了与浙江那边的联系，而南面则被大庾岭以及武夷山脉隔断了与福建、广东两地的消息，自西向北又被罗霄、幕阜山脉所阻断，与湖北形成了一个背靠背的态势，互相看不到对方的尴尬局面。在这种状态下，故而整个鄱阳湖流域就形成了东、南、西三面的地势高，而北面的地势较低的一种形态，完全改变了人们潜意识里流水奔腾向东不回头的正常认知。鄱阳湖只有通过匡庐脚下的那个唯一的豁口注入长江。

由此，我们不难知道，长期以来，鄱阳湖流域受地形地貌的客观影响，一直是处在一种封闭与半封闭的状态之中，也就是说，它呈现出来的是一种封闭中有不封闭，不封闭中又有封闭的状态。众所周知，即便是在我国的隋唐时期，鄱阳湖流域也基本上算是一片尚未开发的处女地，更不用提到之前的时期了，这里曾经长期是被流放人员的遣散地与囚禁的场所。由于这里与外界的接触太少，因而这里的生产力并未能得到有效的开发和利用，故此，便造成了当地社会经济的严重滞后。

由于在地理上几乎被完全封闭的原因，这就使得鄱阳湖流域的文化较之外面来说是起步得比较晚，行动也比较迟缓，故而成效也就显得较为低微。但是，它在经过时间的积累之后，却造成了一种后来者居上的格局，走到了文化及文学的前沿，进而由于生产力被解放的关系，它在某些方面虽然曾经保持了一定的优势，却又不免衰微了下去。因为前者的关系，鄱阳湖上的学子先是打好了学业基础，然后便大胆地走了出去，经风雨见世面，很快地在政治文化的舞台上便崭露起头角来了。同样是因为后者，鄱阳湖上的文士又因为沿袭的负担较重，从而影响到了对外界新鲜思想的吸收，变得自负而走向思想的僵化，故而在文化及文学的发展进程中就缺乏了应有的创新活力。

鄱阳湖人长期坚持满足于自给自足的，以农耕为主、手工业为辅的稳定型的经济产业结构，过着慢节律的生活，便只能产生那种坐井观天型的小农社会文化意识。从鄱阳湖流域这种自成单元，与外部隔绝的地理环境来看，就使得人们对自身这封闭的文化形态形成共识并保持其固有的体系和形态延续下去，构成了既稳固且带有明显僵化的人文传统和保守的文化心理现象。尽管到了元、明两代，鄱阳湖流域在文化的某些方面继续保持了自己的优势，但后来就因为缺乏必要的开拓精神和鲜活的竞争力，从而就缺失了内在的活力而落后于外面的世界了。

既然已经明确了鄱阳湖流域的概念，那我们接下来就谈谈鄱阳湖地域文化。

要搞清楚什么是鄱阳湖地域文化，我们就必须要了解什么是文化。人们说，文化是一种社会现象，是人们在长期的劳动创造实践中形成的产物，同时，她又是一种历史的现象，是社会历史的积淀物。文化的本质是"自然人的变化"，也就是"人化"。因此，我们应该知道文化的核心问题是人，文化是由人创造的，是为人所特有的。

文化的基本要素是以自然人的个体为基本单元的，指的就是"人化"。从本质上说，文化就是觉醒的个体由本体向他体的自觉转移，通过这种转移，本体就克服了自我的有限性，实现了对本体以外的无限超越。

由于人的本体觉醒，从此，本体就变得更加方便地对外交流了，语言便也由此而产生出来。随着语言的产生，本体与他体之间的交流就具有了普遍性，两者之间的相互影响和互为改造，就是"化"之一字在其中起到了重大的作用。因而，人们在对一些集体行为的认识中，便逐渐地、慢慢地形成了统一的共识，于是，这样就产生了"集体意识"。而人群对"集体意识"产生的认同感，就形成了"文化"的概念，故而，我们不难了解"文化是集体意识的载体，集体意识是文化的本质"。人们通过对文化的认同，因而便造就了"文明"这个看得见的遗产。

我们既然已经基本上了解了文化的本质，那么是否还会有人要问"文化"是怎么来的呢？在这里，我可以理直气壮地告诉他们，"文化，是做出来的。"

古代的"文"同"纹"。"人文"之一词，最早是见于《易经》的。《易·系辞》中的贲卦象辞上讲："刚柔交错，天文也；文明以止，人文也。观乎天文以察时变，观乎人文以化成天下。""刚柔交错，天文也"的意思是说，自然的纹理交错、刚柔相济，阴阳相生、生死相伴的，是天文的自由变化，也就是指自然的变化。"文明以止，人文也"的意思是指社会伦理的合理规范与变革，这便指的是社会人伦的有效秩序、是公序良知、是约定俗成、是要大家去维护的。

在自然的世界里，人类天生就有男有女，男刚女柔，刚柔交错，这是天文，是自然的生态。在自然的生态下，人类据此而结成一对、一对的夫妇，又从一对夫妇而变化成一个家庭，由一个一个的家庭聚合在一起组成了一个家族，由一个一个的家族聚合在一起，便组成了一个一个族群，不同的族群融合在一起就形成了国家的概念，这便是天下，也就是人文。人文与天文相对，天文是指天道自然，人文是指社会人伦。国家治理者，既必须要懂得观察天道自然的运行规律来明白农牧耕作及渔猎的时序，又必须要把握得住现实社会中的人伦秩序，使人们的行为合乎文明的礼仪，并由此而推及天下以成"大化"，这就是文化。人文，它区别于自然，就含有人伦之意；如果它区别于神理，则其有精神教化之义；区别于质朴、野蛮，则有文明、文雅之义，区别于成功、武略，则有文治教化之义。由此可见，所谓的人文，它就是人类文明时代与野蛮时代存在根本区别的标志，标志着"人"之所以为"人"的"人性"。

"文以化人"以及"以文化人"，它在我看来，基本的定义就是一个"化"字，也可以说是一个"变"字。因而，我们可以这么认为，无论是"化"字也好，"变"字也罢，说的就是一个"做"字，是指人们在劳动生产实践中的创造活动，是文化积淀形成的过程。

文化，是社会意识的规范化。从规范化的具体方式来看，它主要包括程序化、夸张化、形象化、抽象化、特征化、典型化、逻辑化和系统化等各个方面，因此，文化就是对社会意识进行加工和概括以后的表现形式。经过"规范化"处理以后的社会意识，就会更加清晰明确，从而更加让人易于识别，易于理解，易于使用，易于判断，易于传播，易于继承，易于发展。

通过以上对"文化"二字的内涵以及文化形成过程的论述，我们并不难知道，"鄱阳湖地域文化"的概念，自然指的是由鄱阳湖人在这块土地上通过长期的社会生产活动，在长期的社会生活发展环境中，以其独有的方式慢慢积淀下来，逐渐形成的一种具有其鲜明特征的地域文化体系。

既然我们已经明确了"鄱阳湖地域文化"这个概念，接下来就可以顺藤摸瓜，找到"鄱阳湖地域文学"，亦即是《鄱阳湖文学》这个文学概念诞生的始末由来。

文学，它起源于人类的思维活动。最先出现的是口头文学，一般情况下是与音乐联系在一起，成为可以用来表演和歌唱的抒情诗歌，并且在很长的一段时间内，中国的文学与史学、神话并无明显的界限，最早的文学是对历史和神话的记录。我国先秦时期将用文字写成的作品都统称为文学，一直到魏晋以后才逐渐地将文学作品单独剥离出来自成体系。文学的本质其实就是一种话语形式的艺术呈现，亦即是平时人们口中的语言艺术形式，同时，在话语形式的艺术呈现中，同时蕴藉了对审美意识形态的体现。

在现代词典里，文学原本是一个专属专用的名词，它以不同的体裁再现在一定时期里以及在一定地域里的人们的社会生活与内心情感，这便是地域文学的起源。而诗歌、散文、小说、剧本等不同的体裁，则是文学的重要表现形式。文学是语言文字的艺术，是社会文化的一种重要表现形式，是对美的具象体现。文学作品是文学创作者用独特的语言艺术形式表现其独特的心灵世界的作品，因而离开了这两个极具个性特点的独特性就没有真正的文学作品。故而，我们应该清楚地认识到"鄱阳湖文学"只是鄱阳湖流域一个地域性的文学概念，是鄱阳湖流域这块土地上的文学作者们，是那些以鄱阳湖为文学题材进行创作的文学艺术家们开展艺术创作的文学主题，是集中反映鄱阳湖地域文学风貌的一个看得见的有形文学载体。

　　无论是哪个地方的地域文学，他都代表了其地域民众的集体智慧和文学艺术的成就与形态。这就是鄱阳湖地域文学，"鄱阳湖文学"这个文学概念诞生的始末缘由。

　　接下来，我们就可以顺着鄱阳湖地域文化及其地域文学的这条线来进行一番梳理，简单地概述一下我们所从事的鄱阳湖文学研究工作的现状。

　　站在鄱阳湖地域文化及其地域文学的基础上，我们是把眼光集中在鄱阳湖这么一个点上来的，并由此而四面辐射开来，涉及它整个流域的方方面面，每一个角落，也关乎到它在政治经济、文学艺术、科学技术等各个阶层与各个领域在历史进程中留下的痕迹。但有一个重要的原因是，由于受本书文本的影响，我们大多是紧扣其中与文学艺术关联比较紧密的代表人物来进行有序的挖掘和整理及开展研究的。

　　之前，我已经在《鄱阳湖文学探究》一书中就"鄱阳湖及其鄱阳湖文学"以及鄱阳湖流域的"五大河流"与"六道大溪"的水资源情况做过相对较为详细的一个介绍，与此同时，还就《鄱阳湖上的几个不同历史时期》《鄱阳湖上几个不同的文学高峰》《鄱阳湖上的动力革命》等普遍性的问题作出过简要的论述，在这里为了避免重复，我就跳过去不再赘述了。

　　在《鄱阳湖文学研究》这本书里，我们依然是着眼于整个鄱阳湖流域，并以这块地域上的文学个体、文学族群、文学团体的形式，推出一些自秦汉以来能够代表鄱阳湖流域文学创作水准的历史人物以及他们的文学作品来加以回望和佐证。

　　因而，就整个鄱阳湖流域来说，我们采取的方法是：一是首先把全流域的各个州郡都按照不同的朝代、不同的历史时期的行政区划，来划分出各种不同区域的文学版块，也叫作文学阵营，然后就依次推出每个文学艺术阵营的文学艺术成果。譬如，我们一般是按照古代的惯例，大体将鄱阳湖流域的行政区划分别指定为豫章郡、虔州郡、抚州郡、庐陵郡、袁州郡、江州郡、广信府以及 1950 年代以后由徽州划归广信府的婺源、浮梁等地版块为主的文学群体，文学社团所取得的文学艺术成果，围绕鄱阳湖这么一个中心点来展开并深入进去，就其不同地域的文学生态来开展细致的探索与研究工作。

　　特别值得我们应该注意的是，我们在对人文历史的回望中仿佛能够看到这么一条线，它连通了鄱阳湖上人文历史的过去、现在和未来。我们站在地理的意义上来观察鄱阳湖流域地理变化的情况来看，今天的鄱阳湖与之前的彭蠡湖是有着深厚的历史渊源的。

秦代的番邑，就是今天的鄱阳县，隶属于秦代的九江郡，而那时的九江郡，便坐落在今天的安徽省淮南市的寿县寿春镇。

始皇六年、楚考烈王二十二年（公元前241年），楚"东徙都寿春，命曰郢"。始皇二十四年，公元前223年秦破楚克郢，虏楚王负刍，楚亡；越二年秦划江淮及其以南地区为九江郡，置寿春县，为郡治。

这段话的意思是说，始皇六年、楚考烈王二十二年，也就是公元前的241年，楚国被迫将国都迁到了寿春，并为其命名曰"郢"。始皇二十四年，亦即是公元前223年，秦国攻打楚国，攻克了郢都，楚王被俘，至此，楚国灭。越二年，秦国划江淮及其以南地区为九江郡，置寿春县，为郡治。

那时候，古九江郡治的范围是很广袤的，它的大致范围为今天的安徽、河南两省的淮河以南、湖北黄冈以东的地区，以及江西省的全境。

但是，我们今天所提出来的鄱阳湖地域文化以及鄱阳湖地域文学的地理意义，它的指向是当代的泛鄱阳湖流域，地理意义的指向是今天的江西省所属全境，而非是包含了以外的任何地理区域。

几千年来，随着地壳的运动，原本烟波浩渺、泽深水幽、波澜壮阔的古老彭蠡湖在逐渐地被抬高了，跟随着湖床的抬升，湖面慢慢变窄，水面缩小，成了今天的鄱阳湖的北湖，是入江的水道。而在公元421年的那场大地陷以后逐步形成的鄱阳湖的南湖，由于湖水的南侵，将彭蠡湖东岸的河网地区尽数淹埋在了水底，形成了现代的鄱阳湖，而鄱阳湖的这个名字，也只是在一千多年的历史演绎中，通过将近500年的漫长改变而在唐代中后期被诗人及文学家们开始称呼并使用的。所以说，鄱阳湖是个很年轻的湖泊，即便是屈指算到2022年的今天，它也只有区区1600余年的短暂历史。

列位看官，我们可别小看了这区区的1600余年，在这一千多年里，发生在鄱阳湖流域里的各种人文故事及历史变化却是十分丰富的，几乎是多得让我们数也数不清，它的文化沉积是非常丰富及其蕴厚的。鄱阳湖上无数的人杰，譬如：吴芮、梅鋗、徐穉、李朝、聂友、徐整、陶渊明、晏殊、欧阳修、王安石、曾巩、刘眘虚、吴澄、魏禧等人，他们曾经在一定的历史时期里，无论是在政治经济还是文化艺术、科学技术方面，都作出了较大的贡献，尤其是在对文学艺术的贡献上，成果是非常杰出的。这便是我们当初为什么提出要搞"鄱阳湖文学研究"的初衷。关于这一点，我将会在下个章节的《鄱阳湖文学》中做详细的解读。

基于以上的观点，我们就围绕"鄱阳湖流域"这么一个文化的主体，文学的载体，在文化及文学的两个深层处着手，通过回溯这块土地上有代表性的一千多名文人学士的文艺创作历程，以及他们的创作成果在鄱阳湖上的艺术呈现与展示，对"鄱阳湖"从人文深处一路走过来的不同历程加以的分析、理解和判断，企图借此建构起一座属于"鄱阳湖"自身的地域文学体系，这便是"鄱阳湖地域文学"这一文学概念，简言之，就是"鄱阳湖文学"这个文学概念被推到我们大家面前来的缘由，也是"鄱阳湖文学"这个概念，它最终应该找到的归属。

鄱阳湖文学

扬帆溯源

广袤而又深邃的红壤沃土，绵延千里的鄱阳湖流域之上，赣江、抚河、信江、修河、饶河，五河逶迤奔腾，朝着鄱阳湖的深处直入；清丰山溪、博阳河、潼津河、漳田河、土塘水、侯港水，六水蜿蜒喧哗，一路哼着迷人的小曲，钻进了鄱阳湖的心田。鄱阳湖流域，这里的确是一块充满了神性而又富饶、肥沃的土地，吴头楚尾，楚南吴北身份的不断流转轮换，不经意间给它披上了一层神秘的面纱，蕴藏了千百年来的鄱阳湖人的心头上，对于鄱阳湖文学的深情向往与未来美好梦想的展望，在激励每一个鄱阳湖文学研究的工作者们，不断地进行挖掘、探索和研究。

这泱泱大湖周身上的每一道湖汊，每一湾渔港，每一座码头，每一架山岭，每一条溪涧，它们的身上无不镌刻满了鄱阳湖一路走来历经的风雨与沧桑，浑身弥散出一种迷人的神秘感。在鄱阳湖流域这块厚实的红壤沃土之上，在几千年来的历史长河中，人们不断地从跋涉中一步一步走来，鄱阳湖人用自己独特的生产、生活方式以及其土生土长、原汁原味的风俗习惯、民间俚语，话语形式与风格，自觉形成了独具鄱阳湖地域特色的地方语言文化及其地域文学的表现形式。

众所周知，我们不可否认自先秦至西汉时期鄱阳湖河网地带里的文人们，他们并没有留下任何一部可以说是系统性的文学作品，能够成建制地保存下来并流传于后世，而这种文学艺术凋敝的现象，直到东汉的中期才有了根本性的改变。

今天，当我们站在鄱阳湖上来反观几千年来的鄱阳湖地域文化及其鄱阳湖地域文学现象，由于我们手头上掌握的一些人文历史资料的有限性，严重影响了我们在探究鄱阳湖文学过程中应有的前瞻性，使得我们在还原鄱阳湖地域文化及其地域文学的细节中，变得有些难以企及其内心最真实的一面，但值得庆幸的是，这一丝不足却并没有妨碍其结构的真实性，这是可以让我们从事鄱阳湖文学研究的人们去毕生追求的一个方面。笔者认为，有关鄱阳湖地域文化及其地域文学结构的真实性，是需要落实到构成鄱阳湖地域文化及其地域文学历史链条上的那些基本单位上去的，应该真正地融入那时候的，鄱阳湖流域的文化个体、文学个体、艺术个体以及鄱阳湖流域的文化群体、文学群体，艺术群体与科技群体，还有鄱阳湖地域文学的时段、文学的范式等等方面上去的。

正因如此，我撰写的《鄱阳湖文学》这个文本，就是试图通过对鄱阳湖流域的文化个体、文学个体、艺术个体以及文化的群体、文学的群体、艺术群体、文学的时段、文学的范式等，来对鄱阳湖地域文化及其地域文学进行一番深度的涉猎，期望在历史的时空中来发现和捕捉它远去的背影，对它展开理性的追踪和寻觅，试图沿着历史的时空隧道逆向而行，去寻找到鄱阳湖文学原始的情影，并希望借此而逐步还原出鄱阳湖地域文学的真实形态，也为了在今后挖掘鄱阳湖地域文化，开展鄱阳湖地域文化的研究方面，在弘张鄱阳湖地域文学，深入开展鄱阳湖地域文学研究过程中，建构和完善鄱阳湖地域文学的理论体系，找到一个可以支撑的立足点，为建构和完善鄱阳湖文学这座梦想的大厦，为我们正在致力于开展的，轰轰烈烈的鄱阳湖文学研究事业，寻找到一条切实可行的探索与研究之路。

秦汉寻踪

自秦以降，从两千多年来的漫漫历史长河中，可以说鄱阳湖流域走出了数以千万计的历史文化名人，而他们中的绝大一部分人，又大都在文学艺术的领域里，取得了异乎寻常的骄人成绩和令人瞩目的艺术成就，真可以称得上是中国文学艺术界的顶尖翘楚，文学艺术方面的大师、大家。因此，我今天就不妨逆历史的时空而上，一路找寻出他们在文化河流中留下的丝缕踪迹来，将他们的辉煌成就按地域方阵的展现形式给大家展示出来，并期望借以逐步找到并还原出人们印象中的"鄱阳湖文学"的影子，试图给现当代的人们留下一个较为清晰的"鄱阳湖文学"的形象背影。

三十多年前，鄱阳湖流域就有一部分文学的守望者致力于鄱阳湖文学的探究。而据我所知，十多年前，在我们都昌就有个叫作杨廷贵的老作家，他曾经就撰写过有关鄱阳湖文学方面的一些研究性文字，这在他所著的《番人后裔》以及《遥望先民们渐行渐远的背影》等深度文字中看得出来；还有一个工作在都昌县农机厂，名字叫作张一英的萍乡人十分热爱鄱阳湖，写作并出版了以鄱阳湖为背景的长篇小说《鄱湖三女侠》《神仙寨》等，他们生前就一直在为鄱阳湖文学研究尽自己的一份绵薄之力。故而，我可以这么认为，站在某种历史的意义上来说，追寻和还原"鄱阳湖文学"的背影，这是鄱阳湖流域几代文学人所共同追寻的一个美妙而又宏大的文学梦想。

我曾经这样设想过，企图以鄱阳湖上的五大水系及六道大溪为依托来还原鄱阳湖文学的背影，但那样找寻起来显得有点琐碎和复杂；后来，我又设想通过对整个湖区的地域划分来逐一探究，但如果是那样的话，又容易引起不同时期里行政区域的反复重叠，从而怕影响到叙述的单一性，故而，我思考再三，最后还是选定了一种以朝代更迭为主线的，在不同的历史时期里的以不同地域的文学方阵为基点，采用散射性的叙述方式来逐步地将鄱阳湖文学的历史背影给描绘出来。

为了给鄱阳湖文学建构起它整体的骨架和大致的轮廓，我们就必须给他设定一个始发的时限，于是，我们把这个问题交给了统一六国的秦朝，交给了那时候的郡县制，故而，我们在探究鄱阳湖文学萌芽与成长的过程中，就将自战国至东、西周及其以上的各个时期都给忽略不计了。

自秦朝的大一统开始，秦王朝彻底改造了我国历史上的分封制。在秦始皇统一天下之前，历史上的县是大于郡的，放眼大地是千里百县，而县又有四郡，因此，在秦始皇之前的地方行政制度是"县郡制"。等到秦始皇统一天下之后，朝堂之上曾经出现过应不应该置郡的争议。当时就有不少的大臣，特别是李斯的上司王绾，他认为之前的楚国、燕国、齐国等国的领土都远离秦国，因此主张沿袭旧制，实行分封，授各地贵族予世袭的诸侯名分，而身为廷尉的李斯则认为分封制是周朝诸侯混战的根源，他大胆地反驳王绾，说周朝制定的这个政策已经被事实证明了它是一个巨大的政治灾难。因而他力排众议，建议朝廷实行郡县制。他的这一动议，得到了秦始皇的首肯并予以了全盘的采纳。故此，在郡县制度的框架下，全国一共设有三川、河东、南阳、南郡、九江、郭郡、会稽、颍川、砀郡、泗水、薛郡、东郡、琅琊、齐郡、上谷、渔阳、右北平、辽西、辽东、代郡、巨鹿、邯郸、上党、太原、云中、九原、雁门、上郡、陇西、北地、汉中、巴郡、蜀郡、黔中、长沙、内史等计为三十六郡。而每个郡都设有郡守、郡尉和郡监各一人，三人各负其责，各司其职，分工协作，相互监督。而郡下设县，计有县令、县丞、县尉各一人。各郡县的郡守与县令，直接由皇帝来考察和任命。

一路叙述到这里，我觉得有必要特别提醒一下大家，秦代的九江郡治所在地是今天的安徽省淮南市的寿县寿春镇，而并非我们现在的江西省九江市。它当时管辖的大致范围为安徽、河南两省在淮河以南的地区，湖北黄冈以东的地区，以及我们今天的江西全境。

在秦朝的郡县制中，规模在万户以上的县才叫县令，不满万户的县就都叫县长，是为一县之首的意思。而鄱阳就是在秦代的郡县制中，鄱阳湖流域走出来的第一座古老县治——番邑。县令叫作吴芮，世人称其为番令。由于吴芮是我们整个鄱阳湖流域历史上第一个有明确记载的杰出人物，由此及彼，我们不妨这样认为，吴芮应该就成为了我们鄱阳湖流域人文历史的源头。

秦汉之交时期，鄱阳湖流域走出来了两个非常了不起的人物，他们分别是吴芮和梅鋗。

吴芮是吴王夫差的后裔。公元前473年越国灭吴国后，随即追灭夫差的家人。吴国的王子王孙们便四散避难，太子鸿和王子徽及其子女们，随吴国南溃的兵马一起，分别从安徽的休宁翻过虎头山和婺源的郭公山，隐匿到了浮梁的瑶里、九龙、金竹山、蛟潭、福港等十分偏僻和隐秘的地方生存了下来。公元前248年，吴芮的父亲吴申，因不满春申君之所为，被楚王贬到了番邑，也就是今天的鄱阳定居，后来，又因为各种原因，改迁到了馀汗的善乡龙山南麓居住，也就是今天的江西省余干县社庚乡的五彩山。吴芮就是在五彩山出生的。

吴芮的妻子是我国文学史上著名的女才子之一：毛苹。根据有关史料记载，被收入在汉《乐府》中的那首著名的《上邪》诗作："上邪！我欲与君相知，长命无绝衰。山无陵，江水为竭，冬雷震震，夏雨雪，天地合，乃敢与君绝！"就是毛苹一生的代表作品。据此，我们至少可以这样认为，毛苹的《上邪》诗，应该是整个鄱阳湖流域有案可稽的第一篇文学作品，是鄱阳湖流域文学的星星之火。

吴芮一共生有五个儿子，嫡长子吴臣留居长沙，世袭了他的长沙王位，其余的四个儿子则分散发展。吴芮的嫡长孙叫吴回，嫡曾孙叫作吴右，到了他的嫡玄孙吴差之后，因再无传人，终止了世袭罔替。

吴芮这个人不仅十分聪颖，而且，为人还急公好义，因此，他在番邑地区很是有些威望。由于当时他身处在战国的动乱时期，社会的动荡不安，自然灾害与人祸的频仍，都让他感到了不安。因而，他为求自保，就一边熟读和研究《孙子兵法》和《吴起兵法》，还一边带领当地的民众和南下的那些军士的后代，一同操演和练习阵法，借以加强对地方上的保护。当时，吴芮的那些事迹被举荐到了一统天下的秦王朝之后，他就被秦始皇钦点为九江郡的番邑县令了，随着他上任后，推行出来的一系列利民措施，使得他在民间威望越来越高，可以说得上是深得属地民众的喜爱与信赖，故而，慢慢地被人们尊称为番君了。这也就是吴芮为什么被后世称为番君的真正由来。

梅鋗是馀汗人，说起来，他和吴芮还是同乡。

公元前281年，越国灭亡了。从此，越王的后裔便散退到浙、闽、粤的山区，并各自分立。有一支越族人，为了躲避楚国人的追灭，遁走到江苏无锡的皋乡，并且更姓为梅，之后，就成为了这支梅氏的始祖。到战国末年，这部分人之中的另一支后来形成了梅山蛮，通常被人们称作梅蛮。他们就活动在祁门以及古干越一带的皖赣地区。梅鋗就是梅山蛮一支的后人。梅鋗的父亲迁居到馀汗的安乐乡，也就是今天的余干县梅港乡梅港村定居，梅鋗就出生在那里。

秦末时期，天下大乱，百姓们苦不堪言。陈胜、吴广起义的风暴席卷全国各地。那时候，梅鋗就在台岭地区广泛地招募民众，扩大队伍，操演士卒，相机而动。当地有个名字叫作庾胜的义士，他们兄弟俩手下拥众数千，占山为王，后来由于他们仰慕梅鋗之名，便情愿引众归属梅鋗。梅鋗遂拜庾胜兄弟为副将，分别据守在台岭的两座山岭之上，后人把庾胜据守的山岭叫作大庾岭，庾胜弟据守的山岭叫作小庾岭。梅鋗这批越人便在庾岭地区休养生息，艰苦创业，屯粮练兵，称雄一方。他们带来的吴越文化、生产技术等，对岭南的开发起到了积极的引导作用。

梅鋗一生英勇善战，在他漫长的征战途中，所到之处的人们都非常敬慕他的英名，于是，人们就把有关他事迹的传说铭刻在当地的城池和山水之中，使其与梅鋗共存。要不然，大家见到的那些四处散落在安徽、江西、广东和湖南等地的梅城、梅山、梅岭、梅水、梅港、梅溪、梅乡、梅村，哪一处哪一地不跟梅鋗有着千丝万缕的联系呢？

由此，不难看出在秦末汉初的这一时期里，是吴芮在鄱阳湖地域文化这张白纸上深深地涂上了第一笔，而梅鋗紧随其后补了一笔，使自己成为鄱阳湖地域文化的二传手。吴芮的夫人毛苹，则毋庸置疑地成为了点燃鄱阳湖地域文学这盏明灯的火炬手和领路人。

鄱阳湖流域继秦代走出来了吴芮、毛苹、梅鋗三人为代表组成的鄱阳、余干文化方阵之后，很快就进入了西汉、东汉的两汉时代。在两汉时期，鄱阳湖流域又先后走出来了徐稺、李朝、唐檀、程曾、陈重、雷义这样一个由六人组成的具有典型代表意义的文化方阵。更为令人可喜的是，他们六个人中，徐稺、李朝、唐檀、程曾四人都是豫章南昌人，可以说是一个地方上的乡党，另外的陈重和雷义两个人中，陈重是宜春人，而雷义则是鄱阳人。这就更有意思了，下面，我就依次来对他们做一个简单的陈述。

说起徐稺可能大家还是不能太明白，但只要是读过唐初四杰之一的才子王勃所写《滕王阁序》的人，都应该记得其中有这么一句"物华天宝，龙光射牛斗之墟；人杰地灵，徐孺下陈蕃之榻"的千古名句，他在这句话里提到的徐孺就是徐穉，也叫作徐孺子。徐孺子是鄱阳湖流域人文历史上第一位著名的能人贤士。他一生博学多识，淡泊自守，官府曾经多次征召他出仕为官，他一概拒之，半点也不接受。徐孺下陈蕃之榻的典故，就是来自豫章太守陈蕃因仰慕徐穉的才学与人品而特地为徐孺子专门设置的一把椅子，徐孺子来了，他就去把椅子放下来给徐孺子坐，等徐孺子走了，他便把徐孺子的座椅给悬挂起来。于是，这便有了王勃在《滕王阁序》中"人杰地灵，徐孺下陈蕃之榻"的千古绝响，传唱不衰。纵观今天的南昌城里，孺子路、孺子亭、孺子公园，有关徐孺子的名胜古迹比比皆是，其中的孺子亭就是当年徐孺子的垂钓之处，为古代的豫章十景之一。

由于徐孺子不仅学识渊博，而且为人高义，故其素享"南州高士"之美誉。有关他的一些人文故事，我已经在之前的《徐孺子，鄱阳湖上一布衣》篇什中有过详细的介绍，在这里我就不再重复赘述了。宋代《鹤林玉露》的编撰罗大经曾经是这样来评价徐孺子的，东汉徐孺子矫矫特立，诸公荐辟皆不就。然及荐辟者亡故，便又自己炙鸡渍酒，不远万里前去悼念。可见他于清高之中不入混俗之流，心性敦实忠厚又不忘恩负义之意，因此，他的确是东汉人物之表率，两汉时期人物头上的冠冕！

但令人尤为可叹的是，徐孺子在对待学问的态度上，几乎与孔老夫子的态度是如出一辙，他们俩有个共性，那就是"述而不作"，再加上他性情孤僻，做什么都喜欢亲力亲为，又不像孔老夫子那样广收门人弟子，有学生来帮他整理和记述他的言论，这就导致了徐孺子生前并没有给后世留下他的片纸只字，站在今天的文化角度来说，这不能不说是鄱阳湖地域文化的巨大损失。

若是提起李朝，恐怕知道他的人就不多了，但要提起他创作的《黎阳九歌》来，恐怕知道的人就真不会少。在我国源远流长的碑林文化中，立碑较早，影响较广，意义重大而又深远的碑刻，便是汉代的两块碑刻，其中的一块是宛令的李孟初撰写的神祠碑，而另一块则是黎阳营谒者李朝撰写的张公神碑。在张公神碑的背面，留有李朝撰咏的《黎阳九歌》九首。

李朝是东汉时期黎阳营的谒者，在东汉桓帝时，先后任魏郡的郡监以及黎阳营的谒者。在桓帝和平元年，李朝应张氏家族所邀约，立张公神道碑于黎阳张氏宗祠前，并作歌九章以颂其公德，这便是《张公神道碑》的来历。由此，我们不难看出，李朝的《黎阳九歌》是继毛苹的《上邪》之后，鄱阳湖流域较早流传下来的，看得见、摸得着的文学作品。

唐檀，大约生活在公元 126 年的前前后后那一时期。他年少时便去了长安游历太学，学习《京氏易》《韩诗》以及《颜氏春秋》等绝学，平生又特别喜好那些灾异星占之术，就经常对大自然中生发的一些奇怪现象作出一些自己的预言，他的很多预言，都在后来被发生的事实给应验了，因此，他的名声就慢慢地大了起来。之后，他离开长安回到家乡设馆授徒，做起了老师来。他的身边经常有一百多位学生随他延席就读。到了永建五年，也就是公元的 130 年，唐檀被举为孝廉，当了个中郎官。就在那一年的某天，唐檀见天上白虹贯日，便借此向皇帝上奏说了三件事，并细致地说明了其中的原因之后，就果断地弃官回家去了，后来就在家里专于著述，直到亡故。唐檀一生有影响的作品共有 18 篇，后来他将这 18 篇文章编撰成了一部文集，并给文集取名曰《唐子》。在宋代编撰的《太平御览》一书有关《上将》篇目中有这样的一条金句："良将如泉如山，不知其欢戚也"的名言便是出自唐檀的《唐子》。

由于在汉代，经学特别兴盛，士子大多是要通"经"之后，才能够进步入仕途的。因此，程曾就是在那种环境下，从小就被家里人给送到长安去上学的。他在长安学习期间，从名师受业，研习《严氏春秋》十余年后，又慢慢精通了《春秋》。学成后，便返回了家乡，在家乡一边从事著述，一边讲授生徒，开馆授业。那时候，他的身边常有数百学子围着他，听他讲经论道。到汉章帝时，被地方官举荐为孝廉，后改任了海西县令，后因病死在了任上。程曾穷其一生著有《孟子章句》一卷问世。清代的马国翰曾经为其整理出版了一部《孟子程氏章句一卷》流传于世。

陈重与雷义两个人是非常要好的一对朋友。曾经发生在他们两个人身上的"胶漆之交"的故事，可是在中国历史文化的长河中传唱了几千年。因为发生在他俩身上的这个故事被后世选入了《幼学琼林》以及《增广贤文》之中，可见它的传播之广，影响之深，是我们无法用言语去表述出来的。

陈重与雷义两个人年纪轻轻的时候就成为了生死之交的好朋友。他们俩先是在一起研读《鲁诗》《颜氏春秋》等经书，并且各自都学有所成，成为了地方上的饱学之士。时任豫章太守的张云久闻陈重之名，便从内心里嘉许陈重的德才品行，遂向朝廷举荐他为孝廉，令张云没想到的是，陈重居然要把功名让给他的好朋友雷义，并且先后十多次向太守恳求此事，太守并没有同意他的请求。直到第二年，雷义也被官府选拔为孝廉之后，陈重才与雷义两个人一起到郡府里去就职。

有位同在郎署的同僚欠了数十万的外债，债主每天都来找其追讨，几乎没有间断过。陈重便暗地里帮同僚还了钱。后来，那位同僚知道后，诚心来找他表示感谢。他却告诉同僚说，那件事不是我做的，可能有相同姓名的人吧。他始终不肯告诉别人说是自己予人的恩惠。

还有一次，同屋住的另一位同僚因告假回家去置办丧事，便错拿了隔壁屋里一位同僚的裤子回家。裤子的主人便怀疑陈重拿走了，陈重听到后，半点也不为自己申冤辩解，反而去买了一条新裤子给人家作为补偿。等到之前的同僚办完丧事后回来，就把错拿的裤子完璧归赵了，这才帮陈重洗脱了偷裤子的嫌疑。

无独有偶，雷义在郡府的官职是功曹，经常要做些提拔和推荐人的事，但是，他从来不到外面去炫耀自己的功劳。他曾经真诚帮助过一个犯有死罪的人，后来，这个人获释后，便给他送来两斤黄金表示感谢，雷义不愿意接受，这个送金子的人趁雷义不在家的时候，偷偷地把金子放到雷义家的天花板上。就这样，他直到后来修理房顶时才发现了这那些金子，但这时候，给他送金子的人已经死了，还是没办法再还回去了，于是，雷义就把那些金子交到了县衙里。

后来，雷义又被加封为尚书侍郎。其时，有位同为郎官的人因为犯罪，应当受到刑责的处罚，他便暗自上奏替那位郎官承担罪责，因此，雷义就被司寇给定了罪。后来，他顶罪的举动被同台的郎官给发现了，郎官便上书辞官，祈求为雷义赎罪。汉顺帝刘保这才下诏免去了雷义的罪罚，让他回家去了。雷义回家之后，陈重便也跟着辞官回乡去了。

雷义回到家里一段时间后，又被官府举荐为茂才，他便将这个机会推让给陈重，官府不同意，雷义就假装疯癫地披头散发四处奔走，不应召任命。此事，引起了很大的社会反响，这时，就有人评价雷义说，都说胶和漆是自以为粘得最紧，最牢固的东西，但是，放眼看去，胶和漆的感情也比不上雷义和陈重之间的情谊了。这就是成语"胶漆之交"的由来。

纵观以上的情节，从人文历史的角度来说，吴芮、梅鋗等人身上的挥洒出来的人杰英雄豪情，在徐孺子的渊博学识与亮节高风上，他们都不愧为后世尊崇与敬仰的楷模和典范；而陈重与雷义的温良恭谨让以及两人甘于助人为乐的精神，就是放到现当代来说，也仍然是值得人们所称道的榜样；李朝所作的《黎阳九歌》，可谓是接过了吴芮夫人毛苹手中的文学灯盏，往里添了一点油，助了一分力，让灯盏里的火苗往上蹿得更高了一些，同时，也奠定了李朝成为鄱阳湖地域文学二传手的位置。再者到了唐檀的身上，则性质就完全不同了。唐檀所著的《唐子》二十八篇，是真真切切的"学人"的"立言"之行，完全进入到了文化与文学的范畴，建立起了属于他自己的学说。

故此，由他们这些人组成的鄱阳湖地域文化及文学的方阵，既具丰富的人文内涵，同时又深具文学的意义，可以说是两者兼备，相得益彰，为鄱阳湖流域人文历史文化底蕴的初步形成与文学思潮的启蒙、成长与发展，奠定了一定的思想与道德基础，为促进文化与文学的蓬勃发展扎下了深厚的根基。

从此，在鄱阳湖流域这块深具神性且极具灵性的土地上，开始上演地域文学的一幕幕了……

三国猎奇

　　走过了两汉，就进入了历史上的三国鼎足时期。三国时期的鄱阳湖流域属于东吴的势力范围，也就是平常人们所说的魏、蜀、吴三国中的吴国疆域。由于那时候的鄱阳湖平原还没有受到彭蠡湖水的侵害，鄱阳湖平原上到处都是河网密布，阡陌纵横，人烟稠密，鱼肥稻香的一派繁荣气象。由于鄱阳湖平原地区适宜种植水稻和农作物，便很自然地成为了吴国的大粮仓，后勤保障基地。其时，吴国有位扬武将军叫作陶丹，他深得吴王的信任，因此，便被指派到鄱阳湖平原地区负责管理农业生产和筹备后勤保障一事。后来，三国并晋，司马朝廷并没有为难陶丹这位亡国将军，还准备收为己用，但令晋廷无奈的是，陶丹宁愿隐居山野，怎么也不肯出山去做降臣，随后，陶丹便带着他的妻子湛氏，儿子陶侃，隐居在鄱阳湖平原的西面，彭蠡湖东岸的群峰之中，也就是今天的江西省都昌县城西区的矶山群峰之中。

　　后来，陶丹的妻子湛氏与孟母、欧母、岳母三人一起，成为了名动天下的四大贤母，他的儿子陶侃也成了东晋名臣，敕封大司马，长沙王。这是后话，暂且寄放在这里按下不表。

　　在三国时期的东吴，有两位了不起的人物，他们是聂友、徐整两个人。

　　聂友，字文悌，豫章郡樟树人，三国时的东吴名将。由于他出身贫寒，开始时只是一位默默无闻的小吏，直到他后来遇到了虞翻和诸葛恪之后，才开始潜龙入渊，大展才华的。

　　聂友很有口才，初出仕时是为县吏。黄武元年，虞翻被孙权流放到交州，县令便让聂友护送虞翻出豫章，一路上，虞翻通过跟聂友的交谈，非常欣赏聂友的才学，便写信给豫章太守谢斐，请他任命聂友担任功曹。豫章郡当时是有功曹的，谢斐见了功曹就问他："有个叫聂友的县吏，他可以担任什么职务？"功曹回答谢太守说："聂友这个人只是县里的小吏而已，应该可以担任我的助手，当个曹佐。"谢斐就对功曹说："举荐他的人认为他应该担任功曹，就麻烦您让出位子吧。"于是，谢太守就任命聂友为功曹。后来谢斐派遣聂友到国都，诸葛恪很是爱慕聂友的才华并与他交好。当时，在士人间经常有人谈论丞相顾雍的两位孙子顾谭、顾承的事，说是在国都内没有能和他们两个比拟的人了，但诸葛恪却认为聂友是与顾谭、顾承不相上下，互为伯仲的人，聂友因此名动东吴，声誉鹊起。

吴赤乌4年，亦即是公元241年，儋耳郡发生叛乱，也就是我们今天的海南岛，孙权准备派人去平定那里的叛乱，便向军师全琮问计，是不是可行？全琮说："殊方异域，隔绝瘴海，水土气毒。自古有之兵入民出，自生疾病，转相污染，往者惧不能，反所获何？可多致猥亏江岸之兵，以冀万一之利。愚臣穷所不安。"孙权完全不信全琮的话，便问大将诸葛恪。这时，大将军诸葛恪就见机推荐聂友出任珠崖太守，带兵前去。因此，孙权便下诏加聂友为将军与校尉陆凯一同前往琼崖征战，最后，聂友大获全胜，满载而归。吴主孙权心下大悦，诏告拜聂友为丹阳太守。

诸葛恪在孙权长子孙登为太子时，担任左辅都尉，他作为东宫幕僚的领袖辅佐太子理政。之后历任丹阳太守、威北将军等职，赤乌八年，丞相陆逊病逝，诸葛恪升任大将军并代领其兵。神凤元年，在孙权病危时，孙峻力荐诸葛恪为托孤大臣之首。孙亮即位后，诸葛恪便受封为太傅，掌握吴国的军政大权。在执政初期，他革新政治，在率军抗击魏国时，取得了东兴大捷的胜利，并因功加封为丞相、晋爵阳都侯。

自此之后，诸葛恪产生了轻敌之心，开始大举出兵伐魏。在这个过程中，聂友曾经写信给诸葛恪说："大行皇帝本有遏东关之计，计未施行。今公辅赞大业，成先帝之志，寇远自送，将士凭赖威德，出身用命，一旦有非常之功，岂非宗庙神灵社稷之福邪！宜且案兵养锐，观衅而动。今乘此势，欲复大出，天时未可。而苟任盛意，私心以为不安。"诸葛恪刚愎自用，不信聂友的话，大发州郡二十万大军，导致新城惨败的恶果，引起了朝廷的震动。后来，被孙峻暗中联合吴主孙亮，将诸葛恪及其党羽以赴宴为名诱入宫中，在宴会上给全部灭害了。

因为聂友早就预知诸葛恪会打败仗，曾经给滕胤写过一封信，他在信上这样说："当人强盛，河山可拔，一朝羸缩，人情万端，言之悲叹。"当诸葛恪被诛灭之后，因为孙峻知道聂友是诸葛恪的生前好友，怕他起兵给诸葛恪报仇，所以就特别忌讳他这个人，就想着法把聂友派到遥远的交州，也就是今天的越南北部红河流域去担任郁林太守，聂友气愤之下，一病不起亡故了，时年才三十三岁。

徐整是豫章人。三国时，他担任东吴国的太常卿。据《隋书》记载，徐整一生撰述的著作有三卷本的《毛诗谱》一部，中国上古传说的《三五历记》及《五运历年纪》两部、《豫章列士传》三卷、《通历》二卷、另外，还有他注解的《孝经默注》一部，徐整的《三五历记》及《五运历年纪》是我国历史文化进程中，据目前所知，是记载盘古开天传说的最早的著作。

以下，我选录他在《三五历记》及《五运历年纪》中的一些精妙文字放在这里供大家欣赏：

"天地浑沌如鸡子。盘古生在其中。万八千岁。天地开辟。阳清为天。阴浊为地。盘古在其中。一日九变。神于天。圣于地。天日高一丈。地日厚一丈。盘古日长一丈。如此万八千岁。天数极高。地数极深。盘古极长。故天去地九万里。后乃有三皇。"

"天气蒙鸿，萌芽兹始，遂分天地，肇立乾坤，启阴感阳，分布元气，乃孕中和，是为人也。首生盘古。垂死化身。气成风云。声为雷霆。左眼为日。右眼为月。四肢五体为四极五岳。血液为江河。筋脉为地里。肌肉为田土。发为星辰。皮肤为草木。齿骨为金石。精髓为珠玉。汗流为雨泽。身之诸虫。因风所感。化为黎甿。"

由此可以想见，鄱阳湖流域的文学风气浓郁、愈积愈盛，是有着它的历史根源的。完全可以这么说，从徐整的《毛诗谱》三卷本，加上他的《三五历记》与《五运历年纪》，以及他的《孝经默注》，三卷本的《豫章列士传》、二卷的《通历》等这些文艺成果看得出来，其中的《毛诗谱》《豫章列士传》以及《三五历纪》与《五运历年纪》几部著作，就是典型的文学作品，尤其是从《三五历纪》以及《《豫章列士传》》来看，徐整首开了鄱阳湖流域人们从事小说文学创作与传记文学创作的新风，故而，这就足以证明鄱阳湖流域的文学表现形式在那一时期里，是在成建制、成系统地向人们走来，同时，也足以奠定徐整在中华文学王国里所应该属于他站立的位置，至此，我们应该相信，在浩瀚无垠、烟云弥漫，朦胧无际的文化长河中，鄱阳湖地域文学的身影在渐次地逐步变得清晰起来了……

两晋探幽

自东汉之后的三国分治，到西晋、东晋的两晋建立，在我国的历史上被后世叫作"三国并两晋"的故事。在两晋时期，鄱阳湖流域陆陆续续地走来了文化及文学的名家陶侃、陶渊明、吴猛、许逊、慧远、周访、雷焕、周续之、熊远以及他的侄子熊鸣鹄，还有那曾经隐居在鄱阳平原西部，彭蠡湖东岸群峰之中的谢灵运等人，其中，陶侃是陶丹的儿子，陶渊明是陶侃的曾孙，他们这是鄱阳湖流域第一个走出来的，隶属于那种家族传承式的文化及文学的方阵。

吴猛，许逊和慧远三人，则是释道两大文化阵营的杰出代表。陶侃、陶渊明、周续之、熊远以及客居鄱阳湖平原西部矶山"石壁精舍"的谢灵运在文学艺术上的非凡成就，则构成和缔造了鄱阳湖文学的第一次高峰。

东晋初年，陶侃有文集 2 卷。熊远有《御史大夫文集》13 卷。熊远之侄熊鸣鹄有文集十卷。如今，以上的文集除了陶侃的《逊位表》及《相风赋》残篇存世之外，其余的已难以钩沉。

吴猛是中国传统文化中"二十四孝"故事之一"恣蚊饱血"的主人公。初出仕时，吴猛担任西安县令。由于他从小就性情至孝，成为了至情至孝的代表人物。

"恣蚊饱血"的故事是这样讲的，吴猛从小就非常孝顺父母。因为家里很贫穷，床上没有蚊帐。每到夏天，南方的蚊子又特别多，又大又黑的蚊子咬得一家人都睡不好觉。方才八岁的吴猛很是心疼劳累了一天的父母，为了让他们俩能够睡上一个踏实觉，自己就偷偷想了这么一个办法，每到晚上的时候，吴猛就赤身睡在父母身旁。小孩子家细皮嫩肉的，蚊子都集聚在他身上，且越聚越多。吴猛却任蚊子叮咬吸血，一只也不赶走。

吴猛认为蚊子吸饱了自己身上的血，便不会去叮咬父母，八岁孩童的这种想法虽然可笑，但是，却让人半点笑不出来。此法看来实在是不可取的，但其对父母的爱却是爱到了极致，才会做出这种"痴傻"的行为出来。大家想一想，吴猛怀着的是一颗多么纯净的童心啊！

吴猛在四十岁左右的时候，开始潜心修道，然后，又师从当时的南海太守鲍靓，跟着鲍靓又学到了一身的本事。到晋武帝时，吴猛便以一身所得到的秘法尽传于许逊。在过了一段时间之后，他见许逊的道法和造诣已经远比自己要高深得多了，便又转过头来，反拜之前的徒弟许逊为师，可见他在对待学术这个问题上，胸襟是何等的广博和豁达？

东晋时期，民间曾经有过许多关于吴猛的传奇故事盛传且流行于世，这便激发了时任东晋著作郎的干宝的极大创作兴趣，于是，干宝深受吴猛身上传奇故事的启发，终于创作出了中国文学史上著名的神话小说《搜神记》，广泛地流传于后世，成为了中华民族一笔不可多得的文化遗产。

许逊是东晋时期的著名道士，豫章南昌人，道教净明派的祖师。太康元年，亦即是公元的 280 年，举孝廉出身，出任旌阳县令。许逊一生不慕名利，后弃官东归，著书立说，创立"太上灵宝净明法"。

许逊赋性聪颖，博通经史、天文、地理、医学、阴阳五行学说，尤其崇尚道家。二十岁时被举为孝廉，虽经屡次推荐他都没有接受。二十九岁的时候，方拜大洞君吴猛学道，尽得其秘传。三十六岁时与文学家郭璞结伴遍访名山胜地，最后选择南昌西郊的逍遥山，也就是今天的江西省南昌市新建区的西山隐居，只求修炼，不愿为仕，平日以孝、悌、忠、信教化乡里，深得乡里人的尊敬。直至西晋太康元年四十二岁时，因朝廷屡次加授诏命，许逊难于推辞，这才前往四川就任旌阳县令。

许逊到了旌阳，去贪鄙，减刑罚，倡仁孝，近贤远奸，实行了许多利国济民措施。有一年，旌阳大水为患，低田颗粒无收，许逊让大批农民到官府田里耕种，以工代税，使灾民获得解救。当时瘟疫流行，许逊便用自己学得的药方救治，药到病除，人民感激涕零，敬如父母。那时旌阳传唱一首民谣："人无盗窃，吏无奸欺，我君活人，病无能为。"盛赞许逊的功德。邻县民众纷纷前来归附，旌阳人户大增。许逊在旌阳十年，居官清廉，政绩卓著，被人们亲切地称其为"许旌阳"。

十年后的太熙元年，鉴于晋室将有大乱，许逊料知国事已不可为，遂挂冠东归。启程时，送者蔽野，还有人千里跟随许逊来到西山，聚族而居，与许逊为伴，后来还都改成了许姓，人称"许家营"。

东晋元帝大兴四年，许逊隐居南昌南郊梅仙祠旧址，创办道院，名太极观，额曰"净明真境"，立净明道派。其宗旨为"净明忠孝"。相传许逊曾经著有《灵剑子》等道教经典著作传世。

慧远，东晋时的高僧，雁门郡楼烦县人，也就是今天的山西原平大芳乡茹岳村人。

慧远从小就资质聪颖，勤思敏学，他十三岁的时候，便跟随舅父令狐氏到许昌、洛阳等地游学。他不仅精通儒学，而且旁通老庄。到了二十一岁时，便又偕同母亲和弟弟慧持一起，前往太行山去聆听道安法师讲解《般若经》，于是，在道安法师的影响下，他开始真正悟彻佛法的真谛，一心向佛，故而舍俗出家，随从道安法师专心修行。

周访，原本是汝南郡安城县，也就是今天的河南省汝南县东南那一带，后移居在庐江郡寻阳县，也就是今天的江西省九江县。东晋时期的名将。

周访虽然是出身于寒族之人，但是为人沉毅、谦让，且有好施之名。初出仕时，他担任寻阳功曹，后来又被察举为孝廉。琅玡王司马睿升为镇东大将军后，征辟周访为僚佐。其后，周访屡次领兵，讨平江州刺史华轶及荆州杜曾的叛乱，又协助平定杜弢的流民叛乱，为司马氏政权立足南方作出了杰出贡献。后累官至安南将军、梁州刺史，封寻阳县侯。晚年在梁州务农练兵，抗衡跋扈不臣的大将军王敦。太兴三年，公元320年，周访去世。

雷焕，西晋时的豫章南昌人，他在任丰城县令期间"施仁政，废霸道，谦和待百姓，廉洁抚民怨，宽厚感民心"，深受古代丰城百姓的敬重。

翻阅晋书，张华列传中这样记述，丰城县令雷焕掘土得宝剑干将、莫邪，传其子雷爽。

某日夜间，司空张华正与雷焕闲聊，忽见空中有异气起于斗牛之间，便问雷焕看见没有？雷焕说，此谓之宝剑气也。张华说，时有相吾者云，君当贵达，身佩宝剑，看来此言是要应验了。于是，便任命雷焕为丰城令。雷焕到任之后。对监狱进行改造，在挖地基的时候，竟然挖到了一只青石匣子，里面藏有两柄剑，剑身上锈迹斑斑。后来，雷焕经过南昌时，便遣人取西山北岩下的黄白色土二升用来擦拭宝剑。令他没有想到的是，两柄宝剑经此土一擦拭，竟然光艳照耀，英气逼人。众人莫不惊愕不已。后来，雷焕便送了其中的一柄剑与少许的黄土给了张华。自己留下了一剑。张华得剑之后，欢喜地置放在自己的身边对人说道，此剑名干将是也，莫邪何以不至？然天生的神物，终将是应该结合在一起的呀。此间的黄土是南昌西山北岩的土也，若是用赤土再加以擦拭。剑身会变得更加鲜亮、精明、锋利。后来，雷焕的儿子雷爽带剑经延平津时，宝剑无故堕入水中，找人下水打捞，打捞的人爬到岸上来说，他没见到宝剑，倒是看见有两条数丈长的龙盘绕在一起，光彩彻发，曜日映川的，好不吓人。这个故事便是王勃《滕王阁序》中"物华天宝，龙光射牛斗之墟"这一千古名句的由来。

周续之，是位倾情专一的学者，儒道释三学兼通，尤以老庄为主。在晋代玄学兴盛的时期，他既不盲目地效仿玄学家的放任和旷达，也不坚持他老师范宁怒斥玄学家为桀纣的武断，而是不趋时尚，拣真求知，唯求知识的渊博与个人精神的悠游自在。

周续之的祖辈是由雁门移居豫章建昌县，今永修县的。在他 8 岁的时候，由于父母亡故较早，便由兄长抚养成人。周续之 12 岁时到郡学读书，跟随豫章太守范宁求学。范宁对魏晋以来的玄学思潮大加抨击，而以儒家经典教授他的学生，周续之跟随范宁读了几年的书，成为了同学们眼中的佼佼者，得了一个"颜子"的美誉。

后来，周续之闲居在家时，经常读《老子》《庄子》《周易》这三部著作，同时，也涉猎到一些佛教的典籍，在学习的过程当中，积极地对儒道释三学来进行充分的比较和认识，他尤其对老庄的学术颇有心得体会。因而老庄的思想就较多地影响了他的人生观。因此他一生过着布衣蔬食的独身生活。他常常高声诵读嵇康的《高士传》，也十分欣赏书中那些高士的风度，甚至情不自禁地为之注解。他同庐山的慧远不仅有同乡之谊，在为人处世上也颇有慧远之风。他经常去庐山敬事慧远大师，史载他是慧远门下的五贤人之一。

东晋南朝时期，虽然帝王与高门士族过着腐朽的生活，但是他们常常迎合世风而附庸风雅。豫州刺史抚军将军刘毅镇守姑孰时，便请周续之去当抚军参军，晋帝又征聘他做太学博士，他都没有接受。但是江州刺史刘裕每次请他同游山水，他都欣然从命。

刘裕身为大将军有心成就大业，重视征用名士，周续之被辟为太尉掾，他仍旧拒绝征辟。刘裕知道他心气高傲不肯为官，称他"真高士也"。于是赐给他丰厚的礼物。但是周续之在高官厚礼的隆遇下，一如既往、不变节、不欣喜，依旧在山中过着他恬静的平民生活。

刘裕称帝后，为周续之在东城外设立书馆、召集门徒进行教学。还亲自到学馆中向他请教《礼记》中"傲不可长"、与我九龄、"射于园"这三句话的义理所在。他为刘宋武帝作了精辟的辨析。周续之学识渊博，时人称为"名通"，周续之平素患有风痹，但他为学不知寒暑，从教孜孜不倦。后来由于劳累过度，四十六七岁就因病亡故了。

周续之"思学钩谋"，勤于笔耕，中年夭折，实在可惜。他的著作有《嵇康高士传注》3卷、《公羊传注》《礼论》《毛诗六义》等，可惜现今都已散佚。周续之还有一个难得的称誉，便是与刘遗民、陶渊明一起，被时人称为"浔阳三隐"，也叫作"庐山三隐"。

为什么周续之、刘遗民、陶渊明被世人称之为"浔阳三隐"呢？

刘遗民就是晋代有名的居士刘程之，他是"东林十八高贤"之一。当时，周续之弃官归里，便到庐山东林寺去找释慧远，此时，正好彭城的刘遗民亦遁迹来到了匡山隐居，陶渊明恰好在那时期也不肯应征诏命出去做官，三个人走到了一起，每天饮酒唱和，故此，后来被世人谓之曰浔阳三隐。刘程之，彭城人，汉楚元王之后。妙善老庄，旁通百氏。少孤，事母以孝闻，自负其才，不预时俗。初解褐为府参军，谢安、刘裕嘉其贤相推荐，皆力辞。性好佛理，乃至庐山倾心白托。刘裕以其不屈，乃旌其号曰遗民。

熊远，豫章南昌人。性格清廉正直，颇有士风。时有黄门郎潘岳见熊远而称其身具异秉，是不可多得的人才。熊远从小就树立起了远大的志向，当时，县里召他任功曹一职，熊远不去上任，后来，县里强行将衣冠博带送到他家里去，要他去履职，他也没有去。没想到十余日后，他又被县里举荐到了郡里，担任文学掾一职。熊远这才说道，辞大不辞小，于是就去了县里赴任。太守在考察了熊远一段时间之后，便举荐其为孝廉。时属太守讨伐氐羌，熊远不与同行，只送至陇右便回来了。后来，太守会稽夏静又辟熊远为功曹，一直到夏静离职，熊远又送他到老家会稽以后才回来。

元帝还在当丞相时，就任用熊远为主簿。时传北陵被发，帝将举哀，熊远上疏说，园陵既不亲行，承传言之者未可为定。且园陵非一，而直言侵犯，远近吊问，答之宜当有主。谓应更遣使摄河南尹案行，得审问，然后可发哀。即宜命将至洛，修复园陵，讨除逆类。昔宋灭无畏，庄王奋袂而起，衣冠相追于道，军成宋城之下。况此酷辱之大耻，臣子奔驰之日！夫修园陵，至孝也；讨逆叛，至顺也；救社稷，至义也；恤遗黎，至仁也。若修此四道，则天下响应，无思不服矣。昔项羽灭义帝以为罪，汉祖哭之以为义，刘项存亡，在此一举。群贼豺狼，弱于往日；恶逆之甚，重于丘山。大晋受命，未改于上；兆庶讴吟，思德于下。今顺天下之心，命貔貅之士，鸣檄前驱，大军后至，威风赫然，声震朔野，则上副西土义士之情，下允海内延颈之望矣。况且现有杜弢流民之难在侧，不能从也。

时江东草创，农桑弛废，熊远又建议说，立春之日，天子当祈谷于上帝，乃择元辰，载耒耜，帅三公、九卿、诸侯、大夫，躬耕帝藉，以劝农功。

建兴初，正旦将作乐，熊远又谏说；谨案《尚书》，尧崩，四海遏密八音。《礼》云，凶年，天子撤乐减膳。孝怀皇帝梓宫未反，豺狼当途，人神同忿。公明德茂亲，社稷是赖。今杜弢蚁聚湘川，比岁征行，百姓疲弊，故使义众奉迎未举。履端元日，正始之初，贡士鳞萃，南北云集，有识之士于是观礼。公与国同体，忧容未歇。昔齐桓贯泽之会，有忧中国之心，不召而至者数国。及葵丘自矜，叛者九国。人心所归，惟道与义。将绍皇纲于既往，恢霸业于来今，表道德之轨，阐忠孝之仪，明仁义之统，弘礼乐之本，使四方之士退怀嘉则。今荣耳目之观，崇戏弄之好，惧违《云》《韶》《雅》《颂》之美，非纳轨物，有尘大教。谓宜设馔以赐群下而已。元帝采纳了熊远的建议。

是时，熊远转丞相参军后，琅邪国侍郎王鉴劝帝亲征杜弢，远又上疏说，皇纲失统，中夏多故，圣主肇祚，远奉西都。梓宫外次，未反园陵，逆寇游魂，国贼未夷。明公忧劳，乃心王室，伏读圣教，人怀慷慨。杜弢小竖，寇抄湘川，比年征讨，经载不夷。昔高宗伐鬼方，三年乃克，用兵之难，非独在今。伏以古今之霸王遭时艰难，亦有亲征以隆大勋，亦有遣将以平小寇。今公亲征，文武将吏、度支筹量、舟舆器械所出若足用者，然后可征。愚谓宜如前遣五千人，径与水军进征，既可得速，必不后时。昔齐用穰苴，燕晋退军；"秦用王翦，克平南荆。必使督护得才，即贼不足虑也。"会弢已平，转从事中郎，累迁太子中庶子、尚书左丞、散骑常侍。帝每叹其忠公，谓曰："卿在朝正色，不茹柔吐刚，忠亮至到，可为王臣也。吾所欣赖，卿其勉之!"

熊远在转任御史中丞后。时有尚书刁协用事，众皆惮之。尚书郎卢綝将入直，遇协于大司马门外。协醉，使綝避之，綝不回。协令威仪牵捽綝堕马，至协车前而后释。远奏免协官。时冬雷电，且大雨，帝下书责躬引过，远复上疏曰：

被庚午诏书，以雷电震，暴雨非时，深自克责。虽禹汤罪己，未足以喻。臣暗于天道，窃以人事论之。陛下节俭敦朴，恺悌流惠，而王化未兴者，皆群公卿士不能夙夜在公，以益大化，素餐负乘，秕秽明时之责也。

今逆贼猾夏，暴虐滋甚，二帝幽殡，梓宫未反，四海延颈，莫不东望。而未能遣军北讨，仇贼未报，此一失也。昔齐侯既败，七年不饮酒食肉，况此耻尤大。臣子之责，宜在枕戈为王前驱。若此志未果者，当上下克俭，恤人养士，撤乐减膳，惟修戎事。陛下忧劳于上，而群官未同戚容于下，每有会同，务在调戏酒食而已，此二失也。选官用人，不料实德，惟在白望，不求才干，乡举道废，请托交行。有德而无力者退，修望而有助者进；称职以违俗见讥，虚资以从容见贵。是故公正道亏，私途日开，强弱相陵，冤枉不理。今当官者以理事为俗吏，奉法为苛刻，尽礼为谄谀，从容为高妙，放荡为达士，骄蹇为简雅，此三失也。

世所谓三失者，公法加其身；私议贬其非；转见排退，陆沈泥滓。时所谓三善者，王法所不加；清论美其贤；渐相登进，仕不辍官，攀龙附凤，翱翔云霄。遂使世人削方为圆，挠直为曲，岂待顾道德之清涂，践仁义之区域乎！是以万机未整，风俗伪薄，皆此之由。不明其黜陟，以审能否，此则俗未可得而变也。

今朝廷以从顺为善，相违见贬，不复论才之曲直，言之得失也。时有言者，或不见用，是以朝少辩争之臣，士有禄仕之志焉……今朝廷法吏多出于寒贱，是以章书日奏而不足以惩物，官人选才而不足以济事。宜招贤良于屠钓，聘耿介于丘园。若此道不改，虽并官省职，无救弊乱也。能哲而惠，何忧乎欢兜，何迁乎有苗，何畏乎巧言令色孔壬！此官得其人之益也。

从以上的事例中，我们不难看出熊远不仅聪颖，而且十分的睿智和胸怀广大，不愧为鄱阳湖流域的人文文化的代表。

在东晋末期的这一时期里，鄱阳湖流域还走来了一位客居彭蠡湖东岸的文化名流，时任永嘉太守的谢灵运先生。他无意识地在彭蠡湖上首开将山川形胜入诗的创作手法，吹起了一股清新悦目的山水诗风。关于谢灵运隐居西山之事，我已在之前的《鄱阳湖，山水诗风动天下》一文中做了细致的叙述，而有关陶渊明醉心在田园阡陌之间，不意自脚下刮起一阵田园牧歌式的一代诗歌新风之事，我亦在《陶渊明，悠然田园柳骨风》一文中做过阐述，大家可以参考我在那两篇文章里面的观点，故此，这就让陶渊明、谢灵运两位诗人，同时站到了中华文学阵地的巅峰之上去了。

由此，我们不难看出在这一时期里鄱阳湖流域的人文气息有多么浓烈，文学创作的氛围是多么地浓郁。除了以上的陶、谢这两股文学的清风之外，鄱阳湖流域的文学创作亦是成果斐然。陶侃著有《陶侃文集》2卷，熊远著有《御史大夫文集》13卷，熊远之侄熊鸣鹄著有《熊鸣鹄集》10卷，许逊著有《灵剑子》道教经典著作1部，周续之有《嵇康高士传注》3卷、《公羊传注》《礼论》《毛诗六义》等6部著作，他们跟陶渊明，谢灵运一起共同开创了鄱阳湖流域欣欣向荣的第一次文学高峰。

南北谜朝

走过了西、东两晋时期，历史就进入到了我国历史上的南北朝时代。南北朝是大体发生在公元420年至589年间的这一时期里的大事件。它既是中国历史上的一段大分裂、大混战时期，同时，应该说它也是中华民族历史上的一段大融合时期。南北朝是上承东晋十六国而下接大隋朝的一个过渡时期。在南北朝的这一时期里，南朝是包含刘宋、南齐、南梁、南陈四个小朝廷在内的我国南方地区。而北朝则是包含了北魏、东魏、西魏、北齐和北周五个小朝廷在内的北方地区。虽然在那一时期里，南北两方都发生过不同的朝代更迭，但长期以来维持的是一种对峙的局面，故此，在我国的历史上称这一时期为南北朝。

就在历史进入南北朝时期，确切地说，应该是在南方的南朝刘宋永初二年，也就是公元的421年，鄱阳湖平原上发生了一次旷古未有的大地震，并引发了一次前所未有的大地陷。

那一年的夏天，彭蠡湖的东岸在突发的地震中陡然陷落，给彭蠡湖留下了一个巨大的豁口，无情的彭蠡湖水便汹涌澎湃奔腾直下，咆哮着吞噬了东部河网平原上的万千生灵，将一个原本是人烟稠密的河网平原，以及坐落其上的鄡阳县、海昏县相继淹没在了滔滔的洪水之中，形成了现代鄱阳湖的雏形，从此，后来的鄱阳湖流域这才有了"沉鄡阳，泛都昌，落海昏，起吴城"的故事传说。就在这次地震后的第六年，陶渊明走完了他的全部人生，还没来得及等到彭蠡湖易名为鄱阳湖就永远地长眠在了这块神奇的土地上。而谢灵运也是在地震之后的第12年，也就是公元的433年，在广州被朝廷给赐死了。

尽管南北朝这一时期里的纷争和动荡不断，但它似乎完全没有影响到鄱阳湖地域文化的发展脚步，鄱阳湖流域的人文气息及文学的氛围，依然浑厚浓郁，从浩渺烟波的鄱阳湖深处依然有序地走来了雷次宗、胡藩、邓琬、吴迈远、胡谐之、黄法氍等这些不同凡响的文化及其文学艺术界的代表人物。

雷次宗，豫章南昌人，南朝刘宋时期的教育家、佛学家。他曾两次被皇帝请到京城讲授儒学，齐高帝萧道成曾是他的学生。以雷次宗为首的分科教学，对之后随之而来的隋、唐时代的专科教育的发展，产生了直接的影响，成为了之后中国历朝历代分科大学的开端。雷次宗还是东林寺慧远的徒弟，名列十八高贤之一，对净土宗的发展起到了重要作用。

雷次宗从少年时期起，就进入庐山，专事沙门释慧远，且笃志好学，尤其是对《三礼》《毛诗》钻研得较为深刻和细致，一生隐退山野，不交世务。州郡曾经荐辟他就任州从事、员外散骑侍郎征等官职，雷次宗一概不就。

他曾经在写给子侄们的信中这样说："夫生之修短，咸有定分，定分之外，不可以智力求，但当于所禀之中，顺而勿率耳。吾少婴羸患，事钟养疾，为性好闲，志栖物表，故虽在童稚之年，已怀远迹之意。暨于弱冠，遂托业庐山，逮事释和尚。于是师友渊源，务训弘道，外慕等夷，内怀徘发，于是洗气神明，玩心坟典，勉志勤躬，夜以继日。爰有山水之好，语言之欢，实足以通理辅性，成夫亹亹之业，乐以忘忧，不朝日之晏矣。自游道餐风，二十余载，渊匠既倾，良朋凋索，续以衅逆违天，备尝荼蓼，畴昔诚愿，顿尽一朝，心虑荒散，情意衰损，故遂与汝曹归耕垄畔，山居谷饮，人理久绝。

日月不处，忽复十年，犬马之齿，已逾知命。崦嵫将迫，前途几何，实远想尚子五岳之举，近谢居室琐琐之勤。及今耄未至惛，衰不及顿，尚可厉志于所期，纵心于所托，栖诚来生之津梁，专气莫年之摄养，玩岁日于良辰，偷余乐于将除，在心所期，尽于此矣。汝等年各成长，冠娶已毕，修惜衡泌，吾复何忧。但顾守全所志，以保令终耳。自今以往，家事大小，一勿见关，子平之言，可以为法。"

到了元嘉十五年，朝廷再次征辟雷次宗到京师，开学馆于鸡笼山上，聚徒教授，一共有学生百余人。其中，会稽的朱膺之、颍川的庾蔚之也在那里教授儒学，并且帮着监理学馆及诸生。那时候，由于国学未立，皇帝便留心艺术教育，让丹阳尹何尚之带头设立玄学，太子率更令何承天设立史学，司徒参军谢元又相继设立了文学，至此，在刘宋一朝，四学共建，极大地丰富和发展了国家的教育事业，为选拔人才拓宽了通道。也为之后的隋、唐，在开科取士上做出了很好的示范作用。在雷次宗授馆期间，皇帝的车驾数次来看望他，并给他丰厚的物资储备。数年后，朝廷又要雷次宗做官，雷次宗不就，遂还庐山。

元嘉二十五年，卒于钟山，时年 63 岁。太祖在写给江夏王义恭的书信中这样说道，次宗亡故了。心下甚是感伤。义恭回复说，雷次宗不救所疾，甚可痛念。其幽栖穷薮，自宾圣朝，克己复礼，始终若一。伏惟天慈弘被，亦垂矜愍。

胡藩，豫章南昌人，刘宋开国功勋，南朝名将，散骑常侍胡随之裔孙，治书侍御史胡仲任之子。

胡藩少年时就成为孤儿，居丧以哀伤闻名。太守韩伯见了他，对胡藩的叔叔尚书胡少广说，您的这个侄子一定会以义烈成名的。之后，州府就征召他，胡藩不去上任，等到他的二弟加冠结婚之后，胡藩才到郗恢的军幕中去担任了参谋一职。当时殷仲堪为荆州刺史，胡藩的妻兄罗企生是殷仲堪的参军。胡藩从江陵经过荆州时，就去看望罗企生，当面劝说殷仲堪道，桓玄的意趣没有常性，您对他的崇信太过分了，不是迎接未来的好方法。殷仲堪听了很不高兴。胡藩从殷仲堪那里离开后对罗企生说，倒过戈柄来交给别人，必定会给自己带来大祸的，如果兄弟你不早早地离开殷仲堪，后悔就来不及了。果然，后来桓玄从夏口袭击殷仲堪，胡藩参谋殷仲堪的后军军事。殷仲堪遭遇大败，罗企生果然因为跟从了他而遭了祸患。

之后，胡藩转任桓玄府的太尉大将军相国参谋军事。宋武帝起兵时，桓玄战败将要逃跑。胡藩拉着马缰对他说，现在御林军的射手还有八百人，都是过去西部的义兵，我们一旦舍弃他们，再想回归的话，难道还能做得到吗？桓玄只是用鞭子指着天空，一言不发。他们俩自此奔逃，互相失散了，再后来，胡藩在芜湖又追上了桓玄。

武帝平时听说胡藩对殷仲堪直言劝告，又为桓玄尽节，觉得他是个重情重义的人，便招聘他到本镇军中参谋军事。起初，胡藩跟随武帝征讨慕容超，慕容超的军队屯聚在临朐。胡藩告诉武帝说，贼军屯兵城外，留守部队必然很少，现在前往攻取他的城池而斩断他的旗帜，这便是韩信战胜赵军的办法。武帝便派檀韶与胡藩秘密前往，于是攻克了此城。贼军见城池陷落，立即逃走，退军去保广固。武帝又把它包围起来，将要攻下的那天夜里，忽然有一只鸟像鹅一样大，青黑色，飞入武帝帐幕中。众人都认为不祥。胡藩庆贺说："青黑，是胡虏的颜色。胡虏归我，大吉大祥。"第二天早晨攻城，城被攻陷。他后来又跟随武帝征讨卢循到达了左蠡，这个左蠡就是过去被称为彭蠡之左的那个左蠡，即今天的都昌县左里镇。因屡战有功，被封为吴平县五等子。不久又被任命为鄱阳太守，跟随武帝讨伐刘毅。

起初，刘毅要去荆州，上表朝廷请求绕道东部回建邺辞别陵墓。离都城还有几十里时，就没再前行，而是面向宫阙叩拜。武帝见此，就前往倪塘会见刘毅，胡藩却请求武帝把他灭掉，胡藩对武帝说，您认为刘卫军在您以下么？武帝说，你以为怎样？胡藩说，要论豁达大度，功高天下，聚集百万之众，合乎天人愿望，刘毅当然应该佩服皇上。至于在涉猎记传，吟咏谈说，自诩为雄杰，进行夸口，官绅白面之士，纷纷投归等方面。刘毅就肯定不在您之下了。武帝反问道，我与刘毅都有克复的功劳，他的罪过还没有彰显，是不可以自相图谋的。但到了现在，武帝接着对胡藩说，以前如果是听从了你在倪塘的计谋，就不需要有今天的行动了……

由此可以看出，胡藩为人重义气，性刚直，通武善射，足智多谋。初参郗恢、殷仲堪军事，转投桓玄。桓玄败亡后，刘裕知其忠义和富有才略，招降，遂投入刘裕麾下。后随刘裕南征北战，先后参与刘裕北伐南燕，南征卢循，征讨刘毅，征讨司马休之，北伐后秦的战役，屡立战功，参与了刘裕的一系列政治、军事活动，才略超群，被誉为"江右俊杰"。历任吾平县五等子、除正员外郎、宁远将军、鄱阳太守、宁朔将军、参太尉军事、参相国事；刘裕称帝后，进封阳山县男，食邑五百户。宋文帝元嘉四年，胡藩改任建武将军、江夏内史。元嘉七年，出任游击将军，接着出守广陵，任广陵太守，晚年任太子左卫将军，封土豫章西，因胡藩深爱赣西新吴县，也就是今天奉新县的华林山水之胜，始就其地而居焉，元嘉十年卒，时年六十有二。

邓琬是豫章郡南昌县人。他的高祖邓混，曾祖邓玄，都当过晋朝尚书吏部郎。他的祖父邓潜之，官至镇南将军长史。父胤之，世祖征虏长史、吏部郎、彭城王刘义康大将军长史、豫章太守、光禄勋。

邓琬最开始当本州西曹的主簿、南谯王义宣征北行参军，再转本府主簿、江州治中从事史。当世祖起义时，任命邓琬当辅国将军、南海太守。他又率领部队至广州讨伐萧简，攻打了一年多才攻克。又因为臧质造反、被广州刺史宗悫逮捕，遇到大赦又被释放。邓琬的弟弟邓璩和臧质一同造反，臧质失败后因随从他而被灭，另一个弟弟邓环也因为这事而被灭。邓琬因为远离了他们，又再加上有功劳，就被免除死刑而遭流放，仍然是停在广州。好长时间了才得以回到内地，被任命为给事中、尚书库部郎、都水使者、丹阳郡丞、本州大中正。大明七年，皇上巡视历阳、追念做藩王时的故旧功臣，下诏书说，前光禄勋，前征虏长史邓胤之器局深沉，长期任职，成绩卓著。我当年作藩镇长官时，他最先辅佐我，心性忠诚，竭力效诚，我一直不能忘记，往年他的儿子邓璩凶狂，自取灭亡。但邓胤之的功勋应该让他的儿子邓琬继承，现在就特别赦免邓琬的死罪。可以升为给事黄门侍郎，以表彰邓胤之的忠诚。

越明年，邓琬出外当晋安王刘子勋的镇军长史、寻阳内史、代管江州的事务。前废帝疯狂没人性，他认为太祖文帝、世祖孝武帝都是因为在兄弟辈中排行第三而当上皇帝，子勋在兄弟中也是排行第三，便深深怀疑他而把他当成有威胁的人，于是听从何迈的计策，派人带毒药赐刘子勋自灭。使者到了以后，刘子勋的典签谢道遇、斋帅潘欣之、侍书褚灵嗣等用驿马使者告诉邓琬这个消息，并哭着请他想法子。邓琬说，我本来是南方寒族，承蒙先帝的特别厚恩，把他的爱子托付给我，我怎能顾惜家门一百多人的性命？应该用死来报答先帝的厚恩。幼主昏庸残暴，国家危险万分，他名义上为天子，实际上是独夫一个。我们现在应该指挥文武将官，直接挥军京城、和众公卿大臣，一同除去昏君，拥立明君。景和元年十一月十九日，他宣布了刘子勋的命令后，便于当天就戒严了。刘子勋穿着军装出外倾听意见、召集部众，叫潘欣之以口头宣布命令说，少主昏乱暴虐、都是先生们亲眼得见的，被先帝顾托的大臣都被他灭死。他驱逐逼迫伯侯公卿，幽闭侮辱太后，和一些残酷的人，共同制造这些罪恶，呆在京城中的亲王们，都被关起来，等于落入虎口。我本人一则是皇室亲戚，再则是先皇的儿子，怎么能坐观祸乱的发生！现在便想集中九州的人马，写文告给远近各州，一同为国家出力，诸位先生认为应该怎么样？前面的人还未回答，录事参军陶亮就说，少主昏乱发疯，罪恶滔天，伊尹、霍光在古代曾经废除过这种昏君，殿下今天也应该这样做，本州的士大夫，世世代代力行忠诚道义，况且正遇目前这千载难逢的机会，我们请求为殿下效劳，做先锋前行。众皆愿意听从号令。当下，所有的文武官员都被晋爵加级了。刘子勋转陶亮为谘议参军事、并任中军参军，加号宁朔将军，总管军务。功曹张沈当谘议参军，统管水军，参军事顾昭之、沈伯玉、苟道林等参管书记。南阳太守沈怀宝、岷山太守薛常宝赴郡上任，刚到寻阳，便与新蔡太守韦希真同时被任命为谘议参军，兼任中军参军，彭泽县令陈绍宗等人俱当将领。

当初，废帝叫荆州逮捕绑送前军长史，荆州行事张悦东行到溢口城时，邓琬传刘子勋的命令，打开了他的枷锁，用刘子勋坐的马车接张悦，刘子勋让张悦当司马，加官征虏将军，加官邓琬冠军将军，他们二人共同掌管内外所有的事务。他们派将军俞伯奇率领五百人出外截断大雷池，不许商人旅客过往和公家民间的书信事务联系。又派人统计属下各郡的人丁户口，收集武器，十天之内，便得到全副武装的士兵五千人，前进驻扎大雷池，在附近两岸建筑堡垒，巴东建平二郡太守孙冲之到郡上任，刚到独石，邓琬就让孙冲之当刘子勋的谘议参军，兼中军参军，加号辅国将军，和陶亮共同统率前锋军队。叫记室参军苟道林写出檄文，迅速告知远近各州。

恰遇太宗平定乱子，增加刘子勋位号为车骑将军，开府仪同三司。朝廷的任命刚到，江州将吏都很高兴，他们对邓琬说："暴乱既然被消除，殿下又可以设立黄阁当宰相，确实是公家私家的大喜事。"邓琬认为刘子勋在兄弟中排行老三，在寻阳的起义活动，和世祖登上皇位的情况相同，理所当然一定会成功的。于是把朝廷的来信甩在地上说，殿下应当建立政权，设置黄阁机构那是我们这些助手的事。众人听了无不震惊。邓琬和陶亮等，修理和整顿武器，向其他各州征兵。

郢州刺史安陆王子绥、荆州刺史临海王子顼、会稽太守临海王刘子房、雍州刺史沈文秀、冀州刺史崔道固、湘州行事何慧文、吴郡太守顾琛、吴兴太守王昙生、晋陵太守袁标、义兴太守刘延熙等人同时叛乱。

此前，废帝刘子业用邵陵王刘子元当冠军将军、湘州刺史，中军参军沈仲玉当道路行事，走到鹊头，听说浔阳正举行大事，便停在那里，启告太宗该怎么办。太宗认为子勋他们起兵目的是消灭废帝，虽然猜疑他们没有放下武器，但并不想首先表示和他们立场不同，叫沈仲玉继续前进上路，太宗的书信还未到达，邓琬听说刘子元停在鹊头没有前进，便派几百人截住他并把他接到浔阳，于是在象尾建立军府，下了一道给朝廷的檄文，文章说，群龙无首，天下大乱，风起云涌，太祖武皇帝拨乱反正，建立宋王朝，但在位时间不长。太祖文皇帝继承武帝的大业，四海安定，人民幸福，政治清明，礼法齐备，不幸中年遇祸。刘邵刘诞两个凶贼犯下了滔天大罪，灭君自立，丧尽天良，亲王们被迫屈从，没听说有立志复仇的，只是投降奸贼而得富贵，孝武皇帝不顾自己的安危，坚决复仇，率义兵进入京城讨伐叛贼，亲自灭掉了两个凶贼，九州重新安定，秩序重新恢复。但老天爷连续降祸，孝武帝不幸逝世，皇室的命运又一次改换，虽然新君继位，但荒淫残暴，我虽没有很高的才能，但身负藩王的重任，深深地担心国家的安危，可能会在一个暴君的统治下时刻被灭亡。所以在荆楚招聚英雄豪杰，传檄文告知京师，坚决遵循古人的明确教训，废去昏君拥立明主，为的是使我们皇室七代祖庙重新安定，朝廷有贤明的继承人，怎么会想到本朝的运道还要继续乱下去？灭皇帝的大乱接连出现，以至假借号令，残害贤臣，湘东王自立为皇帝，反而比先前的暴君更加凶恶，蔑视我们皇室的规矩，打乱我们皇室的继承秩序，灭我们的亲王兄弟，显出豺狼般的举动，做出赵王司马伦、河间王司马颖的叛逆举动，强夺我们的皇位，诬害上天和人民。不管怎么说，我的亲王兄弟们，还有十三个存在，老天有什么理，怎么让我们家不能祭祀先人？

当年强大的周朝政治制度开始削弱时，晋国、郑国诸侯得以效忠；兴旺的汉朝中间曾受到破坏，刘氏兄弟努力抗争，这些皇帝的枝叶远宗能够忘记自身的灾乱，况且我是皇帝的儿子，少帝的兄弟，以情以义都该勤王，因此在本州号召民众为国家复仇，所以泣血发誓，一定要恢复朝廷和先人的祭祀。现在派辅国将军谘议参军兼中直兵孙冲之、龙骧将军陈绍宗，率领老虎般的猛士，聚合二万兵士，沿江迅速出发，直抵石头城。龙骧将军兼领中直兵薛常宝、建威将军中直兵沈怀宝，率领手持方天画戟的兵士、轻骑千人，直接从南州出兵，直抵朱雀桥。宁朔将军谘议兼领中直兵陶亮、龙骧将军焦度，率步兵三万，沿长江江岸迅速攻打石头城，建威将军张泚、龙骧将军何休明，率勇士越过金陵；向东指向苏州。龙骧将军张系伯、龙骧将军陈庆，率先锋五千，弓箭手一万，从班渎出发，在西明会合，冠军将军、寻阳内史邓琬，率湘州、雍州勇士四万人总统各路会集京师。征房将军兼领本府司马张悦，统率战舰一千艘，水军五万，在后面接应前面的部队，冠军将军豫章内史刘衍，宁朔将军武昌太守刘弼、宁朔将军西阳太守谢稚，建威将军兼中直兵晋熙太守阎湛之，都聚集本郡，为本府效劳。后将军、郢州刺史安陆王子绥对我推戴备至，士兵早已训练齐整。冠军将军、湘州刺史邵陵王刘子元沿江而下，率领部队迅速到来。前将军、荆州刺史临海王刘子项在陕西整练精兵，愿意出动数万增援我们，辅国将军、冠军长史，长沙内史何慧文，受先帝提拔，忠诚效力。冠军将军、雍州刺史袁青，不谋而合从汉南出发。建威将军、顺阳太守刘道宪，心怀忠义，出兵三千支援。梁州、益州、青州、徐州、豫州、吴郡、会稽郡，都派使者报信，愿意效忠，发誓一起行动，内外相应。我亲率十万大军沿途东进。我军的队伍充满山川，我军的武器照亮了原野，军鼓震撼了大地，吼声惊动了苍天。所有各个将领，都忠诚守分，智谋百出，果断英勇，谋略变化无方。我军水陆并进，数路长驱，兵舰越过险阻，士兵日夜争先。用这个队伍进攻，谁能抵挡？用这样的队伍起事，沧海可填。

朝中诸位先生或者在先朝蒙受先帝提拔，感激先帝厚恩；或者世代忠良，看见国家的危险便踊跃奋争。但是现在被人胁迫，无路效忠。我军四面密布，形势喜人，先生们因势而起，不需要观望了。应该转祸为福，相机而动，当年周公召公和三叛在同时代，金日石单与霍光和上官桀共同侍候一个皇帝，邪人正人混在一起，哪一代没有？但是做了正义的事业便名播四海，恶人当道则正义被压。你们应当学习纪季进入齐国、陈平投身汉朝的榜样，那样便能安全获得保障，名誉得以保护。你们明智地选择好的榜样，不要学坏例子。如果心想投机，或左右两投，那么将会五族诛灭，格灭不论。我军的赏罚明如日月。巫山已燃烧，荆棘和艾草同时被毁。我希望你们选择光明的道路，不要走上毁灭的歧途。檄文传到你们那里的时候，希望各人能够迅速明白这些道理。发布了檄书之后，刘子勋同时下令，能灭太宗的人封万户侯，布绢二万匹，金银五百斤，其余各个等级的官员都有赏赐。

后来，太宗派荆州典签邵宰通过驿站回到江陵，经过襄阳时，袁青派他给邓琬带信，劝说邓琬不要解除武装，且上表劝刘子勋做皇帝，郢州接受寻阳开始的檄文。后来又听说太宗即位，便解除武装，放下了武器。等到再又听说寻阳继续戒严时，因而袁青再次响应。郢州州府行事录事参军荀卞之非常害怕，担心被邓琬所指责，马上派谘议兼领中兵参军郑景玄带领军队迅速东下，同时也运送军粮过去。邓琬于是称说吉祥瑞气，赶造皇帝坐的车子和穿的衣服，说什么松滋县豹子自动归来，柴桑县送的竹子有"来奉天子"的字样，又说青龙出现在东淮河中，百鹿被发现在西岗。又叫顾昭之写成《瑞命记》。建立宋庙，设立坛场，假传盖有崇宪太后玉玺的命令，叫各个郎将吏士上表劝子勋做皇帝。

泰始二年正月七日，刘子勋在浔阳城即皇帝位，改景和二年为义嘉九年。让安陆王刘子绥当司徒、骠骑将军、扬州刺史、浔阳王刘子房当车骑将军，临海王刘子顼为卫将军，他们同时都是开府仪同三司，以邵陵王刘子元当抚军将军。

令众人没想到的是，在刘子勋登基的当日，乌云满天，细雨濛濛，当行登位大礼时，众臣竟然都忘记了山呼万岁，实在是不祥之兆。登基大典过后，大家着手来改造刘子勋之前坐的车子，他们把其中的车轮去掉，变成新的辇车，辇车被放在刘子勋新盖的宫殿西边。当天傍晚，有些鸠鸟在里面栖息，在车帘上栖息的是号号鸟，此外还有一些秃鹰歇在城墙上面，这些可都是不祥之兆呢。刘子绥拜官司徒的那一天，乌云蔽日，雷电交加，霹雷把他住的黄阁柱子也震动了，黄阁的房顶掉在地上。另外有鸥鸟栖息在他帐子上，这也是不吉之兆。

刘子勋以邓琬当左将军、尚书右仆射，张悦为领军将军、吏部尚书，征房将军的官职还是照旧。升袁青为安北将军，另加尚书左仆射。临川内史张淹当侍中。江州府的主簿顾昭之，武昌郡太守刘弼同时当黄门侍郎。鄱阳内史丘景先、庐陵内史殷损、西阳太守谢稚、后军府记室参军孙诡、长沙内史孔灵产、参军事沈伯玉、荀道林都当中书侍郎、荀卞之当尚书右丞、府中主簿江义当尚书右丞、本府主簿萧宝欣当通直郎。邓琬大儿邓粹、张悦的儿子张洵都当员外郎。邓粹还兼任卫尉。张洵的弟弟张冽当司徒府主簿，建武将军，领军主、晋熙太守阎湛之加官宁朔将军。庐陵内史王僧胤当秘书丞。桂阳太守刘卷当尚书殿中郎。褚灵嗣、潘欣之、沈光祖当中书通事舍人。其余各个州郡官吏，都加官晋爵。这样一来，浔阳这都城算是真正建立起来了。可叹，邓琬的好景不长，就在同年的八月间，他因兵败而被朝廷给处死了。

由此可见，古来九派汇聚之处的浔阳大地，也曾经弥漫过一阵恢宏的王气，并且气冲霄汉！尽管弥漫的时间短暂，但是，却为鄱阳湖文化内涵的丰富和发展作出了一定的历史贡献。

吴迈远是南朝刘宋时期的诗人，从他的创作风格来说，是属于那种从元嘉体到永明体过渡的那一时期里的诗人。刘宋一代，虽然未能像后来的齐、梁时期那样，形成大规模的以皇室成员为中心的文学团体，但是其在向后者过渡的痕迹已经较为明显的了。宋武帝刘裕在位时，就经常诏命并亲自主持文士宴集，让大家赋诗作乐，这在《宋书》以及《南史》上，就有很多关于此类文字的记述。

由于汉代对学馆的疏于管理和几经废弛，原有的博士传授之风逐渐终止，自魏晋以后，包括文学在内的学术中心逐渐地归于家族。至南朝时，文学家大多出自世家大族，文学亦成为典型的士族文学。近代文学大师、史学家刘师培曾经在论及南朝文学时说过，自江左以来，其文学之士，大抵出于世族。而世族之中，父子兄弟各以能文擅名。刘师培一针见血地指出了当时文学家的出身以及文学的这一家族性特征。

皇朝的门阀政治，造成了"世家"子弟至高无上的社会地位。作为一个特殊的阶层，他们的价值取向、行为方式甚至生活习惯，都成为各阶层成员羡慕、模仿的对象。在世家子弟的身份构成中，除了政治、经济、家世以外，文学修养也是其中的重要元素。新兴贵族若是要想真正地确立自己的"士族"地位，就必须在文化上得到大家的认同，而尤其是要得到那些老牌世家的承认。因此，历代的新进贵族在取得政治地位后他们着手做的第一件事，就是提高自身的文化素养，主动向那些老牌世家靠拢。以南朝王室为例，南朝历代皇室均起身于行伍，生于寒门，本就无关风雅才情，但是在立国之后，他们都无一例外地爱好起文墨来。宋武帝爱文，宋文帝不仅彬雅，更兼秉文之德。孝武帝则是有名的才子。及至梁朝，其流风弥盛。盖由时主儒雅，笃好文章，故才秀之士，焕乎俱集。陈后主嗣业，雅尚文辞。宗室之中的重文现象更加普遍，宋临川王刘义庆、齐竟陵王萧子良、梁昭明太子即是其中的典型。拥有最高政治地位的帝王宗亲，对文学的爱好和提倡反过来又加剧了社会的崇文风气，以致膏腴子弟，耻文不逮。在南朝的上流社会，文学成了身份的象征，也是贵族子弟借以自矜的主要手段。

南朝文学家们的特殊的身份，决定了他们不可避免地要与政治发生联系。首先，南朝文学家大多习惯依附于拥有实权或地位较高的人。从实际情况看，文学家依附的对象要么是帝王宗亲，要么是名门贵族。无论是帝王宗亲，还是名门贵族，在南朝这样特殊的社会环境下，都有可能成为一个政治权力的中心。政治秩序的混乱和不同权力中心的并存，这就导致了依附在诸王身边的文学家们，自然而然地产生各为其主的心理，故此，文人预政与涉政的事情就在所难免了。身处不同权力中心的文人一旦措置失当，即可招致杀身之祸。最为明显的情况出现在宋齐时期。宋齐时代的政治少有安宁，王室的内部诸王为了争夺皇位，往往纠集力量，形成各个不同的利益组织。宋代共历八帝，其中四位被灭或被废。齐代更为严重，不仅兴废无常，竟至灭尽诸王，终为同姓所替。实际上，某些宗王结识文人的确兼有明确的政治意图，文学兴趣倒是在其次的。

以庐陵王刘义真为例。刘义真因为不满其父刘裕废晋自立而备遭冷落。翻阅《宋书》，便可见刘义真与陈郡谢灵运、琅琊颜延之、慧琳道人等交情颇深，自云得志之日，以灵运、延之为宰相，结果却导致谢灵运被宋文帝诏于广州弃市。被卷入纷争中心而殒命的著名文人还有范晔、吴迈远、鲍照等人。范晔因为拥立彭城王义康，谋诛文帝，事情败露后反被诛灭，吴迈远因为替谋反的桂阳王刘休范草拟书檄，事败后亦遭灭族之祸，鲍照先是以奇言见赏于临川王刘义庆，后为临海王刘子项前军参军。刘子项因不受明帝之命而被赐死，照亦为乱军所灭。

这一时期最具影响力的文学团体无疑当属围绕在竟陵王萧子良身边的西邸文学团体。相比而言，西邸团体的文学色彩要比其他的文学团体明显要浓厚得多，但其很多成员依然保持了与政治的密切联系。如"竟陵八友"之一的王融，因为试图拥立竟陵王而导致灭身之祸，谢朓则由于被卷入谋反事件惨遭屠戮。相对而言，另两位重要人物沈约和范云似乎算是成功者。沈约"齐初为文惠太子记室，明帝即位，征为五兵上述，迁国子祭酒"，范云"初与齐竟陵王萧子良善，屡随府迁"，而这两位深受齐主恩遇的知名文士却成了后来劝进梁王及"殊礼"的关键人物。同时参与劝进的还有被钟嵘评为"点缀映媚，似落花依草"的著名文人丘迟。由此可见，由于特殊的时代背景，文人一旦依附于皇室宗亲就很容易被卷入政治斗争的漩涡之中。

其次，南朝时期，门阀士族与皇室之间的关系十分微妙。南朝历代皇族均出自寒门，这些寒族出身的皇室在政治上无一例外地都采取了或明或暗的手段，压制传统的门阀士族，使得这些老牌士族的政治权力越来越衰弱。起初，为了维护自己的既得利益，这些受打击的士族成员还试图利用皇族内部的矛盾进行反抗，而到了后来，一代又一代寒族皇权的出现以及接踵而至的打击迫使这种反抗逐渐下降成为一种本能的自我保全。

吴迈远就曾被宋明帝刘彧召见，但未获赏识。宋末，桂阳王刘休范背叛朝廷。他曾为休范起草檄文，于宋元徽二年，坐桂阳之乱被诛。吴迈远的代表作有《长相思》《长别离》《游庐山观道士石室》等作品遗世。

胡谐之，豫章南昌人。祖父胡廉之，治书侍御史。父亲胡翼之，州辟不就。谐之初辟州从事主簿，临贺王国常侍，抚军行参军，晋熙王安西中兵参军，南梁郡大守。以器局见称。徙邵陵王南中郎中兵。领汝南大守，不拜。除左军将军，不拜。

世祖守溢城，使谐之守浔阳城，是为江州，复以谐之为别驾，委以事任。文惠大子镇襄阳，世祖以谐之心腹，出为北中郎征虏司马，爵关内侯。在镇毗赞，甚有心力。建元二年，还为骁骑将军，转黄门郎，领羽林监。永明元年，转守卫尉。越明年，加给事中。三年，迁散骑常侍，太子右率。

胡谐之风形瑰润，尤其善于独处，兼以旧恩见遇，不忘故交旧友，因而朝中之士多愿意与他交游。曾经发生在他身上的两个小故事，就足以说明他的为人有雅趣，但是，有时候他却也是锱铢必较的一个人。

我先来说一个僔音不正的故事。其时，皇帝经常笑说胡谐之的僔音不正，是指胡谐之说话的方言不好听。而僔音不正，则是指豫章、江州一带很难让人听得懂的方言。有一次，皇帝准备给胡谐之一个特别的礼遇，那就是赏给胡家一个与当朝贵族联姻的机会，但是，他又怕胡谐之的家人语音不正，说话不清爽，难以相互沟通，于是，皇帝就从皇宫内派出了四五人前往胡谐之家里，教胡谐之的子女们说话。时间过去了二年，皇帝问胡谐之，卿的家人语音已教正否？胡谐之答道，宫中来的人太少了，而臣家里的人又太多了，非但没能学到正音，还把宫里来的人都带得跟着我们说僔语了。皇帝听闻之下，甚觉有趣，便哈哈大笑起来，还每每在朝堂之上向朝臣说起此事来，总是乐不可支的样子。

还有一个"索求佳马"的故事，也是发生在胡谐之的身上。胡谐之既然身居要职，自然就要为朝廷多贮备一些战略物资，于是，胡谐之就派使者到梁州刺史范柏年那里去要好马。范柏年心里患得患失，不知如何是好，便跟使者说，马非狗子，那可得为应无极之求。使者觉得范柏年的人情很薄，便衔恨而归，回来后跟胡谐之说，柏年说，胡谐之是何僔狗，无厌之求。谐之听后，切齿致忿，觉得范柏年太看不起他了。当时，正赶上朝廷派王玄邈接替范柏年的梁州刺史一职，而范柏年向朝廷称病在身，迁延着时日不肯离开。胡谐之便借机在皇帝跟前告状说，范柏年自恃梁地四周山川险固，聚众在那里想擅权一州。等到范柏年离职回到京师了，皇帝本不想再追究范柏年的事了，胡谐之便又跑到皇帝跟前说道，像范柏年这样野兽般的人能随便放到山上去吗？胡谐之的意思是，你范柏年不是骂我僔狗吗，我就要在你身上还回去，说你范柏年就是一只野兽。皇帝当然知道他们两个人之间这是在相互挖苦对方，也就懒得去体会他们两个了。

胡谐之死后，南朝的文坛领袖沈约先生，曾经写过一首《怀旧·伤胡谐之》的诗歌，"豫州怀风范，绰然标雅度。处约志不渝，接广情无忤。颉颃事刀笔，纷纶递朱素。美志同山阿，浮年迫朝露。"

沈约，作为南朝时期的文坛领袖，他能够对胡谐之作出如此的评价，足以看出胡谐之堪当南朝一代人文的风范了。

黄法氍出身于名门望族，自幼机智勇敢，成年后熟习兵法。梁太清二年八月，侯景反梁于寿春，亦即是今天的安徽寿县，纵兵骚扰百姓。黄法氍便召集乡众自行建立武装起来进行防守和抵抗。有一次，太守贺翙去江州时，特地任命黄法氍为监知军事驻守新淦，也就是今天的江西省樟树市。次年六月，梁将陈霸先率兵由广东北上援助建业，途经大庚岭时，高州刺史李迁仕派主帅杜平房与陈霸先前军周文育在赣江边对峙百余日，驻在新淦的黄法氍派兵支援周文育。陈军于大宝二年二月，擒斩李迁仕，继续向江州进军。这时，侯景趁机派于庆进驻豫章，于庆分兵袭击新淦，黄法氍抗击失败。陈霸先即遣周文育进军攻打于庆，周文育担心于庆兵强，未敢冒进，黄法氍率兵与周文育会合，攻克笙屯，俘获甚众。

承圣元年，黄法氍被授为超猛将军、交州刺史衔，亦即是今天的越南河内刺史，领新淦县令，封巴山县子爵。承圣三年封明威将军、游骑将军，进爵为侯。太平元年十一月，梁景帝将江州所辖之临川郡、安成郡、豫宁郡、巴山郡划置为高州，黄法氍为高州刺史，都督高州诸军事，镇于巴山。

陈永定二年，原湘州刺史王琳倚仗北齐援助，遣李孝钦、樊猛、余孝顷攻周迪，并欲谋取黄法氍。黄法氍率兵与周敷等会合救援周迪，出战大胜，生擒李孝顷等三将，进封宣毅将军。次年五月，豫章太守熊昙朗灭都督周文育，举兵反陈，以应王琳，并据新淦县。王琳东下，陈文帝征南川兵，江州刺史周迪、高州刺史黄法氍欲沿江应赴，熊昙朗据城抗阻。天嘉元年三月，黄法氍与周迪筑城围攻，讨平熊叛军。被封为安南将军。

天嘉二年，周迪反陈。次年黄法氍率兵会都督吴明辙共讨周迪。黄法氍功居多，被封为镇南大将军、江州刺史，都督江、吴二州军事。天嘉六年升为中卫大将军。天康元年四月封公爵，次年提升为镇北将军、南徐州刺史。光大二年，徙为镇西将军、郢州刺史，都督郢、巴、武三州军事。

太建元年，进号征西大将军。四年，为南豫州刺史、使持节、散骑常侍、征南大将军，都督南豫州军事。五年，陈大举伐齐，都督黄法氍攻打历阳，尽歼守敌，并乘胜进军合肥，敌人望风而降。其部军纪严明，军士无掳掠，军民得安抚，俘虏遣返北方。因功又加升为侍中，封为义阳郡公，授征西将军、合州刺史，都督合、霍二州军事。太建七年，任豫州刺史，坐镇寿阳，都督豫、建、光、朔、合、北徐六州军事。太建八年十月，病逝于任所。

后世的史臣是这样来评价黄法氍的：氍淳于量，值梁末丧乱，刘项未分，其有辩明暗见是非者盖鲜，二公达向背之理，位至鼎司，亦其智也。昭达与世祖乡壤惟旧，义等邓、萧，世祖篡历，委任隆重，至于战胜攻取，累平寇难，斯亦良臣良将，一代之吴、耿矣。

北宋文豪秦观曾经给黄法氍做出了这样的评价：存心抚字著誉循良。其哺民也如卵，其视民心如伤。声名封於治郡，天子宠其襄章伟居刺史谦誉而光，世事其报，祚胤云章。

由此可见，在南北朝的那一时期里，雷次宗、胡藩、邓琬、胡谐之、黄法氍、吴迈远等人，构成了鄱阳湖地域文化的一道亮丽的人文风景线，而吴迈远的文学作品《长相思》与《长别离》中，那"何事空盘桓，白日下争晖"的无限情趣与无畏的情操，则韵留千古，光照万代，首次唱出了鄱阳湖人豪放不羁，超然于自我的洒脱胸襟和无私文学情怀。

"穿越"隋唐

　　一路走过了南北朝时期，中国的历史就进入了著名的隋、唐时代，其中，在历时 38 年的大隋朝里，鄱阳湖流域的人文气息都不是很浓烈的。纵观这一朝，屈指数来，真正在人文历史上值得称道的人物也只有鄱阳的林士弘一人，这位自鄱阳湖上的富饶之州踽踽走来的一个打鱼人。

　　林士弘者，乃隋末十八路反王之一也。尝据赣州称楚帝，在位凡七年余。

　　林士弘是隋朝末期鄱阳湖流域的农民起义军领袖。他不仅为人豪迈爽直，刚正不阿，而且还特别爱好武功，通晓谋略。隋大业十二年，也就是公元的 616 年，鄱阳人操师乞率先在鄱阳湖流域起兵反隋，林士弘便积极响应这位乡党的号召，很快地成为了起义军的中坚力量。操师乞率军攻陷豫章郡，亦即是今天的江西南昌市后，便任命林士弘为军中的大将军。

　　是年 11 月，隋炀帝下诏命治书侍御史刘子翊率兵前去鄱阳湖上讨伐操师乞。操师乞不幸在战斗中被流矢射中而死，林士弘便毅然接替操师乞统帅所辖部众。林士弘与刘子翊在鄱阳湖上展开了激烈的交战，最后，刘子翊战败身亡。林士弘则军威大振，手下的兵力竟然一下子达到十万余众。12 月 10 日，林士弘据守虔州，亦即是今天的赣州市，自称南越王。不久之后，又自称皇帝，改国号为楚，改元立年号为太平，任命王戎为司空。接着，林士弘又继续攻取了九江、临川、庐陵、南康、宜春等郡，各地的英雄豪杰竞相除掉了隋朝派出的郡守和县令，都以整个的郡县来全面响应林士弘的义举，楚境陡然大增其地。可以这么说，北自江西九江、南到广东番禺的广大地域尽为林士弘所据有，境域方圆达到了数千里以上。公元 621 年，岳阳的萧铣政权亡国之际，他的残部继而转投林楚者数以万计，林士弘的军事实力得到了进一步的加强。在这样的处境之下，林士弘政权便很自然地进入了李唐的视线，被大唐王朝所关注。等到第二年，李唐起兵来攻取林楚，林楚军被唐王朝的大军给打败了，林士弘也在战场上英勇地战死了，从此，林楚小朝廷就被唐王廷给完全彻底地铲除了。

尽管林士弘的林楚国政权薄弱，立国的时间也不是很长，在中华五千年的历史长河中，几乎可以说是昙花一现，但是，林士弘的抗争精神以及他的人文情怀是永远值得人们记住的一笔宝贵的精神财富。

数十年的时光倏忽而过，历经两世的大隋王朝在一夜之间便轰然倒塌下来了，代之而起的是我国历史上著名的大唐盛世，在盛唐的这一时期里，鄱阳湖流域可以说的是人才辈出，纷纷登台唱戏，各领风骚。"穿越"大唐王朝正在向我们走来的这些人是郑谷、钟绍京、綦毋潜、刘眘虚、卢肇、王贞白、行思、吉中孚、王季友、许和子、吴武陵、熊孺登、陈陶、来鹏、来鹄、任涛、陶玉、杨筠松等，他们是这一时期里，鄱阳湖地域文学真正的代言人。尽管他们的成就不如李白、杜甫、白居易、王维等人在中国文学史上的崇高，史册彪炳，但他们切切实实地为丰富和发展鄱阳湖地域文化及其文学的事业做出了最卓越的贡献，立下了不朽的功勋。

郑谷，江西省宜春市袁州区人。他大约生活在公元的 851 年到 910 年间，是唐朝末期的著名诗人。他的诗歌多是写景咏物之作，主要表现了那一时期里士大夫们的闲情逸致，诗歌的风格清新，通俗易懂，但有个缺点，就是有些流于浅陋和率直。他曾经与许棠、张乔等唱和往还，号"芳林十哲"。原有诗集遗世，可惜今已散佚，仅存《云台编》3 卷在世。

郑谷 7 岁便能做诗。史称"谷自骑竹之年则有赋咏"。其父叫郑史，唐开成中为永州刺史，与当时的著名诗人、诗论家司空图住在一起，司空图每每见到郑谷都觉得这个孩子是一个少有的人才，他经常抚摸着郑谷的后背对郑谷说，你将来一定会成为一代风流骚客。等到郑谷及冠之年，进京赶考，连续十六年考试都不及第。一直到僖宗广明元年黄巢入长安，郑谷逃奔西蜀。光启三年才终于荣登进士第。于昭宗景福二年授京兆鄠县尉，后迁右拾遗补阙。乾宁四年，改任都官郎中，因此，后世尽皆称呼郑谷为郑都官，又曾经因为他写过一首叫作《鹧鸪》的诗，在民间广为流传，名声很大，因此也被人称为"郑鹧鸪"。天复三年，也就是公元 903 年左右，郑谷归隐宜春的仰山书屋，后卒于北岩别墅。今天的宜春市区东风大街南段，民国时期曾经名叫鹧鸪路，就是用来纪念郑谷而命名的。

郑谷的诗歌总体来说，清婉明白，不俚而切，为同时期的薛能、李频等人所欣赏。他经常与好友许棠、任涛、张嫔、李栖远、张乔、喻坦之、周繇、温宪、李昌符等人唱答往还，被称赞为"芳林十哲"。郑谷曾经陪同唐僖宗登三峰，朝谒之暇，寓于云阳道舍，籍此编撰完成了他自己的作品《云台编》三卷，归家后，又编撰《宜阳集》三卷，撰写完成了《国风正诀》一卷。现存的《全唐诗》卷本中，一共收录了郑谷的诗作 327 首。

唐代有个"一字师"的故事，就是发生在郑谷身上的。曾经有个叫作齐己的诗僧，带着自己写的一首《早梅》新诗来拜谒郑谷，当郑谷读到"前村深雪里，昨夜数枝开"一句时，便对齐己说道，数枝非早也。末若一枝佳。齐己惊叹这改用"一"字之妙，不觉倒身便对郑谷拜谢道，先生真是我的"一字之师"也。

从此，郑谷的这个"一字师"的盛名，便在士大夫中广为传扬，有关的史籍也先后载入，一直流传了下来。

钟绍京，字可大，唐代兴国清德乡，亦即是今天的江西兴国县长岗乡上社村人，号称为"江南第一宰相"。系三国时魏国的太傅、著名书法家钟繇的第 17 代孙，历史上把这两位著名的书法家，钟繇称作"大钟"，钟绍京叫作"小钟"。江西地方志列为"十大乡贤"之一。官至中书令，越国公。

钟绍京幼时家贫，出身卑微，他是完全仗着自己的才能进入京都长安府任职的。他初任朝廷司农录事，虽然官职卑微，但是他的书法艺术卓尔不群。因为擅长书法而被兵部尚书裴行俭保荐，擢升入"直凤阁"任职。此后宫殿中的门榜、牌匾、楹联等，尽是他的墨宝手迹。

钟繇是楷书体的创立者，钟绍京便继承了其祖的家学渊源，有著名的《灵飞经小楷字帖》《唐人小楷字帖》存世，虽然钟绍京的书法留下的真迹极少，但董其昌认为赵孟頫的楷书就是学习钟绍京的小楷，因此可以从赵孟頫的楷书看到钟绍京的楷书风范。史称钟绍京的真书字画妍媚，遒劲有法。书法家苏东坡认为，榜书需要结密无间，以笔墨雍容、安静简穆为上。书法界认为榜书自古为难，其难有五，一曰执笔不同，二曰运管不习，三曰立身骤变，四曰临仿难周，五曰笔豪难精。而钟绍京能在武则天一朝题写"明堂九鼎"和诸官门榜，实在是钟绍京的著作难得之故。当时的朝堂之上，钟绍京只是一名小官，许多的大臣中，擅书法的人不少，可见钟绍京的榜书要站得住，必须有他自己的长处。有史书记载，钟绍京家里藏有王羲之、王献之、褚遂良等人的真迹数百卷呢，可见他学书至丰。

唐玄宗即位后，复召拜钟绍京为户部尚书，迁太子詹事。当时姚崇很是厌恶钟绍京的为人，于是奏言钟绍京经常发表怨言，因此，钟绍京被左迁绵州刺史，后坐事累贬琰州尉，尽削其阶爵及实封，不久又迁温州别驾。直到开元十五年才再度入朝，受过钟绍京恩惠的唐玄宗看他年迈，心中感到愧疚，便授其太子右谕德，后转少詹事，在京城度过他的晚年，年逾八十，死后归葬虔州的兴国老家。

为了隆重纪念唐代江南第一宰相钟绍京，钟氏后人于清嘉庆八年，也就是1803年，在老家修建了"越国公祠"，充分向人们展示了"江南第一宰相"钟氏家族的显赫和一路迁徙的源流。

如果说郑谷是唐代那一时期，鄱阳湖流域率先走到地域文学前台来的文学代表人物的话，那么，钟绍京则是整个鄱阳湖流域书法界的杰出榜样，也是最早通过书法对外展示鄱阳湖地域文化的先锋。

綦毋潜字孝通，江西南康县人。15岁时，便游学京都长安，与当时诗坛的名家多有交往，因而他自己便也渐渐有了诗名。唐玄宗开元八年，也就是公元的720年，綦毋潜在京城赶考后落第返乡。到了开元十四年，他再次赴京考试，这一次，他终于进士及第，皇榜高中。后历宜寿导尉、左拾遗。开元十八年，入集贤院待制，任著作郎一职。在此期间，綦毋潜曾经返乡省亲，路过洪州时，与当时的洪州都督张九龄相见，两个人并以诗作唱和酬答。开元的二十一年冬天，綦毋潜送诗友储光羲辞官归隐，一路上受储光羲遁世思想的影响，让他萌发了归隐的念头，因此，他便于当年的年底就离开了长安，路经洛阳时，在那里盘桓了半年多，最后才下定决心弃官南返。他先在江淮一带游历了数年，他的足迹几乎踏遍了那一带的名山胜迹。故而，他流传至今的诗作，也大多是描写山川风光的作品为主。

到了天宝初年，綦毋潜又返回到洛阳、长安，又来一心谋求复官。就这样，一直到了天宝十一年，他才开始任左拾遗，享从八品衔，后升为著作郎，享五品。待到"安史之乱"爆发后，他再度归隐山川，并未返归故里，仍然是优游于江淮那一带。此后，便不知终老何处，亦无人知晓。

綦毋潜的诗歌章句，挺拔不凡，色彩鲜明。他总是善于抒发出内心对于世俗之外的感情，例如他的《春泛若郁溪》："幽意无断绝，此去随所偶。晚风吹行舟，花落入溪口。际夜转西壑，隔山望南斗。潭烟飞溶溶，林月低向后。生事且弥漫，愿为持竿叟"。诗中把山势、溪水、晚风、小舟均皆描写得轻灵生动，富含意趣。綦毋潜诗歌中的视野也十分地开阔，例如，际夜、南斗、潭烟、林月，这是仿佛要把人带到天上的世界里去的感觉，令人浮想联翩。辛文房在其所著的《唐才子传》中，是这样来称赞綦毋潜的，"荆南分野，数百年来，独秀斯人。"他认为綦毋潜创造了当时南方诗人的最高水平。王维也在《送綦毋秘书弃官还江东》一诗中写道："明时久不达，弃置与君同。天命无怨色，人生有素风。"表达了他们彼此在官运都不亨通的情况下，绝不怨天尤人，而是要求自己保持一向纯朴的风范。从这里可以看出来，王维与綦毋潜两人之间，不仅情谊深、文情浓，就是在思想的感情上，也是时时相知，息息相通的。

故此，我们应该说，綦毋潜是唐代鄱阳湖流域最有名的诗人。在历史上，人们对他的评价一直较高。曾经在民间流传着这么几句话，"盛唐时，江右诗人惟潜最著"，"綦毋潜的清回拨俗处，应是摩诘一路人"，从这一点上来说，人们都认为綦毋潜的诗风是接近王维风格的。在后世的《全唐诗》中，一共收录了他的诗作1卷计26首，诗歌的内容多是写于上大夫寻幽访隐的情趣之作，他的代表作有《春泛若耶溪》，被后世选入《唐诗三百首》一书中。

刘眘虚，字全乙，号易轩，洪州新吴，今江西省奉新县人。是唐代山水田园诗的杰出代表人物。相传他八岁时，便能作文，20岁就中了进士，22岁时，参加朝廷的吏部宏词科考试并一举得中，初授左春坊司经局校书郎，专门为皇太子校勘经史典籍，旋而转任崇文馆的校书郎，又专门为皇亲国戚的子侄们来校勘典籍，但都是个从九品的小官。

后来，刘眘虚官洛阳尉及夏县令。由于他精通经史，所以他的诗作多幽峭之趣，风格近似孟浩然、常建等人。刘眘虚平素为人较为淡泊，脱略势利，壮年辞官归田，寄意山水，与孟浩然、王昌龄等诗人相友善，互唱和。另外，他喜欢交游的也多是山僧道侣，现今仅存诗一卷，他的诗歌大多写山水隐逸之趣，尤其工于五言诗作。他曾经游历江南西道的洪州府建昌县的桃源里，也就是今天的江西省靖安县水口乡桃源村。他见此地山水秀美，民风淳厚，是定居的好地方，于是，就在那里构筑深柳读书堂，著书自娱。《唐诗三百首》上所载的《归桃源乡》首句"道由白云居"就是写于那时那地的情境。刘眘虚死后，葬在桃源村的云山垴上，墓茔至今尚存在那里。

刘眘虚一生著有《刘眘虚集》五卷，可惜都已失传。只有《全唐诗》中存其诗 15 首，《唐人选唐诗·河岳英灵集》中存其诗 11 首，《靖安县志·艺文志》上存其诗 12 首。总的来说，刘眘虚是一位鄱阳湖流域自南朝永明年间以来，江南一带的杰出诗人之一。刘眘虚的诗歌，主导的风格是清淡空灵，在他的很多诗作中都典型地体现出了他的这一艺术追求。

卢肇，是宜春县的文标乡人，也就是今天的分宜县杨桥乡观光村。现该村有状元桥，暮云坳还有卢肇的墓。他年少时穷苦自励，唐会昌三年，以状元登进士第。历秘书省著作郎，迁仓部员外郎、充集贤院直学士。至咸通时，历任歙、宣、池、吉四州刺史，所到之处颇有文名，官誉亦佳。由于他当时作为唐相李德裕的得意门生，入仕后，却洁身自好，并未介入到以牛僧孺、李宗闵等为领袖的牛党与李德裕、郑覃等为领袖的李党之间的"牛李党争"的漩涡之中，故一直为人们所称道。"牛李党争"是从唐宪宗时期开始的，一直到了唐宣宗时期才结束下来，斗争时间将近持续了 40 年，最终以牛党的获胜结束，故而导致唐文宗无奈地发出了"去河北贼易，去朝中朋党难"的深沉而冗长的感叹。

卢肇每在政事之余，都勤于笔耕，他一生的著述有很多，其代表性的作品有散文《李謩》《海潮赋》《天河赋》，诗歌《汉堤诗》，著作有《文标集》《届堂龟鉴》《卢子史录》《逸史》《愈风集》《大统赋注》等一百几十卷。有关卢肇的诗文、才智，特别是他的德行品性，在唐代范摅所著的《云溪友议》，五代时期王定保所著的《唐摭言》等著述中都有零星记述。

卢肇少有奇才，以文翰知名。精小学，工画札，尤善拨镫法。林蕴曾经跟随卢肇学书法。卢肇对他说，"子学吾书，但求其力耳。吾昔授教于韩（愈）吏部，其法曰，拨镫。今将授予，子勿亡传、推、拖、捻、拽、是也。"

今天，在这里我跟大家讲一个"宴请茫然避状元，卢肇被强看龙舟"的历史故事，这个故事就是曾经发生在卢肇身上的。

如果一个人在发迹前便已得到有关人士的青睐，那无疑是他人生中的一件极为荣幸之事。而这样赏拔未曾发迹者的人，却是需要有很好的眼光的，可惜有眼光的人极为稀缺，这真是令人感慨不已！

唐武宗会昌二年，也就是公元的 842 年，卢肇跟黄颇一同去参加进士考试。袁州太守成应元却看好黄颇的前途，根本瞧不起卢肇这个人，便欲跟黄事先"拉好关系""套近乎"，因此，太守就特地摆设了丰盛的宴席来热情招待黄颇，而置卢肇一旁于不顾。眼前的此情此景，对出身于贫苦人家的卢肇来说，他自然是无言以表，只能私下里暗自叹几口气而已，卢肇心想，我这还能说些什么呢？此刻"人穷志短"这句俗语，用在卢肇身上，倒是再恰当不过了。虽然"人穷志短"四个字未必真的能把卢肇击倒，但世俗的力量有时也真的是很强大的，这个理儿，在卢肇的心里无疑是十分明白的了。他遂在心里暗暗地较劲说，在即将到来的考试里一定要取得好成绩，让这位太守大人看个真切，洗洗眼睛

事实上，卢肇在少小时就立下了极为高昂的志向。有一次，他在送弟弟去上学时，就曾经写过这样的一首"去日家无担石储，汝须勤苦事樵渔。古人尽向尘中远，白日耕田夜读书"的七绝诗来以明其心志。

面前的艰难困苦，自然是阻挡不了卢肇那奋发图强的进取心，就是在一些登山访问寺庙这样极其普通的小事情里，他也仍然不忘自己的使命和向往：祝融绝顶万余层，策杖攀萝步步登。行到月宫霞外寺，白云相伴两三僧。

对于比他年纪轻得多的弟弟，卢肇心中便觉得该写首诗来劝慰劝慰才是。只是对于他自己，那"白日耕田夜读书"的勤苦生涯，固然也就没有什么了不得的，因此即便在写作《杨柳枝词》这咏物诗时，他也坚持认为"归来若得长条赠，不惮风霜与苦辛"！

但现在，眼前这位势利的太守大人却把自己冷落在了一边，竟去单独邀请跟自己相识的黄颇赴宴，这不是明摆着瞧不起我卢肇吗？我卢肇家庭条件虽然很差，但我有文才，有志向，更为重要的是我还有高尚的品德操守呢！卢肇这样一想，便毅然奋然地踏上了进京赶考之路。

就在第二年，也就是会昌三年，一个天大的好消息从京城传到了宜春，卢肇已经顺利考取状元了！去年那位并未邀请卢肇赴宴的成太守自然慌了手脚，知道卢肇近日就要回家省亲，遂急忙赶到了城郊迎接卢肇驾临。当时正值端阳佳节，盛大的龙舟竞渡活动正要举行，太守便坚请卢肇同去参观这一盛事。卢肇思前想后，不由感到这人情世故的巨大反差，他当即写了一首《竞渡诗/及第后江宁观竞渡寄袁州刺史成应元》："石溪久住思端午，馆驿楼前看发机。鼙鼓动时雷隐隐，兽头凌处雪微微。冲波突出人齐谳，跃浪争先鸟退飞。向道是龙刚不信，果然夺得锦标归。"这首诗从表面上看，卢肇是在写龙舟竞赛活动上的事，但事实上，它就是卢肇从内心生发出来的，这从他"向道是龙刚不信，果然夺得锦标归"一句来思考，便是其内心对人生意味冗长的深沉慨叹。另外，照现在的情况看来，当代的人们把一些体育活动与赛事，有的冠之以锦标赛之名的说法，我想，这也许与唐代卢肇的这首《竞渡诗》诗有着千丝万缕联系的吧？这只是我个人的猜度而已！

王贞白，号灵溪，信州永丰，也就是今天的江西省上饶市广丰区人。他是唐末及五代十国时期的著名诗人。

早年，王贞白曾经在江西庐山五老峰下的白鹿洞书院读过书。他的这首《白鹿洞》："读书不觉已春深，一寸光阴一寸金；不是道人来引笑，周情孔思正追寻"诗作，就是王贞白在读书之时有感而发写下来的一首惜时诗，是他自己读书生活时的真实写照。

唐天复二年，王贞白被授权书郎一职，正式地步入了仕途。此时，已是距他考中进士七年之后的事情了。因此，当时的著名诗人郑谷便写了首五言诗来安慰他，其中有一句是这样写的，"殿前新进士，阙下校书郎"。在政治上，王贞白有着自己的鲜明立场与不屈的决心，他在《宫产瑞莲》诗中写道："愿同指佞草，生向帝尧前"。然而，天性耿直的王贞白并没有能够实现他的志向。此时的大唐已远非昔日可比。

自从进入朝廷之后，王贞白就已深刻地感受到了唐末政治上的污浊与腐败，在很多首诗中都鲜明地反映了他的这种思想情绪。他吟出"时官苟贪浊，田舍生忧煎"的诗句，不仅对那些贪官污吏痛加斥责，而且对苦难的劳动人民表现出无比的同情。他赞赏严子陵那种"下视汉公卿"、"高卧不示荣"的风格，而同时也反对并批评严子陵置国家安危而不顾的消极态度写道："垂钓月初上，放歌风正轻。应怜渭滨叟，匡国正论兵"。王贞白深感自己无力挽救日益衰败的大唐社稷而弃官退隐，但是他始终摆脱不了面对国家危亡的情感痛苦。"前年帝里探春时，寺寺名花我尽知。今日长安已灰烬，忍随南国对芳枝。"这种亡国之痛深深地伤及诗人的心灵，"恶闻亡越事，洗耳大江滨"。退隐，实际上是王贞白的一种无奈的选择。

王贞白在朝廷中担任闲职盘桓数年后，终于无法忍受尔虞我诈、人心惶惶的官场生活，趁唐昭宗赴岐山狩猎之时，愤然退出这一是非之地，归隐还乡，其时，年纪还不到三十五岁。

王贞白退隐之后，并没有去过那种闲逸自在的生活，而是将自己的余生贡献给了家乡百姓。他在永丰县城外的西山之南创建"山斋书舍"，潜心教学，为家乡的子弟传道、释疑、解惑，暇时以著书自娱，勤奋不辍，不复仕途，时常与罗隐、方干、贯休等名士同游唱和，他们四人被后世尊称为"江西四大诗人"。

南唐中兴元年，王贞白病卒于故里，葬于广丰县城西门外的城壕畔，那时正值梁代，朝廷敕赠王贞白为光禄大夫"上柱国公"封号，并建"道公祠"以祭。

王贞白一生著有《灵溪集》7卷行世。《中国文学家大辞典》和《江西历代文学艺术家大全》等人物辞书均有他的条目介绍。《灵溪集》共收录了王贞白自选的诗作300余篇以及散文、七绝诗《白鹿洞二首》赋、自序等作品，可惜因年代久远而散逸，《全唐诗》中仅存王贞白诗1卷，包括补遗诗作共计73首，另外还有二三十首诗作散落在各种不同的版本上，共计有100余首诗歌传世。王贞白的诗在唐末时，声名远扬，其文学地位在历代均获得很高的评价。宋人潘若同的《郡阁雅言》说，"贞白，唐末大播诗名"。元人辛文房在其所作的《唐才子传》中称王贞白"学历精赡，笃志于诗，清润典雅，呼吸间两获科甲，自致于青云之上，文介可知矣"。五代人孟宾在《碧云集序》中把王贞白与同时期的著名诗人郑谷并称。而在唐代当时，与王贞白同时代的王定保也在他的《唐摭言》中评价说，"然如王贞白、张蠙诗……皆臻前辈阃阈者也"，他说这话什么意思呢？在这里我有必要解释一下，王定保就是在说王贞白、张蠙等人的诗作，已经达到那些前辈们的水平，同时，他还不忘将王贞白置于张蠙等人的前面，由此可见，王贞白在唐末的诗坛上，是有着何其高的地位与巨大影响的。

王贞白平生作诗很多，亦颇自负。他在《寄郑谷》诗中这样写道，"五百首新诗，缄封寄予谁？只凭夫子鉴，不要俗人知！火鼠重烧布，冰蚕乍吐丝。直须天上手，裁作领中披。"郑谷是在王贞白登第后不久就去世的，唐末时声名盖蕊，王贞白作为晚辈自然视郑谷为偶像。然而，除此之外的其他同时期诗人，在王贞白看来都是一些"俗人"，那些人甚至都没有品评郑诗的资格。王贞白年纪轻轻时就已是如此地自许，假若他在诗坛上没有一定的声誉，应当是不至于如此狂妄的，他的那句千古名言"一寸光阴一寸金"，至今还在民间广为传唱。

在王贞白传世不多的诗作中，倒是佳作颇多。譬如以写景而论，他的诗笔细致清婉，俊逸自得，每有独到之处。"虹截半江雨，风逐大泽云"，描写江湖气象，视觉开阔，意境高远。"边声动白草，晓色入枯河"，描写疆场景色，有声有色，苍凉壮阔，其意境比之岑参的"长风吹白茅，野火烧枯桑"真的是有过之而无不及也。

王季友是洪州南昌人，号云峰居士。他幼年时家道破落，遂与其兄一同迁至丰城云岭定居，并用功读书。于唐开元二十四年的丙子科，以"初试第三，复试第一"的成绩高中状元，比《江西状元谱》上认定的会昌三年状元卢肇要早，是江西历史上有记载的，真正排在第一位的状元郎。

王季友的父亲叫王仪，曾任丹阳太守。可能是王仪在任期间发生了什么不为人知的重大变故，致使王家的家道中落，一家人失魂落魄地来到豫章的东湖边避居，因此，常常受到旁人的嘲笑和歧视。王季友的家庭在出事之前应该是很不错的。他的父亲是封疆大吏，妻子则是河东郡著名的柳家小姐。但人算不如天算，一切的变化都来得太快了，让人猝不及防之时，荣华富贵便成了过眼烟云。

就这样，从青云跌落到尘埃之地的王季友，他们一家人的生计也成了问题。为了生计，王季友被迫做起了最简单的手工艺活——织履卖履，也就是卖草鞋，以换取微薄的收入来维持衣不蔽体、食不果腹的生活。当柳家知道自己的女儿跟着一个倒霉的家伙在南方过着乞丐般的生活以后，便怒不可遏起来，他们决定中止这种无疑是羞辱他们家门第的大事件。就这样，在家族的胁迫下，柳氏抛下了与她同甘共苦、患难终生的丈夫，一天，在王季友出门卖履之后，便留下一纸休书，离他而去了。

当王季友回到破烂不堪的家里时，似乎觉察到了一丝异样，在空寂无人的家中没听到任何的声响，只有一束从破屋的缝隙中投射进来的光线，火辣辣地照射在一张纸上。王季友双手颤抖地捧起了这张纸，一种不祥预感自心头泛了起来，眼前的这张纸，在明白无误地告诉他，他的这段婚姻得结束了。当王季友滚烫的泪水滴落在休书上时，墨迹便由此晕染开来，变得模糊起来了，泪水滴落在地上，竟然溅起了一点不易察觉的尘灰。

于是，在某天的一个清晨，王季友默默离开了东湖边的那间破屋，辗转来到了丰城株山脚下，以前徐孺子隐居的地方，结茅而居，开垦荒地。伴随他的行李除了书之外，还有柳氏留下的那一纸休书。从此，他在这里勤劳耕作，发愤苦读，有时感时伤事，对酒当歌，歌中有叹息，有愤怒，也有期待。

就这样勤耕苦读，王季友终于在开元二十四年的三月科考中，状元及第。当这条本科新状元是酆城客子王季友消息传遍各地的时候，举朝皆惊叹，河东柳家当时就骚动起来了，他们有的气急败坏，有的后悔不迭，当然，欢欣鼓舞的也大有人在。他们又尝试着要恢复王季友是他们女婿的名分，但又怕遭到王家断然的拒绝而被人耻笑，更何况，当他们打听到王季友已在丰城有了一位患难之妻陈氏的时候，就把柳氏回头的事情暂时搁置下来了。

自从王季友雁塔题名之后，便受职御史台治书，旋即又因与权倾一时的李林甫之流不合而弃官离去。不久之后，“安史之乱”的爆发，唐玄宗的出逃，北方领土的大部沦陷，唐王朝廷已经到了崩溃的边缘，这对于王季友来说，江西的相对安定，让他依然过着且歌且饮的隐居生活。历经磨难的他，已然对官场感到了厌倦，再加上后来陈氏的去世，也引起了他内心淡淡的忧伤，故而，那种对故国的思念，便让他魂牵梦萦，他多想听到国家能够传来一声召唤，让他回到北方的战场上去，去收复失地，去抗击叛军。

一个月夜，王季友的茅屋外，一阵犬吠过后，响起了清晰而略有些颤抖的敲门声，剥剥啄啄地似曾相识。王季友迟疑地爬起身来，他明显地感受到了一种异样的气流贯穿全身，他竟然莫名其妙地心跳起来。“吱呀”的门声响过之后，门外如水的月光下，站在那里的正是自已的发妻柳氏。多年未见的柳氏已略有些老态了，但仍不失大家闺秀的风韵。但四处躲避战乱的颠沛流离，使她显得疲惫而憔悴。王季友凝望之际，泪水奔涌而出，顷刻之间，就模糊了两个人的视线。两人抱头痛哭在一起，一夜无眠，相互倾诉久别的思念。在这一刻，王季友深埋在内心的，对妻子的仇恨与愤怒，片刻之间，便随同那纸藏在箱底的休书一同化为了灰烬。

人就是这样，如果没有那纸休书的千斤重压，压在王季友的肩头上，也许他会潦倒终生都不思进取，更何况，受到家族多方重压的妻子，这么多年也真的是挺不容易的。

天宝十四年四月，在左拾遗杜甫，左补阙岑参和礼部尚书崔灏等人的大力推荐，朝廷终于下诏起用王季友，让他先后担任了陕西华阴县郡，虢州录事参军，后来在江西观察使李勉幕府中担任洪州司仪，最后入朝任太子司仪，也就是御史中丞一职。贞元十年，81 岁的王季友与世长辞，归葬在丰城林山龙泽坑智度寺的后面。

今天的人们，只知道在白镇株山脚下的墓冢中埋了一位状元，一位朝廷的重臣，却有谁知道，这里还埋藏着一个凄美而又曲折的爱情故事呢？思索至此，我的耳边仿佛响起了王季友的挚友，诗圣杜甫为他写的那首《可叹》"天上浮云如白衣，斯须变幻如苍狗。古往今来共一时，人生万事无不有。近者抉眼去其夫，河东女儿身姓柳。丈夫正色动引经，鄷城客子王季友。群书万卷常暗诵，孝经一通看在手。贫穷老瘦家卖屐，好事就之为携酒。豫章太守高帝孙，引为宾客敬颇久。闻道三年未曾语，小心恐惧闭其口。太守得之更不疑，人生反覆看亦丑。明月无瑕岂容易，紫气郁郁犹冲斗。时危可仗真豪俊，二人得置君侧否。太守顷者领山南，邦人思之比父母。王生早曾拜颜色，高山之外皆培塿。用为羲和天为成，用平水土地为厚。王也论道阻江湖，李也丞疑旷前后。死为星辰终不灭，致君尧舜焉肯朽"的诗句来……

之前，因为王季友跟杜甫、钱起、郎士元等人之间，经常有些唱和之举，因此，在他们之间就有了不少的唱和之作，故而，王季友的名气在当时也是很大的。王季友一生撰有《龙泽遗稿》《四书要注》《六经通义》等著作。

　　吴武陵，唐代的散文家、诗人。他原本被后世称作信州人，其实是今天的江西省鹰潭市贵溪市人。由于在唐朝时贵溪建县，属于信州府管辖，府治在今天的上饶，所以说他是信州人是没有错的。

　　唐元和二年高中进士，拜翰林学士。第二年，因为得罪了权相李吉甫，被流放到了永州，与同时贬为永州司马的柳宗元在那里相遇。两人见面之后，同病相怜，意气相投，每日里除了互相酬和论文之外，就是两个人在一起同游永州的山水，沉浸其中，自得其乐。至元和七年，吴武陵遇大赦北还，而柳宗元却不在被赦归之列，从此，两个人便分开来了。由于他们俩在永州相聚的时间长达四年之久，因此，他们两个人的私交甚密。自从吴武陵北归长安之后，他曾经主持过北边的盐务，后由太和初年任太学博士，中期出任韶州刺史，因遭权贵构陷，被贬为潘州司户参军。吴武陵为人强悍霸道，精通文史，能诗工文。文章才气壮健，颇有西汉之风，深为柳宗元、杨凭等人所称道与赞赏。他的代表作有《遗吴元济书》《遗孟简书》等。

　　元和初年，吴武陵刚刚考中进士的时候，淮西的吴少阳听说了他的才华，便派门客郑平邀请他，想以宾客友人之礼待之，但吴武陵完全不做回应。长庆初年，窦易直以户部侍郎分管财政开支，上表由吴武陵主持北边盐务。后来，窦易直觉得吴武陵的工作不称职，便削减了他的待遇。有一次，吴武陵遇到窦易直上表奏，便请设置和籴贮备使一职，要选择郎中来担任。吴武陵就进谏说，如今边疆都是沃土，却长满了杂木，父母妻子都没办法来养活。我之前在北方，掌管米价为四十，库里没办法有超过一个月的存粮，都是先从商人那里拿米来，然后再请求按账目回京都去拿钱。如果有贼寇逼城，不到三十天，城里的人就会饿死，还到哪里要钱，还谈什么官府出资向百姓购买粮食？天下得不到治理，就是苦于该管的部门没有权力。管铁矿、财政开支，一个户部的官员就可以办理，如今把事情分成三块，官吏上万人，财富一天比一天减缩。西北边院的官员，皆是御史、员外郎来担任。如果开始命令他们是可信的，现在又增派使官来管理他们的工作，那就是说御史、员外做事虽久，反而是不可信了。现在再过十天或一个月，又会认为郎中的作为不可信。再等一个季度、一年，您的所为，也又不可信了。上下互相妨碍，一国之内互相怀疑，谁是可信的人呢？况且派一个使官，打杂随从就有近百人，督责、传呼，沿路数千里都不得安宁。

如果真的要想边境富足、殷实，只要招募些游手好闲的人，迁移罪人，一起发往沃土，哪里一定要增加使官和吏员呢？"窦易直偏不采纳吴武陵的意见。很久之后，吴武陵入朝担任了太学博士。大和初年，礼部侍郎崔郾去东都考录进士，公卿都在长乐为他饯行，吴武陵最后一个到那里。他对崔郾说："君现在为天子搜求奇材，我大胆地提供我的帮助。"于是拿出袖中写好字的揩笏，给崔郾读了，原来是杜牧所写的阿房宫赋，文辞既警拔又刚劲，再加上吴武陵的声音，吐字时既宏亮又流畅，座上的客人都大为惊叹。吴武陵请求崔郾道，"杜牧正在你处应试，请给他第一名。"崔郾婉拒说已经有了人选。吴武陵就一直问，连续问了五遍还不罢休，崔郾都也没有答应，吴武陵就勃然怒道："不这样的话，你就把杜牧的赋还给我吧。"崔郾说："就按你说的来。"于是杜牧果然获得了很好的名次。当年，吴武陵回到北边后，得到宰相裴度的器重。吴武陵便常常跟裴度提起柳宗元无子的事，劝裴度说："西部平原的蛮人还没有扫平，柳州与贼人的势力范围相互交错，应该起用武将来代替柳宗元，让他得以优游江湖。"希望能将柳宗元从边地调回来，改变一下他的境遇，可谁知正当事情稍有眉目时，还没来得及等宰相裴度采用吴武陵的意见，柳宗元就先期病死在柳州了，这件事，就成为了吴武陵心中的毕生憾事。他在给工部侍郎孟简的信中说："古称一世三十年，子厚之斥十二年，殆半世矣。霆砰电射，天怒也，不能终朝。圣人在上，安有毕世而怒人臣邪？且程、刘二韩皆已拔拭，或处大州剧职，独子厚与猿鸟为伍，诚恐雾露所婴，则柳氏无后矣"。

长庆年间，李渤出任桂管观察使，表奏名儒吴武陵为副使。又一次，李渤在球场设宴，正在喝到高兴时，吴武陵忽然听到一些妇女聚在看棚上观望，他觉得这是耻辱，就非常生气，心里想着要报复一下。于是，他爬上高台盘坐，提起衣裙来尿尿。李渤喝了酒，看到这种情况就非常愤怒。当下就命令卫士把吴武陵推到衙门前去斩首。当时，有一个衙门校官叫水兰，他想这样做不好，就很巧妙地阻止了这件事，并派了许多的人来保护吴武陵。李渤大醉，人们就搀扶他回去睡觉了，一直睡到天亮才醒。这时，就听到家里的人聚在一起哭得很伤心，他就惊奇地询问原因。家里人对他说："昨晚听到球场喧闹，又听说你命令衙司要斩吴副使，不知道什么原因，都怕闯出祸来，所以才这么哭的。"李渤非常惊慌，立即命人前去衙门打听。水兰把夜里的情况都做了说明："昨晚虽是奉了严命，但我没敢那么做，现在副使还睡在衙院里，没有受苦。"李渤这才放了心。第二天，李渤早早地就来到了衙院，很谦虚地跟吴武陵说了自己的过错，然后分宾主落座，都互相自责，两个人便更加得互相尊敬起来。由于当时还没有监军，李渤就上奏请求让水兰任宜州的州长，以此来答谢水兰。

由以上的事例不难看出，吴武陵虽然是有才华，但性情太过强悍暴烈。他曾经做过容州部内刺史，也犯下很多不该犯的错误。又一次，皇帝的使者命令广州的幕吏去逮捕他，恰好那个幕吏正当年青，又自负是科举出身，一点也不卖吴武陵的账。吴武陵感到非常生气，就在路边佛堂里题了一首这样的诗："雀儿来逐飓风高，下视鹰鹯意气豪。自谓能生千里翼，黄昏依旧入蓬蒿"。

吴武陵生前著有《吴武陵书》《吴武陵诗》各一卷，《十三代史驳议》二十卷，今已散佚。《全唐文》存其文章7篇；《全唐诗》存其诗作2首，《全唐诗补编》补存了他的诗1首。

熊孺登，钟陵人，也就是今天的江西省进贤县人。唐元和年间荣登进士及第，任四川藩镇从事，曾经与白居易、刘禹锡等人友善交好，并且在平时的往来中，时不时地以诗歌来互为赠答，从而站在另一个侧面来说，那些互为赠答的诗作，就很好地表达了他们之间的那种深厚的情谊。记得白居易在《洪州逢熊孺登》中是这样说的："靖安院里辛夷下，醉笑狂吟气最粗。莫问别来多少苦，低头看取白髭须。"从诗中的靖安、辛夷、醉笑、狂吟、气粗、莫问、苦、白髭须等，足以看出白乐天跟熊孺登之间的感情，已经到了心心相印，表里相济的程度。

而刘禹锡则在《送湘阳熊判官孺登府罢归钟陵，因寄呈江西裴中丞二十三兄》中是这样对熊孺登说的，"射策志未就，从事岁云除。箧留马卿赋，袖有刘弘书。忽见夏木深，怅然忆吾庐。复持州民刺，归谒专城居……绮筵陪一笑，兰室袭馀芳。风水忽异势，江湖遂相忘。因君倘借问，为话老沧浪"。从诗中的"箧留马卿赋，袖有刘弘书"来看，这位号称为"诗豪"的刘大人，应该是跟熊孺登相互知根知底的好朋友了。

　　熊孺登一生勤于创作，写了很多不错的诗作，但传于后世者，仅存其诗集一卷，而集中收入的赠答应酬之作比较多，佳句可不少，很是能令人心动。例如："寂寞竹窗闲不闭，夜深影斜到窗前""江流如箭月如弓，行尽三湘数夜中"……这些琳琅满目的绝色佳句，让人觉得写来感情真挚，读来令人动容，这在当时，应该是被人们广为传颂的嘉言锦句。

　　陈陶，鄱阳剑浦人，自号三教布衣。陈陶少年时便游学帝都长安，精于观察天文历象，善工诗，但他的诗风却是以平淡见长，缺少了一种跌宕的意趣。早年间，陈陶原是一位志远心旷，颇负壮怀的青年，后因屡举进士不第，遂干脆隐居乡野不仕，不求闻达，恣情纵游在天下的名山胜水之间，自称为三教之中的布衣之士。公元的853年左右，他因为躲避缤纷的战火而进入洪州，也就是现在的江西省南昌市的西山隐居，学神仙咽气有得，出入无间。

　　咸通中期，时严尚书宇牧豫章，慕其情操，尝备斋供，俯就山中，挥谈终日。这句话的意思是说，那时候，严宇任江西节度使，他很是欣赏陈陶这个人才，非常仰慕他的操守，就经常带些吃的东西进山来去找陈陶谈天说地，把酒论文，他们每每坐下谈起天来，动辄往往是要占用陈陶一整天的时间，这样的日子久了，严宇就跟陈陶说，要带一位叫作莲花的艺妓进山来护侍陈陶，但是，陈陶每次都是微笑地望着严宇，并不肯答应严宇说送莲花来的事。

　　有一次，严宇又进山找陈陶来了，并且，这次他还真的把那个叫作莲花的妓女给陈陶送到身边来了……

　　接下来，令严宇没想到的是，几天之后，那个叫作莲花的妓女写了一首这样的诗，交到了陈陶的手上说，她要求离开陈陶，回到洪州城里去。莲花的求去诗是这样写的："莲花为号玉为腮，珍重尚书送妾来。处士不生巫峡梦，虚劳云雨下阳台。"

　　"处士不生巫峡梦，虚劳云雨下阳台"这两句诗，源自陈抟老祖的"处士不生巫峡梦，虚劳云雨下阳台"。诗中的处士指没有出仕的士人。巫峡梦源自宋玉的《高唐赋》中的一个典故。宋玉曾经陪楚襄王游云梦，眺望高唐，楚襄王见高唐之上的云气变化万千，便向宋玉问其中的原因。宋玉回答襄王说，那是朝云。昔日先王来游高唐，夜梦神女来自荐枕席。神女临去辞别时说："妾在巫山之阳，高丘之阻。且为朝云，暮为行雨。朝朝暮暮，阳台之下。"因此，后世便以巫山、云雨、阳台等来暗喻男欢女爱之事。由此可见，莲花亦是一个经纶满腹的饱读诗书的人间奇女子，风尘中的才女。

解读莲花的这首诗，莲花是这样说的，我的名字是用莲花来取的，我的脸颊是用美玉来做的，我这个人是尚书大人亲自给你送过来的，有谁能够想得到陈陶竟然是坚决不贪恋女色，这哪怕是巫山神女亲自下凡来了，我看这也是徒劳的。妓女莲花的内心里已是充满了对陈涛的赞誉。陈陶在读了莲花的求去诗之后，立马也写了一首赠诗给莲花，陈陶在诗中说："近来诗思清于水，老去风情薄似云。已向升天得门户，锦衾深愧卓文君。"

后来，洪州节度使严宇在见到了陈陶和莲花两人互赠的诗作后，益发地欣赏陈陶的忠义、坚贞、节气。

陈陶一直隐居在西山之中，不知所终。听闻说，陈陶的金骨已坚，戒行通体，夜必鹤氅，焚香巨石上，鸣金步虚，礼星月，少寐。所止茅屋，风雷汹汹不绝。忽一日不见，惟鼎灶杵臼亦然。开宝间，有樵者入深谷，犹见无恙。后不知所终。陶工赋诗，无一点尘气。于晚唐诸人中，最得平淡，非时流所能企及者。有诗 10 卷，已散佚，后人辑有《陈嵩伯诗集》1 卷存世。

然而，鲜为人知的是，陈陶在漫游浙江、福建、广东时，曾经路过今天的闽东地区，并留下了《旅次铜山途中先寄温州韩使君》的诗作。陈陶是这样写的："乱山沧海曲，中有横阳道。束马过铜梁，苔华坐堪老。鸠鸣高崖裂，熊斗深树倒。绝壑无坤维，重林失苍昊。跻攀寡俦侣，扶接念舆皂。俯仰栗嵌空，无因掇灵草。梯穷闻戍鼓，魂续赖丘祷。敞豁天地归，萦纡村落好。悠悠思蒋径，扰扰愧商皓。驰想永嘉侯，应伤此怀抱。"

在唐代，从福州前往京城长安的行走路线，主要有两条。一条是直线，即由福州出发，经南平、崇安，越武夷山，进入鄱阳湖流域，顺江而下入鄱阳湖，出湖口到达浔阳江，然后逆水上溯至汉口，再沿汉水直上，由商州越秦岭抵长安。另一条是曲线，即由福州出发，经南平、浦城，越过仙霞岭，进入浙江的江山，一路直下杭州，然后经江南河，北上渡长江，由山阳渎转淮河、汴河，经开封、洛阳，到达长安。如今，有了陈陶的《旅次铜山途中先寄温州韩使君》诗歌作证，我们可以大胆地这么认为，从福州前往唐都长安，其实还有"第三条"可以行走的路线，即经由连江、宁德、福安的白马港，晚唐时也叫作黄崎港，霞浦杨家溪、福鼎分水关一带，而通浙江平阳、温州、乐清，从此往后，这条路便可以称作那一时期里的第三条通往长安的通道，是一条真正的"唐诗之路"了。

来鹏、来鹄两兄弟，是豫章南昌人。他们俩是鄱阳湖流域走出来的第一个以家族兄弟为文学方阵而走到鄱阳湖地域文学前台来的文学方阵的代表。

来鹏来鹄的家，是居住在南昌市内东湖边孺子亭边上的，由于来氏家贫，所以他们曾经自称是"乡校小臣"。兄弟俩师从韩愈、柳宗元为文，在大中咸通年间，才名籍甚。他们每次参加科举考试，屡屡落第。唐乾符五年前后，福建观察使韦岫爱惜来鹏的才华，便将来鹏召入幕府，欲纳为婿，后来事情并没有办成。等到广明元年，黄巢的起义军攻克长安后，来鹏为避战乱，便游历荆襄一带去了。他曾作过一首七律《寒食山馆书情》的诗作："独把一杯山馆中，每经时节恨飘蓬。侵阶草色连朝雨，满地梨花昨夜风。蜀魄啼来春寂寞，楚魂吟后月朦胧。分明记得还家梦，徐孺宅前湖水东"以遣当时路途上羁旅的愁怀，一度被民间传为佳作。后南归，中和中期客死在扬州。来鹏的诗思清丽，然怀才不遇，辗转漂泊，故其诗多写羁旅之思、落魄之感，间有愤世嫉俗之作，触及社会现实，反映民间疾苦，富有人民性。《全唐诗》存其诗二十九首。诗集一卷，今已散佚。

来鹄，是来鹏的弟弟。少有大志，晚唐时期的散文家。《全唐诗》将来鹏来鹄误做一人，这是错误的。据《南昌府志》记载，"来鹄，南昌人，鹏之昆弟也。"足以说明来鹏、来鹄是亲兄弟两个。来鹏善作诗歌，来鹄擅长散文，兄弟两人都是晚唐颇有名气的文学家。后世不慎将他们兄弟俩的作品搞混了，现在已经是很辨别出其中的哪一篇到底是谁的作品了。

来鹄不仅好文，他还广学权谋机变之术，得鬼谷子真传，他不仅善于做文，而且还善于从政，大有汉代名臣张良张子房的遗风。唐咸通年间，屡举进士不第的来鹄，先是随其兄入韦保衡幕中，由于韦大人总是不纳其言，他便转投了田令孜，认其为主公。其实，来鹄的心思根本就不在田令孜的身上，而是早就已经飞到帝王身边去了。故唐僖宗招来鹄入京时，来鹄是召之即应。唐乾符元年三月，唐僖宗拜其为帝师，后封豫章国公，食邑千户。来鹄亡故以后，皇帝依谥法，经纬天地曰文，虑国忘家曰忠。来公有经天纬地之才，归帝后鞠躬尽瘁，助帝平定中原，开疆拓土，故为文忠义勇之士，因此唐僖宗特敕封"文忠"为来鹄的号。

来鹄的成就，主要来自于散文创作方面。他的文章，文辞简练，笔调雄健，敢于论列时政，指陈得失，寓意讥讪，多为发自内心的"不平之鸣"。可惜，他的文章大多散佚，现在所能见到了也只有《儒义说》《钟由不得配祀说》《鍼子云时说》《隋对女乐论》等，在《全唐文》中有这样的一段话来评论来鹄的文学成就：自大中，咸通之后，每岁试春官者千余人，期间章句有闻，台台不绝。如，何植、李枚、皇甫松、李儒犀、梁望、毛涛、贝痳、来鹄、贾随以文章著美；温庭钧……等以词赋标名……可见，来鹄在晚唐的文坛上，是当时人们瞩目的一位散文家。

任涛，筠州人，也就是今天的江西省上高县六口村人，唐代诗人。他早年就擅章句之名。唐僖宗乾符中期，曾经数次应举，参加朝廷的鸿儒科考试，可是每次都功败垂成。

一日，常侍李骘廉察江西时，因其素闻任涛响当当的诗名，便叫人去找任涛的诗作来读，当李骘读到"露搏沙鹤起，人卧钓船流"一句时，当即大加赏叹，并说，"任涛奇才也，何故不成名？会当荐之"。特与免乡里杂役，且令邑宰加以优礼。时乡俗啧有烦言，邑宰告之李骘，

李骘说，还有谁援例来攀扯任涛的话，就立下规矩来，"江西境内，凡为诗得及涛者，即与免役。"可惜的是好人命不长，不几年，任涛竟然就亡故了。

任涛与同时期的郑谷、喻坦之等人并称为"芳林十哲"也称作"咸通十哲"。著有诗集《唐才子传》一部传世。

许和子，又名许合子，原是吉州永新县的民间歌手，许家世代都是乐工。开元末年，许和子被选入宫中，入教坊宜春院为内人，后改名为"永新"，是晚唐时期的一位歌唱家。许和子不仅年轻貌美，而且声音甜润，善于表达歌曲的思想和意境，还能变古调为新声，可以和历史上的著名歌手韩娥、李延年齐名，是我国古代著名的女歌唱家。

唐代，是中国历史上国力最强盛，生产发展、经济繁荣、文学艺术灿烂辉煌的时期。当时的吉州虽然处于南方，但其境内因有赣江这条交通的大动脉，文化

教育也是相当发达，各种人才脱颖而出，呈现出繁花竞放的局面。

安史之乱的爆发，致使洛阳、长安这东西两京相继陷落，大唐王朝呈现出一种六宫星散的状态。作为一名歌唱家，许和子同广大民众一起，饱受了战乱的苦痛和各种磨难。她在逃难的路上，遇到了一位文人，之后，两个人就结合在了一起，夫妻俩曾经流寓到了广陵，也就是今天的江苏省扬州市那一带。令人可叹的是，这位与她同患难的丈夫，却在不久之后便因病死去了，这让她与养母两个人的生活就变得更加艰难了。好在，她没有忘记用歌声来给苦难中的民众以慰藉，同时，也给自己以内心的慰藉。

据传，唐天宝十二年的中秋节晚上，秋高气爽，明月悬空，长安街上是一片银光。本来是千家万户赏月的时刻，怎么却是万人空巷、百虫噤声呢？百姓们都去那儿了？原来，中秋节是唐玄宗李隆基的生日，唐玄宗降旨在勤政楼举行庆典宴会，命百伎献艺助兴，与民同乐，百姓们听到消息，都到勤政楼前看戏去了。

原本庄严肃穆的勤政楼前，霎时间，人山人海，人声鼎沸，秩序一片混乱。新任右相杨国忠下令卫士整顿纪律居然无济于事。唐玄宗心里很不高兴，便想罢宴离去。这时，中官高力士就连忙向玄宗跪奏到："皇上，召永新娘子出来唱一曲，压压台吧？"

这位永新娘子是谁？她就是许和子。许和子天生丽质，聪慧伶俐，永新山水风物的浸染，家庭的艺术熏陶，使她从小就练出了一副"金嗓子"。自从她被选入宫后，唐玄宗常招乐师李谟为她吹玉笛伴奏，她高歌一曲，整个长安都能听得见，一曲歌罢，笛管都震裂了。她唱歌不仅音色美，而且富有情感，感染力强，唐玄宗常夸她："此女歌值千金"。

唐玄宗下旨不久，许和子便在千万观众的目光中，举步提袂，丽质焕彩，款款地走上勤政楼来了。她站在那里开口一唱，庄重典雅的宫廷歌调，融汇了生动活泼的江南民歌音律，悠扬婉转，清脆洪亮，如鸟鸣于清寂的森林，似泉响在幽静的山涧，真的是此曲只应天上有，人间哪得几回闻？喧哗嘈杂的勤政楼前顿时安静了下来，仿佛整个世界都沉浸在一片天籁之中。

许和子一歌唱罢，欢声雷动，皇上和百姓久久沉醉在袅袅余音中。唐玄宗龙颜大悦，百姓激动不已。从此，"永新善歌"之名，更加著称朝野，传遍九州四海。

安史之乱平息后，许和子与养母又回到了长安。昔日辉煌的盛唐气象不见了，到处是战争的创伤。面对这一切，许和子黯然伤神，就这样，郁郁不欢的许和子便含恨离开了人间。

人民是不会忘记自己的艺术家的。据唐人冯诩子编撰的《桂苑丛谈》记载，后人为了纪念许和子这位杰出的女歌唱家，曾把她唱的歌曲编为国乐曲，取名为《永新妇》。

陶玉与霍仲初，是我国历史上中华陶瓷文化的杰出代表人物。

据有关的史料记载，在唐高祖武德年间，昌南镇的瓷业生产已经有了较大较好的发展，当地出了两个有名的制瓷高手，一个人的名字叫作陶玉，另一个人的名字叫霍仲初。

据《浮梁县志》记载，唐武德期间，也就是公元的618至626年间，昌南镇钟秀里人陶玉把自己所烧制的瓷器运到关中去，在唐代的京都长安街上去售卖。由于他的瓷器特色是"土惟白壤，体稍薄，色素润"，质量非常好，卖出去的瓷器就被人称为"陶窑"了。"陶窑"不仅是为市场购买者所钟爱，而且还惊动皇宫大内里面的人，引起了朝廷的关注。于是，就有人建议朝廷诏命陶玉来烧制瓷器作为地方贡品，献给皇宫大内作为皇家的御用之物。再加上"陶窑"的瓷器本身秀美如白玉，被人称作"假玉器"之故，从而深得朝野上下人等的喜爱，因此，昌南镇的"陶窑"瓷器便就此名扬天下了，昌南镇也从此天下闻名，路人皆知了。

霍仲初也是昌南镇的东山里人，他所烧制的瓷器被称"霍窑"，瓷器的特点是"色亦素，土墙腻，质薄，佳者莹缜如玉"，唐武德四年，皇帝又下诏书，也诏命他制造瓷器进御皇宫，进贡朝廷。由于这两个制瓷能手的技艺高超，他们不仅为自己创下了辉煌的陶瓷事业，而且大大地提高了景德镇地区所产瓷器的声望。

唐代著名的文学家柳宗元，曾经写过一篇《代人进瓷器状》的文章，他这所"代"之人，就是当时的饶州刺史元崔，进贡的瓷器当然就是景德镇所产的"陶窑""霍窑"了。

元崔是景德镇当地人，唐朝时任饶州刺史，景德镇名叫昌南镇，又名陶阳镇，其时，隶属于饶州府管辖。有一年，元崔做了一批上好的瓷器要进贡给朝廷，他就特地委托当时的大文学家柳宗元，代他做了一篇《进瓷器状》，在文章中提到了瓷器"艺精埏埴，制合规模。禀至德之陶蒸，自无苦窳；合大和以融结，克保坚贞。且无瓦釜之鸣，是称土铏之德。器惭胡琏，贡异咎丹，既尚质而为先，亦当无而有用"。这就从另一个方面，证明了唐代时景德镇地区的瓷器已经是相当的不错了。因为其中：一是称道所制的瓷器质量非常好，声色俱佳。二是可作为进奉皇帝的贡品。就这样，景德镇的瓷器终于成为了全国瓷器中的翘楚，应该说，这与唐代陶玉、霍仲初两个人的聪明才智和发明创造是分不开的。

杨筠松，唐代窦州人，中国古代著名的风水学宗师。唐僖宗朝国师，官至金紫光禄大夫，掌灵台地理事，为唐朝著名的地理风水学家。

杨筠松幼年聪颖过人，饱读诗书，十七岁便登科及第。唐广明中期，由于黄巢造反，攻破了京城，杨筠松便无奈地弃官离京出走，先是入昆仑山隐居，后来又到了虔州，也就是我们今天的江西省赣州市，他以高深的地理术行走于人世间，被民间称其为"救贫先生"。

杨筠松在虔州期间，偶于崇贤里的黄禅寺内遇到了曾文辿。其时，幼习诗书的曾文辿，已经可说是熟读了天文地理以及各种的经史典籍，尤其是以《黄帝内经》为主的诸般名经典籍，隐居在黄龙寺内。曾文辿在跟杨筠松的晤谈中，被杨筠松非凡的风水学知识所吸引，对杨筠松甚是仰慕，当下就拜杨筠松为师，并朝夕跟随在他的身侧，竭尽弟子之礼，终于成为了杨筠松的第一个高徒。

杨筠松的风水理论，主要体现在人与自然的和平相处思想基础之上，在堪舆学的理论上，他力主峦头形势为上，强调因地制宜、因龙择址。主张抛弃方位本身既有吉凶的信条，因地制宜，因形选择，观察来龙去脉，追求优美意境，特别是要看重和分析地表、地势、地物、地气、土壤以及行走的方向，尽可能使基址位于山灵水秀之处，逐渐演化发展并形成了他自己的风水形法理论——"峦头之法"。

历史是最好的证人，实践是检验真理的唯一标准。杨筠松的风水学不仅是一门专业的学问，它更是一种文化的体现，同时，也是人与自然和谐相处的一种较好的方法。在几千年来的风水学实践过程中，建筑是体现风水文化的重要载体，许多的牌楼、桥梁、庙宇、宗祠、住宅、坟墓以及皇宫、寝陵都烙有风水文化的痕迹在其上。

大量的事实证明，杨筠松的风水术是中国堪舆学的主流和旗帜。堪舆文化的传播与大量的建筑实践，使杨筠松的风水学在无意中，给后人留下了许多宝贵的历史和文化遗产。杨筠松一生著有：《撼龙经》《疑龙经》《青囊奥语》《天玉经》《都天宝照经》《龙脉经》《二十四山》《画夹图》《四大穴法》《立锥赋》《一粒粟》《拔砂图》《胎腹经》《望龙经》《十二杖法》《葬法倒杖》《金刚钻》《三十六龙》《天元乌兔经》等书，给研究中国的古代地理留下了大量翔实的文字资料和物质遗产。

站在鄱阳湖上来反观唐代的鄱阳湖地域文化及其鄱阳湖地域的文学现象，由于我们手头上资料的有限性，使得我们在还原鄱阳湖地域文学史的细节中，变得有些难以企及其真实的一面，但其结构的真实，却是可以让我们去追求的。个人认为，鄱阳湖地域文学结构的真实，是需要落实到构成历史链条上的那些基本单位上去的，融入，比如那时候的文化个体、文学个体以及文化的群体、文学的群体、文学的时段、文学的范式等。在盛唐那样一个诗坛才俊辈出的年代，就全国而言，形成了以李白的风骚独胜，多个才子诗人群体交相辉映的壮丽繁荣局面，从而不仅诞生出了静逸明秀之美的山水田园诗人群体，也诞生出了清刚劲健之美的豪侠诗人群体，同时，还创造性地诞生出了以慷慨奇伟之美著称的边塞诗人群体。但是，纵观唐代鄱阳湖流域的诗坛上，如果缺少了像刘眘虚、綦毋潜、卢肇、王贞白、吴武陵、熊孺登、陈陶、来鹏、来鹄这些诗人的表演，鄱阳湖诗坛的气象肯定就会黯淡逊色得多。虽然刘眘虚他们不如李白那般的伟大，那是因为诗仙李白早已远远超越了盛唐这个伟大的时代，达到了无所不包的集大成者境界。而刘眘虚、綦毋潜他们的成绩，综合在一起就更加典型地代表了一个地域的文学成就。故而，当我们在有限的文学资料中去还原鄱阳湖流域的这些中小诗人的生活与创作情况时，是非常具有地域文学史意义和富有挑战性的一项工作。对于盛唐山水田园诗派代表人物之一的刘眘虚以及同时代的诗人生活与创作状况来做此番的论述，便是我们对于鄱阳湖地域文学探究做的基础性探索。

　　通过对以上这些鄱阳湖地域文化人物的表述，我们不难从中看出以上的这些人中，既有鄱阳湖上人文历史人物的代表，也有像许和子一样的歌唱艺术家，像杨筠松他们那样的堪舆学家，还有像陶玉、霍仲初他们那样的陶瓷工艺美术大家、企业家们蕴含在其中，而更多的则是鄱阳湖流域在唐代涌现出来的一大批像刘眘虚、綦毋潜等人那样的诗人、文学家的代表人物。他们这些人足以代表盛唐一代，那一时期里的鄱阳湖文化及文学的发展现状，而刘眘虚、綦毋潜等代表人物，是继陶渊明、谢灵运开创了鄱阳湖文学的第一次高峰之后，在鄱阳湖流域再度开创的鄱阳湖地域文学的又一个新高峰。

潜行五代

大唐王朝自安史之乱后，便由盛转衰，各地的藩镇趁机做大，国家又由之前的大一统陷入到了一种混乱无序的状态，中国历史再一次进入了大割据时代。在北方的广大地区，军阀混战的结果是先后出现了后梁、后唐、后晋、后汉和后周五个较强大的割据势力。五代一共存在了 53 年的短暂时光，前后更换了八姓十四位帝君。后梁太祖朱全中（原名朱温）因了一时的做强，便将唐王朝推进了万劫不复的深渊，而黄巢之乱以后的唐朝，更是疮痍满目，眼前出现的是"极目千里、无复烟火"的凄凉局面。

唐朝灭亡之后，藩镇割据势力进一步发展，五代的依次顺序为朱全中的后梁、李存勖的后唐、石敬瑭的后晋、刘知远的后汉、郭威的后周，总共五个朝代，即中国历史上的"朱李石刘郭，梁唐晋汉周"。史称为后梁、后唐、后晋、后汉与后周。

公元的 907 年，唐朝灭亡后，朱温建立后梁，定都开封，这是五代十国的开始。到了公元的 923 年，盘踞在太原的晋王李克用之子李存勖消灭了后梁，建立了后唐。后唐之后的五代君主均出自李克用的子孙与及其部属。后唐在历经了明宗李嗣源的扩张与整顿之后，国力逐渐强盛起来，但内部权力倾轧，四分五裂，在发生内乱之后，被河东节度使石敬瑭引来契丹军灭国，随后，石敬瑭建立了后晋王朝，并自立为帝。不久之后，由于契、晋之间的关系恶化，契丹军迅速南下灭了后晋，并建立起了辽国。与此同时，刘知远在太原建立后汉政权，意图收复中原之地。之后，郭威篡后汉而建了后周，后周世宗柴荣苦心经营帝业，在夺取后蜀四州、南唐十四州、辽国两州之后，隐隐有一统天下的希望，但可惜的是，柴荣在北伐燕云十六州时，因突然身患重病而被迫班师回朝，不久之后，又不幸因病亡故。柴宗训即位后不到半年，就被赵匡胤发动的黄桥兵变所篡，建立起了北宋王朝，结束了混乱的五代时期。

在南吴、吴越、前蜀、后蜀、闽、南汉、南平、马楚、南唐、北汉十国中，江南地区有南吴、南唐、吴越国、闽国等国。湖广则被荆南、南楚、南汉等占据。十国中的南唐国力最为强盛，它先后攻灭了闽国、楚国，但在多次用兵后使得国力迅速衰退，最后败于后周的手下。两川地区有前蜀、后蜀两个政权，是仅次于南唐的两股势力，然而，他们由于耽于安乐，最后亡于中原。北汉是十国中唯一在北方的一国，是后汉高祖刘知远的弟弟刘崇所建。赵匡胤建立北宋王朝之后，相继扫荡群雄，最后于公元979年，基本上统一全国，至此，全面终结了十国割据的局面。

尽管五代十国时期的军阀割据，使得战火纷飞，天下动荡不定，但是，在那一时期里的鄱阳湖流域却依然从硝烟弥漫的尘空里走来了董源、巨然、徐熙、李颇、王定保、沈彬、孙鲂、宋齐丘、元德昭、钟传、卢光稠、危全讽、谭全播、刘江东、曾文辿这些鄱阳湖地域文化及其地域文学艺术界的代表人物。

在五代十国的这一时期里，鄱阳湖流域诞生了以南昌人董源、巨然为代表的江南山水画派，以徐熙为代表的中国画流派之一，被后世称为五代花鸟画派的一支简称"徐派"的"徐家野逸"画派。以王定保、沈彬、孙鲂等人为代表的诗人、文学家群体，以卢光稠、危全讽、元德昭为代表的地方人杰方阵等。

董源，中国五代时期的南唐画家。江西钟陵人，亦即是今天的江西省南昌市进贤县人。主要活动在南唐中主李璟执政的那一时期里。中主时，董源任北苑副使，故世人又称其为"董北苑"。自南唐灭亡并入大宋之后，被宋代看作是南派山水画的开山大师。

董源善于着墨山水并兼工禽兽画的画法。其山水多以江南真山入画而不为奇峭之笔，他的山水多画江南景色的"平淡天真"。米芾曾盛赞董源的山水说："峰峦出没，云雾显晦，不装巧趣，皆得天真"。五代的《画鉴》里是这样记载的："董源山水有两种，一样水墨，疏林远树，平远幽深，山石作披麻皴；一样着色，皴文甚少，用色浓古，人物多用红青衣，人面亦有粉素者。两种皆佳作也。"北宋沈括在《梦溪笔谈》中提到："董源善画，龙工秋岚远景，多写江南真山，不为奇山峭之笔"，又称"其用笔甚草草，近视之几不类物象，远观则景物粲然……"中国画史上，把董源、范宽、李成，并称为北宋初年的三大家。董源存世作品有《夏景山口待渡图》《潇湘图》《夏山图》《溪岸图》《平林霁色图卷》等遗世。

五代至北宋的初期，是中国山水画的成熟阶段，并形成了不同的风格流派，后人概括为"北派"和"南派"两支。董源的《潇湘图》被视为"南派"山水的开山之作。巨然在北宋期间，为谋求在北方的艺术地位，不得不效法李成之作，如仿李成的寒林山水，在构图和笔法上都略异于董源，但意趣仍是江南画。巨然的画艺远不及董源广博，专以山水为长。

巨然的山水画构成，虽然是师承董源，但风格不同于董源的秀逸奇伟，但他却是自成一格，多于峰峦岭窦之外，下至林麓之间，喜作卵石、松柏、疏筱、蔓草等。画中幽溪细路，屈曲萦带，竹篱茅舍，断桥危栈，爽气怡人。虽然巨然的这些表现内容与董源的作品在大体上相近，但不同的是巨然在自己的画中糅入了一些北方山水画的意象构图，再加上他的笔墨与董源相比较，更趋于粗放，一般情况下，并不多作云雾迷蒙之景，故而，在他的画中散发出来的浓重湿润之气却丝毫也不亚于董源的画作。

巨然一生专画江南山水，他所画的峰峦，山顶多作矾头，林麓间多缀卵石，并掩映以疏筱蔓草为伍，置以细径危桥茅屋之间，得野逸清静之趣，深受文人雅士的喜爱。尤其擅长以董源的长披麻皴法画山石，笔墨秀润，为董源画风之嫡传。对元明清三朝以及近代的山水画发展产生了极大的影响。他的画作有《万壑松风图》《秋山问道图》《山居图》等传世。

徐熙出身于"江南名族"，为五代南唐时期的杰出绘画艺术家。江西进贤县人。

他一生以高雅自认而不肯出仕为官，郭若虚称他为"江南处士"，沈括则说他是"江南布衣"。公元975年的时候，他随李后主归宋，不久便病故了。后人将其与后蜀的黄筌并称为"黄徐"，有"黄家富贵，徐熙野逸"的评价，为五代、宋初的花鸟画两大流派的杰出代表人物。

徐熙的性情豪爽旷达，志节高迈，他善于画花竹林木，蝉蝶草虫，其妙与自然无异。他经常漫步优游于田野园圃，所见景物多为汀花野竹、水鸟渊鱼、园蔬药苗。每遇景物，必细心观察，故专写物态，皆富生动意趣。画法上一反唐代以来流行的晕淡赋色，另创一种先以墨写花卉的枝叶蕊萼，然后赋色的表现技法进行创作。他所作的禽鸟，形骨轻秀，所画花木，改变前人细笔勾勒、添彩晕染方法，而用粗笔浓墨，人称"落墨花"。时称"江南花鸟，始于徐家"。"下笔成珍，挥毫可范"。使得自己的作品"意出古人之外"从而创立了"清新洒脱"的风格。可谓是"骨气风神，为古今绝笔"。

宋代的沈括形容徐熙的画是"以墨笔为之，殊草草，略施丹粉而已，神气迥出，别有生动之意"的作品。这种题材和画法都表现出了徐熙作为江南处士的情怀和审美意趣，与妙在赋彩、细笔轻色的"黄家富贵"不同，从而形成另一种独特的风格，被后人称为"徐熙野逸"。然而徐熙为南唐宫廷所绘的"铺殿花"、"装堂花"，于"双缣幅素上画丛艳叠石，傍出药苗，杂以禽鸟蜂蝉之妙"，则"意在位置端庄，骈罗整肃，多不存生意自然之态"。他的这种富有装饰性的绘画，也构成了徐熙绘画的另一种风貌。

徐熙的孙子徐崇矩、徐崇嗣、徐崇勋皆善画。进入北宋后，由于当时"黄家富贵"成为北宋宫廷花鸟画的标准，徐崇嗣便效诸黄之格，创造了一种不用墨笔，只以彩色图之的没骨画法。北宋宣和御府中所藏徐崇嗣画，"率皆富贵图绘，谓如牡丹、海棠、桃竹、蝉蝶、繁杏、芍药之类为多"，与野逸画风已有所不同。

徐熙以一介布衣，游戏笔墨，将当时已经成熟的水墨山水画的技法融入花鸟画中，开创了花鸟画新风格，与黄筌的细笔重彩形成两大流派。此后花鸟画的发展在此两大流派的基础上不断演进变化，逐渐呈现出了多姿多彩的格局。

李颇，五代十国南唐后期的江西南昌人，他善于画竹，作品的气韵飘举，落笔生辉，不求小巧，而多放情任率，下笔便有生意。作品有《折竹》《凤竹》《冒雪疏篁》《宣和画谱》《图绘宝鉴》《图画见闻志》等图传世。

从董源和徐熙等人的绘画成就来看，它足以证明在五代十国的那一时期里，鄱阳湖流域的艺术氛围浓郁，画坛人才辈出，成绩斐然，代表了当时中国画坛的最高水平。

在简单地陈述了五代十国这一时期里鄱阳湖流域的画坛现象之后，我们不妨转过头来梳理和感受一下同时期鄱阳湖流域的历史人文气息。

卢光稠，虔州虔化县清音里，今江西赣州市宁都县的麻田卢氏望族，是汉代涿州著名大儒北中郎将卢植的裔孙，唐朝末年赣南农民起义的领袖，世称卢王。

其父卢卓曾任虔州刺史。光稠天资聪颖，自幼习武，喜爱骑马射箭，常用藤条、利器与坚甲操练武艺。成人后，身材高大魁伟，身长八尺五寸，虎背熊腰，臂力过人，相貌威严，声如洪钟。他不仅博览典籍，而且还善于体察民情，做人做事光明磊落，智勇兼备，文经武纬，融会贯通，甚得乡人好评。唐末，黄巢起义之后，南方的农民纷纷揭竿而起。光启元年也就是公元885年，光稠与姑表兄谭全播一起，在南康县的石溪都，也就是今天的上犹县双溪乡聚众起义，卢光稠被推为统帅，谭全播为谋军师。当年正月就占据了虔州，卢光稠自任刺史。天复二年，又占据了韶州，即今天的广东韶关，并派遣其子卢延昌在那里镇守。不久，又派其兄卢光睦攻占了潮州。五代后梁的开平元年，亦即是公元的907年，岭南的割据者刘隐，派其弟刘岩领兵将卢光睦赶出了潮州，并以数万兵力攻打虔州。谭全播用计，虽然击败了刘岩，保住虔州，但卢光稠的处境日益维艰。遂奏请后梁太祖，表示愿通道路、输贡赋，臣属后梁。梁太祖准奏，在虔州设百胜军，授光稠为防御使兼五岭开通使，辖虔、韶二州及吉州南边诸县。又建镇南军，以光稠为留侯，并封其为王。开平五年，公元911年光稠病逝于虔州任上。

光稠为人豁达大度，宽仁爱人。在他主政虔、韶等地的二十六年间，政绩卓著。他不但维修并扩建了虔州城，还建造了赣州城里章江边上的著名景点——郁孤台。卢光稠在任期间，非常注意济贫恤孤，轻赋薄敛，尽量让久经战乱的百姓们得以安居乐业。故虔地百姓对其感恩戴德，争相立庙塑像祀奉。现今广东韶关的"忠惠庙"，南康唐江镇的"康王庙"，赣州水东的"康王庙""康公庙"，永丰北坑的"卢王庙"，洛口麻田与中元里的"卢王庙"等，都是为纪念卢光稠而建的庙宇，拜谒者世代络绎不绝。

危全讽，唐末南城东兴乡四十一都苏源村，也就是今天的江西省黎川县荷源乡人。曾任抚州刺史，是抚州城的奠基人。

唐末时，危全讽座下拥有抚州、信州、袁州、吉州这四州之地，一度割据称雄。唐僖宗的乾符元年，黄巢领导的农民起义爆发，鄱阳湖流域地各地农民群聚响应。危全讽与其弟危仔倡招募乡勇，组织武装，在南城的城上村，也就是今天的南城县株良乡城上村，修筑土城，保卫乡民。乾符四年，江西起义军柳彦章部由江州南下攻打抚州，危全讽与危仔倡起兵，攻柳彦章于象牙潭，斩柳部将黄可思、李道歉，被朝廷授予讨捕将军。

乾符五年三月，崇仁的朱从立、新城的黄天撼乘黄巢起义军攻占江西之机，率领农民起义，在今南丰、黎川、崇仁、宜黄一带活动。危全讽奉令将其镇压。随后，危全讽又在南城都军村修筑土城，设立军营，并派出游动哨，保卫南城全境。

中和二年五月，抚州刺史钟传驱逐江西观察使高茂卿后占据了洪州，也就是今天的南昌市，危全讽即率部进驻抚州，遣其弟危仔倡占领信州，即今天的上饶县。中和五年，危全讽授抚州刺史职，危仔倡为信州刺史。

危全讽进驻抚州后在那里主政了 27 年，他招怀亡叛，安抚士民，积极整顿社会秩序，修州衙，筑城墙，创庙学，弘佛教，百废俱兴，使民众得以安居，政绩卓著。他对外交结钟传及彭王干、卢光稠等人，对内劝课农桑，招徕商旅，使抚州的经济得到长足的发展，成为了远近闻名的"名邑"之地。

中和五年，他考虑到抚州城地势低洼，地处樊水边易发生内涝，更不利于战守的情况，遂将州治向东移至形势险峻的羊角山一带之后，于中和七年开始了抚州历史上的第一次造城工程，前后历时三年才得以竣工。新建成的抚州城分内外两重，内为子城，周长 1 里 225 步，每步为 5 市尺，一共设有 3 门，外为罗城，周长 15 里 26 步，设有 8 门，奠定了现代抚州城的基本模型。城内设有大街两条，为农副产品的交流和商业服务提供了极大的便利。为此，元代的张保特地撰写了一篇叫作《抚州罗城记》的文章，盛赞抚州"贾货骈肩，豪华接袂"的繁华景象。

危全讽在治理抚州期间，不仅注重发展教育和宗教事业。他还在抚州设立文庙，力兴儒学，设文学、助教职官，掌全州教育之职。在他的影响下，宜黄棠阴人罗坚、罗信于天佑年间赠田创建了"湖山书院"和"三湾书院"，开启了抚州私人办学的先河。

此外，危全讽还注意招抚流亡，增加人口，扩大土地垦种面积。唐末五代正是北方地区战火连天、饿殍遍地之时，而抚州"既完且富"，儒学的繁荣又引得大批北方士人前来竞相投奔，带动了经济文化的发展。这个时期迁来抚州的大家族有：金溪的陆氏，乐安的董氏，宜黄的乐氏，南丰吴氏，南城、临川的黄氏等。大量人口的迁入和许多文人墨客到抚州游览所留下的墨宝和诗赋，为宋代抚州人才的崛起创造了条件。

危氏兄弟的后裔也是名人辈出，宋代的元绛和元代的危素都官至参知政事，相当于副宰相，元德昭更是五代吴越国的丞相，是抚州历史上的第一个宰相。宋代的危稹还是知名的文学家，元代的危亦林更是鄱阳湖流域历史上的十大名医之一。

谭全播，主要活动于唐末，江西宁都石上镇斫柴岗村人。唐僖宗朝进士。唐末虔州农民起义军副首领。祖居山东，后徙抚州。其父谭寅郎于唐元和年间由抚州迁虔化县，即今天的宁都县。全播远见卓识，智勇双全。黄巢起义后，南方的农民纷纷揭竿而起。唐光启元年，公元的885年，谭全播与表弟卢光稠在南康县石溪都聚众起义，并力举卢光稠为统帅，自称为谋士，实际上是副首领。起义后，谭全播机谋百断，且与卢光稠配合默契，使得起义军节节胜利，在军中获得"小诸葛"的称谓。梁开平元年，刘岩领兵赶卢光稠之兄卢光睦出潮州，又引兵数万围攻虔州。大兵压境，州城危急，卢光稠问策于全播。全播设计，选万余精兵，预伏山谷，然后约刘岩于城南山坡决战。届时，全播仅派数千老弱兵出战，激战中假装溃退，刘岩率军猛追，落入埋伏，措手不及，大败而逃。卢军大获全胜。由此，全播更获卢光稠敬重。开平五年，卢光稠病重，欲将符印交付全播，全播坚辞不受。不久，卢光稠病逝，谭全播拥立其长子卢延昌继位。

元德昭，本姓危，字明远，南城县东兴乡苏源村，也就是今天的江西省黎川县荷源乡人。五代时任吴越的丞相。其父危仔倡于唐乾符元年跟危全讽一起组织乡民保境。中和五年据信州，为信州刺史。梁开平三年，与兄长危全讽一起攻打洪州时，为吴将周本所败。危仔倡在信州任职期间，对吴越颇为倾心。吴越所辖衢州、睦州出现叛乱时，危仔倡与吴越王形成掎角之势，积极帮助吴越王平叛。之后，他便投奔了吴越王钱镠。钱越王待危仔倡为上宾，委以淮南节度副使一职。从此，仔倡的子孙均在吴越国出仕，由于钱越王认为"危"姓不吉利，遂赐他们家族为"元"姓。

元德昭少年时居家孝友，勤奋好学，文采好，素以文辞著称。初授镇东军节度巡官，后为钱塘县令，改迁睦州军事判官，知台州新亭监。后晋天福五年，丞相林鼎向吴越王钱元瓘力荐元德昭。钱元瓘即令他掌文翰。开运三年十月，南唐攻打福州，福州派使者向吴越王弘佐求援。弘佐令元德昭率兵驰援，并于次年的三月，大破南唐兵，俘敌万余，于是，元德昭就被晋升为丞相。

元德昭不仅足智多谋，明见时机，每遇朝廷议事，都能从实际出发，据理力争，他的意见多被吴越王采纳，吴越王若与群臣之间有议而不决之事，便都要来听一听元德昭的奏论。他还在理家处世上以孝爱而闻名于世。他们一家四代同堂，每逢节日宴会，都是儿孙环列几席，好不热闹。他曾经这样写诗道："满堂罗绮兼朱紫，四代儿孙奉老翁"。元德昭不仅生性达观，胸怀开阔，而且为人还十分有趣。他晚年卧病在床时，竟然提起笔来跟自己撰写碑文，这恐怕是千古以来的一件趣闻吧？

钟传，唐末豫章南昌人。少年时不事农业，喜好射猎，一日喝醉酒后遇到了一头老虎，便与虎搏斗。老虎搏其肩，而钟传也抓住老虎不放，等到另一人上来斩虎才罢手。钟传在得了富贵之后，便很后悔自己之前的做法，他告诫自己的子孙说："士处世尚智与谋，勿效我暴虎也"，之后还专门画了一幅"搏虎状"的图来警示子孙。他趁王仙芝之乱时，一举夺得抚州，于公元882年取代江西观察使高茂卿，入据洪州，担任了镇南军节度使，割据江西一方近三十年，后来被朝廷封为南平王，

宋齐丘，豫章南昌人，祖居庐陵。南唐烈祖建国时以为左丞相，迁司空。为文有天才，古今独步，书札亦自矜炫，而嗤鄙欧、虞之徒。历任南吴和南唐左右

仆射平章事，也就是当朝的宰相。

齐丘好学，工属文，尤喜纵横长短之说。烈祖为升州刺史，齐丘因骑将姚克赡得见。暇日陪燕游，赋诗以献曰："养花如养贤，去草如去恶。松竹无时衰，蒲柳先秋落。"烈祖奇其志，待以国士。从镇京口，入定朱瑾之难，常参秘书。因说烈祖讲典礼、明赏罚、礼贤能、宽征赋，多见听用。烈祖为筑小亭池中，以桥度，至则撤之，独与齐丘议事。率至夜分，又为高堂，不设屏障，中置灰炉而不设火。两人终日拥炉，书灰为字，旋即平之。

到了公元918年，徐知诰管理朝政时，他就更加重视发展农桑了。按南吴旧制规定，上等田每顷征税足陌现钱二贯一百文，中等田一贯八百文，如现钱不足，依市价折金银。另外，还实行丁口税，按丁口征现钱。而宋齐丘则主张田税不收现钱，改为缴纳谷帛，并"虚抬时价，折纳绸绵绢本色"。南吴当时的市价为每匹绢五百文、绸六百文、绵每两十五文。宋齐丘建议把每匹绢抬为一贯七百文、绸为二贯四百文、绵每两四十文，都是不打折扣的足钱。他提出的要官府收租税，用高于市价三四倍的虚价来折合实物，的确是大胆而有远见的建议，同时，他还建议废除朝廷的丁口税。

对于宋齐丘的这些建议，朝议喧哗，大家认为朝廷的损失太大了。宋齐丘则据理申辩说：哪有民富而国家贫的道理？！徐知诰断然采纳宋齐丘的建议，认为这是劝农上策，立即付诸实施。果然，不到十年，江淮间呈现"旷土尽辟，桑拓满野"的繁荣景象，国力也就富强了，有力量抵御北边地方军阀的侵扰。宋齐丘所献之策，可谓功效显著。宋代许载在他的《吴唐拾遗录》中，对此策也给予了积极的评价。

南唐先后凡39年，宋齐丘仕途不顺，几度被贬，可以说与南唐的政局变化息息相关。其本人长于内政，然而个性刚烈，善妒护短；在集中于发展内政、对其极为信任的李昪掌权时期，宋齐丘可谓如鱼得水，奠定了江南农桑遍地的大好经济基础；但到了好大喜功、具有强烈扩张欲望的中主李璟时期，其政治作用就明显有所下降了。

宋齐丘归隐后，就来到了九华山上，他死后，九华山上的僧民按照其生前之意，将他在此山的故居改为广胜寺，其坟墓筑于九华山东麓的中心山下。九华山中留下了"征贤寺""沉机石"等古迹。南宋的著名诗人陆游曾在乾道六年七月二十三日的《入蜀记第三》一文中写道："南唐宋子篱辞政柄归隐此山，号九华先生，封青阳公，由是九华之名益盛"。

从以上卢光稠、谭全播、钟传、危全讽、元德昭、宋齐丘等人的人文事迹来看，他们不愧为五代十国时期鄱阳湖流域杰出的人文代表，尤其是危氏一族，在治理抚州期间的几十年里，不惜花大力气开山造城，振兴经济，同时，还不忘大兴教育，积极培养人才，这从根本上奠定了抚州后世这一方文化兴盛的土壤，造就了临川才子之乡的成长，为这块土地日后的文脉兴盛、文学繁荣，打下了坚实的人文历史基础。以上有关抚州这块地域历史人文群体的简单叙述，是我尝试在人文群体的方面来加以针对性阐述的，以期大家能够从多方面，多维度了解鄱阳湖地域文化的全貌。

说完了卢光稠、危全讽他们那些人杰，我们再来说说刘江东和曾文辿他们这两个堪舆大师，他们俩都同是杨筠松杨救贫先生的门下弟子。

刘江东，晚年号刘白头。是于都上老，古代的上牢，今天的于都县葛坳乡人。公元884年，杨筠松因黄巢破京城，避难江南，应虔州节度使卢光稠之请，为其葬母，时任卢光稠参军的刘江东，因为崇慕杨公的堪舆神术，遂与同乡曾文辿一起拜了杨筠松为师，从游其门。

《于都志·刘江东传》载："刘江东，名白头，本刘韶后。上世有知虔州者，遂家于都上老。唐末，杨筠松避黄巢之时，至虔州。江东同曾文辿等传述，而杨与曾俱各著文字，惟江东稍有口诀，其裔孙谦，为宋吏部郎中，知袁州事，又著《囊金》七篇，曰星、龙、穴法、应案、四首、水城、明堂、水口，词旨明达，云囊金者，宜春韩翚所提也。今江东与谦事旧志皆登，而家簿亦与之俱存。故著之。"

刘江东是杨救贫先生的主要传人和杨公堪舆理论实践的主要记录者之一，为杨公堪舆文化的继承和传播发挥了重要的作用，著有《三宝经》一书传世。刘江东传道，不拘姓氏，好学者则传之。刘江东去世后，葬在上老村下山虎形，与其父同葬，坟墓至今保存完好，惜其后人重修坟茔时误改了碑向，坟墓右侧已生白蚁。刘江东故乡、广东丰顺等地还保留有刘江东所勘定的阴阳宅，至今仍兴旺发达。

曾文辿，号逸真，江西于都葛坳小溷村人。其父曾德富，兄曾文遄、弟曾文迪，文辿排行老二。后梁贞明丙子年，曾公与诸徒在袁州万载觐丘山，也就是今天的宜春万载县，堪得肖形五牛饮水穴，穴结池心，授指谓子徒曰："吾死葬此，切记"。时值腊月，果卒。诸徒如命安厝。命其地曰："曾仙塘"。后经数年，其徒于豫章复见文辿师，惊其未逝，之后遂启其冢，果空棺，始知文辿师尸解，真成地仙矣。先生著有《寻龙记·八分歌》2卷行世。

因为在之前我已经专门就堪舆学的宗师杨救贫做了详细的阐述，这里就不再过多赘言刘江东和曾文辿的堪舆事例了。后世在堪舆学方面，一律尊杨救贫、曾文辿师徒以及定南县的赖布衣、宁都翠薇峰金精洞的廖金精四个人为"风水形派"的四大祖师爷。这是就五代时期的堪舆学方面的文化群体来阐述的。下面，我再就那一时期里的文学群体做一个较为详细的陈述。

王定保，唐末昭宗光化年间进士，南昌人。其生平事迹，人们知道得很少。他早年曾与安徽的曹松隐居庐山，唐光化三年进士及第，随后南游湖湘，任容管巡官，也就是今天的广西南宁巡官。其时，农民起义风起云涌，他当即"避难"于广州，在节度史刘隐处为幕客。公元917年，刘隐去世，其弟刘龑图谋称帝，建立南汉国，担心王定保不服从，于是派遣他出使荆南。当他完成使命返回时，刘龑已登基做了南汉皇帝。为了安抚王定保，刘龑派大臣前往迎接，主动告诉他称帝建国的事情。王定保没有表示反对，但对故意把他指使开的做法很不满，因而讥讽道："建国当有制度，吾入南门，清海军额犹在（这是指唐朝节度使的匾额还在堂上挂着），其不见笑于四方乎？"刘龑知道后苦笑说："朕备定保久矣，而不思此，宜其讥矣。"王定保此后一直在南汉国任职，官至中书侍郎、同平章事。他善文辞，曾写过一篇《南宫七奇赋》，"一时称为绝伦"。他"雅好著述，老而弥笃"，《唐摭言》一书就是他暮年时期的作品，一共有15卷流传于后世。

王定保著的《唐摭言》，详细记载了大量唐代诗人文士的遗闻逸事，他多记那些正史中所不能详述者。晚清官员、文史学家李慈铭曾经在《越缦堂读书记》指出："唐人登科记等尽佚，仅存此书，故为考科名者所不可少。"《四库全书总目提要》云："《唐摭言》述有唐一代贡举之制特详，多史志所未及。其一切杂事，亦足以觇名场之风气，验士习之淳浇。法戒兼陈，可为永鉴。"唐代贡举制度和士人参加贡举的活动，以及有关遗闻逸事，唐代诗人的零章断句为别集失载者，也多赖此书保存。

可见，王定保的《唐摭言》不啻是一部真正的属于志书类的，文学野史性质的宝贵文学资料，为我们全面真实地了解唐代文学艺术界的状况，提供了很好的指导和帮助。

沈彬是筠州高安人。自幼苦学，末岁离乱，随计不捷，南游湖湘，隐云阳山数年，后归乡里。时南唐李昪镇金陵，旁罗俊逸，名儒宿老，必命郡县起之。彬赴辟，知昪欲取杨氏，因献《画山水诗》云："须知笔力安排定，不怕山河整顿难。"昪览之大喜，授秘书郎。保大中，以尚书郎致仕归，徙居宜春。李璟以旧恩召见，赐粟帛官其子。

沈彬初经板荡时，与韦庄、杜光庭、贯休等，俱避难在蜀地，多有酬酢传唱。彬临终，指葬处示家人窆，果掘得一空冢，有漆灯青荧，圹头立一铜版，篆文曰："佳城今已开，虽开不葬埋。漆灯终未灭，留待沈彬来。"遂奄岁于此。著有诗集一卷传世。彬第二子延瑞，性坦率，豪于觞咏，举动异俗，盛夏附火，严冬单衣，或遇崇山野水，古洞幽坛，竟日不返，时人异之，呼为"沈道者"，士大夫多邀至门馆。一日，邑宰戏问："何日道成？"廷瑞即留诗曰："何须问我道成时，紫府清都自有期。手握药苗人不识，体涵仙骨俗争知。"邑宰惊谢。后浪游四方，或传仙去也。

孙鲂，江西乐安人，为五代时期南唐的著名诗人。他虽然出身贫寒，但从小聪明好学。唐广明元年，黄巢起义军占领长安后，唐僖宗逃往成都，都官员外郎郑谷则避隐故乡宜春的仰山书屋。孙鲂慕名前往仰山书屋，拜郑谷为师。孙鲂的诗颇似郑谷体，清婉明白，不过分追求华丽的辞藻，凡民间俚语皆能入诗，此后，遂以诗歌行走于世间。

　　唐景福元年，杨行密任淮南节度使，苏州、扬州、金陵一带虽经战乱，依然是一派繁华的景象。诗人沈彬、李建勋先后来到金陵，此时，孙鲂参与射策考试，被杨行密命为都官从事。孙鲂便邀约沈彬、李建勋一起结为诗社，经常在一起饮酒唱和。吴天祚三年十月，也就是公元937年，镇守金陵的徐知诰（李昪）废吴帝，改国号为南唐，并招揽人才，不少文人逸士宿儒尽皆为其所用，孙鲂被授以宗正郎。

　　孙鲂一生著有诗集5卷，今已散佚。《全唐诗》中存其诗30首，词5首，句4条，杂曲歌词5首。其《题金山寺》《甘露寺》二首脍炙人口。镇江的金山寺为润州著名的寺庙，历代的骚人墨客在那里题咏甚多，自从唐代的张祜在金山寺吟出了"僧归夜船月，龙出晓堂云"的名句后，之后，便没有人敢再来题咏了，直到孙鲂在寺前吟出了："万古波心寺，金山名目新。天多剩得月，地少不生尘。过橹妨僧定，惊涛溅佛身。谁言张处士，题后更无人"一诗，人们被诗中的"天多剩得月，地少不生尘"的佳句所折服，无不为孙鲂叫绝，认为他"骚情风韵，不减张祜"。元代辛文房编纂的《唐才子传》列有孙鲂的传介。

　　由此，我们不难看出在五代十国时期，鄱阳湖流域的文学风潮依然不减之前的劲头，创作成果迭出。撇开刘江东，曾文迅等人的堪舆学著作不计算在内，仅凭王定保的《唐摭言》一部，孙鲂的《题金山寺》诗一首，就足以独步当时，傲视群雄，尽管鄱阳湖文学的身影让人看上去，稍呈势单力薄之态，但它足以证明在那一时期里的自信与坚定，这是毋庸置疑的一件事。

　　总之，由董源、巨然、徐熙、李颇、王定保、沈彬、孙鲂、宋齐丘、卢光稠、元德昭、钟传、危全讽、谭全播、刘江东、曾文迅等人组成的，鄱阳湖地域文化的方阵及其地域文学的方阵，在五代十国时期的鄱阳湖大地上，架起了一道属于鄱阳湖人自己的亮丽文学风景线，闪耀在历史的时空里，熠熠生辉！

遍游两宋

公元的 960 年的正月，赵匡胤发动陈桥之变，黄袍加身，推翻了后周，建立宋朝。自此，开启了我国历史上的两宋时期。宋朝是中国历史上，上承五代十国、下启元朝的时代，根据首都及疆域的变迁，可再分为北宋与南宋，前后并称为两宋。

宋朝立国之后，为了避免再像唐代末朝那样藩镇割据和宦官乱政的现象发生，便采取重文轻武，文人治国，军事上积弱，强干弱枝的施政方针来确保政局的稳定。继公元 1127 年，宋徽宗、宋钦宗被金人掳去，迫使宋室南迁临安之后，于公元 1276 年，又被忽必烈攻破了宋都临安，继而在公元 1279 年的崖山海战中彻底灭亡于元朝之手。但另一方面，宋朝也是中国历史上经济与文化教育最繁荣的时代之一，儒学的复兴，社会上弥漫尊师重教的风气，科技发展亦突飞猛进，政治也较开明廉洁，一直到宋亡一代，都没有出现严重的宦官乱政和地方割据，兵变、民乱的次数与规模，在中国的历史上也相对较少。著名史学家陈寅恪曾经这样言道："华夏民族之文化，历数千载之演进，造极于赵宋之世。"

由于儒学的复兴，全民尊师重教风气的浓郁，导致两宋时期的教育及文学艺术事业得到了长足的发展和振兴，呈现出一派兴旺、繁荣气象。

据粗略地考究，仅在两宋的那一时期里，鄱阳湖流域东面的狭小地块上，悠悠然地走出来了以婺源的朱熹、鄱阳的姜夔、洪迈等十几个人为代表的上饶文化及文学的方阵。他们分别是朱熹、朱弁、姜夔、洪皓、洪适、洪遵、洪迈、（皓适遵迈父子四人，人称鄱阳四洪）、张辑、彭大雅、谢枋得、赵汝愚、汪藻、张潜、徐元杰、汪应辰、马廷鸾等人。

在鄱阳湖流域南部的那片广大地域里，几乎是同时走出来了以吉安永丰的欧阳修、吉水的杨万里、吉安的文天祥等数十人为代表的吉安文化及文学的方阵。他们分别是：欧阳修、杨万里、文天祥、邓剡、刘过、曾安止、刘辰翁、胡铨、周必大、孔平仲、王庭珪、王炎午、罗大经、杨邦乂、罗烨、欧阳守道、罗泌、刘沆、舒翁、曾民瞻、严用和等人。

以抚州临川的王安石、南丰的曾巩等数十人为代表的抚州文化及文学的方阵，他们分别是：王安石、王安国、曾巩、曾布、赵长卿、王文卿、晏殊、晏几道、陆九渊、陆九龄、傅子云、李觏、王雱、陈自明、谢逸、俞国宝、吴曾、陈彭年、欧阳澈、侯叔献、陈景元等人。

以宜黄的乐史、高安的刘恕等人为代表的宜春文化方阵及文学的方阵，他们分别是乐史、刘敞、刘攽、向子湮、杨无咎、徐天麟、徐梦莘、刘恕、惠洪、袁去华、姚勉、赵希鹄、王钦若等人。

在鄱阳湖南岸的豫章城头，走来了以南昌的洪炎、陈执中等人为代表的南昌文化方阵及文学的方阵，他们分别是洪炎、裘万顷、赵善括、石孝友、陈恕、陈执中、京镗等人，以及赣州的地域文化代表曾几、赖文俊等人。

在鄱阳湖流域的西北以及它的北岸，走来了以修水的黄庭坚、都昌的冯椅为代表的九江文化方阵及文学的方阵，他们分别是黄庭坚、徐俯、江万里、冯椅、冯去非、冯去辩、冯去疾、冯去弱、黄灏、彭蠡、彭方、曹彦约、刘錡、王韶、夏竦、李燔、周应合等人。

另外，从鄱阳湖流域的名山古刹里还走来了以浮梁的佛印禅师为代表的化外高人，他们分别是佛印禅师、慧南、方会等人。还有在生前身后客居在鄱阳湖上的张叔夜、杨再兴、崔与之等人。

以上的这些人汇聚在一起，将两宋时期的鄱阳湖流域搅动得风起云涌，催生出了光照千秋的文化天空，文学之光，照耀在浩渺烟波的鄱阳湖上。

接下来，我将按照由东到西，由南到北的先后顺序，逐一地借助各地的文化方阵及文学的阵营，以及其中一些闪耀着人文光辉的家族文化团队及文学团体来解读两宋这一时期，鄱阳湖文学发展、变化的基本情况，以期希望大家都能够对鄱阳湖文学的背影有个更加清晰的认识。

在鄱阳湖流域的东北部有座著名的大鄣山脉，它是怀玉山脉的余绪，地处皖浙赣三省的交接地界，呈东西走向，是婺源县的北部屏障。明代诗人汪循曾经在《登大鄣山》一诗中这样写道："清风岭上豁双眸，擂鼓峰前数九州，盘踞徽饶三百里，平分吴楚两源头。白云有脚乾坤合，远水无波日月浮。谁识本来真面目，乍晴乍雨几时休？"我们不难从诗的"平分吴楚两源头"这句话中读得出来，大鄣山既是"吴楚分源"的屋脊所在，也是鄱阳湖水系在赣东的婺江、乐安江与钱塘江水系新安江的分水岭，因此，人们又赋予了大鄣山为新安江、富春江和钱塘江"三江源头"之美誉。遥望大鄣山，就只见群峰耸立之间，旋转顿挫起伏，犹如旌旗刀戟密布，岩然如分兵阵列，擂台竞技之状，形貌姿态，巍峨雄伟，云雾缭绕，气象万千。

穿过历史的云烟，我仿佛看见在云蒸雾绕的大鄣山下，一个叫作蚺城的小山村里走来了一位名字叫作朱弁的人，他踽踽然地登场来了。这个人就是朱熹的家叔祖，南宋的文学家，朝廷的大员。建炎元年，朱弁自荐为通问副使赴金国和谈，不料为金所拘，朱弁不肯屈服，自此被拘留十六年后始得放归南宋。他在羁留金国期间，写下了不少怀念故土的诗作，诗意词情深切婉转，是我国南宋初期的重要诗人。

朱弁青年时，便在太学就读，他以诗的灵秀见重于当时的文学大家晁说之先生。晁说之是谁呢？晁说之的学说颇杂，他从不专于一师之论。他先是跟随司马光学习《太玄》之学，后又跟着邵雍的弟子杨贤宝学其先天之学，以达到自己能够探寻和穷尽三《易》的目的，接着又入泰山孙复的门下，听姜至讲《洪范》，在关中留心横渠先生的理学，之后，创立了属于他自己的"景迂学派"，主要的弟子有朱弁、王安中等人。

宋建炎元年，也就是公元 1127 年，高宗计议遣使金国，问候被羁押在金国的徽、钦二帝。朱弁便奋勇自荐，受诏为候补修武郎、右武大夫、吉州团练使职，充当河东大金军前通问副使，于次年正月偕同正使王伦前往金国看望和慰问宋徽宗、宋钦宗两位先皇。令朱弁没想到的是，他到达金国之后，就被金国给羁押起来了，一扣就是五年的时光过去了。忽一日，金主忽提出议和，要来使遣一人回去奏报朝廷。朱弁推让王伦返朝，毅然说："吾既来金国，准备一死报效朝廷，岂能侥幸先回？"并叫王伦把图印留下来说："印即信也，愿抱印以守节，死不离矣。"至绍兴十三年，宋金两国达成和议之后，朱弁与洪皓、张邵才得以归朝。

朱弁羁金十六载，坚贞不屈，高宗诏为"忠义守节"。宋绍兴十四年四月病逝。他的侄孙朱熹后来写有《奉使直秘阁朱公行状》一文，被收录在《朱文公文集》第九十八卷中，《宋史》即据此为朱弁立传。

朱弁留金时所作的诗歌，元好问的《中州集》中收入了38首。内容多是反映他被拘囚在金国的生活写照，感情真挚深沉，风格缠绵婉曲，颇能动人，如《寒食》中这样写道："绝域年华久，衰颜泪点新。每逢寒食节，频梦故乡春。"他的这些诗词炼句，甚见其深厚功力，又如《春阴》中的"诗穷莫写愁如海，酒薄难将梦到家"，以及《送春》中的"结就客愁云片段，唤回乡梦雨霏微"，都略似晚唐人的风格与情调。难怪朱熹后来在《行状》中这样来评论他说："于诗酷嗜李义山，而词气雍容，格力闲暇，不蹈其险怪奇涩之弊"，的确是比较中肯的论述，朱弁一生著有《曲洧旧闻》《风月堂诗话》等诗文集传世。

当朱弁的身形刚刚隐入鄱阳湖地域文学的幕后，紧随朱弁而来献艺的还是他的朱家子孙，人称紫阳先生的南宋著名理学家、思想家、哲学家、教育家、诗人、闽学派的代表人物，世称朱子，是继孔子、孟子之后，最杰出的弘扬儒学的大师朱文正公，朱熹老先生。

朱熹，字元晦，又称紫阳先生、考亭先生、沧州病叟、云谷老人、逆翁。谥文，又称朱文公。祖籍南宋江南东路徽州府婺源县，也就是今天的江西省婺源县紫阳镇。

宋绍兴十七年，亦即是公元的1147年，在朱熹18岁那年，他在建州乡试中考取了贡生。后来，又于宋绍兴十八年，也就是公元1148年的春天，朱熹进京参加科举考试，得中王佐榜第五甲第九十名，准勅赐同进士出身，不久，便步入了仕途。

宋绍兴二十三年，也就是公元的1153年夏天，朱熹在赴同安上任的途中，曾经顺路去拜会了延平大儒李侗，求教于李侗，获益匪浅。这样之后，就一直等到了宋绍兴二十七年，也就是公元的1157年，朱熹的任期届满回朝。

宋绍兴二十八年，也就是公元的1158年，回来之后的朱熹，在经过几年来的官场历练之后，一方面让他真切了解到了民生的疾苦与辛艰，另一方面，也让他站在庙堂层面接触和认识到了一些事物的本质，因此，他在经过一番深思熟虑之后，突然意识到妄佛求仙之世风，必定凋敝民气，耗散国力，有碍国家的中兴，故而，朱熹打算重新踏上求师之路，去拜李侗为师，承袭二程"伊洛渊源之学"的正统，从而奠定了朱熹以后创立自己学说的基础。

朱熹自同安任上归来之后，便不求仕进，主要进行教育和著述活动。宋绍兴三十二年，也就是公元的 1162 年，宋孝宗登上大宝，便广泛诏求臣民的意见。朱熹应诏上封陈事，力争反和主战、反佛崇儒的主张，详陈讲学明理、定计恢复、任贤修政的意见。隆兴元年，1163 年 10 月，朱熹应诏入对垂拱殿，向宋孝宗面呈三札：一札论正心诚意、格物致知之学，反对老、佛异端之学；二札论外攘夷狄之复仇大义，反对和议；三札论内修政事之道，反对宠信佞臣。但当时的朝廷以宰相汤思退为首的和议派把持了朝政，朱熹的抗金主张没有被采纳。

南宋乾道三年八月，也就是公元 1167 年的 8 月，朱熹在林择之、范念德的陪同下前往潭州，也就是今天的湖南长沙市，去访问当时湖湘学派的代表人物，右相张浚的儿子，南宋初期的学者、教育家张栻先生。在这段时间里，朱熹的《东归乱稿》写成了。

宋乾道五年，公元 1169 年，朱熹突然悟到"中和旧说"之非的蕴涵，便采用"敬"和"双修"思想来重读程颢、程颐的著作，从全新的角度出发，独创其"中和新说"。这是在中国学术史上具有划时代意义、影响十分深远的重大事件，它标志着朱熹哲学思想的成熟。朱子曾言："存养是静工夫。静时是中，以其无过不及，无所偏倚也。省察是动工夫，动时是和。"

同年九月，朱熹的母亲去世，朱熹建"寒泉精舍"为母亲守墓，开始了长达六年之久的专心著述阶段。

宋淳熙二年，也就是公元 1175 年正月里，吕祖谦从浙江东阳来访朱熹，在寒泉精舍跟朱熹相聚一个半月，史称"寒泉之会"。五月，朱熹送吕祖谦至信州鹅湖寺，也就是今天的铅山鹅湖书院，在鹅湖书院的时候，陆九龄、陆九渊以及刘清之等人都来与吕祖谦、朱熹见面聚会，这便是中国文化史上著名的"鹅湖之会"。鹅湖之会的直接动因是吕祖谦想利用这个难得的机会来调和朱、陆两派学说之间的矛盾。

在学术上，朱熹认为心与理是两个不同的概念，理是本体，心是认识的主体。陆九渊、陆九龄则主张心与理是一回事，坚持以心来统贯主体与客体。事实上，这就是客观唯心主义与主观唯心主义之间的大讨论。朱熹与陆氏兄弟在鹅湖书院的论辩和讲学时间，虽然长达十日之久，但双方并没有达到两者统一思想和认识的目的，尽管如此，这次的鹅湖之辩，却促成了双方各自对对方的思想有了进一步的了解和认识，也更进一步地明白了相互之间的分歧所在，从而促使他们在自觉与不自觉中对自己的思想来进行理性的梳理、反省与思考。

宋淳熙五年，也就是公元的 1178 年，宋孝宗任朱熹知南康军兼管内劝农事。淳熙六年三月，朱熹到任。当年适逢大旱，灾害严重，朱熹到任后，即着手兴修水利，抗灾救荒，奏乞蠲免星子县税钱，使灾民得以生活。十月，朱熹行视陂塘时，在樵夫的指点下找到白鹿洞书院的废址。经朱熹的竭力倡导，到淳熙七年三月，白鹿洞书院很快修复。朱熹在南康军任上，为白鹿洞书院殚精竭虑，不遗余力。他曾自兼洞主，充实图书，延请名师来书院任教。都昌的彭蠡、黄灏、冯椅就是在那一时期里，被朱熹延请到白鹿洞书院来担任教授的。同时，朱熹还请皇帝勅额，赐御书，置办学田，供养贫穷学子来书院读书，亲自订立书院的学规，即著名的《白鹿洞书院学规》。《白鹿洞书院学规》是世界教育史上，最早的教育规章制度之一，对教育目的、训练纲目、学习程序及修己治人的道理，都一一作了明确的阐述和详细的规定，它不仅成为后续中国封建社会 700 年来书院办学的模式，而且为全球教育界所瞩目，成为了国内外教育家研究教育制度的重要课题。

淳熙九年，也就是公元 1182 那年，朱熹 52 岁时才将《大学章句》《中庸章句》《论语集注》《孟子集注》四书合而为一，中国经学史上的"四书"之名才正式登台亮相。之后，朱熹仍呕心沥血修改《四书集注》，直到临终前一天他还在修改《大学章句》。

此后，朱熹将《四书》定为封建士子修身的准则。同时，编注《四书集注》的成功，也同时构建和完成了朱熹一套完整理学思想体系的创立。由元朝迄至明清，《四书集注》长期为历代封建王朝所垂青，既是治国之本，同时也作为人们的思想行为规范，成为了封建科举制度下的标准教科书。淳熙十年，即公元1183年，朱熹在武夷山九曲溪畔大隐屏峰脚下建造了"武夷精舍"，潜心著书立说，广收门徒，聚众讲学。在这一时期里，都昌的黄灏几乎每年都要从鄱阳湖上的十八桥头出发，乘船穿过鄱阳湖，来到这千里之外的"武夷精舍"看望和陪伴朱老夫子。

宋绍熙二年，即公元的 1191 年正月，朱熹的长子朱塾不幸故去。闻此噩耗后，朱熹无奈以治子丧请祠归家。五月，朱熹迁居建阳。次年，为承父志，建造"竹林精舍"，后更名为"沧州精舍"。淳祐四年，公元的 1244 年，皇帝下诏赐名曰"考亭书院"，朱熹不仅在此开始讲学，为天下四方不远千里慕名前来考亭求学的学子释疑解惑，还专心研究理学，著书立说，自此以后，朱熹与蔡元定等人一起在这里创立了中国学术史上令人瞩目的"考亭学派"，建阳也因此被后世喻为"南闽阙里"、"理学之乡"，同时，还因了朱熹、蔡元定、刘爚、黄干、熊禾、游九言、叶味道等人的缘故，被历史学家称为"七贤过化"之乡。

如今，在每年的清明节前后，远在美日韩及港澳台等海外的朱子后裔们，都会前来考亭祭祀拜谒，他所创立的南宋理学迄今仍被美国、日本、韩国、马来西亚等国推崇。朱熹在从事教育期间，对于经学、史学、文学、佛学、道教以及自然科学，都有所涉猎或有著述，著作广博宏富。

一路从婺源出发，往东南方向逶迤而去，迎面过来的便是有着富饶之州美誉的鄱阳。在我国两宋时期，在鄱阳这个地方，除了那个广为人知的"骚雅词宗"的文学代表人物姜夔姜白石之外，最为引人注目的政治文化人物当属鄱阳的"四洪"了。那么，也许就会有人要这样问我，你说的"鄱阳四洪"是何许人也？也许提起"鄱阳四洪"知道他们的人并不多，但是，如果要说起《容斋随笔》这部书来，论起它在文化及其文学艺术上的成就和知名度，知道的人就应该是不少了。《容斋随笔》这部书就是"鄱阳四洪"之一的洪迈所著的。这部书与沈括的《梦溪笔谈》和王应麟的《困学纪闻》是南宋时期最有价值的笔记类著作。

因此，"鄱阳四洪"指的是宋朝洪皓与他的三个儿子洪适、洪遵、洪迈的统称。父亲洪皓，曾经任过宋朝的礼部尚书、大金通问使、徽猷阁直学士、提举万寿观兼权直学士院，封魏国忠宣公。长子洪适，曾任同中书门下平章事兼枢密使、尚书右仆射，也就是丞相兼军事首长。次子洪遵曾任同枢密院事、端明殿学士、提举太平兴国宫，宰执（副相）、追赠右丞相。幼子洪迈曾任翰林学士、加端明殿学士，宰执（副丞相），官居一品。因了他们父子四人在政治上的地位以及文学和其他方面的学术成就，所以后人把他们父子放到一起合称为"鄱阳四洪"。

洪皓，字光弼。宋政和乙未年，公元 1115 年进士。曾任宁海主簿，秀洲司录。建炎三年五月，宋高宗准备将都城由杭州迁往建康，以避金兵锋芒。洪皓不顾自己职位卑微，积极上书谏阻。虽然他的意见并未被采纳，但他却因此为高宗所赏识。后来，高宗特意召见他，擢升其为徽猷阁待制，假礼部尚书，出使金国。洪皓到达金国之后，便被金国羁押起来了，一直被金国扣押了十五年。洪皓在金国期间，威武不屈，秉节守身，被时人称之为"宋苏武"，后为徽猷阁直学士、提举万寿观兼权直学士院，封魏国忠宣公。宋高宗曾于杭州西湖边地葛岭赐建国公府。明代的王守仁在《谥襄惠两峰洪公墓志铭》中称这样写道："维洪氏世显于鄱阳。自宋太师忠宣公皓始赐第于钱塘西湖之葛岭，三子景伯、景严、景庐皆以名德相承，遂为钱塘望族。"

洪皓被派出使金国议和，但金国根本没有议和的诚意，因此当时的使节是非常危险的。其他的一些赴金国使者王伦、宇文虚中、魏行可、顾纵、张邵等人，全都被金国给扣押起来了。洪皓途经太原时，被金人扣留在那里近一年，第二年转道至云中，也就是今天的山西大同市时，见到了金国的权臣完颜宗翰。完颜宗翰根本不允许洪皓提出的请归二帝的要求，还逼迫洪皓到由金廷操纵的伪齐刘豫政权去当官。洪皓严词拒绝道："万里衔命，不得奉两宫南归。恨力不能磔逆豫，忍事之邪！留亦死，不即豫亦死，不愿偷生鼠狗间，愿就鼎镬无悔。"完颜宗翰听了大怒，下令推出去斩首。幸得当时一位金国的贵族见状，深受感动，赞其说道："洪皓真忠臣也。"并亲自向完颜宗翰求情，免除洪皓一死。完颜宗翰虽然免去了洪皓的死罪，但把洪皓流放到遥远的冷山，也就是今天的黑龙江五常市境内的大青顶子山去了。

冷山的气候寒冷，一年四季大多被冻指裂肤的寒冷包围着。那里是女真贵族完颜希尹家族的驻地。洪皓以他渊博的学识和聪明才智，很快得到了完颜希尹的赏识。完颜希尹破例让他教授自己的八个儿子读书。洪皓时刻不忘自己的使命，一有机会就劝金国贵族与宋议和。完颜希尹最初力主攻宋。曾说："孰谓海大，我力可干。但不能使天地相拍尔。"洪皓听后，警告他说："兵犹火也，弗戢将自焚。自古无四十年用兵不止者。"建炎四年，公元 1130 年以后，金强宋弱的形势开始逐步向宋强金弱方面转化。到了绍兴 1137 至 1138 年间，宋强金弱的形势开始形成，金人遂有议和思想。以宗盘、挞懒等人为首的一派，主张在交还南宋河南、陕西地的条件下与宋讲和，并于绍兴八年，1138 年与南宋签订了和议。在议和期间，完颜希尹曾就所议十事征求洪皓意见。洪皓条分缕析，完颜希尹以为洪皓说得实在，并没有诳他，遂于绍兴十年，1140 年带领洪皓赶赴燕京，意欲遣洪皓归宋进行议和。但在是否需要在归宋河南、陕西地的条件下与宋议和的问题上，金人内部存在着严重分歧。以完颜宗弼（兀术）为代表的一派坚决反对交还，后来联合完颜希尹，杀了宗盘、挞懒等人，重新发动了攻宋战争。完颜宗弼杀了挞懒等人之后，又杀了完颜希尹。洪皓因与完颜希尹有过异论，才幸免于难。

直到绍兴十三年，公元1143年，金熙宗喜得贵子，大赦天下，这才允许宋朝的使者回归，就这样，洪皓才与张邵、朱弁等人一起被赦归还朝了。

洪皓知识渊博，于"书无所不读，虽食不释卷"，他不但精通经学、史学，也精通诗文词赋。在留金期间曾经写了一千多首诗词，后来大部分都散佚了。今《鄱阳集》存诗数十首，皆清新朴实，含义深远。洪皓还经常跟张邵、朱弁在一起写诗唱和，集成《轩唱和集》三卷，可惜今已不存。洪皓还"善琴奕"，识书画。他在留金期间，通过言传身教，自觉地将汉文化向北方传播。著名的故事是他无纸时则取桦叶写《论语》《大学》《中庸》《孟子》让人们传阅，时谓称"桦叶四书"。他通过教授金人读书的方式，与许多女真人结下了深厚的友情。女真人把洪皓视为知心朋友，热情地邀请他参加婚礼、礼佛、生产等活动。他每到一地，人们都争持酒食慰问他。

洪皓在金国期间，对金国的自然地理、历史沿革、经济社会、风土人情、礼仪制度、政治制度以及物产等都暗中进行了较为全面的考察，积累了大量的历史资料。可惜归宋之时，怕被金人搜去，就自己放在火中给烧掉了。归宋后，洪皓凭着自己的记忆重新追记了起来，名曰《松漠纪闻》。后其长子洪适于乾道初知绍兴府、浙东安抚使时，帮其厘清后分为正、续二卷。再后来，次子洪遵又根据洪皓生前所谈及的往事，一共整理出了11条，称《松漠纪闻补遗》，这就是我们今天所看到的《松漠纪闻》一书。由于唐贞观二十二年，亦即是公元648年，唐太宗曾经在今内蒙古赤峰市的巴林右旗境内设置过"松漠都督府"，并由契丹酋长充任都督，而洪皓所写的内容大都是发生在这一地区事情，因此，洪皓就给此书取名为《松漠纪闻》。

洪适是洪皓的长子。曾经累官至尚书右仆射、同中书门下平章事兼枢密使，封魏国公。公元1129年，洪皓出使金国时，洪适只有十三岁。从那个时候起，他就带领5个弟弟和3个妹妹奉祖母、母亲一起避兵饶州，后以恩补修职郎。绍兴七年任严州录事参军，绍兴十一年任浙西提举常平司干办公事，绍兴十二年与弟弟洪遵一起高中博学鸿词科，除左宣教郎敕令所删定官。高宗赞其："父在远方，子能自立，此忠义报也。"绍兴十三年，继迁秘书省正字，绍兴二十八年，知荆门军转而知徽州、提举江东路常平茶盐兼提点刑狱，任内皆著政绩，再户部郎中、淮东总领、司农少卿、太常少卿兼权直学士院中书舍人。乾道元年，公元1165年，任翰林学士签枢密院事、尚书右仆射、同中书门下平章事兼枢密使，在任时，努力革除弊政，兴利除害，任劳任怨，正直无私。次年，因为久雨成涝而被迫引咎辞职，除观文殿学士、提举江州太平兴国宫，后以观文殿学士、左通奉大夫知绍兴府兼浙东安抚使。乾道五年，公元1169年，以观文殿学士提举临安府洞霄宫。此后，便赋闲在家16年。

洪适以文本著称于世，一生爱好收藏金石拓本，并据此来订正史传的谬误。平生著有《隶释》《隶续》《隶韵》《淳熙隶释》《隶纂》《盘州集》《五代登科记》《宋登科记》等。洪适在学术方面，主要是致力于金石学的研究，尤其是他在知绍兴府任内和居家的16年里，用功尤甚。他的金石学著作《隶释》《隶续》是先依碑释文，再著录全文，后附跋尾，具载论证，开金石学善本之体例，对后代有重大的影响。他与欧阳修、赵明诚一起，并称为宋代金石学的三大家，同时，洪适还是宋代知名的书刻家之一，乾道初官绍兴知府、浙东安抚使时的书刻作品颇多。

洪遵是洪皓的次子，与其兄洪适同中博学鸿词科，赐进士出身，擢秘书省正字，累官至翰林学士承旨、同枢密院事、端明殿学士、提举太平兴国宫，副宰相，少师，信国公。不仅是宋代著名的钱币学家，他在医学方面也颇有研究。

南宋时期，国内曾经出现了非常严重的"钱荒"，也就是今天的人们所说的金属货币短缺问题。

洪遵论铸钱利害事，发生于绍兴二十八年，公元1158年。是年"七月庚辰，洪景严为起居舍人，为上言铜器之害。上言出御府铜器一千五百事付泉司，遂大敛民间铜器以铸钱，许告赏。其后得铜二百万斤。"绍兴二十九年，公元1159年，又有人向朝廷提出恢复永平、永丰钱监鼓铸并于鄱阳置司负责铸钱一事。恰逢主张铸钱事归于版漕的沈该正遭到罢免，故左司何溥以"制官以正其名，然后责有所归，治事必有其所"为由，要求于永平、永丰复置铸钱司。于是，宋廷诏令中书舍人洪遵等人来讨论此事。洪遵发表议论曰："唐有鼓铸使，国朝初或以漕臣兼领，或分道置使，或厘为二司。自中兴以来，置都大提点官，事权太重，官属太多，动为州县之害。但当随时之宜，为救弊之计，间者亟行废置，事出仓卒，既罢之后，又无一定之论……遵等窃以为复置便。今欲参照祖宗旧制，及今日利害，以江淮、荆浙、福建、广南路提点坑冶铸钱公事系衔，与转运判官序官依旧，于饶、赣二州置司，输年守任，专以措置坑冶，督则鼓铸为职。如州县于坑冶不知，许从本司按劾。饶、赣州置属官各一员，邵、建州置检踏二员，别置称铜催纲官各一员，专差武臣。诏依给舍议，置提领官"来恢复铸钱一事。

洪遵一生著有《泉志》《订正〈史记〉真本凡例》《翰苑群书》《翰苑遗事》《谱双》《洪氏集验方》《金生指迷方》《洪文安公遗集》等。中国的钱币学源远流长，但古代钱币学专著多已散逸，幸赖洪遵《泉志》保留下不少上自南朝、下到北宋的钱学论说和见闻记录。《泉志》成书于绍兴十九年，公元1149年，那一年，洪遵才30岁。《泉志》是一部考疑征信、学术价值很高的著作，堪称中国钱币学的经典著作。该书体例严谨，文字精练，考订审慎，引文均注明详细出处，论说均经深思熟虑。其对先秦货币之断代等问题有独到见解，于后世钱币学之研究影响甚大。

洪遵为官一生，宽人荐贤，尽忠职守。孝宗即位后，他相继任翰林学士承旨兼侍读、知隆兴元年贡举、同知枢密院事，曾向宋廷推荐李焘、郑伯熊、林光朝等人。李焘著有《续资治通鉴长编》等书，是宋代著名的史学家。郑伯熊为绍兴年间进士，精于古人经制治法，与其兄弟等人以振起伊洛之学为己任，是南宋永嘉学派的主要代表人物。林光朝为隆兴年间进士，是倡行伊洛之学于东南的先行者。这些人虽未被起用，但可见洪遵的眼光犀利独到。绍兴三十一年，公元1161年，完颜亮命尚书苏保衡由海道窥南宋两浙，浙西副总管李宝驻兵平江府御之，洪遵受命知平江府，为李宝筹措资粮、器械、舟楫等，为李宝战胜金军提供了可靠的物资保证，洪遵并未以此而向朝廷邀功争赏。

洪迈，是洪皓的三子。绍兴十五年，公元1145年考中博学鸿词科。历任吏部郎兼礼部孟飨礼、起居舍人、翰林学士、起居舍人兼权直学士院同修国史、中书舍人兼侍读、敷文阁待制、焕章阁学士、提举万寿宫、端明殿学士等，曾在福州、泉州、赣州、绍兴等地做地方官或教官。在中央和地方任职期间多有惠政。任敷文阁待制时，建议修边备、补水军。知赣州时，着力整治地方顽军。知绍兴时，为民减负。

洪迈"学问赅洽，为不数见"，六经诸史，各家文集无所不通，人称在父兄之间"文学最高"。历经高宗、孝宗、光宗、宁宗四朝，屡兼编修官，参与编纂各种体裁的史书。从《日历》到《实录》，从《圣训》到《国史》等等，无不参与其中。对当朝事还作过专门的记述，著有《绍兴以来所见记》等。一生著述宏富，著有《容斋随笔》《野处类稿》《史记法语》《经子法语》《南朝史精语》《夷坚志》《万首唐人绝句》《容斋诗话》《容斋四六丛谈》等，仅见于《宋史·艺文志》的书目就有近 30 种。

《容斋随笔》是洪迈传世作品中最完整的一部，包括随笔、续笔、三笔、四笔、五笔 5 个部分，共 74 卷 1215 条。洪迈动笔写作《容斋随笔》时已年届 40 岁，此时，正值其使金受挫回来，罢归在家闲居期间。他考阅典故，涉猎经史，博览碑帖书画，有所心得，遂为笔记，以 40 年工夫写成，与他宦海沉浮的后半生相始终。《容斋随笔》内容极为博杂，广涉历史、文学、哲学、艺术等。上自朝廷典章制度、治乱得失、经史诸子百家之言，下至山川风物、诗词文翰，乃至文人学士的琐事逸闻之类，无不记载。引证详洽而多所辨订，非徒事倚摭者比，是宋代以考辨为主而杂采琐事类笔记的代表作。其考据之精核堪与《梦溪笔谈》《困学纪闻》鼎立。《四库全书提要》称："南宋说部终当以此为首。"洪迈采用比较分析及综述的写法，使读者对所述问题及人物的看法更加深刻，尤其是对汉代历史事件、典章制度及人物的分析、议论，宏伟严正，不蹈空论。洪迈对《汉书》研究极为精深。他曾说："予自少时读班史，今六七十年，何啻百遍，用朱点句，亦须十本。"可以说，在南宋研究《汉书》的学者中，洪迈是最为精博的一个人。

"鄱阳四洪"父子通过科举，跻身翰苑，以博瞻之学和忠义之气赢得了巨大的声誉和帝王的青睐，使洪氏家族成为南宋极为显赫的一族。由于"四洪"均为宋代高官，而且学术著作繁多，内容广泛，涉及到文学、经学、史学、考古学、钱币学、医学等多个学科领域。鉴于他们在各自擅长的领域都堪称是宋代一流的学者，导致了宋代时期士大夫们的学者化倾向性现象就极为明显地表露出来了。

在两宋期间，在鄱阳湖的东岸不仅只走出来了"婺源二朱"以及一个由富饶之州——鄱阳走出来的洪氏一门，那名闻天下的"鄱阳四洪"之外，还出现了另外一个文化及其文学的方阵。他们是一个集政治、经济、文化、科技、文学艺术为一体的综合性的地域性方阵。他们这些人是鄱阳的彭大雅、姜夔、张辑，余干的赵汝愚，德兴的铜冶工程师张潜、汪藻，弋阳的谢枋得，广丰的徐元杰、乐平的马廷鸾等人组成的地域文化及文学的阵营。

彭大雅，南宋时期的鄱阳人，嘉定年间的进士，官朝请郎。宋绍定五年，公元1232年，蒙古遣使来议配合夹攻金朝之事，后南宋遣使报谢，彭大雅为书状官随遣使偕行。将亲身的见闻写成了《黑鞑事略》一书，详细地叙述了蒙古在立国、地理、物产、语言、风俗、赋敛、贾贩、官制、法令、骑射等方面的事件，内容翔实，简明扼要，是后世研究蒙古历史的珍贵史料。彭大雅曾经带人修筑重庆的城防，在历史的进程中有效地遏制和滞缓了蒙古军队亡宋的进程。

在重庆的古代史上，曾经有过三次筑城的过程。第一次修筑重庆城，是在战国时期，公元前的314年，秦朝设置巴郡，第一次以古"江州"为郡治，在秦国名相张仪的指挥下以泥土为城墙夯筑而成的，也就是我们今天的重庆市。重庆市在历史上的第二次大规模筑城行动是在三国时期，公元226年，蜀国大都护李严为了加强江州城的防御能力，再次大力修筑江州城。而第三次筑城则到了南宋的末年，也就是公元1238年，蒙古大军开始他们世界性大规模征伐的那一时期。

彭大雅，是当时的重庆知府。他虽然知道重庆城的地理位置易守难攻，但是用泥土筑成的城墙却是防守敌人进攻的致命弱点，他深知战斗成败的关键就在于此。由于他在出使北方的时候，已经亲眼见识过蒙古铁骑的风驰电掣，这让他非常担心蒙古大军的下一个目标就是南宋，因此，他在回到重庆之后，便趁战时的空档，下令加固重庆城防，由于之前的城墙都是用泥土砌成的，脆弱非常，不堪一击，因此，彭大雅下令全城军民用砖石砌墙，并扩大了整个重庆城的规模，将其延伸到了通远门、临江门一带，这就形成了我们今天所看到"重庆古城"。

其时，当地的百姓和朝廷的官员们都对此十分地不理解，特别是对彭大雅在这个经济困难时期，大兴土木感到非常不满，他们有的人就走到衙门里去大声责骂他，彭大雅却一点也不生气地解释说："不把钱做钱看，不把人做人看，无不可筑之理"。由于时间紧迫，彭大雅顾不上向大家多做解释了，照旧带领部下不分日夜地修筑城墙。

但后来的事实证明，正因为有了彭大雅在关键时刻的"一意孤行"，这才使得蒙古大军的十万铁骑也没能攻下重庆这座城，并让蒙古军在南下时，多次在重庆城这个地方遭遇了败仗，使得摇摇欲坠的南宋政权在风雨飘摇中又多延续了40多年。到这时，官员和百姓们才后知后觉地发现彭大雅修筑重庆城防的重大作用，继而大表彭大雅的功劳。可惜的是，就在彭大雅筑城竣工与敌人鏖战之时，他却因为功高遭人妒恨，被皇帝贬为庶民，最后带着忧愤和遗憾永远离开人世。

关于对鄱阳词曲家姜夔的论述，我已在之前的《姜夔：鄱阳湖上一扁舟》一文中有过较为详尽的叙述，在这里我就不再过多地赘言了，接下来，我说一说鄱阳的另一位词家张辑先生。

张辑，字宗瑞。他在学诗填词上，自行效法于乡党姜夔姜尧章先生，他与都昌的冯去非，可迁先生一世交好，并时有唱和。他对自己的评价是"十年之间，习隐事业，略无可记，而江湖之号凡四迁，视人间朝除夕缴者，真可付一笑"。张辑曾作《沁园春》词一首：东泽先生，谁说能诗，兴到偶然。但平生心事，落花啼鸟，多年盟好，白石清泉。家近宫亭，眼中庐阜，九叠屏开云锦边。出门去，且掀髯大笑，有钓鱼船。一丝风里婵娟。爱月在沧波上下天。更丛书观遍，笔床静昼，篷窗睡起，茶灶疏烟。黄鹤来迟，丹砂成未，何日风流葛稚川。人间世，听江湖诗友，号我东仙。

张辑在词前曾加上自序说："矛顷游庐山，爱之，归结屋马蹄山中，以庐山书堂为扁，包日庵作记，见称庐山道人，盖援涪翁山谷例。黄叔豹谓矛居都，不应舍近求远，为更多东泽。黄鲁庵诗帖往来，于东泽下加以诗仙二字。近与冯可迁（都昌冯椅长子冯去非的号）遇于京师，又能节文，号矛东仙，自是诗盟遂以为定号。据此，我们便一望而知张辑先生曾经使用过四个这样的名号，一称"庐山道人"，二曰"东泽"，三号"东泽诗仙"，四谓之"东仙"也。可见，张辑最后确定自己使用"东仙"之号，始于可迁先生之故也。

后来，张辑又作一词《月上瓜洲·南徐多景楼作》说，"江头又见新秋，几多愁？塞草连天何处是神州？英雄恨，古今泪，水东流。唯有鱼竿明月上瓜洲"。张辑这首词的大意是告诉人们，在他的内心里，对于半壁江山的悲愁苦恨，完全寄托在了早日统一中原的愿望上，这是当时许多爱国词人在诗词创作中的主题。

张辑的这首词，便是他登上多景楼后，面对滔滔的长江水，见连天的衰草，感念祖国山河的破碎，心中不免充满了悲苦愁绪。此情此景，让他不由得追怀起历史英雄人物们的遗恨来，吊古伤今之余，不禁潸然泪下，徒恨自己空有报国之志，却叹报国无门，只能在这冰冷的江边手持渔竿，看着秋月从瓜州深处慢慢地升起来的凄凉无奈心境。

宋代的黄升在《中兴以来绝妙词选》的卷九中说："张辑有词二卷，名《东泽绮语债》，朱湛卢为序，称其得诗法于姜尧章，世所传《矣欠乃集》，皆以为采石月下谪仙复作，不知其又能词也。其词皆以篇末之语而立新名云。"故此，我们可以这样认为，张辑乃姜夔的门生，可自行归于姜白石一门。

张潜，字明叔，江西德兴银城吴园村人。北宋天圣三年，也就是公元 1025 年出生，崇宁四年，亦即是公元 1105 年去世。张潜是我国冶铜史上著名有湿法炼铜技术的发明者和理论的创始人，他编撰的《浸铜要略》虽然已经失传了，但他创造的冶铜技术，至今却仍然在应用之中。张潜虽一生为布衣，但是他博通方技，深谙胆水（即硫酸铜溶液）浸铁炼铜技术。胆水浸铜，即利用硫酸铜溶液浸铁，使其产生化学反应，将铜析出，其法堪称我国冶金和化学史上的一大发明。张潜根据前人和自己的长期实践经验，探明德兴兴利场的 32 泉、138 沟盛产胆水，可浸铁取铜，并总结出一整套比较完整的胆水浸铜工艺，于绍圣年间，即公元 1094 至 1098 年间写成了其湿法炼铜的专著——《浸铜要略》，然后，命其子张甲献给了朝廷。朝廷因"用费少而收功博"，下其法于诸路。自此，信州的铅山场、韶州的岑水场、潭州的永兴场和德兴兴利场等矿场，均全面推行其湿法炼铜技术，获得很大效益。

到了元朝的至正十二年，也就是公元 1352 年，张潜的后裔张理又献《浸铜要略》给朝廷。张理对此法达到"讲之精，虑之熟"的程度。当朝宰相因有益于经费，复置兴利场，并奏请朝廷"命理为场官，使之董其事。"明人危素曾著《〈浸铜要略序〉序》誉张氏为炼铜世家，现在，虽然《浸铜要略》的原书已散佚，但尚存危素《〈浸铜要略〉序》亦可加以考证。

汪应辰为江西玉山人。他既是我国南宋时期的一名官吏，同时，也是一位诗人和著名的散文家。

汪应辰，自幼被人称为神童，五岁知书，属对应声语惊人，多识奇字。家贫无灯油，拾柴点火读书。从人借书，有过目不忘之能。十岁能诗。宋高宗见他的对词，以为老成之士，直至见面，才知是刚入少年，赐以御诗，并更名为应辰。他好贤乐善，尤笃友爱。少从喻樗、张九成、吕本中、胡安国等人游，又与吕祖谦、张栻为友。为朱熹从表叔，常与往来研究学问。他为人刚方正直，敢言不避，又多革弊事，所以遭到胡迁等许多人的侧目，为人所构陷。但他接物温逊，遇事特立不回，坚定不移。虽遭秦桧排挤，流落岭峤十七年之久，且"蓬蒿满径，一室萧然，饮粥不继，人不堪其忧"，但却是"处之裕如也，益以修身讲学为事"。

汪应辰的学问具有渊源，作品有不少是巨制鸿篇。他的诗作基本都体现了"好贤乐善，尤笃友爱"的思想品格和个性。如《挽宣扶吴郡王》："节义家传久，艰难始见忠。一心惟殉国，百战竟平戎。环列周庐肃，管仪道路同。细看麟阁上，谁得似初终？"他一方面歌颂了吴郡王忠精殉国的品格和战功，另一方面是对那些不能特立不回，坚定不移，始终如一的两面人的辛辣嘲讽，诗人的品格可见其一贯性。他的另一首《分韵送胡丈归建康》也表现了诗人与朋友间的至诚至深之情："先生高卧武夷巅，一旦趋朝岂偶然。报国自期如嗽日，归田曾不待来年。怀铅共笑扬雄老，鞭马今输祖逖先。册府风流久廖落，送行始复有诗篇。"这并非一般迎来送往的应酬之作，而是主客思想共鸣的产物，所以读来给人以真挚诚恳之感。

由于汪应辰还是朱熹的堂表叔，朱熹早期思想的形成和仕途的进步都离不开汪应辰的帮助。在学术上，朱熹与汪应辰有过多次的思想交锋，在汪应辰的《文定集》一书中，就存有与朱熹往来的书信十五封，二人通过书信往返，论学辩难，从儒释之辨到苏学的邪正之辨以及围绕《西铭》展开的论战，最终成就了朱熹的《杂学辨》，帮助朱熹完成了他早期理学思想体系的初步建构。可以说，汪应辰应该是朱熹仕途的领路人，思想的交锋者和人生中不可或缺的好朋友，朱熹对汪应辰亦是内心充满了深深的敬意的。

汪应辰一生著有文集五十卷，今只有《文定集》中的二十四卷遗世。由《四库全书》据《永乐大典》及明代弘治年间程敏政的摘抄本中辑出，收于集部别集类。汪应辰待人温和，遇事有主见，为官刚毅，正直敢言，不避亲疏远近，好贤乐善。世人称其为"玉山先生"。

从对以上几方面人物的简单阐述中，我们不仅可以明显地感知到，在鄱阳湖的东岸，活跃着以下的几个文化及其文学的阵营：一个是以朱熹、朱弁为代表的朱氏方阵；一个是以姜夔、洪皓、洪适、洪遵、洪迈、张辑、彭大雅为主的鄱阳文学方阵；一个是以谢枋得、赵汝愚、汪藻、徐元杰、汪应辰、马廷鸾等人为代表的广信文学方阵；还有一个是以张潜为代表的科学技术方阵。由此，我们可以想见，鄱阳湖东岸在两宋的那一时期里，就已经产生了政治家、诗人、散文家以及科技工作者，这说明鄱阳湖东岸已经成为了一个在科技、文化的发展方面来说一个比较发达的地区了。

一路之上，任由我们的脚步由东向南缓慢而行，从历史上的富饶之州走出来，便来到了鄱阳湖流域南部最为广袤的地区，在这个南部地区，有两条充满灵性的河流在奔腾不息，它们俩就是赣江与抚河，在赣江、抚河两水的滋润和培育下，孕育了中国文化及文学进程中以欧阳修为代表的，著名的庐陵文化及文学的阵营；以王安石为代表的，著名的抚州文化及文学的阵营；以乐史、刘恕为代表的袁州文化及文学的阵营；以曾几、赖文俊为代表的赣州文化及文学的阵营。这些文学阵营的建立，基本上代表了两宋时期的中国文学高度。接下来，我便就以上所提到的几个文学阵营来加以简单的陈述。

首先走到我们面前来的是以欧阳修为代表的庐陵阵营，他们依次出场的是永丰的欧阳修、曾民瞻俩人小组；吉安的是文天祥、邓剡、刘辰翁、胡铨、周必大、罗烨、欧阳守道、罗泌、舒翁、严用和等人一组；吉水的杨万里、罗大经、杨邦乂等人一组；以及由泰和的刘过、曾安止，安福的王庭珪、王炎午以及永新的刘沆、峡江的孔平仲等人组成的小组。

欧阳修是吉州永丰人。北宋时期的政治家、文学家。官至翰林学士、枢密副使、参知政事，世称欧阳文忠公，在政治上颇负盛名，是唐代楷书大家欧阳询的十九世裔孙。

后人将其与韩愈、柳宗元、苏轼合称为"千古文章四大家"。与韩愈、柳宗元、王安石、苏洵、苏轼、苏辙、曾巩被世人称为"唐宋散文八大家"。

欧阳修发起和领导了北宋的诗文革新运动，继承、发展了韩愈的古文理论，他的散文创作高度和非凡成就，与他正确的古文理论是相辅相成的，从而开创了中国文学史上的一代文风。同时，他不仅在变革文风的过程中，对诗风、词风也进行了大的革新，就是在史学方面也取得了较高学术成就，是宋代文学史上开创一代文风的文坛领袖。

欧阳修的父亲欧阳观去世时，欧阳修只有三岁，从此，便母子两人相依为命，后来，无奈之下的孤儿寡母，只得到湖北随州去投奔做推官的叔叔欧阳晔。其时，在随州的那段日子里，郑氏常常用荻秆在沙地上教欧阳修读书、写字，这便是欧阳修《画地学书》故事的由来，我们不难从欧阳修求学及培养、成长故事中发现，欧母郑氏的全心付出，最终也成就了她中华四大贤母之一的美名。欧阳修的叔叔欧阳晔也经常时不时地来关怀他的学业，总算是没有让童年的欧阳修失去基本的受教育的机会。

欧阳修的母亲郑氏是欧阳观的第二任妻子，欧阳观在与郑氏结合之前已经有过一段失败的婚姻，并且在那段婚姻中还生育了一个儿子，名字叫作欧阳晒。

欧阳观为什么要离开欧阳晒母子呢？其时，欧阳晒的母亲已经步入了中年，她为了儿子的未来考量，迫切希望一家人能够进入到一种稳定安逸的生活中去，所以，她就急切地希望家里的生活能过得好一些，不愿意欧阳观再把时间重复浪费在"四书五经"之上，希望一家人能够回到老家去过上安静的日子，为此，她说了一些比较过分的话，严重损害了欧阳观强烈的自尊心，惹得他一狠心抛弃了他们母子。

由于当时的知识分子都自诩清高、自尊心极强，欧阳观怎么能忍受得住妻子对他的不满和言语中的侮辱，于是，就不顾一切抛弃了欧阳晒母子。等到欧阳观娶郑氏时，已是五十六岁的人了，而郑氏则比欧阳观足足小了三十岁，欧阳观五十九岁去世时，欧阳修才只有三岁。

欧阳修自幼喜爱读书，加上天资聪颖，刻苦勤奋，没有书时，就上别人家借了书抄写下来，然后再读，但他往往是书还没有抄完，就已经过目成诵了，从少年时起，他就能够作诗赋文，而且文笔老练，有如成年人。欧阳晔从侄儿的身上看到了家族振兴的希望，就对欧阳修的母亲说："嫂嫂，不必担忧家贫子幼，你的孩子是奇才！不仅可以光宗耀祖，他日必然闻名天下。"欧阳修十岁时，从城南李家借得唐朝韩愈的《昌黎先生文集》六卷后，甚是喜爱，每日里手不释卷，这为他日后倡导北宋的诗文革新运动播下了希望的种子。

欧阳修对北宋时期的经济、政治和军事方面的严重危机，是有着较为清醒认识的，他积极主张革除积弊、践行宽简、务农节用的政策，与范仲淹等人一起共谋革新，但是，他在晚年随着社会地位的不断提高，思想便渐趋保守起来，对王安石的部分新法有所抵制和讥讽，从总体上来说，还是比较实事求是，与司马光等人的态度是不尽相同的。

欧阳修在中国文学史上有着极其重要的地位。他一方面继承了韩愈的古文运动精神，另一方面，他作为宋代诗文革新运动的领袖人物，他的文论和创作实绩，对当时以及后世都产生了很大的影响。

宋代初期，在短暂承平的社会环境里，贵族文人集团提倡西昆体诗赋的浮华，风靡一时，充斥着整个宋代文坛，缺少了社会的意义，欧阳修为了矫正西昆体的流弊，便大力提倡古文运动。

欧阳修在文学的观点上师承韩愈，主张明道致用，特别强调"道"对"文"的决定作用是以"道"为内容、为本质，以"文"为形式、为工具。他特别重视道统的修养，提出"道胜者，文不难而自至"，"道纯则充于中者实，中充实则发为文者辉光"，"学者当师经"，人们只有在"师经"的过程中，才能够用"道"来充实自己。与此同时，欧阳修还具体纠偏了韩愈的一些失之偏颇的意见，他在对"道"的解释上，是把现实中的"事"看作成"道"的具象体现。欧阳修认为，人们如果学"道"而不能至，那是因为"弃百事不关于心"的缺失的缘故，故此，他极力反对"务高言而鲜事实"的做派，在对待"道"与"文"的关系上，既主张要重"道"，又提出要重"文"的建议，他认为"文"固然要服从于"道"，但又非是"有德者必有言"，并且还列举了许多例子来说明"自诗、书、《史记》所传，其人岂必能言之士哉"？欧阳修指出"言以载事，而文以饰言。事信言文，乃能表见于世也"的观点。在这里，我们就可以从"事信言文"这四个字来理解欧阳修的为文宗旨就是不仅内容要真实，语言还得要有文采，作者应该尽量把文章做到内容和形式的有机统一，这就是欧阳修对文学创作的基本观点。

欧阳修特别注重汲取韩愈"文从字顺"的为文精神，大力提倡简而有法、流畅自然的作文风尚，极力反对浮靡雕琢和怪僻晦涩的为文形式。他不仅能够从实际情况出发，提出平实的散文创作理论，而且还以造诣很高的创作成果给后世起到了很好的示范作用。

欧阳修"事信言文"的这一文学主张，得到了尹洙、梅尧臣、苏舜钦等人的大力支持和积极响应。后来，在主管考试进士时，他又鼓励考生写作质朴晓畅的古文，凡内容空洞，华而不实，或以奇诡取胜之作，概在摒黜之列。与此同时，他先后提拔、培养了王安石、曾巩、苏轼、苏辙等年轻一代新进作家，为他倡导和发动的诗文革新运动注入了新生的力量，为诗文革新运动取得决定性胜利打下了坚实的基础。

欧阳修所倡导的诗文革新运动，是针对五代文风和宋初西昆体的革命，但是他的文学理论和创作实践却是与柳绍先等人倡导的复古派文论家在本质上来说有着很大的不同。欧阳修主持文坛以前，以西昆体为代表的文风已经受到了以柳绍先为首的复古派的严厉批评。

欧阳修在对文与道的关系中，是持有自己新观点的。首先，他认为儒家之道是与现实生活紧密相关的。其次，他认为应该"文、道"并重，不仅如此，他还认为文章本身应该具有独立的性质。故而，他认为"文、道"并重有两种重大的意义，一是把文学看得与"道"同样的重要，二是把文学的艺术形式看得与思想内容同等的重要，他的这一文学主张，无疑大大地提高了文学的地位。柳绍先等人以韩愈为号召的复古运动，无非是着眼于对文学道统的回归，而欧阳修倡导的复古运动，却是着重于继承韩愈的文学传统。

欧阳修自幼喜爱韩愈的文章，后来写作古文也以韩愈、柳开为学习的典范，但是，他并不是盲目地崇尚古人，他所取法的是韩愈"文从字顺"的一面，而对于韩、柳古文中已露端倪的奇险深奥倾向则弃之不取。在另一方面，欧阳修对骈体文的艺术成就并没有一概否定，他对杨亿等人的"雄文博学，笔力有馀"也是颇为赞赏的。因此，我们可以这样说，欧阳修既在理论上纠正了柳开、石介的偏颇，又同时纠正了韩、柳古文的某些缺点，从而为北宋的诗文革新建立了正确的指导思想，也为宋代古文的发展开辟了广阔的前景。

欧阳修一生写了500余篇散文，各体兼备，有政论文、史论文、记事文、抒情文和笔记文等。他的散文大都内容充实，气势旺盛，深入浅出，精练流畅，叙事说理，娓娓动听，抒情写景，引人入胜，寓奇于平，一新文坛面目。他的许多政论作品，如《本论》《原弊》《与高司谏书》《朋党论》《新五代史·伶官传序》等，恪守自己"明道"、"致用"的主张，紧密联系当时政治斗争，指摘时弊，思想尖锐，语言明快，表现了一种匡时救世的怀抱。

他还写了不少抒情、叙事的散文，也大都情景交融，摇曳多姿。他的《释秘演诗集序》《祭石曼卿文》《苏氏文集序》等文，悼念亡友，追怀往事，情深意挚，极为动人；他的《丰乐亭记》《醉翁亭记》诸作，徐徐写来，委婉曲折，言辞优美，风格清新。总之，不论是讽世刺政，还是悼亡忆旧，乃至登临游览之作，无不充分体现出他那种从容宽厚、真率自然的艺术个性。

欧阳修从 17 岁时起，就开始应举考试，但是，每次都考得不顺利。在 22 岁那年，他去拜访知汉阳军的胥偃，得到了胥偃的赏识，便跟随胥偃到京城去参加科举，这一去，便无往而不利，之后，胥偃就把自己女儿嫁给了欧阳修。没想到，结婚两年后胥氏就病死了。接下来，欧阳修续娶了杨大雅之女为妻，令人惊讶的是，屋漏偏遭连夜雨，仅仅在十个月之后，便再次丧妻了。从此以后，直到他被贬夷陵的时候才迎娶了薛奎之女，成为了终生的伴侣。

公元 1052 年，欧阳修知应天府时，他的母亲郑氏去世，享年七十二岁。他将母亲与父亲欧阳观合葬，并同时将胥、杨两位前任夫人的遗骸也带回了沙溪安葬。

欧阳修的一生桃李满天下。他对那些有真才实学的后生晚辈，总是极尽赞美和竭力推荐，使得当时一大批默默无闻的青年才俊能够脱颖而出，名垂青史，的确够得上"千古伯乐"这一美誉。在他的主导下，不仅发现和推荐出来了苏轼、苏辙、曾巩等文坛巨匠外，还多方帮助了张载、程颢、吕大钧等这些旷世的大儒，就连包拯、韩琦、文彦博、司马光等人，也曾经得到过他的赏识与推荐。可以这么说，那些人在学术上的成功，与欧阳修的学识、眼光和胸怀是密不可分的。在"唐宋八大家"中，其中就有五个人是出自他的门下，而更为难得的是，他们皆是以布衣之身被欧阳修给相中和提拔出来之后，从而开始名扬天下的。

曾民瞻是永丰县坑田镇人。他出生在一个书香门第之家，祖父曾朝阳，庆历二年进士，叔祖父曾匪，庆历六年进士，号称"二曾"。堂兄曾元忠，大观三年进士，则爱好天文、历法，撰有《天文图》《春秋历法》和《古今年表》等著作。

曾民瞻自幼聪明好学，受堂兄曾元忠的影响，尤其爱好对天文历法的研究，他经常在夜间观察天象变化，有时候甚至是彻夜不眠地坚持观察记录天文气象，无论严寒酷暑，从不间断。执着的追求，奠定了他从事天文学研究的基础。

宣和三年，公元 1121 年，曾民瞻考中了进士，被朝廷任命为南昌县尉，分管的是治安一块。但他在工作中，发现郡置的晷漏计时有很大的误差，便决定根据自己平日的观察数据来试制一种更为精密的晷漏计时器。

为了制造新晷漏，曾天瞻根据当地的经纬，观察天空的星象，测量四季的日影，注意朔望的月形，研究天体变化的规律，精确计算贮水器皿的容积，漏水孔通的大小。在掌握了时空的一系列准确数据后，使用铜、铁、木材等材料，制成了铜壶、铜盆、铜斛、铜虬、铜钲和木箭、木偶等部件，配上机关，涂上釉彩，组装成一台新的晷漏。他设计制造的这种晷漏，不但计时准确、外形美观，而且还有视听信号，应用起来非常方便。这在当时来说，无论是在科技和工艺水平上都达到了新的高度。

可惜的是，曾民瞻设计制造的晷漏已经失传了，但由他创新的晷漏制造方法，在《南宋书》《永丰县志》及《吉安府志》中，均有相关的文字记载。尽管晷漏不是曾民瞻的发明，但他对计时仪器上的改进和创新，使它们变得更为精密，这对古代天文学的发展，是起到了积极的促进作用和具有重要的历史意义的。

从庐陵走出来的还有文艺才人还有周必大、文天祥、邓剡、刘辰翁、胡铨、罗烨、欧阳守道、罗泌、舒翁、严用和等人组成的吉安文化以及文学的阵营。

周必大，自号平园老叟，是江西省吉安县永和镇周家村人。南宋时期著名的政治家、文学家。他于宋绍兴二十一年进士及第，绍兴二十七年举博学宏词科，曾多次在地方上任职，累官至吏部尚书、枢密使、左丞相，封许国公。庆元元年，以观文殿大学士、益国公致仕。

周必大的一生功绩显赫，声名远播，是一位极富才干的政治家。他无论是在辅佐朝廷或是主政地方的时候，言事不避权贵，处事有谋，治政勤奋。他曾经极力主张朝廷，一要强兵，并制订"诸军点试法"，整肃军纪；二要富国，主张大力发展商贸业，以增加收入；三要安民，以民为本，减赋赈灾；四要政修，择取人才，考官吏，固职守。从他以上的作为来看，表现了作为一个政治家具有的远见卓识，刚正不阿，清廉执政，爱国爱民的作风。

周必大不仅是一位政治家，而且他还是一位"九流七略，靡不究通"的文学家。于诗词歌赋来说，尽"皆奥博词雄"，他的书法也"浑厚刚劲，自成一体"。

周必大有诗作600多首。他的诗善于状物寓景，例如在他的《池阳四咏·翠微亭》一诗中："地占齐山最上头，州城宛在水中洲；蜿蜒正作双虹堕，吸住江河万里流"，比喻浅近新颖，清爽淡雅。他初学黄庭坚的诗文书法之风，而后学习白居易的创作手法，转而溯源到杜甫身上。他喜欢在诗里用典，但并未能摆脱掉江西诗派的影响。他在朝廷执掌内外制的时间很长，不少代表朝廷的重要文章，都是由他来撰写的。他作的序文如《〈皇朝文鉴〉序》，写得典重雅正。

周必大知识渊博，熟悉当朝人物、掌故。在他的散文及《二老堂诗话》中，保存有不少研究宋代文学的资料。他的神道碑、墓志铭一类文字，主次分明，颇有史法，往往为元代修《宋史》者所采用。

周必大一生著有《玉堂类稿》等共八十一种，计一百三十四万余言。后人将其遗作辑为《益国周文忠公全集》，计二百卷，其中包括《玉堂大记》《省斋文稿》《平园续稿》《省斋别稿》《二老堂诗话》等24种，其中《玉堂大记》《二老堂诗话》选入《四库全书总目提要》。周必大用时四年，主持刊刻了宋代著名的四大类书之一的《文苑英华》计一千卷，还刊刻了《欧阳文忠公集》一百五十三卷、《附录》五卷，使《欧集》自此以后有定本，且得以保留至今。"周必大刻本"被历代名家奉为私家刻书的典范。由此，我们不难看出周必大是一个聚政治家、文学家、史学家于一身的庐陵人杰。

刘辰翁是江西省吉安市吉安县梅塘乡小灌村人，南宋末年著名的爱国词人。他于宋景定三年，公元1262年登进士第，一生致力于文学创作和文学批评活动，为后人留下了可贵且丰厚的文化遗产。

他的词作风格取法"苏、辛"，但又自成一体，字里行间豪放沉郁而又不求藻饰，情感真挚动人，力透纸背。他的词作在数量上位居宋朝第三，仅次于辛弃疾和苏轼两人。

刘辰翁的代表作品《兰陵王·丙子送春》《永遇乐·璧月初晴》等篇什，遗著由其子刘将孙编辑为《须溪先生全集》，可惜今已散佚。

刘辰翁一生致力于文学创作和文学批评活动，其文学的成就主要表现在词作方面。刘辰翁的词属豪放风格，受苏东坡、辛弃疾的影响很深。辰翁的词对苏辛词派既是发扬又有创新，兼熔苏辛，扬其之长，使词风有苏辛之色，又不流于轻浮，形成自己独有的清空疏越之气。比之周邦彦一派，刘辰翁的词作，并不追求矫揉造作而富有真情实感，对元、明时期的诗词创作产生了很大的影响，在压抑个性的中世纪中国，是难能可贵的。

刘辰翁不仅是一个文学家，同时，他还是一个著名的文学批评家。他一生善于读书，勤于批点，敢于言事。经其所批点的著作有《班马异同评》三十五卷、《校点韦苏州集》十卷、《批点孟浩然集》三卷、《批点选注杜工部》二十二卷、《评点唐王丞集》六卷、等等。其词学批评思想，在中国文学批评史上一直占有一席之地。

清四库馆臣依据《永乐大典》及《天下同文集》等书所录，将刘辰翁的作品辑为十卷，另有《须溪先生四景诗集》一部传世。存词 300 余首。其现存作品大致情况是：文章 249 篇，诗歌 205 篇，辞赋 358 篇，共计 812 篇，数量仅为《须溪先生全集》的十分之一左右。

邓剡是吉安县永阳镇邓家村人。南宋末年的爱国诗人、词作家，是第一个为文天祥作传的人。邓剡与文天祥、刘辰翁是白鹭洲书院的同学。他的诗造诣很深，风格"浑涵有英气，锻炼如自然"。其所著的《续宋书》《德佑日记》《填海录》《东海集》《词林纪事》等书，可惜今已失传。不过在《文山先生全集》中，文天祥无意保存了他的《驿中言别》《行宫》《满江红·和王昭仪题壁》《浪淘沙·秋旅》《送行三首》等诗词，今有《中斋词》一卷行世。邓剡是庐陵诗派、庐陵词派的代表作家之一。

欧阳守道是江西吉安人，南宋教育家。他少即孤贫，自力于学，无师自通，被乡里聘为子弟师，尤其以德行为乡郡儒宗，人称庐陵之醇儒。宋淳佑年间进士，授雩都主簿，调赣州司户。就在欧阳守道任赣州司户期间，受江万里聘请，曾经到白鹭洲书院为诸生讲说，再应湖南转运副使吴子良聘请，于宋宝佑元年任岳麓书院副山长。他在岳麓书院期间，首倡"孟氏正人心、承三圣"之说。之后，在江万里的举荐下，他担任朝廷的史馆检阅，授秘书省正字，后又迁校书郎兼景宪府教授，著作郎兼崇政殿说书，兼权都官郎官。于学，他无所不讲，尤其注重讲前代治乱兴废的故事。文天祥、邓光荐、刘辰翁等人，尽皆出自其门下。

吉州太守江万里为了推进教化，培养庐陵才俊，于 1241 年创办了白鹭洲书院。宋淳佑二年，公元 1242 年，江万里聘请乡儒欧阳守道担任第一任白鹭洲书院的山长。由于欧阳守道的学问渊博，品行正直，一座偌大的白鹭洲书院，被他管理得井然有序，教风纯正、学风浓郁。尤其是由他本人倡导的民主学风，学术问题是可以在师生之间来进行相互探讨的，就促使学生在思想、意识方面变得异常活跃起来，眼界也变得开阔了许多。在欧阳守道的领导下，白鹭洲书院越办越好，不仅吉州的青年学子踊跃入学，就连邻近州县的学生也都慕名而来。宝佑四年，公元 1256 年，文天祥考中了状元，与他同时考取进士的同学有 40 多人，名列全国的前茅，宋理宗皇帝特赐御书匾额"白鹭洲书院"以示奖励，使得白鹭洲书院名扬天下，世人称其为江西的"三大书院"之一。欧阳守道任白鹭洲书院山长达十几年，为培养吉州人才作出了突出的重要贡献。

他的主要著作有《易故》和《巽斋文集》，该文集中的《赠了敬序》是岳麓书院历史上最重要的史料之一。据此，我们不难相信，欧阳守道的确是一位鄱阳湖流域的教育大家。

文天祥是江西省吉安市青原区富田镇人，南宋末期的政治家、文学家，爱国诗人、民族英雄，与陆秀夫、张世杰并称为"宋末三杰"。

他初名云孙，选中贡士后，换以天祥为名，改字履善。文天祥相貌堂堂，身材魁伟，皮肤白美如玉，眉清目秀，双目炯炯有神。孩提时，他看见学宫中所祭祀的乡贤欧阳修、杨邦乂、胡铨的画像，谥号都为"忠"时，便羡慕不已。文天祥说："如果我不能成为其中的一员，就不是真正的男子汉。"

文天祥二十岁便考取了进士，在集英殿答对论策。当时宋理宗在位已久，治理政事渐渐怠惰，文天祥以法天不息为题议论策对，其文章有一万多字，没有写草稿，一气写完。宋理宗亲自选拔他为第一名。考官王应麟上奏说："这个试卷以古代的事情作为借鉴，忠心肝胆好似铁石，我以为能得到这样的人才可喜可贺。"

咸淳九年，文天祥被起用为荆湖南路提刑，因此见到了之前的宰相江万里。江万里平素就对文天祥的志向、气节感到惊奇，同他谈到国事时，神色忧伤地对文天祥说："我老了，观察天时人事应当有变化，我看到的人有很多，能担任治理国家责任的人，不就是你吗？望你能够努力。"

景炎三年，公元 1278 年 3 月，文天祥进驻丽江浦。12 月，赶赴南岭，邹洬、刘子俊又从江西起兵而来，再次攻伐陈懿的党羽，陈懿于是暗中勾结张弘范，帮助、引导元军逼攻潮阳。文天祥正在五坡岭吃饭，张弘范的军队突然出现，众士兵及随从们措手不及，便埋头藏在荒草中。文天祥匆忙逃走，被元军千户王惟义抓住。

文天祥被押至潮阳，见张弘范时，左右官员都命他行跪拜之礼，他不肯拜，张弘范于是以宾客的礼节接见他，同他一起入崖山，要他写信招降张世杰。文天祥说："我不能保卫父母，还教别人叛离父母，可以吗？"因多次强迫索要书信，于是，写了"辛苦遭逢起一经，干戈寥落四周星。山河破碎风飘絮，身世浮沉雨打萍。惶恐滩头说惶恐，零丁洋里叹零丁。人生自古谁无死，留取丹心照汗青"这首《过零丁洋》的诗给他们。他在诗的末尾这样说："人生自古谁无死，留取丹心照汗青。"自崖山战败后，张弘范就对文天祥说："丞相的忠心孝义都尽到了，若能改变态度像侍奉宋朝那样侍奉大元皇上，将不会失去宰相的位置。"文天祥眼泪扑簌簌地说："国亡不能救，作为臣子，死有余罪，怎敢怀有二心苟且偷生呢？"

文天祥在路上，八天没有吃饭。到达燕京后，馆舍侍员殷勤、陈设奢豪，文天祥没有入睡，坐待天亮。于是移送兵马司，令士卒监守他。临刑前，元廷召见文天祥告谕他说："你有什么愿望吗？"文天祥回答说："天祥深受宋朝的恩德，身为宰相，哪能侍奉二姓，愿赐我一死就满足了。"文天祥临上刑场时从容不迫，在向南跪拜后就被处死了。几天以后，他的妻子欧阳氏收拾他的尸体，见他的面部如活人一样，终年四十七岁。他在遗书中说："孔子说成仁，孟子说取义，只有忠义至尽，仁也就做到了。读圣贤的书，所学习的是什么呢？自今以后，可算是问心无愧了"。

文天祥在文学研究上除了《御试策一道》这篇哲学专著外，再无其他的专题研究或专著，这是由于当时的环境不允许他坐下来进行专题研究所致，除对策、封事等外，他在百忙中不忘友人之所托，写了大量的文稿，其中包括序言、墓志铭、寿序、赞、颂、祝辞、书、启、跋等各种不同形式的文体。此外，诗、词最多，除了《指南录》和《指南后录》及《吟啸集》外，还有《集杜诗》200首以及《十八拍》和少量的词作等。

文天祥在文学创作领域，尤其是在诗词的创作上，有两个显著的特色，他的这两个特色分为前期和后期两个阶段。所谓前期指的是从赣州奉诏勤王开始，至夜走真州这个阶段。当时虽然南宋小朝廷处于多难之秋，朝内执政者又是昏庸利禄之辈，但文天祥自己积聚了兵丁，他们是自己"乃裹饿粮"来到军营中的，是一支爱憎分明，具有战斗力的队伍。因此在文天祥的心目中，复兴南宋和收复失地有望，这一时期写的诗歌的特点是清新、明快、豪放，感情特别丰富，浓郁，常以饱满的战斗精神勉励自己，使人读之如饮郁香的美酒，沁人肺腑。如《赴阙》："楚月穿春袖，吴霜透晓鞯。壮心欲填海，苦胆为忧天。役役惭金注，悠悠欢瓦全。丈夫竟何事，一日定千年"一诗，从诗的字里行间可以看出文天祥的眼里似乎已经看到前途呈现了光明，复兴有望。

他写的《高沙道中》："三月初五日，索马平山边。疾驰趋高沙，如走阪上圆。夜行二百里，望望无人烟。迷途呼不应，如在盘中旋。昏雾腥且湿，怒飙狂欲颠。流渐在须发，尘沫满橐鞬……夫人生于世，致命各有权。慷慨为烈士，从容为圣贤。稽首望南拜，著此泣血篇。百年尚哀痛，敢谓事已遄"这首长诗，运用了平易流畅的散文化的语言，按照时间顺序，周详而不零碎地将他出真州城后身历险境的经过和盘托出，使人读之如身临其境。全诗每句五言，隔句押韵，长达80多韵，一韵到底。读后让人大有浑灏流转的感觉，难怪后人读此诗后，觉得它可与杜甫写的《北征》相媲美。这段时间，文天祥写的诗篇较多，内容大都振奋人心，可以说是两个特色时期的中间时期，亦即过渡时期。

虽然文天祥由行朝给了官职，但是不允许他在行朝工作，连要求开府于永嘉都不行，最后决定让其开府于南剑，不久又移府于汀州而漳州，于此可知，文天祥这个枢密使、都督诸路军马这个职衔，不过是一个形同虚设的官衔而已。这一时期，文天祥在诗词写作上，开始显露出后期阶段的特色，大都有对人生旅途多"险阻艰难"未尽人意的感叹。

特别是在祥兴二年，公元1279年2月6日，张弘范集中军力破崖山，强迫文天祥随船前去。文天祥坐在舟中看到宋军被元军打败的惨象，心中犹如刀割，乃作长诗以哀之。诗为《二月六日，海上大战，国事不济，孤臣天祥，坐在舟中，向南恸哭，为之诗》的："长平一坑四十万，秦人欢欣赵人怨。大风扬沙水不流，为楚者乐为汉愁。兵家胜负常不一，纷纷干戈何时毕。必有天吏将明威，不嗜杀人能一之。我生之初尚无疚，我生之后遭阳九。厥角稽首并二州，正气扫地山河羞。身为大臣义当死，城下师盟愧牛耳。间关归国洗日光，白麻重宣不敢当。出师三年劳且苦，只尺长安不得睹。非无虓虎士如林，一日不戈为人擒。楼船千艘下天角，两雄相遭争奋搏。古来何代无战争，未有锋蜩交沧溟。游兵日来复日往，相持一月为鹬蚌。南人志欲扶崑崙，北人气欲黄河吞。一朝天昏风雨恶，炮火雷飞箭星落。谁雌谁雄顷刻分，流尸漂血洋水浑。昨朝南船满崖海，今朝只有兹船在。昨夜两边桴鼓鸣，今朝船船鼾睡声。北兵去家八千里，椎牛醿酒人人喜。惟有孤臣雨泪垂，冥冥不敢向人啼。六龙杳霭知何处，大海茫茫隔烟雾。我欲借剑斩佞臣，黄金横带为何人"一首长诗，表达了文天祥沉痛心情。文天祥在这一阶段写的诗词，既悲壮、沉痛，又秀腴、典雅。

平日坊间曾有"崖山之后无中华"一说，我觉得这话是有点问题的。元朝在与南宋对峙的时候，它已经消灭了金朝，统一了中国的北方，占有了传统意义上的中原地区和中国北方的大部分地区，形成了中国历史意义上的第二个"南北朝"时期，只不过，这第二个"南北朝"时期，维持的时间比较短，南宋很快就被元朝给灭亡和取代了。回顾历史，我们不难发现，元朝的立国主张是"大哉乾元"，它是承继《易经》中的《彖》卦的"大哉乾元，万物资始，乃统天"这一理念而建立起大元王朝来的，这从元朝的骨子里来讲，元朝皇帝自始至终都是在以中国皇帝自居而自命的，所以，元朝是在以本朝代指中国的，故而，站在中国道统的立场上，元朝也就顺理成章地成为了传统历史意义上的中国境内的唯一合法政权，这毫无疑义地说明了元朝是属于中国政体在道统意义上的延续了。

即便在文天祥、谢枋得等这些至死忠于宋朝的人来说，他们也是将元朝视作当初最终灭了南朝的北朝，而没有否定元朝的中国地位。因此，我们可以这样认为，元朝对南宋的战争，只是一场改朝换代，北朝战胜南朝，新朝取代前朝的战争，应该是"崖山之后无宋朝"，并非"崖山之后无中国"。文天祥一生著有《文山诗集》遗世。

从庐陵文化及文学的阵营来看，两宋时期里的鄱阳湖流域不仅只走来周必大、刘辰翁、欧阳守道、邓剡、文天祥这些政治家、教育家、文学家外，还出现了像胡铨、罗烨、罗泌、舒翁、严用和等文学史上有名的诗人和作家，为丰富和发展鄱阳湖地域文学，作出了极大的贡献，在这里我就不再一一列举了。

在两宋期间，吉州还走出来了以杨万里的"诚斋体"为代表的吉水文化及文学的阵营，他们是杨万里、罗大经、杨邦乂等人。

杨万里，是江西省吉水县黄桥镇湴塘村人。南宋大臣，文学家、爱国诗人，与陆游、尤袤、范成大并称"南宋中兴四大诗人"，被誉为一代诗宗。绍兴二十四年登进士第，历仕高宗、孝宗、光宗、宁宗四朝，累官至国子博士、广东提点刑狱、太子侍读、秘书监、宝谟阁直学士，封庐陵郡开国侯。

杨万里不仅是一位爱国者，还是一位出色的政治家。他力主抗战，反对屈膝议和，在上奏皇帝的许多"书""策""札子"中，他一再痛陈国是，力排投降之误，爱国之情溢于言表，面对中原沦丧、江山半壁的惨痛局面，他曾痛心地发出："为天下国家者不能不忘于敌，天下之忧，复有大于此者乎"的感叹，提醒大家要时刻都不要忘了备敌谋敌、御敌制胜的国策，主张利用"以守代取"的积极、慎重策略，稳步推进，先夯实国力而后图恢复计，以求取得最终的胜利。

杨万里立朝刚正，遇事敢言，经常指摘时弊，无所顾忌，因而始终得不到大用。他一生视仕宦富贵犹如敝屣，随时准备放弃。任京官时，他就预先准备好了由京城返乡的盘缠，锁在箱中备用，还不许家人置物，以免离职回乡时，行李多就成了累赘，就这样，他成了个"日日若促装"的待发者。这与那些斤斤计较、谋求升迁、患得患失之辈成了鲜明的对照。杨万里为官清正廉洁，不扰百姓，不贪钱物。江东转运副使任满时，应有余钱万缗，他全弃之于官库，一文不取而归。退休南溪之上，据自家老屋一隅，仅避风雨。当时诗人徐玑称赞他"清得门如水，贫惟带有金"，这正是他一生清贫的真实写照。

杨万里的诗，在南宋当朝就有很大的影响，取得了较高的艺术成就。南宋学者、政治家、文学家赵汝愚的门生，南宋诗人姜特立曾经在《谢杨诚斋惠长句》一诗中这样赞杨万里道："今日诗坛谁是主，诚斋诗律正施行。"朱熹的门生项安世也曾经在《又用韵酬潘杨二首》一诗中盛赞杨万里说，"四海诚斋独霸诗，世无仲氏敢言簏。周公费誓傅禽父，宣圣中庸授子思。钟子期家应善听，邮恤过后定能绥。真傅更在吟哦外，大节如山不授麾"。我们不难从"四海诚斋独霸诗"这一句中读得出来作者对杨万里真切的仰慕之意。

杨万里在诗歌创作中，不仅广泛地向诗坛前辈们学习，但他又绝不为前朝的旧法所困，而是立志要赶超前人的创作。他曾经豪迈地在《迈使客夜归》一诗中说："笔下何知有前辈？"把他励志开宗立派的志向表露无遗。他还在《跋徐恭仲省干近诗》这样说："传宗传派我替羞，作家各自一风流，黄陈篱下休安脚，陶谢行前更出头。"诗中的黄指黄庭坚，陈谓陈师道，陶是陶渊明，谢为谢灵运。正是他以这种不肯傍人篱下、随人脚跟的开拓创新精神，终于"脱尽皮毛，自出机抒，别转一路，自成一家，形成了独具"诚斋"特色的诗风。

杨万里步入诗坛时，师学江西诗派，诗作重在字句韵律上的着意，到了50岁以后，他的诗风便有了很大的转变，能够自觉地由师法前人进入到师法自然了，创造了他独具特色的"诚斋体"。诚斋体诗歌讲究的是所谓的"活法"。什么是"活法"呢？就是指在诗歌创作中要善于捕捉稍纵即逝的情趣，用幽默诙谐、平易浅近的语言表达出来。

杨万里的诗歌作品不拘一格，富有变化，既有"归千军、倒三峡、穿天心、透月窟"的雄健奔逸气势，在状物姿态，写人情意方面，则铺叙纤悉，曲尽其妙的委婉的细腻功力。他的"诚斋体"诗歌，具有新、奇、活、快、风趣幽默的鲜明特点，具有很强的艺术感染力。杨万里十分注意学习民歌的优点，大量汲取生动清新的口语入诗，往往"假辞谚语，冲口而来"，因而形成通俗浅近、自然活泼的语言特色。

杨万里一生留下了大量抒写爱国忧时情怀的诗篇。他在充任金国贺正旦使的接伴使时，因往来江、淮之间，亲眼看到沦丧的大好河山和中原遗民父老深陷在水深火热之中，心中郁积着因国家残破而带来的巨大耻辱和悲愤，他的爱国主义诗歌创作，表现得最为集中也最为强烈。他曾经在《初入淮河四绝句》中这样写道："船离洪泽岸头沙，人到淮河意不佳。何必桑乾方是远，中流以北即天涯。""两岸舟船各背驰，波痕交涉亦难为。只余鸥鹭无拘管，北去南来自在飞"，唱出了灾难深重中爱国士人和广大人民的共同心声。此外，他的《题吁胎军东南第一山》《读罪己诏》《故少师张魏公挽词》《宿牧牛亭秦太师坟庵》等诗篇，或是寄托家国之思，或是呼吁抗战复国，或是歌颂抗战将领，或是讽刺权奸卖国，这些作品都是直抒爱国思想的千古名篇。

杨万里的绝大部分爱国诗篇，不像陆游那样奔放、直露，而是压抑胸中的万丈狂澜，凝蕴地底的千层熔浆，大多写得深沉愤郁，含蓄不露。杨万里曾经在《题刘高士看云图》中说："谁言咽月餐云客，中有忧时致主心。"他不仅创作一些吟咏江风山月的写景抒情作品，还有不少是反映农民生活的诗篇。例如，他的

《农家叹》《秋雨叹》《悯旱》《过白沙竹校歌》以及《歌舞四时词》《插秧歌》等，都写出了农民劳动的艰辛和欢乐，具有比较高的思想性和艺术性。

杨万里并不仅仅是诗歌创作的成就斐然，他在散文创作中，亦不乏佳作迭出，深为世人道。他不仅为文能兼擅众体，更是师法唐代的散文大家韩愈、柳宗元两人。他的散文作品密栗深邃、雅健幽峭之处，颇与柳宗元相似，友人皆以此来推崇他的文章。

杨万里一生勤勉，写作不断，相传他创作了两万多首诗歌，现存诗四千二百首，诗文全集共 133 卷，书名《诚斋集》存世，另有《杨文节公诗集》42 卷，《诚斋诗话》1 卷遗世。

罗大经是南宋吉州吉水人。宝庆二年，公元 1226 年进士，历仕容州法曹、辰州判官、抚州推官。在抚州时，因为在朝堂之上闹起了矛盾纠纷，被株连其中而遭到弹劾被罢黜。此后再未重返仕途。遭罢黜之后的罗大经，闭门求学，博览群书，专事著作。

他素有经邦济世之志，对先秦、两汉、六朝、唐、宋文学，都有自己精辟的见解和精到的论述。他取杜甫《赠虞十五司马》诗中"爽气金天豁，精淡玉露繁"之意写成的笔记体文集《鹤林玉露》一书，对南宋偏安江左深为不满，对权臣误国多有抨击，对百姓疾苦深表同情，其中有不少的记载，可与史乘互作参证，补缺订误。更为重要的是，他对先秦、两汉，乃至六朝、唐宋的文学流派，文艺思想，作品风格，都有过中肯而又有益的评论。另外，他还著有《易解》十卷行世。

罗大经的主要成就，就在于他编撰了《鹤林玉露》一书，因为此书详细考订了文学史和政治史上的一些公案。该书分甲、乙、丙三编，共 18 卷。半数以上评述前代及宋代诗文，记述宋代文人轶事，有文学史料价值。例如书中的乙卷四《诗祸》一则，记载了宋理宗宝庆、绍定年间的江湖诗案一事，有助于后人对江湖诗派的了解；卷三的《东坡文》一则，议论苏轼的文章是深受《庄子》《战国策》的影响。因为罗大经善于作文，其议论起来自是深具眼力见的；卷五的《二老相访》一则，记载的是杨万里与周必大晚年的亲密交往过程，这可与史书中所记载的杨、周二人不合，做对比性研究，便可一见端倪了。

由此，我们不难从他们身上看出，在两宋期间，富饶而又美丽的鄱阳湖流域，的确是一个诞生流派的地方，这里不仅诞生了"江西诗派"，与此同时，还诞生了"诚斋体"诗派。罗大经的文言轶事小说集《鹤林玉露》一书的编写成功，标志着鄱阳湖流域的文学批评渐成风气了。

在两宋时期，吉州不仅只走出了以上的几个地域文学方阵，还走出来了一个由泰和的刘过、曾安止，安福的王庭珪、王炎午以及永新的刘沆、峡江的孔平仲等人组成的文化及文学的综合性阵营。

刘沆是永新县埠前镇三门前村人。天圣八年，公元1030年进士及第，名列第二，是为榜眼。皇佑三年，公元1051年3月，刘沆由尚书工部侍郎升任参知政事，相当于副宰相一职。以前的政事多由宰相决断，副相不过是个备胎而已。自刘沆任职以后，他积极参与国事决策，将许多的重大问题放到廷议中去解决，对政事有所救偏。至和元年八月，刘沆又进拜同中书门下平章事，也就是当了宰相、集贤殿大学士。当时的中书省任用官员。大多由近臣举荐，刘沆向皇帝进言指出其弊有三：一、近臣保荐，授非公选，多出私门，浮薄权豪之流交相荐举，互以贸易，以致不能选贤任能；二、任人唯亲，造成"当入川广，乃求近地；当入近地，又求在京"，边远贫困之地无人愿去；三、奖罚升迁，"常格虽存，侥幸尤甚，以法则轻，以例则厚，执法者不能持法，多以例与之"，以致赏罚不明。刘沆恳请皇帝能革除这些用人上的弊端，使真正有才德的人，能挑选到政府部门中来。仁宗接受了刘沆的奏请，诏令照此施行。

刘沆奉诏，实行"三举"，革除"三弊"。何谓"三举""三弊"呢？一是举荐贤才，反对拉关系，走后门，任用无德无才之人，为安邦治国尽力尽责。当时欧阳修被谗出守同州时，刘沆就奏请皇帝把欧阳修留在史馆修书。过后不久，又推荐欧阳修担任翰林学士。欧阳修不负众望，与宋祁等同心协力，终于编修成了一部高水平的《新唐书》。刘沆荐人，不为私利，完全出于公心，他引富弼共政，勉其大展经纶，富弼感激不尽。二是强化中央集权。定御史迁次之格，满二岁者与知州。御史范师道、赵忭岁满时求补郡守，沆引格而出之。三是竭力抑制侥幸，深入考察官员的功过是非，故朝中"阴持以轩轾取事论者，以此少之"，刘沆挟台谏之威。一些玩弄权术者都很畏惧他，不敢近之。

刘沆为相，敢于启用贤人，纠正时弊，他的这种刚正性格，得罪了那些侥幸谋官者与某些既得利益者，于是，他们群起而攻之。宋仁宗本性温润敦厚，眼见刘沆在"革新"朝政中遭到了众臣的围攻，便一改往日的"革新"初衷，害得刘沆孤掌难鸣，受到内外夹击，无奈之下，便只好称病求罢，坚卧月余。嘉佑元年，公元1056年12月，以观文殿大学士、工部尚书知应天府，再迁刑部尚书，徙陈州。刘沆自宋仁宗时任参知政事到同中书门下平章事，一共度过了7年的时光，是自进士设科以来，擢高第至宰相者，吉郡以沆为第一人，在位时间以"长于吏事"者著称。

曾安止是江西省泰和县澄江镇文溪村人。北宋熙宁进士，初任丰城县主簿，后改为彭泽县令。他在任期间，经常下去体察民情，为官清廉正直。

曾安止一家，早年间家境贫困，经常是入不敷出，有时连饭都吃不饱，但他的父亲不顾一切艰难，坚持杜门教子，让安辞、安止、安中、安强四兄弟都得到了良好的教育。安止于熙宁六年，公元1073登第，赐以"同学究出身"。熙宁九年又再次应试，取得进士出身。初任丰城县主簿，后知彭泽县。其间，他在任上十分重视发展农业，关心底层人民的生活疾苦，为官清廉勤勉，遇事冷静，处置果断，经常以孝道来教导彭泽子民，"故誉蔼然而荐者交彰矣"。

白天，曾安止在料理公务之余，总要到农田去观察农作物的生长情况。遇到农忙时，他还会帮助人力单薄的农家劳作，一边劳动，一边了解情况，但他从不在农家吃饭。有一天，烈日炎炎，他劳作到了傍晚，老佬硬是要留他吃顿饭，为不让老佬扫兴，他只好留下来，饭前，他掏出一袋干粮来送给老佬。全家人见状非常惊讶，原来，堂堂县令只是带了一些薯片、两块烧饼下乡充饥。

曾安止非常热爱农业，尤其喜欢研究农作物。他经常到农田去观察作物，遇到老农总要攀谈一番。他走访了许多农民，收集了大量的农作物优良品种，对繁多的水稻品种的品名、来源、性情以及播种、耕作方法，如何因地制宜等等，都一一作了详细的调查研究。晚上，坐在豆大的油灯下，参阅前人的成果，有时通宵达旦地整理当天的笔记。

天长日久，他的身体越来越不行，眼力越来越差，再加上当时许多的士大夫都爱对牡丹、荔枝、茗茶等立书作谱，唯独不见有研究农业的官员。于是，便毅然决然地辞去县令，回到"地产嘉禾、和气所生"的家乡泰和去致力于农学研究。

当时，许多的有识、有道之士对他的这一举动，都感到想不通，他说："农者，政之所先也……唯君子不陷人欲之危，故能安；得天理之正而无不适，故能止。'安止'二字，乃吾所愿！"朋友们听了他的话之后，都深受感动。

　　曾安止后半生，对泰和周边各地的农业生产进行了广泛的深入调查，潜心研究水稻的栽培技术，搜集了大量有关水稻的品种及其栽培技术的资料，他在去世前完成了《禾谱》5卷的撰写。《禾谱》一书，详细介绍了北宋江南地区50多个水稻品种的名称、特征、栽培技术和管理方法，是继贾思勰的《齐民要术》后，我国农学史上的又一部农业科学著作。只可惜今天书的全帙不存，但残存的部分，仍是研究鄱阳湖流域乃至全国水稻栽培的珍贵资料。

　　《禾谱》一书，对鄱阳湖流域以及江南等地，乃至对全国的农业生产发展，都起到了无可估量的作用，使得广大百姓能够安居乐业。"安民止乱"是曾安止先生的毕生追求，也正是他清正为民品格的具体彰显。南宋嘉泰六年，公元1206年，益国公周必大为《禾谱》作序，称赞此书"皆考之经传，参合古今，制无不备，是可补伯视之书，成苏公之美"的作品。

　　宋代大文豪苏东坡先生也曾经与曾安止进行过学术交流并写下了流传千古的《秧马歌》来纪念他们之间的友情。苏东坡在《秧马歌》前的短序是这样写的，过庐陵，见宣德郎致仕曾君曾安止，出所作《禾谱》。文既温雅，事亦翔实，惜其有所缺，不谱农器也。予昔游武昌，见农夫皆骑秧马。以榆枣为腹欲其滑，以楸桐为背欲其轻，腹如小舟，昂其首尾，背如覆瓦，以便两髀，雀跃于泥中，系束藁其首以缚秧。日行千畦，较之伛偻而作者，劳佚相绝矣。《史记》禹乘四载，泥行乘橇。解者曰，橇形如箕，擿行泥上。岂秧马之类乎？作《秧马歌》一首，附于《禾谱》之末云："春云蒙蒙雨凄凄，春秧欲老翠剡齐。嗟我妇子行水泥，朝分一垅暮千畦。腰如箜篌首啄鸡，筋烦骨殆声酸嘶。我有桐马手自提，头尻轩昂腹胁低。背如覆瓦去角圭，以我两足为四蹄。耸踊滑汰如凫鹥，纤纤束藁亦可赍。何用繁缨与月题，朅从畦东走畦西。山城欲闭闻鼓鼙，忽作卢跃檀溪。归来挂壁从高栖，了无刍秣饥不啼。少壮骑汝逮老羸，何曾蹶轶防颠隮。锦鞯公子朝金闺，笑我一生蹋牛犁，不知自有木駃騠。"

　　由此可见，曾安止不愧是两宋时期，从鄱阳湖流域走出来的，自学成才的农业科技专家。

　　刘过是吉州太和县人，南宋词人、文学家。他曾经四次参加应举考试，但都没有考中，后来就一直流落在江湖之上，布衣终身。他曾为陆游、辛弃疾等人所欣赏，也与陈亮、岳珂等人友善交好。

刘过以词闻名。在他词作中，可以看出是自觉师承辛弃疾的，故而他的词风与辛弃疾的词风比较接近。关于这一点，也可以在他创作的词中发现，他写"平生豪气，消磨酒里"的地方甚是很多，例如他在《沁园春·柳思花情》中的"柳思花情"，《水调歌头·春事能几许》中的"春事能几许"等。不过，更能代表刘过词特色的是那些感慨国事、大声疾呼的作品。例如《沁园春·张路分秋阅》中的"拂拭腰间，吹毛剑在，不斩楼兰心不平……威撼边城，气吞胡虏，惨淡尘沙吹北风"，《念奴娇·留别辛稼轩》中的"知音者少"，《贺新郎·弹铗西来路》中的"弹铗西来路"等。这些作品都写得慷慨激昂、气势豪壮。另外，他在《六州歌头·题岳鄂王庙》中，颂赞岳飞的生平业绩、痛斥朝廷奸佞诬陷忠良，写得跌宕淋漓、悲壮激越，十分感人。虽然，他的这些爱国词作偶有粗率之处，但风格豪放，却是他的创作本色。在刘过的词中，有时亦有俊逸纤秀之作出现，例如《贺新郎·老去相如倦》中的"老去相如倦"，《唐多令·芦叶满汀洲》中的"芦叶满汀洲"等。清代的文艺评论家刘熙载先生曾经在他所著的《艺概》一书卷四中，是这样称赞刘过的："狂逸之中，自饶俊致，虽沉著不及稼轩，足以自成一家"。

刘过不仅工于词，还同时工于诗，且古体、律诗两者兼备，不过，他的诗让人读来大多有悲壮之调。例如他在《夜思中原》中写的"独有孤臣挥血泪，更无奇杰叫天阍"，在《登多景楼》中的"北固怀人频对酒，中原在望莫登楼"，都充满了愤懑幽怨之气，但是，他也有部分写山水景物的诗，倒给人一种秀美清新的体验。例如，他的《浣溪沙》"谁把幽香透骨薰。韵高全似玉楼人。几时劝酒不深斟。竹里绝怜闲体态，月边无限好精神。一枝斜插坐生春"以及《临江仙·数叠小山亭馆静》"数叠小山亭馆静，落花红雨园林。画楼风月想重临。琵琶金凤语，长笛水龙吟。青眼已伤前遇少，白头孤负知音。苔墙藓井夜沉沉。无聊成独坐，有恨即沾襟"的"竹里绝怜闲体态"，"一枝斜插坐生春"，"琵琶金凤语，长笛水龙吟"等句，就让人有如沐清风之感。

刘过一生著有《龙洲集》《龙洲词》《龙洲道人诗集》《直斋书录解题》等著作，可惜他的《龙洲集》14卷以及《直斋书录解题》今已散佚不传，《全宋词》共收入刘过的《龙洲词》计 80 余首。他与刘克庄、刘辰翁一道享有"辛派三刘"之美誉，又与刘仙伦一起，被世人合称为"庐陵二布衣"。

王庭珪是吉州安福县人。他性格伉厉，为诗雄浑。政和八年，公元 1118 年进士及第，调任茶陵丞，因与上官不合，便弃官隐居在卢溪之上，因以自号泸溪老人。绍兴中，胡铨请斩秦桧，被谪贬新州，唯独只有庭珪以诗给他送行，他在《送胡邦衡之新州贬所·其二》是这样写的："大厦元非一木支，欲将独力拄倾危。痴儿不了公家事，男子要为天下奇。当日奸谀皆胆落，平生忠义只心知。端能饱吃新州饭，在处江山足护持"。从诗中"痴儿不了公家事，男子须为天下奇"一句中可以看出他秉直忠义的个性。后来，他因为这个事，秦桧构陷他讪谤朝廷大臣，把他流放到了夜郎。公元 1149 年 6 月，在半路被叫停下来，转道送到辰州去编管。直到秦桧死后，朝廷才许其自便。到孝宗时，被起用为内殿召对，赐国子监主簿。

王庭珪在政治上，一直都没有什么大的作为，但他在诗文著述上的成果甚丰，一生著有《泸溪文集》50 卷、《六经讲义》10 卷、《论语讲义》5 卷、《易解》30 卷、《语录》5 卷、《沧海遗珠》2 卷、《泸词》《风亭禄》等巨著，但可惜部分著作已失传。胡铨在评价他的诗文创作时说："凡忧悲愉快，窘穷喜怒，思慕怨恨，无聊不平，有感于怀，必有诗文发之"。杨万里也称赞扬他"少尝曹子方，得诗法，盖其诗自少陵出，其文自昌黎出大要主于雄刚浑大"。

至此，我就欧阳修、周必大、杨万里、文天祥、邓剡、刘过、曾安止、刘辰翁、胡铨、孔平仲、王庭珪、王炎午、罗大经、杨邦乂、罗烨、欧阳守道、罗泌、刘沆、舒翁、曾民瞻、严用和等人一起组成的，庐陵吉州文化与文学阵营的构成来说，在政治、经济、文化、文学、科技等方面逐渐地深入进去，还只能是做了一个最为基本的简单陈述，但从庐陵文化阵营给我们留下的整体结构来看，这是一个体系构备完整的，具有庐陵地域文化特色的综合性的文化阵营，是建构鄱阳湖地域文化及文学体系的一个重要的组成部分。庐陵文化及文学的现象，让鄱阳湖文学的背影逐渐变得愈来愈清晰地暴露在人们的眼前了。

当庐陵文化及文学的阵营隐入幕后的时候，接着登场表演的便是与他紧邻的抚州文化及文学的方阵。从抚州这块肥沃、灵性的土地上，走来了以王安石、晏殊、王安国、晏几道、王雱、陈自明、谢逸、俞国宝组成的临川文学团队，以曾巩、曾布、赵长卿、王文卿组成的南丰文学团队，以陆九渊、陆九龄、傅子云组成的金溪文学团队，以资溪的李觏，崇仁的吴曾、欧阳澈，南城的陈彭年、陈景元组成的文学团队。他们各展所长，活跃在两宋的政治经济文化以及文学的舞台上，将鄱阳湖人的绝世风采尽情地抒发了出来。

王安石是抚州市临川区人，我国北宋时期著名的思想家、政治家、文学家、改革家。

宋真宗天禧五年，也就是公元 1021 年，王安石出生在临川的一户官宦人家。他的父亲王益就是当时的抚州临川军判官。王安石自幼十分聪颖，尤其酷爱读书，常常能够做到过目不忘，下笔成章。及稍长后，他便跟随父亲宦游的脚步流落在各个不同的地方，就让他有机会深切地接触到了社会的现实，真切地体验民生的疾苦。因此，奠定了他在以后文学创作中立论高深、奇丽的基础。

宋仁宗景佑四年，王安石随父亲进京，以文结识了京中的乡党曾巩，并结成了好友，曾巩因此便向老师欧阳修推荐王安石的文章，得到了欧阳修的大加赞赏。宋仁宗庆历二年，也就是公元 1042 年，登杨寘榜进士第四名。说起那次殿试，第一名的状元及第，本来就应该是王安石的。但那次的殿试结束后，主考官晏殊把前几名的卷子呈给宋仁宗审阅时，考官当时拟定的名次为第一名王安石，第二王珪，第三名韩绛，第四名杨寘。但宋仁宗看到王安石的卷子中有一句"孺子其朋"的话，心里就很不高兴，顺手就要把王安石的名次与第二名的调换，可令仁宗没想到的是，那排在第二、第三名的是王珪、韩绛，而且他们俩当时已经有官职在身，根据宋朝的科举制度规定，有官身者参加科举考试不得录用状元，于是，皇帝就将排名第四的杨寘提到了第一名，而王安石则变成了第四名，王安石就这样稀里糊涂地失去了眼看就要到手的状元头衔。

王安石进士及第后，被授淮南节度判官。任满后，他主动放弃了京试入馆阁的机会，出任鄞县知县。在鄞县任上四年，王安石大力兴修水利、扩办学校，政绩初显。

皇祐三年，王安石改任舒州通判。由于他勤政爱民，治下的政绩斐然。宰相文彦博以王安石恬淡名利、遵纪守道为由，极力向宋仁宗举荐他，请求朝廷褒奖以激励风俗，但王安石以不想激起越级提拔之风为由拒绝了文彦博的好意。后来，欧阳修又举荐他为谏官，王安石再次以祖母年高为由推辞不就。最后，欧阳修又以王安石需要用俸禄来养家糊口为理由，任命王安石为群牧判官。不久之后，王安石便出任常州知州。也正是王安石在出任常州知州期间，才得有机会与周敦颐相知相近，使得自己的名声日益隆大、响亮。

嘉佑三年，即公元的1058年，调任王安石为三司度支判官，王安石便进京述职，他在述职期间，向皇帝上奏了长达万言的《上仁宗皇帝言事书》，系统地提出了自己的变法主张。王安石在这次的奏疏中，他总结了自己多年的地方官经历，指出国家积弱积贫的现实是经济困窘、社会风气败坏、国防安全堪忧，他认为症结的根源在于为政者不懂得法度，因此，他认为解决问题的根本途径，在于效法古圣先贤之道、改革制度，进而提出了自己的人才政策、改革方案的基本设想，建议朝廷革除弊政、重视人才。

王安石主张对宋初以来的法度进行全盘改革，革除存在的积弊，扭转积贫积弱的局面。他假借晋武帝司马炎、唐玄宗李隆基等人只图"逸豫"安乐，不求改革创新而导致覆灭的事实为依据，以求实现对法度的变革目的，但宋仁宗并未接受建议，采纳他一系列的变法主张。

此后，虽然朝廷曾经多次委任王安石担任馆阁之职，但他均一概固辞不就。当时的士大夫们都认为王安石从此便无意于功名，不求仕途的闻达，心中甚是担心跟王安石再也无缘相识，会留下终生的遗憾。尽管后来朝廷又屡次想委王安石以重任，但每次都担心王安石不愿出仕，让朝廷丢了颜面。后来朝廷任命王安石与人同修《起居注》，王安石在多次的辞谢不过之下方才接受了这项任务和官职。不久之后，王安石去集贤院任职，知制诰，审查京城刑狱案件，朝中士大夫都引为盛事。

王安石在京任职期间，朝廷规定舍人院不得申请删改诏书文字，王安石认为立法不该如此，据理力争之下，得罪了众多的王公大臣，再次遭到了排挤。嘉祐八年，公元1063年，王安石的母亲病逝，他遂借此机会辞官回江宁守制，离开了京城这是非之地。

宋英宗继位之后，便屡次征召王安石赴京任职，王安石均以服丧以及自己身体有恙为由，拒绝入朝出仕。

等到治平四年，也就是公元的1067年，宋神宗上位以后，因宋神宗久慕王安石之名，对他甚是欣赏，遂起用王安石为江宁知府，旋即又诏令他为翰林学士兼侍讲，从此王安石深得神宗皇帝的器重。

熙宁元年的四月，宋神宗为了摆脱大宋王朝所面临的政治、经济危机以及辽、西夏不断侵扰的困境，特地召见王安石。王安石向宋神宗提出了"治国之道，首先要确定革新方法"的举措，从侧面向皇帝说明效法尧舜，简明法制的重要性。宋神宗很是认同王安石提出的相关主张，并要求王安石尽心辅佐他来共同完成这一任务。王安石随后就上了《本朝百年无事札子》一本，详细阐释宋初百余年间太平无事的情况与原因，指出当下危机四伏的各种社会问题，期望皇帝能在政治上有所建树。

熙宁二年，宋神宗任命王安石为参知政事。王安石奏请当务之急在于改变风俗、确立法度，提议变法，得到了宋神宗的赞同。为了指导变法的实施，朝廷特地设立制置三司条例司，由王安石和陈升之共同掌管。王安石委任吕惠卿承担条例司的日常事务，派遣提举官四十多人，颁行新法。

熙宁三年，王安石改任同中书门下平章事，位同宰相，在全国范围内推行新法，开始大规模的创新改革运动。其时，所推行的新法在财政方面来说，有均输法、青苗法、市易法、免役法、方田均税法、农田水利法；在军事方面有置将法、保甲法、保马法等。

熙宁四年，又颁布改革科举制度的法令，废除诗赋词章取士的旧制，恢复以《春秋》，三传明经取士。同年秋，实行太学三舍法制度。变法之初，王安石对神宗提出"奸佞之论"，建议宋神宗要辨别小人并加以适当的惩处。待新法颁布之后，王安石擢拔吕惠卿、章惇、蔡确等多人参与到变法的指导和实施工作中去。

王安石变法的目的在于富国强兵，借以扭转北宋积贫积弱的局势。然而，他的变法措施触犯了保守派的利益，触动了保守派的神经，遭到了保守派的强烈反对。新的法令颁行还不到一年，围绕着变法，拥护与反对的两派就展开了激烈的论辩与斗争。

御史中丞吕诲控诉王安石变法十大过失，被神宗贬为地方官，王安石举荐吕公著代替其职。韩琦上疏规劝神宗停止青苗法，执政曾公亮、陈升之等乘机附和，王安石虽多方辩驳，神宗在反对派的巨大压力下，认为应该听取各方面的建议停止青苗法的施行。随后，王安石便称病在家，继而请求辞官归隐。韩绛等规劝他，神宗也挽留王安石，王安石遂陈述朝廷内外诸官互相依附勾结的情况，进言神宗要不畏流俗，心怀天下，他便因此在朝堂之上得罪了更多的人。

御史刘述、刘琦、钱顗、孙昌龄、王子韶、程颢、张戬、陈襄、陈荐、谢景温、杨绘、刘挚，谏官范纯仁、李常、孙觉、胡宗愈等人，都因为与王安石的意见不合，相继离开了朝廷，步出了朝堂。王安石很快地就提升担任秀州推官的李定担任御史一职。知制诰宋敏求、吕大临，御史林旦、薛昌朝、范育等人，一起上奏弹劾李定违背孝道，不宜担任御史一职，遂尽皆被罢出了朝廷。其后，吕惠卿因父亲去世回家守制，离开了朝廷，王安石就对曾布委以重任，也对他非常信任。

熙宁三年，司马光三次写信给王安石，逐一指出实施新法的弊端，要求王安石废弃新法，恢复旧制。王安石回信给司马光，对他的指责逐一地进行批驳和反击，并在信中批评士大夫阶层的因循守旧，顽固不化，严正表明自己坚持变法的决心。随后，宋神宗欲起用司马光担任枢密副使，司马光见机会来了，便趁机向神宗提议废止新法，见神宗没答应，遂辞职离京去了。

熙宁四年，开封百姓为逃避保甲捆绑，出现了自断手腕的现象，知府韩维把这件事报告朝廷之后，王安石认为施行新政，士大夫们尚且争议纷纷，百姓更容易受到不明事理之人的蛊惑。而此时，神宗则认为应该听取来自百姓的声音。自此，宋神宗与王安石之间的关系开始出现了嫌隙。

熙宁七年春，天下大旱，饥民流离失所，群臣向皇帝诉说免行钱之害，宋神宗听了之后是满面愁容，心里便有了欲罢黜新法的打算。王安石认为这是天灾，即便在尧舜的时代，也是无法可以避免的，只要派人去治理好了。自熙宁六年七月到熙宁七年三月，天下大旱9个月，郑侠绘制了一幅流民旱灾困苦图献给神宗皇帝，并上疏论新法的过失，力谏罢免王安石的宰相一职。

同年四月，慈圣和宣仁两位太后亦向神宗哭诉"王安石乱天下"，这就让神宗自己也对变法产生了较大的怀疑，因而就罢免了王安石的宰相职务，让他改任观文殿大学士、知江宁府，从礼部侍郎超九转而为吏部尚书。

王安石被罢相后，着力奏请皇帝让吕惠卿任参知政事，又要求召韩绛代替自己，因为他们二人都坚持自己制定的成法，值得信任。但是，吕惠卿在掌握大权后，担心王安石之后还会回朝，便借办理郑侠案件的机会来陷害王安石的弟弟王安国，以起到能够阻止王安石回朝的作用，还特地重起李士宁案来倾覆王安石的基础。韩绛觉察到了吕惠卿的用意之后，便秘密奏请神宗皇帝紧急召回王安石。

熙宁八年二月，王安石再度拜相。也就是在这一年，王安石的《三经义》一书撰成，朝廷加封为尚书左仆射兼门下侍郎，吕惠卿外调为陈州知州。王安石复相后得不到更多支持，加上变法派内部分裂严重，新法便很难继续推行下去，王安石遂起了长期的退隐之心。

熙宁九年，公元的 1076 年，王安石多次托病请求离职，同年，他的长子王雱病故。十月，王安石辞去宰相，外调镇南军节度使、同平章事、判江宁府。次年，改任集禧观使，封舒国公。元丰二年，再次被任命为左仆射、观文殿大学士，改封荆国公。

从政治层面来讲，尽管王安石的变法革新没有取得很大的成功，但是，这一点没有损害他作为一个政治家的形象。他锐意进取，革除积弊的思想和行为，在当时来说的确是具有进步意义的。

从文学家的角度来总观王安石的文学成就，他的文学作品，无论是在诗、文、词方面都有杰出的贡献。北宋中期，欧阳修领导下的诗文革新运动，在他手中得到了有力推动，这对扫除宋初风靡一时的浮华文风作出了贡献。但是，王安石的文学主张，却过于强调"实用"，对艺术形式的作用往往估计不足，不少的诗文，常常表现出议论说理的成分过重，稍显瘦硬而缺少形象性和韵味，还有一些诗篇，论禅说佛理，略显晦涩干枯，但也不失大家风范。

王安石为了实现自己的政治理想，把文学创作和政治活动密切地联系起来，强调文学的作用首先在于为社会服务，文章的现实功能在于社会效果，文道应该合一。他的散文大致贯彻了其文学主张，揭露时弊、反映社会矛盾，具有较浓厚的政治色彩。

王安石的论说文，针对时政或社会问题，观点鲜明，分析深刻，长篇则横铺而不力单，短篇则迂折而不味薄，在阐述政治见解与主张上，结构谨严，说理透彻，语言朴素精练，具有较强的概括性与逻辑力量，为推动变法和巩固北宋诗文革新运动的成果起到了积极的作用。

王安石的短文，直抒己见，简洁峻切，短小精悍，形成了"瘦硬通神"的独特风貌，如史论《读孟尝君传》，全文不足百字，然而层次分明，议论周密，词气凌厉而贯注，势如破竹，具有不容置辩的逻辑力量。还有一部分山水游记散文，简洁明快而省力，记游、说理尽寓其中。

王安石的诗歌，大致可以分为两个阶段，在内容和风格上都有较明显的区别。他前期创作的诗歌主要是"不平则鸣"，注重描写社会现实，反映底层人民的痛苦，倾向性十分鲜明，风格也直截暴露；在晚年退出政坛后，心情渐趋平淡，大量的写景、咏物诗作取代了前期政治诗的位置。后期创作的"穷而后工"诗，重在致力于追求诗歌的艺术性，在炼意和修辞上，下字工、用事切、对偶精，含蓄深沉、深婉不迫，以丰神远韵的风格在当时的诗坛上自成一家，世称"王荆公体"。

王安石的词，今存约二十余首，大致可分为抒写情志和阐释佛理两类，他的词作"瘦削雅素，一洗五代旧习"。其抒情词作，写物咏怀，多选空阔苍茫、淡远纯朴的形象，营造出一个士大夫文人特有的情致世界。例如《桂枝香·金陵怀古》一词："登临送目。正故国晚秋，天气初肃。千里澄江似练，翠峰如簇。归帆去棹残阳里，背西风、酒旗斜矗。彩舟云淡，星河鹭起，画图难足。念往昔、繁华竞逐。叹门外楼头，悲恨相续。千古凭高，对此谩嗟荣辱。六朝旧事随流水，但寒烟、芳草凝绿。至今商女，时时犹唱后庭遗曲"这首词豪纵沉郁，同范仲淹的《渔家傲·塞下秋来风景异》一词，共开豪放词之先声，给后来的词坛产生了良好而又巨大的影响。

王安国是王安石的胞弟。他不仅是一个政治人物，还是一代文豪，诗工于用事，对偶亲切，词尤博采众长，工丽曲折，近似婉约词风。其天才逸发，器识磊落，文思敏捷，曾巩谓其"于书无所不通，其明是非得失之理尤详，其文闳富典重，其诗博而深"。他的诗歌格律稳健，风韵秀雅，足堪名家典范。他的七言诗佳句如"桧作寒声风过夜，梅含春意雪残时""平地风烟飞白鸟，半山云木卷苍藤""若怜燕子寒相并，生怕梨花晚不禁""北固山横三楚尽，中泠水入九江深。纷纷落月摇窗影，杳杳归舟送梵音"等句，颇有唐诗的大家风韵。

王安国不仅工诗、善文，他还擅长作词，他的《减字木兰花》词中有"今夜梦魂何处去，不似垂杨，犹解飞花入洞房"之句，将思春情绪写得缠绵悱恻，楚楚动人。

王安国的一生，诗、词、文三类著作皆丰盈宏阔。他逝世后，家人汇集其诗文编为文集 100 卷，曾巩为其作《王平甫文集序》，只可惜他的诗文大多已散佚，今仅存《王校理集》一卷，收入《两宋名贤小集》之中。《全宋诗》卷 631 录其诗一卷。《全宋词》第一册收其词三首。《全宋文》收其文二卷。

在抚州临川的这方才子之乡，并不仅仅只是走出来了王安石、王安国两兄弟为代表的这个家族式的文学方阵，还走出来了以晏殊、晏几道两父子组合而成的家族方阵，为丰富和繁荣鄱阳湖流域的文学创作起到了推波助澜的作用，被人称为江西词宗。

晏殊是抚州临川人。北宋时期我国著名的政治家、文学家。

晏殊在十四岁时，以神童的身份进入科举考试，被皇帝赐进士出身，任命为秘书省正字，官至右谏议大夫、集贤殿学士、同平章事兼枢密使、礼部、刑部尚书、观文殿大学士知永兴军、兵部尚书。公元 1055 年病逝，封临淄公，谥号元献，世称晏元献。

晏殊从小聪明好学，5 岁就能作诗，在抚州民间有"神童"之谓。景德元年，公元 1004 年秋天，江南安抚使张知白听说后，将他以神童的身份推荐给朝廷，次年，14 岁的晏殊便和来自全国各地的数千名考生同时入殿参加考试，晏殊的神色毫不胆怯，他提笔很快便完成了答卷，受到真宗的嘉赏，赐同进士出身。又过了两天，还要进行诗、赋、论的考试，晏殊上奏说道"我曾经做过这些题，请用别的题来测试我。"他的真诚与才华更受到真宗的赞赏，授其秘书省正事，留秘阁读书深造。他学习勤奋，交友持重，深得直使馆陈彭年的器重。三年，召试中书，任太常寺奉礼郎。

天圣五年，公元 1027 年，以刑部侍郎贬官知宣州，后改知应天府，今天的河南商丘市。在这一期间，他特别重视地方书院的发展，大力扶持应天府书院，应天府书院在历史上亦称"睢阳书院"，他力邀范仲淹到应天府书院讲学，为国家培养了大批的人才。在宋朝初期，应天府书院与白鹿洞书院、石鼓书院、岳麓书院并称为宋朝的四大书院。这是自五代十国混战以来，学校屡遭禁止和废除后，由晏殊开中国历史上大办教育的先河。庆历三年，晏殊在宰相任上时，与枢密副使范仲淹一起，倡导在州、县立学和改革教学内容，官学设教授。自此，京师至郡县，都设有官学。这就是有名的"庆历兴学"，也正是从那时候起，在中国的职业队伍中，首次出现了属于体制内的教师的称谓"教授"，由此看来，教授的这一称呼，当是从那时候一直沿用至今的了。

真宗临死，命章献明肃太后权掌国事，宰相丁谓、枢密使曹利用两人都想单独见太后奏事，一时之间便相持不下。这时候，晏殊挺身而出，建言太后垂帘听政。他的这一建议，对稳定当时的政局起了至关重要的作用。

到了仁宗一朝时，西夏的元昊造反。晏殊是时任的宰相兼枢密使，他建议仁宗罢去那些监军的人，不要以设计好的阵图来指导将领作战，使得诸将在对敌时，能够审时度势、随机应变。他的这些建议基本上都被仁宗皇帝给采纳接受了，并取得很好的成效。

虽然晏殊在为人上稍显刚健威猛外，但是他待人以诚，虽身处富贵，却生活得相当简朴，并且乐于奖掖人才。那时候，当世的名士如范仲淹、孔道辅、欧阳修等人皆出其门下，他还能识富弼于寒素之中，并将自己的女儿嫁给他。在晏殊执政的那一阶段，范仲淹、韩琦、富弼皆受重用，台阁之上也多了一时之贤，做了许多有利于国计民生的大事情，为史学家所艳称的"庆历新政"，名义上是范仲淹主导的，而在实际上，则是由晏殊总领其纲的。晏殊被罢相后，范仲淹、韩琦、富弼等相继被贬，"庆历新政"遂宣告失败。晏殊在任地方官时，曾经致力于大办学校，培养人才，欧阳修称赞说他是"自五代以来，天下学废，兴自公始"，这话非虚。

明道元年，公元1032年，晏殊升任参知政事加尚书左丞。第二年晏殊因谏阻太后"服衮冕以谒太庙"，被贬知亳州、陈州。五年后召任刑部尚书兼御史中丞，复为三司使。时值李元昊称帝，建立西夏国，并出兵陕西一带，而宋将屡屡败退。晏殊全面分析当时的军事形势，从失利中找原因，针对存在的问题，奏请仁宗后，办了四件加强军备的大事，一是撤消内臣监军，使军队统帅有权决定军中大事。二是招募和训练弓箭手，以备战时之用。三是清理宫中长期积压的财物，资助边关的军饷。四是追回被各司侵占的国有物资，充实到国库中去。由于晏殊采取的措施得当，宋军很快就平定了西夏的进犯。

庆历二年，也就是公元的1042年，晏殊官拜宰相，以枢密使加平章事。第二年，以检校太尉刑部尚书同平章事，晋中书门下平章事，集贤殿学士，兼枢密使。庆历四年，因撰修李宸妃墓志等事，遭孙甫、蔡襄弹劾，贬为工部尚书知颖州，后又以礼部、刑部尚书知陈州、许州。60岁时以户部尚书、观文殿大学士知永兴军节度使，即今天的陕西省西安市，后调任河南府。因病，晏殊请求回京城医治。病好以后，请求再出京任职，皇上特意把他留下来，让他为自己讲经释义，让他五天到宫里来一次，按宰相的规格对待他。过了一年，晏殊的病情加重了，皇上想前去看他。晏殊知道后就立刻派人捎信给皇上，信中说："我老了又重病在身，不能做事了，不值得被陛下您担心了。"晏殊死后，皇上虽然亲自前去哀悼，但却因没能在他卧病时前去而感到遗憾，特地二天没有上朝，以示哀悼。

晏殊虽然多年来身居要位，但他却平易近人，唯贤是举。韩琦、富弼、欧阳修等皆经他栽培、荐引，得到了朝廷的重用。韩琦则连任仁宗、英宗、神宗三朝宰相，富弼虽然是晏殊的女婿，但晏殊却能做到举贤不避亲，举荐富弼为枢密副使，后官拜宰相。

晏殊性格刚毅直率，生活俭朴。晏殊的文章，内容丰富，辞藻华丽。他不仅能写各类文章，尤其善于写诗，有娴雅的意趣和多情的思绪，到了晚年仍孜孜专心、不知疲倦地学习。

晏殊一生写了一万多首词，可惜大部分都已散失，仅存《珠玉词》136 首。晏殊的作品在《全宋诗》中一共收录有 160 首、残句 59 句、存目 3 首。在《全宋文》中仅存散文 53 篇。有清代的江西巡抚采进本所辑的《晏元献遗文》行于世。以晏殊为首的，由临川的晏颖、晏几道、晏富、晏京、晏嵩、晏照、晏方在一起的八个人被后世称为"抚州八晏"。

晏殊在文学上有多方面的成就和贡献。他能诗、善词，文章典丽，书法皆工，而以词最为突出，有"宰相词人"之称。他的词，吸收了南唐抚州知府"花间派"词人冯延巳的典雅流丽词风，开创了北宋的婉约词风，获得了"北宋倚声家初祖"的美誉。他的词语言清丽，声调和谐，如其娴雅之情调、旷达之怀抱。他写富贵而不鄙俗，描艳情而不纤佻，绘景重其精神，能赋予其笔下的自然物以鲜活的生命，同时，他还能将理性之思致，融入抒情之叙写中，在伤春怨别之情绪内，表现出一种理性之反省及操持，在柔情锐感之中，透露出一种圆融旷达之理性的观照，形成了自己的特色。他的那些曾经"无可奈何花落去，似曾相识燕归来"、"昨夜西风凋碧树。独上高楼，望尽天涯路"、"念兰堂红烛，心长焰短，向人垂泪"的经典佳句，到现在依然在广为流传。他既是引导宋词先路的一代词宗、江西词派的领袖，也是中国诗史上的一位多产诗人。

晏殊以词著于文坛，尤擅小令，风格含蓄婉丽，与其子晏几道一起，被后世称为"大晏"和"小晏"，又与学生欧阳修一起并称为"晏欧"。有《珠玉词》《晏元献遗文》《类要》残本存世。

晏几道，号小山，是晏殊的第七个儿子，就像《红楼梦》里的贾宝玉一样，晏几道算是含着金汤匙出生的。父亲官居宰相，比起在政治上的建树，晏几道自是比不上晏殊的，甚至可以说是毫无建树。但他令人称道的是他的非凡的文采和令人叫绝的词作，他在文学的造诣上，可以说得上是青出于蓝而胜于蓝了。

晏几道出生时，晏殊已经47岁了，算得上是老来得子。作为家中最小的儿子，晏几道得到了父亲格外的宠爱。生来就在绮罗脂粉堆中浸染、长大，每天过着珠围翠绕，锦衣玉食，跌宕歌词，纵横诗酒，斗鸡走马，乐享奢华的富贵生活，他的六位兄长都先后步入了仕途，只有他晏几道依然过着逍遥自在的风流公子哥儿生活。

直到宋仁宗至和二年，也就是公元1055年，晏殊去世后，这才让晏几道那种春风得意的生活戛然而止，也立马让他感受到了现实社会中霜刀雪剑的无情与残酷。那时候，他和六哥祗德，八弟传正及姊妹四人都还年幼，只好由二哥承裕的妻子张氏来"养毓调护"，嫁娶成家。后来蒙朝廷恩荫在身，出任为太常寺太祝。宋神宗熙宁七年，公元1074年，晏几道的朋友郑侠因进《流民图》反对王安石变法，而被接替王安石罢相后担任参知政事的吕惠卿罗织罪名，交给御史台治罪。彼时，吕惠卿的党羽们从郑侠的家中搜到晏几道写的一首《与郑介夫》的"小白长红又满枝，筑球场外独支颐。春风自是人间客，主张繁华得几时？"的小诗，这些人如获至宝，便以讽刺"新政"、反对改革为名，将晏几道逮捕下狱。后来，宋神宗有意识地放了晏几道。虽然，这件事是有惊无险，但经过这么一折腾，他原本就坐吃山空的家底也就变得更加微薄了，使得家境每况愈下。从此，他从一个书生意气的公子哥儿，沦落为穷愁潦倒及落魄的贵族遗少了。

宋神宗元丰元年，公元1077年，晏几道的好友王肱去世，晏几道受邀为王肱的遗文作序。元丰二、三年间，黄庭坚来京赴吏部等候改任，他与晏几道再次相聚，两人常在寂照房里饮酒唱和，有时醉倒在酒家炉边，还有时是同榻夜话，纵论时势，畅谈抱负。其时的黄庭坚与晏几道都正处壮年，笃于风义，气概豪迈，意气纵横，期许不凡，颇负盛名。

宋神宗元丰五年，公元1082年，晏几道监颍昌许田镇。此时的颍昌官场上，知府韩维是晏殊的弟子，他认为凭着这层特殊的关系，再加上对自己才气的自信，在上任伊始就大胆地给韩维献上了自己的词作，但没想到韩维很快给他回复说，你的那些词作我都看了，"盖才有余，而德不足也"，希望你能"捐有馀之才，补不足之德"，不要辜负我作为一个"门下老吏"的期望！全然没有了昔日晏家门生的那一汪温情，代之而来的是一副道学家的面孔，俨然是长辈的做派。晏几道读罢回信，便如同在寒冷的冬天里被人泼了一瓢冷水，全身都冰冷透了。

倒是在元丰七年，公元的1084年，黄庭坚在移监德州德平镇的路上，在汴京附近的成平、太康附近时，写了十首小诗寄怀好友晏几道和王肱他们，但这时的晏几道，恰好已经遥涉江南，再也未能聚首了。

到了宋哲宗的元祐初期，晏几道的词名盛传于京师，当时，苏轼曾经请黄庭坚转达，把自己有意结识晏几道的想法告诉他本人，但令苏轼没想到的是，晏几道这样回答他说："今政事堂中半吾家旧客，亦未暇见也。"可见，晏几道在言语之间颇为倨傲。这也从旁证明了他生性孤高自负，傲视权贵的本性，即便像苏轼这样名满天下的人，也不在他的眼里。

在这期间，他编辑自己的词集，黄庭坚为之作序。徽宗崇宁初，因"更缘事为，积有闻誉"，由乾宁军通判调任开封府推官。宋徽宗大观四年，公元1110年，年近古稀的晏几道安然辞世。他就那样安静地走了，而他的身后留下了凝聚他一生心血的《小山词》却流传了千年，历久而弥新。《小山词》中一共存有他的词作260首，其中长调3首，其余的均为小令。他的小令词在宋初发展到了一个高峰，他用清壮顿挫的艺术性，糅合了父亲晏殊词的典雅富贵与柳永词的旖旎流俗特性，采用既雅又俗的歌词合乐的典型音乐形象，使词这种艺术形式堂而皇之地登上了大雅之堂，并取得了扭转雅歌尽废的历史性作用。

从晏殊父子的文学成就来说，在北宋初期的中国文坛上，"二晏"是当之无愧的北宋文坛领军人物，他们为鄱阳湖流域的文学创作及文学的繁荣作出了杰出的贡献。

一路絮絮叨叨道过了临川的王安石兄弟、晏殊父子这些政治文化艺术的明星，我们再来看看临川的陈自明、谢逸、俞国宝是何许人也？

陈自明是南宋的医学家。他家祖孙三代从医，医德高尚，医技精湛，官至建康府明道书院医学教授。他自幼好学，喜读家藏的医书，长大后，医道大行，潜心于妇产科的研究，在长期的研究中发现前代有关妇科诊疗的内容过于简略，便足迹遍行东南各地，访求医学文献，采集各家学说之长，附以家传的经验，辑成《妇人大全良方》，于妇科诊治方法，收集得较为详备。另著有《外科精要》一书。到了晚年则致力于外科学的研究，旁征博引，採撷群言，参以《内经》等医典，自成体系。

陈自明治学十分刻苦，正如其在《外科精要》中的自序说："仆三世学医，家藏医书若干卷，既又遍行东南，所至必尽索方书以观，暇时闭关静室，翻阅涵泳，究及末合"。于医学理论加以深刻探讨，对中医妇科与外科进行了精深的研究和全面的总结，著有《管见大全良方》《妇人大全良方》《外科精要》等医学类著作。

陈自明对妇女的生理特点，妇科疾病的发病起因都做了深刻的研究，对病理的机能以及治疗情况都进行了总结，可见其学术思想的概况是来自于临床一线的。他不仅强调了妇女月经的先天来源，突出了冲任、天癸与月经的关系，同时，他从不忽视后天脾胃运化的水谷精微在月经产生方面的重要作用。此外，他还将妇女的生理发育和病理变化分为三个类别，即室女、已婚女和七七天癸尽数之后的妇女，即青春未婚期、已婚期、绝经期三个阶段，来归纳分析不同的病证。譬如室女期，由于青春期的变化，思虑积想等情志变化为多，故其病多在心脾。而对于绝经之后的胞宫出血，则多考虑肝肾虚热。至于一般的月经失调，则认为多与冲、任、肝、脾有关。对于妇科诸病的病机，陈氏抓住主要病理变化，注重气血逆乱，经脉逆行，五脏功能失常，生化告竭等方面，可谓治病求本。

陈氏论述外科，强调火热为病变之主体，将痈疽的病因总结为"一天行，二瘦弱气滞，三怒气，四肾气虚，五饮冷酒，食炙煿，服丹药。"即对痈疽的病因从正气与邪气两方面加以归纳，或责之人体虚弱、肾气不足，房劳损伤，或由于七情郁滞，膏粱厚味，外感六淫，这些认识颇为深刻。对于痈疽的辨证，既强调从五脏分证，又注重表里内外，阴阳浅深缓急，同时还注意辨别善恶顺逆，吉凶死生。他所提出的"辨五善七恶"，多为后世医家效法，即"饮食如常，一善也；实热而大小便涩，二善也；内外病相应，三善也；肌肉好恶分明，四善也；

用药如所料，五善也。渴而发喘，眼角向鼻，大小便反滑，一恶也；气绵绵而脉涩，与病相反，二恶也；目不了了，睛明内陷，三恶也；未溃肉黑而陷，四恶也；已溃青黑，腐筋骨黑，五恶也；发痰，六恶也；呕吐，七恶也。"并认为五善见三则瘥，七恶则四则危。

陈自明总结了宋以前妇科学的研究成果，并结合自己的临床实践，阐发了妇科疾病的病因病机，颇具特色，对后世妇科学的发展很有影响。明代王肯堂著《女科准绳》、武之望著《济阴纲目》均受其不少的影响。对于外科痈疽的治疗，他从病因、病机、辨证、治疗到预后，均作了较为系统的论述。其中，强调整体治疗，注重阴阳分证，注意保护脾胃，主张内外合治，是其主要成就，颇受后世医家的赞赏。

谢逸是北宋文学家，江西诗派二十五法嗣之一。生于宋神宗熙宁元年，幼年丧父，家境贫寒。与汪革、谢薖一起跟随吕希哲接受教习。

这个吕希哲是谁呢？吕希哲是北宋的教育家、学者型官员，人称荥阳先生，是前朝学者型宰相、组织和主导朱熹、陆九渊开展鹅湖之辩的吕夷简大人的孙子。吕希哲先是跟随焦千之、孙复、石介、胡瑗等人求学，尔后又跟随张载、程颢、程颐、王安石等人游历，见闻广博，学识深厚。

谢逸与汪革、谢薖等人一起跟随吕希哲读书求学，由于他们都能勤奋学习，刻苦磨砺自己，取得了优异的成绩。他们三人一同赴京应试，只有汪革获得礼部会试第一名，被任命为长沙教授。谢逸、谢薖两兄弟均名落孙山，落第而归，遂淡泊了功名之心。

谢逸一生清贫，过着"家贫惟饭豆，肉贵但羡藜"的安贫乐道的清风生活，暇时以作诗文自娱自乐。家居期间，他每月都要召集乡中的贤士们聚会一次，坐下来共议古人厚德之事，并将之抄录下来集编成册，名为"宽厚会"。他曾经做过一首表达自己志向的："先生骨相不封侯，卜居但得林塘幽。家藏玉唾几千卷，手校韦编三十秋。相知四海孰青眼，高卧一庵今白头。襄阳耆旧节独苦，只有庞公不入州"的《寄隐士诗》一首，为历代的诗论家所赞赏。

谢逸是五代花间词派的传人，他所著的《溪堂词》，雅洁清丽，蕴藉隽妙，被后世认为是"远规花间，逼近温韦"的经典之作，在北宋后期的词坛上自成一家。他的词既具花间派的浓艳之态，又身具晏殊、欧阳修的婉柔之境，他擅长于词中寓景，词风轻倩飘逸而不落俗套，他的诗风则与南朝山水诗人谢灵运的风格相似，清新幽折，被时人称之为"江西谢康乐"。他的文章好似汉朝的刘向、唐朝的韩愈，读来气势磅礴，自由奔放，感情真挚动人，语言流畅自如。黄庭坚说，谢逸若是在馆阁之中，当不减晁补之、张来、李商隐等人之风采。

谢逸的诗、文、词，大都洗炼有古意，颇受黄庭坚的欣赏，黄庭坚认为谢逸诗中的名句"山寒石发瘦，水落溪毛雕""老凤垂头噤不语，枯木槎牙噪春鸟"及词中名句"黛浅眉痕沁，红添酒面糊""鱼跃冰池飞玉尺，去横石岭拂鲛绡""皆百炼乃出治者"。其生新瘦硬之处，颇得似己诗的神髓。但谢逸诗中较多的还是轻隽健朗，清新疏快的句子。后人称其"虽稍近寒瘦，然风格隽拔，时露清新"，从正反两个方面来揭示了谢逸诗作的清朗健拔特色。尤其是他的七言古诗，多感情充沛，辞意流注，很有笔力。其五言古诗则多写隐居生活，气格闲雅淡远，时与陶渊明、韦应物两人相近。

谢逸与当时的著名诗人洪刍、饶节、潘大临等人关系密切。吕本中在《江西诗社宗派图》中，自黄庭坚以下列陈师道、谢逸等25人为法嗣，这就是在宋代诗坛上颇有影响的"江西诗派"，且评其诗曰："才力富赡，不减康乐。"谢逸与其弟谢薖一起被称为"临川二谢"。

据《复斋漫录》记述，元佑中，临川谢逸在过黄州关山的可花村馆驿时，遇上了湖北的王某，江苏的诸某，浙江的单某，福建的张某等几个秀才。当他们晓得谢逸是来自临川人的时候，便戏以曹植七步成诗，请诸君七步为词来相戏谑。可令他们没有想到的是，谢逸只行走了五步，他的一首词就写成了，他趁兴挥毫疾书《江城子》一阙于墙壁之上："可花村馆酒旗风，水溶溶，落残红，野渡舟横、杨柳绿荫浓。望断江南山色远，人不见，草连空。夕阳楼上晚烟笼，粉香浓，淡眉峰，记得年时相见画图中。只有关山今夜月，千里外，素光同。"这首词标致依水，情乎俱妙。自此，谢逸便以"五步成诗"的故事，闻名江南杏林词坛。

谢逸一生著有《溪堂集》20卷，诗集5卷，补遗2卷，诗余1卷，另有《春秋广微》《樵谈》等书，可惜大多散佚。现仅存《溪堂集》10卷，《溪堂词》1卷，有其诗216首、词62首、散文47篇。他曾经写过300首咏蝶诗，被人戏称"谢蝴蝶"，其为郑彦国编成的《临川集咏》所作的序言，是他的散文代表作品。

俞国宝，江西诗派著名诗人之一。性格豪放，嗜好诗酒，曾游遍全国的名山大川，饮酒赋诗，留下不少脍炙人口的锦词佳篇。宋孝宗淳熙间在太学读书，时为太学生。

淳熙十二年，公元 1185 年，太上皇宋高宗一日游西湖，见酒肆屏风上有一首《风入松》的词："一春长费买花钱。日日醉花边。玉骢惯识西湖路，骄嘶过、沽酒垆前。红杏香中箫鼓，绿杨影里秋千。暖风十里丽人天，花压鬓云偏。画船载取春归去，馀情寄、湖水湖烟。明日再携残醉，来寻陌上花钿。"高宗驻目词前，称赏久之，宣问是何人所作，有人回答说是大学生俞国宝的醉笔也。高宗笑道："此调甚好，但末句未免儒酸。若是改为"明日重扶残醉"，则迥不同矣"。太上皇当即就下诏让俞国宝脱去学生装束，走马上任当官去了。

俞国宝的词作虽然不多见，但他却写得旖旎多姿，极有情致，深受读者的喜爱。《全宋词》中收录了他的词作三十余首，《补遗》中存有九首。他一生著有《醒庵遗珠集》10 卷。

由此可见，有着才子之乡称谓的临川，走出来的并不仅仅只是那些跟政治经济文化艺术联系紧密的人物，他们中还走来了我国中医史上著名的中医理论家陈自明先生，这就足以证明，鄱阳湖流域是一个人才密集型的土壤，这里诞生了多门类、多学科的文学艺术及科技型的人才。

表过了临川，我们接着来说一说素有蜜桔之乡称谓的南丰县走来的文学阵营。两宋期间，从南丰这个桔乡深处走了以曾巩、曾布、赵长卿、王文卿等人组成文学方阵。

曾巩是抚州南丰县人，后居临川，北宋时期的散文家、史学家、政治家。

曾巩出身于儒学世家。他的祖父曾致尧、父亲曾易占，两人皆为北宋时期的名臣。曾巩自小天资聪慧，记忆力超群，幼时读诗书，脱口能吟诵，年方十二便能为文。嘉祐二年，公元 1057 年进士及第，先是任太平州司法参军，在任上以明习律令，量刑适当而闻名朝堂。宋熙宁二年，公元 1069 年，改任《宋英宗实录》检讨，其实，就是书籍的校对编辑，不久之后，被外放到越州任通判。熙宁五年之后，历任齐州、襄州、洪州、福州、明州、亳州、沧州等州府的知州。到了元丰四年，也就是公元 1081 年，曾巩以出色的史学才能，被朝廷任命为史官修撰，管勾编修院，判太常寺兼礼仪事。元丰五年，公元 1082 年卒于江宁府，追谥为"文定"。

曾巩为政廉洁奉公，勤于政事，关心民生疾苦，与曾肇、曾布、曾纡、曾纮、曾协、曾敦并称为"南丰七曾"。曾巩以其文"古雅、平正、冲和"的杰出文学成就，位忝唐宋散文八大家之列，后世称其为"南丰先生"。

曾巩在公元 1037 年，也就是他 18 岁那年随父亲赴京，20 岁那年入太学读书。曾巩在太学读书期间，曾经上书欧阳修并献《时务策》与朝廷，自此，他不但认识了欧阳修，还结交了乡党王安石，并发展成了挚友的关系，与此同时，曾巩还同杜衍、范仲淹等人都有书信往来，相互投献文章，议论朝政，陈述为人处世的态度。这样一来，曾巩便开始名闻天下了。但是，由于曾巩只是擅长撰写策论类的文章，而轻于应举的时文，便导致他屡试不第。

庆历七年，公元 1047 年，曾巩的父亲去世了，他只好辍学回归故里南丰，侍奉继母尽孝。曾巩的品性纯真，他孝顺父母，友爱兄弟，在父亲去世之后，他侍奉继母是无微不至，面对家境日益衰败的局面，仍然尽全力抚育四个弟弟、九个妹妹，支撑起一个风雨飘摇的家来。

嘉祐二年，公元 1058 年，欧阳修主持朝廷的会试，他坚持以古文、策论为主，诗赋为辅来命题，曾巩这才与其弟曾牟、曾布及堂弟曾阜一同登进士及第。

说起这次考试，有这么一个故事。那一年，与曾巩一同考试的还有四川眉山的苏轼、苏辙两兄弟同台献艺。

曾巩的文章自然是好的，但之前他也多次参加考试，但都没有考取，这除了考官不识货外，还有曾巩那不同于流俗的文风，是不被人待见的。不过，这一次曾巩是时来运转了，主考官竟然是他的老师欧阳修，只要他不出现试场发挥失常的情况，那就是稳中了。

后来，欧阳修在评判试卷的时候，竟然错误地认为苏轼的试卷是曾巩的，他误以为这么好的文章，除了自己的弟子曾巩，别人是肯定写不出来的，他虽然极为赏识这篇文章，但是，他为了避嫌，只好将手中的试卷判作了第二，让苏轼就这样稀里糊涂地与第一名失之交臂了。

后来，欧阳修为了补偿对苏轼的亏欠，他竟然舍得拉下老脸，主动去帮年轻的苏轼扬名立万，不惜说出这样的话来："苏子瞻可谓善读书，善用书，他日文章必独步天下。"

曾巩是北宋诗文革新运动的积极参与者，他接受了欧阳修在古文创作上的主张，是宋代新古文运动的骨干。他在古文理论方面主张先道后文，文道结合，主张"文以明道"。他的散文大都是"明道"之作，文风以"古雅、平正、冲和"见称。其文风还集司马迁、韩愈两家之长，古雅本正，温厚典雅，章法严谨，长于说理，自然淳朴，为时人及后辈所师范。

首先是曾巩的论事之文写得纡余委备，委婉曲折。其次，曾巩的文章虽然质朴少文，但亦时有摇曳之姿，纵横开阔。赠序之文，尤其有特点。再者，他善于记叙，其特点是条理分明，无不达之意。长于记叙、不多写景抒情，例如《醒心亭记》《游山记》等。但也有少数极具刻画之工的文章传世，例如《道山亭记》《墨池记》《越州赵公救灾记》等，文章融记事、议论、抒情于一炉，深刻有力，通情达理。他的书、序和铭都是很好的散文。

其次是他议论性散文的特点是剖析微言，阐明疑义，卓然自立，分析辩难，不露锋芒。《唐论》就是其中的代表作。《战国策目录序》论辩人理，气势磅礴，极为时人所推崇。

其三，他的记叙性散文特点是记事翔实而有情致，论理切题而又生动。《寄欧阳舍人书》《上福州执政书》两篇文章，历来被称誉为书简体的范文。叙事委婉深沉，语言简洁凝练，结构十分严谨。

曾巩作为唐宋八大家之一，著有《元丰类稿》和《隆平集》传世。从他传世的文集来看，他的兴趣主要在于史传、策论一类的应用文方面。尤其是他从事史书编纂工作多年，对史传碑志的写作较有研究。对他有关应用文的理论进行研究和总结，对现代应用文的发展有很现实的指导意义。曾巩的主要成就在文，亦能诗。他一生存诗400余首，其诗特点是性情质朴，雄浑超逸，含义深刻，略似其文，格调超逸，字句清新，但也有些诗存在宋诗言文言理的通病，但为文所掩，瑕不掩瑜。他不但善赋体，也长于比兴，形象鲜明，颇得唐人神韵。他的各体诗中以七绝的成就最高，精深，工密，颇有风致。

曾巩的散文特色形成主要取决于两个方面，一个是曾巩对中正平和文风的喜好，另一方面则是受人生态度的影响。曾巩在思想上推崇儒学，在文章的美感追求上则喜好学习刘向的文风。除了在思想和文风学习上的偏好以外，曾巩坎坷的人生经历也是影响其风格形成的因素之一。

曾巩从十八岁开始参加科举考试，但是直到三十九岁才金榜题名。人到七十古来稀，快四十的曾巩才开始在求仕的路途上获得第一次成功，从十八岁到三十九岁这二十多年间，仕途的不顺和生活的坎坷磨炼出曾巩坚韧的性格。使得他在经历了人生的大悲大喜之后，反而能以一种淡泊的心态去面对人世的一切，这些反应到他的文学作品中，便内化成为一种沉稳淡定的风格。曾巩的一生命途多舛，但他始终都是坚强冷静地面对，自身的性格和生活的磨砺赐予了曾巩从容踏实、客观冷静的心境，从而在他创作的诗文中也深深地烙上这样的印记。

曾巩散文形成了他曲折谨严、质朴尚义、理性冷静的文风，这与他在为文时注意文章的构架，叙事有条理，论述严谨的创作风格有关。无论多纷繁复杂的内容，在曾巩的笔下都能做到有条不紊，有头有尾，足见其严谨条理的散文写作功力。

曾巩非常欣赏和称赞上古文学经典不仅用简单凝练的语言来准确记录事情的始末，并且还能将其中精微细致的深意和细节也传达得滴水不漏。因此，他对这些精简语言的推崇正体现出他对简约文风的追求。我们不难发现，曾巩在自己的散文创作实践中，简约的文风在他的文章中得到了充分的体现，主要表现为以下三个方面：

首先，在语言色彩上，曾巩的语言客观朴实；其次，在语言表达上，曾巩的语言表现出议论比较多的特点，最后，曾巩的语言力求准确，精到无误。朱熹曾经在《朱子语类》中云："退之南丰之文，却是布置'气因而在这样精心的营构下'做出来的。"

北宋时期，随着政治革新的需要，欧阳修带头身体力行地在文学创作中提倡简约自然的文风，曾巩作为师从于他的弟子必然会参与到这样的创作中去。清代的刘熙载在他所著的《艺概》中这样评价曾巩道："曾文穷尽事理，其气味尔雅深厚，令人想见硕人之宽。"看曾巩的散文，很难看到他激烈的情感表达，这一点自然与他语言上多议论的特点有关，但在字里行间常让人感觉到，那是曾巩自己对情感的一种强烈克制的表现。古文运动既然义无反顾地将载道的重任加在了散文的身上，这使得情感在散文中的表达空间变得更加有限，加上曾巩自身对儒道的备至推崇，便使得他的散文写作在情感上表现出一种理性冷静、中正平和的风格特征。

曾布，曾巩胞弟，北宋中期宰相，王安石变法的重要支持者。在王安石变法时期，曾布同时担任集贤校理、判司农寺、检正中书五房、起居注、知制诰、翰林学士、三司使等职，在王安石变法期间发挥了重要作用。

曾布十三岁时，父亲就去世了，他跟随兄长曾巩学习，二人同时考中进士，中进士后曾布接连被任职为宣州司户参军、怀仁县令。因了曾巩的关系，曾布也曾经得到了王安石和韩维的推荐，被宋神宗重视和重用，后来在市易法的争论过程中，被认为阻挠了新法的实施而遭到贬谪外放，在饶州、潭州、广州、桂州、秦州、陈州、蔡州等地奔波为官。

宋神宗驾崩后，高太后垂帘，旧党执政，曾布又因坚持不变役法而未进入政治中心，直至宋哲宗亲政后才得到了重用，被任命为枢密使后，重新开展变法事业，但又与同为新党的章惇之间爆发了矛盾。宋徽宗赵佶继位后，章惇因反对变法被贬谪，曾布被徽宗任命为右仆射，并排挤掉了作为左仆射的韩忠彦，但曾布又和新任的左仆射蔡京之间爆发了矛盾，被再一次贬谪外放，最终死在了润州。曾布死后，被追赠观文殿大学士，谥号文肃。曾布虽然不乏才干，但自从他的政治生命被卷入到北宋后期白热化的党争之中后，使得他的政治立场前后发生了很大的转变，以至于他在后期变得较为中立起来。

熙宁二年，公元1069年，曾布被迁往首都开封为官，因为韩维和王安石的推荐，曾布上书言政，说为政的根本有二，一曰厉风俗；二曰择人才。其要点有八：劝农桑、理财赋、兴学校、审选举、责吏课、叙宗室、修武备、制远人，他的这些政治主张，其实也基本上都是王安石所倡导的。

因为他的建议符合宋神宗的施政理念，被授予太子中允、崇政殿说书的职位，不久又授予集贤校理、判司农寺、检正中书五房的职位，在三日之内就接连收到了皇帝的五份任职文书。

因为曾布的才能也受到了王安石的器重，得以让他和吕惠卿一同主持开创青苗、助役、保甲、农田水利等新法，当时的老臣和朝臣大都反对王安石的变法主张，曾布因此上书说："陛下您凭借自己的雄才大略，延请博学而有远见卓识的大臣，想在天下有所作为。但一些大臣玩弄法令，在朝堂上率先反对，小臣在下议论纷纷，人人都窥伺间隙，巧言毁谤，以舆论来愚弄君上。出现这种情况的原因是陛下赏罚之术不明，如果能够明赏罚、用威刑，使天下都知道帝命不可违抗，法令不可轻慢，那还有什么命令不能贯彻，什么想法不能成功呢?"曾布劝神宗坚定变法决心，专任王安石以推进新法、消除不利于新法的舆论。因此新法大兴，曾布也由此而进一步得到重用，担任起居注、知制诰、翰林学士兼三司使等职。

重臣韩琦上书激烈地指责新法的危害，神宗因此而颇有动摇，曾布便替王安石逐条分析批驳韩琦的观点，使得新法更加稳固。

曾布一生留下的文学作品不是很多，现今流传的只有《江南好·忆江南》《水调歌头·魏豪有冯燕》《水调歌头·袖笼鞭敲镫》《水调歌头·说良人滑将张婴》《水调歌头·一夕还家醉》《水调歌头·凤凰钗》《水调歌头·向红尘里》《水调歌头·义城元靖贤相国》《二月》等作品存世。

赵长卿，抚州南丰县人。宋代著名词人，大宋王朝的宗室后人。他少时特立孤洁，极度厌恶王公贵族豪华奢靡的生活，故而便告辞帝京，纵游山水，定居于江南，遁世隐居，过着清贫自在的生活。赵长卿不仅同情百姓，友善乡邻，还时常作词以呈乡人之娱。他的晚年孤寂消沉，《四库提要》中曾经说他："长卿恬于仕进，觞咏自娱，随意成吟，多得淡远萧疏之致。"

赵长卿词作有很多，他远师南唐之法，近承晏殊、欧阳修之要，又不断模仿张先、柳永等人的写法，颇得大家的作词神髓，使得他能在艳冶中又复具清幽之致，是柳派词作家的一大代表。他的词风婉约，"文词通俗，善抒情爱"，颇具特色，耐读性强，享誉南宋词坛。著有词集《仙源居士惜香乐府》九卷、《惜香乐府》10卷。《全宋词》中录有其词339首，为宋代词人现存作品最多的作家之一。

王文卿，又被称为"王侍宸"。北宋末期，南宋初年的著名道士，神霄派创始人。

王文卿传神霄五雷法，在理论与组织上对神霄派的形成与发展作出了相当重要的贡献。其弟子广布大江南北，历宋元至明清，道脉犹存，是神霄派及道教诸宗一致肯定的神霄祖师。有弟子朱智卿，熊山人，平敬宗，袁庭植等，又有萨守坚，见之于青城山，尽得其秘。其在乡，得其传者则有新城，今黎川县人高子羽，甥上官氏亦传其法。此外，尚有别传弟子多人。

据《临川盱江志》等书记载，王文卿生而神异，长而聪敏，自幼慕道，能诗善文，有"红尘富贵无心恋，紫府真仙有志攀"之句，告其父有方外之志。父殁后便辞母远游。

宋徽宗宣和元年，公元1119年，王文卿渡杨子江，行野泽中，雨暝迷路，遇一异人，授以"飞章谒帝之法及啸命风雷之书。每克辰飞章，默朝上帝，召雷祈雨，叱咤风云，久雨祈晴则天即朗霁，深冬祈雪则六花飘空。或人家妖祟为害，即遣神将驱治，俱获安迹。"王文卿自得雷书秘典、飞章谒帝之法后，道法精深，屡显灵异，名动江湖之上。

宣和四年，公元1122年，徽宗遣侍宸董仲允同本路监司守臣具礼延聘，候送赴京，赐馆于九阳总真宫。赏赐甚厚，文卿皆不受。后皇帝敕封为"冲虚妙道先生"。宣和七年，又加封"特授太素大夫"，凝神殿校籍等，未几，又敕加凝神殿侍宸等，授金门羽客封号，并追赠其父母的封号。奉诏于广德宫行持南昌受炼司大法，拔度亡魂，旋加两府侍宸，"冲虚通妙先生"，视秩太中大夫，特进徽猷阁待制，主管教门公事，成为当时统领道教的领袖人物。钦宗靖康元年，公元1126年，王文卿乞请还家侍母，之后，便隐居不出，怡然神游在山水之间。

南宋初期，王文卿大多隐居在故乡南丰，著书立说，讲道授徒。绍兴二十三年，公元1153年8月，王文卿辞别县宰交游，于23日早起，作颂题在一棺木上曰："我身是假，松板非真，牢笼俗眼，跳出红尘。"颂毕，便隐化于县之清都观许旌阳炼丹之堂，"其时雷震一声，师遂化去，弟子熊山人、平敬宗、袁庭植等，奉葬于鸟龟岗"，时年花甲之岁。

纵观王文卿的一生，学养甚深，道法精妙。他虽得徽宗宠信，但不交结权贵、干预朝政，洞察时事，知进知退，这正如《搜神记》卷二这样评论他说："长而游四方，履历几遍宇宙。尝遇异人授以道法，能召风雷。宋徽宗号为金门羽客、凝神殿侍宸，宠冠当时，赐赉一无所受。"元人虞集也曾说："昔侍宸在汴京居宫观，见为黄冠者多诣事权贵以自炫，恶之，故多不得其说。"晚年归隐家乡，得其传授者除门徒熊山人、平敬宗、袁庭植外，尚有"新城高子羽，授以临江徐次举，以次至金溪聂天锡，其后得其传而最显者曰临川谭悟真，人不敢称其名，但谓之谭五雷。"此外，洪迈在《夷坚丙志》卷十四中记载王文卿弟子郑道士行五雷法，"往来筠、抚诸州，为人请雨治祟，召乎雷霆，其响如雷。"可见宋朝南渡后王文卿虽未再出入朝廷，但在民间仍以传播神霄雷法、培养后学为己任，其传人不绝如缕，终于延续、壮大了道教神霄一脉。

王文卿勤于著述，所撰雷书多达数十种，并大多仍存在于世。如《冲虚通妙侍宸王先生家话》《王侍宸祈祷八段锦》两书为王文卿与弟子袁庭植讨论雷法至秘的记录，前书系统地论述了神霄雷法的四十个重大问题，后书则全面地概括了雷法修持的八个阶段、丹功玄机及运雷祈雨秘诀，为研修神霄雷法之必读作品。此外，尚有《玄珠歌》《上清五府五雷大法玉枢灵文》《高上神霄玉枢斩勘五雷大法》《雷说》《先天雷晶隐书》《侍宸诗诀》《上清雷霆火车五雷大法》《中皇总制飞星活曜天罡大法》《火师汪真君雷霆奥旨》等雷法要典，或为王文卿自著，或为王文卿编传，皆为神霄派的重要文献。

从南丰文化及文学阵营的情况来论，它不仅只是一个单纯的政治、文化及文学艺术的阵营，他这里还是道家神霄派的诞生之地，可见，南丰的历史文化底蕴是多么的深厚和驳杂，它能从不同的方面，给人们以丰富的历史文化内涵。

一路啰里啰嗦地就南丰的文学团队做了一个简要的阐述，下面，我们不妨走进金溪去跟以陆九渊、陆九龄、傅子云组成的文学团体来一番近距离的对话。众所周知，陆九渊、陆九龄两兄弟是"心学"掌门人，曾经发生在中国文化史上的，著名的"鹅湖之辩"，就是发生在他们两兄弟跟朱熹朱文正公老夫子的身上。

陆九龄是陆九渊的哥哥，江西省金溪县陆坊乡青田村人，人称复斋先生。乾道五年，公元1169年进士及第，宝庆二年特赠朝奉郎直秘阁，与弟九渊相为师友，学者号称"二陆"，是其三哥庸斋先生陆九皋的学生。其六世祖陆德迁因避乱于五代末从江苏吴县迁居金溪县青田村，为金溪陆氏之始祖。

其父陆贺，字道卿，悉心研究典籍，以学行受到乡里尊敬。其家几代同堂，家道整肃，著闻州里。陆贺生有六子，分别为陆九思、陆九叙、陆九皋、陆九韶、陆九龄和陆九渊，兄弟六人均学识渊博，号称"陆氏六杰"。老大陆九思，字子疆，中举后封从政郎，著有《家问》一书，为陆氏治家的准则。陆九叙，字子仪，善于持家，以经营药铺为业，保证全家人的财政供应，公正通敏，时人称其为五九居士。陆九皋，字子昭，举进士，授修职郎，文行俱优，率诸弟讲学，学者称其为庸斋先生。陆九韶、陆九龄、陆九渊并称为"三陆之学"，三陆之学，源自陆九皋那里。

陆九龄自幼颖悟端重。及长，补郡学弟子员，自诸子百家至阴阳、星历、五行、卜筮无所不涉，后入太学，司业汪应辰荐他为学录。其时，由于秦桧当国，不事礼法，遂归家，从父兄讲学。乾道五年，公元 1169 年中进士，朝廷本来拟任他为桂阳军教授，但他以双亲年老道远为由，请求改兴国军，没想到他还没有去赴任，湖南的茶民发起了暴动，他便主持乡郡的"义社"，率门生及乡人习武，防御暴动人员入境。等他到了兴国郡治，也就是今天的湖北省阳新县时，立即着手整肃学规，劝士兴学，一时之间兴国郡里是学风大振。后改调全州教授，未及赴任便即病逝了。

陆九龄长期跟随父兄研讲理学，为学注重伦理道德的实践。认为"心"是一切事物的基础和出发点。自古以来圣人相传的"道统"即是"心"，离开"心"犹如"无址"而"成岑"。为学主张"治人先治己，自治莫大于气，气之不平，其病不一，而忿懥之害为尤大"，要使"身体心验，使吾身心与圣贤之言相应，择其最切己者勤而行之"。批评繁琐支离的治学方法，要求"尽废讲学而务践履，于践履中，要人提撕省察，悟得本心"，从而做到"习到临利害得失无惧心，平时胸中泰然无计较心"。反对"弃日用而论心，遗伦理而语道"。他对求学者循循善诱，启发这些人去自悟其道。

他和陆九渊参加"鹅湖之会"，虽与朱熹观点不同，但友情不断。有"珍重友朋情切琢"的品格。晚年与张栻互相以书信论学。吕祖谦称其"所志者大，所据者实"。其著作有《复斋文集》。陆九龄学穷性命之原，其于字画也未必屑于求工，所书端稳深润有法度，临学之士或有所未及。

陆九渊，南宋哲学家、官员，陆王心学的代表人物。因书斋名"存"，世称存斋先生。又因讲学于象山书院，被称为"象山先生"，故学者常称其为"陆象山"。宋孝宗乾道八年，公元 1172 年进士及第，初调靖安主簿，历国子正。有感于靖康时事，便访勇士，商议恢复大略。曾上奏五事，遭给事中王信所驳斥，遂辞官还乡讲学。绍熙二年，公元 1191 年，改任升知荆门军。他在任内创修军城，稳固边防，甚有政绩。

陆九渊为宋明两代"心学"的开山鼻祖，与朱熹齐名，而见解多与朱熹不合。他主张"心（我）即理"的学说，言"宇宙便是吾心，吾心即是宇宙"，"学苟知道，六经皆我注脚"，而非是"我为六经注脚"。明代的王守仁继承和发展了他的学说，成为后来的"陆王学派"，对后世的影响极大。一生著有《象山先生全集》。

陆九渊出生在一个九世同居、阖门百口的封建世家，他的八世祖陆希声曾在唐昭宗时任宰相，五代末因避战乱迁居金溪，遂"买田治生，赀高闾里"，成为地方上有名的豪门大族。

陆氏一族的家学渊源颇深，陆希声的"论著甚多"，高祖陆有程"博学，于书无所不观"。到陆九渊父亲这一代虽已家业衰落，只靠经营医药和教书授学来维持家计，但仍"以学行为里人所宗，尝采司马氏冠婚丧祭仪行于家"。陆氏一门家风整肃，闻名州里，甚至受到孝宗皇帝的称赞。

金溪陆氏家族经过几代的变迁，到陆九渊出生时，家道已经衰落了不少。尽管家中仅有10余亩左右的薄田和一处药铺、一处塾馆，但陆门已经有二百多年的历史了，所以仍然保有宗族大家的节气与风度。

陆门治家依靠严格执行宗法伦理，同时，也靠家庭成员发挥各自的积极性、主动性，各尽其能，各司其职。生在这样的家庭氛围中，从小耳濡目染，长大成人后亲自管家，这样的生活经历对于陆九渊形成对社会国家的参与意识有很大的影响，也许，这就是陆氏兄弟形成"专务践履"之学的缘由。

陆九渊出生时，其父因为生的儿子多，就打算让乡人收养了他，长兄陆九思的妻子那时也刚好生有儿子，陆九思就叫妻子来给九渊喂奶，而将自己的儿子抱去给别人寻奶吃，陆九渊成人后便侍兄嫂如侍父母。陆九渊自幼聪颖好学，做事喜欢究根问底，总要提出自己的见解来。他在三四岁的时候便问其父亲"天地何所穷际？"陆贺笑而不答，他就日夜苦思冥想。长大后读古书至"宇宙"二字解说时，终于弄明白了其中奥妙。

宋乾道八年，公元1172年，三十四岁的陆九渊考中了进士，初任隆兴府靖安县主簿，后调建宁府崇安县主簿。大约在十年后，他被荐为国子监正，不久，又迁"编修敕令所"的"删定官"。由于陆九渊少年时曾读三国、六朝史，有感于当时"夷狄乱华"，后又听长辈讲"靖康之耻"，于是他曾经剪断指甲，学习弓马，慨然要为大宋朝廷复仇。在任"删定官"时，他便"访知勇士，与议恢复大略"，在朝廷论对时，"遂陈五论：一论仇耻未复，愿博求天下之俊杰，相与举论道经邦之职；二论愿致尊德乐道之诚；三论知人之难；四论事当驯致而不可骤；五论人主不当亲细事。"

淳熙十三年，公元 1186 年，陆九渊在朝中提出：任贤、使能、赏功、罚罪是医国"四君子汤"，得到孝宗赞许，因而遭到保守派的排挤。同年，被差管台州崇道观，因这只是个管理道观的闲职，于是，他便去了位于江西贵溪的象山书院讲学，当时，象山书院汇集了天下四方的学者在内。

绍熙二年，公元 1191 年，陆九渊出知荆门军，上任之后政绩显著，社会风气大变。时任的丞相周必大称赞他说，"荆门之政是陆九渊事事躬行的结果"。

陆九渊的思想接近程颢，偏重在心性的修养，他认为朱熹的"格物致知"方法过于"支离破碎"。他主张"吾心即是宇宙"，"明心见性"，"心即是理"，重视持敬的内省工夫。即是所谓的"尊德性"。朱熹言"理"，侧重于探讨宇宙自然的"所以然"，陆九渊言"理"，则更偏重人生伦理。明代的王阳明赞赏陆九渊的"心"学说，这才使得陆九渊的"心学"得以发扬，因此，"心学"被学界称之为"陆王"学派，而事实上，王阳明才是心学的集大成者。

陆九渊与朱熹两人都是理学家。陆学直接于孟子的"万物皆备于我"的"心学"，认为"人心至灵，此理至明；人皆具有心，心皆具是理"；"宇宙便是吾心，吾心便是宇宙"；"宇宙内事是己分内事，己分内事是宇宙内事"。他认为人们的心和理都是天赋的，永恒不变的，仁义礼智信等，也不过是人的天性所固有的，不是外铄的，也就是说，不是靠外力来强加的。

朱陆之辩的目的，就是在于穷此理，尽此心。人难免受物欲的蒙蔽，一旦受了蒙蔽，心就不灵，理就不明，必须通过师友讲学，切磋琢磨，鞭策自己，以恢复心的本然。修养功夫在于求诸内，存心养心。具体方法是切己体察，求其放心，明义利之辨。自称这种方法为"简易功夫"，是"立乎其大者"，是"知本"，是"明本心"。至于读书，则最重视《大学》《中庸》《论语》和《孟子》，要求联系日用事物讽咏自得，反对专习注疏章句之学，场屋之文，以谋求利禄。

陆九渊与朱熹二人有过两次会讲，对后世颇具影响。第一次的会讲是在淳熙二年，公元 1175 年的"鹅湖之会"。在鹅湖之会上，朱熹主张先博览而后归之于约，他认为以陆九渊的教法太简易了。陆九渊则主张先发明人的本心而后使之博览，他认为朱熹的教法太支离破碎了。第二次的会讲是在淳熙八年，公元 1181 年，朱熹请陆九渊登白鹿洞书院讲堂，讲"君子喻于义，小人喻于利"之事，朱熹认为陆九渊所讲切中了学者内心的隐微深固之疾，应当共守勿忘。

陆九渊是宋明两代"心学"的开山祖师。对于陆氏心学，陆九渊曾自称是"因读《孟子》而自得之"。他认为孔子之后其学"自曾子传之子思，子思传之孟子，乃得其传者"。对于伊洛渊源，他也不否认自己的思想与他们之间的联系，他曾说："韩退之言：'轲死不得其传'。固不敢诬后世无贤者，然直是至伊洛诸公，得千载不传之学。但草创未为光明，到今日若不大段光明，更干当甚事？"他认为"伊洛"虽得儒家正统，但二程之学只是理学的草创阶段，有待于"我"来进一步发明。陆九渊的这些说法自然包含着理学的道统观念以及自诩为承担道统的意识，这却也正好说明了一个事实，那就是陆氏心学与孟子思想及伊洛渊源的关系问题。陆九渊思想是自得于孟子，但他是受孟子思想的启发，用孟子"先立乎其大"、"心之官则思"，以及"求放心"等命题，来阐发二程理学中"心性"的层面，而与道德践履的思想趋于逻辑上的统一，这也就是陆九渊在理学中的理论贡献。朱熹晚年曾经劝学者要兼取两家之长，并对陆表示敬意。也有人曾经劝陆九渊著书，他说："六经注我，我注六经"，又说"学苟知本，六经皆我注脚"，著有《象山全集》行世。

陆九渊官位不显，学术上也无师承，但他融合孟子"万物皆备于我"和"良知"、"良能"的观点，所谓心既是孟子所说的我，认为我生万物生，我死万物死。提出"心即理"的哲学命题，形成了一个新的学派——"心学"。天理、人理、物理只在吾心中，心是唯一实在的；"宇宙是吾心，吾心便是宇宙"，心即理是永恒不变的；"千万世之前，有圣人出焉，同此心同此理也；千万世之后，有圣人出焉，同此心同此理也。"人同此心，心同此理。古往今来，概莫能外。陆九渊认为治学的方法，主要是"发明本心"，不必多读书外求。

陆九渊自己承认王安石是英才盖世，不合流俗，但他认为王安石在学术上没有触及到根本，不敢苟同其政治改革。他去官归里后，就在学宫内设讲席，四处的贵贱老少都赶来听他讲课，一时之间，"从游之盛，未见有此"。

陆九渊是中国南宋时期最富有个性的哲学思想家和文化教育家，在程朱理学集大成之际，他以高度的学术责任感和深邃的理论洞察力，最早发现了理学在内化道路上，潜在的支离倾向和教条隐患，成功地开拓出了一条自吾心上达宇宙的外化道路，为宋明新儒学思潮从朱子学到阳明学的"心学"转向，创造了必要的学术条件。

傅子云是抚州金溪县人。在儿童时代，他就登陆九渊之门求学。因其年少，陆九渊便让他先从邓约礼学习，做寻晋的弟子。学以明善知本为先，言行中规中矩。

有一次，陆九渊自京师还家，子云入太学，两人相见于途中，便共游桐江，在这一次的同游中，陆九渊与他一起探究儒学的奥旨，在一问一答之间，陆九渊特别喜欢上了傅子云这个学生。等到"天山精舍"（"天山"的原名叫作"应天山"后来改叫"象山"，故而，"天山精舍"其实就是"象山精舍"）筑成之后，九渊令设一席于旁，时常命傅子云代讲。公元1191年，陆九渊出守荆门之时，便将天山精舍托付给他照管。一时之间，傅子云居象山精舍，身边的从游日众。就从那时候起，他收下了弟子叶梦得，为朝廷发现和培养了一个人才。叶梦得是北宋末年到南宋前半期的词风变异过程中，起到先导和枢纽作用的重要词人。他作为南渡词人中辈分较长的一位，叶梦得开拓了南宋前半期以"气"入词的词坛新路。叶词中的气主要表现在英雄气、狂气、逸气三方面。

傅子云后来曾任瓯宁主簿，决讼断狱必依经义而行。尝言"场屋（指科举制度）之得失穷达不与焉，终身之穷达贤否不与焉"，时人以为名言。绍定四年，公元1231年，袁甫持节西江，任江西节度使时，由于他是陆象山的二传弟子，极力提倡象山之学，于是在贵溪建象山书院。象山书院建成之后，在陆九渊诸多弟子中，只有傅子云岿然上座其间，这是因为他乃陆九渊的第一高足之故。傅子云恪守师说，深受陆九渊"六经皆我注脚"的思想影响，从不拘于旧日经传注释的束缚，敢于各抒己见，他认为郑注《周礼》，"半是纬语，半是莽制，可取者甚少"，由于他身体力行，全心全意构筑陆派门户，为"心学"的创立起到了一定的作用。陆九渊称赞他"人品甚高，非余子比也"。傅子云一生著有《易传》《论语集传》《中庸大学解》《童子指义》《离骚经解》等文集。

傅子云留下的文学作品不多，仅存一首《赠桂琴隐先生》遗世。诗云："五载飞鹰迅，孤踪病马羁。望东尝把酒，倾盖便论诗。玉在山俱润，泉寒练正垂。二雏方刷翼，行矣陟天池。"

通过对以上金溪文化及文学阵营的简单陈述，我们不难发现，金溪这块丰厚的土地，是诞生哲学家的摇篮，从"陆门六子"到"三陆之学"的缘起，转而延伸至"二陆心学"的萌芽以及后来"陆王心学"说的形成与发展，足以证明这里是一座文化的富矿，对我国自宋代以后的政治、经济、历史和文化都产生了极大的影响，"心学"成为了中国历史文化宝库中一门重要的哲学思想体系。

宜黄的乐史，是北宋时期著名的文学家、地理学家。他曾经在南唐后主时代做过官，为秘书郎。进入宋朝后，任平原主簿，宋太宗太平兴国五年，公元 980 年，以现任官举进士及第。后历任三馆编修、直史馆，知舒、黄、商州，以老疾分司西京。他是我国自隋唐开科取仕以来，在抚州那个地方走出来的第一位进士，宦海浮沉有 60 余年。

乐史为南唐后主李煜时的进士，当时的同榜者仅只有 5 个人。齐王李景达镇守临川时，召其掌管文书奏札，授秘书郎。宋朝建立后，任平原主簿。宋太宗太平兴国五年，公元 980 年，以现任官复登甲科进士及第，是隋唐开科取仕以来，从抚州这块沃土之上走出来的第一位进士。初任武成军书记职，后上书言事，擢升为著作佐郎、陵州知州，在陵州任上，他献《金明池赋》给皇帝，深得宋太宗的赏识。他自太宗雍熙至真宗咸平年间，向朝廷献所著书有《贡举事》《登科记》《广孝传》《总仙记》《上清文苑》《广卓异记》《仙洞集》等计有八、九百卷，尤以《太平寰宇记》最为著名。召为三馆编修，后升迁著作郎、直史馆，转太常博士，知舒州，再迁水部员外郎，淳化四年，公元 993 年，转知黄州、商州等地。

乐史自小就勤奋好学，手不释卷。他善于旁征博引，积累知识，故而学识渊博，加上他毕生勤奋著述，所以著作宏富。宋真宗时，皇帝尽取其所著之书藏于秘府御览。宋太宗太平兴国期间，也就是公元 976 年到 983 年的七八年间，他广收全国的山经地志，精密考究其中的原委，撰成巨著《太平寰宇记》二百卷。是继唐代的《元和郡县志》之后的又一部采摭繁富的中华地理总志。阅览此书可以收到"不下堂而知五土，不出户而观万邦"的效果。《太平寰宇记》详细记述了全国各府、州、县的建置沿革、地名取义、治城迁徙、山川形势、经济物产、人口增减、风俗文化、姓氏、人物、艺文、古迹和传说，还列出了后晋割让给契丹的燕云十六州的地名，尤其是对当时的土产和唐宋两代的户口、人口发展作了详细的记述，为后世研究地区经济的发展和人口的分布提供了宝贵的资料。对后人研究历史地理、社会、经济、文化均具有重要的参考价值。同时，他在中国文化史上开创了撰修地方志书的先河，《太平寰宇记》在编纂体例上除了继承正史地理志和古地志的优良传统以外，它还恢复了"人物"在地志中的地位与作用，另外又增加了风俗、姓氏、艺文、土产、四夷等诸项内容，对后世方志著作的影响很大，其现成的体例、篇目均为后来的志书在沿用，至今依然未变。《太平寰宇记》这本书一出来，便得到了朝野上下的喜爱，人们争相传阅，并不断地被翻刻刊行，最后还传到了日本等以外的国家，可见其影响之大，意义深远。

乐史写的传奇小说也有很多，例如《广卓异记》《诸仙传》《神仙宫殿窟宅记》等计有200多卷，其中的《绿珠传》《杨太真外传》是古代小说的优秀篇章，历代以来，仍然在广泛地流传。可以这么说，乐史的著作是浩如烟海，涉及到了诸多的门类。他的同乡后学王安石曾经高度称赞他说，子正先生"文辞博赡，材器恢宏"。今《全唐文》辑其散文2篇，《宋诗纪事》及旧时地方志录其诗8首。

由此可见，鄱阳湖流域自三国徐整开始撰写《三五历纪》这部神话小说以及《豫章烈士传》这类纯文学的传记作品的兴起，到乐史撰写的各种类型的志怪异类小说以及外传类纯文学作品的盛行情况来看，鄱阳湖流域的纯文学创作之风到宋代已然蔚成风气了，故而，鄱阳湖地域文学的基本的骨架在那时就已经完整地建构和站立起来了。

侯叔献是抚州市宜黄县新丰乡侯坊村人。宋朝时期著名的大臣、水利专家。他从小胸怀大志，刻苦读书，于宋庆历六年，公元1046年进士及第。始任雍丘县尉，后改桐庐县令。由于侯叔献秉直刚毅，不畏权贵所压，不受屑小所惑，因此他所到之处，皆有政绩，奸吏、豪强敛缩。之后又调制置三司条例司任秘书丞，参与议法。

宋熙宁元年，公元1068年，宋神宗即位，志在富国，决定以农为本，制订出"农田利害条约"来颁布执行。侯叔献进言道：汴河两岸原有沃土千里，因每年大汛期间汴河暴涨，冲击河堤，使官、私之地二万多顷变成盐碱地，而今用来牧马，也不过万顷，其余都白白荒芜不用。只要依汴河两岸地势开渠筑陂坝，增设溢洪道，将黄河上游的樊山水引入汴河，冲刷盐碱地，使其变为良田，可事半功倍。神宗便令其为开封府界常平，执行此事。但后来因为都水监对此事持有异议，便改调他为淮南提举、两浙常平使。

宋熙宁三年，公元 1070 年，正值王安石推行新法之时，侯叔献被擢升为都水监，提举沿汴淤田。他长年奔走在各地，察看山川地势，吸收广大人民群众的治水经验，辟大湖、立新堤、开支流，引樊水和汴水淤田来治理盐碱地，经过数年的努力，终于将汴河两岸的荒芜之地变成了 40 万顷的良田。熙宁六年，侯叔献改迁河北水陆转运判官兼都水监。他主持引京、索二水，开挖河道，设置河闸，调节用水，既利灌溉，又利水运。后又亲自督率民工疏浚了白沟、刀马、自盟三条河流，修复废塞的朝宗闸，开河二千余里，大面积改善了当地的农田灌溉条件。熙宁八年，主持引汴入蔡工程，使航运畅通。

侯叔献一生心血都倾注于水利事业上。他的治水主张，后来遭到反对王安石变法的保守派的诋毁，说他这样治水会破坏风水龙脉，更会招来天神降灾的。但他不为所动，坚持治水，以水利司钱召募民工修筑圩堤，他还鼓励农民开垦淤田，减免农税，使垦荒者获益很大，又利用水道，沟通内外河道之间的运输，以致后来高丽国来大宋进贡也是经由水道到汴京的。宋神宗嘉奖他说："古人所谓勤于邦，尽力乎沟洫，于卿无愧也。"

侯叔献长年奔波在水利事业上，终因积劳而成疾，于宋熙宁九年，公元 1076 年病逝于扬州光山寺的治水任上。王安石特作《叔献公挽诗》一首："江河复靓舜重瞳，荒度平成继禹功。爱国忘家钦圣命，劳身焦思代天工。光山寺远星辰暗，薤露歌残血泪红。臣子如公直不愧，两全忠孝古人风"来以示对他的深重悼念。

最后，我们来了解一下由抚州资溪的李觏，崇仁的吴曾、欧阳澈，南城的陈彭年、陈景元等人组成的文化及文学的阵营，看看他们在政治经济文化及文学艺术上取得了哪些可喜的成就。

李觏是北宋建昌军南城，也就是今天的抚州市资溪县高阜镇人，北宋的儒家学者，著名思想家、哲学家、教育家、诗人。

李觏是天潢世胄，唐代滕王李元婴的后裔。李觏的祖上世系是这样的：一世祖唐高祖李渊，二世祖滕王李元婴，三世祖万五公，四世祖千一宫使，五世祖一壹宫使讳珍，六世祖恭，七世祖六府君，八世祖十四府君，九世祖守藩，十世祖仲长，十一世祖遇，十二世祖三公讳彦宽，十三世祖有馀，也就是李觏的父亲，李觏是滕王的后裔世系明确，而同时代官至枢密副使的族人李山甫是李觏的堂侄，李山甫高祖父遘公与李觏曾祖父遇公是亲兄弟，李觏的六世祖李恭早在唐朝中期就与堂弟李威从宜黄至南城开基繁衍，二人成为南城李氏的始祖，为当地望族，那时资溪、新城（即今天的黎川县）都属于南城县管辖，而今留在本地的恭公后裔多分布于资溪、黎川一带，外迁族人遍布各地，这就是"天潢世胄"李觏家世的大概情况。

李觏自幼聪明好学，5岁知声律、习字书，10岁通诗文，20岁以后文章渐享盛名，但在科举一再受挫，仕途渺茫。从此退居家中，奉养老母，潜心著述。于庆历三年，公元1043年创办"旴江书院"。同年，受郡守之请办学，开课授徒，慕名求学者常有数百人。"为旴江一时儒宗"，人称"旴江先生"。曾巩和任过御史要职的邓润甫等人，都是李觏的高徒。王安石与李觏也有过交往，王安石在《答王景山书》一文中，就提到过自己曾采纳过李觏的意见，而邓润甫更是积极参与了王安石变法。范仲淹于皇佑元年，公元1049年上书，称李觏"讲论六经，辩博明达，释然见圣人之旨；著书立言，有孟轲、扬雄之风"。后经范仲淹、余靖等人多次举荐，乃被授为太学助教，历任太学说书、海门主簿、太学直讲等职。嘉佑四年，公元1059年权同管勾太学，以迁葬祖母，请假回乡，八月病逝于家，享年51岁，葬于凤凰山麓。

他生当北宋中期的"积贫积弱"之世，虽出身寒微，但能刻苦自励、奋发学习、勤于著述，以求安国济民。

李觏起初也像其他读书人一样，想通过科举登上仕途，干出一番事业来。但是，他在科举仕进的道路上却一再受挫，未能如愿，自叹"生处僻遐，不自进孰进哉！"景佑年间，他步行到京城汴梁，今天的河南省开封市，寻求仕进之途，最后无果而归。次年，参加乡举，又名落孙山。庆历元年，公元1041年，应茂才异等科奉旨召试，李觏再度入京，但再次名落孙山，在京城流落经年，忧愁满腹，抑郁不肯还乡。就这样，他在遭受了几次这样的打击之后，遂无意仕途进取，隐居乡野著述。

李觏的思想是偏重经世致用的。他的许多思想给予了范仲淹在"庆历新政"理论上的大力支持，也是后来王安石"变法"的思想萌芽之地。由于他重经世致用之道，因此在经学上颇重《礼》学，《周礼致太子论》五卜篇是其"通经致用"的理论代表作，这对于王安石后来所作的《周礼新义》一说，不能说没有产生影响。由于李觏重实用，所以他反对孟子的作派，著有《常语》一书来驳斥孟子的思想，他反对所谓的"重义轻利"，认为"焉仁义而不利者乎？"成为宋学中"非孟"思潮的先驱者。李觏在学术上以儒学为宗，但是他反对佛、道二教，是庆历期间排斥佛、道思潮的代表人物之一。

北宋著名的宰相词人晏殊和李觏是很好的朋友，晏殊每次来南城，李觏都要陪他游览麻姑山，并共同论诗赋文，写词作对。

有一次，二人观赏麻姑山的"玉练双飞"，在回来的路上经过余家沅，忽闻咿咿哑哑的车水声。此时，正是三夏盛暑，二人手持折扇，信步来至车水处，晏殊忽然词兴大作，高声吟道："车儿车水水随车，车停水止。"李觏听了称赞道："人谓临川多才子，而同叔当居其首，今公见水吟车，可谓临川古风矣"。晏殊笑道："直讲先生久居仙山，山高风爽必喜吟风，愿先生以风对"。觏公沉思片刻，见晏殊挥扇以待，顿时思路大开，手摇折扇大声诵道："扇子扇风风出扇，扇动风生。"晏殊听罢，连声称道"妙对、妙对。"二人遂开怀拍手大笑，车水农夫在旁聆听多时，也跟着附和地赞道："对得好，对得好"。

庆历年间，李觏常在南城十贤堂讲课，听讲者有太学生百余人，其中就有唐宋八大家之一、号称"南丰先生"的曾巩。

有一次，李觏应邀赴豫章春游，随行学生十余人，时值暮春三月，从建昌东门出发，经抚河至赣江，逆风顺水，船家扯下帆篷，装上桨橹，摇橹前进。舱内李觏居中而坐，门生并列左右，曾巩坐于右侧最后一个位子上。李觏对众生说："此去豫章尚远，行舟寂寞，何不以行船为题，对一对联，用来消遣。"诸生同声说道："请先生拟上联，我等对下联。"李觏点头沉思，舱中顿时沉静下来，唯有吱哑吱哑地橹声。李觏手指船橹，高声说诵道："两橹并摇，好似双刀分绿水"

诸生从左至右，依次对下联。李觏拂髯静听，有时轻轻点头，有时又评论修改一番。看他的神气，似乎对所有下联，均不满意。最后，只剩下曾巩一人，大家的目光都集中在他身上。只见曾巩不慌不忙，站起来躬身向先生施了一礼，高声对道："孤桅独立，犹如一笔扫青天！"

李觏听罢，不禁连声叫好："此联气魄雄伟，思路开阔，对仗准确，实为难得之妙联。"诸生齐拱手向曾巩祝贺。

由于北宋时期，鄱阳湖流域的学风是侧重经世致用的，而这一学风的形成与发展，是欧阳修倡导于前，而王安石行道于后才形成的局面，这期间，李觏则是处于他们两人之间的一个十分重要的经世致用性思想的代表人物。

宋高宗绍兴年间，在南城建十贤楼、四贤堂，李觏与陈彭年等人共祀其上，并于郡学大成殿绘李觏像以风后学。宋理宗宝祐二年，公元1254年，又立兴文堂以祀之。明成化元年，公元1465年，建昌新建李泰伯祠堂以祀，成化八年，特旨准左赞状重修李觏墓。中华人民共和国成立以后，李觏的哲学思想被列为重要的学术研究项目。为纪念李觏，资溪县建有泰伯公园，并塑有李觏雕像。

李觏一生的著作有《盱江文集》，今有校勘标点本《李觏集》，其中《礼论》《周礼致太平论》和《庆历民言》等是其思想和学术的代表作品。他博学通识，尤长于礼，又不拘泥于汉、唐诸儒的旧说，敢于抒发己见，推理经义，成为"一时儒宗"。

李觏一生以教学为主，自称"南城小民"。由于家住盱江边上，遂创办了"盱江书院"，故又称"李盱江"，学者称盱江先生。他一生著述宏富，生前自编《退居类稿》12卷，《皇佑续稿》8卷。其门生邓润甫为其辑有《后集》6卷。现存有《直讲李先生文集》，又称为《盱江先生全集》37卷，有《外集》三卷附后。

欧阳澈是抚州崇仁县青云乡栎油村，即今天的江西省崇仁县马安乡人。北宋末期著名的江右布衣，由于他在死后被追赠秘阁修撰一职，故后世称其为欧阳修撰。他少年时，便好谈世事，口气甚大，言语也慷慨豪迈。靖康初年，他应诏上疏给皇帝，奏论朝廷的弊政三十余事，力陈安边御敌十策于朝堂之上。金兵南侵时，他曾徒步赴京行至阙上，上书朝廷力诋和议。性尚气节，敢于直言，虽身为布衣，却能以国事为己任。常常纵论世事，善谈世事，慷慨尚气，忧国悯时，见识明达，切中时弊，其忧国悯时之心，皆出自其本性良知。

靖康元年，公元1126年，金兵大举攻宋，宋军节节败退。欧阳澈出于爱国之心，向朝廷上"安边御敌十策"，州官曾扣下不给转呈。他又针对朝廷弊政，提出保邦御敌，罢免卖国害民的奸臣等十件大事将要上书钦宗。恰逢金兵已经攻破汴京，钦宗赴金营求和。金人提出苛刻条件，迫南宋订立城下之盟。欧阳澈闻讯愤慨已极，对人说："我能口伐金人，强于百万之师，愿杀身以安社稷。有如上不见信，请质子女于朝，身使金营，迎亲王而归。"众人笑他痴狂，他也不予理论，只身徒步北上。

靖康二年，公元 1127 年 5 月，康王赵构即位于南京，也就是今天的河南省商丘市南面，是为高宗。欧阳澈徒步到达南京，伏阙上书，力言李纲不能罢相，黄潜善、汪伯彦、张浚等主和派不可重用，并请御驾亲征，以迎二帝。言辞激切，遭佞臣黄潜善等诬指为"语涉宫禁"。高宗震怒，将他与太学生陈东一起斩首，年仅 31 岁。他曾说："臣非不知而敢抗言，愿以身而安天下。"他真的做到了。

尚书右丞许翰听说欧阳澈等被杀，大为震惊，遂力求免职，并为陈东、欧阳澈撰写哀辞。绍兴四年，公元 1134 年，高宗被金兵赶至杭州以后，才有所醒悟，懊悔不该杀死欧阳澈等人，遂追赠欧阳澈为秘阁修撰。

欧阳澈的著作有《欧阳修撰集》7 卷，其中有诗集《飘然集》3 卷。嘉定十七年，抚州通判胡衍义取欧阳澈靖康三书并刻为六卷行世。欧阳澈的诗，以影印文渊阁《四库全书·欧阳修撰集》为底本，校以宋陈思《两宋名贤小集·飘然集》，傅增湘校补《豫章丛书》本遗世。

陈景元是北宋时期的抚州南城人，号碧虚子。宋神宗时，陈景元由礼部侍郎王琪推荐，入京城讲《道德经》和《南华经》。敕召进京，应对称旨，赐号"真靖大师"，入主太乙宫。宋熙宁五年，公元 1072 年，进所注的《道德经》给皇帝，敕当旨为右街都监同签书教门公事，后累迁至左右街副道录。他的诗、书、画皆闻名于世。他的身边四方学者云集从游，并与当时名公王安石、王琏等人成为了方外的好友。

他的父亲陈正曾经擢进士第，任解胊山令，寓居高邮，以疾终。有子四人，陈景元为季子，是老三。就在他三年守制期满，刚刚脱下孝服不久，而他的长兄、次兄相继夭亡，这才使得他有了方外之志。宋仁宗庆历二年，公元 1042 年，他师事高邮天庆观崇道大师韩知止，次年试经，度为道士。既而别其师，游天台山，阅《三洞经》，遇鸿蒙先生张无梦，得授秘术。大约在此一时期，他开始精研《老子》《庄子》并为二书作解，这才深得《老子》《庄子》之微旨。后隐逸于江淮间，以琴书自娱，并居琼台观精心修持。久而久之，他为了开阔眼界，欲观光京辇，得礼部侍郎王琪推荐给翰林承旨王岐，得以隶籍东京的道流之上。他初居醴泉观，众请开讲《道德经》与《南华经》，于是公卿士大夫无有不愿与之结识之人。醴泉观提总因而特奏请朝廷，令其充本观脩撰。恰遇邓王谒真君祠，召问道教事，服其该通，奏赐紫衣。宋神宗闻其名之后，遂诏设普天大醮，命撰青词，复令预修奉同天节斋醮，得旨召对天章阁，赐号"真靖大师"。熙宁五年，公元 1072 年，他进所注的《道德经》给皇上，神宗极为赞赏，谓陈景元所进经，剖玄析微，贯穿百氏，厥旨详备。任命其为右街都监同签书教门公事。之后，陈景元谒告还高邮葬亲，神宗诏命中使赐白金三十镒为助。

熙宁六年十一月十六日，神宗诣宫朝谒，于延祺殿召见，特转额外右街副道录，并度弟子三人，命本宫每岁许度弟子一人，月给斋粮米及缗钱，给庄田以赡众。熙宁八年，以事累稠沓，乞归庐山，不允，有旨令官吏不干预其本宫事，每岁增赐度牒二道。元丰六年，罢本宫事，归隐茅山，刊正三洞经法。后游嵩山，卜炼丹之所。元祐三年，公元 1088 年，朝廷复其右街道录职。

陈景元虽数任道官，却颇厌身为官事所累。乞归隐庐山时，行李无他物，百担皆经史之书。临别时，王安石问其乞归之意，答曰："本野人，而今为官，身有吏责，触事遇嫌猜，不若归庐山为佳。"王安石韵其语，书于太一宫壁间："官身有吏责，触事遇嫌猜。野性岂堪此，庐山归去来。"由于他学问渊博，大臣王安石、王珪皆喜与共游，自吴奎、蒲宗孟、王岐而下之硕儒大夫，与之唱酬诗歌者甚众。至垂暮之年，右正统道藏仆射苏颂曾感喟地对他说："真靖当以所业授门弟子，不尔，则恐陶、葛之学不传于来世。"

陈景元自幼好学，至老不倦，所藏内外书数千卷，皆素所校正。居处以道、儒、医书各为斋馆所藏，四方学者从其游，则随类校雠，于是人人得尽其学。又喜作正楷，祖述王羲之《乐毅论》《黄庭论》，下逮欧阳询《化度寺碑》。其著述甚多，仅《正统道藏》即收载其《道德真经藏室纂微篇》十卷，《南华真经章句音义》十四卷，《章句余事》一卷，《余事杂录》二卷，《冲虚至德真经释文补遗》二卷，《西升经集注》六卷，《上清大洞真经玉诀音义》一卷，《元始无量度人上品妙经四注》四卷。近人蒙文通将其有关《老》《庄》的注解加以校勘、整理，撰《陈景元〈老子〉〈庄子〉注校记》一书行世。

陈景元对道教的学术颇有贡献，时人即称他兼有司马承祯之坐忘、吴筠之文章和杜光庭之扶教。陈景元的道论主重玄宗说，特别强调人的名言的局限性，认"常道""不可以言传，不可以智索，但体冥造化，含光藏晖，无为而无不为，默通其极耳"。他又在《南华真经章句音义·序》中指出，读《老》《庄》经书，"斯乃道家之业务，在长生久视、毁誉两忘，而自信于道"。其修道论主于清静说，以"顺从自然之道"，"忘缘无累"，"归于虚静"为旨要。

陈景元在《藏室纂微》中把"道"分为"常道"与"可道"，他认为"常道"自然而然，随感应变，不可以言传，不可以智索，但体冥造化，无为而无不为。他认为"常道"无名，凡有名可标，有言可说者便是"可道"；"常道"是道之体，而"可道"乃道之用；"常道"湛然不动，而"可道"有变有迁；"常道"是理之妙，"可道"是事之微，"常道"与"可道"有内外深浅之别，但二者并非毫无联系，而系体用一源。他指出"道"的含义是"通"，"万物得之无所不通"。这与唐代道教重玄派说"道"是"虚通不碍"之论相一致的，显然，陈景元受到了重玄派的影响。这个无形无名、无所不通的道，由于其体用的变化使万物得以生成，亦即他所谓的"体用既彰，通生万物"的原因，这也是属于他宇宙生成论的主张。

他解释《老子》的"道生一"的"一"为道之子，为太极，而太极即混元，也就是太和纯一之气。"一"又叫"无为"、也叫作"冲气"或"元气"，为妙物之用。当此浑沦一气，未相离散时，必有神明潜兆于中，这个神明就是"二"。有神有明，于是便有了"分"，所以清、浊、和三气噫然而出，各有所归。最后，清气上升化为天，浊气下沉化为地，和气居中而生为人。是以"天地人"三才既具，万物从而资生。这是陈景元描述的宇宙化生过程。

陈景元在注解《老子》时，还阐述了他治身治国之道的思想。他认为治身治国当以厚重为根本，治身的人心安静则万神和悦，故无嗜欲奔躁之患；治国的人无为则百姓乐康，故无权臣扰乱之忧。无论治身治国都应顺从自然之道，息爱欲之心，以归虚静之本。因此他在修炼方式上强调虚静寂寞、独悟、冥览。他慎重地指出，治身与治国的方法是一致的，二者并行不悖，清净无为，既是立身之道，也是爱民治国之术。有道之君，若能垂拱无为，功业就可成而不有，万物将自宾，四民无不服。陈景元在注解《老子》时，传统的神仙长生思想已经在他的意识里起了变化。他解释"是谓深根固蒂长生久世之道"说，积德之君，其治人事天，厚国养民，植根于无为，固蒂于清静，社稷延远，故谓之长生；临御常照，故谓之久视。他这是从政治的长治久安角度去诠释"长生久视之道"的，而不再是传统的长生不死的思想。他在序中还说，九丹八石，玉醴金液，存真守元，思神历藏，行气炼形，消灾辟恶等，皆老子常所经历救世之术，非至极者也。对传统的神仙术，陈景元已经是抱着看不起的态度了，他强调那些东西并非老子的宗旨。另外，他还常常征引《易》《庄子》的思想来解读《老子》，这体现了他的学术特色和宏博的胸怀。

至此，我们便将整个抚州的文化与文学阵营做了一个简单而又概括的梳理和阐述。由此可见，抚州不愧是一座人文历史丰厚的红壤温床，诞生出了以王安石等人为代表的政治家，文学家阵营，为鄱阳湖地域文化的构建，打下了坚实的政治、经济和文化的基础。

从以上六个方面所铺陈的内容来说，抚州的确不愧是一块富含哲学的红壤沃土，是古代诞生思想家、哲学家、地理学家、水利学家、方志学家以及中医学家等人的温床。这还可以从晏殊、王安石、陆九渊、乐史、侯叔献、李觏、陈景元等人到王安国、晏几道、王雱、陈自明、谢逸、俞国宝、曾布、赵长卿、王文卿、陆九龄、傅子云、吴曾、欧阳澈、陈彭年这些人身上看到，他们无论是在哲学思想、经济文化、科学技术，文学艺术、忠义仁爱等方面，表现出来的大智慧、大境界、大手笔，就是鄱阳湖流域这方文化的大写意，是鄱阳湖地域文化的核心部分。

我们不妨将目光越过抚州、吉安的上空，尽目力之所及之处，便是那赣水苍茫、五岭纵横的赣南大地，宋时的赣南大地被称作虔州，彼时的虔州走来了赣县的南宋诗人曾几，定南的堪舆大师赖文俊两人。

曾几，字吉甫，自号茶山居士。南宋时期的诗人。其先前是赣州赣县人，后徙居去了河南省的洛阳市安家。

宋徽宗时，曾几以兄弼恤恩授将仕郎。试吏部优等，赐上舍出身，擢国子正兼钦慈皇后宅教授。说到这里有个故事，曾弼是曾几的兄长，他于徽宗崇宁二年，也就是公元1103年进士及第，累官至提举京西南路学事，在一次外出巡察时溺水而死。由于曾弼无后，朝廷便以其弟曾几为仕郎，在吏部应试，曾几这才步入了仕途。后累迁辟雍博士，除校书郎，历应天少尹。钦宗靖康元年，公元

1126 年，又获提举淮东茶盐。至高宗建炎三年，公元 1229 年，改提举湖北茶盐，徙广西运判，历江西、浙西提刑。绍兴八年，公元 1138 年，曾几会同其兄曾开与权相秦桧力争和议，兄弟俱罢官。逾月之后，复任广西转运副使，得请主管台州崇道观，侨居在上饶七年，自号茶山居士。绍兴二十五年，公元 1155 年秦桧卒，起为浙东提刑，越明年改知台州。二十七年召对，授秘书少监，擢权礼部侍郎。以老请谢，提举洪州玉隆观。宋孝宗隆兴二年，公元 1164 年以左通议大夫致仕。

曾几有兄弟四人，长兄曾弼，累官至提举京西南路学事。次兄曾懋，哲宗元符三年进士，历任洪州、福州、潭州、信州的四州知府，仕终至吏部尚书。三兄曾开，宋崇宁间登进士第，调真州司户，累迁国子司业，擢起居舍人，权中书舍人，后左迁太常少卿，责监大宁盐井，再后监杭州市易务，除直秘阁，知和州，徙知恩州。请祠，得鸿庆宫，判南京国子监。复为中书舍人，罢仕后，提举洞霄宫，累官至礼部侍郎兼直学士院。

曾几是个老幺，也是曾氏一门五人之中，唯一一个没有通过科举考试步入仕途的杰出人才。曾几的父亲曾准与他的三个儿子曾弼、曾懋、曾开一起，被后世称为"虔州四曾"。

"虔州四曾"指的是虔州曾氏一门自曾准以后，曾家一门出了父子两代四进士，成为当地巨族，名震一时，人称"虔州四曾"。

曾准少时苦学，因而得到当时通判虔州的著名学者、宋代理学的创始者周敦颐周老夫子的赏识，常常对他多有奖掖和嘉勉，且将曾准视为自己的知心好友。

嘉祐八年，公元 1063 年，曾准赴京会试进士入第。入仕后，曾准曾在陕西武功、湖北公安等地任职，为官时能体察民情、执法公正，受到吏民称赞。

曾几在从政期间，他能够时刻勤于政事，时时关爱百姓，在朝堂之上秉直执要，敢于直言犯上，百折不屈。

他从小就喜欢读书，平日里博览经史，学识渊博，胸怀宽广。他善于写诗作词，南宋著名的爱国主义诗人陆游陆放翁就是他的得意高足。他的诗歌特点是讲究用字炼句，作诗不用奇字、僻韵，风格活泼流动，咏物偏重神似。另外，他的诗从总体上来说，风格清淡，词意明白，语言流爽轻快，形象也较为生动，内容多写个人的日常生活，亦有抒写爱国抗金之作。著有《茶山集》。

他逝世之后，门生陆游在为他作《墓志铭》时，称他"治经学道之余，发于文章，雅正纯粹，而诗尤工。"后人将其列入江西诗派。其诗多属抒情遣兴、唱酬题赠之作，闲雅清淡。五、七言律诗讲究对仗自然，气韵疏畅。古体如《赠空上人》，近体诗如《南山除夜》等，均见其诗作的功力。他的代表作有《三衢道中》："梅子黄时日日晴，小溪泛尽却山行。绿阴不减来时路，添得黄鹂四五声。"从这首诗中我们可以看出，诗人不仅能够将一次平平常常的行程，写得如此地错落有致，而且在平淡中寓有神奇，诗歌并不单单是写出了初夏的宜人风光，而且也将诗人的愉悦情状表达得栩栩如生，让人深深领略到平和生活中的真意趣。

曾几一生著有《经说》二十卷、文集三十卷，可惜均已散佚。清四库馆臣据《永乐大典》辑为《茶山集》八卷遗世，新辑集外诗另编一卷遗世。

赖文俊是赣州定南县凤山冈人，原名叫作赖风冈，自号布衣子。他在九岁时便高中秀才，时人称其为神童，是中国地理堪舆学祖师杨筠松杨救贫先生的再传弟子，曾任国师之职，后受秦桧陷害，长期处于颠沛流离的生涯中。

赖文俊曾经在云游中，遇上了一位技艺精湛的杨派堪舆师，便一心向他学习功夫。

学成之后的赖文俊凭着精湛的堪舆理论和技术游走天下，足迹几乎踏遍了中国大地。他一路怜贫救苦，助弱抗强，留下了许多神话般的传说，"风水大师"的名声不胫而走，从而被人们称为"风水大侠"。

从人文历史研究的角度来说，赖文俊是宋代相地术的一代大师，他的生平事迹一般都是在民间流传，所以听来就很驳杂，也颇难以让人去考究其的真伪。据传，他曾经在福建的建阳县当过官，后来由于喜好相地之术，便弃官挂印，浪迹江湖去了，江湖自号布衣子，世称赖布衣。

赖文俊在福建那一带相地很有名声，这件事看来是真的。南宋的洪迈在《夷坚志》中是这样记述他的："临川罗彦章酷信风水，有闽中赖先知山人长于水城之学，漂泊无家，一意嗜酒，罗敬爱有加而延请馆之。会丧妻，命卜地，得一处，其穴前小涧水三道，平流，唯第三不长，如子孙他年策试，正可殿前榜眼耳。其子邦俊挟十三岁儿在傍，立拊其顶而顾赖曰：足矣，足矣，若得状元身边过也得矣。所谓儿者，春伯枢密也，年二十六，廷唱为第二人"。这里的赖先知山人，大概指的就是赖文俊，这正如前面所述，赖文俊一直在福建那一带活动，弃官浪游。"先知山人"是赖文俊的别号。

赖文俊一生撰有《绍兴大地八铃》及《三十六铃》行世，此书分"龙、穴、砂、水"四篇，各为之歌，可惜今已散佚。

从曾几一家"五曾"的政治文化及文学成就来说，到赖文俊所取得的地理堪舆学成果来论，大山深处的虔州大地之上，那时候也已经是儒风浩荡地披拂过了，虔州终于在周子的儒风披拂之下，灿放出了文艺兴盛的花朵，为这片山深林密，古老而又神奇的土地带来了文明的活力，掀开了它在中国文学史上的新篇章。赖文俊所取得的地理堪舆学成果，为中国的地理堪舆学事业的发展、壮大，为地理堪舆学科的完整构建做出了积极而有效的巨大贡献。

扫描过了赣州的山山水水之后，不妨让我们把目光从那里收回来，继而投向鄱阳湖边的西南大地做深情注视，我们可以看见，从那里陆陆续续地走来了由清江的刘敞、刘攽两兄弟、高安的刘恕等人为代表的古袁州文化及文学的团队，他们分别是来自清江的向子諲、杨无咎、徐天麟、徐梦莘，以及宜春的赵希鹄、宜丰的姚勉、惠洪，奉新的袁去华、新余的王钦若等人。

首先，我们来观察一下由宜丰的姚勉、惠洪，奉新的袁去华，新余的王钦若、宜春的赵希鹄等人集合而成的文学阵营的基本情况

姚勉是宜丰县新庄镇灵源村人。他"少颖悟，日诵数千言，居常作文有魁天下之志"。及长，移居丰城龙凤州海觉寺，师从江西诗派著名的诗人乐雷发习文。淳佑十二年，公元1252年中举，宝佑元年，公元1253进士及第，廷对第一，被钦点为状元。先后授承事郎，秘书省正字，校书郎、节度判官、太子舍人，沂靖王府教授。景定三年，公元1262年，授处州通判，因病而未能赴任，不久便因病谢世，年仅47岁，墓葬丰城燕坑邹家山。其妻邹竹庄为丰城名儒邹春谷长女，早逝，继而姚勉又续邹竹庄妹邹梅庄为妻。二女均才貌双全，诰封宜人。

姚勉为人正直，刚正不阿。宝佑四年，公元1256年，权相丁大全委派其同党袁玠为九江制置副使，造成了江防危机，这在朝野上下引来怨声一片，太学生陈宗等伏阙上书进行揭露、抨击，遭到丁大全及其同党的打击陷害。姚勉是时任的秘书省正字，虽然官阶并不高，但他全然不顾个人的安危，挺身而出，上书弹劾丁大全、袁玠等人，指控丁大全等"朋奸罔上"，规劝宋理宗予以严究以正国

法，整个朝野因此为之震动，然而，最后姚勉因之被罢官了。到了开庆元年，也就是公元 1259 年，丁大全终于下台了，吴潜入相，姚勉被召为校书郎兼沂靖王府教授，太子舍人。时逢忽必烈攻鄂州，权臣贾似道派心腹入元营求和并向其称臣纳贡，反而被皇帝给加官右丞相了。于是，姚勉借与太子讲《周易》之机，针砭贾似道，遭贾似道罢黜。姚勉在其为官的任上，两次斗权相，也先后两次被罢官，然而其忠耿之心却受到了朝野的称赞。方逢辰称赞他"磊落有奇节"，文及翁称其"愤世嫉邪，排奸指佞，磊磊落落"、"生而存，不随死而止"也。

姚勉在吴潜病逝后，便尘绝了宦海浮游的仕途之心，从此闭门读书，为后人留下了《雪坡文集》这份宝贵文化遗产。

姚勉的诗文词作，文字典雅，韵律优美，富于很强的人民性。其文则以风格古朴、文辞犀利、论理透彻见长。方逢辰曾盛赞他的文章"如长江大河，一泻千里"，并将其与高安的胡仲云、刘元高、和新昌的黄梦元四人合在一起，称之为"锦江四俊"。姚勉为人的风格与汉之梅福、晋之陶渊明相仿，被时人并称为宜丰三大先贤，建有"三贤祠"祀之。姚勉具有很高的政治见解，初次与宋理宗廷对时，便"言朝政纲领，惟在用人、听言，兼及守帅数易之弊。群小闻者侧目。"

姚勉学识渊博，富有文才，对程朱理学的研究也很深透，曾被清文化殿大学士朱轼誉为"五盐之杰出者"。姚勉一生所著的文章颇丰，有《雪坡文集五十卷》传世，后被收入《四库全书》和《豫章丛书》之中，为研究南宋后期历史，尤其是江西风情提供了珍贵的史料。另外，姚勉还著有《姚勉诗词全集》一卷537 首流传于世。

袁去华是奉新人。绍兴十五年，公元 1145 年进士及第。他出仕后的情况缺少资料，现在很难查到，只知他改官知石首县后卒其任上。其善为歌词，尝为于湖居士张孝祥所称道。袁去华一生著有《适斋类稿》8 卷、《袁宣卿词》1 卷，被收入在马端临的《文献通考》中流传于世，现存词 90 余首。他的有些诗词，表现了他自己壮烈的怀抱以及报国无门的愤世之情，风格慷慨悲凉，凄婉忧伤。

惠洪，自号寂音尊者。俗姓喻，宜丰县桥西乡潜头竹山里人，是北宋时期的著名诗僧。

他自幼家贫，14 岁父母双亡，入寺为沙弥，19 岁入京师，于天王寺剃度为僧。当时领度牒较难，乃冒用惠洪度牒，遂以洪惠为己名。后南归庐山，依归宗寺真静禅师，又随之迁靖安宝峰寺。惠洪一生多遭不幸，因冒用惠洪之名和结交党人，曾经两度入狱为囚，被发配到海南岛上去了，直到政和三年，公元 1113年才获释回到原籍。建炎二年，公元 1128 年去世。

惠洪一生著有《石门文字禅》30 卷、《萤雪轩丛书》数本、《天厨禁脔》3卷、《冷斋夜话》10 卷本。《冷斋夜话》的主要内容是论诗，其间也杂录了一些传闻琐事。惠洪论诗一般情况之下多引用和借鉴苏轼、黄庭坚等人的观点，记事则间杂有假托伪造的痕迹。陈善的《扪虱新话》卷八有"《冷斋夜话》诞妄"的词条驳惠洪造假；许𫖮在《彦周诗话》中，也常常屡议惠洪之非。惠洪的《天厨禁脔》以唐宋各家之篇、句为式，标论诗格，可供后世研究文学批评史的人们来做参考。

他的代表作品有《青玉案·绿槐烟柳长亭路》："绿槐烟柳长亭路，恨取次、分离去。日永如年愁难度。高城回首，暮云遮尽，目断人何处。解鞍旅舍天将暮，暗忆叮咛千万句。一寸柔肠情几许？薄衾孤枕，梦回人静，彻晓潇潇雨。"

惠洪这首词作从长亭惨别到旅舍苦思，外景内情，相反相成。忆想、现实，交织其间，突出了满腹的离愁既深且苦。他作诗言情，之所以能够做到真挚贴切、哀婉动人，首先是他善于设身处地推己及人，准确地体察离人的心境，因而感同身受，悲如己出，还能够委曲尽致地代抒离人的愁思，这不愧他能成为黄庭坚的忘年知己。由于他善于捕捉初感，选材多是心离乍别的典型情景，故而又能够给人造成一种刻骨铭心、记忆犹新的强烈印象。并且他还善于利用艺术的空白，以虚见实，苦乐相形来调动人生的共同体验，激起情感的共鸣，因而大大增强了诗词的审美情趣。

王钦若是袁州新余人。北宋时期的权臣，五鬼之一，主和派的代表人物。曾经在宋真宗、宋仁宗时期，两度担任宰相，累官至司空、门下侍郎等要职。

王钦若在淳化三年，公元 992 年的甲科中进士及第。历任秘书省校书郎、太常丞、左谏议大夫、参知政事、刑部侍郎等职。澶渊之战时，王钦若主张迁都金陵，被宰相寇准所阻止。因为他与寇准不协，便主动要求去职主修《册府元龟》。为挑拨宋真宗与寇准关系，他指责澶渊之盟为城下之盟，使寇准被罢相了。

之后，王钦若出任判天雄军。大中祥符初年，他为了迎合宋真宗修仙求道的需要，便伪造天书，争献符瑞，在皇帝封禅泰山之后，迁官至司空、门下侍郎、同平章事、玉清昭应宫使、昭文馆大学士，监修国史。大中祥符五年，公元 1012 年为枢密使，同平章事。次年上表领衔编纂的《册府元龟》书成，揽功于己而咎归于人。天禧元年，公元 1017 年出任为相。三年后，出判杭州。宋仁宗即位后又复为相。因他身材短小，状貌不佳，颈又有疣，时人称其为瘿相，说他善迎合帝意，为人奸邪险伪。与丁谓、林特、陈彭年、刘承珪交结，时人谓之五鬼

他在文学上的成就，是因其曾经主导编纂成了《册府元龟》一书流传于世，而名留青史的。

赵希鹄是袁州宜春人。据《四库全书·洞天清录》提要说："希鹄宗室子，宋史世系表列於燕王德昭房下，葢太祖之后，其始末则不可考。据书中有嘉熙庚子自岭右回至宜春语，则家於袁州者也"。

由此可见，赵希鹄是宋代的王室后裔，天潢贵胄。乃出燕王赵德昭房下，之后的始末就因资料的缺失而无法去考证了。他平生喜欢书画，善于鉴赏古典文物及书画作品，一生著《洞天清录集》遗世，该书大约成书于 13 世纪的上半叶，在公元 1200 年到 1250 年之间，他在书中的所有论断，皆是鉴别古器之事，援引考证，类皆确凿，实为后世文物鉴赏家的行动指南。

有关他在古物收藏方面留下的经典名段子有："明窗净几，罗列布置；篆香居中，佳客玉立相映。时取古人妙迹以观，鸟篆蜗书，奇峰远水，摩挲钟鼎，亲见周商。端研涌岩泉，焦桐鸣玉佩，不知身居人世，所谓受用清福，孰有逾此者乎？是境也，阆苑瑶池未必是过"之句。

他留下的文学作品有《迎飨送神歌》："陶峰耸兮髻而蓝，萦二水兮秋月环。云栋起兮郁松关，侯兮归来乐且闲。肆维牲兮酾为醴，达馨香兮荐嘉旨。侯不我吐兮心则喜，岁岁春秋兮受多祉。云旗骛兮蹡蹡，玉虬驾兮飙之扬。侯虽往兮终返故乡，欲雨则雨兮旸则旸"一首。

说过了宜丰，表过了奉新，道过了新余、宜春，我们不妨再转过身来走进中国历史上有名的药都樟树镇来看看以刘敞、刘攽兄弟为代表的古清江文化及文学的方阵是怎么构成的？

刘敞，北宋史学家、经学家、散文家。临江新喻荻斜，今江西省樟树市人。庆历六年与弟刘攽同科进士，以大理评事通判蔡州，后官至集贤院学士。与梅尧

臣、欧阳修交往较多。为人耿直，立朝敢言，为政有绩，出使有功。刘敞学识渊博，欧阳修说他"自六经百氏古今传记，下至天文、地理、卜医、数术、浮图、老庄之说，无所不通；其为文章尤敏赡"，与弟刘攽合称为北宋二刘，著有《公是集》一书遗世。

庆历年间，刘敞在廷试中得了第一名，但由于编排官王尧臣是他的内兄，也就是他的大舅哥，为了避嫌疑，便故意将刘敞排在第二名。刘敞进士及第之后，始任蔡州通判，后来一直升到了集贤院学试，考功员外郎。

有一次，刘敞奉命出使契丹，契丹向导就对他说，从古北口到柳河，弯弯曲曲地要走近千里路，然后就说到契丹的路途是何其的险峻遥远。由于刘敞向来熟悉山川道路，就质问翻译说："从松亭赶到柳河，路途短而且容易走，用不了几天就可抵达中京，为什么要走这条旧道呢？"译人与向导相互看着，只好又惊又愧地回答他说："确实如此，但是通好以来，设置的驿道就是这样的，不敢擅自改变。"顺州的山地中有一种奇异的野兽，长得像马却能捕食虎豹，契丹人不能识别它，便来问刘敞。刘敞回答说："这就是传说中的神兽。"并且背诵《山海经》和《管子》中的描述晓谕他们，并且告诉他们神兽的声音和形状，使得契丹人更加佩服于他。出使回朝之后，他请求出任扬州知州。

扬州的雷塘，就是汉代称雷陂的地方，以前都是民田。后来官府用来蓄水，而没有用其他地方的田地来补偿失地的农民，这让许多农民没有田耕而失业。后来，雷塘因为决口而破败后，不能再蓄水漕运了，州府决定重新开垦为农田。刘敞根据唐代的旧田契，全部发还给农民，发运使为此争论不同意，刘敞最终还是把田地还给了农民。

刘敞侍奉英宗讲读，每次讲解造字时都引经据典，用委婉的言辞进谏。他讲读《史记》，当读到尧把天下授给舜时，拱手而说："舜在微贱之时，尧将帝位禅让给他，天地享有，百姓爱戴，没有别的道理，只是孝顺父母，友爱兄弟的品德，光照天地罢了。"英宗听后，连忙起身改变容态。了解到刘敞是在以义理劝谏，皇太后听说了，也十分欢喜。刘敞因为议论政事与众人相违背，请求外放任永兴军知军，

长期的劳作使刘敞眼睛昏花，几次准予休假。疾病稍好期间，又请求出任外职，任为汝州知州，随即改任集贤院学士、判南京御史台。熙宁元年去世，享年

五十岁。

刘攽与兄敞同举仁宗庆历六年，公元 1046 年进士。历仕州县二十年，始为国子监直讲。熙宁中，公元 1072 年，判尚书考功，同知太常礼院。因考试开封举人时与同院官争执，为御史所劾；又因致书王安石，论新法不便，贬泰州通判迁知曹州。曹州为盗区，重法不能止；攽为治尚宽平，盗亦衰息。迁京东转运使，知兖、亳二州。吴居厚代京东转运使，奉行新法，追咎攽在职废弛，贬监衡州盐仓。哲宗即位，起居襄州，入为秘书少监，以疾求知蔡州。在蔡州数月，召拜中书舍人。攽为人疏隽，不修威仪，喜谐谑，数招怨悔，终不能改。

刘攽一生精于史学，曾经与司马光一道同修《资治通鉴》，专职其中汉史的编修，曾经作《东汉刊误》一部，为人所称颂。刘攽与刘敞及敞之子刘世奉，一起合著了《汉书标注》一部，后世称三人为"墨庄三刘"。

何谓为"墨庄刘氏"呢？"墨庄刘氏"历来被奉为古代家庭教育的典范。在当家主人刘氏卒后，家中除藏书千卷外，别无资财，其妻指藏书对子女曰：此乃"墨庄"，将诗书作为家产教子女因袭传承，故谓"墨庄"也。

原来，宋代的刘式娶妻陈氏，自幼贤惠，一共生有立本、立言、立之、立礼、立德五个儿子，皆是有识之士。丈夫死后，有人劝陈氏将刘式的藏书变卖，可买田置产。陈氏不变墨庄为田庄，并以夫君藏书数千卷来昭示儿孙，教育和激励儿孙们要认真读书。儿孙们遵陈氏训，刻苦攻读，皆学有所成，成为一方名人，史上有五子登科、兄弟双进士、墨庄三刘之说。其孙刘敞、刘攽兄弟，为北宋著名学者，以文章甲天下，学贯古今等才识被列为宋代大儒。刘公式曾助司马光撰修《资治通鉴》，充任副主编。刘氏后裔，嗜学成风，久绵不息。刘式终，其妻不遗田庄，惟遗诗书以训子孙之事，千古传诵。

由于陈氏教子有方，被朝廷封为"墨庄夫人"。南宋理学家朱熹曾作《刘氏墨庄记》以纪其美，刘式的后代也因此以"墨庄堂"为号，以纪念祖先恩德，激励族人发奋读书，获斜刘式家族从此被称为"墨庄刘式"。

刘攽学识渊博，与兄刘敞齐名。欧阳修称其"辞学优赡""记问该博"。苏轼在草拟刘攽任中书舍人的制书中称赞他"能读坟典丘索之书，习知汉魏晋唐之故"。刘攽的著作极为丰富，除了跟司马光一起编修了《资治通鉴》外，他还自己独立完成了 100 多卷的著作，其中，最有代表性的史学著作有《东汉刊误》4

卷、《汉宫仪》3 卷、《经史新义》7 卷，《五代春秋》15 卷、《内传国语》20 卷等多种。刘敛也是宋朝的著名诗人和文章大家。他的诗歌风格较为生动，与欧阳修的风格有相似之处。他的文章更受到同时代的曾巩和后来的朱熹等人的高度评价。他的诗文由后人结集汇编成《彭城集》40 卷。又著有《公非集》六十卷，《文献通考》及《文选类林》《中山诗话》等，并行于世。

由此可见，"墨庄刘氏"是清江一个较为典型的家族式文化与文学的艺术团队，并且在我国的文化历史长河中，作出了重要的贡献，有了属于他们站立的一个位置。

徐梦莘，南宋时期的史学家，文学家。临江府清江县人，也就是今天的江西省樟树市人。宋高宗绍兴年间的进士，累官至直秘阁。

他幼时聪慧，长大后特别嗜好经史，下至稗官小说，上至天文地理，皆能过目成诵。绍兴二十四年，公元 1154 年考中进士及第，历官为南安军教授，后改知湘阴县。当时，湖南施行括田，号增耕地税，许多县邑奉令照办。只有徐梦莘说自己所管之县没有新田，租税无从出。上司便怨恨徐梦莘讨好于民，怠慢上司，便想从簿书中找到证据来发现徐梦莘过错，但到底未能查到，由此，反而让自己更加信任徐梦莘了。

不久之后，徐梦莘主管广西转运司文字。其时，朝廷正在考虑更改两广盐法，便派遣广西安抚司干官胡廷直与东西漕臣共同商议办法，由徐梦莘随行。徐梦莘认为："广西多山，只能仍行官般法，则百姓不致受害；而广东诸郡靠江，可容许盐客贩卖，因此，不宜使两广同行一法。"徐梦莘的建议与胡廷直心中所想的不合。胡廷直完全撇开了徐梦莘的意见，以客贩变法得为两广转运使。由于徐梦莘之前的建议被认为是阻挠法律的实施，便被罢归了。

不到三年时间，由于两广的商贾毁业，民苦无盐，朝廷只得重行官般法。胡廷直的盐法变革彻底失败了。

后来，徐梦莘淡于营进，每每念及自己生于靖康之乱世，三、四岁时，就在江西遭金人围追，是母亲抱着他逃亡才幸免于难的。这些抹不去的记忆，使他加深了对那段历史的认知。正因他有感于"靖康"之耻，遂发愤研究宋金和战的关系。著有《三朝北盟会编》一书二百五十卷，时间跨度是上起自宋徽宗政和七年，公元 1117 年的"海上之盟"，下止于绍兴三十二年，公元 1162 年的完颜亮之死，时间跨度为四十五年，内容凡：曰敕、曰制、诰、诏、国书、书疏、奏议、记序、碑志，皆登载不遗漏。他在序言中谈著作该书的目的，是要"使忠臣义士、乱臣贼子善恶之迹，万世之下不得而掩没也"。他一共引用了官私两方面的著述资料达二百余种。

徐梦莘在《三朝北盟会编》一书中，引用大量的文献资料，把 45 年间宋金和战的重大社会事件不遗余力地进行了系列性报道，开展了全方位的记录、多角度的剖析，意在探讨靖康之难的成因、经过以及这种重大社会事实的历史意义。书中通篇没有徐梦莘自己明显、刻意的评论，更没有《资治通鉴》中大量的"臣光曰"的作者评论痕迹，记述的历史是主客一体的，他巧妙地将史家的观点，暗中隐含在自己对材料的取舍之中，是一部重要的宋代史书。

《三朝北盟会编》一书编成了之后，皇帝特地嘉勉他擢升为直秘阁。另外，徐梦莘一生的著述有很多，除《三朝北盟会编》之外，他还著有《北盟集补》《会录》《读书记志》《集送录》《集医录》《集仙录》等文学作品多部，但皆是以"儒荣"二字来冠名的。

元代有人称赞其说，徐梦莘是"嗜学博文，盖孜孜焉死而后已者也"。

徐天麟，是徐梦莘的侄子。宋开禧元年进士及第，调抚州教授，历任湖广总领所干办公事、临安府教授、浙西提举常平司干官、主管礼兵部架阁、宗学谕、武学博士。

廷对时，徐天麟言"人主当持心以敬"，深得皇上嘉许。随奉祠仙都观，通判惠、潭二州，权英德府，权发遣广西转运判官。徐天麟所到之处，大力兴学明教，俱有惠政。

他毕生勤于著述，一共著有《西汉会要》70 卷、《东汉会要》40 卷、《汉兵本末》1 卷、《西汉地理疏》6 卷、《山经》30 卷。罢官归隐之后，造一亭于萧滩之上，并画严子陵像供奉其上而事之。

杨无咎是临江府清江县人，宋代著名的画家。他一生刻苦学习，拜师交友，对诗、词、书、画无一不精，寓居在洪州。

他的水墨人物画是师法李公麟的，而书学则是师法欧阳询的，笔势劲利。他的词则多题画之作，风格婉丽。由于他生性耿介，不慕名利，不俯仰时好，故其画有"孤标雅韵"之风。

杨无咎在艺术上的最高成就首推的是绘画，尤其擅长画梅花、竹、松、水仙、石等物，以画梅为最著名。他的绘画教师开初是华光长老仲仁。仲仁酷爱梅花，擅用笔勾画其形状。杨无咎深得其法，但又不受师承的限制，主张"画中有我"，不固守成法，脱出窠臼，创立了自己独有的风格。以墨线圈花，重墨点蕾，不加彩色晕染，一变以彩色或墨晕作花之法。并以浓墨画梢，老干一笔挥就，或干或润的黑间留出飞白，纵横如意，虚实相间，自然而不刻板，把苍皮斑驳的老干表现得真实而生动。他作画时，注意形象与笔墨的精妙，既不是刻意工细的传写，也不放纵泼辣，使表现的物象形神兼备，摆脱了两宋时期在画坛占主导地位的工整精细勾勒的风气，形成一种温和凝练的写意笔墨，挥洒出梅花的清标雅韵。他的作品流传至今的不多，所见纸本墨笔有《四梅花图》卷、《雪梅图》是他晚年的得意之笔，布局自然新颖，笔致劲秀，显现疏落清隽的空远气氛。《四梅花图》画出了未开、欲开、盛开、将残的梅，用笔挺拔秀润，生机盎然，并各题词一首，书体秀健。他的山水人物画少见，传世的《独坐弹琴》图，用笔刚柔相济，墨色淡雅，枯中有润，远看有势，近观有质。幽雅的境界与气质高洁的人物十分调和。

杨无咎是"文人画"派的先行者之一，他的绘画常将诗、词与书画相互配合，共为一堂。他著有《逃禅词集》传世。宋代范成大所著的《梅谱》中说："近世始画黑梅，江西杨补之尤有名，其徒效之者实繁。"杨无咎的绘画一直影响到元明清的许多画家，就是今日的画梅也常常看到他的笔法的痕迹。

杨无咎不仅绘画的技艺高超，他的诗词也做得非常好，是真正做到了"诗词、书法、绘画"三位一体的文人艺术家。《四库全书总目》称其"词格殊工，在南宋之初不忝作者"。尤其是他的一些小词，让人觉得抒情委婉，风流清丽，其间还常常杂以俗言俚语来表述，给人一种特别的熟悉味道。他的诗词作品现在仅存《逃禅词》1卷，被收入在《宋六十名家词》一书中。

向子湮也是临江府清江县人。南宋初期官员左仆射向敏中的玄孙，钦圣皇后向氏的堂侄。哲宗元符三年，公元1100年，他以荫补官入仕，徽宗宣和间，累官至京畿转运副使兼发运副使，高宗建炎年间迁江淮发运使。

他素与丞相李纲交好，等到李纲被罢相之后，子湮便一起跟着丢了官职。后来，又起知潭州，次年金兵围潭州，向子湮率军民坚守八日。绍兴中，累官户部侍郎，转知平江府，因反对权相秦桧议和，落职后居临江，其诗以南渡为界，前期风格绮丽，南渡后多伤时忧国之作。有《酒边词》二卷存世。

至此，从袁州的整个文化阵营来看，从刘敞、刘攽、姚勉、惠洪、杨无咎、徐梦莘、徐天麟、袁去华、王钦若、向子諲、赵希鹄等人来说，他们可以说是在政治、时论、经学、史学、诗词、书法、绘画等各门类方面都发展得比较齐备，而且还都不同程度地取得了良好的成绩。从他们这个阵营的综合性来考量，其中，对于在政治方面来说，追求的人并不多，他们大多是一些淡泊名利，勤于笔耕的文人学者型的文学艺术家，其中，家族式的文化阵营如"墨庄刘氏""樟树徐氏"的表现就特别地亮人眼目，他们所取得的文学艺术成果，在人文历史的艺术长河中熠熠闪光，为鄱阳湖地域文化的完整构建起到了积极的推动作用。

一路逶迤一路说，让我们沿着赣西南大山漫步至赣西北，继而转向赣北、赣东北前行，从云遮雾罩的慕阜深处走出来，穿过九岭绵延起伏的大地，泛舟在鄱阳湖上，最后隐没于武岭群峰之下，来看一看两宋时期的江州文化与文学的方阵之中，走来了哪些代表人物呢？

当我们拢聚眼神，蓦然发现在魏魏群峰耸立的幕阜山谷之中走来了分宁长髯飘飘的黄庭坚以及他身后紧随着的外甥徐俯；从九岭山的九转回肠谷中走来了武宁的周应合，德安的王韶、夏竦，永修的李燔等人；而从赣东北的武岭群峰之下走来了以都昌的江万里、刘錡、黄灏、曹彦约，彭蠡和彭方父子两人以及冯椅及其子冯去非、冯去辩、冯去疾、冯去弱五人组成的都昌文学阵营。

黄庭坚，号山谷道人，中国北宋时期的书法家、文学家。南康军修水县人。宋治平四年，公元 1067 年，黄庭坚进士及第，初任汝州叶县县尉。熙宁初年，接着参加四京学官的考试，由于他的应试文章最为优秀，便担任了国子监教授。后来，国子监的留守文彦博认为黄庭坚有才能，就留他继续在国子监任教。有一次，苏轼看到了他写的诗文，认为他的诗文超凡绝尘，卓然独立于千千万万的诗文林中，说世上已好久没有见到过这样的佳作了。因此，黄庭坚的名声便开始响彻四方，名动天下。黄庭坚在担任太和知县期间，由于他以平易治理该县，使得县吏们很不高兴，但是该县的老百姓们都喜欢他。

宋神宗元丰八年，公元 1085 年以秘书省校书郎召入京师。后任神宗实录检讨官，著作佐郎。宋元祐元年，公元 1086 年哲宗即位，召黄庭坚为校书郎、任

《神宗实录》的检讨官，至元祐二年，也就是公元 1087 年，迁著作佐郎，加集贤校理。待《神宗实录》修成后，被提拔为起居舍人。时逢母丧，黄庭坚依制筑室于母亲墓旁守孝，哀伤成疾几乎丧命，等到丧服解除后，转任秘书丞，提点明道官，兼国史编修官。

黄庭坚曾经与秦观、张耒、晁补之同游苏轼之门，被后世号称为"苏门四学士"。黄庭坚是一个文学艺术方面的天才，他既工文章，又善诗歌，还擅长书法，历来被后世称为"江西诗派"之宗主。

何为"江西诗派"？我觉得有必要在这里详细地给大家介绍一下。

江西诗派是在北宋后期形成的一个以杜甫为祖，黄庭坚、陈师道、陈与义三人为宗，也就是人们平常说的"一祖三宗"的诗歌流派。由于这个流派崇尚黄庭坚"点铁成金、夺胎换骨"的诗论，并且诗派中的成员大多受到了黄庭坚的影响，作诗的风格以吟咏书斋生活为主，重视文字的推敲技巧，便据此推崇黄庭坚为江西诗派的开派宗师和诗坛领袖。

黄庭坚学诗，原本就是以唐诗的集大成者诗圣杜甫为学习的对象，他系统地提出并构建了"点铁成金"和"夺胎换骨"诗学理论，成为江西诗派作诗的理论纲领和创作原则，对后世的文学创作产生了深远的影响。

作为宋代大诗人之一的黄庭坚，对宋代诗歌的影响甚至超过了一代大文豪苏仙苏东坡。

苏轼作诗，常常是以气运笔、放笔纵意、纵横驰骋、大开大阖、变化莫测、结构复杂，无迹可求，所以说苏诗成就虽高，但能师法其者极少，所以并没有形成自己的流派，而黄庭坚的创作思路是有迹可循、讲究法度、便于揣摩学习的，所以他的追随者就有很多。往细里说，黄庭坚的诗法度严谨、说理细密，基本代表了宋诗的特点。故此，我们可以这么说，黄庭坚的诗是最具宋诗艺术特色的，受黄庭坚影响而形成的江西诗派，最终也影响到了南宋的一代诗风，并对后世造成了极为深远的影响。

宋徽宗初年，吕本中作《江西诗社宗派图》，把一黄二陈为首的诗歌流派取名为"江西诗派"。

这里的"江西"，指的是宋代的江南西路。由于黄庭坚及诗派中的二谢及 11 人尽皆是江西人，所以叫作"江西诗派"。

所谓的"宗派"，原本是禅宗的名词。由于元丰三年，黄庭坚在36岁时被朝廷外放到了吉州的太和县去当县令，他在途经舒州，也就是今天的安徽省庐江县的三祖山山谷寺石牛洞时，竟然在一时之间，莫名地喜欢上了那里，自此正式皈依了禅宗，成了禅宗的一个外修弟子，便自号为山谷道人。吕本中之所以借用"宗派"这个名词来称呼江西的诗派，是由于吕本中深知黄庭坚"习禅"很深，而有意为之的。江西诗派，是我国文学史上第一个有正式名称的诗文派别。

宋末元初时期，著名诗论家方回先生认为诗派的成员多数学习杜甫的诗，于是，他就把杜甫尊为江西诗派之祖，而把黄庭坚、陈师道、陈与义三人称为诗派之"宗主"，他在所著的《瀛奎律髓》中，首次提出了江西诗派的"一祖三宗"之说。

黄庭坚、陈师道去世以后，宋诗的特征已基本定型，黄、陈法度森严的创作更为青年诗人提供了法则和规范，但严酷的政治局势又从外部促使诗人的心态更加内敛。于是，吟咏书斋生活，推敲文字技巧，便成为江西诗派的创作倾向，这也是当时整个诗坛的倾向。

突然发生的靖康事变打破了诗坛的沉闷空气。崛起于东北的金国于宋徽宗宣和七年，公元1125年灭辽，第二年就攻陷汴京。宋钦宗靖康二年，公元1127年北宋灭亡，南宋建立，淮河以北成为金的领土。在短短两年之内发生了天翻地覆的大事变，金兵的铁马胡笳彻底打破了诗人们宁静的书斋生活，整个诗坛震惊了，代表诗坛风气的江西诗派因此而发生了深刻的变化。

金兵围攻汴京时，吕本中正在城中，他最早用诗歌记录了那场事变，《守城士》描写了抗金将士的奋勇抵抗，《兵乱后寓小巷中作》刻画了人民遭受战祸的惨状，《城中纪事》控诉了敌军烧杀抢掠的罪行。金兵退后，吕本中又写了《兵乱后自嬉杂诗》29首以抒愤，其一写道：晚逢戎马际，处处聚兵时。后死翻为累，偷生未有期。积忧全少睡，经劫抱长饥。欲逐范仔辈，同盟起义师！沉郁悲壮，写出了爱国士大夫的共同心声。

其他经历了靖康事变的江西诗派的诗人们也有此类似的作品出现，例如韩驹的《陵阳先生诗》中就颇多呼吁抗金的诗。即使在咏物、咏史一类传统题材方面，也时而可见他们的忧国伤时之思，如洪炎的《次韵公实雷雨》和徐俯的《咏史》便可见一斑。

　　在南宋初期，江西诗派在艺术风格上也发生了深刻的变化。黄庭坚的诗论中本来就包含求新求变、自成一家的精神，江西诗派中几个比较杰出的诗论家都能理解并继承了他的这种精神。曾季狸曾经在《艇斋诗话》中指出："后山论诗说换骨，东湖论诗说中的，东莱论诗说活法，子苍论诗说饱参。入处虽不同，然其实皆一关捩，要知非悟入不可"。的确，从陈师道、徐俯到吕本中、韩驹，江西诗派成员的诗学观点并不是一成不变的，他们在黄庭坚诗论的基本精神上，是首推吕本中的"活法"之说的。

　　吕本中在作《江西诗社宗派图》时，列出了陈师道、潘大临、谢逸、洪刍、洪炎、洪朋、饶节、释祖可、徐俯、林敏修、汪革、李錞、韩驹、李彭、晁冲之、江端本、杨符、谢薖、夏倪、林敏功、潘大观、何颉、王直方、僧善权、高荷，计约 25 个人。他认为这些诗人与黄庭坚是一脉相承下来的。江西诗派中的诗人并不全都是江西人，后来被归在江西诗派的还有吕本中、曾几、陈与义等人，稍后又有曾纮、曾思等人也被补入到江西诗派之中。

　　江西诗派的诗歌理论强调"夺胎换骨"、"点铁成金"，即或是师承前人之辞，拟或是师承前人之意，崇尚瘦硬奇拗的诗风，在创作实践中，重在"以故为新"，自成一体，成为宋代最有影响的诗歌流派，它的影响遍及整个南宋诗坛，余波一直延及到近代的同光体诗人群体。

　　黄庭坚的书法，初时是以宋代的周越为师，后来受到颜真卿、怀素、杨凝式等人的深刻影响，特别是他在受到焦山《瘗鹤铭》书体的启发后，他的行、草二书逐渐形成了自己的风格。他的大字行书凝练有力，结构奇特，几乎每一字都有一些夸张的长笔法，并且尽力送出之后，形成中宫紧收、四缘发散的崭新结字方法，对后世的书法产生了很大的影响。

　　黄庭坚的书法在结构上明显受到了怀素的影响，但行笔时的曲折顿挫，则与怀素的节奏又完全不同。在黄庭坚之前，草书的圆转、流畅，是草书的基本格调，而黄庭坚在草书单字的结构上，以奇险著称，他的章法富有创造性，经常运用移位的方法来打破单字之间的界限，使线条形成新的组合，节奏变化强烈，因此具有特殊的魅力，成为北宋书坛杰出的代表，同苏轼一起成为了一代书风的开拓者。后人所指的宋代书法尚意，就是针对他们在运笔、结构等方面更变古法，追求书法的意境、情趣而说的。黄庭坚与苏轼、米芾、蔡襄一起并称为"宋四家"。

黄庭坚还对书法艺术发表了一些重要的见解，大都散见于他的《山谷集》中。他反对食古不化，强调从精神上对优秀传统的继承，强调个性创造，注重心灵、气质对书法创作的影响，在风格上，反对工巧，强调生拙。他的这些思想，都可以与他的创作相互得到印证。黄庭坚一生只著有《山谷集》遗世。

徐俯是南宋朝廷的给事中徐禧之子、诗人黄庭坚的外甥，后迁居德兴天门村，南宋初期的官员，江西诗派的著名诗人之一。

徐俯7岁就能作诗，为其舅父黄庭坚所器重。因他的父亲徐禧是死于国事的，他便承袭父爵被授任通直郎，后升司门郎。靖康元年，公元1126年金军围攻汴京，次年攻陷东京，张邦昌僭位称帝，建立傀儡政权。徐俯不屑与奸佞为伍，愤而辞官回家。当时，朝廷有的官员为避张邦昌讳，连自己的名字都改掉了。徐俯听说这件事，气愤难忍。他反其道而行之，故意将家里的婢女取名"昌奴"，遇有客人来访，就大声呼唤昌奴前来驱使，以此表示对张邦昌的鄙夷。张邦昌和他的傀儡政权很快就消失了。建炎初，内侍郑谌赏识徐俯的品行和文才，向宋高宗荐举，胡直儒、汪藻等当朝大臣也极力推荐，徐俯因而被任命为右谏议大夫、中书舍人。绍兴二年，公元1132年赐进士出身，累官至端明殿学士、签书枢密院事、权参知政事，后因与宰相赵鼎政见不和，贬为洞霄宫提举。绍兴九年，公元1139年知信州。不久之后，便因病辞官返乡，在德兴终老余生。

徐俯是宋代江西派的著名诗人之一，著有《东湖居士集》1部6卷。他早期的诗风受黄庭坚影响很大，崇尚瘦硬，强调活法，要求自己字字有来处，提倡夺胎换骨，点铁成金的创作手法。但晚年的他在诗歌创作中则力求创新，诗风趋向于平实自然，清新淡雅，别具一格。比如他歌咏德兴故园的《春游湖》就是他晚期诗歌的代表作品之一。"双飞燕子几时回？夹岸桃花蘸水开。春水断桥人不渡，小舟撑出柳荫来。"这首七言绝句，以明快的风格、富有动感的语言描绘出了一幅雨后山乡的春景图画。

宋高宗绍兴十一年，公元1141年，徐俯病逝在德兴家中。数百年后，人们还记着这位做人、作诗都别具一格的先贤。清代谢启昆《读全宋诗仿之遗山论诗绝句》一诗赞道："横塘春绿满东湖，不肯因人作步趋。风节谓阳真不愧，闺中有婢唤昌奴。"诗的前两句说的是作诗，后二句说的是为人，短短四句，对徐俯的诗风人品做出了极为精当的评价。

众所周知，江西诗派的成功构建，标志着鄱阳湖地域文化在两宋时期成功地站在了那一时期里的中华文化之巅，鄱阳湖地域文学迎来了它生命中的第二次高峰。

一路从幕阜群山之中走了出来，只见横亘在面前的就是蜿蜒曲折的九岭山脉，秀美的群峰之下，一条澄碧如练的江水奔流而下，径直地朝着鄱阳湖欢快地飞奔过去……

这时，我仿佛看见一叶扁舟从江流的上游驶了过来，小舟上站立着的不正是武宁的周应合，敷浅原的夏竦、王韶，建昌的李燔，他们谈笑风生，一副副怡然自得，潇洒飘逸的神态叫人好不羡慕。

夏竦，今天的江西省九江市德安县车桥镇，原白水街乡人，北宋时期的宰相。

景德元年，公元 1004 年以父夏承皓死忠，录官润州丹阳县主簿，真宗大中祥符三年，公元 1010 年为国史编修官，后与王旦等同修《起居注》，并参与编写王钦若主编的千卷本《册府神龟》，真宗天禧年间出知黄州，又知邓州，转徙襄州，遇大饥，劝令大姓出粟，得二万斛，救活贫者四十五万人。宋仁宗天圣年间知寿州，又徙安州，再知江西洪州，勒令从业的巫觋一千九百余家还其农耕，毁其淫祠，天圣五年，为枢密副使，天圣七年，公元 1029 年加官参知政事，天圣九年，公元 1031 年进兵部侍郎、兵部尚书左丞，仁宗景佑年间知青州，任青州时，他支持守城的卒子修建青州的南阳桥，后被大多数科学家认定为我国最早出现的彩虹桥，后又迁刑部尚书，仁宗宝元年间转官户部尚书，仁宗康定年间兼陕西四路经略、安抚、招讨使，知永兴军，又改判河中府，拜同中书门下平章事，判大名府，直到仁宗庆历七年，公元 1047 年方召为宰相，一段时间以后，因谏官、御史等人认为夏竦与陈执中政论不和，不可使两人共事，遂改任枢密使，封英国公，次年又复拜同中书门下平章事。

仁宗皇佑元年，公元 1049 年进郑国公，仁宗皇佑三年，公元 1051 年奉诏监修黄河堤决，躬冒霪雨，以疾归京师，遂不起，农历九月薨。

夏竦是以文学起家的，自经史、百家、阴阳、律历、至佛老之书，无不通晓；为文章，典雅藻丽；治军尤严，敢诛杀，对疾病死丧者，则抚循其至。

夏竦好学勤读，他在担任宋军高官期间，不管战事、军务多么繁忙，他也没有停止过看书习字，就连就寝等休息的间隙里，还用手指在身上比画研究古文奇字。庆历四年，公元1044年，夏竦编著了古文字的字汇《古文四声韵》一书，按韵编排，是现代人研究战国文字的重要参考资料。宋神宗时宰相王珪在《夏文庄公竦神道碑》中写道："祥符中，郡国多献古鼎、钟、盘、敦之器，而其上多科斗文字，人多不识，公乃学为古文奇字，至偃卧以指画侵肤，其勤若此。"

夏竦有文武才，政事、文学都有建树，是一代名臣、学士，宋人杂记、笔录中记夏竦事迹时，对夏竦多尊称为夏英公、夏郑公、夏文庄、宰相夏公等。但夏竦是个典型的保守派，在"庆历新政"的实施阶段，他对范仲淹、欧阳修、富弼，石介等改革派设置了很多的障碍，使得一年零六个月的"庆历新政"无果而终。

夏竦一生著有文集100余卷，其中《策论》13卷、《笺奏》3卷、《古文四声韵》5卷、《声韵图》1卷，其中：《文庄集》36卷等收入在《四库全书》之中。

周应合，他是南康军武宁县鹤溪，也就是老县城北门外，现在已沦为水域那块地方的人，自号溪园先生，晚年辞官后取名"洪崖处士"。

他是在考取进士于朝堂面见皇帝时，宋理宗赵昀赐其名"应合"的。他生长在诗书门第，官宦世家，其祖周友贡，宋嘉定元年，公元1208年进士，官至敷文阁学士，是一位"立朝劲直敢言，然不为矫激沽名"的耿直之士。叔祖周友直，宋光宗时任东宫侍讲，周友仁宋宁宗时任兵部尚书，其父周汝翼为荆淮宣抚使，可以说得上是一门显赫。

他出生在南宋淳佑十年，公元1250年进士及第，曾任江陵府教授。因文才出众，享有盛名而被召为实录院修撰，是为其接触史实编撰工作之开始。景定年间，大约在公元1260年前后，又被调至江南东路安抚使司任职，并兼任明道书院院长。时任建康知府的马光祖主修《建康志》，便请周应合担任总纂。周应合接受任务后，便将乾道、庆元年间两次编纂的《建康志》找了出来，对它们加以完整的补充和修正，他各取两书之长，并在此基础上做出了大胆的创新之举，另外增加纲目，"略者详之，阙者补之，谬者正之"，"井井有法，志乘家皆宗之"，是当时编撰较早、体系较完备的一部志书。编成后曾进献朝廷，宋理宗大加赞赏其书为"玉音嘉焉"。

《建康志》刊刻发行之后，在社会上流传较少，仅为少数人收藏。经元、明、清三朝更替，志书后来毁于兵燹，濒于失传，清康熙时仅残留部分。朱彝尊为修《明史》时，多方收集资料，为找《建康志》，他历经三十年而未得，后来，他终于在康熙四十六年，公元1707年9月，在曹寅家的书架上发现了《建康志》，借回去抄录之后再行刊刻，并写了《景定建康志跋》附在其上，就这样，一部四百多年前的志书在沉寂之后复又流传于世。《四库全书总目》称此志为"授据总洽，条理详明，凡所考辨，俱见典核。"现被南京图书馆收藏。

景定二年，公元1261年，这部《建康志》成书后一共50卷。首部为留都宫城图录4卷，次部为地图、年表、10志、10传，凡45卷，末为拾遗1卷，图之后为地名辨。成书后，又撰修志本末，总结修志工作。马光祖评价此书"博物洽闻，学力充赡"。《四库全书提要》中赞其说"援据该洽，条理详明。凡所考辨，俱见典核。"此后明、清两代修志多沿用这种体裁。后世的许多史志学家们，都一致称赞《建康志》为"志称圭臬"。

宋度宗时，大约公元1265年间，周应合被征为御史。其时，贾似道身居要职，操揽朝廷大权，独断专行，军政大事均在西湖葛岭私宅内裁决，隐匿重大军事不报。周应合目睹此景，深为痛恨。他上疏参奏，历数贾似道误国罪行。当时度宗正宠信贾似道，因而一怒将周应合贬谪为饶州通判。贾似道并未就此罢休，不多久，又将周放至华州云台任有职无权的观察使。周应合经此挫折后，便辞官返乡，深居简出，以教儿孙诗书自娱。宋恭帝时，公元1275年，贾似道势败被诛，周应合再次被起用为直贤院学士，但还未去赴任，便去世了。他一生著有《洪崖集》《溪园集》等，可惜早已散佚。

旧志中仅载有其作品《叶处士墓志》一篇以及《望江楼》诗一首："澄江如练正高秋，一馆吹秋上此楼，有客乘风来纵酒，长歌远送下滩舟。"

王韶是江州德安县人，北宋名将，自号敷阳子。

他足智多谋，富于韬略。宋嘉祐二年，公元1057年进士及第。先是授新安主簿，改迁建昌军司理参军。后因考取制科失败，转而游历陕西一带，专事采访西北边境的风土民情。

宋熙宁元年，公元1068年，王韶向神宗皇帝献上了《平戎策》三篇，详细陈述了攻取西夏的策略。其大意认为："要想攻取西夏，应当先收复河、湟二州之地，这样夏人就有腹背受敌之忧。夏人近年攻打青唐，未能攻下，万一攻打下来，它必定会挥兵南下，大肆掠夺秦、渭二州，牧马于兰、会之地，切断古渭交通，征服南山落后的羌人，西面构筑武胜城，时常派兵骚扰洮、河，那么陇、蜀各郡就都会受到威胁，瞎征兄弟他们能自保吗？就目前情况来看，唃氏的子孙中，只有董毡稍能自立，而瞎征、欺巴温等人，他们的势力范围都不超过一二百里，他们如此弱小的势力，能与夏人抗衡吗？武威以南到洮、河、兰、鄯，都是过去汉代所辖的郡县，所谓湟中、浩亹、大小榆、枸罕等地，土地肥沃，很适合羌人各部生存。所幸的是现在各羌分裂，互不统属，正好将他们割裂开来，各个击破。一旦各部都臣服了，唃氏敢不归顺吗？唃氏归顺了，那么河西李氏就成为我掌中之物了。再说唃氏子孙中，瞎征的势力相对较大，受羌人各部畏惧。朝廷如果予以招抚，并让他驻扎在武胜或者渭源城，以纠合宗党，统治部族，习用汉人之法，到那时夏人虽然强大，而不为我统治的也不过只有延州李士彬、环州慕恩罢了。如此行事，则对大宋有肘腋之助，而又可以使夏人各部相互孤立，不能联结在一起，这应当算是上策了。"

由于《平戎策》既正确分析了熙河地区吐蕃势力的状况，更提出了解决北宋统治者最急迫的西夏问题的策略，其目的与神宗、王安石等变法派"改易更革"的政治主张相一致，因此得到北宋朝廷的高度重视和采纳，王韶被任命为秦凤路经略司机宜文字之职，主持开拓熙河之事务。从此，周应合以一个文人的身份执掌军事，担负起了收复河湟的任务。

他一个文人，竟然率军击溃了羌人及西夏的军队，并同时设置熙州，主导熙河之役，收复了熙、河、洮、岷、宕、亹六州，开拓边境二千余里，对西夏形成了包围之势。在开拓熙河的过程中，王韶采取招抚、征讨、屯田、兴商、办学相结合的战略方针，取得了"凿空开边"的重大胜利。在此期间，他"用兵有机略"，"每战必捷"。熙河之役，恢复了安史之乱前由中原王朝控制这一地区的局面。并生擒了木征，将他送到了京师。熙河之役的胜利，是北宋王朝在结束了十国割据局面之后，八十年来所取得的一次最大的军事胜利。这对于饱受外患的北宋王廷来说是极大的鼓舞，也使大宋对西夏形成了完整的包围之势，达到了使西夏具"有腹背受敌之忧"的战略目标。

后来，王韶擢观文殿学士、礼部侍郎等职，官至枢密副使，以"奇计、奇捷、奇赏"著称，被时人戏称为"三奇副使"。王安石变法失败后，王韶被贬知洪州，再迁知鄂州，直到元丰二年，也就是公元 1079 年，再拜观文殿学士、知洪州，封太原郡开国侯。元丰四年，公元 1081 年，王韶去世，时年五十二岁。

王韶著有兵书《熙河阵法》一卷，亦著有《敷阳子》七卷、《王韶奏议》六卷，今皆已散佚。《全宋诗》一书中录其诗四首，另有断句若干在列。

李燔是南康军建昌人，南宋教育家。宋绍熙元年，公元 1190 年进士及第。他把自己的大半生都奉献给了教育事业，在他考中进士后的 42 年里，有 35 年的时间，他都孜孜拳拳于教育第一线，业绩非凡。

李燔曾经在白鹿洞书院讲学，他的身边学者云集如潮，影响了当时全国众多的书院。他是被老师朱熹认定的衣钵传人之一，去世后，被朝廷授予"文定"的谥号。

朱熹去世后，李燔依旧联合同门在白鹿洞书院讲学。宋嘉定九年，公元 1216 年，黄干经过南康探访同门诸友后，感慨地写道："先生去世后，门徒失去了敬畏，讲学几乎断绝。唯独在南康，李燔和余宋杰、胡泳、蔡念成他们依然带领自己几十个最优秀的学生在继续传播老师的学问，这算是最兴盛的一件事了"。

李燔和朱熹的很多学生一样，不求功名，放弃官爵，推崇"格物致知"的书院精神，博学、审问、慎思、明辨、笃行。在他们影响带动下，很多学子"不远千里而聚首执简"。他们依靠自身的人格感召力，凝聚同志，布衣粗食，朝乾夕惕，相互砥砺，探究学问。

李燔极力反对汲汲名利，寄心于下层人民。他提出"人生在世，不一定非得做了大官、担任一定职务才算是建功立业，只要根据自己的能力大小，做一些实实在在有利于他人的事，就可以说是有了功业"。他还说"就算是做官做到卿相的高位，也不可以失去寒微朴素的本色。不追求就无所得，让困难磨灭自己的骄气和奢心，不至于因环境和饮食改变自己的气质与体质"。史臣李心传对宋理宗谈起当时的高士被累召都不出来的人中，他认为李燔是国内第一。大儒蔡念成也一再称赞他"心事如秋月"。因此，李燔对贫贱患难不以为意，不为官位心动，穿着非常朴素的衣服，即便是做京官也没有替换下来。

李燔在 1190 年中进士后的四十二年里，他前后只做了七年的官。真德秀、魏了翁等，有很多人都推荐他当"隆兴府通判"、参议官、大理司直等官职，但他都割舍不了教学这个事业，一概予以了推辞，低着头去从事教育教学了，最后，还是都昌的曹彦约向朝廷推荐李燔代替自己去当潭州通判，李燔推辞再三不下，只得去长沙赴任。不过，最终他在长沙没待几个月，便又回到书院之中去了。

朱熹逝世后，沧州的考亭书院也主要是由李燔主持的，学子逐步分布为42个书院继续传播理学，其中以李燔在白鹿洞讲学最成功，影响最兴盛、广泛和持久。《宋史》高度评价李燔说："居家讲道，学者宗之"，与传播和推广朱子学的第一人黄干先生并称为"黄李"。

一路从九岭山道上转了出来，缓步走过敷浅原，趟过激流奔涌的庐山河，穿过江州的柴桑大地，然后在鄱阳湖口的姑塘乘船过鞋山湖，一路划过鄱阳湖上的百慕大魔鬼三角老爷庙水域，就走进了地处鄱阳湖北岸的都昌县了。

两宋期间，从赣东北的武山群峰之下走来了以曹兴宗为代表的文化及文学的都昌阵营，他们分别是曹兴宗以及他的两个妹夫冯盛世与黄灏两人，另外还有他的儿子曹彦约，外甥冯椅，曾外孙冯去非、冯去辩、冯去疾、冯去弱四人，朱文正公的好友彭蠡、彭寻及彭蠡之子彭方和刘锜、江万里等人。

如果要追溯起都昌的儒学是自何时开始，以至于后来逐渐地兴盛起来的原因，当是值周老夫子敦颐先生任南康军时，由他过化都昌开始，后经朱子朱文正公的推波助澜，这才使得儒风披拂过的都昌大地，兴学之盛，一时无两。

曹彦约的叔祖曹省，曾任岳州，今湖南省岳阳的士曹，后调任雍丘，今河南省杞县县丞。

曹彦约之父曹兴宗，生卒年不详。字伯起，江南西路南康军，也就是今天的九江市都昌县人。绍兴二十四年，公元1154年甲戌科张孝祥榜进士及第，后累官至崇阳尉，岳州司理、参军等职。"所至政声籍甚"，被皇帝赠以光禄大夫的官职。有子彦纯、彦约、彦继三人，其中彦纯、彦约随表兄冯椅进入白鹿洞书院学习，俱受业于朱子之门下，而彦继亦是地方上的饱学之士。南宋都昌的曹氏，自兴宗始成为名重一方的名门望族，其子嗣由科举入仕途者多达十数人。

冯盛世，号石塘，生卒年不详。学通经史。宋大观己丑，公元1109年进士及第，宦居甯县，也就是今天的甘肃省庆阳市宁县，他在知宁县期间，宁县的政局平稳，公事简捷，民众对他敬仰与信赖有加。他至仕归隐后，在曹氏的"箦里书院"执教，曹兴宗将其堂妹许配给了石塘先生，诞下了冯椅，冯椅生四子冯去非、冯去辩、冯去疾、冯去弱四人。

黄灏，字商伯，江南西路南康府都昌人。他自幼敏悟强记，肄业荆山僧舍三年，入太学，擢进士第。教授隆兴府，知德化县，以兴学校、崇政化为本。岁馑，行振给有方。王蔺、刘颖荐于朝，除登闻鼓院。灏性行端饬，以孝友称。朱熹守南康，灏执弟子礼，质疑问难。熹之没，党禁方厉，灏单车往赴，徘徊不忍去者久之。光宗即位，迁太常寺簿，论今礼教废阙，请敕有司取政和冠昏丧葬仪，及司马光、高阅等书参订行之。

据曹彦约给黄灏撰写的《黄公墓志铭》载，"……往来都昌湖口间，或寓南康城下，惟意所欲。娶曹氏，实彦约之姑。子男三人：渭、溱、洎。皆能有立……"，我们应该不难知道，黄灏的夫人，实乃彦约之姑姑，黄灏则为曹彦约的姑父。

又据《石塘先生传》载，"公，讳盛世，字当时，号石塘，通经史，曹文简公之先君，子奇其学，妻以从妹，联产俊杰之子，以寄圣学之传。公登大观己丑，公元 1109 年进士，宦居甯（宁）县，政平事简，民仰赖焉。葬苦竹岭之阴。地理钳曰：一木换一土，尚书与知府。此浓潭冯氏之祖冢，后果有徵。"我们不妨从文中的"曹文简公之先君，子奇其学，妻以从妹……"这句话中看出，曹彦约的父亲曹兴宗将自己的堂妹许配给了冯盛世，故而，冯盛世便成了曹彦约的堂姑父。由此，我们不难明白，黄灏与冯盛世两个人是叔伯连襟。

再来了解一下彭蠡。

彭蠡，号梅坡。在家庭的熏陶下，从小刻苦攻读。他兴趣广泛，多才多艺，涉猎多科，大凡诗文、音乐、书法等，尤其对乐律研究颇有造诣。南宋淳熙四年，公元 1177 年得领乡荐。朱熹知南康军时，彭蠡与兄长彭寻、儿子彭方慕名从游，或泛舟鄱阳湖，或畅游匡庐山，诗歌酬唱，相聚甚欢。朱熹复兴白鹿洞书院后，特聘彭蠡为白鹿洞书院经谕，负责讲解儒家经典《四书》和《西铭》，他与朱子时相释难问答，辨析精辟，才学深为朱子赏识，所以说，彭蠡不光是朱子的学生，也是白鹿洞的先生。朱熹调离南康军后，对他仍念念不忘，时刻牵挂。当朱熹得知甘叔怀要畅游庐山时，朱熹曾致书信给叔怀，托其代己致意曰："吾友彭师范胜士，在隔江都昌，可为一访。"彭蠡后官常州府教授，以子彭方显贵，被当朝特赠史部尚书衔。晚年的彭蠡以积学名世，筑室家乡的梅坡，辟馆课士，江淮学者千里迢迢，皆师事之，称他"梅坡先生"。又立精舍于清化乡黄湖里石潭坂，也就是今天的春桥乡中衙村，取名为"盛多园"，并约请"朱门四友"中的另三位黄灏、冯椅、曹彦约一道讲学其中，"讲求道学性命之蕴"。名噪一时，影响广泛。著有《皇极辨》诸书，卒赠龙图阁学士。

再翻看《梅坡孺人曹氏墓志铭》可以看出"孺人曹氏，梅坡先生继室""…为曹氏贤女，至母仪于彭氏…"从对以上文字的解读中，我们可以想见得到，彭夫人曹氏乃曹彦约家的女身，尽管他在墓志中并没有明说她是曹家哪一辈中人，但从他给一系列曹氏之女写的墓志铭来看，彭夫人曹氏是他家的长辈无疑，这也可以从彭蠡、黄灏、冯盛世三人之间的关系上读得出来。

曹彦约在《梅坡先生彭公墓志铭》这样说，"世系宜春望族，自大中祥符以后，三徒而居都昌，遂为南康都昌人。曰雷州户曹讳寿，是为先生曾皇祖；曰淮宁府教授讳图，是为先生皇祖；曰二十三居士讳时中，是为先生皇考，曰大安人秦氏，是为先生皇妣。当元丰、元佑间，士大夫以师道为重，儒风文物，所至彬彬。都昌在江左之底，尤著见于上国。推所从来，多出户曹讲学，户曹君文行粹醇，经学淹贝，既以授其徒，又以诲其子，二含法行，而淮宁君每冠多士，既首选上舍，赐政和二年第，属署竖倾间场屋，亦授初品官，彭氏父子嘉表表于天。重云居士倜傥不羁，不以世事思。会靖康之乱，淮宁君既即世，与大安人居墨陶然自得，虽生事渐废，日用且不给。嬉笑自若，不朱常度。有子五人，薪然头角。先生位左次与伯、兄自致学问"

从这里可以看出，彭蠡经常与伯父及兄长彭寻在一起探讨学问。并且，我们亦可以从此得知，都昌兴学传道，大力推广儒学，应该是从彭蠡的曾祖，雷州户曹彭寿在上舍讲经布道为最。由此可见，这恐怕曹兴宗、冯盛世等人亦为当时的学人之一，因而后来结成了一个儒学的阵营。这才有了后来的彭蠡、黄灏、冯椅以及曹彦约、彭方、冯去非、冯去辨、冯去疾、冯去弱等后备人才的亮相登场。

宋淳熙五年，也就是公元的 1178 年，史浩东山再起，再度为相之后，他极力地向朝廷推荐了朱熹。朝廷于是派朱熹出任南康府知军，也就是今天的江西庐山市。

朱熹在出任"知南康军"一职之后，尽管是重入仕途，但是他却未忘记自己是一个学者的身份。经常到白鹿洞书院的遗址去察看，而后，并将书院的情况向朝廷报告，恳请朝廷拨专款重修白鹿洞书院，拼全力复兴白鹿洞书院的规制，并亲自担任洞主，置学田、编课程、订学规、聚图书、聘大师，用来进行讲学。朱熹在重开白鹿洞书院之初，发了一道《知南康榜文》："本军。土瘠民稀，役烦税重，民力日困，深可哀怜。今管下士人，父老僧道，军民诸色等人，有能知得利病根源，次第合作。如何处置，可以宽恤，并请仔细开具着实事状，不拘早晚，赴军披陈。切待面加询问，多方措置。庶几户口岁增，家给人足。"号召治下民众，随时都可以来到知军府交流和探讨学问和修身之良策，向民众宣明读书、教化的重要性。

此榜文一出，便立即引起了南康本府隔湖相望的都昌文士黄灏、彭蠡、冯椅三人的重视。经过朱熹的考察之后，他们三人被聘为白鹿洞书院的教授，曹彦约则随姑父、表兄等人一起成了白鹿洞书院的学生。

冯椅曾经手执自己解读的经书前往拜见朱熹，并自动行了朱门正修弟子礼。冯椅的诚挚心意感动了朱子，朱熹不肯以师礼受之，坚持要以朋友之礼相待。此后，他们便经常在一起相互切磋，领悟经义，探讨治学之道，并共同提出了"注疏经书，考证古籍"的读书主张。朱熹曾经在读过冯椅的某些著作之后，给冯椅写了一封信："某衰晚，疾病待尽，朝夕无足言者。细读来示，备详别后进学不倦之意。世间万事，须臾变灭，不足置胸中，唯有致知、力行、修身俟。

死为究竟法耳？余正文、博学、强志，亦不易得。礼书中间商量多未合处，近方见其成编，此旧无甚改，易所谓独至无取者，诚然，然渠亦岂容他人之取也。

此间所集诸家杂说，未能如彼之好，然仪礼、正经，断落、注疏，却差明白，但功颇多。而衰病耗昏，朋友星散，不能得了耳。商伯时下得书，讲论精密，诚可嘉尚。李敬子坚苦有志，尤不易得。近与诸人皆已归，只有建昌二日在此，早晚讲论，粗有条理，足慰岑寂也。"

从朱熹在信中说到的"世间万事，须臾变灭，不足置胸中，唯有致知、力行、修身而已"这段话来看，朱熹与冯椅之间的交流是放在平等的立场上的，而态度是诚恳与真挚的，一点也没有那种居高临下，俨然一副高高在上的师尊味道。

朱熹同时还在信中提到了冯椅的从姨父黄灏近来写的一本书"商伯时下得书，讲论精密，诚可嘉尚"。告诉冯椅说，你可以看看他的书，在一起就近切磋学问，提高自己。

朱熹知南康军时，黄灏经常伴随朱熹出游而自称为弟子，质疑问难于朱熹左右，常自言"不敢轻为人师"。朱熹便告诉他说"以所知语人可也。"因此，黄灏每与朋友在一起讲学时，遇到了有疑问的地方，就先放在那里，过后，就必然要手持书本，亲身往来鄱阳湖上，行走于庐山的石泉之间，不管是风雨霜雪，他都要到白鹿洞书院去向朱熹讨教，借以来解除心头上的疑惑。即使是在黄灏辞官归里之后，他也一刻都没有放松学习。黄灏还会不定期地去到朱熹远在武夷山修建"武夷精舍"之中，去聆听朱熹的教诲，跟着朱熹一起研究学问，他一心要从朱熹那里接过传播理学的重任。对于这一点，我们可以在朱熹的《答冯奇之椅书》一文中读得出来。

朱熹知南康军，彭蠡经常慕名从游在朱熹身侧，或是泛舟于鄱阳湖上，或是畅游匡庐山中，每日里诗词唱和，相聚相交甚欢。朱熹在游鄱阳湖时，曾经写过一首这样的诗：茫茫彭蠡杳无地，白浪春风湿天际。东西摍柂万舟回，千岁老蛟时出戏。少年轻事镇南来，水怒如山船正开。中流蜿蜒见脊尾，观者胆堕予方咍。衣冠今日龙山路，庙下沽酒山前住。老矣安能学饭飞，买田欲弃江湖去"。这首诗，朱熹并不仅仅只是对鄱阳湖上变幻不定的景象进行了单一的描述，我们还不难从"老矣安能学饭飞，买田欲弃江湖去"这句诗中，可以隐隐窥见到朱熹心中透露出来的丝缕忧愤与无奈、感伤的痕迹。

在白鹿洞书院建成后，朱熹特意聘请彭蠡为白鹿洞书院的经谕，负责讲解儒家经典中的《四书》和《西铭》。彭蠡在白鹿洞书院教授时，经常在与朱子释难问答时，总能够辨析疑义、见解精辟，因此，彭蠡的才学深得朱子的赏识，所以，我们可以这么说，彭蠡不光是朱子的学生，也是白鹿洞的先生。朱熹在调离南康军后，对彭蠡仍然是念念不忘，时刻记挂在心头。有一次，朱熹的老友甘叔怀来游庐山时，朱熹曾经写了一封书信给甘叔怀，请甘叔怀代他自己过鄱阳湖去看望彭蠡。

由此，我们不难看出朱熹与彭蠡、黄灏、冯椅等人之间，结下了无比深厚的文情字谊。

在两宋时期的都昌，继彭寿、冯盛世、曹兴宗之后，在政治经济、文化、军事方面来说，先后还走来了以曹彦约、彭方、刘錡、冯去非、冯去辨、冯去疾、冯去弱、江万里等人组成的文化及文学的阵营。其中，曹彦约、彭方、刘錡三人是在政治及军事方面的杰出人才，冯去非是南宋当之无愧的"陶令"式人物，冯去疾、江万里是著名的教育家。冯去辨、冯去弱亦是当时出仕后又避世的饱学之士。

曹彦约，号昌谷。他是都昌朱门四友中唯一的一个朱熹在白鹿洞亲传的弟子，正宗的门生。南宋淳熙八年，公元1181年，曹彦约高中进士，历任建平县，今安徽郎溪尉、桂平军，今湖南桂阳的录事参军、司法参军，后知乐平县，江西安抚司京湖宣抚司主管机宜文字，权知汉阳军事。开禧年间，金兵"重兵围安陆，游骑闯汉川。"而郡兵寡弱，形势危急。曹彦约登高一呼，积极组织地方武装，招募乡勇，加强水陆防御，制定周密作战计划。他先派赵观迎战金兵，在渔民大力配合之下，"斩其先锋"，"焚其战舰"。接着又遣党仲升偷袭金营，杀敌千余，"民赖以安。"

曹彦约不但是一位干练的将才，他还是一位出色的政治家和著名的诗人。在庆元元年到庆元三年，即公元1125年到1128年间，曹彦约担任常侍，每每于讲筵之上，"殚心启沃"，以太祖、太宗、真宗三朝事迹为宝训，反复阐明以为效法。他将所讲内容辑为一书，名为《经幄管见》，共计四卷。他"旁证经史而归之于法诫。"

曹彦约还是一位诗人。他的名字已经收入在《江西历代文学艺术家大全》一书中。在《偶作》一诗中他这样写道："此天然处不亦妙，费尽思量却不到。有时父召急趋前，不觉不知造渊奥。此时合勒承认状，从古痴顽可不晓"。他教人要读圣贤之书，信孔孟之说。他在《赠杨伯洪》诗中这样说道："扁舟下峡七经年，犹忆西民困去边。已病一夫空有议，误谋元帅本非贤。公朝虑蜀天常近，之子忧时火未燃。遇合却留经济用，此行应不愧登仙。"写出了自己当时的情状和心中的忧虑。在一些迎来送往的题赠诗作中，却充满了情义和友谊。比如他在《祭刘仲明文》这样悲叹道："二十余年，手足弟兄。有财共用，有田共耕。""生不同姓，居不同州"。"慰我寂寥，问我穷愁。别久不见，贻书置邮。"冯椅辞世时，曹彦约就写了《亲友冯仪之运干挽章三首》的诗来祭奠冯椅。

彭方，号强斋。"朱子守南康时，方随父受业焉。"他学习用心，勤于思考，对疑难问题从不放过，常耳提面命聆听朱子教诲，受益颇丰，他跟曹彦约是白鹿洞书院的同学。他于弱冠之年的绍熙四年，公元 1193 魁省闱，次年又中进士，先为池州教授、又任扬州教授、景陵知县、广东经略安抚司干办官、歙县知县、袁州知州、国子监祭酒兼侍讲、起居注官、殿中丞、兵部右侍郎、吏部尚书，赠金紫光禄大夫，加文华阁、龙图阁学士等。晚年的彭方以年老上疏辞官，但宋理宗看重他的文才，御笔慰留。但彭方不恋官位，连续二十余次请准辞归，朝廷最后只得恩准归居，又赠封他为少师衔。

彭方虽仕途通达，身居要位，但为官清廉，一生谨慎，"爱养民力"，清明讼狱，造福桑梓，于朝廷于地方多有德政。他也曾在都昌治北清化乡匮湖里佛寺之阳建"宝林书院"，训徒授业，为家乡培养储备人才。彭方一生著有《经华续业》三十卷和《强斋集》若干卷。

宋代都昌的彭氏是名门望族，为书香门第。其子孙有热衷于地方教育，筑室讲学者；有科举及第，步入仕途者。尤其以"都昌三彭"最为突出，他们是彭寻、彭蠡、彭方三人，为兄弟、伯侄和父子，其中又以彭蠡最为有名。

彭寻、彭蠡的祖父彭图南，学识渊博，宋徽宗政和五年，公元 1115 年中进士，初授迪功郎，后官淮宁府教授。彭寻、彭蠡的父亲彭立道，字昶年，读书讲求内功，不求闻达，不慕功名。"事亲色养备致，居丧遵从古礼，庐墓三年不移。人叹其孝"。每教人以继往开来为己任，故其子孙理学接踵，多受其影响和感染，是后世问学行孝的典范。彭立道死后，朝廷追赠为朝议大夫。

彭蠡长兄彭寻，字师绎，号东园，自幼得益于父亲教诲，颇善辞令，写得一手好文章。又与弟彭蠡同学于白鹿洞书院朱熹之门，南宋孝宗淳熙元年，公元 1174 年，以文笔与德行得到乡里推崇和举荐。嘉定戊辰年，公元 1208 年特奏名进士，只可惜英年早逝。在"都昌三彭"中以彭蠡、彭方父子名声最显，他们两人在明代都以朱子弟子的身份从祀白鹿洞宗儒祠，清代从祀白鹿洞紫阳祠。明清两代乃至今日从祀白鹿洞的朱子高足共 14 人，彭家父子占了两个，是为孤例。

冯去疾，宋代理学名家、学者兼教育家冯椅的三子，天资聪慧，学识过人。嘉定十三年，公元 1220 年进士及第，入直徽猷阁，曾任温州知府，后迁升知兴国军（今湖北阳新），曾于兴国沧浪亭刻《兴国本四书》。

淳祐八年，公元1248年为提举江西常平茶盐。宋淳祐九年，冯去疾提举江西西路，以朱子常临是帮，故立书院祀之。在任期间，曾于临川创立临汝书院，并聘请知名学者程若庸为山长。临汝书院云集了众多文人学子，成为当时颇有影响的一所书院，光大了"才子之乡"的文化教育。

临川古代书院的创办也是较早的，临川最早的县书院是南湖道院，"予惟抚郡书院始建于南湖之上，所谓南湖道院者也。冯仓使去疾，黄令君干改为临汝书院，以祀朱子"。冯去疾改南湖书院为临汝书院是在宋淳祐九年，一直延续到清代的同治元年，变成了临川的最后一个书院——汝阳书院。临汝书院坐落在县城西南二里地，今天的抚州市人民公园内。

刘锜，字信叔。是将门之后，我国宋朝时期的名将。其父刘仲武，宋熙宁时初任补官，后曾因功受到宋徽宗的召见，受皇恩披拂，家中的九个儿子都跟着受到了皇封，进而悉数为官，步入仕途。刘仲武一共生育有刘镇、刘锐、刘锷、刘錞、刘锡、刘镗、刘緺、刘钊、刘锜九个儿子，在这九个儿子当中，当以刘锜最为著名。

翻开明正德十年《南康府志》卷六《人物》篇，有这样的一段文字记载："刘锜，仲武之子，字信叔，仕至开府仪同三司，赠少傅，谥武穆。公因官寄居秦州成纪。兄钊，除长宁知府，奉母还都昌，葬二都耘溪田舍"。接着翻看《彭城刘氏会源宗谱·刘彦诚》篇，上面是这样记载的："公自鄱阳迁居都昌，以漆排门为号，故曰排门大夫"。"敕葬都昌治东六十里黄金乡二十都杏花园木瓜墩留志桥北去丙水十二仗"。接下去再翻开《彭城刘氏会源宗谱·刘仲武》篇，我们可以看到"排门，其旧宅也。"往下看，还有"锜，字信叔。江东路南康军都昌县黄金乡二十都排门村人"。在正德版《南康府志·陵墓》篇中记载，"刘彦诚墓在黄金乡杏花园留志桥北"。在此志的《人物》篇中是这样记载的："刘仲武，列宅二十四，号排门，遗址见存。"又据清同治版《都昌县志·桥渡》篇记载，"七里桥，在治东七十里古排门，即留志桥。"综合以上的资料来看，刘锜是刘彦诚的曾孙，他们家的第四代传人。由此，我们可以得出这样的一个认识，刘锜的祖居之地，便是今天的鄱阳湖上都昌县的鸣山乡七里桥村。

刘锜自少随父征战，宋徽宗时为阁门祗候。南宋建立后被授为陇右都护，多次战胜西夏，颇具威名。之后受名臣张浚提拔，参与富平之战。又扈从宋高宗，两任权主管侍卫马军司公事。绍兴十年，公元1140年在顺昌之战中大破金将完颜宗弼军，并派兵协助岳飞北伐。次年，于柘皋之战再破金军。此后被罢去兵权，两知荆南府。晚年再获起用，率军抗击南下侵宋的金帝完颜亮，但因老病而无功。

绍兴三十二年，公元1162年，刘锜去世，获赠开府仪同三司，谥号"武穆"。宋孝宗时追封吴王，加赠太子太保。著有《清溪诗集》，今已佚。《全宋诗》录其诗七首。刘锜性格豪爽、深沉果断，有儒将风度，对南宋政权的建立与巩固起到重大作用。宋宁宗朝时任史官的章颖，从"然后可传于百世，庶儿耸动于四方，张大国家之威，发舒华夏之气"的角度，选择了"皆志未尽展，时不再来，失机一瞬之间，抱恨九泉之下"的刘锜、岳飞、李显忠、魏胜四人，于开禧二年，公元1206年开始北伐中原之际，撰写了《刘、岳、李、魏传》，以刘锜为首。

建炎四年，也就是公元的1130年，刘锜率麾下的泾原军参加了富平战役。在富平一战之后，南宋出现了多名将领带兵投降金主的现象。刘锜随之奉都招讨张浚之命前去讨伐叛军将领，在战事中，因后援没有跟上，被迫撤了下来，回来之后，遂遭到了降职的处分。被召回临安府，任权提举宿卫亲军。建炎十年，改任为东京副留守。他率八字军等近两万人及全军家属沿水路北上，到顺昌府，即今天的安徽阜阳市时，得到金朝又已毁约犯我朝廷，并且重新占领了东京的消息。于是，刘锜就和知府一起做出了守城御敌的决定。金军统帅完颜宗弼以大军进攻阜阳，刘锜用计大败金军于阜阳城下。十一年，又奉调增援淮南，与王德、杨沂中等军在庐州东南的拓皋镇大败金军。在今天的阜阳市，就建有纪念他的大型历史文化公园"刘锜公园"，并建有大型街道"刘琦路"。

在绍兴十一年的四月，宋高宗与秦桧先后罢免了韩世忠、张俊、岳飞三大元帅的兵权，刘锜因而便自请隐退闲居。七月，尽管枢密副使岳飞请求朝廷不要罢免刘锜的兵权，但刘锜的兵权还是仍然遭到了罢免，罢免之后的刘锜，被外放到荆南府（今湖北江陵）做了知府。至绍兴十七年，刘锜以宫观之职退隐赋闲了下来，一直到了绍兴二十五年，才再度被朝廷重新起用为潭州知州。

刘锜在挂印归隐，寄居湖南湘潭期间，曾经写过一首叫作《鹧鸪天》的词：

"竹引牵牛花满街。疏篱茅舍月光筛。琉璃盏内茅柴酒，白玉盘中簇豆梅。休懊恼，且开怀。平生赢得笑颜开。三千里地无知己，十万军中挂印来"。

刘锜在湘潭归隐期间，由于平时没有留下什么积蓄，所以在归隐后的那段日子里，生活是过得非常地拮据。成天衣衫不整，缁衣垢面，一副穷困潦倒的模样。他经常到村中的小店里去吃酒，店中人因为不认识刘锜，便屡屡对他吆五喝六的。刘锜无奈地悲叹道："百万番人，只如等闲。如今却被他们诬罔。"实在是感觉好笑而又无可奈何，无处发泄心中的怨愤，他便作了此词来聊侃自己，借以舒畅心情。

在这首词中，深深地表达了刘锜在归隐之后那一种甘愿寂寞，不复求闻名于乡里的恬淡心境，这的确是值得所有的人们钦佩的。没有哪一个人，能逃得脱在盛名之下的春风骄纵、志得意满，以及一种乐意享受的感觉。但是，盛名之后的寂寥与无名，却是没有多少人可以做得到淡然面对的。毕竟，这是两种截然相反的生活状态。在名利场中，有多少人看得透这一层呢？他们至死不敢放弃手中的权力。因为，他们接受不了失去权力后的门庭冷落。词中的"休懊恼，且开怀"，不啻在告诉人们，不妨试着去换一种心境来看待外面的世界，去看待生活。其实我们会发现，每一个人的人生当中，都会有他的快乐色泽与悲愤情愫。

关于这一点，我们还可以从朱熹对刘锜的评价中读得出来。宋朝时，一向很少瞧得起武将的朱熹，对刘锜也是推崇备至的。他曾经在文章中提到刘锜说："信叔本将家子，喜读书，能诗，诗及佳，善写字"。这句话的意思是说，刘锜不但是喜欢读书，而且还能够做诗，并且他的诗还做得非常漂亮。刘锜不仅会做诗，他还善于写字，并且字也写得很好，的确不愧是"今代诗书帅"，"真的是有一代儒将之风范"。

绍兴三十一年，公元1161年，金主又调60万大军南犯宋庭。在出发前分配作战任务时，攻打宋军各部将领的任务都一一落到了实处，唯有攻打刘锜一部的作战任务，全军无一人敢于应承下来。金主完颜亮气得咬牙切齿，决定亲自带领大军与刘锜决战。当时，刘锜担任江、淮、浙西制置使，节制诸路军马，总指挥部设在清河口。金兵这次不敢怠慢，采用毛毡裹船运粮，刘锜则派游泳好手潜入水中凿沉金人的粮船。金军一面留精兵与刘锜相对抗，另以重兵转入淮西。属刘锜节制的大将王权却被金国大军吓倒，不听调遣，不战而逃，彻底破坏了刘锜的作战部署，使得战事落败，刘锜不得不暂时退守扬州。金军派万户高景山尾随而来进攻扬州，两军在皂角林经过一番激战，金将高景山被宋军消灭了，同时，宋军还俘虏了数百名的金兵，取得了不小的胜利。可惜的是，刘锜在此战时的重要时刻，竟突然身染重病，一病不起。他只得下令侄儿刘汜率 1500 人扼守瓜州渡口，担当守军；命部将李横率 8000 人在扬州城头固守；自己则暂赴镇江去治病。

这时候，宋廷闻讯之下，只好暂时任命知枢密院事叶义向来做江淮战役的总指挥。叶义向首先来到了镇江，他见到刘锜已经病重不起，就临时任命李横代理刘锜的指挥权，可是，当金兵直逼瓜州时，刘汜首先败退，李横孤军不能抵挡，左军统制魏友、后军统制王方战死，刘锜一手训练而又身经百战的一支铁军就这样几乎全军覆没。刘锜本人被召还京城后，被安排在试院内闲住，等待接受朝廷的处置。次年，也就是在绍兴三十二年，即公元的 1162 年的闰二月，刘锜突然"呕血数升而卒"。

从以上的叙述中，我们不难看出，刘锜不仅是一位骁勇善战，足智多谋的钢铁战将，他还承继了父祖身上的鄱阳湖人遗风，是一位心胸旷达，经纶满腹的饱学之儒。他浑身无不透射出鄱阳湖人的刚毅与坚韧性格，同时，还弥散出鄱阳湖人的瀚阔与悠远情怀。

江万里，号古心堂主，南康军都昌县人，南宋时期的教育家。他自幼神隽颖异，少有文名，宋嘉定十五年，公元 1222 年入太学，太子赵昀，也就是后来的宋理宗皇帝，极为赏识他，曾手书"江万里"三字于几砚之间激励自己。理宗宝庆二年，公元 1226 年以舍选登进士第，在他所作策论《郭子仪单骑见虎》一文中，表露了他对郭子仪的胆识和爱国情操仰慕之情，主考官阅卷后为之动情，欣然批道："立意新而措辞妙，高古文也。"宝庆六年，以舍选出身，任池州教授。后召馆试，历任著作佐郎，权尚左郎官兼枢密院检详文字。嘉熙四年，公元 1240 年出知吉州军，其所作《劝农诗》云："父老前来吾语尔，官民相近古遗风。欲知太守乐其乐，乐在田家欢笑中。"

他在从政之余，特别热心教育，于淳祐元年，公元 1241 年在吉州庐陵县城东的赣江中央的白鹭州上创建"白鹭州书院"，他广泛收藏图书，收授门徒，为朝廷培养后备人才。在他将办学之事奏闻朝廷之后，理宗皇帝亲赐御书匾额"白鹭州书院"。当时书院没有另任山长，由他自主其事，自为诸生讲授，竟然忘记了自己是吉州的知府。后人为他立碑，表彰他的办学功德：江万里创白鹭州书院，使"缙绅德之，吏民怜之，悍卒化之"。第二年，迁直秘阁，知隆兴府，又在隆兴府建"宗濂精舍"，广聚生徒，讲学其中。奏闻朝廷后，理宗又亲赐书御书匾额。因他办学成绩卓著，于淳祐三年迁考功郎官，兼直秘阁，主管建康府崇禧观。

不久，改任绍兴府千秋鸣禧观，后又以驾部郎官召，迁尚右兼侍讲。淳祐五年三月，与理宗谈论诸事得失，曾说："君子只知有事非，不知有利害。"他秉性耿直，刚正不阿，十一月上书弹劾林光迁等依权附势之徒。十二月不顾主降派反对，劝说理宗启用赵葵主持兵事，陈韦单主持财政，使主战派一度得以执掌朝政，为此屡遭主降派攻击。越明年，他升迁监察御史兼侍讲，未几，又升殿中侍御史。这时的江万里"器望清峻，论议风采，倾动于时。"但忤者嫉妒，谤言兴起，言其母病未能及时到家送终，使其遭受酷罚，在家坐废了 12 年。

由于在政治上，他的一身几乎绑在了贾似道的战车之上，尽管他大多的时候都在想着要跳下贾似道的战车放纵自由，但终因贾似道的势力太大，他无法独善其身，脱离对方的禁锢。因而，于政治来说，他的成就并不高。他对于南宋来说，所取得的成就倒是在教育上的贡献巨大。

白鹭洲书院仅在宝佑四年，也就是公元的 1256 年，全国荣登金榜的 601 名进士中，吉州就占了 44 名，而这 44 名进士中，大多数是白鹭洲书院的学生，几乎占到了全国录取人数的十分之一强，为全国之最。就是在那一年，年仅 21 岁的白鹭洲书院学生文天祥脱颖而出，独占鳌头，高中了状元。宋理宗高兴地对群臣说："此天之祥，及宋之瑞也"，也就是在那一年，他亲笔题写了"白鹭洲书院"的匾额，悬挂在书院的大门之上。自此，白鹭洲书院名扬全国，与庐山的白鹿洞书院，铅山的鹅湖书院并称为江西三大书院。

自江万里创办白鹭洲书院后，白鹭洲书院在全国都起到了榜样的带头作用，也使郡州内外的书院尽皆仿效，遍及吉州城乡的千百座书院相继建立和繁荣起来了。在众多书院的共同培育下，庐陵士子科举成名，学者成林，作家成派，仕宦成群，著述成山，志士成仁，使庐陵文化千年昌盛，成为江西文化的重心所在，这不能不说，其中是浸透了江万里的心血与汗水的。

元兵攻破饶州时，江万里率子江镐及全家人投止水殉国，向世人充分展示了他作为一个民族英雄的凛然气节。他一生著有《宣政杂录》行世。

在都昌的坊间，有人把江万里和陈澔说是甥舅的关系，在这里我顺便做以下的澄清。

江万里：字子远，号古心，生于公元 1198 年，卒于公元 1275 年，享年77 岁。

陈澔：人称经归先生，生于公元 1260 年，卒于公元 1341 年，享年 81 岁。

我们不妨来将陈澔与江万里的生卒纪年进行一番比对：陈澔生于 1260 年，江万里生于 1198 年，将 1260 减去 1198，陈澔整整比江万里晚了 62 年，这就不难发现，陈澔出生的时候，江万里他老人家已经是 62 岁的高龄了，

接下来，我们再把传说中陈澔的父亲陈大猷与江万里放到一起做一番比较。

陈大猷，生于 1198 年，卒于 1250。江万里生于 1198 年，卒于 1275。从纪年上我们可以看出来，陈大猷与江万里两个人，是处在同一时期里的两个人，并且他们两个人还是同庚同岁，都是 1198 年出生的。这么说来，江万里怎么会是陈大猷的外孙呢？

通过以上的交叉对比，我们不难相信，以上的说法已经足够说明江万里不是陈澔的外甥了。

为了稳妥起见，我们不妨再来将陈大猷与陈澔作一番比对。陈大猷，生于 1198 年，卒于 1250。陈澔，生于公元 1260，卒于 1341 年。陈澔出生的时候，陈大猷早已死去十年了，他哪里是陈澔的父亲呢？因此，陈澔的父亲陈大猷并不是传说中的那个陈大猷，而是此大猷并非彼大猷也。

至此，纵观都昌的文化及文学的阵营，对于两宋来说，在文化及文学的发展方面成果颇丰，成就较大，都昌儒学的发展与兴盛过程，应该是源于春桥中衙彭氏，兴于蔡岭龟山曹氏、而盛于南峰灵芝山冯氏。

春桥的彭寿及其子彭图父子，龟山的曹兴宗、灵芝山的冯盛世他们，都是当时的儒学有识之士，他们对于儒学在都昌的推广起到了历史性的作用。尤其值得注意的是，当他们三个家族在成功地联姻之后，形成了都昌这个地方上的儒学团体，这为他们的后代在从事文化及文学的发展事业上，奠定了良好的文化教育基础。

南宋时期，在都昌县乃至整个南康军，都昌的彭氏、黄氏、冯氏都是有名望

的文化世家之一。特别是冯氏一门五人，冯椅及其四子冯去非、冯去辨、冯去疾、冯去弱等人，他们父子不附权奸，隐居林下，授徒著述，其人品、学养至今仍受到人们的赞扬。

冯椅不仅是一位理学名家，还是一位学者兼教育家。他一生著有《太极图》《孟子图》《尚书辑说》《孝经辑说》《诗辑说》《论语辑说》《厚斋易学》《丧礼小学》《西铭辑说》《孔子弟子传》《冯氏诗文志录》《续史记》（又名白鹿洞书院志）等 200 多卷，全面解说了儒家经典。只可惜现今大多散佚，仅《厚斋易学》流传至今，今天的四川大学已将该书汇入新编的《全宋文》一书中。《厚斋易学》作于宋代宁宗朝，分辑注、辑传、外传三部分，共五十卷。冯椅在书中既博采众长又阐发已见，条目缕析至为详悉，是宋元儒学的权威性作品，此作补充并发展了宋代以来程颐、朱熹等人对易学研究的成果，使王安石、张弼等人已失传的易学全义得以延续下来。

冯椅的长子冯去非，号深居，宋理宗淳佑元年，公元 1170 年，登淳祐元年徐俨夫榜进士，曾任淮东转运司干办，其治所在江苏仪征。宝佑四年，公元 1256 年，冯去非又被召为宗学教谕，后隐居乡间，建去非学舍以授徒，闲时写诗赋词，是宋末婉约派诗人之一。其著作有《洪范经传集注》《易象通义》《洪范补传》等。次子冯去辨，登淳祐四年，公元 1244 年进士。宋宁宗嘉定十三年，公元 1220 年由征辟进入仕途，官至侍郎。幼子冯去弱，宋理宗宝庆二年，公元 1226 年也应征辟入仕，后知宁国府。兄弟四人曾经聚集在兴国的沧浪亭专门注释经书，为儒学的传承与发展作出了较大的贡献。

旧志曰："陶士行之忠，足卑王谢；陶元亮之节，不愧夷齐。至于赵宋，如刘锜之捷顺昌，肩随荆鄂；江古心之沉止水，伯仲文章。又如彭、冯、黄之学行，传程朱之薪火；云住之著礼，作周孔之功臣。"可见都昌先贤在都昌历史上的影响之深远，是无法去用言语来叙述的。

总之，在两宋期间，都昌学者著书立说有数百部之多，冯椅的《厚斋易学》先是被收入在明代的《永乐大典》之中，后又被收入在清代的《四库全书》之中，时至今天，再次被收入在新的《全宋书》中，这不难让人们相信它真正的价值所在吧？

当我将两宋的文化及文学艺术阵营从赣东北的婺源开始说起，沿着鄱阳湖顺时针转了一圈，到今天来到了与大郭山接壤的武山群峰之下，回到原点的时候，我便产生了一个要站在江州城头上来看整个九江地域文学方阵的念头。我们不难知道，在以黄庭坚、徐俯、王韶、夏竦、李燔、周应合、江万里、冯椅、冯去非、冯去辩、冯去疾、冯去弱、黄灏、彭蠡、彭方、曹彦约、刘锜等人为代表组成的文化及文学的艺术方阵，跟吉安、抚州一起，同样是一个在政治、经济、军事、文化及文学艺术各方面来说，都是一个建构齐备，功能全面的综合性地域文化阵营。

单单在两宋期间，九江这弹丸之地，也竟然就走出来了北宋的夏竦和南宋的江万里这两位学者型、教育家式的大丞相，在军事方面也走出来了彭方、曹彦约二位兵部的大员以及刘锜这位一线的勇猛战将，尤为值得一提的是，王韶竟然还是以一个文人的柔弱双肩，承担起了保家卫国的钢铁重任，文人上马，指挥万千军士打了一场北宋自五代十国以来80多年里的一次盛况空前的大胜仗，仅此一仗，便收复了边境的六个州郡并拓展了两千多公里的国境线，这应该是在我国的军事史上少有的先例。

在文学艺术的这一块，两宋期间的江州学者著书立说者不乏其人，如若真要统计起来的话，恐怕有不下千余卷的份额，仅夏竦和冯椅两个人的著作就在数百部之多。尤为令人值得称道的是，以黄庭坚为代表的"江西诗派"的建立，让鄱阳湖地域文学的这面旗帜高高地飘扬起来了。都昌朱门学派的人员众多，规模宏大，都昌理学的传播阵营，甚至可以说在南宋时期是一时无两，为理学的传播与发展作出了积极而又重大的贡献。

站在两宋的文化及文学的制高点来反观鄱阳湖地域文化及其地域文学的发展及壮大过程，我们可以看见它在很多方面，是以不同的地方文化群体及文学团体的方式走到历史文化的中心舞台上来的，但其中，也有一部分人是以家族集群式的文化及文学团体的方式来亮相登场的，当然，更多的人还是以文化及文学个体的身份加入到这个阵营中来的。

自两宋以来，尽管鄱阳湖上的文学个体多得数也数不过来，但是我们不难发现在鄱阳湖流域众多的文学群体中，家族式的文艺团体是尤为引人注目的，例如：临川的晏家父子，抚州的王氏兄弟及父子，抚州的陆氏兄弟，赣州的"虔州五曾"，鄱阳的洪氏父子、都昌的冯氏五杰……他们相互组成的大小不等的文学阵营，的确不愧是成就了鄱阳湖上一道靓丽的人文风景线。

纵观两宋以来，整个泛鄱阳湖流域的文人学者们，他们在大体上都是通过科举作为进身之阶，而步入到仕途上的人才，据不完全统计，两朝大约一共考取了5861名进士，其中，进入两宋的政治文化中心的代表人物，就先后有晏殊、欧阳修、周必大、王安石、夏竦、江万里、文天祥等人，而进入到科技医药、天文地理、文化及文学艺术中心的人才则就更多了，他们是以张潜、晏几道、曾巩、朱熹、陆九渊、姜夔、黄庭坚、杨万里、洪迈、杨松筠、曾民瞻、陈自明、曾安止、李觏、陈景元……等人。

自北宋结束了五代十国的混乱局面以来，在整个两宋期间，鄱阳湖流域的文化兴盛当是从晏殊、欧阳修两个人身上开始。以晏殊、欧阳修为代表的前期小令，是北宋词坛的星星之火和报春的花朵。清代的文学评论家冯煦在《宋六十一家词选·例言》中说，"宋初大臣之为词者……或是一时兴到之作，未为专诣。独文忠公与元献，学之既至，为之亦勤，翔双鹄于交衢，驭二龙于天路。且文中家庐陵而元献家临川，词家遂有西江一派。"在词坛长达了数十年的沉寂之后，晏元献先生挺身而出，挺身站在了鄱阳湖的风口浪尖上，他上继唐末以及五代词坛之馨烈，下启欧阳修、王安石、黄庭坚之雅韵，成功地将两宋之初的"北宋倚声家初祖"的美誉，美美地揽入到了自己的怀中。

但晏殊的贡献，还绝不仅仅只是停留在此处的。放眼整个鄱阳湖流域，文化教育在两宋时期的勃兴与发展，进入到一种全盛兴旺局面，导致全国的各类人才在江南地区的不断涌现，这都与元献先生在文化教育及其文学创作上，做出的积极引导与自身坚持不懈的创作有关，这才造成了一种江南富甲于天下，而鄱阳湖流域又冠带江南的这一盛况，站在这个角度上来说。晏元献的的确确是其中的关键人物，是发挥了决定性的重要作用的。

在两宋时期，鄱阳湖流域的文艺家们大多是以群体的方式崛地而起的。他们或是一地人才并肩继踵，泉涌而出，形成一股文艺的潮流，或是一门父子及兄弟并美竞秀，花开富贵，形成一个家族的阵营，在文学及艺术的领域里大显身手，各显神通。

首先，于散文创作方面的成就来说，在唐宋八大家的韩愈、柳宗元、欧阳修、王安石、苏轼、苏洵、苏辙、曾巩这八个人中，两宋就占了六家，而在两宋的六个人当中，来自鄱阳湖上的欧阳修、王安石、曾巩三人就占了其中的半壁江山。

其次，从两宋时期词坛方面的创作成就来论，北宋词坛的"四大开祖"是晏殊、欧阳修、晏几道、张先，从他们在词坛的站位来看，他们四家中，来自鄱阳湖流域的就有晏殊、欧阳修、晏几道，在"四大开祖"中占有其三，另外，词坛的豪放、格律二派，均是在鄱阳湖流域这块土地上，土生土长，拔地而崛起来的，并且从词坛的创新方面来论，豪放、格律二派都是词坛的开路先锋。

其三、在两宋时期的书法领域来看，先是由蔡京、苏轼、米芾、黄庭坚并列为书法上的四大家，后来，由于蔡京被后世之人将其归入到了权奸之列，因而被世人所唾弃，故在两宋的后期，书法四大家则是由苏轼、米芾、黄庭坚、蔡襄四人来并列的，但是，我们不难看出这四人中，黄庭坚就是来自于鄱阳湖上的。在书法界的宋四家中，也只有黄庭坚是这样一位兼擅正书、行书、草书，三者合而为一的多面手，他在宋四家中，独占其一。

其四，从两宋时期诗坛的发展来论，诗人们或是如欧阳修、王安石一般，成为了开一代新风者，竞相登场；或是如文天祥一般，成为了一朝之压轴诗人；又或是如黄庭坚的"江西诗派"以及杨万里的"诚斋体诗派"一般，大胆且勇敢地站出来，撑起一片只属于自己的天空，在诗坛上开宗立派，各立门户。

其五，在两宋期间的诗歌评论方面来说，欧阳修的《六一诗话》则是有独到的首创之功的。它产生的作用还并不仅仅只是表现在对诗歌的评论中，他还带动了整个文艺评论风潮的产生及发展与壮大，对后世的文学批评产生了积极的历史意义。

其六，在两宋时期的传奇文学创作方面，乐史的功绩是谁也抹杀不了的，他自觉地承继了唐代的传奇余绪，并将之无限地发扬光大出来，为鄱阳湖流域的传奇文学创作和繁荣，作出了极有意义的较大贡献。

其七，在两宋时期的笔记类文学的创作方面来说，鄱阳湖流域在这方面的文学成果是尤为突出的，笔记类文学创作的成果，卷帙浩繁，汇为巨轶，包罗宏富。例如，在笔记类作品中的《夷坚志》《容斋随笔》《鹤林玉露》《能改斋漫录》，都是笔记类文学作品中的拔萃之作，被后世引用的频率比较高，是中华文化宝库中难得的文学瑰宝。

最后，如果我们按照以往传统的文化史观以及传统的文化习惯来看待鄱阳湖流域的文化及文学的现象，把史学、哲学都算在散文创作领域里的话，那么，鄱阳湖流域的文学成就就更加地蔚为壮观、成就斐然了。朱熹和陆九渊这两位理学大师，他们使用大量的口语讲经传道，并将他们的讲话汇编成《语录》，这在中国的文学史上，是开启了文人的白话文之先声、先河，他们早在一千多年前，就为后世开展的白话文创作起到了积极的表率作用。

总的来说，在两宋时期的鄱阳湖流域，点亮鄱阳湖文学这星星之火并使之成为燃烧着的火炬的人，是晏殊，晏元献这个人，而接过并高举起这个火炬的人是欧阳修，他在高举着火炬奔跑之后，又将火炬传薪给了他的后来人，并且，他在文学的造诣上，并不单单是在文学理论领域开启了一代新变的风气，而且，他也以自己的创作实绩奠定了两宋诗文运动胜利的基石，让鄱阳湖地域文学这朵文学百花园里的奇葩，在文学的王国里大放异彩，光华四射，千秋照亮。

因此，我们不妨可以这么说，在两宋时期里的鄱阳湖流域，鄱阳湖文学它已经健康成长、发展和成熟起来了，它以一种令人耳目一新的地域文学的形式，走到了文化发展的舞台上来了。由此，我们可以想到，两宋时期的鄱阳湖流域，在这块红壤沃土之上，是一个盛产文学流派的地方，甚至可以说是盛产文学流派的温床。如果大家不信的话，这可以从鄱阳湖流域吹起来的"山水诗派"、"田园诗风"，走出来的"西江词派"、"江西诗派"、"诚斋体诗歌"等不同的文学流派中可以读得出来的。

在广袤而又丰厚的鄱阳湖流域，文化的底蕴丰富、文学的资源丰盈，它是一块文学派别林立的肥沃土壤。这从根本上来说，就不像今天的某些人在那里叫嚷得那样，说什么要创造鄱阳湖文学流派，这岂不是贻笑大方吗？因为长期以来，在我们鄱阳湖流域，从来就不需要人们去创造什么所谓的"鄱阳湖文学流派"，那只不过是一些人的笑谈而已。但是，反观当下的鄱阳湖地域文学，倒还真的需要我们现当代的文学工作者们，去勇敢地接过前人手中的文学火炬，高高地举起手中的鄱阳湖地域文学这面独具地域特色的文学旗帜，发扬并继承鄱阳湖地域文学的优良传统，将其坚决地进行到底就是了。

悦读元贞

　　当我们一路循着鄱阳湖地域文学走过的足迹，沿着鄱阳湖上流动着的每一条水系深入进去，从它肥沃而又蕴含深厚的泥土中，先后挖出了秦、汉的碑石，寻找到了三国时代的影像，从历史的风烟深处牵着脚步跟跄的两晋人物，挤上了吵吵嚷嚷，纷纷扰扰，戈矛刀剑叮咚作响的南北朝时的船头，途经京杭大运河，来到了隋唐英雄辈出的年代，在历经一番诗意的生活之后，便又陷入到了五代十国的争争吵吵之中，当我们好不容易从五代十国的纷嚷之中溜身出来，迎面撞过来的就是那文学繁荣、文化兴盛的两宋时期了。可是，好景不长，野心勃勃的元朝早就在磨刀霍霍声中，悄悄地朝两宋摸了过来，他们埋伏在崖山之侧，冷不丁地发起了既猛烈又疯狂的进攻，彻底推翻了南宋的统治集权，从此，元朝成了中国历史进程中第一个由少数民族建立起来的大一统王朝。

　　在大元朝建立之后的前几十年，从它的表象上面来看，是由于传统的中华文化遭受到了严重的损毁和破坏，这便使一脉相承了数千年的中华文明出现了一次短暂的断裂，形成了一个小的断层，它产生的这种破坏力和影响力，对后世来说，的确且无疑是巨大的。

　　众所周知，在我国的历史发展进程中，自秦以降，中原的历朝历代都已经在传统意义上，不再以各自的族名为国号，并以此来向全天下的人们，昭示中原的皇帝已经超越了民族的界限、成为了天下苍生的共主，是登上了至尊的地位的。故而，忽必烈在《建国号诏》中，他这样说："诞膺景命，奄四海以宅尊；必有美名，绍百王而纪统。"这句话的意思很明显，忽必烈是在向世界宣布，他要一统四海，继承华夏历代"百王"的使命，也就是天下一统帝王的正统地位，因此，他觉得仅仅用"蒙古"这个单一的民族名称来代指建立起来的国家，这是不足以表达新一统王朝的全新含义的，他必须要用一个能够承接传统文化，也就是指"汉文化"正统的"美名"来称呼自己刚刚建立起来的国家，所以，他对

《易经》中的第一卦"乾卦"的"元亨利贞"中的"元"之一字，产生了极其浓厚的兴趣，并勇敢地接受和使用了它。因为他从《象》的注释中读懂并深悟出来了"大哉乾元，万物资始，乃统天。云行雨施，品物流形。大明始终，六位时成，时乘六龙以御天。乾道变化，各正性命。保合大和，乃利贞。首出庶物，万国咸宁"的无上妙境，故而，他建国号曰"元"，意即为华夏一统中的大元王朝。

我们把《象》这段话翻译过来，它的意思应该是这样的："伟大的，上天的开创之功。万物依赖它获得生命的胚胎，它们统统属于上天。云在飘行，雨在降洒，繁殖万物，赋予形体。太阳运行，升上降下，出东没西，向南朝北，六方位置，依太阳的轨迹而得以确定。太阳驾驶着六条飞龙在空中有规律地运行。这种运行变化，形成季节气候，万物从而在大自然中找到适合生存的地位。天的运行，保持、调整着全面和谐的关系，于是达到普利万物，正常循环的境界。天的功德超出万种物类，给万国带来安宁。"因而，"大哉乾元"中的"大"，是指蓬勃盛大。而"乾元"二字，指的是乾元之气。"万物资始"的资，指资源。始，则指"创始化生"。统，指统贯。天，即天道。如果我们把"大哉乾元，万物资始，乃统天"这句话概括起来就不难明白，它的意思是说蓬勃盛大的乾元之气，是万物创始化生的动力资源，这种强劲有力，生生不息的动力资源是统贯于整个天道运行过程之中的。

因此，我们在今天就不难明白忽必烈在大元朝建立之初的灵魂深处是在想：尽管他是一个蒙古人，但也同样是中原历代王朝的正统，是位列于华夏历代"百王"行列里的一个人。故而，我个人认为，元朝在建立之初并没有斩断中华文明的本意在里面，但是，历史的现实由不得人们去自由把握的，伴随着朝代的更迭，对传统文化产生冲击和破坏的行为是绝对避免不了的，只是在程度上有些差异罢了，故而，可以这么说，元朝对中国传统文化带来的冲击和破坏程度是前所未有的。

但是，在元朝开始恢复科举制度以后，元代的文化以及文学创作活动逐渐得到了恢复和繁荣。纵观大元一朝，在鄱阳湖地域文化及其地域文学等方面，从鄱阳湖上走来了以马端临、吴澄、虞集、揭傒斯、范梈、周德清、危素、朱思本、汪大渊、程钜夫、刘将孙、赵文、姚云文、曾允元、刘埙、陈苑、陈澔、刘时中、汪元亨、饶介、颜辉、方从义、陈汝言、熊朋来、阴时夫、熊梦祥、杜本、张留孙、刘玉、陈致虚、释惟则、赵友钦、危亦林、杜可用、彭莹玉等人为代表的一大批政治、文化以及文学艺术方面的杰出人才。

接下来，我将就以上这些元代时期，鄱阳湖流域的人才分布情况及文学思潮，以及某些代表性的人物所取得的文学艺术成就做一些简单而有效的梳理与陈述，并加以一些必要的阐释。

从鄱阳湖上的广信地区来看，回望元代这一时期的文化及文学的发展历程，我们不难发现，从大元的烽烟深处走来了乐平的马端临、鄱阳的汪元亨、赵友钦，贵溪的陈苑、方从义、张留孙等人，他们在元代的文化及文学艺术的领域留下了浓墨重彩的一笔。

马端临，是宋末丞相马廷鸾的次子，江西乐平众埠镇楼前村人。他学识渊博，治学严谨，潜心治史，专心著述，以毕生精力，著下史学巨著《文献通考》，是一位名垂千古的大史学家。

咸淳八年，公元1272年，十九岁的端临以父恩补承事郎，二十岁漕试（乡试）第一。当时北方蒙古早已虎视眈眈，垂涎中原，贾似道擅权误国朝野昏暗，宋王朝处于风雨飘摇之中。马廷鸾感到大势难挽，便痛心称病辞官，挂冠归里，著书教子。年轻的马端临也以侍父疾为由隐居家乡，不求仕进。

端临自幼好学，终日埋头苦读于父亲那积书连楹的"碧梧精舍"中，足不出舍，晨昏质问，默诵沉思，夜以继日，还规定自己每天抄书五十张纸。隐居后，在父亲的朝夕教诲指导下，更是废寝忘食地博读强记。

宋亡元立。宋丞相留梦炎降元，任吏部尚书。他原是马廷鸾的好友，对端临的好学及才干是十分清楚的，便想举荐端临出来做官。马端临既不愿对元朝俯首称臣，又无意于官场倾轧，便婉言辞谢了，专心在家著书立说。

马廷鸾逝世后，端临于至元二十九年，公元1292年被征为学官，初任乐平慈湖书院山长；延佑五年，公元1318年改任浙江衢州柯山书院山长；至治二年，公元1322年赴浙江台州路任教授3个月。这时，他已经69岁了，由于他的一再要求，才得以告老回家。

端临深受其父严谨治学的影响，立志业绍箕裘，继承父业，要在著书立说上取得成就。端临看到，自班孟坚而后，至司马光止，所作史书皆详于理乱兴衰，而略于典章经制，虽有杜佑作《通典》、宋郑樵著《通志》，但均有明显不足处，所以马端临自早岁起便立志缀辑材料，著一部典章制度方面的书，来弥补历史上的这一缺陷。为实现自己的这一夙愿，马端临阅尽其父留下的大量藏书和文书档案。他在任书院山长期间，也积极广泛地搜集资料，积四十年之努力，穷四十年之功夫，遂写成了《文献通考》一书。此书大约成于元大德十一年，也就是公元 1307 年。至治二年，公元 1322 年，皇帝下旨，调马端临文稿赴杭州行省府校勘刊印。时至泰定二年，公元 1325 年，马端临才在儿子马志仁、外甥费山的护送下，赴省校刊。书成，对朝廷震动很大，不少人极力推荐，元廷也再三致意马端临三人赴任京官，端临坚辞不受，他和子、甥回到家里，一如既往，过着清贫恬静的隐居生活。

《文献通考》《通史》《通志》合称《三通》。《文献通考》被史学家誉为《三通》之首。这是一部囊括我国元代以前所有典章制度的鸿篇巨著，重要史籍。元英宗御批《通考》是"治国安民，济世之儒的有用之学。"清乾隆帝给予它"会通古今，该洽载籍，荟萃源流，综统同异，莫善于《通考》之书。其考核精审，持中至正，上下数千年，贯穿二十五代，于制度张弛之迹，是作得失之林，固已灿然备矣"的高度评价。

马端临除《文献通考》外，还著有《大学集传》《多识录》《义根守墨》等。可惜，这些著作如今都已失传了。同治版的《乐平县志》载其所作的《明经堂记》一篇。

汪元亨，别号临川佚老，饶州鄱阳人，元代时期的文学家。他于元至正年间出仕浙江省掾，后迁居常熟官至尚书。由于汪元亨生在元末乱世，他的厌世情绪极为浓烈。贾仲明的《录鬼簿续篇》里说他有《归田录》一百篇行世，见重于人。现存的小令恰好一百首，其中有题目名《警世》的作品二十首，题目作《归田》的八十首。

汪元亨和贾仲明同为元代后期的曲家。他所作的杂剧有《斑竹记》《仁宗认母》《桃源洞》三种及南戏《父子梦栾城驿》，可惜今皆不传。散曲今存《小隐余音》一套百首，散见于《雍熙乐府》《乐府群珠》《南北词广韵选》等集子，隋树森的《全元散曲》也有收入。只是历代记载很不一致，清代的钱大昕所著《补元史艺文志》列其有《小隐余音》《云林清赏》各一卷，而近人卢前有《小隐余音》缉本行世。

从汪元亨今存的散曲内容看，多是警世叹时之作，吟咏归田隐逸生活的趣兴之词。例如他的小令《醉太平》《警世》《折桂令》《归隐》等诸作品，既表现出他对腐朽没落社会的憎恶感情，又反映出他全身远祸、逃避现实的悲观情绪和消极思想。在文学艺术上，他的散曲风格豪放，语言质朴，善用排比，一气贯注，其中，也不乏有些潇洒典雅，情味浓郁，互文比喻，耐人寻味的篇章。

陈苑，广信府贵溪人。世称静明先生。在《宋元学案》中立有《静明宝峰学案》一节，以述其学，可惜他没有著作遗世。

何谓《静明宝峰学案》？其实，该案指的是在宋元学界中以陈苑、赵偕二人为代表人物的一个学术流派。

"静明宝峰学派"源于陆九渊的"本心"之说，陈苑、赵偕承继陆九渊的衣钵，他们认为"万物有存亡，道心无生死"。"理之根夫人心者，亦何尝一日混绝？"主张"穷明本心"、"存心养性"。要"究明本心"，必须以"静虚"为主，"先静其心，心静则视听言动皆得其正"。

自元以来，程朱理学盛行一时，而陆学渐次势衰力微。后来，朱学又被朝廷设定为科场的必考科目，成为了官学。便有一些尊崇程朱的理学之人，觉得陈苑、赵偕二人在倡导陆氏的心学，便常常加以讥讽和损毁，但是，他们二人不为外面的非议所动，坚定不变倡陆心学的信念，持之以恒，重修象山讲堂，授徒讲学不衰，因而形成了当时的"静明宝峰学派"。

陈苑年轻时对陆学著作，读之便尊奉不移。他经常说："此岂不足以致吾知邪？又岂不足以力吾行邪？而他求邪？"故此。他便以倡导和弘扬陆学为己任，终身追求不悔。他广开门庭，授徒讲学，门生颇众。在当时，由于北方的许衡、赵复等人在大力提倡朱学，科举考试亦以朱子理学为必修的科目，天下士子非朱子之书不读，以作为进身求进的阶梯。面对陆学绝少有人问津的局面，陈苑不顾周围的压力山大，积极倡导和振兴陆学。

他为了重振已经势衰力微的陆学，他"困苦终其身，而拳拳于学术异同之辩"。由于他的不懈努力，至元代的中期，陆学又在鄱阳湖地区一度出现了振兴的现象。这正如全祖望所言："中兴之者，江右有静明，浙东有宝峰"。

由于陈苑没有什么著作传世，他的思想只能从其门人那里略知一二。一传弟子甚多，著名者有：祝蕃、李存、舒衍、吴谦、曾振宗、闵甲、陈麟、桂彦良、乌本良、向寿、李善、罗拱、危素、张翥、徐震、上官岊、刘礼、李孝谦等，其中，祝蕃、李存、舒衍、吴谦，世称"江东四先生"。

李存曾说，陈苑的学说"大抵谓圣贤之业，之见于言语文字者，无非明夫人心，而学者亦必于此乎究。"他所倡导的"明心"，正是陆九渊的"发明本心"。陆氏主张"心即理"，所谓心亦称本心。他认为一切道德准则均根于本心。所谓的"发明本心"，也就是革除心蔽，清除欲望，彻底反省人所固有的仁、义、礼、智之心，恢复心体的本然状态。陈苑坚持陆九渊的这一思想，同样认为，只要去除私欲，就能究明本心。

李存还说，对此深有所悟，"吾心之灵，本无限碍，本无翳滓，本无拘系，本无浪流。其有不然者，己私赋之也，非天之所予者。"发明本心之后，就可以达到万物皆备于我、我与万物一体的境界。他的另一个弟子则说："万物皆我，我即万物"，说的便正是此意。

陈苑授徒讲学，独倡陆学。由于他的不懈努力，得以使陆学思想传播，"由是人始知陆学"。黄宗羲评论说："陆氏之学，流于浙东，而江右反衰矣。至于有元，陈静明乃能独得于残编断简之中，兴起斯人，岂非豪杰之士哉！"虽然陈苑的行为受到后世称道，但其在陆学的继承上并无创新之举，这在当时的情况下，其影响终究是有限的，他的思想只不过仅仅是元代文学思潮中的一股细流而已。

但是，由于"静明宝峰学派"笃信并坚守陆学，使得陆学在元代一度中兴。这对后来的陆氏"心学"能够得以更好地传播以及开启明代的阳明"心学"说，起到了积极的连接和重要的桥梁作用。静明宝峰学派主要著作有，赵偕的《宝云堂集》、李存的《俟庵文集》、桂彦良的《清节集》、乌斯道的《春草集》、王桓的《明白先生集》，危素的《危太朴集》，张翥的《蜕安集》等。

方从义，江西贵溪人，元末著名的道士画家。他早年入道，师从永嘉人金月岩修道家之学，为龙虎山上清宫正一派道士，金月岩去世后，他离开龙虎山游历全国各地，往来于大江南北，曾经在元至正三年，公元1343年到大都，也就是今天的北京，结交了不少文人、画家和达官贵人，元代名臣危素称他为"方外之交"，画家张彦辅曾为之绘《圣井山图》相赠，在当时很有名气，由于他不喜谈论时事，独好画，不久即思南归，但这次北游使他大开眼界，对他的画有很大促进与提升。

方从义善画，又兼攻诗文、书法。其画初师董源、巨然、米芾，又学赵孟頫、高克恭之法。画风潇洒，笔致跌宕，意境苍茫，无尘俗之气，以幽为其画特色。他善画云山墨戏，笔下的景色多是冷寞，幽闭，尘俗绝少的地方：高山奇峰，深谷幽涧，古树老屋，野水孤舟，给人以深沉、奇特和悲壮之感。他早年的画严谨，晚年不拘于形，用笔奔放，满含激情。传世不多，人以礼求之，始为出其一二。尝言："太行、居庸天下之岩险，其雄杰奇丽，皆古之名画，余所顾见者今皆见之，而有以慊吾志，充吾操，吾非若世俗者区区而至也。"盖学仙之颖然者，由无形而有形，虽有形终归无形，画能如是，其至矣乎？

《图绘宝鉴》中录其作品约四十余件，现存的官方藏品有六件，私人收藏品有多件：《山阴云雪图》藏台北故宫博物院；《云山图》《白云深处图》藏上海博物馆；《武夷放棹图》藏北京故宫博物院；《高高亭图》《神岳琼林图》藏台北故宫博物院。后人认为他的画有点"外道"，所以尽管其画格极高，艺术造诣精深，却因为过于不重形似，故影响不如黄公望，倪瓒等人。

张留孙，又名张宗师，北京东岳庙的开山始祖。他是信州贵溪人，自幼从伯父学道江西龙虎山上清宫，为龙虎山上清宫道士，是为元代道教领袖张宗演的弟子。至元十三年，公元1276年，南宋亡，张宗演应元世祖忽必烈召去大都，留孙从行。次年，宗演还龙虎山，留孙留大都，忽必烈授以江南诸路道教都提点之职。后来，他经历成宗、武宗、仁宗、英宗四朝，备受宠遇，历次加封为特进、上卿、玄教大宗师、开府仪同三司等职。

张留孙对元代道教的复兴起了很大作用。蒙古进入中原之初，道教全真派受到重视，势力日盛，后与佛教发生冲突，在蒙古统治者主持下，两教先后举行了三次大辩论。由于统治者偏袒佛教，致使道教受挫。至元十八年，忽必烈下禁道诏书，这对道教是个沉重打击。面对如此严酷的形势，张留孙通过太子真金来向忽必烈进谏，这才让禁道之事得以缓和下来。元成宗铁穆耳即位后，张留孙便积极地四方活动，使道教重新得到了统治者的重视。张留孙的地位亦不断地得到上升，这是道教在元代政治生活中重新活跃起来的一个标志。

由于张留孙出自正一道，在地位提高后便自立门户，称为玄教，并得到了元朝统治者的承认。张留孙死后，其弟子吴全节继任玄教大宗师，总摄江淮荆襄等处道教、知集贤院道教事，继续受到优遇。元代中期以后，玄教成为道教中最显赫的一个派别。

他近 70 岁时，见大都未有泰山神东岳大帝的庙宇，遂自愿筹资兴建东岳庙。元仁宗执政的延佑六年，公元 1319 年，时已 71 岁的张留孙在齐化门，今北京朝阳门外买好了地，筹建东岳庙，但还没来得及兴建庙宇，他便羽化了。其徒弟吴全节接手建造。吴全节少时入江西龙虎山上清宫学道。元世祖至元十三年，公元 1276 年，他随张留孙北上大都，成为张留孙的高足和助手，颇受元朝皇帝的重视。张留孙羽化后，吴全节承袭师职，制授特进上卿、玄教大宗师。吴全节秉承师志，用 6 年时间建成了大殿、大门、东西两院，塑了神像。朝廷赐名"东岳仁圣宫"，并在其东配殿供有开山祖师张留孙的塑像。

赵友钦，自号缘督，因此别人就称他为缘督先生。信州府鄱阳县人。他是宋室汉王十二世子孙，人"极聪敏，天文、经纬、地理、数术莫不精通。"宋末元初道家的学者，一位有重要成就的科学家。宋朝灭亡后，他为避免受到新王朝的迫害，一生浪迹江湖。

赵友钦先是得到北派马丹阳的弟子宋德方一系的传承，后又在芝山村肆遇南派二祖石泰传授，所以他是集南北两派丹学于一身的人。著有《仙佛同源》一书十卷。可惜赵友钦的许多著述已散佚，今人只能从其仅存的《革象新书》中了解他的科学成就。

《革象新书》是一部探究天地四时变化规律的著作，书中记录了他的几何光学实验活动及其成果。研究表明，他的"照度随着光源强度增强而增强，随着像距增大而减小"这一粗略的定性照度定律内容，西方在 400 多年后才由德国科学家来博托得出"照度与距离平方成反比"的定律。而且，他那从客观实验出发，采用大规模的实验方法探索自然规律的科学实践，这在世界物理科学史上也是首创的。比世界著名物理学家意大利的伽利略早了两个世纪。

赵友钦是我国古代卓越的科学家，在天文学、数学和光学等方面都有成就。他注《周易》数万言，著有《革象新书》《金丹正理》《盟天录》《推步立成》等书，可惜除《革象新书》外的其他著述，都已失散了。

我国古代光学有着许多辉煌的成就，如对光的直线传播、小孔成像等现象，很早就有研究。《墨经》《梦溪笔谈》在这方面都有记载。然而对光线直进、小孔成像与照明度最有研究并最早进行大规模实验的科学家当推赵友钦。被记载在《革象新书》的"小罅光景"那一部分实验，在世界物理学史上是首创的。

之前说过了广信，我们再来谈谈元代的抚州这个地方。在大元时期，从抚州这个才子之乡走来了以"草庐学派"，崇仁的吴澄、虞集为代表人物的，以金溪的危素、临川的朱思本、饶介，南丰的刘埙、危亦林以及南城的程钜夫等人组合而成的文化及文学阵营。

"草庐学派"是元代的一个学术派别。众所周知，在我国的元朝时期出现了两个文化大儒，他们一个是北方的许衡，另一个就是南方的吴澄。而我们今天提到的"草庐学派"，它的倡导者就是这个崇仁的吴澄先生。

许衡对于汉蒙文化的交流，程朱理学的传播以及朱陆的合流都有较大影响。他与姚枢、窦默等人讲程朱理学时，"慨然以道为己任"。对程朱理学的研究有其独到之处，他提出了"命"、"义"之说。由于许衡精研程朱理学而不拘泥旧法，便在程朱理学的基础上，提出了他那著名的"治生论"。他说："言为学者，治生最为要务"。元代有人赞扬他说，"继往圣，开来学，功不在文公下。"

而崇仁的吴澄，便是在当时与许衡二分天下的元代大儒。当时号称"北有许衡，南有吴澄"。许衡主要是承传程、朱之学，而吴澄则主要是折衷朱、陆之学。但从其论学的实际来看，吴澄是元代"和会朱陆"的突出人物。对于朱、陆之学，他既看到了其相同的一面，也看到了其不同的一面，他企图解决朱、陆之间的两派矛盾，进而和会朱、陆。在理学上，吴澄确实谈了不少朱学的内容；但对于朱、陆的分歧，他又基本否定了朱熹的"道问学"论，而接受了陆学的本心论，提倡读书问学当以陆象山的"尊德性"为本，这在一定程度上克服了朱熹哲学方法与体系的矛盾。因此，草庐学说是折衷朱、陆两家的产物。

吴澄曾经于乡居筑草庐数间，并在其中讲学，因此，世人称其为"草庐先生"。吴澄的学说在哲学上主理气结合说。他认为"理者，非别有一物在气中，只是为气之主宰者即是。无理外之气，亦无气外之理。人得天地之气而成形，有此气即有此理，所有之理谓之性。此理在天地，则元亨利贞是也。其在人而为性，则仁义礼智是也。性即天理，岂有不善"。然天理与性虽相通，但"人之生也，受气有或清或浊之不同，成质有或美或恶之不同"，故需学习、修养，以"变化其不清不美之气质，则天地之性，浑然全备"，"即当用功以知其性，以养其性"。

故其"先反之吾心"，非空守其心，而是主敬以修养之。"主于敬，则心常虚，虚则物不入也。主于敬，则心常实，实则我不出也"。其后求之经书，亦"非徒诵习文句而已；必敦谨其行而有实践，非徒出入口耳而已"，须"就身上实学"。指出朱、陆二学虽门径不同，但在维护封建道德方面则是一致的，"三纲二纪，人之大伦也"；"朱、陆二师之为教，一也"。他的主要弟子有元明善、虞集等人。

吴澄终生治经，孜孜不倦，从年轻时校订"五经"起，到中年又"采拾群言"，"以己意论断"，再"条加记叙"，并努力探索朱熹研究五经的"未尽之意"，直至晚年方才修成《五经纂言》。除了《诗纂言》之外，其他的如《易纂言》《书纂言》《礼记纂言》《春秋纂言》四种以及《易纂言外翼》《仪礼逸经传》《孝经定本》《道德真经注》等书，均为《四库全书》所著录。黄宗羲在《宋元学案·草庐学案》中评赞吴澄说："朱子门人多习成说，深通经术者甚少。草庐《五经纂言》，有功经术，接武建阳，非北溪诸人可及也。"

的确如此，吴澄撰修《五经纂言》，在编次整理经文的同时，还特别对其内容从义理方面加以疏解，深入探讨其微言大义，发明张大朱熹之说。他摆脱了汉唐以来，局限于对文字训诂的治经方法，在五经的研究上完成了由汉、唐的典制训诂转入宋元的义理疏注这一发展过程。毋庸置疑，这的确是"朱子门人所不及"的经学成就。即使在元代，研究五经者虽然不乏其人，但唯有吴澄的成就是最为显著的。

下面，我便分别从吴澄的"道统论、天道观、心性说"三个主要方面，来对他的理学思想进行简要的概述与分析。

道统论是儒家的道统说，始于唐代的古文家韩愈。韩愈为了辟佛反老，特地提出了儒家圣人传道的道统。他的此说一倡，遂为后世儒家所祖述，道统也就成了儒学名流自谓得孔门心传、以抬高自己身价的工具。程颐、朱熹、陆九渊等人就是如此，吴澄则更有甚之。他19岁作《道统图》，便慨然以接续朱熹继承道统自任。对于道统，吴澄曾有这样的论述：道之大原出于天，神圣继之。尧舜而上，道之元也；尧舜而下，其亨也；诛泗邹鲁，其利也；镰洛关闽，其贞也。分而言之，上古则羲皇其元，尧舜其亨，禹汤其利，文武周公其贞乎！中古之统，仲尼其元，颜曾其亨，子思其利，孟子其贞呼！近古之统，周子其元，程张其亨也，朱子其利也。孰为今日之贞乎？未之有也，然则可以终无所归哉？

从以上的这段文字中，就充分地体现了吴澄道统论的几个主要观点：其一，以天为道统之原。韩愈的道统始于尧舜，而吴澄则借用董仲舒"道之大原出于天"之说，视天为道统之原，尧舜继之。这显然反映了宋代以来儒家的宇宙本体观念。其二，高度重视宋代理学。吴澄根据《周易》的元、亨、利、贞排列，把道统的发展过程分为上古、中古、近古三个历史阶段，每个历史阶段又分为元、亨、利、贞四个小段，并且，他还特别把两宋的理学排在儒学发展的"近古"阶段，亦即是其中的最后阶段，处于"贞"之终结时期的最高位置，这就表明了吴澄对于两宋理学的极端重视态度。其三，他自我标榜是朱子的传人。吴澄在《道统图》中，将近古理学阶段从周敦颐发展到朱熹，按序排列为元、亨、利，而处于终结的"贞"却有意留下了一个空缺。显然，在这里吴澄的本心是想以"贞"为自任，从而跻身于宋儒诸子之列，成为朱熹之后道统的继承人。

天道观是探讨太极、理、气的内涵及其相互关系的理学基本内容。吴澄的天道思想，主要包括自然观、太极与理气论。关于天、地、日、月和人、物的形成，吴澄认为皆本于"一气"之论。他曾经说过："天地之初，混沌洪蒙，清浊未判，莽莽荡荡，但一气尔。及其久也，其运转于外者，渐渐轻清，其凝聚于中者，渐渐重浊；轻清者积气成象而为天，重浊者积块成形而为地。天之成象者日月星辰也，地之成形者水火土石也。天包地外，旋绕不停，则地处天内，安静不动。天之旋绕，其气急劲，故地浮载其中，不陷不堕，歧伯所谓大气举之是也。天形正国如虚球，地隔其中，人物生于地上。地形正方如搏骰，日月星辰旋绕其外，自左而上，自上而右，自右而下，自下复左。吴澄的所谓"气"是具有实体性的，是形成天地人物的基本质料，他的这种认识，在那一时期里应当说具有一定的唯物论因素的。

然而，吴澄却又并未把"气"作为宇宙的本原，而只是提出将宇宙的本原，分别置于"理"和"太极"的范畴。对于气与理的关系，他认为："自未有天地之前至既有天地之后，只是阴阳二气而已。本只是一气，分而言之则曰阴阳，又就阴阳中细分之，则为五行，五行即二气，二气即一气。气之所以能如此者何也？以理为之主宰也。理者非别有一物在气中，只是为气之主宰者即是，无理外之气，亦无气外之理。"吴澄认定理是气的主宰者，但它又寓于气中，理气是不可分割的。

对于"理"和"太极"的关系，吴澄则视理为太极的精神本体。在他看来，天地生灭，人消物尽的变化反复，统统是由于"太极为之"。太极之所以能起到主宰宇宙的作用，是由于它本身包含的动静之理，能随"气机"之动静而动静。但太极本身又是"冲漠无朕，声息泯然"的，是"无增无减，无分无合"的。由此又可见，吴澄是把太极作为宇宙的本原，而太极本身却是一个寂然不动的绝对体，他的这种宇宙观又无疑是属于唯心主义的范畴。

再进一步来看，吴澄还把太极等同于天、帝、神、命、性、德、仁等范畴。按照他的解释，太极就其"全体自然"而言叫作天，就其"主宰造化"而言叫作帝，就其"妙用不测"而言叫作神，就其"赋予万物"而言叫作命，再就其"物受以生"而言叫作性，得此性便叫作德，就其"具于心"而言叫作仁。如此一来，吴澄的所谓"太极"，不仅是宇宙的本体，是普照天地的万能神，而且它还具有道德的属性，是人生最高的理想和极则，这也就是人们常说的天理。

心性说，是讲人应该如何认识天理，并做到与之合一，这是理学家们研究的重要课题。朱熹的观点是持之以格物，格物而致知。陆九渊的观点是持之以本心的"发乎心"之论。而吴澄的观点则是"和会朱陆"两个人的观点，他认为对于事物的认知，应该在"发乎心"的同时加以"格物"和"致知"来得出自己的观点，从而形成了属于他自己的心性说。

吴澄平生著作有《吴文正集》100 卷、《易纂言》10 卷、《礼记纂言》36 卷、《易纂言外翼》8 卷、《书纂言》4 卷、《仪礼逸经传》2 卷、《春秋纂言》12 卷、《孝经定本》1 卷、《道德真经注》4 卷、《冲虚真经解》等并行于世。

虞集祖籍成都仁寿，也就是今天的四川省眉山市仁寿县，南宋丞相虞允文的五世孙，其父虞汲曾任黄冈尉，宋亡后，他随父迁居江西崇仁二都，即今天的石庄乡定居。

虞集自幼聪颖，3 岁即知读书，4 岁时由母杨氏口授《论语》《孟子》《左传》及欧阳修、苏轼等名家的文章，听完即能成诵。9 岁时已通晓儒家经典之大旨。14 岁时师从著名理学家吴澄，对儒学的世界观有了进一步认识。元朝统一全国后，虞集先在江西南行台中丞董士选府中教书。大德六年，公元 1302 年，被荐入京为大都路儒学教授。不久，为国子监助教。皇庆元年，公元 1312 年，元仁宗即位，虞集转任太常博士、集贤院修撰。其时，他曾经上疏论学校的教育问题，其间多有真知灼见，为元仁宗所赏识。延佑六年，公元 1319 年，又改为翰林待制兼国史院编修、集贤修撰。泰定元年，公元 1324 年，升为国子司业，后改秘书少监。

泰定四年，公元 1327 年，他与王约一同随泰定帝去上都，用蒙语和汉语讲解经书，上都大臣为其博古通今的学识所折服。泰定帝升任他为翰林直学士兼国子祭酒。他建议京东沿海土地应让民开垦，筑堤以防潮水涌入。这既可逐年增加税收，又使数万民众得以在京师周围聚集，增强保卫京师的力量。这些主张虽未被采纳，但后来海口设立万户之计，就是采用其说。文宗在登位之前，就对虞集有所了解，登基后，即命其为奎章阁侍书学士。文宗有旨采辑本朝典章制度，仿效"唐、宋会要"，编修《经世大典》，命虞集与平章事赵世延同任总裁。后赵世延离任，由虞集独专其责。虞集呕心沥血，批阅两载，于至顺二年，公元 1331 年全书编纂而成，共计 880 卷，是研究元朝历史的重要资料。书成后，文宗命他为翰林侍讲学士、通奉大夫，他以眼疾为由乞外任，未被允许。直到文宗及幼君宁宗相继去世，才得以告病回归崇仁。

至正八年五月二十三，也就是公元 1348 年 6 月 20 日，虞集病逝在家中。朝廷敕封他为江西行省参知政事，仁寿郡公，谥号"文靖"。

虞集学识渊博，精于理学，能够究极本源，研精探微，为元代"儒林四杰"之一。他认为道德教化是国家治本的大事，选用人才必须为大众所敬服。主张理学应贯穿于雅俗之中，是元代中期文坛的盟主，诗文俱称大家。他的文章大多宣扬儒家传统，倡导理学，歌颂元室。他的诗歌风格典雅精切，格律谨严，深沉含蓄，纵横无碍，于精切典雅中见沉雄老练，体裁多样，擅长写作七古和七律的诗歌，与杨载、范梈、揭奚斯齐名，人称"虞、杨、范、揭"，为"元诗四大家"之一。朝廷宏文高册，大多出自其手。他的诗作中，有不少作品涉及到抚州的故土山水风物人情。

虞集一生著有《道园学古录》《道园类稿》各 50 卷，《虞文靖公诗集》又名《虞伯生诗》等遗世。

危素是抚州金溪人，唐朝抚州刺史危全讽的后代，元末明初的历史学家、文学家。

他从 4 岁那年起就开始读书，到了 15 岁时，便精通了《五经》。他曾拜读于吴澄门下，后尊李存为师。吴澄对他十分赏识、大力引荐，让他得以广交天下的文学名士。当时的范梈、虞集、揭傒斯等人对他渊博的学识也很折服，甚是钦服。

元朝至正元年，公元 1341 年，经大臣引荐，危素出任经筵检讨，负责编修宋、辽、金三朝国史以及注释《尔雅》一书。《尔雅》注释完成后，顺帝奖给他金银和宫女，他一概没有接受。至正五年，改任国子助教，七年，又改任翰林编修，负责编纂后妃等传和宫廷纪事。

他修纂《元史》的"后妃列传"时，他苦于手头上没有现成的，可以佐证的资料，再加上他不相信手边上那些已经被整理过的资料，就曾经特别买了许多食物去送给一些白发的宦官，用自己的俸禄去买动一些皇亲国戚，向他们打探后宫的有关情况，并设法去获知当时的实际情形，然后才着墨写书，一点儿都不肯敷衍马虎，这才得以成史。十一年，擢升为太常博士，后任兵部员外郎、监察御史、工部侍郎、大司农丞。十七年，升礼部尚书。十八年，参中书省事，专任甘肃平章事，总西部兵马。他整治边防、任用贤吏，安抚边民，力图中兴，深得皇太子赏识，称他"澄清忠义，清白起家"。不久，进御史台治书侍御史、中书左丞。至正二十年，公元 1360 年，他官拜参知政事。

有一次，上都发大火，也就是今天的内蒙古锡林郭勒盟正蓝旗东北闪电河北岸的宫殿失火，元顺帝下令重建大安、睿思二阁。由于危素"为人侃直，数有建白，敢任事"，他便以民间疾苦为由，苦谏朝廷不要大兴土木，并亲自到河南、河北、江淮一带去发钱、发粮、赈救灾民。至正二十四年，危素为翰林学士，奉旨出任岭北行省左丞。后弃官，隐居房山达四年之久，潜心史学著作的纂写。

至正二十八年，公元 1368 年的闰七月，朱元璋率部攻入大都，危素欲跳井自杀，但被他的诗友以"国史非公莫知，公死，是死国史也"为由被劝止下来了。当朱军兵士要冲进史库搞破坏时，危素便急告镇抚使吴勉，这才使得《元实录》一书得以被保存了下来。

明洪武二年，公元 1369 年，危素被任命为翰林侍讲，与宋濂同修《元史》。朱元璋曾经多次召见危素，询问元朝兴亡的缘由，并令其撰写《皇陵碑文》。不久，危素被劾，罢官一年。后又官复原职，兼弘文馆学士，并赐小车，免朝谒。太祖常赐酒宴与诸学士，时有诗词酬唱。危素虽然总是在最后将自己的诗作呈上，却往往独得明太祖称赞，说危素"老成，有先忧之意"，彼时，危素已经 70 多岁。洪武五年正月二十三日，公元 1372 年 2 月 27 日，危素卒于和州含山县寓所，后归葬金溪高桥。学士宋濂为其撰写了墓志铭。

危素历经元明两个朝代，并且都曾经担任过朝中的大臣。但封建统治者出于种种考虑，并未将其放到重要位置上来加以宣扬。《明史》以及历代编纂的《抚州府志》和旧的《金溪县志》，也只将他放在"文苑"中予以介绍。其实，他在史学领域有其不可磨灭的贡献。宋、辽、金三史本是危素执笔编纂，却被署名为元朝的宰相脱脱主编，他反而成了次要的人物。危素不仅博学，而且善于古文诗词的创作。其诗歌的创作成就在元末的地位较高，影响也很大。他的诗气格雄伟，风骨遒劲，诗作收集在《云林集》2 卷中。他的散文被誉为元代一大家，有文集《说学斋稿》4 卷。清人王懋称其文"演迤澄泓，视之若平易，而实不可及"。此外，还有《尔雅略义》19 卷，以及《草庐年谱》《元海运记》等。在

《太和正音谱》中有《危太仆后庭花》杂剧 1 本，近代学者王国维怀疑它是危素撰写的作品。

只要是研究中国历史，"二十四史"是必然绕不过去的一道弯，也是必不可缺的重要历史文献，而二十四史之中的宋、辽、金、元四部史书，就浸透了危素的心血与汗水，因此，他对于中国传统文化的贡献是不言而喻的。由于危素早年在元廷之上，就因为参加《宋史》《辽史》和《金史》的编修，而名重当时，故而到了明代时期，他又因为与宋濂一起同修《元史》，便奠定了他在中国学术史界的崇高地位。

刘埙是抚州南丰县人，鄱阳湖流域著名的文人隐士刘镗先生的侄子，宋末元初时期的学者、诗人及评论家。

刘埙是元初时期江西颇有名气的儒生。他生于宋理宗嘉熙四年，求学读书于麻姑山中，研经究史，网罗百氏，文思如泉涌。入元后，年五十五时为"盱郡学正"。年七十受朝命为延平路儒学教授。公元 1311 年，七十二岁时为南剑州学官，届满，诸生复留授业，三年乃归。卒于元仁宗延佑六年，享年八十。

刘埙与陈苑、赵偕等人，是元代陆学的代表人物和主要传人。他们"尊陆九渊为正传，而援引朱子以合之"。在他们所处的时代，朱学大盛，陆学受排挤。而刘埙却崇尚陆学，并竭力为陆九渊争正统地位。依他来看，陆九渊不仅是儒家道统的正传，而且是道统的"成终者"。他时常把朱、张、吕、陆四人相提并论，而其中又推重朱、陆，以朱陆并称。尤其推崇陆九渊，他认为"陆氏之学，将大明于世"。后来，明代产生了王阳明的"心学"，陆学果然得到了复兴。

刘埙一生博览群书，才力雄放，工诗文，尤长于四六句。他对中国古代戏剧，尤其是南丰的傩戏颇有研究，在他的《水云村稿》中，《词人吴用章传》记载"至咸淳，永嘉戏曲出，南丰泼少年化之"的文字，是至今最早记载"戏曲"一词的史料，亦说明南丰戏曲文化之早之盛，是研究南丰戏曲文化的珍贵史料。

他还是元代著名的文学批评家，其《隐居通义》列举了前代许多著名的诗人，如陶渊明、李白、王维、贾岛等人，从历史发展的角度出发，对他们的诗歌风格进行评析。通过对历代名家的评析，为人们认识诗歌历史的发展提供了便利。

刘埙一生著有《隐居通议》31 卷，《水云村泯稿》《水云村稿》15 卷，《经说讲义》《哀鉴》《英华录》，计 100 余卷。

程钜夫，抚州南城县人，初名文海，因避元武宗海山名讳，改用字代名，元朝的名臣、文学家。

程钜夫五岁就学，由于他的家学渊源深厚，在长辈的谆谆教诲下，从幼年时代起就表现得出类拔萃。他文思敏捷，过目成诵，十七岁开始从学于龙渊先生胡自明，十九岁开始游学于临川的"临汝书院"，从学于徽庵先生程若庸，和翰林学士吴澄是同窗，都是教育家李燔的三传弟子。

因叔父程飞卿于宋恭宗德佑元年，公元 1275 年任建昌军，即今天的江西南城县通判，程钜夫随其叔父来南城寄居。德佑二年，元军攻南城，程飞卿献城降元，因程钜夫是叔父的嗣子，便被作为质子进京寓居。

至元年间，程钜夫被授为宣武将军、管军千户。元世祖忽必烈曾召见程钜夫，问他贾似道为何许人。他应对极详，忽必烈甚喜，让他书写笔札以观其才能，他立即写了二十多幅笔札呈上，忽必烈很惊奇，问他担任何职，他禀告说是一千户。忽必烈对近臣说："朕观此人相貌，已应贵显。听其言论，的确聪明有见识，可安排为翰林。"不久，丞相火礼霍传旨召他至翰林院，因见他年轻，就任命他为应奉翰林文字。忽必烈嘱咐他："从此国家政事得失，及朝臣邪证，都应该为朕言之。"他顿首谢恩说："臣本疏远之臣，蒙陛下知遇之恩，敢不竭力以报答陛下。"程钜夫耿直敢言，深得忽必烈信任。不久后，升为翰林修撰，再任集贤直学士，兼秘书少监。纵观入元以来，程钜夫是元朝开国之后最先得到重用的南人之一，这与其机遇、才能、忠诚、通晓典章制度，且又熟悉江南情况、能与南宋遗民沟通感情是分不开的。

当时，大元朝廷将国人分成了五个等级，一等人为蒙人，二等人为鲜卑人，三等人为色目人，四等人为中原一带的汉人，五等人为江南一带的汉人。本来，南方汉人的文化程度就较高，但因他们原在南宋的境内，故而，元朝王廷就有意识地去压制、歧视他们。

为了改变这种局面，至元十九年，也就是公元 1282 年，程钜夫向朝廷奏陈五事：一、取会江南仕籍；二、通南北之选；三、立考功历；四、置贪赃籍；

五、供给江南官吏俸禄。他做的这五件事，是为了争取江南人与北方人有同等选拔提升的机会，享有同等待遇的权益，并促使朝廷制订章程，不管南方人还是北方人，都可以同样因功而获得奖赏，因贪赃枉法而受到惩罚。他的这些建议，朝廷基本上都采纳和使用起来了。

至元二十年，加翰林集贤院学士、同领会同馆。至元二十三年，他当面向忽必烈提出："首先应兴建国学，请求派遣使者到江南去，搜访遗老和隐逸之士。御史台、按察司都应参酌使用南北之人。"忽必烈欣然同意了。次年，立尚书省，忽必烈下诏以他为参知政事，他一再推辞。忽必烈计划任命他为御史中丞，台臣说："程钜夫是个南人，况且年轻，不可重用。"忽必烈大怒说："你没有用过南人，怎么知道南人不可用。自今省部台院都必须参插使用南人。"于是，程钜夫仍以集贤直学士职，加拜侍御史台事，不久，朝廷派他奉诏往江南一带征访贤能。

起初，书写诏令都是用蒙古文字，自决定派人到江南搜访遗老和隐逸之士以后，忽必烈特地命令可以用汉字书写诏令。临行时对程钜夫说："早就听说赵孟頫、叶李二人有名望，请务必招此二人来。"程钜夫到江南以后，除招致二人进京外，又举荐了余恁、万一鄂、张伯淳、胡梦魁等二十余人，均一一安排了台宪及文学之职。程钜夫回到朝廷后，将他在民间所看到的治政利弊上奏给忽必烈，希望朝政有所改进，这在客观上，有利于阶级矛盾的缓和。由于推荐南人出仕的措施与他礼贤好士、兴儒重文的态度与行动，大大缓和了蒙汉之间的民族矛盾，也使蒙人逐渐接受了汉人的高度文化。后来元朝廷能够恢复科举、编修图书等文教事业，莫不与程钜夫的意见有关。

至元二十六年，公元 1289 年，丞相桑哥专权，法令苛急，四方骚动。程钜夫时任江南行台御史，他毅然入朝上疏，请求弹劾桑哥。他面见忽必烈，直言："臣听说天子之职，最重大的事就是选择宰相。宰相之职，最重要的事就是选贤任能，如果不以选贤为急务，只是用心事在增值财货上，这就不是为上为德、为下为民之意。从前汉文帝向相国周勃问及刑狱与钱谷事，周勃回答不出来。推说，刑狱事应问廷尉，钱谷事应问治粟内史。汉文帝不悦，因为宰相要上理阴阳，下顺万物之宜，对外镇抚四夷，对内亲附百姓。这是宰相的职责。如今权奸用事，所任命的官员，大多是贪财邀利之人，江南一带，盗贼不断，就是因此之故。臣认为应罢除贪利之官，推行恤民之事，这对国家是大有好处的。"桑哥闻知大怒，将他截留京师，不放回江南，并六次奏请杀他，忽必烈均未准许。

至元三十年，公元 1293 年，程钜夫出任闽海道肃政廉访使。他兴办学校，注重教化，一时僚吏畏其严明的法纪，百姓爱戴这位慈善的长官。

大德四年，公元 1300 年，调任江南湖北道肃政廉访使。到任后，首先就整治了行省平章事家中一个祸害百姓的家奴，引起了震动，一时上下法纪肃然。其时，他注意选拔人才。如龙兴富城人揭傒斯，刻苦好学，这时正在漫游湘汉，程钜夫听说有这样一位好学的年轻人，立即召见他，诵其诗文，大加赞赏，经他推荐，揭傒斯出任国史编修官，累官至翰林侍讲学士，并在文史方面颇有成就。

大德八年，公元 1304 年，程钜夫被拜为翰林学士，参与中书省议事。越二年，因天旱时又突起风暴，星象有变。程钜夫应诏奏陈弭灾除害之策，他提出敬天、尊祖、清心、持体、更化五条。成宗认为很正确，加以采纳。大德十一年，程钜夫任山南江北道肃政廉访使，复留为翰林学士。成宗崩，他奉命修《成宗实录》。至大元年，公元 1308 年《成宗实录》修成。次年，至上都。至大三年，公元 1310 年，程钜夫复任山南江北道肃政廉访使，调任浙江东海右道肃政廉访使，留为翰林学士承旨。于皇庆元年，公元 1312 年主修《武宗实录》。

皇庆二年，公元 1313 年，程钜夫应诏上奏陈桑林六事，触忤宰相意。次日，仁宗派近臣去安慰他说："中书省集议，惟卿所言最恰当，以后望畅所欲言，不须顾忌。"于是，诏程钜夫与平章政事李孟一同议政。参知政事许师敬欲推广贡举法，程钜夫建议"经学当主程颐、朱熹传注"，"文章宜革唐宋宿弊"。于是，仁宗命令程钜夫起草诏令推行其主张。

皇庆二年，公元 1313 年 3 月，程钜夫以老病求致仕还乡，未获准许。诏令由太医给药物治疗，安排他儿子程大本为郊祖署令，以便就近侍养。并时时派近臣去看望他，安慰他说："卿乃是世祖旧臣，惟忠惟贞，其勉加餐粥，只是要稍留京师，以宽朕心。"后见他态度坚决，仁宗才同意他辞官。行前，特授程钜夫光禄大夫，赠上尊称号，命廷臣以下官员至大都齐化门外饯别，并令行省等对程钜夫经常加以慰问。

程钜夫先后得到世祖、成宗、武宗、仁宗四位皇帝的倚重，是元朝信任、重用的少数南方籍官员之一。他是四朝元老，四十余年间出入显要，朝廷典册多出其手，是元代前朝最主要的文臣之一。他以平易正大之学，振文风，作士气，被朝野视为楷模。《四库总目提要》一书中对程钜夫及其文章的评价很高，赞誉他"宏才博学，被遇四朝，忠亮耿直"，"文章亦春容大雅，有北宋馆阁余风"，"其诗亦磊落俊伟，具有气格……古诗落落自将，七言尤多遒警。当其合作，不减元佑诸人"。

他因病在家乡待了五年，写了不少诗文颂扬家乡的风物。其中《游麻姑山》中写道："步人千峰紫翠间，清都境界异尘寰。龙鳞老木冰霜操，鸟爪仙人玉雪颜。台树古碑荒薜合，族幢微影白云间。丹成鸡犬飞腾久，空想丹炉炼火还。"格调高而不泛，情韵永而不匿。可见他有诗才，借为政事所累而名不彰。程钜夫还善书法，《书史会要》称其"字体纯正，下笔暗合书法，亦工大字"。

程钜夫曾经主修《成宗实录》《武宗实录》两部史书。著有《雪楼集》45卷（今存30卷）遗世，《雪楼集》一书中，包括函诏制册文10卷，序记书文15卷，还有部分诗歌集，内容丰富，资料翔实精当，有很高的史料和文学艺术价值，为治元史者经常引用。

朱思本是抚州临川人，元代时期的地理学家。

他生于南宋咸淳九年，公元1273年。至元十二年，也就是公元1275年底抚州被元军占领时的宋亡之痛，笼罩在朱思本一家人的头上，朱家长辈们的那种决不仕元，厌世遁迹、淡泊名利的处世心态，对年幼的朱思本产生了极大的影响。

那时，年龄尚未满十四岁的朱思本，就曾经到信州的龙虎山中去学道。龙虎山是道教正一派的中心，道家自第四代天师起，便即据此山传教布道。等到元廷荡平江南之时，第三十六代天师张宗演应召入觐，元世祖忽必烈命其主领江南道教。后其徒张留孙被留在大都，建崇真宫于两京，专掌祠事，并被朝廷授为玄教宗师。至元二十四年，张留孙的徒弟吴全节又来到大都，协助张留孙处理教务。其时，朱思本才刚入山不久，在以后的十余年里，他一直潜心学道，并以其相当高的文化素养，让自己在龙虎山中的地位不断地得到上升。元成宗大德三年，亦即是公元1299年，朱思本奉玄教宗师张留孙之命，也离开龙虎山去大都，亦即是今天的北京，成为张留孙、吴全节两人的得力助手。也就是在这个时候，朱思本写下了这样的诗句："胡为舍此去，乃与尘俗萦，人生有行役，岂必皆蝇营。"看来，他早就下定决心不做蝇营狗苟般的凡人，更无意去追求权势。然而他却利用这一次北上的机会，趁机考察了"山川风俗，民生休戚，时政得失，雨潮风雹，昆虫鳞介之变，草木之异"，在人文科学上做出了一番事业来。

朱思本先后游历考察全国各地长达 20 余年之久。这期间主要是经历了两个重要的阶段：第一个阶段是从大德三年，公元的 1299 年离开龙虎山北上，"登会稽，泛洞庭，纵游荆、襄，流览淮、泗，历韩、魏、齐、鲁之郊，结轺燕、赵，而京都实在焉"；第二个阶段是从至大四年，公元的 1311 到延佑七年，也就是公元的 1320 年止，是奉诏代祀名山大川时期，即"奉天子命，祠嵩高，南至于桐柏，又南至于祝融，至于海"的这一时期。在这 20 多年里，他除了在大都的一段时间外，其足迹几乎遍及了今天的华北、华东及中南等地区，真可谓是"跋涉数千里间"而不停歇。

在他从龙虎山出发北上大都的第一阶段过程中，这位久居深山、脱离群众的三清道士，真正地接触到了社会，对"人生休戚，时政得失"开始有了全面的了解和掌握。大德年间，江浙一带经常遭遇大水，灾民们流离失所，死者不可胜数。朱思本目睹了广大民众受灾的悲惨情景，他在《庙山九日》中写道："良田没巨浸，鱼鳖为鲜食；壮健多流亡，老羸转沟洫"；在《东吴行》中写道："今岁东吴遭海溢，太湖涌波高百尺，夏秋之间阴气凝，十旬风雨韬阳精。吴江浙水不复辨，仿佛蓬莱眼中见。稽天巨浸十六州，良田茫茫蟠蛟虬。"在大水的侵袭下，不知夺去了多少劳苦大众的生命，"死者十七八，存者多飘零"；"流尸日夜下，水气为之腥"。大水之后，扬州一带又发生旱、蝗等灾和瘟疫。他在《广陵行》中写道："去年春旱天无雷，种不入土心已摧；夏秋日色烈如火，万里良田俱草莱。""今春雨滑动犁锄，忍饥力作交相呼；奈何螟虫蔽天起，所至草木无遗余。捕蝗作食已云恶，疫疠无端扇余疟；死亡枕藉无人收，赖有王宫为掩骼。"

最为难能可贵的是，朱思本面对江浙的大水和扬州的旱蝗之灾，他在《御河》中揭露道："守令肆豺虎，里胥剧蝗螟"；在《南昌道中》写道："见说田家更憔悴，催科随处吏成群。"他还巧妙地把"庙堂"与"县胥里正"加以区别开来，以达到痛斥贪官污吏的目的："庙堂赈济颁良策，宣阃爱民心甚力；县胥里正肆奸欺，远者那能沾帝泽。"朱思本担心江南一带在遭受了特大洪水之灾后，是否还能够完成数以百万计的海运粮，他深表担忧："东南千万斛，岁漕输上国；今兹民力竭，何以继供亿。"表达了诗人对元廷不顾民力衰竭、横征暴敛的不满。

大德十一年，公元 1307 年，吴全节被授为玄教嗣师。作为吴全节的助手，朱思本便有可能随从吴全节去祭祀五岳四渎等名山大川。何谓"五岳四渎"呢？"五岳"是指东岳泰山、南岳衡山、西岳华山、北岳恒山、中岳嵩山，这五岳是中国民间信仰山川神的代表；而"四渎"则是指长江、黄河、淮河、济水这四道著名的河流，实为中国民间信仰河流神的代表。

元成宗铁穆耳病死后，元武宗海山登上大宝，至大三年，公元 1310 年春，元武宗特授布衣李孟为中书平章政事、集贤大学士、同知徽政院事。当时，朱思本的一些诗作已经在大都的知识界广为流传，关于他的才能，李孟是必有所闻的。次年，元武宗卒，其弟仁宗爱育黎拔力八达嗣位，拜李孟为中书平章政事。李孟是一位很注意选用人才的政治家，他十分欣赏朱思本的才学，曾劝他返儒入仕，但都被朱思本婉言谢绝了。在许有壬撰写的《朱本初北行稿序》中就曾经记述了那段故事，他加以评论说："夫昔秋谷李公当国，一见本初，即劝其返初服，本初以早奉父母，父殁而不忍改也。使本初用世必烨烨可观，不独诗岩文而已。秋谷之长于观人，当益信于世也。"可见朱思本"厌世溷浊"的心态是始终如一的。

至大四年，公元 1311 年，朱思本在谢绝了李孟劝他返儒入仕之后，又开始了长达 10 年之久的考察活动。他周游各地，名义上是代天子祭祀名山大川，但同时也负有中朝大夫"每嘱以质诸藩府，博采群言，随地为图"的任务。这一任务正与他试图重绘新的堪舆图来纠正前人所绘地图错误的想法相符。他经过 10 年的辛勤努力，他终于绘成了"长广七尺"的《舆地图》，后刻石于上清之三华院。可惜此图已失传，幸明代罗洪先所绘《广舆图》还保存了此图的概貌。

为了完成《舆地图》这一艰巨任务，朱思本在实地考察、搜集资料、制图方法等方面都付出了大量的心血。

一是实地考察。他在《舆地图自序》中说：每到一地，"往往讯遗黎，寻故道，考郡邑之因革，核山河之名实，验诸滏阳、安陆石刻《禹迹图》、樵川《混一六合郡邑图》"。他的考察是严格的科学实践，首先是"讯"，即向当地父老乡亲询问古迹、口碑；其次是"寻"，即寻找遗迹、遗址；三是"考"即考证郡邑之沿革；四是"核"，即核实河流山川之名是否有误；五是"验"，即根据自己的考核来验证古地图所绘与考证是否相符。为了取得科学的结论，他那孜孜不倦的治学精神为其同时代的文人虞集所称道："遇轺轩远至，辄抽简载管，累译而问焉。山川险要，道径远近，城邑沿革。人物、土产、风俗必参伍询诘，会同其实，虽靡金帛费时日不厌也，不慊其心不止"。通过实地考察，他对前人所作的地图进行核对，他发现"前人所作，殊多乖谬"，因而进一步增强了他重新绘制地图的决心，"思构为图正之"。

二是广泛吸收有关地理学方面的研究成果。朱思本善于从前人的著作中汲取有价值的成果。他在《自序》中，历举参考过的地理著作有《水经注》《通典》《元和郡县志》《元丰九域志》等。当时正值《元一统志》编成。该书初由札马鲁丁、虞应龙于至元三十一年，公元 1294 年编成，后由孛兰盻、岳铉等据新编的《云南图志》《甘肃图志》《辽阳图志》等进行增补，于大德七年，公元 1303 年成书，凡 1300 卷。该志所引资料，大江以南各行省大半取材于《舆地胜记》和宋、元旧志，大江以北大半取材于《元和郡县志》《太平寰宇记》和金元旧志，云、甘、辽则引据新志。因此，《元一统志》是汇集当时地理学上最新成果的一部全国性地方志。朱思本的肩上既有朝中官员命"随地为图"的任务，因而得以能够随时"质诸藩府"，查看当地政府部门所藏的地理资料和地方档案、方志资料等，当然也可以利用刚刚新编成的《元一统志》。有了这些条件，《舆地图》的绘制就具备了更加充实的基础。

朱思本并不满足于对汉文资料的搜集，而且他还注意利用藏文等少数民族地理著作。例如，为了弄清黄河源头及其流向里程，"从八里吉思家得帝师所藏梵字图书，而以华文译之，与昂霄所志，互有详略"。朱思本所译藏文图书中关于河源的记载，《元史·地理志》中有部分摘录，自发源地火敦脑儿至汉地，有较细记载，是黄河上游所经之地的宝贵资料。据此，可知朱思本也是一位精通藏文的翻译家。为了编绘较为精确的《舆地图》，在搜集材料方面他是不遗余力，身体力行的。

三是重振"计里画方"的绘图方法。我国地图制作的画方之法，始于魏晋。地理学家裴秀创造了"制图六体"法：即"分率"（也就是按比例缩尺）、"准望"（指方位）、"道里"（指实际里数）、"高下"（指高度）、"方邪"（指形状）、"迂直"（即地貌地形与实际里数的关系）。裴秀的《禹贡地域图》，"以一分为十里，一寸为百里，备载名山都邑，王者可不下堂而知四方也"。可知，《舆地图》便是以"计里画方"的手法绘制的。此法在唐贞元年间得到贾耽的重新提倡。朱思本在《舆地图自序》中提到的《禹迹图》，则为伪齐阜昌七年，公元 1136 年 4 月所刻。从图中的唐代地名和绘图情况来判断，很可能是据贾耽《海内华夷图》中的禹贡九州部分绘成的，所用的画方绘法，注明"每方折地百里"。可见计里画方之法一直并未中断。朱思本在裴秀、贾耽的基础上重振此绘图方法，故其所绘的《舆地图》比前代更为精细详尽，图画上的山川湖泊、城镇区域注记也大大增加，因此对计里画方的精确度要求更高。这种计里画方之法经朱思本的提倡，到元明两代又开始盛行。直到明末意大利传教士利玛窦来华传入西方的绘图法后，更科学的经纬度才开始逐渐代替计里画方之法。

明嘉靖年间地理学家罗洪先有志重绘天下舆图，经过反复比较之后，发现朱思本《舆地图》是他见到的地图中最正确、最可靠的地图，于是以朱图为基础，加以增补扩大，名为《广舆图》。他说：尝遍观天下图籍，虽极详尽，其疏密失准，远近错误，百篇而一，莫之能切也。访求三年，偶得元人朱思本图，其图有计里画方之法，而形实自是可据，从而分合，东西相侔，不至背舛。于是悉所见闻，增其未备，因广其图，至于数十。霍冀在评价根据《舆地图》扩大而成的《广舆图》时，特别强调了计里画方的优越性：计里画方者所以较远量迩，经延纬衺，区别域聚，分拆疏数，河山绣错，疆里井分，如鸟丽网而其目自张，如棋布局而其罫自列，虽有沿革转相易移，而犬牙所会，交统互制，天下之势尽是矣！

朱思本对自己的《舆地图》也作有实事求是的估价。他虽然周游了全国许多地方，但实际上也只是到今天的华北、华东、中南地区，在当时的条件下，也不可能走遍西北、东北、西南各边远地区。所以对自己考察过的地方，他蛮有把握地说："其间河山绣错，城连径属，旁通正出，布置曲折，靡不精到。"对自己没有去过的"涨海之东南，沙漠之西北，诸番异域，虽朝贡时至，而辽绝罕稽，言之者既不能详，详者又未必可信，故于斯类，姑用阙如"。这种科学态度堪称我国古代科学家的典范。

至治二年，公元 1322 年，朱思本离开大都到江西玉隆宫。这时吴全节已嗣为玄教大宗师。泰定年间，吴全节曾召朱思本去大都，显然有意让思本成为自己的接班人。但朱思本仍然无意追求道官的高位，重返江西玉隆宫后，在那里过着隐居生活，直到自己病逝。

危亦林是抚州南丰县人。元代著名的医学家，与陈自明、崔嘉彦、严用和、龚廷贤、李梴、龚居中、喻昌、黄宫绣、谢星焕并列为江西历史上的十大名医。

危家累世业医，五世祖危云仙是宋朝本地名医，随董奉的二十五世孙董京习大方脉，学习内科，尔后医道五世不衰，伯祖危子美专妇人及正骨金镞等科。祖父危碧崖早年习医，师事周伯熙，习小儿科，进而学眼科，兼疗瘵疾，对医理有较深研究。危亦林自幼聪颖好学，博览群书。20 岁开始业医，对祖传医术有着浓厚兴趣，将祖传医书及验方详细加以阅览、研究，并在行医过程中进行验证和修改，其医道日益精进。他通晓内、妇、儿、眼、骨、喉、口齿各科，尤擅长骨科，成为当地有名望的医家。

天历元年，公元 1328 年，危亦林任南丰州医学学录，后改任官医副提领，协助提领掌管医事政令，官至南丰州医学教授。

在行医和任州医官时，继承和发展危氏本家四代医学经验，积五世医方，结合自己的实践经验，分成大方脉杂医科、小方脉科、风科、产科兼妇人杂病科、眼科、口齿兼咽喉科、正骨兼金镞科、疮肿科、针灸科、祝由科，历时 10 年，于至元三年，公元 1337 撰成《世医得效方》20 卷 50 余万字。经江西官医提举司报送元朝太医院，太医院行文河南、江浙、江西、湖广、陕西五行省官医提举司重校，然后经太医院核定，于至正五年，公元 1345 年刊刻发行，成为各行省使用的医疗手册。全书编次有法，科目无遗，论治精详，是上承唐宋，下启明清的一部重要方书，依当时医学 13 科分类，多选载前代医学文献及家传验方，在骨伤科诊治方面载述尤详、书中翔实和突出地记述了关于麻醉药物的使用，有世界上较早的关于全身麻醉的记载。对于骨折、脱臼、跌打损伤、箭伤等整复治疗也有精辟的论述，特别是首创悬吊复位法治疗脊椎骨折更是珍贵。对今天的临床仍有重要的指导意义。《世医得效方》的骨伤科成就，代表了金元时期中国骨伤科的发展水平，居于当时世界医学的前列。

危亦林在《世医得效方》中，正骨医术尤为其所独创。书中对各种骨折和脱臼整复方法以及处理原则有详细的记述。其整复脊椎骨折"悬吊复位"法，比英国达维斯 1927 年提出的悬吊法早 600 多年。有关用麻醉药物——草乌散，进行全身麻醉的记录，比日本人华冈青州早 450 年。该书被清朝收入《四库全书》子部，称其"载古方甚多，皆可以资考据"。数百年来，一直被医家推崇，在国外也有相当影响。美国国会图书馆藏有一部元刻本，朝鲜有重刊本行于世。1964 年，该书由上海科学技术出版社重新出版发行。1990 年人民卫生出版社又以至元三年初刻本为底本，汇集其他精善版本，再次重新出版。

饶介是抚州临川人。元末明初时期的著名诗人、书法家。书迹有《杂诗帖》《琴珍帖》《仿四家书》等。

饶介是元末著名的文人、书法家，具有较高的知名度和影响力。其友人释道衍曾经评价他："介之为人，倜傥豪放，一时俊流皆与交。书似怀素，诗似李白，气焰光芒，烨烨逼人。"其弟子宋克评其"如时花沐雨，枝叶都新"。介与当时俊流皆有交往，既有出世之志，又存入世之心。以诗书名世。其诗立意奇巧，遣句工严，自具一格；草书飘逸畅朗、清丽流放，神追王献之。

饶介是元末"吴门书派"的主力，在复兴晋唐书法方面有重要贡献。他博学多才，谈锋机敏，吐格风流，家中收藏历代名家法书碑帖甚多，其中《兰亭》刻本就有数十本，晚年获《定武本》，视若拱璧。因其所见博，故能出入风雅，自成一格。又因曾参加农民起义军的经历，故而书法豪迈、自信。他尤善草书，远取怀素、张旭上溯晋之二王，又近取康里子山的劲健，写得圆融畅朗，骨力清劲，十分飘逸，兴得使转之法。作品挥洒自如，又不失规矩。其好友陈基评其书说"介之草书尤瑰诡逸群可喜，观其势殆不至于圣不止也"。姜绍书亦评其行草书柳文卷谓："入山阴堂庑，有纯绵裹铁之致，此卷大令法，草韩柳文，醉墨淋漓，凤翥鸾翔，似奇反正。"可见其草书在当时已负盛名。

饶介书法在苏州影响很大，明初书坛的宋克、宋广两人，时称为"二宋"，均出自他的门下。到了明代，吴门书派的领军人物文徵明也受他的影响颇深。

其代表作《书中峰幻住像偈册》，用笔清劲，时有章草笔法，显示秀劲中的倔强。"幻"的结体故意移位，很有趣味。他的《楠木帖》则随意而奔放。是一封短札，写的又是一件小事，豪气奔涌，线条遒逸，随势翻转，流走如丸。这件作品节奏感很强烈，浓墨枯笔的"耳"字形貌占了几个字位置，而"当"字则左右奔突，势奇形诡，大有怀素之神韵。最后几字，只留下烟云飞舞，"字"已不可辨认。而章草笔意的介入，又增加了线条形态的变化与力量，是一件十分难得的精品。

饶介一生著有《右丞集》一部，今散佚。诗作被收入在《江西诗征》《列朝诗集》《御选元诗》《明诗综》等集中。他的书法作品存世真迹甚少。行书《题赵孟頫百尺梧桐轩图诗》现收藏于上海博物馆；行书《致士行国士先生尺牍》《七绝诗帖》，行草《赠僧幻住诗帖》收藏于台湾故宫博物院。

据此，从元代的抚州文学阵营来看，由吴澄、虞集、危素、朱思本、刘埙、饶介、危亦林、程钜夫等人，站在文化及文学艺术的高度来说，"草庐学派"不仅撑起了元代文学的半边天空，而且还为明代"阳明心学说"的建立，起到了连通元明两代的桥梁作用。朱思本、饶介、危亦林、程钜夫等人在地理、医药、书法等方面所取得的科学技术成果，则为鄱阳湖地域文化的丰富和发展做出了积极的贡献。

前面说过了抚州，我们接下来聊一聊元代临江府清江、丰城两地的文化及文学发展情况。在元代的近一百年里，从过去的龙兴富州走来了以揭傒斯、熊朋来、熊梦祥、范梈、陈汝言、杜本清等人为代表的文化艺术阵营。

揭傒斯是临江府丰城县人，其父揭来成是宋朝的一个"拔贡"。他5岁时就从父读书，刻苦用功，昼夜不懈，十二三岁时，便博览经史百家，至十五六岁时已是文采出众，尤其是擅长诗词、书法。年纪差不多的人，均敬佩他，拜他为师。

揭傒斯自幼家贫，从小就刻苦读书，希望将来能够成就一番事业。元延佑初年，由程巨夫、卢挚两人荐于元仁宗跟前，因而被授翰林国史院编修官一职，撰写功臣列传。元文宗时，改任奎章阁授经郎，以教勋戚大臣的子孙读书明经。他曾经因上奏《太平政要策》给朝廷，为元文宗所亲重，后又与赵世延、虞集等人一起编修《经世大典》，至元顺帝元统初年，改任集贤学士、翰林直学士，再升为侍讲学士，参与编修辽、金、宋三史，担任总裁官。至正四年，公元 1344 年，《辽史》修成之后，揭傒斯却因得寒疾而卒。一生著有《揭文安公全集》遗世。

揭傒斯在青年时期，便远游湖南、湖北，四处讲学谋生，直到临近 40 岁才结束这样的生活。朝中的一些名公显宦都很是器重他，湖南宣慰使赵琪素来把揭揭傒斯看作是"知人"，说他将来必为"翰苑名流"。湖南宪使卢挚、湖北宪使程钜夫也非常赏识他。程钜夫称揭傒斯为"奇才"，把自己的堂妹许配给他为妻。

元皇庆元年，公元 1312 年，程钜夫在朝做官，其公馆设在宫廷门前。揭傒斯常居馆内少出，执主宾之礼十分谨慎，很少有人知道他是程钜夫的至亲。那时候，元朝的开国遗老尚在，听说程公有佳客在，都想见识见识他。程钜夫只得引见揭傒斯。他们从交谈中发现，揭傒斯论文时意象飞动，气势豪放，论政时骋议驰辩，理正辞严。大家认为揭傒斯才华横溢，是国家栋梁之材，纷纷向朝廷推荐。知中书李益看了揭傒斯写的《功臣列传》后，赞叹不已说，"这才是修史书的名手笔啊！别人修史不过是誊抄其他版本的史书而已！"。程钜夫的莫逆之交，深受元廷敬畏的集贤大学士王约王彦博力荐说："与傒斯谈治道，大起人意，授之以政，当无施不可。"

延佑元年，公元 1314 年，揭傒斯由布衣授为翰林国史院编修。三年，升应奉翰林文字同知制诰。四年，迁升为国子助教。六年，朝廷提升揭傒斯为"奎章阁"供奉学士。不久，又提升为侍讲学士，主修国史，管理经筵事务，为皇帝拟写制表。当时提升不能超过两级，可是揭傒斯却连进四级，直至二品"中奉大夫"，实为罕见之事。

天历二年，公元 1329 年，元文帝图帖睦耳在"奎章阁"内聚集功臣子弟和皇亲国戚子孙就学，要揭傒斯担任授经郎。"奎章阁"设在兴圣殿西，揭傒斯每日早起，步行最先到达，从学的公子王孙共同商议，集资为老师买一匹好马。揭傒斯听说后，自己随即购置一匹马，反复让人看，然后又把马卖了，以此举表示自己不愿牵累别人。在揭傒斯门下求学而入朝做官的人，后来大都成为国家的重臣。他们之中很少有求人声援的，都不贪图功名利禄。揭傒斯任投经郎时，图帖睦耳经常来到阁中咨访，与揭傒斯交谈，他每次都对答如流。

至顺元年，公元 1331 年，朝廷预修《皇朝经世大典》，皇帝看到揭傒斯写的《秋官宪典》，惊讶地说："这不是唐律吗？"又看到《太平政要》四十九章，更是爱不释手，把它放在床头，经常阅看。并把《太平政要》发给文武百官观赏，说："这是我们的揭曼硕所写的，你们都得好好看看！"皇帝不直呼傒斯其名，而以"曼硕"唤之，以示亲重。

至正三年，公元 1343 年，揭傒斯以 70 岁高龄辞职回家。走到中途，皇帝派人追上，请揭傒斯回京写《明宗神御殿碑文》。写完后，他又要求回家。丞相问揭傒斯："方今政治何先？"揭答："养人。"丞相再问："养人为何在先呢？"再答："人才，当他的名望还没有显露时，休养在朝廷，使他全面了解国家政务，一旦用他的时候，他就会自觉地施展本领啊！这样就不会出现因缺乏人才而误大事的后患啊！"丞相钦佩，奉旨留下他编修辽、金、宋三史，任总裁官。丞相问揭傒斯，"修史以何为本？"答："用人为本。有学问能写文章而不懂历史的人不能用，有学问能写文章且懂历史但缺乏道德的人也不能用，用人的根本应当把'德'放在第一位。"并经常与同事说，"要想知道写史的方法，首先必须明白历史的意义。古人写史，虽小善必录，虽小恶必记。不然的话，何以规劝人们弃恶扬善？"故此，他自己毅然执笔撰稿，孜孜不倦。凡朝政之得失，人事之功过，均以是非衡量，不隐恶，不溢美。对根据不足的事物，必反复考证才写上，力求准确无误。

揭傒斯在外为官，念念不忘故乡。丰城本不产金，官府听信奸民商琼迷惑之言，招募三百户人家淘金，以商琼为总领。丰城人只好散往外地采金献给朝廷，每年上交自 4 两增至 49 两。商琼死后，三百户淘金人幸存不多，生存者也贫困不堪。上司责成丰城当局交不出黄金就用劳役来抵偿，丰城许多人因此流离失所，家破人亡。揭傒斯从堂孙处获悉此事后，便向朝廷详述实情，获准罢免，县人感其恩德。

揭傒斯性格耿直，好善嫉恶，表里如一。听到某郡县有廉洁奉公、爱护百姓的官吏，讲话、写文章时，必定旁引曲喻，称道廉吏的行为，宣扬廉吏的品德。听到某官吏贪赃害民，则必定在议论时批评这个官吏，并规劝他。有一次，一个郡侯以权势要部下百姓送礼做寿，并请揭傒斯撰文记他的德政。揭傒斯痛斥说："你的所作所为怎么样，大家能不知道？我岂能违背民意违背自己的良心为你粉饰、阿谀奉承？"此人几经贿赂都以失败而告终。而遇到善良的人求助，揭傒斯总是热情地帮助他们。有一个客人为求他写文章，送给他酬金，揭傒斯写好了文辞，对客人说："钱你拿回去自己用吧，你的心意我已收下了。"

揭傒斯从青年时代起就忧国忧民，写了不少反映社会现实的诗篇。《临川女》一诗描写一个世代为人佣耕的贫农盲女，由于父死家贫，母兄无力养她，忍痛要将她赶出门外的悲惨情景：我本朱氏女，住在临川城。五岁父乃死，天复令我盲。母兄日困穷，何以资我身？一朝闻密盲，与盲出东门。不见所向途，但闻风雨声。我母为之泣，我邻为之叹。我母本慈爱，我兄亦艰勤。所驱病与贫，遂使移中情。

揭傒斯是元代一大才子，为文简洁严整，为诗清婉丽密，虞集称其"如美女簪花"。即便社会地位、生活环境改变之后，对下层人民的疾苦并未忘怀，形诸诗文的仍然不少。在《送刘以德赴化州学政序》中有"旬宣之道未尽，廉耻之化未兴，诟病之风未除，职教之徒臃肿胼胝"之句。在《送吏部段尚书赴湖广行省参政二十韵》诗中写道"五岭缠妖棍，三湘困绎骚。罢氓贫到骨，文吏细吹毛。麟凤饥为腰，鹰鹘饱在僚。"

《千顷堂书目》载有《揭文安公集》50卷，明初已缺13卷。尚存古代全集本有三种：《四库全书》本（14卷）、《四部丛刊》本（14卷，又补遗诗1卷）、《豫章丛书》本（18卷）。1985年6月，上海古籍出版社重新编辑出版了《揭傒斯全集》。

揭傒斯的《渔父》《高邮城》《杨柳青谣》《秋雁》《祖生诗》《李宫人琵琶引》等诗，都在一定程度上揭露了现实社会生活中不合理的现象。尤其是《秋雁》诗，别有寄托，写出了当时民族间的矛盾。诚如《至正直记》说："揭曼硕题雁，盖讥色目北人来江南者，贫可富，无可有，而犹毁辱骂南方不绝，自以为右族身贵，视南方如奴隶，然南人亦视北人加轻一等，所以往往有此消。"揭傒斯还有一首《女儿浦歌》，用民歌体描写大孤山下的船民，不管风浪如何险恶，总是无所畏惧，表现了劳动人民的刚毅勇敢。欧阳玄《豫章揭公墓志铭》说，揭傒斯"文章……正大简洁，体制严整。作诗长于古乐府，选体、律诗长句，伟然有盛唐风"。

熊朋来是临江府丰城县人。南宋咸淳甲戌,公元 1274 年进士。宋亡后,隐居乡里,传授儒学。曾任福建、庐陵两郡教授,"所至,考古篆籀文字,调律吕,协歌诗,以兴雅乐,制器定辞,必则古式"。又常鼓瑟而歌以自乐,为当时著名的经学家和音乐家。

熊朋来为人颇有志气,他面对残酷的现实,不肯出仕做官,情愿当个郡学教授,抚瑟歌诗,用以寄托自己的情志。他认为,诗歌之所以能感人,不仅是在歌词上,它还要靠声音的韵律,也就是曲调来烘托主题。

他不满足于前代所传的"诗旧谱",在教学之暇,选取《诗经》中的古诗,重新谱写了 20 多首新曲,命为"诗新谱",收在他编的《瑟谱》一书内。该书记载了宋末元初鼓瑟之法,并为后世提供了大量的曲谱资料。他编辑创作《诗经》乐谱,目的是恢复雅乐的正统地位。

他的这套《瑟谱》共 6 卷,其中包括 12 首传统《诗经》的歌唱谱子和 20 首熊氏本人创作的《诗经》乐谱。在他存世的作品中,原为魏风的《伐檀》,堪称佳作。《伐檀》全曲共 3 段,由同一曲调变化反复 3 次构成。音乐的基调,愤激慷慨,颇为感人。熊朋来曾经指出:真正的知音——"善听者",能从《伐檀》曲中听出伐木的"斫轮声"。另外,其作品《考盘》,《七月》也堪为上乘之作。

熊朋来博学多识,以教授《周礼》《仪礼》《礼记》"三礼"闻名遐迩。他一生致力于著述、讲学,著有《燕京志》《五经说》《魏氏乐谱》《九宫大成南北词宫谱》《瑟谱》《小学标注》《家集》(30 卷)等,另有《天慵文集》共 32 卷传世。《五经说》共 7 卷,内容为诠释易、诗、书、礼、乐、春秋、书篆、音韵、章牒等。《四库馆简明录集评》载:"朋来之学,恪守朱儒,故于古义,古音多所抵牾。然其发明义理,尚为醇正。于'礼经'尤疏证分明,有裨初学。现存世的作品有《伐檀》《考盘》《七月》,以《伐檀》为代表作。

《瑟谱》,是中国以瑟为伴奏乐器用于歌唱诗经的乐谱,共 6 卷。内容包括介绍瑟的形制及演奏方法,歌唱诗经的旧谱 12 首和他创作的新谱 20 首,以及孔庙祭祀音乐的乐谱等。

卷一着重说明瑟在先秦至汉代是广泛流传的弹弦乐器,古者歌诗必有瑟,为了恢复诗乐,乃拟古造瑟,为诗乐伴奏。接着说明他依古法制作二十五弦瑟的形制及演奏指法。卷二为"诗旧谱",采自南宋赵彦肃所传唐开元"风雅十二诗谱",卷三、卷四为"诗新谱",是他自己创作的曲谱,用律吕字谱与工尺谱并列谱配,一字一音,依燕乐二十八调系统的音阶调式创作,运用旋律、调式的多种变化来表达其主题。如《伐檀》《考》两诗,他说可使"善听者于《伐檀》闻轮声,于《考》闻和乐声",取得较好的音乐效果。卷五为"孔子庙释奠乐章谱",卷六为"瑟谱后录",辑录了诸家言瑟之制的文字。

熊梦祥是临江府丰城县横冈里村人,生于元而卒于明。他博闻强记,尤工翰墨,得米老家法,而兴致幽远。元末以茂才异等荐为白鹿洞书院山长,曾任大都路儒学提举、崇文监丞,以老疾致仕,享年九十余岁。

熊梦祥晚年与道士张仲举隐居于京西深山里的斋堂村,也就是今天的门头沟区斋堂镇,在门头沟的斋堂里写成了《析津志》一书。《析津志》是最早记述北京及北京地区的地方志。对北京的沿革、辖区、城池街市、朝堂公宇、百官学校、河闸桥梁、名胜古迹、人物名宦、风土人情、户口田粮、土产矿藏、灵异灾祥等,都有比较翔实的记载,其中有不少是他书所无,或可互相印证的,是研究北京历史和地理的珍贵文字资料,对元史的研究也很有价值。元人顾瑛说他博读群书,旁通音律,能作数体书,乘兴写山水尤清古,无庸工俗状。以茂才举教官,不乐拘制,辄弃去。以诗酒放浪淮浙间,卜居娄江上扁得月楼。与予为忘年交。旷达之士也,号松云道人。

他一生著有《释乐书》《析津志典》遗世。《析津志典》,又名《析津志》《燕京志》,大约在明朝万历或万历前一段时间已经散佚。此书记载自先秦至元末主要是元朝时北京地区的历史,是现在尚能见到部分内容的最早的北京地方志,对后世北京地区志书编纂影响深远,在北京的历史记载中占有显著而重要的地位。

明初的胡俨也在《题熊自得画》盛赞熊梦祥的画:"丰城熊自得,元时以艺事入都,有声于公卿间,此小画二方,真得米老家法而兴致幽远,固可与商高班矣。"据《元诗选》《清顾嗣立》《乾隆江西通志》及《乾隆丰城县志》所记,熊梦祥曾任我国古代四大书院之一白鹿洞书院的山长,历官大都路儒学提举和崇文监丞,二官皆为从五品,这使他得以阅读大量内府藏书与文献资料,并且可以游览北京及京畿地区的名山大川,从而为纂修《析津志典》提供了丰裕的条件。

20 世纪 80 年代初，北京图书馆善本组完成了《析津志典》的辑佚，以《析津志辑佚》为名出版。《析津志典》独特的史学价值，在其关于关汉卿的记载中可见全豹之一斑。关汉卿是元代伟大的戏剧家，关于其生平的记载寥若晨星。《析津志辑佚·名宦》载："关一斋，字汉卿，燕人。生而倜傥，博学能文。滑稽多智，蕴藉风流，为一时之冠。是时文翰晦盲，不能独振，淹于辞章者久矣。"这为我们提供了虽简约而甚为珍贵的历史参考。

范梈，是临江府清江县人。少即聪颖，过目成诵，善诗能文，作文师宗颜延年、谢灵运。历官至翰林院编修、海南海北道廉访司照磨、福建闽海道知事等职，颇有政绩，后以疾归。是元代的官员、诗人，与虞集、杨载、揭傒斯齐被誉为"元诗四大家"。其诗好为古体，风格清健淳朴，用力精深，有《范德机诗集》。父早逝，其母熊氏为了培养范梈成才，孤独寡居一生。

大德十一年，公元 1307 年，范梈作客京师，驰名于朝廷官吏之间，御史中丞董士选聘其为家庭教师。后由朝臣推荐为左卫教授，迁翰林院编修官。任满后，由御史台提升为海南海北道廉访司照磨一职。他在任时，不畏风寒瘴疠，巡历偏远地区，兴学教民，审理冤错积案，颇有政声。政余之时，他利用自己手中的笔为老百姓疾苦鼓与呼，例如，福建文绣局常借给皇上绣衣袍为名，随意征集老百姓家的女子无偿地当绣花工，范梈为此事专门写了一首诗，揭露文绣局的腐败，廉访司拿去向上报告，很快取缔了文绣局。自己则不谋私利，粗茶疏食，淡泊如水。旋迁江西湖东道。随后，又由御史台提升为福建闽海道知事。范梈对母亲十分孝顺，在外做官，不能侍奉年老多病的母亲，便多次上书朝廷请辞回家，但没有得到批准。

天历二年，公元 1329 年，朝廷任范梈为湖南岭北道廉访司经历，范梈因母亲病重拒不赴任，回到清江母亲的身边。这一年，范母病亡，他十分悲痛，抑郁成疾，于次年 10 月病逝，终年 59 岁。

吴澄为其撰写了碑文，把他比作东汉时的梁鸿、张衡、赵壹、郦炎等一批正直的君子。并称赞他说："若亨父，可谓特立独行之士矣。"

范梈的散文远学秦汉，其诗好为歌行古体，诗多趣而高妙。他的诗多是日常生活和朋友来往应酬之作，但也有一些作品涉及社会现实，如《闽州歌》描写了民间疾苦，《社日》描写了社会习俗。在风格上比较多样，以冲淡闲远为时人所称道。

虞集称他的诗："如唐临晋帖，终未逼真。"揭傒斯在《范先生诗序》中则说他的诗"如秋空行云，晴雷卷雨，纵横变化，出入无联。又如空山道者，辟谷学仙，瘦骨嶙峋，神气自若。又如豪鹰掠野，独鹤叫群，四顾无人，一碧万里，差可仿佛耳。"后人则说"傒斯之语虽务反虞集之评，未免形容过当。然椁诗格实高，其机杼亦多自运，未尝规刻画古人，固未可以'唐临晋帖'一语据为定论矣。"范椁诗中有一些句子，如"雨止修竹闲，流莺夜深至"等，他自己非常得意，也得到吴师道、陈旅等人的称赏。他有些诗，如《看东亭新笋》，写得自然而有新意。

范椁一生著有《燕然》《东方》等稿20卷，后人辑为《范德机诗》《木天禁语》两书传世。《范德机诗》共7卷，辑诗557首，诗题中多用访、题、赠、寄、和、谒、奉、悼、省亲、书怀、咏古、登山、临水……之词，内容多为描写个人日常生活及应酬之作，但也有部分表达了他处世的廉正态度。

范诗的绝句、律诗有唐诗特色，具乐府味道，风格多样，语言洗练，意境清奇，时人评说："范诗如绝色妇人，说尽脂粉，与人斗妍，故无有及之者"。《木天禁语》为诗话，论诗讲究篇法、句法、字法、气象、家数、音节，谓之六关。

近年来，有少数的鄂籍学者认为范椁是恩施人，他们的理由有以下几点，一是元史载范椁为清江人，但并未言明是江西的清江人还是湖北的清江人；二是因为恩施一带的古称，也是叫作"清江"的；三是江西的清江，在元代并不是叫作清江，而是被称作临江路的。

据此以上三条而言，前面的两条，论据不足，是根本不足以推翻范椁是江西清江人的观点，而唯有第三条才有点意思，但这条意见却有明显的不实之处，樟树市，自南唐以来就一直名叫清江，只是到了20世纪的1988年这才改叫樟树的，毫无疑问，樟树市在元代时亦是被称作清江的。元代的临江路，则是一个比较大的行政概念，元时的临江路下辖有清江县、新淦县、新渝三县，因此，可以看出清江从来就没有改过名字。另据《辞海》《中国大百科全书》等权威书籍载，应该认定范椁为江西省清江县人。也就是今天的江西省樟树市人，因为和他关系密切的朋友傅若金、虞集等人也都是临江路的清江县人，就足以证明范椁是樟树市人无疑了。

陈汝言，字惟允，号秋水，临江路清江县人，元末明初的画家、诗人。后随其父移居吴中，也就是今天的江苏省苏州市。他能诗，擅山水，兼工人物。与兄陈汝秩齐名，时人呼他们兄弟二人为大髯、小髯。

陈汝言画山水远师董源、巨然，近宗赵孟頫、王蒙，行笔清润，构图严谨，意境幽深。与王蒙契厚，传说王蒙在泰安时，曾面泰山作画，随兴所至，不时加笔，一幅图画了三年。陈汝言正巧来访，时遇大雪，他便用小弓挟粉笔弹在画上，将图改作雪景。王蒙叫绝，以为神奇，遂改题为《岱宗密雪图》。

陈汝言风流倜傥，有谋略，张士诚据苏州尝参与军事，明洪武初官济南经历，后受胡惟庸案所累被杀，临刑犹从容染翰，人谓之画解。

陈汝言有《荆溪图》《百丈泉图》《仙山图》《罗浮山樵图》《雪景山水》《密山柴门》等作品传世。

杜本是临江路清江县人，元代文学家、理学家，学界称清碧先生。是元朝比熊禾晚一代，寓居武夷山的另一位理学大师。博学能文，留心经世。与人交，尤笃于义。工篆隶。吴越岁饥，本上救荒策。大吏用其言，米价顿平，遂荐于武宗。召至京，已而去，居武夷山。文宗即位，再征不起。惠宗时，召为翰林学士，复称疾固辞。所编五声韵，自大小篆、分隶、真、草以至外番书及蒙古新字，靡不收录。工楷隶，楷书结体谨严，全具八法。隶书学汉阳馥碑。画墨牛、葡萄甚可观，亦善山水。卒年七十五，终于家。据《图绘宝鉴》《元史本传》《辍耕录》《书史会要》等书载，本尝辑宋遗民诗为谷音一卷，鉴别极精，自著有《清江碧嶂集》一卷，均《四库总目》传于世。时有敖氏舌法十二首，杜本又增二十四图，列彩图方药，撰成《敖氏伤寒金镜录》，是为我国最早之舌诊专著。

杜本因得罪权贵而遁居武夷山，在武夷山学友詹景仁的帮助下，于星村镇黄村附近构筑了"思学斋"、"怀友轩"，号为"聘君宅"，并亲撰《怀友宅记》，说明是为了怀念京师那些有厚交的海内名士而命名的。他携妻儿读书其中，怡然自得，且夕与詹景仁等人"剖析疑义"。聘君宅虽非巨构华堂，却因主人高蹈的品行和渊博的学识而为世人所瞩目，声名远播，前往拜访的名流、学者络绎不绝，以至"天下名流从事过闽者皆造庐请益"。杜本在武夷山寓居30多年，读书著述，终其一生，撰写了《四经表义》《六书通编》《清江碧嶂集》等书，还收集了宋末遗民29人诗文百篇，题为《谷音》。他在究学之余，偶尔为诗，因而赢得了文学家的声誉。当时崇安最具才华的蓝仁、蓝智两兄弟慕名师之，一意为诗，成为闽中著名的诗人，开"闽十子之先"。

据此可见，由揭傒斯、熊朋来、熊梦祥、范梈、陈汝言、杜本等人组成的清江、丰城文学阵营是一个寓文化及文学艺术、绘画、教育、音乐、史志为一体，全面发展的综合性文学方阵，为元代在传统文化的继承与发展方面作出了重要的贡献。

在元代的洪都记忆深处走来了我国著名的民间航海家汪大渊先生以及被称为摘元代散曲之冠的散曲家刘时中先生。

汪大渊是隆兴路南昌人，也就是今天的南昌市青云谱区施尧汪家垄村人。元至大四年，公元1311年出生。他青年时束装远游来到泉州，当即被其"海道所通、贾船所聚、蕃商集居、杂货山积"的动人景象所吸引，内心便产生了一个要去探访天涯海角的强烈愿望。

汪大渊的第一次航海壮举是在元代的至顺元年，亦即是公元1330年。那一年，年方20的小伙子汪大渊，便首次由泉州港出海向西南远行，一路之上，沿海南岛的东北航行，然后穿过西沙海域，经由占城，也就是今天越南平定省的佛逝到昆仑，亦即是今天越南南部的昆仑岛，然后再转向西北航行至柬埔寨的西南沿海，再到泰国湄南盆地西境的苏邦，接着，他绕过泰国湾，经由马来半岛东北的克拉地峡附近的春逢，向南到马来亚东北的哥打巴鲁，经瓜拉丁加奴、北干、潮满岛、奥尔岛，再到新加坡及廖内群岛的塞班卡岛等地，然后向西北经印尼苏门答腊的东北进入马六甲海峡，绕经苏门答腊岛的西北沿海、亚齐角和马来半岛南部的马六甲、西部的太平等地，向马来半岛西岸北溯至安达曼海的丹老群岛，经下缅甸濒莫塔马湾沿海一带的孟族聚居地，到孟加拉，航经孟加拉湾沿岸，向西南到印度半岛东北部的奥里萨邦，接着再继续向西南而下，经印度半岛东南部泰米尔纳德邦的马德拉斯、马杜赖、纳加帕塔姆、科泽科德和拉梅斯瓦兰岛，绕过马纳尔海岸，到印度西南岸喀拉拉邦的安金戈，沿印度半岛海岸北向航行，经柯钦、果阿及北距约30英里的须文那古港，再向西北航行经过印度古吉拉特邦的卡提阿瓦半岛西南岸的华罗古港和卡奇一带沿海，进入巴基斯坦海域。经过天竺，也就是印度今天信德省的卡拉奇等主要港口，继续向西到伊朗，过阿曼湾，经霍尔木兹海峡进入波斯湾，抵伊朗法尔斯海岸的撒那威港。再向西北航行，到伊拉克的巴士拉后，沿底格里斯河北溯至西北部的摩苏尔和伊郎西部的马腊格，然后返航波斯湾，沿阿拉伯半岛北岸向东出波斯湾，南下到也门的亚丁，经亚丁湾进入红海，到达沙特阿拉伯的伊斯兰教圣地天堂——麦加。再航经埃及的库赛，出红海到曼德海峡，绕过索马里的哈丰角，南航至索马里与肯尼亚之间的马林迪，再经肯尼亚到坦桑尼亚的达累斯萨拉姆和桑给巴尔岛。然后沿原线返航到印度半岛西南岸的安金戈。继续南航到马尔代夫群岛，折向东北斯里兰卡的科伦坡，横渡锡兰海峡到尼科巴群岛，航至苏门答腊的亚齐、花班卒、多巴湖与帕尼河区域。绕过该岛西南岸到东岸的塔米昂，再向东北抵廖内群岛。又向西北沿马来半岛东岸上溯来时的航路，于元统三年，公元 1335 年返回到泉州，历时 5 年之久。

汪大渊的第二次漂洋远航在至元三年，公元的 1337 年，他仍然是从福建的泉州港出海航行，航行的重点区域在南海诸国。汪大渊的航路是顺越南沿海地区南下，绕过潘朗岬，再到柬埔寨的西南海域，途经泰国湾，接着沿马来半岛东跋下行至新加坡，然后再向西穿过马六甲海峡，经苏门答腊沿岸到达亚齐一带，然后再转向该岛的西南岸，继续沿着爪哇岛的北岸，在北加海岸、苏腊巴亚及马都拉岛等地相继停靠，继而接着向北航行至加里曼丹岛，在该岛的坤甸、达土角及文莱等地停留，几乎是环岛一周。继而又转东航至苏拉威西岛，继续东航至班达群岛，然后再向北穿过马鲁古海峡至菲律宾的苏禄群岛，再沿苏禄海区继续航行，在巴拉望岛、班乃岛、民都洛岛、马尼拉等地停泊，最后航经中沙群岛、西沙群岛和海南岛，于至元五年夏秋间回到泉州，前后历时达 3 年之久。

汪大渊在鲸波蜃浪之中两次航行，历尽无数劫难，航程数万里，涉足 220 余个国家和地区。据他所著的《岛夷志》后序说："所过之地，窃尝赋诗以记其山川、土俗、风景、物产之诡异也，夫可怪可愕可鄙可笑之事，皆身所游览，耳目所亲见。传说之事，则不载焉。"

至正九年，公元 1349 年冬，泉州路达鲁花赤偰玉立把汪大渊的《岛夷志》附在《清源续志》之后。翌年，公元的 1350 年，汪大渊回隆兴家中后，又把《岛夷志》单独刊印，取书名《岛夷志略》，该书遂流传于后世。

由此可见，汪大渊于 1330 年开启世界上的航海之旅之后，从泉州出发，历时五年途经亚洲、非洲、欧洲，开辟了一条时间最早、最长，跨海域最广的海上丝绸之路。他一生中曾经两次出海远航，途经了220余个国家和地区，他的这一航海纪录，堪称是前无古人了。

就这样，直到75年后的1405年，我国的郑和开启了下西洋的航海之旅；162年后的意大利人哥伦布，才发现了美洲新大陆，167年后的葡萄牙人达·伽马，方才抵达了非洲南端的好望角。两相比较之下，洪都府里，这位20岁的年轻人汪大渊的航海壮举，比欧洲人早了近百年的时光。

汪大渊不仅是中国航海领域的先驱，也是古代中国通过"海上丝绸之路"加强对外交流的领航者。

汪大渊为什么爱上了航海这个事业的呢？

汪大渊1311出生于江西南昌市青云谱区汪家垄。从汪大渊的名字中可以看出其父亲对他的希望是离不开中国传统士大夫的观念，希望自己的儿子能够走一条读书仕进的道路，故而取《论语》中"焕乎有文章"的意思，为他起字曰"焕章"。不过，就"大渊"的本意来说就是大海的意思，似乎冥冥之中，汪大渊早已与海结缘。

南昌，自唐朝以来便是我国重要的造船基地，外边的繁华富庶、绝世风光，经过航船上大量船民的口耳相传。让汪大渊自幼小便受到了深刻的影响，让他对外面的世界和深情的海洋充满了向往。故而，成年后的汪大渊在离开家乡外出游历后，他是一路沿着赣江上溯，这才到达了当时中国南方最大的商业港口，那时，也已经是世界上最大港口的福建泉州港。在泉州，他看到了各种不同肤色和操着各种不同语言的人们一起在街上摩肩接踵；他看到了来自世界各地的不同货物，琳琅满目，堆积如山；海湾里停泊着来自世界各地的，各式各样，造型不一的船只，特别是那些商贾、水手们在向他叙述别国风情时，神情是那样的生动、有趣，面前的这一切，都给他留下了深刻、令人难以忘怀的印象，也更加激发起了他要去海上探险寻奇的欲望。

汪大渊每到一个地方，他都要留下详细的文字记录，生动形象地记载下各地人当时的生活方式、文化传统。汪大渊在第二次出海回来后，便按照泉州地方官要求，开始整理航海笔记，写出近两万字的《岛夷志略》。为后人留下了关于元代中国对外海上贸易的大量一手资料。

《岛夷志略》约 2 万字 100 个篇章，其中有 40 多篇记述了瓷器贸易，有 20 多篇记载了青花瓷贸易，由此可见，中国的瓷器在国外是多么地受欢迎啊。

《岛夷志略》中记载的国名、地名多达 220 余个，它所述的内容涉及到 90 多个国家的山川险要、方域疆土、土特物产和民情风俗，范围包括南亚、西亚、东南亚以至东非的广大地区。

在《岛夷志略》中，有 2 个章节详细记载了汪大渊在澳洲的所见所闻，他的这些文字是见诸世的关于澳洲最早的文字记载，约 200 年后欧洲人才知道世界上有澳洲这一大陆。他绘声绘色地描写澳洲土著人"男女异形，不织不衣，以鸟羽掩身，食无烟火，惟有茹毛饮血，巢居穴处而已。"有的人"穿五色？短衫，以朋加剌布为独幅裙系之。"

汪大渊详细记述了澳洲的风土物产，应该是关于澳大利亚大陆现存较早的，有史可查的文字记录。

很多现代学者将汪大渊称为"航海家"。与其说汪大渊是航海家，不如说他是一位我国历史上的，伟大的国际旅行家。事实上，汪大渊本人并不懂得航海技术，他在航海过程中，既不是船员，也不是商贾，而是一名特殊的游客，一位旅行者，如果要更准确地来说，他应当是一位国际历史、地理的观察者和记录者。

今天，随着我们海上丝绸之路的再一次畅通，世界上各个国家之间贸易往来的日益频繁，汪大渊先生的历史功绩不应被后人所遗忘，我们应该记取他，怀念他。

表过了汪大渊，我们再来看一看以散曲冠绝元代的刘时中这个人。

刘时中，元代的江西行省洪都人，也就是今天的江西省南昌市人。累官至翰林院学士，元代著名的散曲家，工于作曲，今存他的小令有六十余支，成套的小令有三四首，其中，以他的《水仙子·西湖四时渔歌》最为著名。他的两套散曲作品《端正好．上高监司》，一扫曲坛吟风弄月、离愁别恨的旧习，直接以创作来评议当时现实政治的重大问题，这在元散曲中几乎是绝无仅有的。前套由十五支小令组成，描写在天灾人祸下，广大贫苦人民在死亡线上挣扎的悲惨遭遇。后套由三十四文小令组成，长达 1800 字，为元代散曲之冠，是揭露当时江西库吏的营私和钞法积弊的，尽管其中也表现出作者的阶级局限性，但作品的战斗性和取得的思想艺术成就是不容置疑的，因而在现行的高校文科教材中几乎都详细分析他们的创作思想。

今人隋树森在其主编的《全元散曲》中，收录了刘时中名下的小令七十四支，套数有四套。据多方考证，其中的小令作品大概皆为刘致所作，而套数的作者则就是刘时中的力作。由于刘时中与钟嗣成同时，而较刘致来说，便是后来者。两相比较起来看，书中收录的小令部分和套数两部分，它们各自在思想倾向和艺术风格上，都存有不小的差异之处。其中，小令多为写景、叹世之作，词风清新明丽；而套数则多反映社会的黑暗，揭露人间的不平，风格则清朗豪放，可见，这两者并非出于一人手笔的有力旁证。在这里，我倒觉得刘时中与刘致是同一个人。回过头来看刘致，他亦是元代的散曲作家。字时中，号逋斋。石州宁乡，今山西中阳人。父刘彦文，仕为郴州录事、广州怀集令。其父刘彦文后来在清江开馆授徒，这可以从曾经高中元代明经科的峡江人邓雅写的这样一首诗《寄曾孙稼刘彦文二公俱授徒清江》"蚤闻曾氏传忠恕，复忆刘几置墨庄。乔木至今齐阀阅，众星犹自焕文章。两家托好丝萝旧，百里携书道路长。为写新吟寄飞雁，暮云翘首意苍茫"中读得出来。

故而，我们不难相信，元代洪都地区的汪大渊、刘时中等人，为鄱阳湖地域文化及其地域文学的发展，是作出了积极贡献的。

在大元一朝的短暂百年里，从鄱阳湖流域文脉繁盛的庐陵地区，走来了以吉安人刘将孙、赵文、颜辉、陈致虚为代表的文化及文学的方阵。

刘将孙是南宋爱国词人刘辰翁之子，曾经担任过延平教官、临江书院的山长。一生著有《养吾斋集》40卷，今已散佚。《四库总目提要》云："将孙以文名于宋末元初，濡染家学，颇习父风，故当时有小须之目。"《强村丛书》辑有《养吾斋诗馀》1卷。元朝大儒吴澄曾经在《四库全书总目》中称赞他说，《养吾斋集》浩瀚演迤，自成一家。

下面，我们就用他的一首《沁园春·流水断桥》来解读他的内心世界。词的原文是这样的："流水断桥，坏壁春风，一曲韦娘。记宰相开元，弄权疮痏；全家骆谷，追骑仓皇。彩凤随鸦，琼奴失意，可似人间白面郎。知他是、燕南牧马，塞北驱羊？

啼痕自诉哀肠，尚把笔低徊愧下堂。叹国手无棋，危途何策；书窗如梦，世路方长。青冢琵琶，穹庐笳拍，未比渠侬泪万行。二十载，竟何时委玉，何地埋香"。

大桥名清江桥，在樟树镇外十里许，有无闻翁赋《沁园春》《满庭芳》二阕，书避乱所见女子惨象，末有"埋冤姐姐、衔恨婆婆"，语言极其俚俗。后有螺川杨氏和其诗二首，并自序称杨嫁罗，丙子暮春，自涪翁亭下舟行，追骑迫，间逃入山，卒不免于驱掠。行三日，经此桥，睹无闻二词，以为特未见其苦，乃和于壁。复云"观者毋谓弄笔墨非好人家儿女"。此词虽俚，谅当近情，而首及权奸误国。又云"便归去，懒东涂西抹，学少年婆"，又云"错应谁铸"，皆追记往日之事，甚可哀也。因念南北之交，若此何限，心常痛之。适触于目，因其调为赋一词，悉叙其意，辞不足而情有余悲矣。

这是一首血泪哀词。据作者自序称。在樟树镇的清江桥上，有无闻翁与杨氏女子回首题壁词，记述了元兵南犯时掳掠妇女的行为。其中杨氏所和《沁园春》乃自诉其悲惨遭遇，语尤沉痛。作者遂隐括其事，为赋此词，以写其家国沦亡之恸。在两宋词坛上，如此深刻、真实地反映下层人民悲苦命运之作，实不多见。

词人在首起的三句中点出题目的地点。流水与断桥，坏壁与春风，这些意象背反的景物，被作者故意扭合到了一起，形成了鲜明的强烈对比，使断壁颓垣的惨象更加突出，加深了词中凄苦的意味。词中的"韦娘"一句，是词人活用了刘禹锡的"高髻云鬟宫样妆，春风一曲杜韦娘。司空见惯浑闲事，断尽苏州刺史肠"诗意，借以指代杨氏的题词，在这里需要说明的是，由于《杜韦娘》也是一种词曲的名称，故而，在语境中兼有怜其才艺、哀其命运的含义在内。

"记"下所领四句，笔颇曲折。是用唐代开元、天宝之际的典实来比喻宋末政局，并以之概述杨氏题词的内容。"疮痍"，指创伤。在此比喻由战乱带来的民生疾苦。"骆谷"为通往巴蜀的要道。安史作乱，人民仓皇避兵，杜甫有《绝句》云："二十一家同入蜀，唯残一人出骆谷。"词中的"全家骆谷"用此描述战乱的残酷。接下来六句，则写其被辱于元兵的苦恨。"彩凤随鸦，琼奴失意"，都是匹非其偶的意思。美人不配俊夫，已是婚姻的不幸，何况家毁国亡。受辱于仇人之手，其悲恨更有甚于佳人之嫁厮养者多矣。"燕南牧马，塞北驱羊"，喻元朝的兵士。前面着以"知他是"三字，虽以疑问语气出之，实有作者深沉悲慨在内。这样就把一种受制于人，听凭蹂躏的悲情剧意写得曲折尽致了。

下片则夹叙夹议，写出词人对弱女子的同情以及作者身世之悲感，进一步深化了主题。"啼痕"二句上承"韦娘",把杨氏题壁时的心境曲曲绘出,身处亡国贱俘的惨境,故悲啼不已:"下堂"本指妻子被丈夫休弃的婚变,这里说被迫失身于元兵,其辱有甚于被休弃者,故云"愧"。"把笔低徊"则是传达杨氏题写词篇时的心境情态。"国于"二句暗承"宰相",指贾似道之误国:"书窗"二句则是自伤身世之笔。刘将孙以一介书生而身处乱世,尘扬沧海,劫换红桑,竟没有一个安身立命的所在,瞻望前程,怎不慨然以悲?"青冢"以下六句专就杨氏其人作解。其词着墨,一气旋折,愈转愈深,真有摇荡心魂,催人涕泪的力量。在刘将孙看来,这些写在桥头的哀苦词句,要比昭君怨曲。文姬哀词更为凄苦和更令人同情。因为正是用千万行血泪写成的,是民族的哀吟啊!

"委玉"、"埋香"指女子之死。刘将孙此词之作,距宋恭宗德二年丙子暮春已二十年。这个可怜的被"驱掠"北行的女子怕是早已香消玉殒了。那么哪里是她埋骨之所呢?是在风沙漫天的朔北?还是在马蹄匼匝的间关道途?这些都无从寻觅了。用一问作结,把人的思绪引向迢迢的远方,益发令人读后难以忘怀了。

赵文,是庐陵吉安人,南宋丞相文天祥的学生、门人,曾入文天祥幕府参与抗元活动。赵文与刘辰翁父子的交往亦厚,辰翁对其非常推重,刘将孙亦与其在一起缔结"青山社",但对他们的结社情况,我们手头上尚无可以用来佐证的详细资料。

赵文的词大多是在伤春感秋中抒写自己亡国之痛、爱国之情的作品。他的那些词往往写得抑郁深沉、凄苦有加。在他的词作中,最为凄苦的作品当属《八声甘州·和孔瞻怀信国公,因念亦周弟》的那一阕,词云:"是去年、春草又凄凄,尘生缕金衣。怅朱颜为土,白杨堪柱,燕子谁依。谩说漫漫六合,无地著相思。辽鹤归来后,城亦全非。更有延平一剑,向风雷半夜,何处寻伊。怪天天何物,堪作玉弹棋。到年年、无肠堪断,向清明、独自掩荆扉。何况又、禽声杜宇,花事酴醾"。

此词是词人为怀念恩师文天祥而作的,词的上阕写文天祥捐躯赴义已经好久了,恐怕现在已经是"尘生缕金衣"和"朱颜为土"了,但自己对他的思念之情依然是"无地著相思",真挚厚重。可惜的是现在如果丞相之魂归来相聚,看到的将只是"城亦全非"。而下阕则是称赞文天祥为"延平一剑"的,但现在却不知他魂归何处，再也见不到丞相的英姿了。只能在每年的清明时节"无肠堪断"地独自吞噬着无边的思念和愁苦。词中的一句"禽声杜宇，花事酴醾"读来让人无比心酸和愁苦。

颜辉，庐陵吉安人。宋末元初时的人物画家，擅人物、佛道，亦工鬼怪，兼能画猿。其造型奇特，用笔虽见刻露，却笔法怪异，有生动传神之趣，在画法上喜作水墨粗笔，用笔劲健豪放，笔法粗犷，有梁楷遗风。元代由于山水画、文人画兴起，作为人物画家的颜辉在中国画史上被湮埋无闻，由于他的作品流传在日本的较多，故而颜辉在日本受到的评价甚高，他的画风，对日本室町时代的绘画有着较大影响。他的传世代表作有《钟馗雨夜出游图》《蛤蟆仙人像》《李仙像》《猿图》等。

颜辉被后世称作老画师。他尤其擅长画道释界的人物，元大德年间，公元1297至1307年间，他曾在辅顺宫画壁画。他的笔法粗厚，勾勒粗细咸宜，起伏有致，渲染精到，以水墨烘晕，使画面衬托出阴暗凹凸，富立体感，有"笔法奇绝，八面生意"之称，这是一种前无古人之举的创新画法，元代著名文学家、诗人、哲学家、教育家、书画家柳贯先生盛赞他为"收揽奇怪一笔墨"，与梁楷、法常等人的画法一脉相承。所画铁拐李目光咄咄逼人，形貌粗陋却一身正气，反映出仇视当权者之强烈情绪。同时，他亦善画猿，曾作《百猿图》，时人戴良释解其画意为褒扬"猿之仁也"。

颜辉时而间作山水，颇得北宋李成、郭熙二人之技法。他的传世作品有《钟馗雨夜出游图》1卷，绢本，水墨淡设色，纵24.8厘米，横240.3厘米，现藏美国克利夫兰艺术博物馆；《李仙像》轴，绢本，水墨，纵146.5厘米，横72.5厘米，现藏故宫博物院；《观瀑图》轴，绢本，设色，纵168厘米，横107厘米，藏炎黄艺术馆；《山水楼阁人物图》轴藏河南省开封市博物馆；《李铁拐图》轴藏日本京都智恩院。他亦工山水，所作人物，造型奇特，性格突出，形象生动，当时人称他为"八面生意"之画家。

颜辉在画法上，能作细致的工笔描绘，但大多喜作水墨粗笔，用笔劲健豪放。笔法粗犷，有梁楷遗法，以水墨画居多。

他的传世作品有故宫博物院收藏的《水月观音图》轴及《李仙图》各一幅，河南省博物馆收藏的《山水图》轴等。其画中的李铁拐，表现了褴褛衣衫下的人不为物质所困的精神品格。这在元代主画道教神仙像的画家中，颜辉是最有名的一个，他画的铁拐仙、刘海蟾等都是在褴褛的外表中描写了不平凡的性格和巨大的精神容量和面貌。

陈致虚是江右庐陵人，中国道教界名人，元代著名的内丹家。他生而好道，通群籍。天历三年，公元1330年四十岁时，偶遇在天文、经纬、地理、数术等方面莫不精通的鄱阳人赵友钦于湖南衡阳。陈致虚曾经在《金丹大要》十二章中称自己之前曾两次在途中遇到赵友钦，在第二次遇到赵友钦时，遂拜其为师。此后，赵友钦将青城至秘之文全部传授给了陈致虚，于是，他便精研道要，勤于著述，终于成为了元代著名的内丹理论家。

陈致虚一生著有《金丹大要》16卷，《金丹大要图》1卷，《修炼须知》1卷，《金丹大要仙派》1卷，《元始无量度人上品妙经注解》3卷，《参同契分章注》3卷，《悟真篇注》若干卷。后人将其后来的一部著作与薛道光、陆墅的著作各一部合注为一书，称其为《悟真篇三注》，是道教界的传世经典之作。

陈致虚将儒释道三教，归宗于老子，称三教皆以老子之道为法。"天以清，地以宁，三光以明，万物以荣，圣人、仙、佛以修以成……孔子而佛，皆明此道，非别有一道也，后来乃分三教"。这实际上是尊老子为三教的始祖，以老子之道为三教的正宗。尔后，他又将老子之道归结为金丹之道，认为如《道德经》所云"仿佛中有象有物，杳冥中有精有信"，"不贵难得之货"等，皆直指金丹大道，显露玄机。至于"众甫"、"神器"、"玄牝"、"橐籥"之类，皆为经中所隐八十余金丹术语之异名。然后又将老子的金丹之道去会合儒释："夫金丹之道，先明三纲五常，次则因定生慧。纲常既明，则道自纲常而出，非出纲常之外而别求道也。"他的目的是说明三教义理皆归宗于老子的金丹之道，从而将金丹大道作为三教一贯的不二法门，强调以道为主的三教融合。

入元以后，金丹派南、北二宗，经过较长时期的认同，已逐渐产生出二宗合并的要求，至元代中期以后，二宗合并的条件业已成熟。本属南宗、而自认为北宗正统的陈致虚，自然成为南、北二宗合并之中介与积极推动者。他在《金丹大要》里构造了一个金丹法统，为二宗合并提供了共同尊祀的祖师谱系，谓："华阳玄甫、云房、洞宾授受以来，深山妙窟，代不乏人，……燕相刘海蟾受于纯阳吕洞宾，而得紫阳张伯端，以传杏林石泰，紫贤薛道光、泥丸陈楠，海琼白玉蟾，接踵者甚多。我重阳翁王嚞受于纯阳，而得丹阳马钰，致全真教立，长春邱处机、长真谭处端、长生刘处玄、玉阳王处一、广宁郝大通、清静孙不二等诸老仙辈，枝分接济，丹经妙诀，散满人间"。他将全真道祖师王重阳刘海蟾并列吕洞宾的门下，而把南宗尊奉的张伯端等南五祖作为王重阳的晚辈，显然含有抬高全真、贬降南宗之意。但这种排列却真实地反映了当时全真势强、南宗势弱的现实，又符合元代皇帝早已封王玄甫、钟离权、吕洞宾、刘海蟾、王重阳为"真君"、"帝君"的"皇命"，因而后为南北二宗的人所接受，成为二宗合并后共祀祖师的基础。可见陈致虚对南北二宗的合并作用颇大。

陈致虚门下的弟子甚众。较著者有初阳子王冰田、一阳子潘太初、碧阳子车兰谷、宗阳子明素蟾、元阳子欧阳玉渊、心阳子余观古、来阳子李天来、四阳子张毅夫、得阳子夏彦文、扶阳子赵仁卿、南阳子邓养浩、致阳子赵伯庸、东阳子陶唐佐等，他们多是元代擅长金丹之术的道士。

纵观庐陵地区在元代时期的诸多表现，可以明显地让人们感受到，他们在文学艺术以及道教方面所取得的成绩是有目共睹的，为鄱阳湖地域文化的丰富和发展，起到了积极的促进作用。

表述了洪州，道过了庐陵，我们不妨再来看看元代的古袁州。尽管在那一时期里，文化的领域显得有些沉闷、凋敝、黯淡，但是，在袁州这块文学的热土上依然走来了以高安人姚云文，周德清，奉新阴时夫等人为代表的文化及文学队伍。

姚云文是袁州高安人，宋末元初知名的文学家，咸淳四年的进士。入元后，累官至承直郎，抚、建两路的儒学提举。一生著有《江村遗稿》1部，可惜今之不传。仅在《全宋词》里有他的存词九首。他最为著名的代表作便是一首词作《紫萸香慢·近重阳》："近重阳、偏多风雨，绝怜此日暄明。问秋香浓未，待携客、出西城。正自羁怀多感，怕荒台高处，更不胜情。向尊前、又忆漉酒插花人。只座上、已无老兵。

凄情。浅醉还醒。愁不肯、与诗平。记长楸走马，雕弓笮柳，前事休评。紫萸一枝传赐，梦谁到、汉家陵。尽乌纱、便随风去，要天知道，华发如此星星。歌罢涕零"。

这阙词的大概意思是说。偏偏是临近重阳时节，风雨就越来越多，今日能如此地温暖明丽就特别叫人爱惜。试问秋花的芳香是否浓郁？我欲偕同朋友走出西城游历。我正自漂泊羁旅，满怀着无限的愁绪，就怕登上荒台的高处，更是难以承受悲戚。面对着酒宴，又将滤酒、插花的友人回忆，只是坐席上已不见了昔日的旧侣。

我感到悲楚凄清，微酒入肠，浅醉又醒。积郁的愁情，比诗篇抒写得更加地沉重。记得沿着楸树茂盛的大道乘马奔行，手持雕弓，施展百步穿杨的技能，这些经年往事就休再论评了。重阳节朝廷传赐下一枝紫萸，有谁的梦魂，曾经到了故国的园陵？任凭着乌纱帽随风吹去，要让老天知道，斑白的华发已如此丛生，我感慨长歌当哭，涕泪交进。

此词从重阳入笔，抒发了遗民不忘故国的忆旧情怀，语言平实，又不失跌宕起伏，整首词从出游始，于登高处终，章法浑成，意蕴丰厚，读来凄怆感人。

这首《紫萸香慢·近重阳》词，从传统的词牌来论，它应该是姚云文自创的一种词调。这首词借重阳佳节抒发羁愁、念远之慨，含蓄而深沉得表达自己的亡国之哀，流露出内心壮志难酬的沧桑之痛，是写在重阳节的感怀之作。

词的上阙描写的是羁旅怀忆旧人之情。秋雨新晴，重阳已近，秋花香浓，正是登高的好时节。"绝怜此日暄明"，想今日如此温暖明丽，怎不叫人爱惜？词人兴致勃勃正欲携客出游，共赏秋日佳景。可是，"正自羁怀多感"，此处笔锋突然一转，以羁怀、忆人转出两层"绝怜"之余的感伤。重阳佳节，天色清明，欲要出游，饮酒赏花，却是怅然作罢。为何？怕荒台高处，更不胜情！原来，词人是怕登临荒台高处之时，目睹那故国江山已物是人非，备感羁旅漂泊之愁怀难抑，无法承受纷乱的悲感愁情集于方寸。那么，饮酒如何？不是说何以解忧，唯有杜康吗？不是说对酒当歌，人生几何吗？然而，词人却又莫名惆怅，只恐赏花饮酒，尊前座上，思念昔日酌酒插花，畅饮狂欢的旧侣。

正因羁怀多感，故废登临。意欲饮酒追怀，却又因座中故人萧条而觉情怀黯然。"向尊前，又忆漉酒插花人，只座上、已无老兵"。寥寥几字，词人怀友之情尽显纸上。

词的下阙抒发了忆昔伤今之慨。"凄清"二字承上启下，感慨今昔盛衰剧变。"凄清，浅醉还醒，愁不肯，与诗平"四句写忧愁之深，即使用诗词也无法抒愤。"记长楸走马，雕弓榨柳，前事休评"三句写出当年跑马神射的勇武精神，却已是"前事休评"，于凄怆中寓愤激之情。"紫萸一枝传赐，梦谁到、汉家陵"三句暗示故国已亡。最后"尽乌纱"四句隐喻自己虽入元为学官，并不以任官为重，风吹乌纱官帽便任随它去，何足珍惜？吾意便要老天知道，我华发星星，依然心怀故国。末尾作直接的呼告，作者的爱国之心、报国之情喷薄欲出。

词人浅醉还醒，一片清愁非诗句所能表达。走马弯弓，少年气概今已荡然无存。重阳传赐萸，已是前朝胜事，如今只见之于梦中。华发星星，当年壮士，垂垂老矣，人之老矣，壮志何在?！读来，令人感伤落泪。

此词紧扣重阳节之习俗来展开描写，使事用典贴切而意蕴丰厚。从结构来看，以"趁兴出游始"，以"歌罢涕零"结，感情曲折跌宕，变化出乎自然，意脉清晰，章法浑成。可以这么说，姚云文的重阳词是元代亡国孤臣的千古绝唱，因此，后世盛赞姚云文的重阳词，说是在元代的词坛上，自姚江村的《紫萸香慢·近重阳》词一出，余词尽废，可见后世对姚文云的评价极高。

周德清是袁州高安杨圩镇暇塘周家村人，北宋哲学家周敦颐的后人，元代的文学家，一生工于乐府，善于音律，然终身不仕，布衣平生。著有音韵学名著《中原音韵》，为我国古代有名的音韵学家与戏曲作家。他编著的《中原音韵》在中国音韵学与戏曲史上有着非凡的影响。明代的《录鬼簿续篇》对他的散曲创作评价很高。

下面，我们来分析一下他的代表作品《塞鸿秋·浔阳即景》以及他的创作特点。

这首《塞鸿秋·浔阳即景》描写的就是浔阳江上的无限风光："长江万里白如练，淮山数点青如淀。江帆几片疾如箭，山泉千尺飞如电。晚云都变露，新月初学扇。塞鸿一字来如线"。

词的大意是说，万里长江犹如一条长长的白色绸缎伸向无垠的远方，淮河两岸的青翠远山连绵起伏着蜿蜒而去，隐入云天之中，江上的几片白帆，箭一般地驶过了江面，而山上的清泉则从高耸陡峭的悬崖上飞奔而下，仿佛如迅捷的闪电一般摄入人们的眼帘。傍晚的云彩弥漫凝结成晶莹的露珠，天上的半圆新月犹如团扇一样美丽极了，而空中，从塞外归来的大雁在高天之上一字排开，宛如一条细细的银线横亘在天幕之上。

周德清在散曲创作中多喜欢采用比喻、夸张、叠字、借代、对偶等修辞手法，而在元散曲中使用得最多，形式最为丰富的则是对偶的广泛应用。元散曲中的对偶与诗词中的对偶具有不同的特点，他在这一领域里，是既有所继承，又有所创新和开拓，全面地体现了在元代的那一时期里散曲新颖、独特的艺术个性，这从元代许多的散曲作品中，通过对对偶的分析解读，也是可以总结归纳出来。

在中国戏曲的发展史上，在历史的长河里，每一个时期的戏曲都具有不同的发展特点。在元代，戏曲呈现出了成熟的形态，其创作亦进入了文学发展史上的第一个繁荣时期，而与此同时，戏剧学也逐渐地兴起，这在当时出现了一部针对元代北曲，也就是人们平常所说的杂剧的做法而撰写的音韵学名著《中原音韵》，这部书一经问世，就成为北曲创作的准绳，纠正了作曲家们用韵不一，对戏曲作曲，唱曲做了全面的规范，促进了戏曲用韵的统一，因此，在中国戏曲史上显示出了划时代的重大意义，也正是在这部韵书中，作者提出的曲韵、音韵法典一样的规则，让后世遵从至今。这部书的作者就是周德清。

周德清的《中原音韵》是为北曲用韵而作，为的是纠正作曲家用韵不一的现象，其正音的依据是中原语音。自《中原音韵》成书后，戏曲作曲、唱曲都有了规范，促进了戏曲上用韵的统一。《中原音韵》以当时北方实际语音为标准，所定之韵接近今北京音，因而此书是研究近代以北方音为主的普通话语音的珍贵资料。后世对他的评价极高，据史料载"德清三词，不惟江南，实天下之独步也。"《全元散曲》中录存他的小令有 31 首，套数有 3 套。

可见，鄱阳湖上的周德清在元之一代，为中国的音韵学，戏曲学作出了非凡的贡献，不愧为中国音韵学的第一人。这为鄱阳湖地域文学的发展和创新，注入了全新的生机。

阴时夫是元初时期的袁州奉新人。

他客居聚德楼中三十余年，在父亲阴应梦的直接指导下编撰《韵府群玉》，为工具类书籍以韵隶事之始。其兄阴幼达，为之作注。阴时夫敲定的"平水韵"，原韵有 107 个韵，后来并了一个韵，最后成为了 106 个韵，自元以降，皆因循遵袭之。凌稚隆曾经仿《韵府群玉》编撰出来了《五车韵瑞》一书，清康熙年间，张廷玉等人奉皇命修撰了《佩文韵府》时，便大量参考了《韵府群玉》及《五车韵瑞》两部著作。

阴时夫与兄阴中夫一同登宋宝祐九经童科。宋末登进士第。入元后坚不出仕。一生编有《韵府群玉》一部，共计分韵一百零六部。他在编撰过程中，广泛摘录各类典故及辞藻，隶于书中各韵之下，为现今存世最早，以韵隶事的工具类图书。他所分韵部，为后世的作诗赋者遵用为标准音韵。

《韵府群玉》共计二十卷，今存《四库全书》等版本。元末明初著名的政治家、文学家、史学家、思想家，与高启、刘基并称为"明初诗文三大家"，又与章溢、刘基、叶琛并称为"浙东四先生"，被明太祖朱元璋誉为"开国文臣之首"，学者称其为太史公、宋龙门的宋濂先生在《韵府群玉后题》中这样赞道："江右的《韵府群玉》一书，元延祐间，新吴二阴兄弟之所集也。二阴，一名时夫，字劲弦，一名中夫，字复春，博学而多闻。乃因宋儒王百禄所增《书林事类韵会》、钱讽《史韵》等书，会粹而附益之，诚有便于检阅。板行于世，盖已久矣。入我圣朝，近臣奉敕编《洪武正韵》，旧韵音声有失者改之，分合不当者更之，定为七十六韵。今重刻是书，一依新定次序，而字下所系诸事，并从阴氏之旧，因书其故，以告来学者。洪武八年夏五月既望，翰林侍讲学士金华宋濂记。"

由此可见，在元代的袁州，姚文云创作的散曲，周德清、阴时夫所取得的音韵成果，这在当时来说，都是独步杏林，令人难以望其项背的成就，是鄱阳湖地域文化及其文学不断地得到开拓创新出来的结果，为鄱阳湖地域文学的丰富和发展作出了积极的贡献。

放眼元代时期的九江大地，特别值得一提的人有鄱阳湖上的南康路都昌县人陈澔、杜万一、杜可用三位先生，还有一位是南康路建昌人，也就是今天的九江市永修县人刘玉先生。

陈澔，字可大，一号云住，一曰经归，又称北山叟。元代的至顺年间，陈澔在都昌县城外的西山创办"云住书院"并讲学其中，又称经归书院，人亦称其为经归先生，是宋末元初著名的理学家、教育家。

陈澔出生在南宋末期，是在元顺帝至元初期执掌白鹿洞书院的，那时的他已是七十高龄的老者了，他曾经在自撰的碑文里每每提及白鹿洞生，且落款为白鹿洞书院陈澔，可见他对白鹿洞书院是有着深厚的感情的。

元时，白鹿洞书院隶属于江西行中书省南康路。在元朝入主中原的八九十年间，已知主掌白鹿洞书院的人并不多，有史可查的仅见至正年间南康路总管陈炎西修复书院，余干吴德昭、鄱阳柴实翁、星子叶宗仁、丰城熊自得、都昌黄愷等几位曾经主讲书院。无论是在名气还是学识上，他们都无法与陈澔相比。但是，在这里特别需要指出的是，元代的书院山长并非一定是大儒或名宿来担任，所任山长概为学官，由礼部及行省宣慰使选任，与教授、学正、教谕等一体考核转迁，陈澔入主白鹿洞书院二三十年后，书院才被毁掉。直到明代的正统、成化年间，白鹿洞书院才又达到了一个空前的繁荣发展时期。

自从陈澔来到白鹿洞书院以后，他主讲这所天下著名的书院，并在此注解《礼记》并撰写《礼记集说》一书，与理学大师朱熹等人的著作一起名扬海内，故而他的厚德名望一直激励着明清两代的莘莘学子。陈澔的好学慎行，淡泊名利的人品、学问也受到后人的尊崇。他一生不求闻达，隐居不仕，主要从事讲学和著述。勤学而好古，秉承祖业，精于《易》《礼》《书》，在都昌无花山建云住书院讲学，不少名门俊彦慕名就学，一时书院学风大盛。

陈澔最有影响的著作是《礼记集说》，乃明清两代学校、书院，私塾的"御定"课本，科考取士的必读之书。元代教育家吴澄称其"可谓善读书，其论《礼》无可疵矣！"《续文献通考》载："永乐间颁《四书五经大全》，废古注疏不用，《礼记》皆用陈澔集说"。可见《礼记集说》流行之广，影响之大。正是由于陈澔的《礼记集说》对明清两代学校教育和科举考试起到无可替代的作用，因而他深得两朝历代君王的景仰。明弘治十四年钦命于都昌明伦堂设乡贤祠祀之。清雍正二年诏命从祀孔庙，为先儒。在南康府城亦同时被奉为"乡贤"，供奉于学宫"乡贤祠"。

陈澔是朱熹的四传弟子，其《礼记集说》上承程朱学派，就《礼》的相关篇章做了详细的注疏、解释，并在原有的基础上，加入了自己鲜明、独到的个人见解。

"经归书院"，是当地存世时间最长，影响最大的书院之一，曾经为都昌地方文化传播和人才培养作出了重大的贡献。它始建于元代至顺年间，明代弘治十五年，知县王珀杨重建书院，置学田并祀陈澔其上。明万历年间，虽然张居正毁天下书院，但是，云住书院仍然得到了很好的保护。崇祯六年，知县陈嗣清再次增建书舍多间，旋遭兵燹。至清代康熙二十四年，知县曾王孙和陈澔十四世孙陈枭训再度重建堂室，更名为经归祠，专祀陈澔并继续办学。1942年6月，日本侵略军攻陷都昌县城时，这座有名的教化之地才毁于侵略者的炮火之手，存世时长达六百多年。

杜万一、杜可用，他们俩都是南康路都昌县人，同为元初的农民起义军首领。

元初时期，都昌县一带反元浪潮风起云涌，此伏彼起，在短短的两三年之内就连续发生了三次武装抗元的事件。杜万一、杜可用先后领导的农民起义，都是在历史进程上有着较大影响力的农民运动。

杜万一于宋端宗景炎二年，也就是公元的一二七七年，他以白莲教的名誉，"僭号倡乱"，"拥众数万"，在都昌举起了反元复国的义旗。然而，杜万一举事之后，开展的时间并不长，便于翌年被江西行省参知政事贾居贞提兵征讨，杜万一战败被俘之后，让朝廷给凌迟处死了。

宋祥兴二年，亦即是公元 1279 年，陆秀夫背着少帝赵昺在崖山海战中投海自尽，南宋灭亡。但是，抗元复国的烈火并未熄灭，接着在都昌及鄱阳等地又爆发了南宋遗民大规模抗元的运动，但此次运动被时任江西宣慰使的张宏略给弹压下去了。

至元十七年，也就是在都昌杜万一兵败被杀的第三年，元世祖忽必烈刚刚定都北京，号大都，屁股都还没有坐热，都昌又接着发生了一场惊心动魄的大事。那是件什么事呢？原来是南康的杜可用又在那里登高一呼，聚众数万人，发起了一场声势浩大的农民起义，并自称天王，立年号为"万乘"，再次举行武装起义。元世祖闻报之下大惊，便于四月初二，命江淮行省参知政事史弼提兵前往都昌镇压。面对来势汹汹的大兵压境，杜可用不惧强敌，率众抵抗，经过前后九天的激战，最终因双方力量的悬殊太大，起义军兵败如山倒，杜可用与"丞相"曹某等人均被俘，被押往龙兴，亦即是今天的南昌市受刑，随后被诛杀。4 月 11 日，史弼入朝复命。至此，在元初的那一时期里的，鄱阳湖流域先后发动起来的几场轰轰烈烈的反元复国运动，就这样被完全彻底地给平定下去了。

刘玉，是元代时南康路建昌县人，南昌西山的道士。

南宋的何守澄所创立的净明道，在流行了一段时间之后，就很快地湮灭下去了，直到元朝的初年，刘玉对外宣称他意外地得到了许逊所降授的《玉真灵宝坛记》，故而，他继承了许逊的衣钵，便正式对外宣告净明教再度振兴。

随之，刘玉尊奉《净明忠教全书》为本派的经典，重开净明道一派。他在观念上不再承认何守澄是净明道的创始人，而是把许逊定为净明道的第一代祖师，把自己则定为第二代祖师，随之，便着手在江南的许多地方开始布道，并在西山建玉真、隐真、洞真三坛传度弟子。他以忠教为大道之本，以忠、孝、廉、谨、宽、裕、容、忍为"垂世八宝"，提倡用"日知录""功过格"等一类善书来规范自己的日常行为，希图通过让人们恪守道德而成仙得道。他认为做人做事只要忠孝净明，便能神灵渐通，不用修炼而自然成道。他将道教的净明、儒教的忠恕、佛教的大乘诸般融合为一体，具有浓厚的理学色彩。刘玉之后，他的继任者黄元吉、徐慧、赵宜真等人先后掌教，到了赵宜真掌教时，已经是明朝的初期了。由于赵宜真身兼全真、清微、净明诸派于一身，尤其是他被清微、净明两派尊为嗣师，在指导思想上糅合内丹与雷法为一体，在内涵上来说，就变得更加宏大和广博了。最终，净明一派悉数归入全真一派。

由此可见，在元代的近百年时光里，尽管在常人眼里看来是静若处子的鄱阳湖，倒也着实在那一时期里掀起过几次滔天的大浪，发出过内心的怒吼，真真正正地折腾了一番，从文武两方面来说，陈澔是一位著名的教育家，而杜万一、杜可用属于农民革命家，他们都为鄱阳湖地域文化的建设和发展作出了极为重大的贡献，为鄱阳湖地域文学的成长、壮大，丰富其内蕴写下了美丽的华章。

今天，当我们站在鄱阳湖上来回望鄱阳湖地域文化及其地域文学，在元代那一时期的各种不同的文化及文学的发展变化，个人觉得无外乎就是这么一种现象：由于在元代的那一时期里，是我国历史发展进程中，第一次由少数民族统治者来执掌全国的政权，这在平常人看来，夺取政权的战争，必定对我国南北的政治经济文化造成了严重的破坏，而在元代立国后，文化人感觉到不同民族之间的统治理念，存在着较大的差异，这就导致人们觉得在治权上感受到了严酷的民族压迫以及知识分子被歧视，这等等的一切都无形中阻碍了国家经济文化建设的发展，站在这一点上来说，文化的繁荣与文学的振兴，自然就难以望前朝唐、宋的项背了，故而，就有人觉得中国传统文化在那一时期里，出现了短暂的断裂。而事实上，元朝在立国不久，就立即恢复了之前的科举考试制度，这让元代的文化教育以及文学创作活动逐步得到了较快的恢复，并一度出现了比较繁荣兴盛的局面。

纵观元代的近百年史，在那一时期里的文化及文学艺术，在发展过程中曾经出现了两种不同意识的严重对立，那便是当时的俗文学与雅文学的对立。一方面，以诗、文、词为代表的雅文学逐渐地失去了往日的生机和活力，并慢慢地走进了文学的僵化和文学的凝固状态，虽然雅文学在人们的意识里仍然被人们视作文学的正统，保持住了自身其尊荣的历史地位，而在另一方面，以杂剧、白话小说、南戏等为代表的新兴的通俗文学，却在以自身蓬勃的生命和盎然的生机流行在社会的底层，始终受到了上流士大夫们的歧视。

由于杂剧盛行于北方，而在我们鄱阳湖流域从事这方面的人才并不多，屈指算来，也只有饶州的汪元亨、乐平的赵善庆曾经写过一些杂剧，但他们的杂剧作品对社会的影响力并不大，因此，了解他们作品的人并不多。尽管散曲是属于俗体的新诗，但是，通过上流社会大量士子文人们的积极染指和频繁参与，也使之慢慢地变得高雅清丽起来了。尽管他们的创作内容，大多是趋于表达离尘遁世、得过且过、内心消极、精神萎顿、无为人生，自甘沉沦的黯淡一面，而在愤世嫉俗、张扬生命，激励人心方面来进行文学创作的人就很稀缺了，因此，在这种历史背景下，南昌人刘时中创作的套曲《上高监司》就显得弥足珍贵，特别值得人们去称道了。

放眼元代的整个鄱阳湖流域，文学创作成就最高的应该是周德清。他既工北曲，又通晓音律。这在当时，周德清有感于同时代的文人们泥古而不知变化，人们口头上的语言音韵早已在时间长河的流淌中，产生了变异和发展、进步，人们却只抱着一部古代的《广韵》不放，于是，周德清就根据北曲的用韵和北方的语音规律，着手撰写了一部《中原音韵》的书，这部书的出版，一下子就开了北方话韵书的首创之举，轰动了天下。从此以后，那些北曲作家、梨园弟子在作词唱曲，咬音正字等方面，皆以周德清的《中原音韵》为准绳。更何况，周德清自己亦擅长散曲的创作，身后亦有名篇传世，关于这个问题，我之前已经有过专门的论述，在这里就不再赘言了。

从元代的文学艺术的综合考量来反观元代的文学艺术成果，可以这么说，元之一朝的总体成就并不是很高。但是，如果我们站在地域文学的角度来对元代的文学艺术现象做一番细致的扫描和梳理的话，我们不难发现，泛鄱阳湖流域的文艺工作者们能够自觉自动地承继宋代以来的文脉之余烈、余绪，在杂剧以外的文学领域里，以巨大的创作成绩的和文艺成果，走在元代中国文学艺术界的前列，就所取得的成绩和规模以及在文学艺术史上应该站立的位置来论，在全国范围内可以说是首屈一指的，鄱阳湖上的文化人对学术的贡献是非常突出的。元代横空出世的百世证书类大典《皇朝经世大典》便是由鄱阳湖流域的虞集、欧阳玄等人主持编撰的；元代编修的《宋史》《辽史》《金史》，这宋辽金"三史"，也是由鄱阳湖上的文化人揭傒斯、欧阳玄、危素等人共同承担纂修任务的；乐平的马端临穷尽二十年之功，耗尽了心血，将《文献通考》三百八十四卷编撰成书并出版，也是在元代完成的。仅在大元一朝的文学艺术世界里，历史上号称为"南吴北许"二人中的，鄱阳湖流域的著名文化大儒吴澄在文化的天空里与北方的许衡平分天下。

吴澄一生折衷朱熹、陆九渊所领航的文学派别，各取其长、交叉互补、充分体现了他在文化、文学革新上勇于开拓的精神。他在自己所著的《尚书纂言》里，明确提出了自己的文化观点，表明自己并不认同伪古文经，旗帜鲜明地表现了他敢于挑战传统的精神和勇气。不仅如此，吴澄所写的文章也是典雅华茂，内蕴丰厚。他的诗歌构思巧妙，联想丰富，具有浓郁的浪漫主义色彩。

另一方面，在音乐的世界里，南昌的熊朋来不仅是元代著名的经学家，同时，他还是当时著名的音乐家，他所著的《瑟谱》一书，一共有一套六卷。何谓《瑟谱》呢？《瑟谱》是中国人以瑟为伴奏乐器，用来歌唱诗经的乐谱。

一路反观元代的文人、知识分子，他们在元代早期的表现是心中有愤懑但不敢轻易地表露出来，一直到元代的延祐年间，大元王朝调整了对待知识分子的政策，全面恢复了科举取士的考试制度，大大放松了对文化艺术领域的封锁，因此，这才让大部分的文人及知识分子消减了内心大部分的不满情绪，甚至还有不少人沉眠、陶醉在那个狭小的安闲天地里不愿意出来，这就导致了元代的文坛上出现了大量的题咏匆匆，应酬琐琐之作，泛滥成灾。

故而，尽管在元代中期的四大诗家虞集、杨载、范梈、揭傒斯四人当中，虞集、范梈、揭傒斯三人便是鄱阳湖流域的诗人，虽然他们文学史上的名气很大，在艺术上也比较讲究法度，字句追求工炼，但是，他们的作品大部分都还是显得内容贫乏、空洞，给人一种为赋新词强说愁的滞涩味道，而只有揭傒斯一人在诗歌创作中显得清新脱俗一些，稍胜别人一等。虞集的诗也仅仅只是在委曲求全中表达出内心的一丝不满，其诗句隐晦黯淡，精气神明显不足。

倒是在绘画艺术领域，元代的绘画艺术家承唐宋之余烈，在绘画事业得到了长足的进步与发展。纵观元代百年，元之一朝仅知名画家就有数百人之多，其中就有像赵孟頫、高克恭、王冕以及元四家王蒙、倪瓒、黄公望、吴镇等著名的大家，但是，尽管他们的作品在绘画艺术史上的地位很高，可是，在他们的身上普遍都存在创新意识不够，复古、师古之风盛行，把整个画坛带进了一种亦步亦趋，故步自封的境地，特别值得一提的是，由于复古派宗主赵孟頫大力倡导临摹，步趋前人、恪守旧规，这在无形中限制了一些天才画家的自由发挥，面对此种情况，只有鄱阳湖流域的贵溪人方从义勇敢且大胆地走了出来，并且义无反顾地站到了绘画革新的潮头上。他不被时尚所左右，不被古人所困，不被眼前的条条框框所束缚与桎梏，自行主张师法自然，注重写生等绘画实践，不仅如此，他还提出了"画为心声，以画寄情"的崭新观点，这在当时来说，是非常难能可贵的一件事情。所以，后世的画论家俞剑华在《中国绘画史》这样说，"元代的方从义等，真如凤毛麟角不可多得也"。可见，后世对方从义的评价颇高。

除此以外，鄱阳湖上的汪大渊开启了我国海上的国际漫行之旅，成为了我国航海史上的第一人，写出了几万字的《岛夷志略》一书，朱思本完成了《舆地图》，取得了地理学上的辉煌成就，特别需要指出来的是，马端临提出的实事求是，重视规律，独立不惑，肯定变革，通裁别识的史学思想，是极为优秀和超群的，据此来看，站在元代的文学立场上来说，鄱阳湖流域的知识分子可以说得上在当时是引领文化潮流的一股力量，是为中国传统文化的继承和振兴作出了卓越贡献的。

烟雨大明

当历史的脚步走过沉重的百年时光，人们刚刚卸下肩头上颇感难以负荷的如山重负，张开口要长出一口气时，突然看见身前的不远处，继元而立的大明王朝，突然在一夜之间将大门彻底地朝人们洞开了。我在下意识里跟随着众人的脚步，恍恍惚惚地朝门洞里挤了进去。当我拢聚眼神，透过历史的烟尘朝大明王廷望去，好像看见从历史的烟尘中走来了以解缙、汤显祖为代表的一大批政治、文化、艺术舞台上的明星们闪耀在历史的灿烂天空里，光彩夺目，分外明亮。他们分别是吉安府吉水的解缙、邹元标、陈诚、胡广、罗洪先、周忱、毛伯温，泰和县的杨士奇、刘崧、胡直、郭诩、郭子章、陈循、罗钦顺、欧阳德，吉安的李昌祺，永新的颜钧；永丰的罗伦、何心隐、聂豹，安福县的邹守益、王时槐、刘元卿，李时勉、彭时等人。

抚州临川的汤显祖、陈际泰，抚州东乡的艾南英，崇仁的吴与弼，金溪的龚廷贤，南城县的邓茂七；新余的宋应星、梁寅，分宜县的黄子澄、严嵩，靖安县的况钟、贵溪的夏言、宜黄县的谭纶，南昌的胡俨、朱权、朱宸濠、刘铤、伍守阳、章潢，丰城的姜曰广、邓子龙，新建人魏良、张位、魏良弼、邓以赞，进贤得舒芬、余干的胡居仁、上饶的娄谅、德兴的夏原吉、铅山的费宏、余江的桂萼、邓志谟，贵溪的徐贞明、邵元节、明代正一派天师张宇初、婺源人何震、信州区的娄妃、南城的罗汝芳、兴国的廖均卿，新淦的金幼孜、峡江的练子宁、清江的杨廷麟，宜春的袁继咸、张自烈，高安的陈邦瞻、黎川的邓元锡、九江的张羽、永修的周颠等人为代表的文化及文学的阵营，正在迎着我走了过来，我赶紧张开怀抱，朝着他们一路飞奔了过去……

面对眼前这些众多的文化名流，我可以这么说，明代应该是在我国历史进程中的又一个学术发达，文化艺术大放异彩的繁荣时期。在明代的那一时期里，长期以来的封建社会制度已经陷入到了渐趋没落的境地，而资本主义制度的胚芽欲萌未萌，广大的文人学子们，他们一方面，既要极力维护腐朽的封建没落势力，而另一方面，他们又要宣泄内心的不满、希望通过自身的努力来实现自己的人生追求和创造，通过自身的变革来改变和影响现状，所以，他们便开始著书立说，讲学辩难，这就在无形之中造成了一种空前活跃的学术氛围和学术风气。纵观明代以来的几百年，理学和心学在整个鄱阳湖流域都得到了长足的发展，对后世的思想界所产生的影响可谓是巨大的。

明代禅宗的兴起，应该可以说是在传统佛学界的一次革命，而鄱阳湖流域便是其主要的发祥地之一，对后世最有影响力的临济宗和曹洞宗便双双都是源发于鄱阳湖流域的禅宗两大门派。自唐朝后期以来，在文学上以禅说诗、以禅喻诗、以禅理来指导作家、诗人提高自我修养的例子屡见不鲜，大诗人王维不就是被后世称之为"诗佛"了么？由于禅宗所强调的"守心"、"内静"，和儒家提倡的"内省"功夫相通，因而，它对"理学"，特别是对"心学"的形成，产生了极为深远的影响并对二者的发展也做出了极大的补充性作用。等到明代发展到了王阳明的心学时期，儒学和禅宗就几乎是完全走到了一起，甚至可以说是二者合流了。

由于理学及宗教给文学艺术带来的深度影响，这在某种程度上较大地限制了文学艺术的发展，在文学艺术方面作用出来的积极性意义并不大，反而是在文学艺术的消极性方面，它的反作用力倒是挺大的。这就从另一个层面来说，它一时之间，有力地带动了市民阶层"俗文艺"的勃兴，因为在那个时期里，民间的戏曲、章回体小说、民歌等所代表的俗文艺队伍都得到了进一步的发展和壮大。

自元代以来，以关汉卿、王实甫等为代表的"普天下郎君师首，盖世界浪子班头"们登上了戏曲剧坛后，他们不但是和正统的诗文士大夫们唱对台戏，而是发展到了"浪子"要将"正人君子"挤下台去的境地。在明代，文学艺术界的这种不正常状态依然在得以延续和持续发展。就在这个最危险的时刻，明代的文学艺术舞台中央，突然走上来了两位大英雄，他是们分别是罗贯中和施耐庵两个人。尽管罗贯中和施耐庵两个人的生平习惯罕为人知，他们的名字也挤不进"贤人士大夫"们的行列，这在当时还是被打入了另类的人，但是，他们的作品所产生的社会影响，却是最为普遍和深远而强烈的。神话小说《西游记》的想象力是何等的丰富啊？在那个时代所表现出来的抗争性，又是何等的空前呢？

　　鄱阳湖流域，原本就是理学的故乡，是理学的布道场。鄱阳湖上的学子们自然容易在理学"尊天理，窒人欲"的环境下思想保守。鄱阳湖流域在明代录取的进士额应该是居全国第二位的。居第一位的应该是当时的江南省，那时候的江南省的大致范围包括苏南今上海一带、浙北、皖南、赣东、湖北黄冈、浙江省嵊泗列岛等地，是当时全国最富裕的地区之一。

　　由此可以看出，在明代的鄱阳湖流域，进入官场的人就多了。但由此相伴而来的是，在文人学子中造成了另外的"三多"现象，一是大家为应考花在八股、经义上的精力多，研究理学的人多，业余写些应酬性诗文的人们就特别地多。而有思想、真情意、能抒写性灵文字的人，简直就是凤毛麟角了。尽管鄱阳湖流域在明代写诗的人们极多，有如繁星在天，但光照度却是极其微弱的。而汤显祖在文坛的出现，则有如满月在天边升起，使得明代的文学艺术界呈现出一种"月明星稀"、"登泰山而小丘垤"的局面。

　　尽管解缙在明代的名气很大，诗文皆工，但因为他的文学作品缺乏思想性，文字缺少了思想的锋芒，而不被读者所拥戴。他一生之中最有影响力的文章应该是那篇《上太祖万言书》了，别的作品影响力都不大。其他如黄子澄、危素、胡广、张羽、曾棨、费宏、刘炳、刘崧、夏言、严嵩、刘一燝、何乔新、毛伯温等人，都有几首可读的诗，但总的成绩和影响力不如鄱阳湖流域诗人在元代的影响力。

　　在明代的哲学史上，出现了王守仁的心学运动，并逐渐形成了"陆王学派"，甚至在后来还出现了王学的左派。由于王守仁长期在鄱阳湖流域做官和讲学，所以陆王学派在鄱阳湖流域的势力就特别大，明代著名的王门三罗，罗洪先、罗大纮、罗汝芳就都是鄱阳湖上人。尽管从客观的层面来说，王学是在为了维护旧的封建统治，但是他所提倡的"良知"还是多少都有些冲击理学独尊的作用。特别是王学左派的发展，在客观上增添了反抑制人欲的积极作用。

　　明末时期，鄱阳湖流域的古文运动对中国的文化进程产生了一定的影响。最具代表性的人物是汤显祖的四个弟子，他们分别是陈际泰、罗万藻、章世纯、艾南英。他们在一起结成了"豫章社"，被后世称为"江西四家"。他们在场屋之文极度烂腐的情境之下，以自觉兴起斯文为己任，积极提倡和效法唐宋派的散文主张、刻印自己的文章、推广自己的见解和文学观点，一时之间，天下翕然从风，为明代文坛之胜景。

在明代，鄱阳湖流域的文学艺术家队伍中，魏良辅的开拓创新之功，是名垂青史的。他在戏曲艺术中吸收多种腔调创造了舒徐婉转的昆腔，对后世戏曲音乐的发展影响极大。还有一个朱权是多面手，他既是剧作家，又是戏曲理论家，既是乐曲的研究者，又是古琴演奏家，他所编撰的音乐戏曲著作有多种，对后世影响最大的著作是他的《太和正音谱》。

由此，我们不难看出在明代的几百年里，文化及文学艺术的发展进程，一直是陷入在一种进退失据，缠绵交织的状态中跌宕前行的……

在明代的人文历史进程中，从庐陵的吉水走来了以解缙、邹元标、陈诚、胡广、罗洪先、周忱、毛伯温等人为代表组成的文化及文学的队伍。

解缙是吉安市吉水县人，明代大臣，文学家。洪武二十一年，公元 1388 年进士及第，官至内阁首辅、右春坊大学士，参与机要事务。他因为才学高而好直言被皇帝忌惮，屡遭贬黜，最终以"无人臣礼"被下狱，永乐十三年，也就是公元 1415 年冬被埋入雪堆中活活冻死，时年才四十七岁，成化元年，亦即是公元 1465 年被皇帝追赠为朝议大夫，谥号文毅。

解缙自幼颖悟绝人，他著写的文章雅劲奇古，诗词豪宕丰赡，书法以小楷精绝，行、草俱佳，他尤其是擅长狂草，与徐渭、杨慎一起被称为明代的三大才子。他出生在吉水县鉴湖的一个书香门第之家，祖父叫作解子元，为元至正五年，公元 1345 年的进士，初授安福州判官，后迁太史院校书郎，除承务部、东莞县尹，在元末战乱中死于乱兵；父亲解开，二魁胄监，五知贡举，以父死节赠官参知政事不拜，明初授以官又不受，一心从事著述、办学，培养人才；母亲高妙莹，不但贤良淑慧，而且通书史、善小楷、晓音律。解缙生长在这样的家庭，从小就受到良好的教育。

小时候的解缙就聪颖绝伦，素有"神童"之称。他七岁时就能写文章，十二岁便读尽了《四书》《五经》，并理解、贯穿了它们的义理。洪武二十年，公元 1387 年，他参加江西乡试并名列榜首，高中了解元。

　　洪武二十一年，解缙高中戊辰科进士三甲第十名，廷试时与兄解纶、妹夫黄金华同登进士第，授官庶吉士，读中秘书。同年，累官至翰林学士。朱元璋非常器重他，命其待在自己身边。一天，朱元璋在大庖西室，对解缙说："我和你从道义上讲是君臣，而从恩情上来论，便如同父子，你应当知无不言。"次日，解缙即呈上万言书，主张应当简明律法、并赏褒善政。朱元璋读后，称赞其才。

　　不久，解缙再次呈上《太平十策》进言。解缙初入仕时，曾指责兵部僚属玩忽职守，尚书沈潜对此极为恼怒，上疏诬告解缙。明太祖朱元璋由此也责备解缙"散自怒"并贬他为江西道监察御史。韩国公李善长因罪被朱元璋处死，解缙代郎中王国用上疏为李善长辩冤，他又代御史夏长文革疏《论袁泰奸黠状》，历陈御史袁泰蔑视朝纲，贪赃枉法之罪。袁泰为此受到了处罚，便怀恨在心。朱元璋认为解缙还缺乏涵养，必须修身养性，闭门思过，否则会成为众臣攻击的对象。

　　洪武二十四年，公元1391年，朱元璋召解缙父亲进京，对他直说："大器晚成，若以尔子归，益令进，后十年来，大用未晚也。"解缙只好随父回归吉水。在老家八年，他闭门著述，校改《元史》，补写《宋书》，删定《礼记》。

　　洪武三十一年，公元1398年，朱元璋病逝，解缙进京吊丧。时明惠帝朱允炆临朝，袁泰乘机进诲言，攻击解缙"诏旨，且母丧未葬，父年九十，不当舍以行。"朱允炆听信诲言，贬解缙为河州，今甘肃兰州附近的卫吏。

　　建文四年，公元1402年，当时的礼部侍郎董伦为朱允炆所信任，在朱允炆面前为解缙说了不少好话，这样，解缙才被召回京师复职，任翰林待诏。十一月任内阁首辅。

　　永乐元年，公元1403年，明成祖朱棣登基，解缙升任翰林侍读。随后成祖建立文渊阁，解缙与黄淮、杨士奇、胡广、金幼孜、杨荣、胡俨等进文渊阁参与机务，明朝内阁制度由此开始。不久，又迁为翰林侍读学士，奉命总裁《太祖实录》《列女传》，书成，朱棣赏赐银币。其后又主编《永乐大典》。

　　永乐二年，公元1404年，解缙晋升为翰林学士兼右春坊大学士，为内阁首辅，这是他仕途上的最得意之时。朱棣曾经召见解缙等人说："你们七人朝夕相处，我经常在宫中称赞你们的勤勉谨慎。往往最初容易谨慎，而最终仍然能保持下去的则很难，希望你们能够共勉。"于是各赐五品官服等。恰逢立春时，朱棣赐其等金绮衣，与尚书地位相同。此后内阁进言，朱棣均虚心采纳。

永乐三年，公元1405年，朱棣召解缙入宫，磋商确立太子之事。当时明成祖的意思是想立次子朱高煦为太子，但解缙仍直言道："为长，古来如此。皇太子仁孝，天下归附，若弃之立次，必兴争端。先例一开，怕难有宁日，历代事可为前车之鉴。"朱棣听后面有不悦之色。解缙为了说服朱棣，只说了一句话："好圣孙！"两人相视而笑。最后朱棣同意立长子朱高炽为太子，次子朱高煦为汉王，并令解缙撰写立储诏书，以告天下，从此朱高煦深恨解缙。

当时，恰逢朱高炽带领明朝大军征战安南，解缙上疏劝阻，朱棣不听。随后，朱棣班师回朝后，并将统一设置郡县。当时，太子虽立，朱高炽的表现并不太令朱棣满意。此时的朱高煦更受隆宠，礼秩超过了嫡亲标准。解缙上疏劝阻朱棣说："启争也，不可。"朱棣随即大怒，称解缙是在离间骨肉，对解缙很有意见。

永乐四年，公元1406年，朱棣赐黄淮等人二品纱罗衣，而独不给解缙。淇国公邱福将朝廷机密"传达廷外"，朱高煦却嫁祸解缙"禁中语"五年，解缙又被诬为"试阅卷不公"贬为广西布政司参议。临行前，礼部郎中李至刚因与解缙有宿怨，又诬缙，故即改贬交趾，命督饷化州。

永乐八年，公元1410年，解缙入京奏事，恰遇朱棣北征未归，故只好觐谒太子朱高炽而返。于是朱高煦又乘机进诲言说："伺上出，私现太子，径归，无人臣礼！"朱棣为此震怒，以"无人臣礼"罪下诏狱。当时解缙已同检讨王到广东去了，一路上，他俩看到赣江两岸旱情严重，便上疏请凿赣江通南北，引水灌田。奏书刚至，朱棣更加愤怒，诏令锦衣卫逮捕解缙入狱。大理寺寺丞汤宗、宗人府经历高得抃、中允李贯、赞善王汝玉、翰林院编修朱纮、检讨蒋骥、潘畿、萧引高并及御史李至刚等人均连坐入狱。其中高得抃、王汝玉、李贯、朱纮、萧引高病死于狱中。

永乐十三年，公元1415年，锦衣卫都指挥佥事纪纲上囚籍，朱棣见到解缙姓名问："缙犹在耶？"纪纲会意，用酒将解缙灌醉，而后拖到积雪中埋起来，解缙被冻死了，时为其年正月十三日，此时解缙年仅四十七岁。解缙去世后，家中财产被抄没，妻儿及宗族都被流放到辽东。

正统元年，公元 1436 年 8 月，明英宗朱祁镇下诏赦还所抄家产。成化元年，公元 1465 年明宪宗朱见深下诏为解缙平反昭雪，恢复官职，赠朝议大夫，谥文毅。解缙死后，朱高煦谋反被诛灭；安南屡次谋反，明朝所设置的郡县，不久也最终被迫撤销了。

解缙留下的诗词代表作有《赴广西别甥彭云路》《游七星岩偶成》《庐山歌》《藤县即事》《窦家寨》《桑》等传世；著作有《白云稿》《东山集》《太平奏疏》《丁丑封事》《文毅集》《春雨杂述》《天潢玉牒》遗世；主编了世界上最大的一部大百科全书《永乐大典》以及《太祖实录》《古今列女传》等。后人辑有《解文毅公集》流传后世。他留下的墨迹有《自书诗卷》《书唐人诗》《宋赵恒殿试佚事》等帖遗世。

邹元标是江西吉水县城小东门外的邹家人，明代东林党的首领之一，与赵南星、顾宪成号为"三君"。

邹元标幼有神童之称，九岁通《五经》，万历三年，公元 1575 年在都匀卫所，后改名为"南皋书院"内讲学。万历五年，公元 1577 年中进士，入刑部观察政务，与伍惟忠友好，为人敢言，勇于抨击时弊，因反对张居正"夺情"，被当场廷杖八十，发配到贵州后，潜心钻研理学。

万历十一年，公元 1582 年，擢升为朝廷吏部给事中，他又多次上疏改革吏治，触犯了皇帝，再次遭到贬谪，降南京吏部员外郎。以疾归，居家讲学近三十年。天启元年，公元 1621 年任吏部左侍郎，后因魏忠贤乱政求去。崇祯元年，公元 1628 年，追赠其为太子太保、吏部尚书，特谥忠介，有子邹燨。

20 岁时，他跟随嘉靖进士胡直出游，遍历名山大川，拜访了诸多书院，饱闻了各家学说，他的思想，受到了来自各个不同层面的影响，形成了他自己的认识。

邹元标的一生，除主要致力于政务和讲学外，文学上也有一定的成就。他一生著述颇丰，有《愿学集》8 卷、《太平山居疏稿》4 卷、《日新篇》2 卷、《仁丈会语》4 卷、《礼记正议》6 卷、《四书讲义》2 卷、《工书选要》11 卷、《邹南皋语义合编》4 卷等几十种卷本的著作遗世。邹元标文学创作较多的题材是诗歌，在他现存的近二百首诗作中有不少是难得的佳作，特别是那些写景记游的作品，写得很有情趣。他刚直不阿，方正耿直的精神和思想一直在人们的口中传颂，在他的家乡吉水县，至今仍流传着"割不尽的韭菜地，打不死的邹元标"的民谣。

在十五世纪时期的中国，发生了一件历史进程中具有最伟大意义的事件，这个事件就是指郑和庞大的船队七下西洋的航海壮举，但是，我们应该明白，在那个年代里，郑和七下西洋的壮举并不只是一个孤立的历史事件。翻阅历史，我们不难知道在郑和开拓西洋的同时，面对陆地上的发展，加强与西域的互通，明成祖还派出了不少的使者们出使西域，而在诸多出使西域的使者当中，最负盛名的使者应该是江西的吉水人陈诚。

陈诚，字子鲁，号竹山，元至正二十五年，公元 1365 年出生。明洪武永乐年间，曾出使安南、先后五次出使西域帖木儿帝国、鞑靼，与航海家郑和齐名。

陈诚出生时正值元末社会大动荡之时。1394 年，明洪武 27 年中进士后，被选入行人司，行人就是通使、使者的意思，陈诚很快便展现他的才华。在陈诚中进士第二年（洪武 27 年，1395 年），当时名重一时的著名学者方孝孺，便写了《陈子鲁字说》一文相赠，并称陈诚"端方雅重，好学有文章"。由于他能任贤荐能，善于安抚少数民族，后升任吏部员外郎。

由于陈诚的干练与坚忍不拔的意志，适逢明朝初期在雄主意志下气势恢宏的开拓时代，使他成为那个时代最杰出的使者。

永乐年间，西域和中亚撒马尔罕等国都派使臣向明朝"年年进贡，岁岁来朝"。为了答谢诸国，宣扬明朝圣德，曾征求文武双全的大臣出使西域。陈诚因此身负重任，先后五次出使西域，足迹远及中亚帖木耳帝国的名城哈烈，亦即是今天的阿富汗的赫拉特地区。

陈诚以其卓越的外交才能和不畏艰难的精神，在维护明王朝与西域、中亚的友好往来与和平安定工作中作出了重大贡献，同时，他也成为我国在明代第一个考察西域的旅行家。

明洪武十八年，公元 1385 年，陈诚师从临江学者梁寅学习小戴《礼记》。《小戴礼记》亦称《小戴记》，是我国古代重要的一部典章制度书籍。该书的编定者是西汉的礼学家戴德和他的侄子戴圣。戴德选编的八十五篇本叫《大戴礼记》，在后来的流传过程中若断若续，到唐代只剩下了三十九篇。

而他的侄子戴圣选编的四十九篇本叫《小戴礼记》，即我们今天见到的《礼记》。这两种选本各有侧重和取舍，各有特色。东汉末年的著名学者郑玄为《小戴礼记》作了出色的注解，后来这个本子便盛行不衰，并由解说经文的著作逐渐成为经典，到唐代被列为"九经"之一，到宋代被列入"十三经"之中，为士者必读之书。

陈诚于洪武二十六年，公元 1393 年中举，翌年考中贡士，通过殿试进入三甲被赐同进士出身。到了洪武二十九年，也就是公元 1396 年，他受命出使西域撒里畏兀儿，也就是今天的新疆柴达木盆地西北地区的建安定卫、曲先卫、阿端卫。洪武三十年，公元 1397 年又奉诏出使安南，并因此被擢升为翰林院检讨，从七品。于建文三年升广东布政司左参议，翌年赴赴广州任所管事。永乐四年，公元 1406 年至永乐九年，公元 1411 年间，陈诚进入文渊阁参与编修旷世奇书《永乐大典》。并于永乐十年，公元 1412 年升吏部验封司员外郎。

到了永乐十一年，也就是 1413 年的 9 月，明成祖诏令中官李达护送帖木儿帝国国王沙哈鲁派遣的使者回国。随行使者便包括副使李暹，典书记陈诚、杨忠等 8 人。使团于永乐十二年公元 1414 年的 10 月，抵达了帖木儿帝国国都哈烈。

永乐十三年十月，使团回到了京师，担任典书记的陈诚在回来之后，撰写了《西域行程记》《西域番国志》汇呈皇帝御览。到了永乐十四年，公元 1416 年，陈诚又分别护送哈烈、撒马儿罕、俺都淮等国朝贡使臣回国。于永乐十六年，也就是公元 1418 年的 5 月，擢升为广东布政司参议。10 月间，护送哈烈沙哈鲁、撒马儿罕兀鲁伯派遣的朝贡使臣阿尔都沙回国。又于永乐十八年亦即是公元的 1420 年升广东布政司右参政从三品。接着，陈诚又于永乐二十二年，也就是公元的 1424 年出使帖木儿帝国。在洪熙元年，亦即是公元 1425 年辞官回到老家吉水，修建"奈园"别墅，吟诗会友。于宣德八年，公元的 1433 年撰写完成《历官事迹》一书，于天顺元年也就是公元 1457 年逝世，享年九十三岁。

从陈诚以上的履历中我们不难发现，他第一次出使西域在 1396 年，最后一次出使西域则是在 1424 年，而在这一年，陈诚已经是花甲之年了。与此同时，我们还可以看出，他出使最频繁的时段则是在永乐11年至18年这八年当中，可以这么说，陈诚在使途上行走的时间将近足足的七年时光。

陈诚出使西域，最辉煌的成就是他留下的两部著作：《西域行程记》和《西域番国志》。《西域行程记》以日记的形式记录了他在永乐12年出使哈烈时所经历的17个国家的山川人物，风土人情；《西域番国志》则记述了西域的哈烈、撒马儿罕、俺里淮等19个国家的政治、经济、文化情况。这两本书作为记述西域各国概况的第一手资料，其史料价值相当高，不仅是在明代，即便在现代，这两部书也是了解西域的最有价值的文献。

陈诚以他卓越的外交才能和毫不畏惧艰难险阻的精神，为维护明王朝与西域、中亚的友好往来与和平安定，做出了重大的贡献，同时也成为明代第一个考察西域的旅行家。因此，郑和、陈诚之事业，亦成为了明代之后无有来者的绝唱。

陈诚身后，一共留下了《西域行程记》《西域番国志》《历官事迹》《奉使西域复命疏》《狮子赋》《与安南辩明丘温地界书》《竹山文集》等著作遗世，成为了中华文化宝库里的珍贵遗产。

胡广则是南宋名臣吉水人胡铨的后裔，一名靖字光大，号晃庵，是明代的官员、文学家及学者。他于建文二年，公元1400年的庚辰科廷试夺得状元后，累官至文渊阁大学士。

胡广的父亲胡子祺，曾历任洪武年间的广西按察佥事，彭州知府，延平知府，政绩斐然。

建文二年，胡广与同乡王敬止在金陵参与殿试。试官议定，本由王敬止夺魁，因敬止其貌不扬，被建文帝黜为第二名榜眼。当时正值靖难之役，胡广文章中有"亲藩陆梁，人心摇动"语，天子钦点为庚辰科进士第一甲第一名状元，并赐名靖，授翰林修撰。

朱棣上位后，升胡广为侍讲，后改为侍读，在此期间，他恢复了原来的名字广。之后再升右春坊右庶子，并进入内阁。永乐五年，晋升为翰林学士，兼左春坊大学士。此后，明成祖北征，胡广与杨荣、金幼孜跟从，每次召入帐殿时，大多会谈至深夜。由于胡广善于书法，因而每次勒石刻碑时，皇帝均命胡广来书写。

永乐十二年，他再次跟随朱棣北征，当时皇孙朱瞻基亦跟随，朱棣命他与杨荣、金幼孜在军中给朱瞻基讲经学、史学。

永乐十四年，担任文渊阁大学士。当时朱棣做法会祈福，胡广献上《圣孝瑞应颂》，朱棣作佛曲命宫中歌舞和之。而礼部郎中周讷请封禅，胡广进言劝阻，于是朱棣下令禁止。胡广并呈上《却封禅颂》，得到朱棣的喜爱。

朱棣曾在筵席时，提到解缙与胡广是同乡、同学兼同事，关系很密切，要求胡广把未出世的女儿，嫁给解缙之子解祯亮。但解缙死后，解祯亮被流放到辽东去了。胡广就借此想解除女儿的婚约。但令他没有想到的是，他的女儿是位烈女，知道了这件事后，心中大怒，竟自己割了耳朵发誓说："薄命的我这婚事，是皇上主婚的，是父亲大人当面答应的。如果毁约的话，我只有一死以报，再没有第二条路可以走了。"等到解家被赦免，她仍旧归嫁给了解祯亮。

胡广在做事上非常缜密，他在朱棣面前所听来的内容，出来后从不予告人，做事也颇为识大体。有一次，胡广在赴母丧归朝后，朱棣问他百姓的安居之事。他对答道："百姓生活安居，但是郡县官吏仍然穷治建文年间奸党之事，其所牵连的亲属分支太广，以至百姓为之疾苦。"朱棣随后采纳其言。

永乐十六年五月八日，也就是公元 1418 年 6 月 11 日去世，终年四十九岁。

胡广生前著有《胡文穆公杂著》《胡文穆集》二卷流传于世，文集中的书法自成一体。其中《题洪崖山房图诗》七言诗是胡广为同僚胡俨之的"洪崖山房"而作。胡俨自述，自 24 岁领乡荐便宦游南北，至明永乐十三年时，已经是 29 个年头了，由于老之将至，他对故乡的洪崖山水生发了悠远之思，情之所发，有不能已者，遂系之于诗。现存此诗纸本，从中可观其草书也颇有建树，当时王世贞甚为称赞。而胡广也的确以善书享名当时的朝野。《四库全书》有收录。

永乐十六年，胡广去世之后，赠礼部尚书，谥文穆。当时还丧经过南京，太子朱高炽为其致祭。明朝文臣得谥号，自胡广始。明仁宗即位后，加赠太子少师。

说过了解缙、邹元标、陈诚、胡广等人，回过头来，我们不妨再来回望一下吉水的罗洪先、周枕、毛伯温等三人在文学上的表现。

罗洪先是吉安府吉水县黄橙溪人，也就是今天的吉水县谷村人。他自幼端重，不为嬉戏，从小便立志要当学者。嘉靖五年，公元1526年，罗洪先参加乡试中举人，嘉靖八年己丑科会试，又在殿试中获第一从而高中状元，授翰林院修撰，迁左春房赞善。

当时，由于明世宗迷信道教，求长生，政治极为腐败。罗洪先看不惯朝廷的腐败，即请告老还乡。嘉靖十八年，公元1539年，他出任廷官，因联名上《东宫朝贺疏》而冒犯世宗皇帝被撤职。从此，罗洪先离开官场，开始了学者的生活。

嘉靖二十四年，公元1545年，罗洪先微服访黄门祝咏于衡阳，携门人王托等游南岳，登祝融峰，游青玉坛，宿上封寺，交友高台寺。现存高台寺的状元松，志载为他与名僧楚石共植，至今传为佳话。于方广寺逗留七日，瞻仰二贤寺，缅怀朱张。在南岳写诗二十来首、文数篇。

他自归家务农之后，隐居山间，更加专心致志地考究王阳明心学，闭门谢客，默坐一榻，三年不出户。他自甘于淡泊，冬练三九，夏练三伏，骑马练弓、考图观史，上至天文、礼乐、典章、阴阳、术数，下至地理、水利、边塞、战阵、攻守，无不精心探究。

罗洪先一生的主要成就在理学和地图学方面，在文学方面也有一定的造诣。尤以地图学贡献卓著。他精心绘制的两卷《广舆图》，是我国历史上最早的分省地图集。罗洪先在绘制地图方面的建树，不但为我国地图的绘制和地理科学作出了贡献，而且为国际的同行所瞩目，在世界地图绘制领域占有一席之地。他依据"考图观史"的手段，发现了当时的地图大多疏密失准、远近错误，于是，他亲自外出调查收集资料，准备重新编一部内容丰富、地理位置准确的地图，采用计里画方之法，创立了专用的地图符号图例，绘制成功了《广舆图》。他不仅继承了朱思本的制图法，还以创编成地图集的形式来加以发展了制图法，使得他画出来的地图更为科学实用。罗洪先堪称与墨卡托同时代的东方最伟大的地图学家。

他的文学主张，在文学实践的过程中有三次较大的变化。早期，他开始效法李梦阳，反对虚浮的台阁体，提倡复古运动；中期，他渐觉复古派一味强调"文必秦汉，诗必盛唐"，专从字句上去摹拟古人，不仅使作家的思想受到束缚，还使文学作品脱离了社会现实，便自觉放弃了这种文学主张；后期，他加入到了唐顺之、归有光等唐宋派的行列，主张为文"开口见喉咙"，反对摹拟古人，反对摹拟古文。他写的诗文既摆脱了拟古派一味摹拟古人的痕迹，也无唐宋派的那种道气。

下面，请欣赏他的作品：其一、《游黄山题汤院壁》：紫翠林中便赤足，白龙潭上看青山。药炉丹井知何处，三十六峰烟月寒。其二、《拜靖节墓》：久憎折腰事，再拜向高坟。东晋非前日，南山还暮云。将持斗酒酹，更以挽歌闻。不饮缘何事，低回心已醺。

从诗的表象上来看，诗的文字清纯、干净、素洁，语言朴素易懂，而诗意渺远幽深，蕴含深厚，镜像灵动活泼，令人遐想联翩。

罗洪先在理学方面，属江右王门学派，他曾师事王门学者黄宏纲、何廷仁，专门研究王守仁的"致知"之要旨。他的思想演变是围绕王守仁的"致良知"一说展开的。嘉靖四十三年，公元1564年去世，享年61岁。罗洪先死后，诏赠光禄少卿，谥文恭。著有《念庵集》22卷，收录在《四库全书》中。另有《冬游记》《广舆图》留传后世。

周忱是庐陵吉水县人。明初名臣，财税学家。永乐二年，公元1404年进士。当时，朝廷选曾棨等28人入翰林院读书，对应二十八宿，周忱自请加入成为第29人，明成祖阅览奏章后大喜说："有志之士也"。他曾参与编写《永乐大典》等书，授刑部主事，进员外郎。北京新建太仓，周忱负责督运南北几郡的赋税。

周忱虽有经世才，但浮沉郎署二十年，未得升迁。永乐二十二年，公元1424年经夏原吉推荐任越府长史。宣德五年，公元1430年经大学士杨士奇、杨荣推荐为工部右侍郎，巡抚南直隶，总督税粮。

周忱巡抚江南的一个重要使命是整顿江南税粮。江南田赋重，赋税拖欠，百姓生活艰难。周忱到任后，深入民间，调查研究。他不带任何随从，向农夫村妇详细询问最感痛苦的事情是什么，原因在哪里，希望如何处置。时间长了，百姓有什么心里话都愿意向他倾诉，彼此相处如家人父子。他对下级也比较宽和，有好多事情主动同他们商量，向他们请教。对有才干的官员，则放手提拔使用。如苏州知府况钟、松江知府赵豫、常州知府莫愚都成为他得力的左膀右臂，共同促成了江南的经济改革。

明代江南的官田重赋，是明代经济财政中一个十分特殊的现象。沉重的负担，迫使农民大批逃亡，国家税源减少，拖欠严重。为了改变这种状况，从朱元璋时候起就一直颁布减轻税额的诏令，但多数情况是朝令夕改，言而无信。因为江南是朝廷的财赋重地，承担着官僚、勋贵的巨额俸禄支应。到宣德年间，问题已经发展到了非解决不可的时候了。宣德五年，公元1430年，宣宗再次下诏减轻官田税额，而户部考虑到支出的困难，往往"私戒有司，勿以诏书为辞"。正是在这种情况下，周忱被派往江南整顿田赋。

周忱到江南后，拉皇帝诏书作大旗，抵制户部的压力，与苏州知府况钟等经过一个多月的筹算，对各府的税粮都作了认真调整。他本想更多地降低一些官田税率，但太子太师郭资和户部尚书胡濙便弹劾他"变乱成法，沽名要誉"，要求给以惩治。宣宗虽然批评了郭资、胡濙，但也没有答应周忱的请求。朝廷不愿承受更多的损失。周忱便把思路转到以灵活的政策办法促进赋役改革和均平负担上来。他的做法，在明代赋役制度的改革中具有开创性的意义。

周忱还以善于管理财赋而著称，如《明史·周忱传》指出："终忱在任，江南数大郡，小民不知凶荒，两税未尝逋负，忱之力也"。

正统初年，周忱被任命巡视淮安、扬州盐务，以整理那里的盐课拖欠，使得盐课饶足，而民不加负。周忱命苏州等府拨余米一二万石至扬州盐场，抵作田赋，而令灶丁纳盐支米。当时米贵盐贱，饶足，施及外郡。周忱总督江南税粮期间，整顿田赋，与苏州知府况钟一同进行经济改革，调整了官田税率，减轻了百姓的负担；又创"平米法"、"济农仓"等方法，平均农民赋役，赈济贫苦百姓。

后来，周枕担任了工部尚书，但仍为巡抚，他在巡抚任上，由于触犯了豪强的利益，被诬遭到罢职处理，致仕归家的周忱勤于著述，一生著有《双崖集》8卷传世，今已散佚。《皇明经世文编》辑有《周文襄公集》1卷。

毛伯温是庐陵吉水县八都镇圳上毛家村人，祖籍浙江三衢，明朝兵部尚书，将领。

明朝弘治初年，年轻的毛伯温在游历中，来到了广东省惠州府博罗县的主簿丁震家里，丁震对毛伯温一见深情，就收留了他，并供他读了三年书。正德二年，也就是公元 1507 年，毛伯温高中举人。翌年，便又考中了进士，擢任绍兴府推官。正德六年，公元 1511 年，升任河南道监察御史，先后巡按福建、河南。在任河南巡按期间，他在湖南郴州汝城修建了绣衣坊，这是中国现存最早的专门旌表监察官员的牌坊。明嘉靖初年，毛伯温升为大理寺丞，后又升为右金都御史，巡抚宁夏。但因毛伯温之前在大理寺审理李福达一案时，误判其重罪，被旧事重提，故而遭罢官归乡。到了嘉靖十一年，亦即是公元 1532 年 9 月，毛伯温又因为他人的推荐而恢复了旧职，朝廷令其巡抚山西，后又改为巡抚顺天，但他都没有去上任。朝廷于是让毛伯温在都察院办理事务，于嘉靖十二年改任毛伯温为左副都御史。在这个职务上，他又受到赵王府的族人朱佑椋的攻击，被解除官职在家听候考察，接着又被撤销了职务。

嘉靖十五年，公元 1536 年冬天，皇子朱载壑出生，明世宗打算向外国颁布诏书。礼部尚书夏言认为安南国多年不来朝贡，故不应当派遣使节去，而是应该讨伐它。明世宗于是再次起用毛伯温为右都御史，让他和咸宁侯仇鸾整兵待命。翌年五月，毛伯温到达北京，递上六条方略。恰好这时安南国王孙黎宁派遣陪臣郑惟僚等人来诉说莫登庸弑君篡权，请明朝兴兵替他们复仇。明世宗怀疑情况不真实，命令毛伯温暂缓出兵，传令两广、云南守臣调查以后报上来，同时让毛伯温协助办理都察院的事务。同年冬天，毛伯温升任工部尚书。

嘉靖十九年，公元 1540 年秋天，毛伯温等人进驻南宁，传檄安南臣民，告诉他们大明王朝要选择黎氏子孙继承祖宗的家国，只治莫登庸父子的罪，有带领郡县投降的，就拿这个郡县封赏他。同时悬重赏缉拿莫登庸父子，传令登庸只要交上土地、人民的簿册并依此纳款，就照诏书中讲过的那些饶恕他的罪过。莫登庸非常害怕，派了使臣到万达那里求降，措辞很是可怜。万达把他们送到毛伯温那里。毛伯温奉命答应了，向他们传达了天子的恩德和威严，收取了安南国的地图、户籍，还有他们所归还的钦州四峒地区，暂且命令莫登庸的使臣回国听令。伯温把这些情况飞章上奏后，明世宗极为高兴，发布诏书把安南国改名安南都统使司，让登庸当都统使，世代相沿，在境内分设十三个宣抚司。在毛伯温接受讨伐安南来的一年多时间里，没射过一支箭，就平定了安南。事后论功，毛伯温被加官为太子太保。

　　嘉靖二十一年，公元 1542 年 1 月，毛伯温班师回朝，仍旧办理都察院的职事。同年 10 月，兵部尚书张瓒去世，毛伯温就代理兵部的事务。张瓒为人迷恋权柄，不能尽职，在兵部当了八年尚书，军事设施全给荒废了。毛伯温召集朝臣们商议后奏上二十四条防边建议，军令为之一新。有言官建议核实新军、京军及内府力士、工匠名额，以便节约开支，充实国库储备。毛伯温于是递上关于应当裁减的冗滥人员的二十多条意见，举凡锦衣、腾骧等卫，御马、内官、尚膳等监，这些一向被宦官们占据的部门，都在裁减之列。明世宗称赞这个建议，命令立即照此清理。尽管毛伯温的改革举措使朝廷中的某些弊端得到了很大改善，但他的做法却得罪了朝廷中的那些宦官及既得利益者，被再度罢官了。

　　嘉靖二十四年，公元 1545 年，毛伯温因背上长出疽疮，不治而死。隆庆元年，公元 1566 年，明穆宗给毛伯温恢复了官职，并赐予恤典，天启初年，明熹宗追谥他为"襄懋"。万历元年，公元 1573 年，明神宗下诏夸奖毛伯温功绩。

　　毛伯温在征讨安南的过程中，既采用军事攻略，又利用政治攻势，相得益彰。他调集两广、福建、湖北等官兵 12 万余人，分三路包围莫登庸，又向安南官兵宣传"揖让"政策，然后不费一刀一箭平定了安南，靖边安民，创造了明朝有史以来兵不血刃的战绩，扩大了明王朝的版图。其后，为稳固边防，修筑了很多防御措施，为明朝的边防作出了贡献。

　　毛伯温一生善工诗，有《毛襄懋集》18 卷、《平南录》《东塘诗集》10 卷及《毛襄懋奏议》20 卷。

　　明代的庐陵地区，文学的创作阵营较之于鄱阳湖上的其他地区，队伍宏大，人数较多，他们除了有以解缙、罗洪先、陈诚、邹元标、胡广、毛伯温为代表的吉水文学团队之外，还有以大文学家刘崧、小说家李昌祺，以及李时勉、杨士奇、罗伦、罗钦顺、聂豹、欧阳德、颜钧、何心隐、练子宁、金幼孜、陈循、王时槐、刘元卿、彭时、郭子章、胡直、郭诩等一批为代表的吉安文学方阵。

　　刘崧是我国元末明初时期的文学家，江西泰和县塘洲镇人。在当时，是为"江右诗派"的代表人物，他的诗歌温柔典雅，但内容清浅，是偏重现实主义的创作风格的。

　　杨慎曾经在评论"明诗"时，以刘崧为当世第一。明史则盛赞刘崧"善为诗，豫章人宗之为'西江派'也"。明史中的"西江派"指的就是人们常说的"江右诗派"。徐泰在《诗谈》中称刘崧的诗为"如冬岭孤松，老而愈秀"。胡应麟则在《诗薮》中称道："当明之初，吴中诗派，昉于高启；越中诗派，昉于刘基；闽中诗派，昉于林鸿；岭南诗派，昉于孙蕡；而江右诗派，则昉于崧。"《四库全书总目提要》则称其"大抵以清和婉约之音，提导后进"，但"追杨士奇等嗣起，复变为台阁博大之体，久之遂浸成冗漫，北地信阳乃乘其弊而力排之，遂分正、嘉之门户"，"然崧诗平正典雅，实不失为正声。固不能以末流放失，并咎创始之人矣"。

刘崧早年的名字叫作刘楚，他没有因为家里贫困而放弃读书，即使是在数九寒冬的艰苦日子里，尽管双手被冻得皲裂疼痛，却依然是奋发读书，书写不止。元朝末年，他曾经被乡里向朝廷举荐过，但是并没有被朝廷给录用。直到洪武三年时，他才再次被乡县推荐为经明行修，从此，他改名叫作刘崧。皇帝在奉天殿召见了他，任命他为兵部职方司郎中。

有一次，刘崧奉命到镇江征粮。由于镇江有许多的田地都是功臣所有，租赋繁重，百姓疲惫，刘崧便极力请求朝廷允许才得以批准减少租税。后调至北平任按察司副使，他在任上，极少用刑法来简易行事。他甚至招集流亡的百姓，集中起来给以合理的安置和安排。他还曾经在学宫的旁边建立文天祥祠及立碑，告诉府县不要因为受徭役的驱使而让学生们过于劳累，应该让学生们轻松学习。为了增强宛平城的实力，他曾经请求朝廷开辟地方饲养驿马，以减轻朝廷的驿费。皇帝在批准了他的奏章后对身边的侍臣说："传言驿站里的劳逸不均很长时间了，刘崧能够说出来很好啊，管理百姓不就该这样吗？"一次，皇帝使用的谨身殿被雷电给击中了，皇帝觉得这不是好兆头，就在朝堂上让群臣来陈述政治的弊端，寻找雷击的原因。刘崧叩头后，便以修行仁德方面来回答皇帝。皇帝不悦，他就辞职回家了。翌年3月，和前刑部尚书李敬一同被征聘。任命李敬为国子祭酒，刘崧为司业。赐给他鞍马，让他早晚都能被皇帝接见，一被召见就和他聊好长时间。但他不到十天就去世了。刘崧在疾病发作的时候，都依然勉强坐在教室里训导学生。临死时，李敬问他想说什么。刘崧说："天子派我教导学生，刚责成要我完成此事，我却突然要死了！"全然没有提到一句关系自身的家事。

刘崧自幼博学，天性廉洁谨慎。兄弟三人共同住在一座草屋里，共有田土五十亩。就是在得到了富贵以后，也并没有扩大家产。家里就是用了十年的一条布被，被老鼠咬坏了之后，才得以换掉。他在北平时期，带着一个童仆去，到了之后就让童仆回去了。每天办公到申时才结束，晚上往往点一盏灯读书到第二天凌晨才罢手。他善于写诗，豫章人推崇他为"西江派"的代表人物。著有诗文集《槎翁集》《职方集》等。

李昌祺是江西庐陵，也就是今天的江西吉安人，明代的小说家。他于永乐二年中进士，官至广西布政使。由于他为官清厉刚正，救灾恤贫，因此官声甚好。

永乐十七年，李昌祺在谪役北京房山期间，曾经仿拟瞿佑的《剪灯新话》创作完成了《剪灯馀话》一部，借以抒写胸臆。胡广、曾棨、李时勉等人都曾为此书作过序跋。《剪灯馀话》这部书一共有4卷20篇，另附《还魂记》1篇，是董氏诵芬室的刻本。今天整理出来的版本为5卷22篇，其中收入了《还魂记》《至正妓人行》两篇，是成书于永乐十八年，公元1420年的，书前有《永乐庚子夏自叙》一篇。该书大都以婚姻爱情故事为主，取材于元末明初的历史事件，描写的多是幽冥界的灵异人物，借以表达作者"善可法，恶可戒，表节义，砺风俗"之义。其中的《长安夜行录》《鸾鸾传》《琼奴传》等篇，一方面揭露了封建权要、强暴势力以及封建礼教的罪恶，一方面又赞扬了男女青年自由的爱情，但最后总给人物加上"节义"之名。《田洙遇薛涛联句记》《江庙泥神记》是写人与鬼神相爱的故事。其他的如《青城舞剑录》，则颂扬了隐居的侠士正直豪侠的气质；《泰山御史传》通过对阴间做官者的议论，抨击官场的黑暗；而《何思明游酆都录》专写阴间地府事，以图对世人起到"惩恶扬善"之效。

曾棨在序《剪灯馀话》时说，该书"缛丽丰蔚，文采烂然"，盛赞其书故事内容丰富，情节曲折，艺术性高。如《芙蓉屏记》《秋千会记》《还魂记》等篇均被明末作家凌濛初等人改为拟话本。昌祺自己也写了序言，叙述了《剪灯余话》成书的原委。他在《余话》序中云："矧余两涉忧患，饱食之日少，且性不好博奕，非籍楮墨吟弄，则何以豁怀抱，宣郁闷乎？"又云"若余者，则负谴无聊，姑假此以自遣，初非平居有意为之，以取讥之大雅。"由于文艺在当时是文人雅士不屑为的，昌祺亦因此颇受讥议。他死后"议祭于社，乡人以此短之。"

都穆《都公谈纂》也说："景泰间，韩都宪雍巡抚江西，以庐陵乡贤祀学宫，昌祺独以作《余话》不得入，著述可不慎欤！"李昌祺不仅才华富赡，而且学识渊博，在先仿瞿佑《剪灯新话》作《剪灯余话》后另又著诗集《运甓漫稿》7卷流传后世。

杨士奇是明朝初年的重臣、学者。江西吉安府泰和县，也就是今天的江西省泰和县澄江镇人。

杨士奇少小丧父，出仕前曾经游学四方，直至建文帝时方才受召修撰《明太祖实录》，初授翰林院编修。明成祖即位后，升迁为太子侍讲，辅佐明仁宗，又迁礼部侍郎、少师、华盖殿大学士，兼任兵部尚书。他先后历经五朝，任内阁辅臣四十余载，任首辅长达二十一年，与杨荣、杨溥等同心辅政，并称当世"三杨"，时人称其为"西杨"。并以"学行"见长，先后担任《明太祖实录》《明仁宗实录》《明宣宗实录》的总编纂。

罗伦是江西吉安的永丰人。明成化二年的状元，是成化年间与章懋、黄仲昭、庄昶三人一起被称为"翰林四谏"之一的著名的理学家。他虽然自幼家贫，但勤奋好学，终于在成化二年考取了进士第一，初授翰林院修撰，后因抗疏论李贤起复而落职，谪泉州市舶司提举，次年复天迁官去了南京，二年后，称病辞归，隐于金牛山下，埋头钻研经学并开门教授，一时，天下来此从其学者甚众。

罗伦坚持在学术上笃守宋儒，以为自己的从学之路，注重修身持己，尤其以经学为第一要务。为文则具有刚毅之气，他的诗歌磊落不凡，其著述后多被整理收入在《四库全书》之中，各类文字共计有十四卷，其中包括：策、疏、状、序、记、传、墓志、谣、文、哀辞、说、铭、祭文、书等十卷，另有《五经疏义》《周易说旨》，诗集《一峰集》及梦稿与歌四卷均被收入在内，算得上是明代时期的一代名儒。

罗钦顺，江西省泰和县上模乡上模村人。他是我国明代"气学"的代表人物之一，著名的哲学家。弘治六年，公元1493年的进士科探花，殿试第三名。累官至南京吏部尚书，后辞官归里，隐居乡野专心研究理学。在明代中期，罗钦顺是可以和王阳明分庭抗礼的大学者，时称"江右大儒"。

对于陆九渊和王阳明的心学，罗钦顺的态度是批判。对于程朱理学，罗钦顺的态度是部分扬弃，用理气为一物修正了朱熹理气二分的理气论。罗钦顺认为气有聚散，聚散之理就在其中，并不是超乎气之聚散之上另有聚散之理。对于理事关系，程朱理学的意思是"理在事上"和"理在事先"，罗钦顺则认为"理在事中"。

罗钦顺晚年潜心格物致知之学，继承、改造了朱熹的格物致知说，指出格物是格天下之物，不只是格此心；穷理是穷天下事物之理，不只是穷心中之理。主张"资于外求"，达到"通彻无间"、内外合一的境界。

明中期许多学者都曾与罗钦顺通信讨论过学术问题。从《困知记》附录的记载来看，包括王阳明在内共有二十余位与钦顺有过书面交流。王阳明和罗钦顺在不少学术观点上发生过激烈的争论，而王阳明的弟子欧阳德也曾在"良知""格物"等问题上和罗钦顺辩论过，并特著《辨整庵困知记》以反诘罗钦顺的见解。

罗钦顺著有哲学著作《困知记》4卷，任继愈在《中国哲学史》中评价罗钦顺的《困知记》"是一部直接批判王守仁的主观唯心主义的唯物主义哲学著作"。另有《整庵存稿》《整庵续稿》2部计20卷行世。

聂豹是江西省永丰县人。明朝著名的廉吏，正德十二年，公元1517年进士，初授华亭县令，后升御史，历官至苏州、平阳知府、陕西副使、福建道监察御使、后又巡按福建、进兵部右侍郎、改左侍郎。嘉靖三十一年任兵部尚书，接着加太子太保，死后，敕赐祭九坛，入豫章理学祠、吉安鹭洲忠节祠，与邹守益、欧阳德、罗洪先、邹元标等人一起被世人称为"青原五贤"，入祭青原"五贤祠"。

聂豹一生刚正不阿，弹劾贪官污吏几十人。清廉如水，穷到遭人冤枉被逮捕入狱时，家里竟然连押解京师路上的伙食费都拿不出来。落职后，他为了生计，经常步行往返于吉安的青原山等书院教学。一生所到之处遍及松江县、姑苏、八闽、三晋之间，门徒不少于千人，培育了徐阶等朝廷重臣。在平阳多次打退蒙古俺答军来犯，斩房首千余级。主筑北京明城墙，首创养马承包责任制。江南倭寇猖獗时，同张经一道取得了"王江泾大捷"。聂豹为王守仁心学正统传人。认为良知不是现成的，要通过"动静无心，内外两忘"的涵养功夫才能达到，主张静修养，主张致虚守静的工夫论，还主张戒慎戒惧。嘉靖二十六年，公元1547年，遭诬陷逮入锦衣狱。后冤案大白，被落职回家。嘉靖三十四年，公元1555年，反对赵文华的上疏，违反了皇帝旨意，被罢职。著有《双江文集》14卷、《困辨录》均被列入《四库全书》总目。作诗词近300首。

欧阳德是明朝著名的理学家，江右王门的主要代表人物之一，泰和县人。嘉靖二年，公元1523年进士，历刑部员外郎，以学行改翰林编修，累迁官至礼部尚书，以宿学居显位。他在知六安州时建龙津书院。后又集四方名士于灵济宫讲学，从其学者达五千人之多。欧阳德遇事侃侃持正，好引掖后进，为京师讲学之盛。

"本然之善，以知为体，不能离知而别有体。盖天性之真，明觉，自然随感而通，自有条理，是以谓之良知，亦谓之天理。天理者，良知之条理。良知者，天理之灵明，知觉不足以言之也。"这是《明儒学案》对欧阳德的评价。欧阳德虽然反对以知识、知觉为"良知"，但并不认为"良知"可以离开知识或知觉而独立存在。他认为，"良知"必发于视听思虑，而视听思虑必交于天地人物，离开天地人物亦无所谓"良知"，恻隐、羞恶、恭敬、是非之知，不离乎视听言动，而视听言动未必皆得其恻隐、羞恶之本然者。故就视听动而言，统谓之知觉；就其恻隐、羞恶而言，乃见其所谓知之良者。知觉未可谓之性，未可谓之理，知之良者乃所谓天理，这就像道心、人心非有二心，天命、气质非有二性一样。

欧阳德为江右王学正传的主要代表人物之一，影响较大。他在发明师旨、卫护师说等方面功不可没，尤其是对"格物致知"义旨的阐发，对于挽救王门中"归寂"派的流弊，作用甚大。他所作的诗文、章奏、案牍及讲学之文，有《欧阳南野集》30卷，《南野文选》4卷收入在《四库总目》中并行于世。

颜钧是明代的江西省吉安府永新县三都乡中陂村人。他上承王艮，下启罗汝芳，何心隐，为明朝时期"泰州学派"的重要代表人物，被世人称誉为平民思想家。颜钧生前的著作原本有很多，尤其在他被遣送回乡的二十余年间，笔耕不止，勤于著述，创作颇丰。但令人可惜的是他的大多作品因故未能刊行出版，并未行于世间，后来，加之遭明末兵燹，散佚很多，故后人得窥其思想全貌者甚少。直到清嘉庆初年，在颜钧的遗稿湮没二百多年后，才由其裔孙颜特璋搜集誊抄，编辑成书，但仍亦未能出版。到了清咸丰六年，也就是公元1856年，在永新颜氏后裔的共同努力下，这才出版了《颜山农先生遗集》九卷，作为家族的刻本问世。这是颜钧著作的唯一刻本，保存了极为珍贵的历史资料。1991年，中国社会科学院历史研究所、中国思想研究室主任黄选民教授专程到永新实地考察。经其研究鉴定，并精心整理点校，充实内容，最终以《颜钧集》的形式正式出版。

何心隐是中国明代的思想家，王阳明"心学"之泰州学派的弟子。原名叫作梁汝元，江西省吉安市永丰县人。他在早年便毅然放弃科举一途，致力于社会改革而创建了以宗族为单位进行社会理想试验的社会机构——"聚和堂"，后因反对地方官征收杂税而被捕入狱。再后来，他在湖北孝感讲学时，因反对当时的内阁首辅张居正而再遭通缉。万历七年，公元1579年被捕，死于湖广巡抚王之垣的乱棒之下。何心隐核心思想最终还是属于儒家的范畴，他认为人为天地之心，心是太极，心即是理。

金幼孜是江西省峡江县罗田镇徘山村人。建文二年，公元1400年的进士，初授户科给事中。成祖即位任翰林检讨。与吉水学士解缙同值文渊阁，升侍讲，为太子讲学。

永乐五年，公元1407年，迁右谕德兼侍讲，永乐十二年，公元1414年与胡广、杨荣等人在一起编纂《五经四书性理大全》，迁翰林学士。永乐十八年与杨荣一同晋升文渊阁大学士。明成祖历次北征，幼孜皆从，亦多次扈从往来两京。明仁宗即位后，拜户部右侍郎兼文渊阁大学士，旋加太子少保兼武英殿大学士。洪熙元年，公元1425年进礼部尚书兼大学士，依旧担任翰林学士。明宣宗时，修两朝实录。

宣德六年十二月（1432年1月）卒，年六十四，赠少保，谥文靖。著有《北征录》及《后北征录》，后人集其遗文辑成《金文靖集》。

金幼孜早期在东宫讲学时曾上呈所著《春秋要旨》3卷，随朱棣北征时又著有《北征前录》和《后录》，后又与胡广、杨荣参与编撰《五经四书性理大全》一书，除此之外，金幼孜还有《金文靖集》文集一部传世。

陈循是江西省吉安府泰和县人。明朝的内阁首辅大臣。他在永乐十三年，公元 1415 年高中状元，初授翰林修撰。正统中期，累官进户部右侍郎。至景泰帝即位，又进少保兼太子太傅、华盖殿大学士，担任内阁的首辅。他在担任首辅期间，尝集古代帝王行事之要义，撰写了《勤政要典》一部。明英宗复辟时被谪戍铁岭。天顺八年，公元 1464 年去世，享年八十岁。

陈循初为进士第一名，便可知其才气出众。他在翰林供职多年，是明代著名的文学家和诗人，在文学上颇有成就。陈循的著作有《芳洲集》10 卷、《东行百韵集句》9 卷、《芳洲年谱》1 卷，另外还与人合撰《寰宇通志》1 部，共计 119 卷，均在《四库全书》行于世。

陈循被谪居铁岭时，正值铁岭重修圆通寺，他为之撰《银州重修圆通寺塔记》，为开原撰写了《重修崇寿寺塔记》，还为铁岭这个地方咏诗多篇，他喜爱铁岭的名胜古迹，写了许多诗来大加赞颂，是最早吟诵铁岭风光的诗人。他还曾经在铁岭开馆收授生徒，以执教为业。因此，他的诗作便成了铁岭珍贵的文化遗产。

刘元卿是吉安府安福县的西乡，也就是今天的江西省萍乡市莲花县坊楼南陂藕下村人。明朝著名的理学家、教育家、文学家。江右王门后期的大家，在理学、教育和文学等领域皆卓有成就，著述甚丰，有《刘聘君全集》遗世，其寓言集《贤弈编》被收入"四库全书"。他是明代著名的"江右四君子"之一。

人们习惯性地称刘元卿为"正学先生"，他从弱冠至暮年，一生孜孜于理学。据《明儒学案》载："先生初游青原山，闻之与人曰：青原诗书之地也，自两邹公子（指邹守益的儿子汝梅、汝先）来后，此风遂绝矣。先生契其言，两邹与之谈学，遂有愤悱之意。因而考索于先儒语录，未之有得也。"从此诱发了刘元卿从事王守仁理学研究的兴趣。他开始在当地求学，但所得不深，于是离乡背井，远游从师。他先后到浙江、湖北等地拜高人为师，经过自己努力求索，成为该学派承前启后的重要人物。刘元卿既能吸收他人之长，又能坚持自己的见解。他以"存守本体，随事躬行"作为一生的言行准则，不信道教，也不信佛教。正如他在《小引自赞》里说的："不礼释迦，不羡王乔，此泸潇之所以为泸潇，亦泸潇之所以止于泸潇也。"刘元卿的理学思想，在江右王门学派中，占有重要的地位。刘元卿逝世后，《明史》为他立了传，明朝名流邹元标为他撰写了墓志铭，在铭文中赞其"流风余韵，百世犹师"。

刘元卿不仅是理学家、教育家，还是文学家。他涉猎广泛，对于政治、经济、哲学、天文、地理、文学艺术，都有颇大的成就。他的著述较多，且内容又比较丰富，故，在《江西通志》中记载他所著书目有以下：《大学新编》《山居草》《还山续草》《通鉴纂要》《六鉴》《诸儒学案》《贤弈编》《刘聘君全集》等，他的寓言集《贤弈编》脍炙人口，曾收入《丛书集成》。

彭时是庐陵安福，也就是今天的江西吉安市安福县枫田镇松田村人。他曾经担任过明朝内阁首辅，是有名的大臣。

明英宗正统十三年，公元 1448 年的殿试上，彭时考取了进士第一，状元及第，初授翰林院修撰，次年即入阁参与机务，累官至太常寺少卿兼侍读。英宗驾崩后，他与阁臣李贤力争钱皇后名位取得胜利，获迁吏部右侍郎兼学士。在明宪宗统治时期，彭时连升几级晋升至兵部尚书、太子太保兼文渊阁大学士。到了成化四年，亦即是公元 1468 年至成化十一年，公元 1475 年间，值李贤、陈文相继去世之后，他继任内阁首辅。钱皇后去世以后，彭时与同僚商辂等据理力争，最终使其得以祔葬裕陵。固原盗乱时，反对派京军干涉都御史项忠的行动时，累加吏部尚书、少保。自成化五年，公元 1469 年后，屡次因病请辞，均未获准。

彭时历仕英宗、代宗、宪宗三朝，为天顺、成化年间正直阁臣的杰出代表之一。他一生勤奋、忠于职守，辅政近三十年，持正不阿，与商辂齐名。《明史》评价道："有明贤宰辅，自三杨外，前有彭、商，后称刘、谢。

彭时毕生著有《彭文宪公笔记》2 卷、《彭文宪公文集》4 卷，并有附录 1 卷、殿试策 1 卷、《可斋杂记》1 卷。据商辂《文渊阁大学士谥文宪彭公神道碑铭》记载，彭时曾撰《正学阶梯》《韵书正误》等编藏于家，可惜今已佚失，《皇明经世文编》辑有《彭文宪公奏疏》1 卷在其中。

除此之外，彭时还先后担任过《续通鉴纲目》及《寰宇通志》的编纂，以及《大明一统志》与《明英宗实录》的总裁，在文学领域的成就甚多。

郭子章是吉安市泰和县冠朝乡冠朝村人。他八岁就学时，就能日诵千余言，稍长，便已博览诸子百家，并对《左传》《尚书》《易》《毛诗》《礼记》等经典著作有特殊兴趣。他不仅善于天文、历算，还会写文章，引起了时人的重视。隆庆五年，公元 1571 年考中进士，历任福建建宁府推官、南京工部主事、广东潮州知府、四川提学佥事、两浙参政、山西按察使、湖广右布政、福建左布政、兵部尚书兼都察院右副都御史。郭子章为官，以庐陵先贤为榜样，清正廉洁，公平办事，深得民心。

郭子章不仅在理政上有治绩，但他为人所知与称道的主要还是在学术方面。他是一个真正的饱学之士。曾经与王时愧、邹元标等讲学于吉安青原山和白鹭洲，提倡正学，极有天赋之才，识卓超群，勤于著述。他每任职一处，均有专集问世，且以任处为集名而记。郭子章的著作涉猎面极为广泛，无论是在哲学、政治、经济、军事、历律、历史、地理、工艺、文学等方面，应有尽有，真可以算得上是学富五车，才高八斗的特殊人才，大文学家。

仅在文学创作方面，郭子章的著作有《六语》30 卷。其中《谚语》7 卷、《谣语》7 卷、《谐语》7 卷、《隐语》2 卷、《讥语》2 卷和《托语》6 卷，多为小说、笔记、寓言、笑话等作品；还有笔记小说《黔类》18 卷，诗歌作品多收入在《自学编》中，计有 66 卷，其中《粤草》10 卷、《蜀草》7 卷、《晋草》9 卷、《楚草》12 卷、《黔草》21 卷、《家草》7 卷等。特别应该提到的是郭子章还著有《豫章记》100 卷，《黔记》21 卷，这两部书实在可以算作是江西和贵州的通志。此外，他还著有《闽草》16 卷、《留草》10 卷、《浙草》16 卷、《闽藩草》9 卷，《平播始末记》《阿育王山志》《圣门人物志》《马记》《剑记》《豫章诗话》《易解》《郡县释名》《管蔡记》等。郭子章是位高产作家，但他的作品不少是笔记小说、寓言、故事、笑话等历来为正统评论家所不重视的作品，所以很少有人关注。

郭子章不仅是作家，而且也是评论家。他写的《豫章诗话》，专评江西籍诗人和外地寓居于江西的诗人作品，为江西人研究和评论江西作家开了先路。尽管这部诗话多取材于郡县中的记载，其中未免有些芜杂，甚至存在如《四库全书总目》所批评的"有爱奇嗜博之失"的缺陷，但毕竟为后人研究江西诗人及其作品提供了一定有价值的资料。郭子章勤奋一生，身兼多家，为鄱阳湖地域文化及文学的发展作出了宝贵的贡献。

胡直是吉安泰和县的螺溪创洲村人，嘉靖年间的进士。初授比部主事，出为湖广佥事，领湖北道。后晋四川参议，随之以副使督四川学政，于学政任上告归。及后，又因诏任湖广督学，移广西参政、广东按察使，再起福建按察使。胡直虽少年骄荡不羁，但是他非常喜好古文及诗词。

26 岁那年，他开始师从王守仁的弟子欧阳德问学，得"立志"之教，为学上转而向心性修养。31 岁那年，他又拜罗洪先为师，罗师授之以"主静无欲"之教。过了不久，他又师从陈大伦、邓鲁等人学道与学禅，并将自己学禅静坐的心理体验，用"印诸子思上下察、孟子万物皆备、程明道浑然与物同体、陆子宇宙即是吾心"，认为"靡不合旨。于是提出"理在心，不在天地万物"、"心造天地万物"来表达自己的观点。他指出，天者，吾心为之高而覆也；地者，吾心为之厚而载者；日月，吾心为之明而照也；星辰，吾心为之列而灿也。雨露者吾心之润，雷风者吾心之薄，四时者吾心之行，鬼神者吾心之幽者也。江河山岳、鸟兽章木之流峙繁殖也，火炎水润木文石脉，畴非吾心也；喽蚁虎狼鸿雁雎鸠，畴非吾心也；一身而异窍，百物而殊用，畴非吾心也。是故胶日者所以造天地万物者也；吾心者，所以造日月与天地万物者也。其唯察乎，匪是则亦黪墨荒忽，而日月天地万物熄矣。日月天地万物熄，又恶睹夫所谓理哉？"他的这种心学观点，比王守仁走得更远，几近与佛教的"三界惟心"观点相一致。他曾自谓将王学"一口说破，将此学尽头究竟，不敢为先儒顾借门面"。

由此可见，胡直为学敢于怀疑，具有独立的思考精神，曾谓"于先儒终不能强合"，"于近儒亦不能尽合"。对程朱学派的疑难，主要在"穷理"问题上，他坚持"理在心而不在物"的观点，反对多闻多见与读书。在为学之序上，提出"物理远而心性近"，主张以心性为先。对王守仁学派的疑难有三：其一，认为王守仁释格物为正心，与《大学》中"正心"条目重复，会使初学者"增缴绕之病"；其二，提出良知中有"天则"在，不可随意变化圆通，而生"猖狂自忽"之病；其三，反对"重内轻外"，主张"日用应酬可见之行者，皆所学之事"，不必"探索于高深"，"测度于渺茫"。在对待佛、老的态度上，胡直也有自己的看法，"以为老、佛之言或类吾儒，而吾儒之言亦有类老、佛者"，"以为圣人能兼夫禅，禅不能兼夫圣，以其间有公私之辨"，他不反对使用老、佛之言，认为儒、释之分的关键在于"经世"与"出世",也即"尽心"与"不尽心"。

胡直强调,心学与力行不悖,认为心学不应受到指摘,但言心学而不力行则应受到指摘。在知行问题上,他虽恪守王守仁"知行合一"之旨,但宣称真知必须躬行,认为"真知则无不行,真行则无不知"。胡直在理论上无限夸大"心"的作用,乃是为其"约礼顺则",即以封建道德原则征服人心来服务的,他提出,"唯慎其独知则可以诚意而致平天下"的观点。胡直一生所著有《胡子衡齐》等遗世,后人亦为他辑有《衡庐精舍藏稿》30 卷、《续稿》11 卷。和欧阳德一起同为"江右王门学派"的代表人物之一。

郭诩是江西吉安的泰和县人,明代著名的画家。他善于描摹山水、工书画,曾经遍历名山大川,并说"岂必谱也,画在是矣。"同时,与江夏吴伟、北海杜堇、姑苏沈周俱以画闻名于世。他的作品传世不多,八开《杂画册》现藏上海博物馆,《琵琶行》图轴藏北京故宫博物院。山水、人物,风格豪放,笔法师略,清细柔和,墨气轩然,尤是绘古人清士,题署简逸,缙绅无不重之。与吴伟齐名,为吴伟、沈周、杜堇所推重。花鸟杂画,信手拈来,颇有奇趣。草虫书法工写兼备,其画风在明中期别成一格。

王时槐是江西安福人,明代教育家。嘉靖二十六年进士。初授南京兵部主事,累官至礼部郎中、福建佥事,后迁太仆少卿,降光禄少卿。隆庆末,出为陕西参政。张居正柄国,以京察而罢归。其时年五十,即告退讲学以终。万历中期,南赣巡抚张岳疏荐之。吏部言:"六年京察,祖制也。若执政有所驱除,非时一举,谓之闰察。时槐在闰察中,群情不服,请召时槐,且永停闰察。"报可。久之,陆光祖掌铨,起贵州参政,旋擢南京鸿胪卿,进太常,皆不赴。

时槐师从同县的刘文敏,及仕之时,便遍质四方学者,自谓终无所得。罢官后,反身实证,始悟造化生生之几,不随念虑起灭。学者欲识真几,当从慎独入。其论性曰:"孟子性善之说,决不可易。使性中本无仁义,则恻隐羞恶更何从生。且人应事接物,如是则安,不如是则不安,非善而何?"又曰:"居敬、穷理,二者不可废一。要之,居敬二字尽之。自其居敬之精明了悟而言,谓之穷理,即考索讨论,亦居敬中之一事。敬无所不该,敬外更无余事也。"享年 84 岁而殁。

王时槐一生著有《友庆堂合稿》《漳南稿》《广仁类编》《论学书》和《语录》等数十卷遗世。

纵观明代的吉安文学阵营，除了在继承和弘扬王阳明的"心学"方面取得了重大的成就，走出了以欧阳德、聂豹、金幼孜、胡直为代表的"江右王门学派"以外，与此同时，也在文学的创作领域同样取得了骄人的成绩和丰硕的果实，出版和刊行了数以百万字计的文学作品及文学评论方面的专集，这对于整个鄱阳湖流域来说，明代的庐陵在文学领域的成就堪与南宋时期所取得辉煌成绩相媲美，的确是值得今天的人们去探索研究的。

明代的抚州文化现象，是在以汤显祖的"四梦文化"以及"泰州学派"的传人罗汝芳为代表的文学阵营，及其以吴与弼的"崇仁学派"、"江右四家"来集中呈现给人们的，在这里，我觉得特别值得人们应该记住的是，在明代以罗汝芳为代表的"泰州学派"算得上是中国历史上，第一个真正意义上的思想启蒙学派，它发扬了王守仁的"心学"思想，反对束缚人性，引领了明朝后期思想解放的潮流。即便就是放在今天，它的哲学主义与思想也是值得现代的人们去探索、发现和研究的重要内容。

汤显祖是中国明代的戏曲家、文学家。先是居住在临川县的云山乡，后来改迁居汤家山的。他出身书香门第，不仅工于古文诗词，而且还通晓天文、地理、医药、卜筮等各个学科。34岁那年中的进士，先后任过太常寺博士、詹事府主簿和礼部祠祭司主事的官职。

在明朝的万历十九年，也就是公元1591那年，他目睹当时的官僚腐败，愤而向上进呈《论辅臣科臣疏》，因而触怒了皇帝被贬为徐闻典史，后调任浙江遂昌县任知县，尽管他这一去就是五年时间，但是他的政绩斐然，声名远播。不料到最后他却因压制豪强，触怒了当朝权贵而招致上司的非议和地方势力的反对，终于在万历二十六年，亦即是公元1598年，愤而弃官归里。家居期间，他心里一方面希望有"起报知遇"之日，一方面却又指望"朝廷有威风之臣，郡邑无饿虎之吏，吟咏升平，每年添一卷诗足矣"。

往后，他便逐渐打消了仕进之念，潜心于戏剧及诗词创作。在汤显祖多方面的文学成就中，尤以戏曲创作为最，其戏剧作品《还魂记》《紫钗记》《南柯记》

和《邯郸记》被世人誉称为"临川四梦"，其中，《还魂记》是他的代表作品。他的这些剧作不但为中国人民所喜爱，而且已传播到英、日、德、俄等世界上很多的国家，被视为世界戏剧艺术的珍品。汤显祖的专著《宜黄县戏神清源师庙记》也是中国戏曲史上论述戏剧表演的一篇重要文献，对导演学起到了拓荒开路的作用。另外，汤显祖他还是一位杰出的诗人。其诗作有《玉茗堂全集》4卷、《红泉逸草》1卷，《问棘邮草》2卷。

汤显祖少年时受学于罗汝芳，罗是"泰州学派"王艮的三传弟子，这一学派承继了王守仁哲学思想中有积极意义的部分，并被加以继承和发展，又被称为"左派王学"。这个学派抨击程朱理学，怀疑封建教条，反对束缚个性。万历年间"左派王学"的最突出代表人物是李贽。

在文学思想上，汤显祖与公安派反复古思潮相呼应，明确提出文学创作首先要有"立意"的主张，应当把思想内容放在其中的首位，故而，他的这些思想在他的作品中都得到了具体的体现。汤显祖虽然也创作过诗文等，但他成就最高的还是传奇文学。他是中国古代继关汉卿之后的又一位伟大的戏剧家。他的戏剧创作现存主要有五种，即"玉茗堂四梦"，也叫作"临川四梦"以及《紫箫记》。

汤显祖一生蔑视封建权贵，晚年淡泊守贫，不肯与郡县官周旋。这种性格作风使他同讲究厉行气节、抨击当时腐败政治的东林党人顾宪成、邹元标等交往密切，也使他推重海瑞和徐渭这样"耿介"或"纵诞"的人物，他的这种性格特点在作品中也有明显反映。

汤显祖所处的时代，文坛为拟古思潮所左右，继承"前七子"的"后七子"声威极盛。汤显祖21岁时，"后七子"首领李攀龙已去世，但另一首领王世贞继续为文坛盟主，且"独操柄二十年"。汤显祖于青年时期即批评"前七子"的李梦阳、"后七子"的李攀龙、王世贞，指摘他们作品中"增减汉史唐诗字面处"。后更抨击"李梦阳以下"诸人作品"等赝文尔"，并尖锐地说："赝者名位颇显……其文事关郭体，得以冠玉欺人。""前后七子""文必秦汉，诗必盛唐"的主张，根本缺陷是一味摹拟前代作品的永字、造句，乃至改头换面，剽窃前人词句。汤显祖认为"汉宋文章，各极其趣"。他还强调文章之妙在于"自然灵气"，不在步趋形似之间。他的这些主张对后来高揭反拟古旗帜的公安派有一定影响。

可以说，在反拟古派过程中，汤显祖是从李贽、徐渭到以袁宏道为首的公安派之间的重要人物。汤显祖诗作，早年受六朝绮丽诗风的影响，为了对抗"诗必盛唐"，后来写诗又曾追求宋诗的艰涩之风，他的这些创作实践并不足以和拟古派相抗衡。汤显祖的古文长于议论，颇有特色。他的书信写得很富感情，文笔流利，为后人所推崇。他还长于史学，修订过《宋史》，可惜未能完稿。

汤显祖晚年的思想比较消极，这同他潜心佛学有关，也同他辞官后长期置身于政治斗争之外有关。

吴与弼是江西省抚州市崇仁县东来乡人。是我国明代时期著名的理学家，明朝"理学"的开山宗主，亦是明代的"理学""崇仁学派"的创立者，学者、诗人，教育家。在清代黄宗羲所著的《明儒学案》一书中，《崇仁学案》位列第一位，吴与弼是《崇仁学案》中的第一人，这就着重突出了吴与弼在明代学术思想界的重要地位。

吴与弼六岁入学，七岁便能对句，八、九岁在乡学读书时，即已崭露头角，他对文学、天文、律历、医卜均有所涉。十六岁学诗赋，十八岁习以科举之业，永乐己丑，年方 19 时，赴京侍奉时任国子监司业的父亲，得拜明代"三杨"之一的洗马杨溥为师。其时，在其父任所获读朱熹所编之《伊洛渊源录》，自谓"睹道统一脉之传"，"于是思自奋励，窃慕向焉，而尽焚当时举子文字，誓必至乎圣贤而后已"。谢绝与人交往，独处小楼二年，专心攻读《四书》《五经》以及"洛学"和"闽学"的语录。在这里需要指出的是，"洛学"是指以北宋哲学家、教育家程颐程颢兄弟为首的学派，"闽学"是指以南宋哲学家、教育家朱熹为首的学派，无意进入仕途，决心以讲授理学，传播程、朱哲学思想为己任。年仅 21 岁时就开始登堂讲学，门下从其学的弟子有数百人之多，其中还不乏学有大成者在其中。

吴与弼一生不应科举，讲学家乡，且屡荐不出，隐居乡野。明正统十一年，亦即是公元 1446 年，山西佥事何自学曾经荐举其入朝为官，他没有去，后来，御史涂谦、抚州知府王宇也一再荐举他入朝，他一律谢绝不出。到了景泰七年，也就是十年后的 1456 年，御史陈述又荐举他入阁讲学，皇帝下诏江西巡抚韩雍前往礼请，他又辞谢不出。

就这样，直到天顺元年，也就是公元 1457 年，大臣石亨与大学士李贤一同上疏荐举，并派人前往征召吴与弼进京。翌年 5 月，初授为左春坊左谕德，他上疏请辞。英宗召入文华殿，咨询其因，他以"浅陋之学，衰病之躯，有负期待之重，岂敢窃禄为官"力辞。后又多次上疏辞职，并由其子向吏部告以病重，才得以允准。辞官归里后，在呈英宗的谢表中力陈十事，说："一曰崇圣志，二曰广圣学，三曰隆圣德，四曰子庶民，五曰谨命令，六曰敦教化，七曰清百僚，八曰齐庶政，九曰广言路，十曰君相一德同心。"言辞恳切，获明英宗嘉许，派人护送回乡，并命地方官按月支给仓米，以示关怀。

尽管吴与弼的理学是自学自得，且"上无所传"，由身体力行而形成，但是，他的理学思想概括起来有"四观"：即"天道观、性善观、践行观、苦乐观"。自北宋以来，理学家所阐明的哲学思想的核心是"理"。程朱如此，吴与弼亦如此，他们虽无师承关系，但吴与弼身体力行，潜心研究，在道德修养和认识方法方面，在毫不自觉的状态之下，无意识地继承和发展了程朱的哲学思想，他认为："万变之纷纭，而应之各有定理"，也就是说，大千世界，万事万物，都有它们自身的规律。

吴与弼不仅是明初一位著名的理学家，而且还是一位著名的教育家。在中国历史上，他是第一个提出"劳动与读书相结合"的人，他的"教育不能脱离生活"的理论，是他教育思想的一个重要内容。吴与弼在教学上"本之以小学、四书，持之以躬行实践"为要义，常用程子的话勉励学生说，做人做事，当以圣人为志；言学，则当以道德法则、规律为志。然进修不可躐等，必先从事于小学，以立其基，然后进乎大学，以极夫体用之全"。他要求学生能够循序渐进，先打好基础而不要好高骛远，一步登天。

吴与弼主张言传身教、因材施教、启发引导、为人师表，他把"天理""居敬""践行"作为自己日常行为的规范。他的教学方法也是与众不同的。他不仅和学生一起劳动，一起生活，还坚持在劳动中讲学，在劳动中授教，在劳动中悟"道"。他一生讲学乡间，躬耕食力，粗衣敝履，饭粝蔬豆，将生活性、实践性、道德性融为一体，常常用"理"来检点自己的日常行为，开展自我教育，自我反思。他认为"痛省身心，精察物理"，是通向"天道"的阶梯。

其时，从吴与弼求其学的数百弟子中，有不少的学生在其后大都成为了有名的学者，譬如胡居仁、陈献章、娄谅、胡九韶、车泰、罗伦、谢复、周文、杨杰、饶烈等人。他的这些弟子后来又因见解不同分成了两派，其弟子陈献章得其"静观涵养"之旨，遂开"白沙学派"之宗；其弟子胡居仁、娄谅等人，得其"笃志力行"之义，遂启"余干之学"洞府，自成一宗。由此可见，吴与弼在明代文化上的影响是何其大也？

吴与弼一生重求心得，不事著述，故其留下的著作不多，主要有语录体之《日录》一卷。今有明末崇祯刻本《康斋文集》12卷。清康熙间将其《日录》汇入《广理学备考》，称《吴先生集》。他的文章虽然读来平易，但寓理却都是很精深的。

他的诗文大都是积中发外之作，风格清明峻洁，曲折纡余，读了能使人自然兴起。有诗7卷，奏议、书信、杂著1卷，记、序、其他各1卷。其诗不下千首，绝句更具特色，诗文清新流畅，淳实近理。文集收入《四库全书》集部别集类。

他创立的"崇仁学派"享誉中外，其门下开创的"江门之学""余干学派"和稍后的"江右王门学派"是推动中国文化教育第二次下移的端绪，为中国思想史从朱熹的"智识主义"向"内省工夫"的转变作出了突出的贡献。成化5年，也就是公元1469年，在家中病故。

艾南英是江西省抚州市东乡县人。明朝末年的散文家、文学评论家。明代天启年间中的举人。因其深恶科场八股文章的腐烂低劣，遂与临川人章世纯、罗万藻、陈际泰等力矫其弊，以兴斯文为己任，刻印四人文章，世人翕然赞同，人称"临川四才子"，或"江右四家"。

万历后期，明代文风衰弊，文章内容陈腐，科场制艺，形式僵化。艾南英对此深恶痛绝。他认为只有取经唐、宋才是溯源秦、汉的正确道路。他积极提倡遵依北宋古文精神，推崇司马光和欧阳修，与章世纯、罗万藻、陈际泰，以及南昌的万时华、新建的陈宏绪、清江的杨廷麟、瑞金的杨以任等人，在一起组成"豫章社"，并亲自担任社长。跟陈子龙、张溥、张采、夏允彝等人结成的"复社""几社"就文坛的文风等问题展开论争。他大力排抵王世贞、李攀龙等为代表的前后七子及其崇拜者"文必秦汉"的拟古说，反对以钟惺和谭元春为首的"竟陵派"因袭六朝俪彩、追求硬瘦艰涩、幽深孤峭的玄风，赞同钱谦益对时文的见解。认为文章要表现"时"与"境"，要讲"义法""神气""雅洁"。他精心挑选秦汉到元代的名家名作，汇编成《历代诗文集》，选辑明代诸家文章，编为《皇明古文定》，搜集"生吞活剥""钩章棘句""生硬套用""溢美饰非"及"游戏"之文，编成《文剿》《文妖》《文腐》《文冤》《文戏》五书，从正、反两方面提供给学文者做参考。他的这些文学主张，后来成为了清代"桐城派"文论的先声。他还与章世纯、罗万藻、陈际泰四人合作，将他们所作的文章刊刻印行于世，又有《四家合作摘谬》，其宗旨大致是"以贤德之天抗强大之天"，以质抗量，"人以华，吾以朴；人以浮，吾以奥；人以俚语，吾以经术；人以补缀蹭蹬为篇法，吾以浅深开合、首尾呼应为篇法"，使天下文人学子耳目一新。

艾南英平生用心研究史学，曾经撰写了一部《古今全史》计一千余卷，但可惜的是，他刚写完，便当即遭战火焚毁，其他著述也在战火中散失殆尽，只存有《禹贡图注》一卷见存于《四库全书》中，其所著的《天佣子集》，在清乾隆时又遭到禁毁，但该书的创作成就并不高，收入的只是他一些与人往来论辩的书信和序文，笔力还算峻厉爽健，文气也较舒卷自如。

罗汝芳是江西省南城县天井源乡罗坊村人，明代中后期著名的哲学家、教育家、文学家、诗人，泰州学派的代表人物，被誉为明末清初启蒙思想家的先驱，学界称他为近溪先生。

罗汝芳自幼聪明好学，5 岁从母读书，稍长则博览群书，后独钟"理学"。16 岁赴南昌师从"泰州学派"代表人物颜钧，继得王艮真传，尽受其学。嘉靖二十二年，公元 1543 年中举，二十三年参加会试后，自认为"吾学未信，不可以仕"，不参加廷对，退居故乡长达 10 年之久。后来，移师胡清虚学烧炼，师从僧人玄觉谈因果。他探幽索隐，触类旁通，精究细研，形成自己的真知灼见。

他四处游访，考察社会，探究学问，并在从姑山创办了"从姑山房"，接纳四方学子，从事讲学活动。他一生深入下层，宣讲哲理，教化士民，以发人"良知"和济人急难闻名于世。其学虽源于理学，但反对"存天理，灭人欲"的正宗教条，提倡用"赤子良心"、"不学不虑"去"体仁"，持见新奇，颇有创见，一扫宋明理学迂谨之腐气，故被誉为明末清初黄宗羲、顾炎武、王夫之等启蒙思想家的先驱。

在青年时代，他受到了明朝程、朱学派理学家薛垣的影响，认为"万起万灭"的私心杂念长久以来就困扰着自己，必须把它除去。于是，便在寺中闭关静坐，在几上置水一杯、镜子一面，要使自己的心像水一样静、镜一样平，久之，遂成重病。其父授之以王阳明《传习录》，使他领会了"致良知"的学说，其病方愈。后来，罗汝芳赴南昌会试，师事颜钧。颜钧认为，人的天赋道德观念是永远不会泯灭的，每一个人的内心世界都时刻保有着它，人只要发扬这种道德观念就可以了，因此，人们的道德修养根本不必从"制欲"入手。罗汝芳听后，如醍醐灌顶，完全接受了这种"制欲非体仁"论，并逐步形成了自己的理学观点。罗汝芳反对朱熹、王阳明等人所倡导的以省、察、克、治为基本手段，以"制欲"为基本内容的道德修养方式，并认为这是与孔孟之道相违背的。

罗汝芳一生的成就，主要体现在他的理学思想方面。他认为，"大道只在自身"，人的目视、耳听、饮茶、吃饭、早起、夜寐、相对、问答，以至弹子的转动，肌肤的痛感，无一不是这个"道"的作用和表现。只要具备了一个肉体的形躯，就有了做圣人的条件。他主"拟不学为学"，"以不虑为虑"，不学不虑，就可以造就"良知良能"。在他看来，人的良知是永远不会泯灭的，不以修炼而增，也不以不修炼而减，圣愚的差别只在于"觉"与"迷"之间，因而成圣、成贤简直是容易非常。

陈际泰是江西临川鹏田陈坊村人，明末的古文家。"临川四大才子"之一。崇祯七年，公元 1634 年，六十八岁的陈际泰才中了进士，崇祯十年，被授予掌册封、传旨的"行人"官职。

陈际泰年幼时家贫如洗，无法与其他幼童一样进学校读书，他只好借邻居小孩的书，偷偷地躲在一边自学。等到 8 岁那年，得到了表兄一本破烂《书经》，便刻苦自学，揣摩其意，慢慢通晓其义。10 岁时，他在外公家的药笼中找到了一本《诗经》，便日夜攻读。父亲要他下田劳动，他便将书带在身边，一有空就诵背不止。14 岁那年，他代父教蒙馆，期间，他先后向济川、钟美政、郝庶野等人学习写文章。20 岁的时候，他认识了邱一敬，两人便经常诗书相传，互相切磋。回乡后，他又结识了章世纯、罗万藻、艾南英，四人走到一起，志趣相投，一见如故，共结"豫章社"，一起倡导时文，致力写作，四人同以时文而著称于世，被誉为明代的"临川四大才子""、"江西四家"。

陈际泰才思敏捷，写作速度极快，有时一天能写二三十篇文章，他一生之中作文竟多达万篇之巨。史书称他"经生举业之富，无若际泰者"。他在八股文方面的造诣也较高。他能够将经史古籍融会贯通，自辟门径，借题发挥，驰骋才思，抒发己见，被人称为明代的"八股文"大家。

陈际泰的著述多阐发经籍，有《易经说意》7 卷、《周易翼简捷解》16 卷、《群经辅易说》1 卷、《五经读》5 卷、《四书读》10 卷，均存目于《四库全书总目》的经部。文集有《太乙山房集》15 卷、《已吾集》14 卷。清人辑《临川文选》《临川文献》和《江西五家稿》都分别选入一卷。他的散文风格多样，有一定艺术价值。

邓元锡是江西省黎川县日峰镇人，明代中后期的理学家、文学家。他的学术思想渊源于王守仁，但不尽宗其说。元锡编撰的《五经绎》包括《六经》中的《书绎》《诗绎》《三礼绎》《春秋通》《易绎》，均收录于《四库》的"经部"。

邓元锡一生著述极其丰硕，根据对《四库全书总目提要》中他作品的统计，仅收录该书的便多达 5 部 200 余卷。其中，《五经绎》15 卷，《三礼编绎》26 卷，《函史》上编 81 卷、下编 21 卷，《皇明书》45 卷，《潜学稿》12 卷。其他尚有见载于他处者。他的著作"皆足阐衍圣贤，荟萃古今"。其内容概括起来，有对古代《六经》及诸子著作的注解论述，有对各年代历史的编撰评说，有对明朝历史的记载及其文化学说的叙述，还有他自己一生创作的诗文论著、书札语录。

美德千秋颂，华章万古传。邓元锡去世后，人们敬重他的为人，私谥其"文统先生"以纪念他的丰功伟德，他的弟子在县城为他建立祠庙，每月初一、十五在祠中行礼讲学。其后，他又被列入府、县乡贤祠供奉，并作为江西名人请进豫章理学名贤祠。他的事迹被列专于《明史》《江西通志》《中国人名大辞典》《中国文学家大辞典》及府县志。他的著作除收录于《四库全书》外，还被珍藏于国内外各大图书馆，其中，《函史》《三礼编绎》至今为美国国会图书馆收藏。

龚廷贤是抚州金溪人。他幼攻举业，后随父学医。他承家学，又访贤求师，医名日隆。曾任太医院吏目。1593 年，治愈鲁王张妃臌胀，被赞为"天下医之魁首"，并赠以"医林状元"扁额。

龚廷贤的著述甚富，著有《济世全书》8 卷、《寿世保元》10 卷、《万病回春》8 卷、《小儿推拿秘旨》3 卷、《种杏仙方》4 卷、《鲁府禁方》4 卷、《医学入门万病衡要》6 卷、《复明眼方外科神验全书》6 卷、《云林神彀》4 卷以及《药性歌括四百味》《药性歌》等。并为其父续编成《古今医鉴》1 部，另著《痘疹辨疑全幼录》《秘授眼科百效全书》《云林医圣普渡慈航》《医学准绳》等专业医学典籍，可惜尽皆散佚。

一路叙述至此，我们有理由相信，明代的"四梦文化""豫章社""崇仁学派""余干学派"的兴起，使得他们在反复古文化运动中敢于斗争，勇于辩论，王门弟子对"心学"的继承与针对性的批判，无疑在哲学史上开了一个敢于自我批评的先河。明代的抚州学者在文化界所产生的影响和作用是巨大的，他们一个个是在中国文化的历史进程中盛开的、灿烂的、亮丽的文化之花，是结出了丰硕的果实的，为明末清初的文化启蒙运动打下了良好的、坚实的社会基础的，是永远值得人们去记住的。

我们一路逶迤，翻山越岭从抚州蜿蜒而出，不知不觉就来到了仙女湖上的锦绣袁州，在这里遇到了以《天工开物》享誉世界的著名科学家宋应星，著名学者、文学家黄子澄、严嵩、谭纶、陈邦瞻以及著名学者、藏书家张自烈为代表的文学阵营。

宋应星是宜春市奉新县人，明代著名的科学家。他一生致力于对农业和手工业生产的科学考察和研究，收集了丰富的科学资料，同时，他在思想上的超前意识使他成为对封建主义和中世纪学术传统持批判态度的著名思想家。

宋应星的著作和研究领域涉及自然科学与人文科学的不同类学科，而其中最杰出的作品《天工开物》，则被誉为"中国 17 世纪的工艺百科全书"。

宋应星幼时与兄宋应升一起，同在叔祖宋和庆开办的家塾中就读。他是在家乡的私塾中开始认族叔宋国祚做老师的，值此之后，他又在新建举人邓良知的门下做学生。宋应星自幼聪明强记，有过目不忘之才，很得老师及长辈喜爱。稍长，考入奉新县学为庠生，熟读经史及诸子百家，他在周敦颐、程颐、程灏、朱熹及张载这宋代四大家中，独推张载的关学，从中接受了唯物主义自然观。他对天文学、声学、农学及工艺制造学都有很大的兴趣，曾经花大力气自学并熟读了李时珍的《本草纲目》等书，此外，他还喜欢音乐、作诗。他常与同窗好友去风景名胜处游历，相互诗书唱和，相互激励，纵谈天下事。

万历四十三年，公元 1615 年，宋应星与宋应升一起赴省城南昌参加乙卯科乡试。在一万多名考生中，29 岁的宋应星考取全省第三名举人，其兄则名列第六。奉新诸生中只有他们兄弟中举，故称"奉新二宋"。乡试的成功使宋氏弟兄受到鼓舞，当年秋，他们便前往京师应次年丙辰科会试，但名落孙山，未能如愿。为了做好下次的应试准备，宋应升、宋应星等人前往九江的白鹿洞书院进修，当时的洞主是有名学者舒曰敬。

万历四十七年是神宗在位时的最后一次会试之年，宋应星弟兄与江西其他考生齐会京师，但二兄弟仍未及第。此后，他们于天启及崇祯初年再试再败，便从此断绝了科举之念。

崇祯四年，公元 1631 年，宋应升由吏部铨选任浙江桐乡县令，宋应星回乡服侍老母。崇祯八年，公元 1635 年宋应星任江西省袁州府分宜县学教谕，教授生员，只是一名未入流的教职人员。直到 1638 年任满离开时，由于考核在优等之列，旋即升任为福建汀州府的推官，这是属于省观察使辖下的官职，掌管一府的刑狱，俗称刑厅，也叫司理。到了 1640 年，宋应星在任期未满的情况下，便辞官归里去了。

三年后的 1643 年，宋应星旋又出任了南直隶的凤阳府亳州，也就是今天的安徽亳州市知州，是正五品的官员。然而此时，已到了大明王朝崩溃的前夜。宋应星赴任后，因州内被战乱破坏，连升堂的处所都没有，州中的官员大多已出走。他几经努力重建，使之初具规模，又捐资在城内建立了书院。

翌年，宋应星辞官返回奉新。三月，李自成大军攻占京师，明亡。四月，清兵入关，建都北京，宋应星成为亡国之民。五月，福王在南京建立南明政权。

南明弘光元年，公元 1645 年，宋应星被荐授滁和兵巡道及南瑞兵巡道，是一个介于省及府州之间的地区行政长官，但宋应星均辞而不就，无意恋官，遂归故里隐居。

宋应星的重要学术成果是属于自然科学和技术方面的，他的代表作有《天工开物》《观象》《乐律》等，其中《天工开物》是世界上第一部关于农业和手工业生产的综合性著作。他在人文科学方面的代表作品有《野议》《画音归正》《杂色文》《春秋戎狄解》等，介于自然科学和人文科学两大领域之间的代表作品有《原耗》《厄言十种》等，文学创作类的代表作品有《思怜诗》《美利笺》等。

由于宋应星的作品表达出来的大多是极强的反清情绪而为清廷的统治者所不容，故而，他的大部分作品后来便因各种原因未能得到很好的保存，大都俱已散失，现在保留下来的只有《天工开物》《野议》《思怜诗》《论气》和《谈天》几部著作流传于世。

严嵩是分宜县介桥村人。明孝宗弘治十八年，公元 1505 年的进士，累迁官礼部尚书、翰林院学士。嘉靖二十一年入阁，加少傅兼太子太师、谨身殿大学士，后改少师、华盖殿大学士，嘉靖二十七年，任内阁首辅长达十五年。

尽管严嵩在朝期间，结党营私，贪赃纳贿，陷害同僚，专权乱政，致使明王朝的国力衰弱，政治经济受到了严重的破坏，身后受世人唾骂，但是，严嵩在文学及书法上的成就颇高。在文学领域来说，他一生的著作甚丰，其代表作品有：《钤山堂集》《钤山诗选》《直庐稿》《直庐稿续》《南宫奏议》《历官表奏》《嘉靖奏对录》《南还稿》《振秀集》《留院逸稿》《山堂诗抄》等著作数十种，共计有 200 多万字，计有诗作 1300 多首，其中仅吟诵明月山、宜春台、仙女湖、毓秀山、玉山、龙虎山、钤山、大岗山等风景名胜的诗文就有 200 多篇在内。

另外，严嵩还留下了的不少书法作品存世，其在大体上可分为榜书、碑文、印文、卷轴共四大类：一是榜书，即"署书"、"擘窠书"，这类作品主要标题宫阙门额上，在北京最多，如原在西城区东大高殿外牌坊上的榜书"孔绥皇祚"、"太极先林"、"弘佑天民"、"先天民境"，西城区原景山大门上的"北上门"榜书，原在司法部地方法院楼上的"万邦总宪"榜书，宣武门菜市口的"西鹤年堂"榜书和门联"用收赤箭青芝品，制式灵枢玉版篇"，前门外铁柱宫许真人庙里的"忠孝"、"净明"榜书，以及前门外粮食店的"六必居"、崇文门的"至公堂"，原翰林院署大堂上的"翰林院署"等榜书，此外，天津蓟州区的"独乐寺"，山海关的"天下第一关"，山东曲阜的"圣府"等也俱出自严嵩之手。二是碑文，如现存于湖南永州柳宗元纪念馆的"寻愚溪谒柳子庙"一文，杭州西子湖畔岳飞墓旁的"满江红"词一首，便分别是严嵩在任国史编修和礼部左侍郎时的作品。三是印文，一为木印正书"严嵩"，一为篆文阴刻汉白玉"严嵩私印"。四是卷轴，严嵩生前此类作品最多，然而能保存下来的也最少，现今保存下来的"千字文"，尤属珍品，严嵩自己对此作也颇为满意。在严嵩的"榜书"作品中，"六必居"最具代表性，这块匾的书体，方严浑阔，笔力雄奇博大，字体丰伟而不板滞，笔势强健而不笨拙，其历史和书法艺术价值极高，是榜书作品中不可多得的珍品。

谭纶是宜黄县谭坊乡人。他既是明朝杰出的军事家、抗倭名将，平生著有军事著作《说物寓武》二十篇遗世，同时，他也是中国戏剧史上著名的戏曲家。

嘉靖二十九年，公元 1551 年，谭纶受命任台州知府，以防御侵扰沿海的倭寇。谭纶在当地招募乡勇千人，练兵御倭。嘉靖三十六年，他带兵大挫倭寇，次年，又亲率死士大战，三战三捷，击退了数万袭扰台州的倭寇，使得军威大振。嘉靖 42 年，改任福建巡抚，剿灭了福建倭寇，收复了兴化。隆庆 2 年，出任蓟辽总督，负责京畿防务。自居庸关到山海关，修建防御台三千座，加强了东北的防务。明神宗即位后，被起用为兵部尚书，累官加太子少保。

谭纶的一生对戏曲喜爱有加，不仅会唱、会听、会看，他还会谱曲并有创新。在他无数次的努力之下，有机地促成了海盐腔与弋阳腔两者之间的完美融合，形成一支崭新的、重要的戏剧力量"宜黄腔"。由于谭纶酷爱戏曲，尤其喜欢流行于南方的海盐腔，于是，他在军中设戏班，随军征战、演出。他在任浙江台州知府丁忧回籍时，就从浙江带了海盐腔的戏班回家，命戏班的艺人将其艺传授给本地的艺人，他还亲临排演现场。并将弋阳腔融入其中，形成了"宜黄腔"。于是，"宜黄腔"自此落户赣东，后来发展到有专业剧团 30 多个，成为了一支重要的戏剧力量，活跃在鄱阳湖流域，为鄱阳湖流域的戏剧文化增添了新的活力。

梁寅是新余下村镇人。元末时，他累举不第，后征召为集庆路的儒学训导，仅二年时间便告辞归家。元末兵起，遂隐居教授生徒。明太祖朱元璋征天下名儒修述礼乐，他被征召进了"礼局"，其时，他的年纪已经六十有余了。在"礼局"的工作过程中，梁寅每事必讨论精审，局中诸儒皆为推服。待书成之后，皇帝赐他官职，他以老病辞，遂归里。

因为梁寅淹贯《五经》，晚年他结庐在石门山开馆讲学，因而四方士子多来从其学，人们称其为"梁五经"，又称石门先生。他一生著有《石门词》传世，是大明初期的著名学者。

陈邦瞻是高安荷岭上寨村人。明万历二十六年的进士，史学家。历任南京大理寺评事、兵部右侍郎、总督两广军务兼巡抚广东、兵部左侍郎兼户工两部侍郎等职，明朝的重臣。天启三年，公元1623年卒于任上，诏赠兵部尚书。

陈邦瞻"平生无他嗜好，而独好书"，"尤精于史学和诗词"。他的代表作品有《宋史纪事本末》《元史纪事本末》和《莲华房集》，这些代表作品均属我国史学界分量很重的必读作品之一。陈氏在诗文领域的影响亦大，史评其诗文"敦厚有气，得唐体文章根本"，颇受人们喜爱。他的《登高按大观》五言诗句"人烟双市合，春树万家深"成为千古绝唱，广为传吟。他于明万历十四年游览家乡五里谌村水口塔时曾赋诗一首，诗云："古塔林梢外，良辰选胜来。石门容月入，金顶勒风迥。秋老物华淡，天空眼界开。凭高无限意，搔首一徘徊"。诗的字里行间既表现了作者深厚的文字功底，又流露出了诗人对家乡名胜古迹深深的爱恋之情。

张自烈是宜春北厢上水关人，明末清初的著名学者、藏书家。崇祯末为南京国子监生，博物洽闻。明亡，闭门著述。张自烈的著述颇丰，尤以《正字通》影响最著，今宜春市区秀江中路西段，曾经名为岂山路，即是以张自烈的字号来命名的。

早年，张自烈的家境并不殷实，无力自行购书，因此，他经常外出借书来看，并用蝇头小楷手抄成册，装订成书。崇祯三年，公元1630年，他竭尽家中所有资财，访购古今理学、经、史等书籍，不数年，购得古今人著作三十万卷，崇祯七年将其藏书全部运回袁州，放置于郡学，以供学子共享。明亡后，闭门著述。晚年隐居九江庐山，累征不出，主讲白鹿洞书院，卒后葬于白鹿洞山外郑家冲上，有碑"故处士张岂山墓"，今仍存。他编纂的字典《正字通》，是以形体结构为系的字书，共收录33440字。清代张玉书、杨廷敬等人奉敕编纂的《康熙字典》，就是在他的《正字通》、梅膺祚的《字汇》基础上编纂而成，著有《四书大全辨》《诸家辨》《古今文辨》《芑山文集》《诗集》等40余种行世。

由此，我们不难从以上这些士子的身上反映出明代的袁州，在文学艺术的领域同样取得了骄人的成绩。无论是宋应星的《思怜诗》《美利笺》，还是梁五经的《石门词》、严嵩的《钤山堂集》《钤山诗选》等文学专著，以及谭纶的《说物寓武》军事著作，在文化历史的进程中，都站在了它们应该站在的历史位置上，尤其是以张自烈的《正字通》影响为最大，给后世的文字研究和推广工作打下了坚实的基础，更是为明代鄱阳湖地域文学的丰富和发展作出了积极的贡献，书写了自己光辉灿烂的一页。

走过袁州，一路逶迤而来，便进入了浙赣交界的怀玉山下，行走在了明代的广信府上。广信府是我国历史上在元末至清末时期的行政区划名，当时的治所在今天的江西省上饶市信州区。元顺帝至正二十年，公元 1360 年，朱元璋部将胡大海攻取信州路，改路为府，遂称广信府，管辖上饶、玉山、弋阳、贵溪、永丰五县，隶江浙行省。明太祖洪武四年，公元 1371，因广信府隶浙漕运不便，改隶江西行省。辖境大致为今天的信江流域各县。至清末时，广信府辖上饶、玉山、弋阳、贵溪、铅山、广丰、兴安（横峰）7 县。中华民国 2 年，公元 1912，广信府被废。

在浩渺烟波的鄱阳湖东部深处的这块红土地上，有一个以理学家夏言、胡居仁、娄谅、何震、夏原吉、费宏、桂萼、娄素珍以及通俗小说家和民间文学家邓志谟等人为代表的文学艺术家阵营，他们在那一时期里所取得的文学艺术成就是有目共睹的，是应该被后人所记住的。

夏言是江西省贵溪县人。明代著名的政治家、文学家。

他在正德十二年，公元 1517 年登进士第，初授行人，后任兵科给事中，平生以正直敢言而自负。在明世宗继位后，夏言因上疏陈情武宗一朝的弊政，从而受到世宗的赏识。一次性裁汰亲军及京师卫队冗员共约 3200 余人，出按皇族庄田，将其全部夺还民产。他豪迈强直，纵横辩博，因议礼而受宠，升至礼部尚书兼武英殿大学士入参机务，累加少师、特进光禄大夫、上柱国，其后被擢为首辅。

夏言不仅所作诗文宏整，而且还以词曲擅名，一生著有《桂洲集》十八卷及《南宫奏稿》传世。他的部分创作能揭露社会矛盾，一些写景抒情之作技巧也比较纯熟。譬如《安乡道中观妇人插田》中写道："南村北村竞栽禾，新妇小姑兼阿婆。青裙束腰白裹首，手掷新秧如掷梭。打鼓不停歌不息，似比男儿更普力。自古男耕和女织，怜尔一身勤两役。吁嗟乎！长安多少闺中人，十指不动金满身。"

夏言以才俊为首辅，天下都看重其书法。他的书法贞珉法锦，视若拱璧。他的榜署书尤为可观，世人皆推崇外，其正、行二书也很遒美，为后世所赞。

胡居仁是余干县梅港乡人，明朝著名的理学家，是曾经执掌过白鹿洞书院的山长。他幼时聪敏异常，时人谓之"神童"。稍长，胡居仁从安仁的干淮游先生学习《春秋》，日千言。他兴趣广泛，博览群书，左传公羊、诸子百家、楚辞汉赋、唐诗宋词等，无不涉猎。及壮，师事崇仁硕儒吴与弼，醇正笃实，饱读儒家经典，尤致力于程朱理学，过于其师。认为"气之有形体者为实，无形体者为虚。若理则无不实也"。其穷理方法不止一端："读书得之虽多，讲论得之尤速，思虑得之最深，行事得之最实。"常与友人陈献章、娄谅、谢复、郑侃等人交游，吟诗作赋。人谓之崇仁学派，名闻当时，影响后世。

他决意仕进，筑室山中，学者日众。寻主白鹿书院，后以布衣终身。明宪宗的成化十六年，也就是公元的1480年，胡居仁再次担任了白鹿洞书院洞主一职。在这一任期内，胡先生重新修订了白鹿洞书院的学规，即广为人知的《续白鹿洞书院学规》。统共有六条：一、正趋向以立其志；二、主诚敬以存其心；三、博穷事理，以尽致知之方；四、审察几微，以为应事之要；五、克治力行，以尽成己之道；六、推己及物，以广成物之功。

胡居仁淡泊自处，他远离官场，自甘寂寞。讲学之余，笔耕不辍，勤于著述，著有《胡文敬公集》《易象抄》《易通解》《敬斋集》《居业录》及《居业录续编》等书行世。

费宏是铅山县福惠乡烈桥村人，明朝时期的名臣，内阁首辅。他自幼聪慧好学，十三岁童子试时为文元，十六岁乡试即中解元，二十岁殿试第一名，高中状元，初授翰林修撰。明武宗时入阁，累官为太子太保、武英殿大学士。明世宗时两次入阁担任首辅，累官加至少师兼太子太师、吏部尚书、谨身殿大学士。

费宏少年即聪慧，有济世之练达才干。虽然仕途曲折，但始终以高风亮节，与杨廷和、杨一清等人一起辅治天下，深受君主倚重，为百姓称赞。

费宏前后历经三朝，曾经两次致仕，三次入阁，辅佐两朝长达十年，为官三十余年。他虽然屡遭谗言，或被贬谪，或被起用，但始终是勤恳不贰。两次主持礼部考试，一次应天乡试，四次为廷试读卷官，门生半天下，虽位至首辅，富贵已极，却一直崇尚节俭，食不兼味。他在居家时，开挖惠济渠，建筑新成坝，讲学含珠山，造福桑梓。除此之外，他还工诗善文，著有《鹅湖摘稿》二十卷，以及《湖东集》《宸章集录》《遗德录》《惭愕录》等若干卷遗世。另有徐阶、刘同升共同编纂的《费文宪集选要》7 卷，存于《四库全书》之中。

桂萼是饶州府安仁县，也就是今天的江西省余江县锦江镇人，明朝中期的内阁首辅，地理学家。

他在正德六年，公元 1511 年中辛未科进士。后历任丹徒、武康、成安等县的知县、南京刑部福建司主事，凭借大议礼进入朝局，累迁翰林院学士、詹事府兼学士、礼部侍郎，官拜礼部尚书、吏部尚书、太子少保兼武英殿大学士，升迁之快，史不多见，在所经的各任都能端正风俗，净化风气。他的主要成就是在地理学上的成果，他一生精研地理山川形胜，将大好河山全都装在了他的胸中，另外，他还创立了"一条鞭法"，均平赋役，厉行改革，屡忤官吏，抑制豪强，政绩颇著。

"一条鞭法"是明代嘉靖时期由桂雩在嘉靖 10 年提出，之后张居正于万历 9 年，公元 1581 年确立并推广到全国的赋税及徭役制度。该法规定，把各州县的田赋、徭役以及其他杂征设为一条，合并征收银两，按亩折算缴纳。这样就大大简化了税制，方便征收税款。同时使地方官员难于作弊，进而增加了财政收入。

"一条鞭法"其实是上承唐代的两税法，下启清代的摊丁入亩的一种税制，是中国历史上具有深远历史影响的一次社会变革。既是明代社会矛盾激化的被动之举，也是中国古代商品经济发展到一定程度时，历史的主动选择。

嘉靖九年十二月，桂萼告老还乡，不久病死家中，一生著有《历代地理指掌》《明舆地指掌图》《桂文襄公奏议》等遗世。

邓志谟是余江县邓埠镇竹溪邓家人，我国明代时期重要的通俗小说家和民间文学家。他"幼称顺敏"，尝游卧闽，为余氏塾师。余象斗为闽中大书贾，故志谟所作，多为余氏刊行。余象斗创建的双峰堂、三台馆、文台馆在当时的建安书坊中规模最大、影响最著，其所刊书籍品种众多，经史子集、稗官野史、小说、医书、韵书等各色书籍无一不备。志谟的著作，体裁多诞怪，尝作"争奇七种"：《山水争奇》《风月争奇》《梅雪争奇》《花鸟争奇》《童婉争奇》《蔬果争奇》《茶酒争奇》，其体裁均为前所未见。又好作通俗小说，今三知者有《许旌阳得道擒蛟铁树记》2 卷 15 回，《唐代吕纯阳得道飞剑记》2 卷 13 回，《五代萨真人得道呪枣记》2 卷 14 回，其中《铁树记》经冯梦龙改写，入《警世通言》卷 40 名《旌阳宫铁树镇妖》。同时，邓志谟亦工曲，体制亦新异。所著《五局》传奇：一用骨牌名，名曰《八珠环记》；一用曲牌名，名曰《玉连环记》；一用鸟名，名曰《乱头鞋记》；一用药名，名曰《玛瑙簪记》；一用花名，名曰《并头花记》；此《五局》均载于《曲海总目通要》并传于世。

由此可见，邓志谟的作品大都反映了当时的社会现实，内容丰富，情节曲折，形式活泼，语言生动，是读者喜爱的作品。

除了在以上的小说方面，他的杂记如《古事苑》捃摭古事，凡 60 篇，12 卷；《一握坤舆》13 卷，介绍天下路程；《新刻洒洒篇》6 卷，是民间笑话集。《精选故事黄眉》10 卷、《重刻增补故事白眉》12 卷、《丽藻》《古事镜》则不啻于是四部写作借鉴的词典。《一札三奇》分仕进、婚姻、时节、酬谢、吊唁等数十类，详述各种札启之写法，实为一部应用文体大全；《韵丰情书》乃一部时人的书信选集，《得愚集》《续得愚集》收录自己的信札。他的这些作品面貌独特，虽为编辑之作，也须编著者富于学识才艺，灵动的技巧才行。

何震是婺源县东田源何氏族人。他毕生深究古籍，精研六书，孜孜于书篆治印。力主以门书为准则，摒弃当时金石界出现的庸俗怪异和杜撰擅改的陋习，与文彭先生并力独树一帜，矫正时弊，实现书法与刀法的统一。他的篆刻作品淳朴清新，遒劲苍润，素以流利、飘逸、典雅、古朴而闻名。所仿汉满白文，刀法猛辣挺拔，苍浑厚劲，疏密均匀。时人誉称"近代名手，海内第一"。

何震是我国明代中期有很高成就的篆刻家。文彭在南京时与他的交谊密切，情同师友，两人都主张篆刻应依六书为准则，何震曾说："六书不精义入神，而能驱刀如笔，吾不信也"。文、何鉴于明初篆刻极为芜杂，力图变革篆刻流风，正赶上文彭发现灯光石，可以作印章材料，质材晶莹，便于镌刻得势，自石章问世，篆刻开始盛行。

尽管何震初期的篆刻受文彭影响颇深，但他并不满足于此。他遍游边塞，结交了不少将官，从大将军到士兵，都已得到一方他的印石为荣。由于当时搜集收藏秦汉玺印的行为成了风尚，因此，有关玺印雕刻的参考资料也就越见丰富了，因而使得何振在取法上就更加广泛。他从边塞回南京后，名震东南，死后一方印与金同价，足见他的影响之大。

当时的书画篆刻家李流芳这样评价何震的篆刻作品，"各体无所不备，而各有所本复能标韵于刀笔之外，称卓然矣"。何震的篆刻成就，在于创新，能"法古而不泥古"，一变当时的篆刻风气，异军突起，称雄印坛，影响深远。他所创立的单刀款识，错落雄健，自成风格。著有《学古篇》《印选》等著作传世。另外，歙县程原一生征集到何震的篆刻作品有 5000 余主，由其子程朴精选出 1000 余方，摹刻成《雪渔印谱》4 卷传世，另还著有《续学古编》2 卷共存。

娄谅是广信府的上饶人，明朝大儒著名理学家。

他少年时就有志于成圣的学问，曾经求教于四方。最后不屑一顾地道："大家所说的举子学，并非身心的学问。"听说吴与弼在临川讲学，于是就到他那里去学习。其学以收放心为居敬之门，以何思何虑、勿忘勿助为居敬要旨。然其时，胡居仁颇讥其近陆九渊，后罗钦顺亦谓其似禅学云。王阳明曾向他求教，并得到"圣人可学而致之"的启迪。吴康斋（与弼）的门人弟子中，最被人称道的就是陈献章、胡居仁、与娄谅三人。

娄妃的原名叫作娄素珍，她是娄谅的孙女，明朝的诗人、书法家。系明太祖朱元璋第十六子朱权五世孙宁王朱宸濠的嫡配妻子。

娄妃自幼深受祖父的影响，从小琴棋书画样样皆精，色美而工词章。初嫁宁王，新婚宴尔，夫妻恩爱，是故，其早期作品多描写的是夫妻甜蜜的婚后生活，存世的代表作有七言绝句《春游》，主要描绘了一次与宁王并马出游，赏花论诗的浪漫场景，充满闲情逸致。

曾经有一次，她的丈夫特意派人前往苏州，把素有"江南四大才子"之称的唐伯虎请来南昌做她的老师。因而娄妃在唐伯虎的亲自指导下，在诗书画上的艺术造诣进入到了很高的境界，引得江南文人学士，也因倾慕娄妃的才艺而纷纷聚集到宁王府上，一时之间，南昌的百花洲畔，文才荟萃，抚琴作画，对弈吟诗，一派文风兴盛之势。

但娄妃后期的作品大多是劝诫丈夫宁王享受当下，莫要做谋逆之事。她在这方面存世的代表作品有《题采樵图》："妇唤夫兮夫转听，采樵须是担头轻。昨宵雨过苍苔滑，莫向苍苔险处行"传世。

就在公元 1519 年，宁王谋逆的前一天夜晚，娄门写下了一首七言绝句《送别》："金鸡未报五更晓，宝马先嘶十里风。欲借三杯壮行色，酒家犹在梦魂中"来规劝丈夫回头是岸，不要行谋逆之举。几个月后，宁王谋逆失败被王阳明所逮，娄妃临死前写下绝笔诗《西江绝笔》："画虎屠龙叹旧图，血书才了凤眼枯。迄今十丈鄱湖水，流尽当年泪点无"。

娄妃多才多艺。在清代朱栾的《江城旧事》中记载，娄妃曾以秀发作笔，写下"屏翰"两个大字。《诗经》有云："价人维藩，大师维垣。大邦维屏，大宗维翰"。故此，后人以"屏翰"二字来比喻国家的重臣，勉励当时的西江官员肩负起为国为民的重担。如今，这两块字碑仍留在江西省南昌市的杏花楼中。

由此一路述来，我们就很轻易地看到在明代的广信府，以胡居仁、娄谅、何震、邓志谟为代表的文学艺术界取得了极为丰硕的成果，除了胡居仁、娄谅在理学上所取得的成就之外，特别值得一提的是邓志谟的通俗小说和民俗文学创作开启了中国文学的新纪元。

游遍了怀玉山下的广信府，我们一路踽踽行走在赣东南的红壤丹岩之间，穿透浓郁蔽天的原始森林，顺着乐安河上流水的欢快脚步，走过泥泞的东乡，跋涉进贤的山水走进了古镇李渡，打开千年的窖井，把随身携带的酒葫芦灌满了醇香的高粱酒，熏熏然便来到了洪州城头，豫章城下，漫步在了赣江岸边，站在高高的滕王阁上，眺望西山、极目南浦、畅享湖天，聆听来自彭蠡深处历史洪流滚过的涛声，却不意遇见了以魏良辅、胡俨、张位、邹守益、邓子龙、朱权、朱宸濠、邹守益、舒芬、杨廷麟、刘綎、章潢、邓以赞等人为代表的文学艺术阵营。

胡俨是南昌人，他是在洪武年间考中了举人。建文元年，公元 1399 年，胡俨被推荐任桐城知县。他主持开凿桐陂水，灌溉田地，使百姓获利。

朱棣即位后听人说胡俨懂得天文气候，就让钦天监去考考他。待考完之后，钦天监官员上奏说胡俨确实是通"象纬"之学。不久又因解缙的推荐，授予胡俨翰林检讨之职，与解缙等人一同在文渊阁当值，升为侍讲，再升为左庶子。胡俨的父亲去世后，他回家守丧，期满后又出来任职了。

永乐二年，公元 1404 年 9 月，胡俨被任为国子监祭酒，便不再参与机务。当时国子监用法严峻，国子生请事假回家的，也被判戍边。胡俨到任后，立即上奏废除了这条规定。

永乐七年，朱棣幸临北京时召胡俨同行。八年，公元 1410 年，朱棣率军北征，命胡俨以祭酒兼侍讲，掌管翰林院事务，辅佐皇太孙留守在北京。

永乐十九年，公元 1421 年，胡俨改任北京国子监祭酒。当时，国家大统一已经近五十年了，朱棣正内兴礼乐，外怀要荒之地，公卿大夫彬彬然多是文学之士。胡俨作为馆阁宿儒，朝廷大著多出自他之手，便在重修《太祖实录》《永乐大典》《天下图志》三部大书期间，他都担任总纂官，主持国学二十余年，以身率教，一行一动都有师法，堪为学界楷模。

洪熙元年，公元 1425 年，胡俨以病由请求退休，明仁宗朱高炽赐给敕书，奖励慰劳他，进升他为太子宾客，仍兼祭酒。退休后，朝廷免除他子孙的赋税徭役。明宣宗朱瞻基即位后，以礼部侍郎之衔召胡俨，胡俨推辞未就而退隐归家。

胡俨在家二十年，方岳重臣都以师礼对待他。胡俨与他们交谈，从不曾说到他个人的事，自处淡泊，岁时的衣食才刚够需要，并不宽裕。当初他任湖广考官时，看到杨溥的文章，非常惊异，在其上题写道："此文作者必能为董子之正言，而不为公孙之阿曲"，世人都认为他知人善任。正统八年，公元 1443 年 8 月，胡俨去世，终年八十三岁。

魏良弼是明代的理学家、教育家，新建县人。他在嘉靖二年中进士，初授浙江松阳知县，后历官刑科给事中、礼科都给事中、太常少卿。因直谏，言辞激越，屡遭廷杖。他曾经受学于王守仁，与钱德洪、陈九川、刘邦采、罗洪先、邹守益等往复论学，联集讲会，阐扬王学。隆庆初，进太常寺少卿，致仕归家。居家在丹陵书院讲学达四十二年之久，深得乡人尊重。毕生著有《水洲文集》1 部，后人撰有《魏水洲先生行略》1 部遗世。他与其弟魏良政、魏良器一起都是"江右王门"的重要学者。

邓以赞也是南昌新建人，明代的理学家、教育名士。他生有异质，少好读书，是一位有志于学问的人。少时随父亲邓俨游，每次见到父亲与人谈论学问，他就"牵衣尾之"参与进来，时不时地发出惊人的高见，像个名儒的样子，后与张元忭从王畿游，传良知之学。隆庆五年，公元 1571 年会试第一，高中进士，初选庶吉士，授编修。历官右中允、国子监司业、南京国子监祭酒，至吏部侍郎。万历年间，张居正主持朝政，邓以赞时有匡正之言相对说"居正弗善也"。

邓以赞登第 20 余年，在官仅满一考，也就是只做了 6 年的官。后退居西山，在罗溪书院讲学达三十年之久，私淑王守仁弟子。

邓以赞幼时受到较好的家庭教育，从小就接触到理学上一些深奥的问题。一次他父亲和姑父谈论到为学之道，他姑父说："如今世上没有个怕人的人"，邓以赞肃容拱之，姑父问他："我此言可听吗?"邓以赞当即对答："至哉言也。"

怕人，不仅仅是畏祸更是足以尽学问之道，怕人即是谨独，曾子曾说：十目所视、十手所指也就是这个意思。以赞为王守仁之后学，"澄神内照，洞彻性灵"，对阳明先生的学说多有发明。他说"学问须求自得，天不做他，地不做他，圣人也不做他"，这所言真是骇世之听。

邓以赞毕生著有《定宇先生文集》《定宇制义》2 部、《文洁集》4 卷等著作遗世。

章潢是南昌人，明代的易学家。先生幼而颖悟，张本山出"趋庭孔鲤曾从诗礼之传"句，即对"大学会参独得明新之旨"。十三岁见乡人负债缧绁者，恻然为之代债。

他自幼好学，与万思默同举业，已而同问学，有问先生近日谈经不似前日之烦者，先生曰：昔读书如以物磨镜，磨久而镜得，明今读书如以镜照物，镜明而物自见。在父亲去世后，他建"洗堂"于东湖之滨聚徒讲学，尚主白鹿洞书院讲席，立《为学次第》示学者，参与江西的诸多讲会之活动，甲午庐陵会讲，为其时南昌一带"王门学派"的领军人物之一。

他与意大利人利玛窦结交，并请利氏登白鹿洞书院宣讲西学，以荐授顺天训导。著有《图书编》，并助范涞总撰《南昌府志》叙澹台祠书院事，与吴与弼、邓元锡、刘元卿并称江右四君子。明朝万历乙巳年，公元 1605 年以荐授顺天府学训导，其时年已七十九岁，不能赴官，八十二岁那年病逝于家中。他的易学著作有《周易象义》10 卷、《图书编》127 卷存世。

张位也是新建县人。明代的大臣、学者、诗人。他一生贯通经史，工诗善文。隆庆二年，公元 1568 进士，后改庶吉士，初授翰林院编修。公元 1573 年，张位因与首辅张居正意见不和，被贬为徐州同知。张居正死后第二年，升为南京尚宝丞。不久，又进为国子监祭酒，后因病辞归。万历十九年，公元 1591 年以首辅申时行荐，与赵志皋一起特简入阁办事，授吏部左侍郎兼东阁大学士，翌年

4 月正式入阁，后进礼部尚书，改任文渊阁大学士。

由于他在任内排挤吏部，力图恢复内阁权力。其时，属国朝鲜发生壬辰倭乱，明朝发兵救援，张位主张设官于朝鲜八道，屯田驻扎，由于此举有吞并朝鲜之嫌，未被采纳。石星主持之对日和议失败后，张位推荐杨镐经理朝鲜战局。因甘肃将领达云等击破西海蒙古永谢布部，张位等皆被叙功，于万历二十三年，公元 1595 年加封太子太保，后又叙延绥镇击退蒙古鄂尔多斯济农卜失兔之功，于万历二十五年，公元 1597 年进少保、吏部尚书、武英殿大学士。

万历二十六年，张位因擅权被朝臣弹劾，神宗给他以停职闲居处分。不久又现妖书《忧危竑议》案，御史赵之翰检举他是主谋，神宗遂下诏革职为民，亲友也受株连。直到熹宗天启年间，他在死后才恢复官衔，赠太保。

张位被革职后，隐居南昌市南湖中的湖心亭，取名杏花村，也就是今天的杏花楼，筑闲云馆，藏书万卷，与汤显祖、刘应秋等人常在此以文会友。又在南昌市郊西山北麓桃花岭上建石屋、亭台，并与门徒曹学佺、寺僧半岩等同游西山，吟诗自娱。他一生著有《闲云馆集钞》《丛桂山房汇稿》《词林典故》等著作存世。

邹守益是安福县北乡澈源，也就是今天的江西省安福县连村乡新背老屋里村人。明代著名的理学家、教育家。北乡澈源邹氏，在当时是江南极负盛名的高门望族，四代人中有七名进士，一名解元，五名举人，一名贡元。其中，邹守益是最为名重的一个人。

他少年时便博览群书，以理学气节自命。17 岁时，中江西乡试。正德六年，公元 1511 年参加会试。会试时，著名的哲学家、教育家、王守仁为主考官，他见邹守益的考卷非凡，便将他拔为第一，叫作会元，参加廷试时又名列进士第三，称作探花，初被授为翰林院编修，任职仅一年后便辞职回乡，专心研究程朱理学。但他对二程、朱熹的“格物致知”学说久思不得其解。于是，在正德十三年，公元 1518 年王守仁出任赣州地方官，邹守益即前往谒见，在两人反复辩论“良知”之学后，邹守益对王守仁的“知行合一”和“知行并进”学说以及用反求内心的修养方法，以达到“万物一体”的境界，心领神会，极表赞同，使过去存在的疑虑一扫而空。他恍然大悟地说：“道在是矣!”于是拜王守仁为师，潜心钻研阳明心学。邹守益从此成为王守仁的高足弟子与良友，并开始在赣州讲学。

他一生之中，尤其重视教育并崇尚"简易明白、朴实无华、直指本心"的教学方式。

他曾经说，教育是一个人后天赖以长进的最根本的途径．守益教人，把王守仁的"致良知"学说作为道德教育的根本，并对"致良知"作了充分地发挥。邹守益的著作有《东廓文集》《诗集》《学豚遗集》等。今有《东廓邹先生遗稿》传世。

魏良辅亦是南昌新建县人，嘉靖五年，公元 1526 年进士，历官工部、户部主事、刑部员外郎、广西按察司副使。嘉靖三十一年，公元 1552 年擢山东左布政使，三年后致仕，流寓于江苏太仓。为嘉靖年间杰出的戏曲音乐家、戏曲革新家，对昆山腔的艺术发展有突出贡献，被后人奉为"昆曲（南曲）之祖"、在曲艺界更有"曲圣"之称。

魏良辅自幼喜欢和熟悉音律，初习北曲，因不及北人王友山，乃钻研南曲。他的家乡盛行弋阳腔，而他却厌鄙弋阳，为改变所处的艺术环境，于嘉靖年，公元 1522 年至 1565 年间，来到了当时南戏北曲十分活跃的太仓地区，在太仓的南码头那里居住。

在当地驻军中，有很多人通晓音律，魏良辅常与他们切磋技艺和商讨乐理。这时，他结识了驻地的一位南曲专家、太仓卫百户过云适先生，便经常向他请教，每次度曲时都要等到自己认为满意了方肯罢休。他还请教从安徽寿州发配来太仓的善于弦索及北曲的戏剧家张野塘先生。当时张先生正在军中服役，对魏的求教欣然应允，于是，两人结为挚友。后来，魏良辅还将自己的女儿许配给了张野塘。

以后，魏良辅在过云适、张野塘等人的帮助下，广泛吸收了当时流行的海盐腔、余姚腔以及江南民歌小调的某些特点，对流传于太仓昆山一带的戏曲唱腔进行了加工整理，并尝试将南北曲调融合为一体，起到既可使南曲"收音纯细"，又可命名北曲"转无北气"，从而改变了以往那种平直无意韵的呆板唱腔，形成了一种格调新颖、唱法细腻、舒徐委婉的"水磨腔"，学名叫作"昆腔"。它以清唱的形式出现，终于使昆腔在无大锣大鼓烘托的气氛下能够清丽悠远，旋律更加优美。

同时，魏良辅对伴奏乐器也进行了改革。原来南曲伴奏以箫、管为主要乐器，为了使昆腔的演唱更富有感染力，他将笛、管、笙、琴、琵琶、弦子等乐器集合于一堂，用来伴奏昆腔的演唱，获得成功。魏良辅从此名声大振，被誉为"国工"、"曲圣"，乃至昆腔"鼻祖"的称号。

他一生只著有论述昆腔唱法及南北曲流派的重要著作《曲律》，也叫作《南词引正》的专业文献一部流传后世。

舒芬是明代的进贤人，今天的南昌县塘南乡梓溪村人，著名的经学家。正德十二年，公元1517年的廷试状元。

他自幼聪慧，七岁能诗，十二岁便作《驯雁赋》，被南昌知府荐为博学弟子。登第后，出任翰林院修撰。舒芬为官清正，敢言直谏，正德年间，公元1506至1521年间，因谏阻武宗常以打猎巡游，寻欢作乐，荒废朝政，被贬谪为福建市舶副提举。嘉靖间，又因哭谏世宗而入狱，并夺俸三个月。不久，其母亲病故，扶柩南归。他因虑国忧民，积郁成疾，于嘉靖十年含恨悲愤而逝，世人称之为"忠孝状元"。同年，进贤士民于县城坛石山建文节祠，纪念其文华节气。

至今，在南昌民间还流传着"舒芬与进贤门"这样的一个故事。

在明代，南昌府的南城门先前是叫作抚州门的，可后来又为何改称为进贤门呢？

先前，进贤有个才子名叫舒芬，他赴京殿试考中了头名状元。当舒芬衣锦荣归来到南昌城时，江西的巡抚亲自到章江门迎接并设宴款待他，赠给他一匹枣红马，让他骑马逛街，在南昌城内游览三天。一次，巡抚在宴席上问舒芬："状元公何日返故里省亲？"舒芬答道："南昌城池坚固，建有七座城门。我不知何处是回故乡之路？"一侍郎忙答："抚州门直通进贤县。"舒芬笑着说："那是抚州人的呀。"巡抚理解了舒芬的意思，第二天就着人把"抚州门"改为了"进贤门"。舒芬骑着枣红马，回故乡省亲。在巡抚大人的护送下，走到抚州门，看到城楼上写着"进贤门"三个大字，赫然醒目，忙翻身下马，向巡抚大人一拜，表示感激之情。其实这位巡抚大人，也并非以一县之称来命省城一门之名，而是表示其内心有着"思贤若渴"之意。

舒芬气度不凡，体貌修养，恃其意气而不肯屈于人下，严正不徇情。闲居时整天没有厌倦的样子，晚上就反思过失自责，把倡导和阐明成就独道的学说作为自己的责任。他的一生著述甚多，主要有《舒文节公全集》1 部，全书分内集 8 卷，外集 10 卷。另将文天祥、谢枋得的诗文、传记等编辑为《成仁遗稿》传世。

邓子龙是丰城落星桥茂溪邓村，也就是今天的江西丰城市杜市镇人，明朝名将、杰出的抗倭将领、军事家、民族英雄。

邓子龙先是在福建、广东沿海抗倭，由小校升至把总。后又参与镇压江西、广东等地的农民起义军。万历年间，平定了金道侣起义和五开卫兵变。万历十一年，公元 1585 年在攀枝花痛击缅甸军队，后升任副总兵，但因偏袒军卒导致军卒叛变而被夺职。万历二十六年，公元 1598 年参加万历朝鲜战争，在露梁海战中战死。

邓子龙善书法、好吟咏，著有《风水说》《阵法直指》和《横戈集》等，他还自题"月斜诗梦瘦，风散墨花香"在书房匾额上，足见文武双全。

朱权是南直隶应天府上元县，也就是今天的江苏省南京市人，明太祖朱元璋的第十七子，于洪武二十四年，公元 1391 年封宁王，封地在今内蒙古多伦一带。建文元年 10 月被朱棣挟持参与"靖难"。永乐元年，公元 1403 年改封南昌。

朱权是名道教学者，修养极高。他在被改封南昌后，深感前途无望，即韬光养晦，托志冲举，多与文人学士往来，寄情于戏曲、游娱、著述、释道，结交道家第 43 代天师张宇初并拜其为师，研习道典，弘扬道教义理。然后，在南昌郊外构筑精庐，曾于西山缑岭创建道观与陵墓，成祖朱棣赐额"南极长生宫"。

朱权善古琴，其所制作的"中和琴"号称为"飞瀑连珠"，是历史上有所记载的旷世宝琴，也被称为明代第一琴。明代有"四王琴"之说，按其顺序和年代的排列为：宁、衡、益、潞。除了善琴外，他还耽乐清虚，悉心茶道，将饮茶经验和体会写成了一部《茶谱》，对中国茶文化的贡献颇大。

朱权一身多才多艺，自经子、九流、星历、医卜、黄老诸术皆具，且戏曲、历史方面的著述甚丰，他创作有《汉唐秘史》等书数十种，堪称是一位戏曲理论家和剧作家。其所作的杂剧已知的有十二种之多，现存《冲漠子独步大罗天》《卓文君私奔相如》两种，戏曲论著除《太和正音谱》外，还撰有《务头集韵》《琼林雅韵》等著作，编有古代琴曲集《神奇秘谱》和北曲谱，收琴曲 63 首。《太和正音谱》是中国现存最早的杂剧曲谱，也是中国戏曲史上重要的理论著作。

杨廷麟是临江府的清江县人。他五岁时随父在外攻读经书，天启三年，公元

1621 年被选为恩贡，崇祯三年举南京国字监乡试，翌年辛未科考取进士，改任庶吉士，授翰林编修。

崇祯帝自继位以来，内有农民起义，外有清兵扰乱，朝廷内外，危机四起，一片混乱。崇祯十一年，公元 1638 年冬，清兵入塞，京师戒严，杨廷麟上疏弹劾兵部尚书杨嗣昌，疏中尖锐地指出："陛下有挞伐之志，大臣无御侮之才，谋之不盛，以国为戏。嗣昌及蓟辽总督吴阿衡内外扶同，朋谋误国，与高起潜，方一藻倡和欺议，武备顿忘，以至于此。"并建议由督师卢象升"集诸路援师，乘机赴敌"，强调"此今日急务也。"杨嗣昌意主和议，诡荐杨廷麟懂得兵事，企图把他派到前线去送死，思宗朱由检还以为杨嗣昌宽宏大量，举贤不避仇，便改任杨廷麟为兵部职方主事，在卢象升军中赞画机务。卢象升得知大喜，即派杨廷麟前往真定转饷济师。不久，卢象升战死贾庄，杨廷麟因奉使在外，幸免于难，当九死一生的杨廷麟上疏报告军中曲折时，杨嗣昌责其欺君罔上，贬秩调外，旋即好友黄道周被诬下狱，杨廷麟受到诛连，遂归于乡里聚徒讲学。

崇祯十六年，公元 1643 年秋，朝廷复授杨廷麟兵部职方主事，尚未赴任，李自成便攻陷京都后，杨廷麟恸哭一场，遂于江西募兵勤王。崇祯十七年，公元 1644 年 5 月，清兵入主北京。翌年攻下南京，不久，又攻下南昌，袁州、临江、吉安等俱投诚，再又夺取建昌，全境惟赣州孤悬上游，岌岌独存。就在这时，杨廷麟离家来到赣州，与好友詹瀚、刘同升及赣州巡抚李永茂，共举义旗，建立忠诚社，择盟招集四方忠诚勇士起兵抗清。同年六月，唐王朱聿键即帝位于福州，加杨廷麟为吏部右侍郎，刘同升为国子祭酒。是时，鄱阳湖流域成为抗清斗争的主要战场之一，杨廷麟也历史地成为这一战场的主要指挥者。粤东等地的明军旧部纷纷前来听用，一些乡绅大族也率家备粮入社，不久，杨廷麟等人又传檄征召虔州、吉州、临江各州的明军散兵残部，组织了一支数万人的抗清队伍，并迅速地与清军展开了阵地战，收复失地。在激烈的战斗中，杨廷麟亲督诸路将士下驻灶口，收万安、取泰和，冲锋在前，当年九月便收复了吉安全郡，又攻取了临江，杨廷麟因战功卓著，唐王晋升他为兵部尚书兼东阁学士，赐剑，便宜从事。10 月，清军攻吉安，副将徐必达战败，赴水死。杨廷麟率军退屯峡江。

顺治三年，公元 1646 年正月，杨廷麟赴赣州，与万元吉会合，招募峒蛮张安等四营，得军四万人，张安骁勇善战，赐名龙武新军。随即，御史陈荩也带领三千滇兵前来，并表示誓死报国。为了加强粤、滇等队伍的团结，协同作战，提高战斗力，杨廷麟率领众军士宣誓，两军皆投戈大呼，抗清相救如左右手。同年四月，清兵直逼赣州城下。杨廷麟先派遣广西狼兵迎战，又前往于都赴新军张安驰援。不料战事节节失利。五月，江西巡抚刘远生督师来援，中途在梅林与清兵遭遇，力战不敌，张安的新军亦败于梅林。一时间各路援兵裹足不前。此时，杨廷麟义无反顾，与万元吉一道收集散兵，竭力抗守孤城。未几，援兵至，围城暂时缓解。十月，各路援军相继又被清兵击败，汀州也已失守，被围困达半年之久的赣州彻底成了一座孤城，内无粮草，外无救兵。杨廷麟亲自督战，久战不下，守城者皆懈，力不从心。十月四日，杨廷麟命卫士砍地藏剑印，从容投入清水圹，以身殉国。杨廷麟一生在从军期间著有《兼山集》10 卷、《杨忠节公遗集》8 卷流传于世。

刘綎是新建县人，明朝杰出的抗倭将领、军事家，有"晚明第一猛将"之称。

他在万历年间考中武状元，后随父一起讨伐九丝蛮。凭借其军功，出任南京小教场坐营，迎娶兵部尚书张鳌之女。万历十年，因抗击缅甸有功，升任云南副总兵，后又因事去职。万历十三年，平定罗雄之乱。再于万历二十年至万历二十五年期间，抗倭援朝，大败日军。万历二十八年，他参加播州之役，平定杨应龙之乱，累官临洮总兵。

万历四十六年，公元 1618 年，授左都督府金书，带兵抗击后金的军队，在参加萨尔浒之战中，以身殉国，获赠少保。平生在军旅之余著有《各官大会永昌宴集赋诗》及《平播凯旋述怀》两部文集遗世。

通过对以上洪州地区这些明代文学代表人物的粗浅解读，我们不难了解在明代的洪州，无论是在理学研究还是在文学创作中所取得的成就都是可以让人想见得到的，特别值得一提的是戏曲家魏良辅、朱权在戏剧研究、乐器的改良工作中所做出的骄人成绩，开戏曲的一代新风，的确是值得我们后人永远记住的，他们是鄱阳湖人永远的骄傲。

我们一路寻遍了洪州的山山水水，街巷里弄之后，便不假思索地弃岸登舟，沿赣江顺流而下，经昌邑过铁合，不多时便来到了建昌穿城而过，就进入了古柴桑的地界，来到了云横九派，春江花月夜中的浔阳江上，驻足在湓浦口，只见迎面踽踽然走来了风度翩翩的，被人称作"吴中四杰"之一的浔阳才子张羽先生。

张羽，字来仪，号静居先生，是元末明初时期著名的文人。虽然他这个人大半生都是在吴兴，亦即是今天的浙江湖州那个地方度过的，但他却是个地地道道的浔阳人，也就是今天的江西九江市人。

他早年随父宦游于江浙地区，后因兵乱而不得归故里，在此期间，他与好友徐贲一起约定旅居在卜居的戴山东，也就是今天的浙江省桐庐县东，并在此期间担任安定书院的山长，后再徙定于吴兴。洪武初年入京，曾经累官至太常丞，其山水虽然宗法米芾父子，诗作也笔力雄放俊逸，但都不讨朱元璋的喜好，不被朱元璋所推崇。洪武4年复至京师时，曾因应对不称旨意，被放还归家。当再次被征用时，被授太常司丞一职。朱元璋曾亲述滁阳王事实，命张羽撰写庙碑。张羽奉命撰写了《敕赐滁阳王庙碑》一文，勒石于滁阳王庙中。洪武十八年，公元1385年，他因事贬谪广东岭南，在半道被召还，自知难免一死，便在回到南京的第三天，自投南京下关前面的龙江而亡。

张羽平生喜好著述，其文辞典雅，诗作亦深思冶炼，朴实含华。他在为文时，精洁有法度，所作古诗低昂婉转，尤其是他的七言歌，行笔力度最为雄健，在明初的诗坛享有盛誉，与高启、杨基、徐贲齐名，时人比之"初唐四杰"。明人程孟阳评价他说："张羽的五言古诗法学杜、韦，各有神理，非苟然者也；乐府歌行材力驰骋，言节谐畅，不袭宋、元格调"。他在书法方面的成就颇高，书法作品亦独具特色，明人李日华评价他说："纤婉有异趣，仿佛谢庄月赋。"其隶书取法唐人韩择木，楷书则有右军《曹娥碑》意趣，行书则远师魏晋，近法唐宋，笔力劲健，瘦硬挺拔。虽未精极，却能离俗而入于雅。画山水法米氏父子及高克恭，笔力苍秀，品质格调均在元末著名道士画家贵溪人方从义之上。

他先是与高启、杨基、徐贲并称为"吴中四杰"，后又与高启、王行、徐贲等十人，统称为"北郭十才子"，亦为明初十才子之一。

现今故宫所藏《怀友诗卷》为张羽在35岁那年所作，曾经明朱曰藩、李肇亨等递藏，清朝时入乾隆内府，《石渠宝笈续编》有著录，现藏故宫博物院。此卷系应"苔轩高士"所属，书录怀友诗23首。友人有主簿、校书、孝廉、进士、秀才，诗人描写他们的形象十分逼真，大多"官小常拘格，家贫未称闲"，虽"破宅临湖住"，却"闲身过鹤长"，"作吏风尘际，长怀隐遁情"……可谓身在庙堂，心寄山林。更多挚友则是山人、沙门、逸人等隐逸之士，尽管"况属时艰"，在诗人笔下，他们却能"浑忘应世情""行歌效楚狂"……总之，张羽此诗既是怀想友人，更是自剖心迹，正如其所作《兰花诗》云："能白更兼黄，无人亦自芳。寸心原不大，容得许多香。"他常常以幽谷兰花来自喻芳洁。

张羽的代表作品是《吴兴八景》的系列诗作。此八景的顺序依次是吴兴的"道场霁晓""苍弁清秋""西塞晚渔""下菰长烟""龙洞云归""横山暮岚""南湖雨意""金盖出云"。这八景，也就是张羽以八景之名唱诵吴兴所做的八首近体诗，在此基础上，吴兴八景才得以在民间广泛流传开来的。时光到了万历期间，《万历湖州府志卷二·山川》将张羽描写近郊八个景点的诗作收入其中并列为吴兴八景，从此，便有了官方叫法的《吴兴八景》。张羽毕生仅著有《静居集》流传于世。

周颠，这个人并没有名字，只是人以为颠，唤名周颠、颠仙。明代时期的建昌人，也就是今天的九江永修人。他的举止非常，言语髐髐，善写真，尝自写貌于皇城五凤楼上。洪武初期曾经乞食于南昌，后来不知所终。周颠的故事详见于《明史本传》《画史会要》《名山藏》等书目。明太祖朱元璋曾亲自御著了《周颠仙人传》一卷。

传言周颠十四岁的时候，得了发疯的怪病，在南昌集市上讨饭，嘴里说着乱七八糟的胡话，大家就都叫他周颠了。等到他长大了以后，长相显得非常怪异，他几次到当地官府去求见官员，嘴里都说"告太平"。

当时天下没有什么人起来造反，大家都不知道他说的是什么意思。后来南昌被陈友谅起兵占据，周颠避开陈友谅的部队。朱元璋攻下南昌以后，周颠在路上拜见朱元璋。朱元璋乘船回南京，周颠也随后去了南京。一天，朱元璋出行，周颠又迎到路上来拜见。朱元璋问他想干什么，周颠说："告太平"。从这开始经常在路上迎着朱元璋说这句话，朱元璋很恼火，叫人用大缸把他盖在底下，堆积上木材点着了烧。估计他已经烧熟了，却发现周颠一点事情都没有，头上冒了点热汗而已。朱元璋这时候感觉他不是个普通人，让人带他去蒋山上的寺庙居住。过了几天和尚来报告说，周颠因为跟小和尚抢饭吃，一气之下绝食半个月了。于是朱元璋去看他，发现周颠精力充沛，一点也不像半个月没吃饭的样子，于是朱元璋赐给他上好的酒席吃，吃饱后把他关在空屋子中，不给他饭吃一个月，一个月后去看，发现他还跟从前一样。

朱元璋要去攻打陈友谅部队，问周颠："这次出兵会顺利吗？"周颠占卜以后回答："顺利。"朱元璋说："陈友谅已经自立为皇帝，攻打他一定很有难度吧？"周颠抬头看了一会天，严肃的说："上天没给他安排皇帝这个座位。"

朱元璋于是带着他一起出兵，乘船到了安庆地区，没有风，船没办法前进，朱元璋找人去问周颠，周颠说："船跑起来，风就跑起来了。"于是朱元璋找人拉纤，船向前走了不久，天突然刮起了狂风，直接把部队的战船都送到了小孤山地区。朱元璋害怕周颠胡言乱语会惑乱军心，就让人把他关了起来，严禁他外出。船队行到马当时，周颠看见江里有海豚在游来游去，他不无感慨道："看见了水怪，一定会死很多人。"看守的士兵赶忙报告给了朱元璋，朱元璋大怒，让人把周颠扔到了江里喂鱼。部队行进到了湖口，周颠又突然出现来见朱元璋，并且要吃饭菜。于是朱元璋给他饭吃，吃完之后，周颠起身整理随身物品，好像要出远门的样子，然后告辞离开了。陈友谅被剿灭后，朱元璋派人到庐山去找周颠，始终没有找到，大家都怀疑周颠已经成仙了。洪武二十六年，朱元璋亲自写了一篇《周颠仙传》《赤脚僧诗》，记录下关于周颠的故事。朱元璋还命令中书舍人、书法家詹希庾把这些诗文书写，让工匠凿刻在石碑上，立碑于庐山之上，至今碑文还在。

朱元璋宠信的这个"周颠仙"，除了预测能力超强外，他还有些让朱元璋信服的"法术"及进献过丹药让朱元璋佩服不已。他在《周颠仙传》里面就狠狠地赞颂了周颠的功法，在另一篇《赤脚僧诗》里，则对这个"颠仙"大加赞颂：神怜黔首增吾寿，丹饵临久疾瘳痊。

朱元璋坐了26年天下，根本不再需要利用他对陈友谅的推断，来装神弄鬼，以朱的直率也不可能去捣这些鬼，唯一的原因是朱元璋对他痴迷和推崇。看来，"周颠仙"既不是仙，也不是颠，而是一个愤世嫉俗、装疯卖傻的道士。封建时代狂歌的人不少，只有他在乱世中做到极致。

驾一叶小舟，荡遍了赣北鄱阳湖上的山水美景，不妨再回过头来溯赣江而上，走进古老的虔州，领略一番赣南的万千风光，堪舆大师廖均卿的迷人风采。

廖均卿是虔州兴国县梅窖乡三僚村人。明朝永乐5年，由礼部尚书赵羾荐入京城选择陵址。时经两年，终于择取北京西郊昌平东北的黄土山为陵区。于是，成祖即日车驾临视，封为天寿山，并授均卿为灵台博士，开始建陵。陵寝建成，均卿不愿再封官受金，成祖便赐其纸扇一柄，并题诗云："江西一老叟，腹内藏星斗。断下金石鲤，果中神仙口。赐官官不要，赐金金不受。赐尔一清风，任卿天下走。"自此之后，北京故宫大皇城的勘测也出自廖均卿之手。廖均卿因此被皇帝以四品职衔供养至老死，他的墓地至今还在三僚村的半山腰上。这座蕴藏着很多奥秘的古代墓穴，走势尤如猛虎下山，气宇轩昂。1984年廖均卿墓被确定为兴国县文物保护单位。

据《兴国衣锦三僚廖氏族谱》记载，明永乐五年，公元1407年，明成祖早已想迁都北京，便命令礼部尚书赵羾等大臣，遍访精通风水人士。当时访得虔州府兴国县三僚村的廖均卿的先祖廖三传，是唐朝著名风水大师杨救贫的传人，因而廖均卿被召回南京后，先察看了在南京的孝陵风水之后，便到北京找风水宝地，察看了京西燕台驿、玉泉山、谭柘寺、香山，又察看了京北的阳山茶湖岭和怀柔的洪罗山、百叶山，先后又察看了辛家庄、斧口、谷山、文家庄、石门驿、汤泉、禅峰寺，遍览了京郊之后，于永乐五年六月初一前往昌平黄土山，也就是现在的北京十三陵的所在地登高纵目，见该处风水绝妙，为它处所不及，便绘成地图，于八月初一日到南京上朝，献上地图，并建议明成祖亲临黄土山观察，希望明成祖"高张慧目，广迈皇风"，并说，如将皇陵定于此处，则"玉烛清明，并三辰而永耀；金符浩荡，亘万古以长存。国祚无疆，邦家有庆"。自此，才有了后来的明十三陵。廖均卿一生撰有堪舆学著作《行程记》流传后世。

至此，我们可以想见在明代的江州地区文艺人才凋零，偌大的一座江州府也仅只有张羽其人一花独放，寂寞孤冷地立于那时期的中国文坛之上。而古虔州也只奉献了一位堪舆大师廖均卿一人而已，在文学艺术的领域倍感冷寂，不由令人扼腕长叹。

牧野清风

我们一路踽踽走过绵延传递了十二世，历经了十六位皇帝的大明王朝之后，在蹚过 276 年的风雨之后，不觉走到了大清王朝的面前，来到了豫章故郡，洪都新府。遇见了以王猷定、牛石慧、彭士望、曹秀先、裘曰修、彭元瑞、柳华阳、朱耷、喻昌等人为代表的文学阵营。

王猷定是江西南昌人，明末清初散文大家、诗人。他曾经在史可法的幕下效命，明亡不仕，每日以诗文自娱，晚年寓居浙中的西湖僧舍。工诗词、古文及书法，其作品郁勃多奇气，其行书楷法，亦名重一时。

王猷定自幼聪颖，很有才华，他虽然出身于官宦之家，其祖父辈亦科名显达，但他并不追逐功名利禄，酷爱钻研学术。幼时，其祖父希烈与客讲学，他便能在旁即席记录。及长，转而"嗜两汉八家之文"，"惟以古人为事"。崇祯末年，农民起义风起云涌，他漫游到扬州，被爱国将领史可法征为记室参军，待如师长。

进入清朝以后，王猷定绝意仕途，以诗文自娱。他的散文不为时文所左右，在清初文坛上独辟蹊径，别开生面。作品以新颖的内容，独特的手法，使文坛面貌耳目一新。其中以论述奇闻逸事的传奇性散文最为突出。他的著作较多，现存《四照堂集》16 卷，其中文集 12 卷，诗集 4 卷，这些著作都是在他死后，由其友人周亮工搜集刊印的。

王猷定平生还爱好书法，其友韩程愈称他"临池之技，可以笼鹅"，把他同大书法家王羲之相比。但无墨迹存世。其散文成就不在清代的"散文三大家侯方域、汪琬、魏禧等人之下，他的传奇性散文《汤琵琶传》《李一足传》《义虎记》等内容新颖、手法独特，一新文坛耳目，为明清文坛一代大家。

彭士望原本姓危，名字叫作危躬庵，南昌人，明末时期的文学家，"易堂九子"的成员之一，他的著作有《手评通鉴》《春秋五传》《耻躬堂诗文集》等流传于世。

他少时曾与新建欧阳斌元一起相磋经世致用之学，晚年则邀林时益一同携眷赴宁都依附魏禧，讲学易堂，为"易堂九子"之一。再后来便定居冠石，躬耕自食，时常与程山谢文、髻山宋之盛等人往来，相交甚深。

彭士望的学说，大抵以王阳明、罗念庵之说为主，但大多倾向实用主义。他曾经这样对别人说："天下学者之病在于虚。经义气节，旷达文章，皆虚病也。"又说："学者凡病皆可医，惟伪不可医。"一生著有《彭躬庵诗文集》1 部 28 卷以及《手评春秋五传》《手评通鉴》著作 2 部并行于世。其生平事略见《中国文学家大辞典》《中国人名大辞典》《碑传集》等文集，各部文集均有记载。

曹秀先是新建县人。清朝的翰林学士，文学家、书法家。他是一位被世人称赞为"诚敬谨慎"的清廉官员，因为他秉公执法而深得民心。他平生曾经多次用自己的薪俸在家乡设置义田，兴办义学，兴修水利，故而，乡民便将御赐给他的"秩宗衍泽"的匾额悬于曹氏宗祠内，以褒扬其高尚的品德。

他曾经充任过《世宗实录》馆的编修官等职，后擢升国子监祭酒、内阁学士，历工、户、吏三部的右侍郎一职。乾隆三十六年，公元 1771 年晋升为礼部尚书。受命在上书房总师傅处行走，并充任《四库全书》馆总裁。乾隆帝特赐"紫禁城骑马"的特殊待遇。他在书法上，虽是取法钟、王，但却能够自成一家，时人以拥有他的书品而视为珍宝。

他一生著有《赐书堂稿》《移晴堂四六》《依光集》《使星集》《地山初稿》《省耕诗图》《衍琵琶行》等著作问世。

裘曰修也是南昌市新建县人，清代名臣、文学家、水利专家。他曾经担任豫章书院学长，师从豫章书院山长梁机先生。

裘曰修于乾隆四年，公元 1739 年中进士，初授庶吉士，自从任编修起，便多次在兵部、户部、吏部三部门任职。乾隆二十一年入值军机处，不久，又奉命平定准格尔叛乱。乾隆二十二年，裘曰修建议疏浚丰乐河、贾鲁河、惠济河、涡河从而使洪水分流减少水患。乾隆二十五年，裘曰修被授为仓场侍郎。乾隆二十八年，裘曰修采取降低河床的方法来治理睢河，平息了水患。乾隆三十一年，裘曰修担任尚书，乾隆三十三年，裘曰修的母亲去世后，归乡奔丧。由于他在治理水患方面颇有成就，被后世称赞为清朝时期杰出的治水专家。

裘曰修的文化底蕴深厚，博学多才，曾经担任《清会典》的总裁、《四库全书》馆的总裁，并奉敕撰修《西清古鉴》《钱录》《秘殿珠林》《石渠实笈》《热河志》《太学志》等文集和奏议十卷，诗集十二卷。还多次主持乡试、会试，是铁齿铜牙纪昀纪晓岚先生的授业恩师。

彭元瑞是南昌人，清代的大臣、学者，楹联名家、目录学家、藏书家。与其父廷训、弟元玏、子翼蒙算在一起，一门三代四人皆是翰林，其中元瑞的成就最高。他在乾隆二十二年高中进士，后改庶吉士，散馆授编修，官至侍讲，擢詹事府少詹事，值南书房，迁侍郎，历工、户、兵、吏诸部，擢工部尚书。

乾隆五十五年上《八庚全韵诗》，加太子太保、协办大学士。其一生博学强记，时有令誉。纪昀为《四库全书》总纂官时，彭元瑞是其中的十个副总裁之一，与蒋士铨一起被后人称誉为"江右两名士"。

他以文学被知遇，有着极为深厚的目录学功底。就拿内廷藏书及书画、鼎彝，辑《秘殿珠琳》《石渠宝籍》《西清古鉴》《宁寿鉴古》《天禄琳琅》诸书来说，他出的力最多。乾隆中期主编的《天禄琳琅书目》及续编，互见别出，各有源流。前编书目10卷，400部；后编20卷，663部，各收书12258册。

他还曾经担任《四库全书》馆副总裁，与纪昀合称为"南北两才子"。充任《续三通》馆、《四库全书》馆、《清会典》馆总裁。嘉庆四年又充任《高宗实录》总裁。在朝有"智囊"之称，朝廷礼仪、制度等重大著作多由他审定。

彭元瑞博学多识，精于古代器物、书画的鉴定，先后编成《秘殿珠林》《石渠宝及》《西清古鉴》《宁寿鉴古》《天禄琳琅术目》等图籍、目录。他的诗文有《恩余堂辑稿》《经进稿》《宋四六话》《知圣道斋读书跋》等。乾隆帝六十、七十、八十寿诞时，他分别献上诗词《万福集成赞》《古稀颂》和《万寿衢歌》三百首，受到皇帝的嘉奖。

乾隆帝有"对联天子"之称，彭元瑞亦精于对联。一次，乾隆宴见词臣时曾出半联："冰冷酒，一点水，两点水，三点水"，彭元瑞即席对曰："丁香花，百字头，千字头，万字头"，顷刻间四座倾服。

彭元瑞的所藏之书，皆为手校手跋，收藏的宋、元本较多，藏于"知圣道斋"中。所抄书籍有140余种共数千卷，版心均有"知圣道斋抄校书籍"字样。有《知圣道斋书目》4卷，著录图书千余种，刻入《玉简斋丛书》中。作《知圣道斋读书跋尾》2卷，辑录其读书跋文113篇。辑刻有《钧台遗书》5种。藏书印有"南昌彭氏""知圣道斋藏书""遇者善读""岁乡村夫""知圣道斋抄校书籍""彭之椿"等。晚年家贫，藏书归于朱学勤"结一庐"。著有《经进稿》《恩余堂稿》等。

尚镕也是南昌县人，在幼时曾有神童之誉且博学儒雅负有异才，工诗文，下笔千言，尤精史学。先是遍游湖、湘、吴、越等处，后来客居河南，历任三山书院、聚星书院、崇实书院的山长，一生共著有《持雅堂诗文集》10 卷，《史记辨正》10 卷，《三国志辨微》3 卷，共计 23 卷被《清史列传》收入其中流传于世。

朱耷是明末清初的画家，中国画的一代宗师，自号八大山人。明亡后，他削发为僧，后改信道教，住南昌青云谱道院。擅书画，他早年的书法取法黄庭坚，花鸟以水墨写意为主，形象夸张奇特，笔墨凝练沉毅，风格雄奇隽永；山水画则师法董其昌，笔致简洁，有静穆之趣，得舒旷之韵。

八大山人有一首题画诗说："墨点无多泪点多，山河仍是旧山河。横流乱世权椰树，留得文林细揣摩。"这第一句"墨点无多泪点多"，夫子自道，最言简意赅地说出了他绘画艺术特色和所寄寓的思想情感，只有沿着他所提示的这条线索，我们才能真正地理解和欣赏这位画家的伟大艺术作品。

牛石慧是八大山人之弟，画家、道士。因其一生受其兄长八大山人的影响较大，笔墨比兄长更加粗犷简练。不露锋芒，近鲁直一格。他通常都将其作品的署名"牛石慧"三字，用草书写成"生不拜君"的字样，表现了他不屈服于清王朝的人生态度，故而，他的作品流传至今的就极少了。

牛石慧不仅擅长花鸟，还尤其喜欢画人物山水，诗情画意充分表现了他内心的磊落不平之气。绘画作品有《蕉叶兰草图》《墨猫》《鸡鸣》等，书法有《草书唐诗》《草书醉翁亭记》等。至今有作品《猫》现藏于故宫博物院，《松鹰》图藏于上海博物馆。牛石慧《蕉叶兰草图》，现为金陵天渡楼收藏。

喻昌亦是南昌新建人，少年读书，以治举子业，明代崇祯年间得以选送贡生进京，但无所成就。清兵入关后，转而隐于禅，后又出禅攻医。往来于南昌、靖安等地。1644 至 1661 年间，喻昌又移居江苏常熟，由于医名卓著，冠绝一时，成为明末清初著名的医家，与张路玉、吴谦齐名，号称清初三大医家。

喻昌是研究《伤寒论》的著名医家之一。他认为，四时虽均有外感，但张仲景独详于伤寒，治伤寒之法，可变化而用其他外感，故伤寒为四时外感之大纲。而在"伤寒六经中，又以太阳一经为大纲；而太阳经中，又以风伤卫、寒伤营、风寒两伤营卫为大纲。"这就形成了喻昌三纲学说的主要观点。风伤卫用桂枝汤，寒伤营用麻黄汤，风寒两伤营卫用大青龙汤。用之得当，风寒立时解散，不劳余力。喻氏倡导三纲说的含义在于，麻黄、桂枝、青龙三方主治太阳表证。若表证辨治得法，则不会出现种种变证及传经之病，而能将伤寒病治愈于得病初期的"喻氏之三纲"医家理论学说。因此，喻氏之三纲学说体现了张仲景早期治病的思想，虽然后世对此观点是否符合仲景原意，有无临床实际意义提出异议，但应当看到喻氏之说的积极意义。

喻昌在中医学理论研究方面颇有贡献，不仅于《伤寒论》的研究独有体会，倡导三纲学说，而且对于中医基础理论问题颇有建树。其大气论、秋燥论的观点亦为后世所称许。此外，其强调辨证施治，倡导诊治规范，亦很有学术价值。至于其临床经验亦十分丰富，治痢用活人败麦散以逆流挽舟，治关格用进退黄连汤升降阴阳等，都被后人所推崇。故而，喻氏成为清初三大医家之一，名噪一时。他毕生著有《寓意草》《尚论篇》《尚论后篇》《医门法律》等医学著作流传后世。

由此，我们不难看出在清一代的洪州地区不仅文学艺术的成就斐然，文学著作颇丰，即便就是在医学、书画艺术方面的成就也是取得了独树一帜的辉煌成绩的。特别值得一提的是八大山人的绘画艺术成就，可以说是影响到了世界画坛的风格走向，开创了中国"水墨写意画"的新高峰。

离开了洪州，我们便一路奔赴赣南，走进了古虔州的深山大川里，从这里翻越大庾岭往东便是粤州的地界，南下则去了闽地。我们这次走进赣南，倒是有缘遇见了以"清代散文三大家"，"宁都三魏"之一的魏禧、文学家及书画艺术家罗有高、谢启昆、戴衢亨、陈炽、罗牧等人为代表的虔州文学阵营，让我们的眼界为之一新，一扫自秦汉以来虔州文学的颓靡现象，改写了古虔州过往文学艺术上的凋敝、零落、颓废形象。

魏禧是虔州的宁都县人，清初著名的散文家。他与侯朝宗、汪琬被后世合称为"清初的散文三大家"。与兄长魏祥、弟弟魏礼并美于世，世称为"宁都三魏"。魏氏三兄弟还与彭士望、林时益、李腾蛟、邱维屏、彭任、曾灿等人一起被合称为"易堂九子"。

魏禧论文主张经世致用，积理、练识，并长于策论等，他追求的文体是以广大胸怀而谋天下之事的文体，同时，他在其他文体的创作上也都有所心得，并且写出了煌煌百万字的专著。魏禧的文章大多是颂扬民族气节的人和事，表现出浓烈的民族意识。藉此，他还善于评论古人的业绩，对古人的是非曲直、成败得失都有自己独到的见解。

魏禧从小体弱，随父读书，就学乡里，他聪颖好学，博闻强记，才气过人，"十一岁补邑弟子，冠其曹"。他性格慷慨自信，乐于为人排忧解难，而且还喜欢与人谈论军事。孙静庵在《明遗民录》中评价他"善擘画理势，事前决成败，悬策而后验者十常八九"。他的这种预见性和洞察力不仅赢得同伴的信任和尊重，而且还为以后安身立命，谋划隐居翠微峰打下基础。少年时代的魏禧有过远大抱负，十四岁时求学于同里杨一水先生门下，致力于科举考试，希望有朝一日金榜题名，成为国家有用之才。然而 1644 年的甲申之变，使他的科举幻想破灭，于是弃科举，跟从姐夫邱维屏研习古文，从此走上了另一条治学之路。

明末大儒顾炎武曾说过："独学无友，则孤陋而难成，久处一方，则习染而不自觉……若既不出户，又不读书，则是面墙之士，无济于天下"。"性慷慨，尚气节"的魏禧深知交友的重要，他与兄祥、弟礼互为师友，三兄弟以文章闻名海内，人称"宁都三魏"。他姐夫邱维屏学识渊博，尤其精通古文，无师自通西洋算术。除此之外，他在隐居前就已结交了一批志趣相投的人士，像"有儒者风，性诚厚爱人"的李腾蛟；"性情豪迈，性命肺腑之交"的同学曾灿；"重道义，有胆识"的彭任；政治阅历丰富，气宇非凡，"遇事感慨激昂"的南昌士人彭士望；"结交甚广，慨然有当世之志"的明宗室朱议滂，后更名为林时益的人等一起隐居翠微峰后，他们经常围坐在一起读史，讨论《易经》，并把读书之地命名为"易堂"，人们便称他们为"易堂九子"。魏禧所交的契友，有以谢文洊为首的程山七子，宋之盛为首的髻山七隐，陈恭尹为首的广东北田五子，还有方以智、屈大均、姜宸英、恽日初、顾祖禹、施闰章、汪琬等人。

由于魏禧对军事学说非常关注，因此，他就很自然地将兵学作为其一生治学中不可或缺的部分，他曾经于康熙六年，公元 1667 编成《兵谋》《兵法》两部军事著作。他在《兵谋》中将《左传》的用兵谋略概括为 32 种，各用一个字命名；在《兵法》中将《左传》用兵之法归纳为 22 个字。他在对每一种兵谋、兵法作简短的解释之后，对《左传》中若干战例逐字加以说明，由于篇幅较短，没有分篇、章做详细论述。魏禧军事著作中包含一些朴素的军事辩证思想的用兵之道，与《孙子兵法》是一脉相承的。他把研究兵法和复兴古文结合起来，主张写有用于世的经世文章，魏禧写出一批经济世务的政论性散文，如《制科策》《限田策》《奄宦策》对当时的科举、田亩、官宦制度提出了改良主张。

魏禧等易堂九子隐居翠微峰，时日一长，他们醒悟到僻居赣南，终不为人所知，"闭户自封"，难免会"封己自小"。魏禧认为学问必须通过阅历和实践，深感足不出户，难以开阔视野，增长见识。

魏禧在四十岁时，始游历大江南北。他的散文创作可分为三个时期，每个时期都有不同的特点。期初，他治四书，则求其意义广博而喜议论。认为文旨惟经义可以无所不尽，致力论策制科，并以余力间为杂体，于经义外，搜览诸子史汉唐宋大家及其他杂艺之文，尤好《左传》和苏洵的文章，为文崇尚雄健。其制艺不模仿先辈，多宏肆浩瀚之文，几同于论策。同时，他又认为文不必求工，只求不湮没论点，"使无遁理而已"。归隐后，尽弃时文，为古文辞，方更讲求文章法度，于是能自削议论之繁博而精杰益出。游江淮吴越间，则多烟波呜咽之作，有一唱三叹之声，又几近欧阳修的风格。然而精悍之气，逼出眉宇，仍不可驯服。《四库全书总目提要》谓古文一脉，至清初"学者始复讲唐宋以来之矩矩矫"，而汪婉与"宁都魏禧、商丘侯方域称为最工。然禧才纵横，未归于纯粹"，虽对禧有微词，但却也精当地指出了魏禧陶铸百家、兼收并蓄的文风。

魏禧长于见识议论及有意于用世的写作特点，突出地表现在他的论说策议中。其短篇史论，尤有特色，抓住一人一事，览古鉴今；笔力挺变，尺幅中如有龙蛇不可控攫。如《留侯论》踔厉奋发，堪与苏轼相敌；《伊尹论》赞吊民伐罪而不拘君臣之序，洗发剀切，逻辑严密；《陈胜论》驰骤顿挫，一语破的；《晁错论》千委万曲，辨析精详，皆各得其妙。

魏禧散文中更著名的是传记文，通过作传涉及到社会生活许多方面。他描绘过明季酷烈的朝政；对大吏贪纵、小吏俊削、细民无依、官逼民反的阶级矛盾有着清醒的认识。

有些传记写山林隐逸、侠客壮士的义行异事。如《高士汪风传》《大铁椎传》，题材不同，一系行踪飘忽，清高磊落的隐士，一系勇武非凡，不为世用的力士。他如《卖酒者传》《瓶庵小传》《独奕先生传》《谢廷诏传》等，记述某些市井奇人的所作所为，寓意精深，饶有情趣。总之，他的传记文章风格多样，章法不一，最能表现他师承古人而不依傍古人、文随意尽、善变为法的创作态度。

魏禧的叙记文也写得感慨激昂而又低回往复，兼有欧、苏之长。他于哀情文主张文贵质朴，不必以痛哭见哀；以为韩愈《祭十二郎文》工于文而情以微。因而他以叙事为抒情，如《哭莱阳姜公昆山归君文》，情事惝恍，缠绵悲怆，即体现了这一特点。魏禧的叙记文无论状物写景，叙事记人，都显得摇曳生姿，意味无穷。他的《吾庐饮酒记》《白渡泛舟记》情景交融，清新委婉，旨趣潇洒。《宛臬记》斑驳奥秀，酷似柳宗元的山水记。《翠微峰记》以叙事为山灵添色。《吾庐记》以记人使题旨生辉。魏禧还有大量画记，不仅描风镂影，且以议论画意取胜。《燎衣图记》细碎叙写而钩连绳贯，笔笔变化，无一雷同。着意处如画龙点睛，不着意处似颊上三毛，神态自现。《画猫记》感而讽之，取喻刻深而转折无迹。魏禧叙记文能将寻常题材写得不落俗套，往往得益于议论，翻空出奇，令人耳目一新。

魏禧散文创作，不断取得蜚声文坛的成就，这和他的日臻完善的古文理论是分不开的。其中有些观点，至今不失为真知灼见。他认为"文所以可传，中必有物。"他不仅批评为文不顾法度、师心自用，如野战无纪之师。且又反对株守古人之法而"中无所有"，指出要合古人之法而不效优孟衣冠，知文章之法有常有变。"伏应断续"是常法；为文者"中有所得"，兴会所至，得意疾书，不汲汲于常法而能自合于法度，是以善变为法。法之常可学，法之变须从"文外求法"，加强思想文化修养，方能"神而明之"。为此，他依据明理适用的易堂学旨，提出"积理""练识"的辩证主张，认为积"理"可使"识"不堕入嗜新逐异；"理"若未明，又应着重练"识"，其须考察"市侩优介大猾逆贼之情状"。这样，"理"才不致空疏无用。魏禧的观点代表了清初文论中理识法相结合的倾向，在当时有较大的影响。

魏禧诗歌的成就不如散文，然亦不乏可传之作。易堂诸子以其四言为绝调，谓为奇峭古奥跳脱，不欲拟乐府而干汉魏。实则四言拟古痕迹太露，不及五七言。他的诗歌理论和散文一样，主张兴属而辞工，以理识为归；创作上取材广泛，变化多端。其诗作有沉郁雄健之气。如《读〈水浒〉》，歌颂梁山英雄能够同饥寒、共生死，同时鞭挞以诗书道德掩其恶的当世权贵；《卖薪行》《出廓行》《入廓行》《从征行》《孤女行》等篇则反映了当时贫民的生活图景，也显示出作者对世事的沉痛感触。

魏禧的著作有《文集（外篇）》22 卷，《文集（内篇）》2 卷，《拟奏疏》1 卷，《尚书余》1 卷，《左传经世钞》10 卷，《魏叔子文集》22 卷，《诗集》8 卷，《日录》3 卷，《左传经世》10 卷，《兵谋》《兵法》各 1 卷，《兵迹》12 卷。散文作品有《邱维屏传》和《大铁椎传》等流传后世。

罗有高是虔州府瑞金县九堡镇密溪古村人，清代文学家。他于乾隆三十年，公元 1765 高中举人。因其少慕马周、张齐贤之为人，便练习技击，熟读兵书。在见到了宋道原，也就是宋昌图先生之后，便倾心聆听其教诲，潜心研究理学。而后，又继师事雷鋐，学凡数变。随之又与彭绍升友善，相勖为性命之学，兼参竺乘，汪缙一见心折之。晚益归心净土，闭关七旬。卒之日，尽焚其所著书。有高所为文，绝去依傍，务抒其所独契。

乾隆乙酉，予初识鱼山於未冠之年。及其举於乡，陆耳山典粤试，榜发，予与耳山交口称为天才，罗台山、李南硐皆同几激赏其诗笔。今罗、李二子之集杳不可得，即耳山篇什最富，今亦尚未裒辑成帙，而鱼山门人钞其诗来属予序，是则何妨过而存之？（翁方纲〈冯鱼山诗集序〉）鱼山冯敏昌. 耳山陆锡熊. 台山罗有高. 南硐李文藻也. 由此亦可见罗有高作品编辑的情形。

彭绍升辑其遗文，为《尊闻居士集》8 卷，《清史列传》传于世。

谢启昆是虔州南康县城东街步坊后村人。他由科举入仕，历官编修、乡试主考、知府、按察使、布政使、巡抚等职，成为当时政绩卓著、清正廉明的省级长官，著名学者、方志学家。

1800 年 2 月 9 日谢启昆开局主修《广西通志》。该书分为：训典、沿革、职官、选举、封建等四表；舆地、山川、关隘、建置、经政、前事、艺文、金石、胜迹等九略；宦迹、谪宦等二录以及列传等，共十七目。各目之下，又视内容多寡酌分细目，如舆地略下分疆域、分野、气候、户口、风俗、物产等六目，建置略下分城池、赔署、学校、坛庙、梁、津等五目，艺文略下分经部、史部、子部、集部、杂记、志乘、奏疏、诗文等八目之类。其体例之精审完善远超前代，颇为学者所称誉。

清代广西的府、州、县绝大部分修了志书。纂修的府、州、县、厅、土州、土司志共 198 部。现存的仍有 127 部。其中多数府、州、县志经多次续修或重修，如《浔州府志》就修有 7 部，《钦州志》《宾州志》《北流县志》均修了 5 部。

由他主持修撰的《西魏书》24 卷，《清史稿》以为"义例皆精审，非徒矜书法，类史钞也。"《广西通志》280 卷，分五大类二十二小类，体例完备，向推为史乘的典范。不冒裁，"征引赅博，为各省志之冠"。乾隆 54 年刻本《南昌府志》也是在谢启昆主持下，经陈兰森、王文涌协修完成的。

谢启昆又在胡虔、陈鳣的助成下，撰成了《小学考》50 卷。此书为补朱彝尊《经义考》中形声训诂之阙略而作，体例一仍朱氏《经义考》，凡刘歆《七略》以后之历代史志、公和书目，乃至方志、文集、笔记所录之小学书，不论存佚，悉萃于编，总计收书 1180 种。该书先后有翁方纲、钱大昕、姚鼐、俞樾为之作序，俞樾许为"自来言小学者之钤键""欲治小学者不可不读此书"。

在谢启昆二十三岁那年的冬提案，他与王仪楷、李镜亭同入京都过钓鱼台时，留下了"江边汉月照，亭上客星孤"的佳句。从诗句中我们可以体会到诗人在入京途中产生的那种孤独、落寞之感，有一种"抬头望明月，低头思故乡"的乡愁。他还在《补史亭四首》中有这样的诗句："双桐院宇清，秋月凉如水"，一种身在异乡中秋之夜却未能与家人团聚的愁怅在诗句中凸现出来。院子里冷冷清清，中秋的月亮也给人以冰凉的感觉。离别家人，恰逢中秋，一腔难言的思乡愁绪寄予诗中。他任浙江按察使时作了《乙卯新正二日圣因寺行礼遇雪恭纪》，其中有"梅香吹作林闲雾，山色轻笼水上烟"。仲秋，将赴晋藩之任，同人饯别于湖上，有"鸿泥曾印六桥来，桂子荷香两度开"的诗句。重阳节前一日登灵岩作诗歌："我从于越来东吴，云气茫茫连其区。左右洞庭三万顷，形势可以吞西湖。"九月十三日重过镇江府台，怅然有作简，贺虚斋太守曰："自从骑鹤上扬州，蕉鹿纷纭一梦悠。江淹赋别归南浦，谢姚临风忆北楼。"九月望日邗上同人饯别于康山草堂，即席得诗二首，有"有约秋风续旧缘，踏歌曾听此楼巅。"五月二十七日得次儿学崇政庶常之信纪恩志感蒸赋四律，有"传家自信留清白，报国何堪志饱温。"等佳句。

谢启昆在他五十一岁重游浙江云林寺时作了《秋日闲居咏八首》，其二云："顾影怜宣发，韶光半百龄。"人到半百，顾影自怜，早生华发，人生苦短。五十二岁作《移松十六韵口赋赠卢七青柯》，有诗句："忽忽三十年，人老树如此。"五十四岁赴京，有《庚戌二月将赴都留别诸同好四首》，其一有句云："重逢草木沾春露，仍许渔樵近圣颜。"六十六岁他试笔四首兼柬张南坡学使，有"六十行年又六春，佩韦诚服敬书神"的诗句。从谢启昆晚年所写的诗文中我们可以看到他晚年的安详与处世的泰然，没有半点的悲伤与哀叹。

谢启昆在《敬同堂诗》中这样写道："追随棠舍十余年，秦关蜀栈相钩连。放眼山川发长啸，光甘得句花飞筵。五丈原头夕阳远，百子池上秋光圆。龙门险绝天下壮，笔势直欲争屠颜。竭来作宰挟琴鹤，附以玉屏诗千篇。声音之道通于政，此事非仅夸雕镂。公之家法古循吏，经术佐治何蒸然。我昨谒公见公壁，庭训手勒官箴悬。相国有书宝尺壁，多在商洛蒲城间。此卷啸咏询有本，譬导大海波相沿。阿谁为国为霖雨，救荒一语征其全。述怀长吟更磊落，如水如铁心拳拳。仁人之言其利薄，蔚为善政此行先。章源倒泻六千丈，迸作膏露沾春田。《五胯歌》与《两歧颂》，君诗采入风谣编。何当报最驻飞舄，共剪红烛分瑶笺。"

在这首诗作中，表达了谢启昆对国家的忠心，对仕途的感慨，以及对百姓的拳拳之心，同时也道出了他对诗文的酷爱与追求。

谢启昆在论诗方面有较大的成就，其数量之巨放在整个中国诗学史上也是首屈一指的。他是中国诗学史上非常突出的一位诗人。以诗论诗，是具有鲜明民族特色的诗歌理论形式。谢启昆论诗的基本特点是知人论世，论由史发。"选言居要，记事钩元。"在他的五百多首论诗诗中，极大部分诗都联系诗人生平事迹来展开论述的，比如以"万里投荒逐客孤，新诗一卷付官奴。楚天梦断黄鹂叫，自起开笼放鹧鸪"来评点柳宗元；以"居士寻诗墨未干，杏花消息雨声寒。谁言诗到苏黄尽，万里南行眼界宽"来评点陈与义。这两首诗主要是从诗人当时所经历的事迹来评述的，柳宗元因参与永贞革新被贬到蛮荒之地永州；陈与义在靖康之乱避乱南征，这两首诗的诗风悲壮苍凉，符合当时柳、陈所处的环境。谢启昆论诗不仅注重把握重要人物和重要事件，更重要的是他注意把握诗歌流程的基本规律和基本线索，这是他的论诗成为诗史的重要标志。例如他以"三百风诗未就删，流传濮上与桑间"对《诗经》中许多诗反映当时纯朴的评述；以"鸡林争售香山句，老妪能为学士歌"对唐代诗人白居易的诗歌语言平易、老少传唱的评品；而"风碎鸟声花影重，晚唐诗格极纤浓"评述晚唐诗风的特点。

谢启昆崇尚清新自然的诗学观，提倡有阳刚之气、英雄之气的诗风，反对绮靡柔弱的诗风。以"清新自然"论诗是谢启昆诗论的一个重要标准。他在评唐代许浑的诗时有"清吟一字一真珠"之说，较好地表现了他对清新自然诗风的推崇。

他曾以"五十为诗未恨迟，《燕歌》慷慨发深悲。向人磊落倾肝胆，万里岷峨赴难时"来评点高适；以"一生低首谢元晖，如画江城白练飞。千古青山吊知己，建安风骨嗣音稀"来评点李白；以"蔷薇芍药春风句，落叶青虫秋日诗。未信女郎工此曲，看云谢客自多时"来评点秦观。从这些论诗的诗中我们可以看出谢启昆论诗，提倡刚健质朴之风，其诗有较深刻的社会内容，风格沉雄意境阔远。

谢启昆一生，不仅为官清廉，政绩卓著，懂得民心，且治学有方，著书立说，著作等身，计著有《山谷外集·别集补》《史籍考》《广西金石录》《圣朝殉节诸臣录》成为一代著名学者，出色的历史学家、方志学家。

戴衢亨是虔州大余县人。年17便举于乡。乾隆四十一年，召试，授内阁中书，充军机章京。四十三年，成一甲一名进士高中状元。初授翰林院修撰，后选任文衡，累主江南、湖南乡试。嘉庆初年，凡大典须撰拟文字，皆出自其手。历任侍读学士、军机大臣、体仁阁大学士，掌翰林院如故。

嘉庆十年，公元1805起任兵部尚书、协办大学士、体仁阁大学士兼翰林院掌院学士。从政谨饬清慎，颇有远见，为嘉庆时重臣。历任侍读学士、军机大臣、体仁阁大学士等职。善画山水，于乾隆三十六年，公元1771年尝作《庐山瀑布图》一幅。

戴衢亨虽然出身书香门第、官宦世家，但自小便没有一点纨绔子弟的娇惯刁蛮之气，倒是天生地热爱读书习字。父亲戴第元、叔叔戴均元、哥哥戴心亨都是由进士而步入仕途的朝廷官员，他们一有空闲，就把指导他学习当作放松身心的乐事，加上教书先生的悉心调教，戴衢亨的学问突飞猛进，不仅同龄学童望尘莫及，而且就是阅历颇深的成年学子也自叹不如。十五岁，县试、院试小试牛刀；

十七岁，秀才便成为他的囊中之物；再战乡试，又高中举人。人们的赞叹声余音未了，刚刚二十一岁的戴衢亨，在乾隆皇帝巡幸天津的时候，奉召应试，又深得皇上赏识，名列一等，授内阁中书，第二年就入军机处当了军机章京。

戴衢亨做官之后，曾经多次主持湖北、江南、湖南等地的乡试，均严格以才德取人。嘉庆十四年，他以协办大学士兼翰林院掌院学士的身份主持会试，并任殿试阅卷大臣。在考试中，他见徽州故里歙县举子洪莹才德兼备，便极力举荐洪莹为头名状元。心存忌恨的给事中花杰乘机诬告他与洪莹互相勾结，营私舞弊。事情传开，似乎确凿有据。嘉庆皇帝对这件事也将信将疑，便派满州军机章京将洪莹由福园门带至上书房，又命二皇子监看，令洪莹默写殿试策，与原卷核对，一一相符，并无情弊。结果花杰被押刑部议罪。嘉庆皇帝面露笑容，盛赞戴衢亨为朝廷选中了一位有真才实学的状元。戴衢亨毕生只著有《震无咎斋诗稿》文集 1 部遗世。

陈炽也是虔州瑞金人。清末维新派人物。光绪年间的举人。历任户部郎中、刑部章京、军机处章京，曾遍游沿海各商埠，并考察香港、澳门，一路"留心天下利病"，深研经济学，主张学习西方以求自强。

1893 年，光绪十九年为郑观应《盛世危言》作序，并自撰《庸书》内外百篇，疾旧制之弊，言改革之宜。倡言"核名实，明政刑，兴教养"，设报馆、办学校、兴工商；提出中国应自订税则，认为税司乃"利权所在"，不能"永畀诸异国之人者"；"合君民为一体，通上下为一心……以"强兵富国"。1895 年与康有为在北京组织强学会，被推为提调，并有正董、总董之名，力主变法，受翁同和赏识。翌年 8 月，《时务报》创办，为京师代收捐款者。1898 年维新变法失败，抑郁不得志，次年忧愤而死。毕生撰有《富国策》《续富国策》等文集遗世。

罗牧是虔州宁都县钓峰乡后村人。一生工书画，得魏书传授，继承黄公望、董其昌画法，系清初著名的山水画家之一。其画作对笔意空灵，林壑森秀，被誉为"江西派英才"，对当时江淮一带画家的影响颇深。

寓居南昌期间，巡抚宋荦曾作《二牧说》相赠。牧亦能诗，年八十时，海内争购其作，往往难得真迹。牧敦古道，重友谊，故徐世溥赠诗道："彩笔常悬梦里思，十年古道见页眉。云山本是无常主，更写云山卖与谁"？《国朝画征录》

《图绘宝鉴续纂》《中国绘画史》《中国画家大辞典》均有载。

罗牧是农家子弟，虽然出身贫穷，但艰苦的家境没能难倒他，反而激发了他从小树立起改变自己境遇的雄心壮志。由于他自幼聪颖，刻苦好学，并尊崇传统的儒家伦理道德观念"敦古道，重友谊"，奉行始终，后来，他真的走出了困境，成了清初著名的山水画家。

罗牧十多岁时从钓峰来到县城梅江镇，寻师习艺。经人介绍，初从魏书学画。魏书，字石床，梅江镇人，工诗词，善书画，真草隶篆运笔如神，画山水、竹木、鸟兽，穷态尽妍，是当时宁都一位颇有名望的画家。罗牧投其门下后，刻苦认真，深得其法，常受魏书夸赞。由于魏书性情放浪不羁，不入俗流，且嗜酒常大醉，每论古今，纵情奔放，毫无顾忌，罗牧深受其影响，导致他后来性情慷慨，不拘小节，一生喜好云游和交友。

罗牧结婚成家时，习画已经有七八年了。画技日臻成熟，但他并不以此为满足，常与魏禧、林时益等谈古论今，吟诗作对，借以提高自己。并拜林时益为师，学习制茶技术。由于他喜好饮茶，对制茶技术很感兴趣，故而，他在经过一段时间的刻苦学习之后，便学会了制作茶叶，并可供自饮和出售。这为他后来的游历生活提供了经济来源。顺治八年，他为了谋生和游学，携家眷迁居南昌。

在南昌，他的接触面广了，因而结识了不少明遗民中的文人、画家。如当时有名的画家徐世溥等，获益匪浅，画技长进甚快。康熙三年，罗牧44岁，又举家迁居扬州，在那里，又结识了许多画家，如当时有名的画家恽寿平等。他们技艺相同，思想相通，彼此推崇。不久，由于时局动荡，罗牧很快又迁回南昌居住。这段时间，他常去北兰寺与一个叫澹雪的和尚相聚谈经论画，并在和尚引见下，开始同一些官场文人来往，当时八大山人也常去寺里作壁画，他们便常在一起谈论画经，或赋诗唱和。就在这个时期，他经江西巡抚推举，获皇帝授予"御旌逸处士"封号。

罗牧的绘画活动，主要在顺治、康熙二朝。他早年师从魏书学习画技，后又自学继承名画家黄公望、董其昌的画法，所画笔意空灵，林壑森秀，墨气斐然，独具风格。他画的花卉、人物、山水画造诣很高。据后来专家论定，他的山水画具有三大特征：一是擦笔皴，纤细严谨；二是笔致粗犷、墨色鲜明；三是具有烟雨迷蒙的"米氏云山"风格。因此为行家所赞颂。尽管罗牧其时绘画造诣很高，对艺术态度严谨，同时也通晓诗文，但他一生为人谦虚，并不因此而傲然。他因家道贫寒，有时也绘制一些屏画出售，以补生活之用，所以他的画作流传甚广。今江西省博物馆、上海市博物馆以及日本等国内外不少团体和个人都收藏有他的画作。

罗牧寓居南昌时，住在风景优美秀丽的东湖百花洲，亦画亦制茶，并常与一些南昌文人画家相邀聚会，或吟诗作画，或切磋艺技。徐世溥曾经赠诗曰："彩笔常悬梦里思，十年古道见页眉。云山本是无常主，更写云山卖与谁？"后来，随着年事渐高，罗牧对山水画的创作越来越痴迷。为使当时的画坛能够发扬光大，他还与八大山人等组建了"东湖书画会"，因他当时"颇为名流称重"，许多人推崇他，所以他与八大山人都成为"东湖书画会"主要领导者。当时参加书画会的都是在南昌的名画家，如临黄庭坚书法的徐煌和董其昌书画的熊秉哲，以及彭士谟、李仍、蔡秉质、涂岫、闵应铨、齐鑑、朱容重、吴雯炳等人。他们交游雅集，共同切磋，探求艺术意趣，丰富和提高了他们的艺术情操、艺术追求和艺术水平，形成了江西画坛的画家群。

罗牧在画坛的成就和地位影响极大，除鄱阳湖流域外，还有江淮一带的画家，画技画风颇受其影响，因此形成了罗牧山水画的流派……对于罗牧的画绩，今天的《中国绘画史》《中国画家大辞典》均辟有条目做了详细的记载和介绍。

一路叙述至此，我们应该可以清晰地看到清代的虔州，它在那一时期里所取得的文学成就是令人们瞩目的。魏禧的散文创作成就在清代达到了一个令人无法企及的新高度，并且，他的军事思想亦通过其的《兵谋》《兵法》，告诫后人一些朴素的军事辩证思想以及用兵之道。谢启昆的诗论开创了自宋代《六一诗话》以来的论诗新境界、新高度，朱耷及罗牧等人开创的"江西画派"在画坛上独树一帜的西江画风，使得古虔州一扫长期以来的颓靡文风，开创了一个崭新的文学艺术的新时代。

我们一路翻山越岭，从虔州大山深处的溪涧、山冲里逶迤而来，来到了奔流不息的抚河岸边，行走在了素有"才子之乡"的红壤沃土之上，仿佛迎面看到了李绂、黄爵滋、谢文洊、蔡上翔、王谟、王聘珍、纪大奎、曾燠、乐钧、吴嵩梁、陈用光、陈孚恩、杨希闵、龙文彬、吴宏、揭暄等人正从历史的烟云深处朝我们走来。

李绂是抚州市临川区荣山镇人。我国清代著名的政治家、史学家、理学家、诗文家、方志学家、藏书家。他于康熙四十八年，初选为庶吉士，授翰林院编修，后迁内阁学士、左副都御史。雍正帝继位之后，他历任吏、兵二部侍郎、广西巡抚、直隶总督，曾经一度受到弹劾，被罢官下狱。乾隆帝继位后，又授户部侍郎、补太子詹事，历任光禄卿、内阁学士兼礼部侍郎。乾隆十五年，公元1750年去世，时年七十五岁。

李绂年少时虽家境贫寒，但是他自幼聪颖，读书过目成诵，好学不倦，有神童之誉。十岁能诗，十二岁即与乡里诸先生同结诗社唱和。

康熙四十四年，公元1705年举江西乡试第一，康熙四十八年，公元1709年中进士，选庶吉士，散馆授编修，迁侍讲学士、日讲起居注，武科会试正、副主考官，云南、浙江乡试正考官等职。康熙五十九年，公元1720年升内阁学士，不久兼任左副都御史。

从仕途上来看，李绂在康熙六十年，公元1721年，担任会试的副考官。后因落榜举子聚众至其寓所闹事，遭到御史舒库弹劾，朝廷以隐匿不奏的罪名罢免了他的官职，被贬至永定河去做了河工。雍正元年，公元1723年正月，李绂奉召回京复职，担任吏部侍郎。因不肯为大将军年羹尧之子年富等人捐造营房给予从优，为年羹尧所嫉，改充经筵日讲官。六月，赴山东负责督促漕运。七月，任兵部侍郎。雍正二年，公元1724年4月，任广西巡抚。他到任后，惩贪肃暴，勤政爱民。土苗畏威感德，竞相释怨言和，广西边地得以安定，受到雍正嘉奖。

雍正三年，公元1725年8月，李绂被任命为直隶总督，翌年3月到京就任。那年恰逢发大水，民多死亡。根据实际情况，他果断下令各地开仓救灾，然后上书朝廷，为自己擅自开仓出谷请罪，雍正认为他做得对，免予处分。后在朝廷中，多次上疏弹劾田文镜横行乡里，贪赃枉法，祸害百姓等，田文镜则反告李绂结党营私，后改调工部侍郎。雍正五年，1727年，被诬为庇护私党受劾，议罪21款，被革职交刑部审讯。身系狱中，日读书饱啖熟睡，同狱的甘肃巡抚称他"真铁汉也"。两次决因，雍正命缚至西市，以刀置颈，问："此时知田文镜好否？"对曰："臣虽死，不知田文镜好处"。刑部查抄他的家产，发现室内简陋，别无长物，甚至夫人的首饰，都是铜制品，根本不像达官显宦的家属。雍正这才相信他的清廉，将其赦免。出狱后，奉敕主修《八旗通志》《广西通志》《畿辅通志》等。闭门谢客，专心著述，历时八年。

乾隆帝继位，授李绂侍郎衔，管户部三库。十月，补户部侍郎。

乾隆元年，公元1736年5月，因荐人参加"博学鸿词科"考试，受朝廷斥责，降两级调用。后补太子詹事，充三礼馆副总裁。二年，公元1737年丁母忧归乡。四年，公元1739年，守母丧时与县令李廷友一同捐资创办"青云书院"，并亲自主持教席，一时天下名士云集，使得"才乡"教育雄风得以重振。六年，公元1741年，先后充任"明史纲目馆"副总裁、补光禄卿、江南乡试主考官、内阁学士兼礼部侍郎。乾隆八年，公元1743年因病告老还乡。回来后，居住在抚州城内上桥寺边的石芝园，也就是今天的文昌桥上沿河路那里，一度担任兴鲁书院的山长，并亲自讲学。

李绂算得上是一位集史学、理学、文学、方志学、藏书于一身的名儒大家。

他在从政之余，勤于治学，尤通史学，精研历史，对王安石的变法研究较深，其所作的《书〈辩奸论〉后二则》《书〈宋名臣言行录〉后》《书〈邵氏见闻录〉后》等文，敢于坚持真理，摒弃世俗偏见，实事求是地为北宋著名改革家王安石辩诬，许多观点被乾隆时史学家蔡上翔编著的《王荆公年谱考略》中引用。

李绂在理学方面的成就也较高。他崇尚陆象山之学，精研理学，集江西诸先正之长，论学以躬身实践为主，而归之于匡时济世。著有《陆子学谱》20卷、《朱子晚年学谱》20卷、《阳明学录》，力图调和朱陆的"尊德性"与"道问学"之说。诗文有《穆堂类稿、续稿、别稿》百数卷。在学术上，他是清代著名的陆王派的学者。梁启超盛赞其为："结江右王学之局的人"；而钱穆则誉之为："有清一代陆王学者第一重镇"的美名。其培养提拔了诸如全祖望、厉鹗、钱陈群、顾栋高等著名人物。

李绂才思敏捷，作诗动笔如飞。他在文学上的成就亦是独领一代风骚。杨希闵在《乡诗摭谭》中称其"古文直达肝膈，无所掩饰"，"诗有才气，凌厉无前，尤工次韵，挥斥如意……"，吴越间诸名士皆为叹服。清朝著名文学家王士禛称李绂有"万夫之禀"。全祖望称他"尽得江西诸先正之求治"。诗歌代表作有五言长古风：《峡江舟中望东岸诸山》。

李绂对方志学研究也颇有见解，在方志编纂及方志理论研究方面也很有成就。毕生著有《春秋一是》20卷。奉旨主修了《八旗通志》，任广西巡抚时，在任主修了《广西通志》《畿辅通志》《汀州府志》，归家守孝期间，又主纂了《临川县志》，为方志撰序四十余篇。自撰过《西江志补》《抚州续志》。对方志的性质、体例、章法、功用、文辞等在理论上有较为完整、严密的阐发。他提出"志，固史之属也"，一反传统的方志属地理书之说，这一见解虽有缺陷之处，但对扭转明以后之文弊，提高典籍之地位大有作用。他提倡方志编纂应"以诸史为宗"，"悉按列史时代统辖"，认为修志须突出其"籍征考""资援据"，"纂言记事，必载原书"之特点，切忌浮华空疏。李绂的方志理论有其独到的精辟之处，为乾嘉时方志学的正式建立作出了较大的贡献。

其纂修的《八旗通志》收集、整理了大量资料，查阅了内廷大量档案，走访了众多皇戚贵胄。在此基础上，从雍正5年，公元1727年开始编纂，至乾隆4年，公元1739，历经13年时间，终于成书。初集250卷，二集256卷（包括卷首12卷），分八志（旗务、土田、营建、兵制、职官、学校、典礼、艺文）、八表（封爵、世职、八旗大臣、宗人府、内阁大臣、部院大臣、省直大臣、选举）及列传三大部分。《八旗通志》集满族档案、图书之大成，为后人了解、研究和发掘清朝前期的政治、军事、经济、文化等历史提供了重要参考和凭证。

李绂在京期间居于宣武门南，家有书楼名叫"紫藤轩"，内中藏书有5万卷之巨，素以藏书甚多而名动天下，是清代有名的藏书家。

黄爵滋是抚州市宜黄县人，清代著名的政治家、思想家、文学家，是积极倡导禁烟的先驱者之一，与林则徐、邓廷桢等均为清代的禁烟名臣。

道光三年进士，选庶吉士，授编修，迁御史、给事中。以直谏负时望，遇事锋发，无所回避，谏言屡被采纳。十五年，特擢鸿胪寺卿。诏以爵滋及科道中冯赞勋、金应麟、曾望颜诸人均敢言，故特加擢任，风励言官，开忠谏之路，勉其勿因骤得升阶，即图保位，并以告诫臣工焉。寻疏陈察天道，广言路，储将才，制匪民，整饬京城营卫，申严外夷防禁六事，又陈漕、河积弊，均下议行。

时英吉利船舰屡至闽、浙、江南、山东洋面游弋，测绘山川地图。爵滋疏言："外国不可尽以恩抚，而沿海无备可危。"十八年，上禁烟议疏曰："窃见近年银价递增，每银一两，易制钱一千六百有零，非耗银于内地，实漏银于外洋也。盖自鸦片流入中国，道光三年以前，每岁漏银数百万两，其初不过纨袴子弟习为浮靡。嗣后上自官府搢绅，下至工商优隶，以及妇女僧道，随在吸食。粤省奸商沟通兵弁，用扒龙、快蟹等船，运银出洋，运烟入口。故自道光三年至十一年，岁漏银一千七八百万两；十一年至十四年，岁漏银二千余万两；14年至今，渐漏至三千万之多；福建、浙江、山东、天津各海口合之亦数千万两。以中土有用之财，填海外无穷之壑，易此害人之物，渐成病国之忧，年复一年，不知伊于胡底。各省州县地丁钱粮，征钱为多，及办奏销，以钱为银，前此多有盈余，今则无不赔贴。各省盐商卖盐得钱，交课用银，昔之争为利薮者，今则视为畏途。若再数年，银价愈贵，奏销如何能办？积课如何能清？没有不测之用，又如何能支？今天下皆知漏卮在鸦片，而未知所以禁也。夫耗银之多，由于贩烟之盛；贩烟之盛，由于食烟之众。无吸食自无兴贩，无兴贩则外洋之烟自不来矣。宜先重治吸食，臣请皇上准给一年期限戒烟，虽至深之瘾，未有不能断绝者。至一年仍然服食，是不奉法之乱民，加之重刑不足恤。旧例吸烟罪止枷杖，其不指出兴贩者，罪止杖一百、徒三年，俱系活罪。断瘾之苦，甚于枷杖与徒，故不肯断绝。若罪以死论，临刑之惨急，苦于断瘾之苟延，臣知其原死于家而不愿死于市。况我皇上雷霆之威，赫然震怒，虽愚顽沉溺之久，自足以发聋振聩。皇上之旨严，则奉法之吏肃，犯法之人畏。一年之内，尚未用刑，十已戒其八九。已食者借国法以保余生，未食者因炯戒以全身命，止辟之大权，即好生之盛德也。伏请饬谕各督抚严行清查保甲，初先晓谕，定于一年后取具五家互结，准令举发，给予优奖。倘有容隐，本犯照新例处死，互结之家照例治罪。通都大邑，往来客商，责成店铺，如有容留食烟之人，照窝藏匪类治罪。文武大小各官，照常人加等，子孙不准考试。官亲幕友家丁，除本犯治罪外，本管官严加议处。满、汉官兵，照地方官保甲办理；管辖失察之人，照地方官办理。庶几军民一体，上下肃清，漏卮可塞，银价不至再昂，然后讲求理财之方，诚天下万世臣民之福也。"疏上，上深韪之，下疆臣各抒所见，速议章程。

先是，太常寺少卿许乃济疏言，烟禁虽严，闭关不可，徒法不行，请仍用旧制纳税，以货易货，不得用银购买，吸食罪名，专重官员、士子、兵丁，时皆谓非政体。爵滋劾乃济，罢其职，连擢爵滋大理寺少卿、通政使、礼部侍郎，调刑部。19年，廷臣议定贩烟、吸烟罪名新例，略如爵滋所请。

林则徐至粤，尽焚趸船存烟，议外国人贩烟罪。英领事义律不就约束，兵衅遂开。20 年，命爵滋偕左都御史祁俊藻赴福建查办禁烟，与总督邓廷桢筹备海防。洎英兵来犯，廷桢屡挫敌于厦门，上疑之。爵滋与俊藻方至浙江按事，复命赴福建察奏。疏陈："廷桢所奏不诬；定海不可不速复；水师有专门之技，宜破格用人。"具言战守方略。又言浙江为闽、粤之心腹，与江苏为唇齿，请饬伊里布不可偏听琦善，信敌必退。及回京，复极言英人劳师袭远不足虑，宜竟与绝市，募兵节饷，为持久计，以海防图进。既而琦善在粤议抚不得要领，连岁命将出师，广东、浙江皆不利。二十二年，英兵由海入江，乃定和议于江宁，烟禁自此弛矣。寻丁父忧去官。

爵滋以诗名，喜交游，每夜闭阁草奏，日骑出，遍视诸故人名士，饮酒赋诗，意气豪甚。及创议禁烟，始终主战，一时以为清流眉目。所著奏议、诗文集行于世。

黄爵滋在文学上也极有建树，以诗文著称。诗作丰富，尤擅五古，典雅淳厚，格调高昂，经常与在京名士交游唱和，写下不少反映现实生活之作。他宗奉北宋大文学家黄庭坚，肯定"江西诗派"鼻祖黄庭坚的自成一家的创新精神，并撰写《黄山谷诗评》，纵横捭阖言说、全面透彻论析其用典艺术、艺术境界、文法结构、诗歌风格，影响深远。《晚晴簃诗汇》称其"诗循杜、韩正轨，纵横跌宕，才气足以发其学"，并收录其诗 20 余首。一生著有《黄少司寇奏疏》30 卷，《海防图》2 卷、附表 1 卷，《仙屏书屋文录·初集·二集》26 卷，《仙屏书屋诗录·诗集·后录·二集》34 卷，《戊申楚游草》1 卷等，并刊行于世。

谢文洊是抚州市南丰县人，我国清初时期著名的理学家。

少年时，谢文洊在舅父家得朱熹晚年时的论著，便爱不释手，时刻细读精研其文，这对他后来的治学态度影响甚大。21 岁时，其父谢天锡在广昌县香山筑舍，命谢文洊与兄弟在此读书，研习应举学业。崇祯十二年，公元 1639 年，他应乡举未中，遂厌薄举业，渐生出世之志。十七年，明朝灭亡，他毅然尽弃举业，入香山学禅。29 岁时，研读了陆九渊《象山集》，始志于儒。复读王畿《龙溪集》与王守仁《王文公集》，遂与友研讨良知之学，提出了"万物皆备于我，前后皆备于今"的主观唯心主义观点。清顺治六年，公元 1649 年，在新城，也就是今天的黎川县神童峰大兴讲会，他在与人辩论时，受到讲友王圣瑞的影响，通读了罗钦顺《困知记》，转而崇尚程、朱理学，于是专心研习。39 岁时，他在南丰县城西建"程山学舍",设"尊雒堂",李尊林、邵睿明等人亦讲学其中,后皆折节自称为弟子。时称"程山学派",被誉为"江西理学之宗"。与髻山宋之盛、翠微峰魏禧等聚论甚密,并称"江西三山"。谢文洊的理学,魏禧的经术文章,宋之盛的气节被推为清初"江西三山学派"之祖。

谢文洊治学严谨,躬行实践。以"畏天命"为宗旨,以诚信为本,以识仁为体,以经世为要,以二程上承濂溪,下启关、闽为法式授徒,被人们刮目相看。同乡士子、友人甘京、黄熙、封睿、曾曰都、危龙光、汤其仁等均拜谢文洊为师,时号"程山六君子"。其祖父辈谢退思、老辈名士李淑旦、大司马汤来贺都视谢文洊为师,谢文洊固辞,只好将子送至谢文洊门下求学。南丰县令张黼鉴也说:"但得见秋水先生幸耳。"他与星子宋之盛、宁都魏禧、彭任等过从甚密。康熙4年,公元1665年夏,谢文洊、魏禧、宋之盛在程山学舍大举讲会,广论程朱理学,听者甚众,"四方远近之游而过之者,殆无不知有程山谢子之学"。宋之盛亦叹道:"不到程山,几乎枉过一生矣!"时人认为"西江之学不入于岐趋者,乃程山之力"。

文洊深受客观唯心主义影响,认为治学、创作都要替天行道,必须诚心诚意。在文论上,他继承了韩愈"文以载道"的观点,注重文章的思想内容。其文立意深远,文笔朴实;其诗好发议论,感情真实。倡导"明体适用"之教育。认为以天下为己任者,不可无智,而智"禀之于天"而"得之于学"。而学须经"自共学以至于立、立而至于权"三个阶段。既不能"凌节而施,也不容画地而限"。学不至权,则才不足以御变;未达于立,而急于用权,则将以义为利。重视经史之学,尤其强调躬行实践。认为"学明理于经,而习事于史。史与学居十之六,而阅历锻炼又居其四"。在修养上,以主敬、自省为功夫。认为"为学之本,畏天命一言尽之矣。学者以此为心法,注目倾耳,一念之私,醒悔刻责,无犯帝天之怒"。

谢文洊毕生著有《谢程山集》18卷、《读易绪言》2卷,《风雅伦音》2卷,《左传济变录》2卷,《大臣法则》8卷,《初学先言》2卷,《学庸切己录》《中庸切己录》《大学切己录》《程山十则》《程山问答》《程山先生日录》及《兵法类案》等传世。《四库全书总目》中收有其《明学遗书》56卷。康熙二十年去世,时年六十七岁。

　　纪大奎是抚州临川的龙溪人。清代著名的史学家、文学家、数学家。大奎幼涉群籍，从父学《易》，父嘱其牢记《易》中的"独慎"并书之于壁，还将自己的书斋取名为"慎斋"，朝夕诫励自己。

　　乾隆三十九年，公元 1774 年经选拔入都，四十二年，1777 年选拔贡，四十四年，1779 年登顺天乡试举人，初任《四库全书》馆誊录。其道德文章受到人们称赞，京中有个大官想请他当家庭教师，答应荐他进翰林院或内阁做官，他秉性耿介，坚辞不就。五十一年，出任山东商河县知县，后调丘县、昌乐、栖霞、福山、博平等县，均能廉政爱民，轻徭薄赋，深受各地民众爱戴。后因父丧，辞官归里，在家潜心著述。

　　嘉庆十一年，1806 年复出，奉命赴四川什邡县任知县。其时，那里的社会秩序非常混乱，他大胆采取怀柔政策，办学校，兴教化，振风气，修水利，开垦荒地，大力发展农业生产，严惩盗匪淫赌，奖励勤劳耕织。在任十余年，"岁皆大熟"，县邑大治。政绩闻于朝，提升为重庆府合州，今天的重庆市合川区任知州。他的足迹所到之处，颇有政声，民皆叹服。

　　纪大奎博学多才，对程朱理学有很深的造诣，善古文词，精于《易》，于数学、地理、音乐、考据、占卜、地方志等也作了长期的研究，取得了很好的成绩。他一生著述颇多，今传《纪慎斋全集》，计有《观易外编》6 卷，《易问》6 卷，《周易附义·老子约说》4 卷，《地理末学》6 卷，《地理水法要诀》5 卷，《纪公行状》1 卷，《古律经传附考》5 卷，《笔算便览》5 卷，《读书录抄》1 卷，《六壬类聚》4 卷，《周易参同契集韵》《考订河洛理数便览》《金刚经偶说》《悟真篇》《双桂堂稿》6 卷，《续稿》12 卷，《双桂堂古文》2 卷，《双桂堂时文》2 卷，《四书文》《课子遗篇》《敬义堂家谱》2 卷，《仕学备余》6 卷，《纪公祈雨文》等约 20 种。

　　由于纪大奎以心命之学释经传，往往过于玄虚，其诗文也多迂腐之气，但其中保留了汤显祖、李梦松、何辉宁、揭重熙、李茹旻等诸多乡贤名人传记，具有一定的研究价值。他校订其外祖何辉宁的《甑峰遗稿》2 卷也收入在集中。在《笔算便览》中，兼及筹算，文字简明易懂，便于自学。此外，他在什邡任职期间，亲自编纂《什邡县志》54 卷；告病回乡后，又主编《临川县志》32 卷，志中序言称他是"其识超然，其才卓然，其德粹然，学贯古今，胸罗经史，足与李穆堂先生辉映先后"的人杰。人们为了纪念他，抚州市文昌桥西端有一条街被命名为"慎斋路"。

蔡上翔是抚州市金溪县东门镇蔡家村人，清代的学者、文学家、史学家。他从小聪颖好学，博览群书，为文纵横有致。

蔡上翔于乾隆十七年，1752 年中举，二十六年，1761 年高中进士，初授四川东乡，即今天的宣汉县知县。在官 8 年，因清廉政肃，不受托赠，不偏听偏信，深得巴蜀民心，《四川通志》将其列为"名宦"入传。

他在为官之余，潜心研究唐宋古文之精妙，其诗文不落俗套，奇思横出，自成一家。后因父丧归家，不再出仕，在坐落于金溪县城东麒麟山麓一条小巷的家中，辟出一间"东墅"书屋，全心从事著述。

早年，他喜欢作一些行文恣肆洒脱，捭阖纵横驰骋，不拘一格的作品，到了晚年，则全心沉潜在唐宋的各大家之中，深得各家大意，博学而笃。特别是在古文的治学上，他的奇思横出，奥衍雄深，自成一家。

蔡上翔最大的成就，便是他历时 27 个春秋，终于在嘉庆九年，1804 年撰写完成了《王荆公年谱考略》共 25 卷以及另附的《杂录》2 卷一书。他针对自宋代以来，历代政客、俗儒对王安石的攻击，积极参阅正史及博览百家杂说等数千卷，经缜密考证，祛疑辨妄，不阿流俗，不附众说，采用按年系事的方式，就荆公的人品、抱负及熙宁变法的真相和变法所采取的措施进行了深度的辩诬，为后人研究王安石提供了许多有价值的资料。

蔡上翔倾毕生精力著有《东墅文集》20 卷，《东墅诗钞》4 卷，《不求甚解录》4 卷，《论语续言》4 卷，《从政录》1 卷，《王荆公年谱考略》25 卷及另附的《杂录》2 卷。《金溪县志》存其记 2 篇。

王谟亦是抚州市的金溪县临坊，也就是今天的抚州市南城县沙洲镇临坊村人。清代的文学家、考据家。

王谟于乾隆三十三年，1768 年中举人，次年会试落第，侨居南昌，在私人的教馆中当先生。十年后的乾隆四十三年高中进士，初授知县，不久辞官，请改学职，选授建昌府学教授。

王谟主要成就在古籍整理和史学考证、辑佚方面。他才识雄伟，精力过人，好博览考证，雅慕考据学家郑樵、马端临的学识，终日采经摘传，搜罗散失旧闻，以补史书之缺。在中进士前，他就《江西通志》中的一些人文古迹进行辨伪纠讹，补正遗缺。其著《江西考古录》，针对旧志所述金溪栅城之说，进行辨误："栅城非周迪所筑，而是南朝余孝顷率兵二万屯于工塘，连八城以逼周迪，并以洛城为中心，用树栅围之，即后称之栅城。林适昂《江西志》以为南唐后主置，更是错误"。他又因六朝五代人物残缺，而江西人文见于史籍更少，于是广征博采，编成《豫章文献录》52 卷。这些都填补了史学领域的空白，保存了许多珍贵文献。所辑《汉唐地理书钞》，多录古代地理佚文，具较高学术价值，在地方史志辑佚、编纂及理论方面均有重大贡献，为后世方志修纂家重视。

他一生所辑散佚文献丰富，功绩显著。主要有《汉魏遗书抄》，收书 500 余种，刊行者有经部 108 种，一说为 96 种。《汉魏丛书》辑佚书 86 种，又传为 94 种；《汉唐地理书抄》分前后两编 8 册，都有 500 余种。辑佚之书对地理学、方志学、文学、经学的研究提供了资料。著述有《豫章十代文献略》也叫作《豫章文献录》）52 卷。功绩显著。巨著成，辞归，仍不顾年老体弱，笔耕不辍。86 岁卒。另有《汝麋玉屑》《江西考古录》《汝麋诗抄》《文抄》《逸诗诠》《尔雅后释》《家语广注》《尚书杂说》《左传异辞》《论语管窥》《经说》《十三经策案》《读书引》《江阳典录》等 24 种，功绩显著。

亦工诗文，著有《汝麋诗钞》8 卷、《汝麋文钞》12 卷、《汝麋玉屑》20 卷、《逸诗诠》3 卷、文抄 12 卷。还撰有经说杂著数十种：《三易通占》《尚书杂说》《韩诗拾遗》16 卷《左传异释》《夏小正传笺》4 卷、《论语管窥》《孟子古事案》4 卷、《补孟子释文》7 卷、《尔雅后释》《家语广注》4 卷、《不语述》16 卷、《补史纪世家》5 卷、《江右考古录》《古今人表》《竹书纪年考》《十三经策案》20 卷、《读书引》《酒中正》9 卷等，凡 200 余卷。

王聘珍是抚州南城人，为人厚重诚笃有古人风。清嘉庆以拔贡生就博士选，而学丰遇啬，晚更抱西河之痛郁郁不得志遂卒。

王聘珍初自垂髫，即受书于父，口授《大戴记》，凡诵习几数十载。惜旧注之少，且又不尽允当；乃禀承庭训，博访通儒，融会郑氏说经诸书，分节注之，成《解诂》十三卷，《目录》一卷。以为大戴与小戴同受业后苍，各取孔壁古文记，非小戴删大戴，马融足少戴也。礼察保傅，语及秦亡，乃孔襄等所合藏，是贾谊有取于古记，非古记采及新书也。三朝记曾子，乃刘氏分属九流，非大戴所衰集也。稿前后数易。他对正文校的特点是，反对据他书如《孔子家语》以及唐宋类书来增删《大戴礼记》的字句，"惟据相承旧本，不复增删改易。其显然讹误者，则注云某当为某，抑或古今文异，假借相成，依声托类，意义可通，则注云某读曰某而已"。他对正文注解的特点是："礼典器数，墨守郑义，解诂文字，一依《尔雅》《说文》及两汉经师训诂。有不知而阙，无杜撰之言"。能使三千年孔壁古文无隐滞之义，无虚造之文，用力勤而为功巨矣，别有《周礼学》《仪礼学》残稿，亦收王氏《续经解》中。

曾燠亦是抚州南城人。曾经官至贵州巡抚。清代中叶的著名诗人、骈文名家、书画家和典籍选刻家，被誉为清代骈文八大家之一。

曾燠自幼聪颖过人，少时随父亲宦游到北京，京城里的曹宿见其诗文秀美，"多折行辈与论文"，有少年才俊之名。曾燠的仕途是比较顺畅的。乾隆四十五年，1780 年中顺天府乡试，次年中进士，改庶吉士，派往翰林院研习国书。四十九年任户部主事。五十三年，在为父守孝满服以后，补湖广司，入值军机处，升贵州司员外郎，都察院有副都御史。五十七年，朝廷考核各官政绩，曾燠被定为一等，被任命为钦差大臣，出使江南一带。后升两淮盐运使。嘉庆十二年，1807 年升湖南按察使。十三年，调湖北。十五年，迁升广东布政使。二十年，再升贵州巡抚。

曾燠在宦海浮沉达半个世纪，主要业绩有二项，一是治理贵州军民政务，二是治理两淮盐政。嘉庆二十年至二十四年曾燠就任贵州巡抚。赴任伊始，曾燠抓的第一件事就是重教化，"于圣渝广训各条后附以解说，刊发城乡民户，广为化导"。曾燠治黔的第二件举措是治理屯军。乾隆初年，贵州实行按户授田，护卫苗疆，被称作"最为良法"。然而，到嘉庆中期，则"日久旷废，军田有与苗田界址不明者"。有鉴于此，曾燠奏请"悉行划拨，拟定章程"，俱被嘉庆帝采纳。上述措施的实行，对于维护贵州地方社会治安，发展地方经济，有着一定的积极影响。

两淮盐区是清代著名的大产盐区，生产海盐。以淮河为界，分为淮南、淮北两部分，计有 23 个盐场。乾隆、嘉庆年间，每年缴纳盐课银 220 余万两，占全国盐课近三分之一。因而，两淮盐政受到清朝统治者的高度重视。曾燠先后两次赴两淮任职：第一次是乾隆五十七年，1792 年，因京察一等，获特授两淮盐运便；第二次是道光二年，1822 年的闰三月，因朝廷感到"两淮疲惫日甚"，特命为母守孝刚满服的曾燠以巡抚衔巡视两淮盐政，准用二品顶带。

曾燠为官之余，倡导风雅，曾辟"题襟馆"于邗上，"周植花木为倡和之所"，延纳四方名流唱和，与宾从赋诗为乐。还曾捐款在京师修建南城会馆，并经常前往讲学。工诗文，其诗清转华妙，文擅六朝、初唐之胜。在清代中叶文坛上，为文磊落风雅，体正旨深，兼以才力富艳负盛名于世。洪亮吉在《北江诗话》称其诗"如鹰隼脱韝，精彩溢目"。他的骈文与邵齐焘、吴锡麟、洪亮吉、刘星炜、袁枚、孙星衍、孔广森齐名，并称为"国朝骈文八大家"。不止如此，他还是开清代按地域论诗人新例的诗论家之一，毕生辑录 2000 多名江西本籍诗人的诗作编辑纂成《江西诗征》94 卷，对江西历代诗人均作了中肯的评价。同时，他还辑有《江右八家诗》8 卷，颇具艺术眼光地对有代表性的清代江西八位诗人作了中肯的评价，对清代诗歌的研究作出了很大的贡献。

曾燠对家乡的麻姑山甚为钟爱，为此，他留下了不少的诗文，至今在龙门桥上仍可看见他手书的对联"天驾彩虹沧海括苍之洞，云飞银汉匡庐漱玉之亭"。

一生著有《赏雨茅屋诗集》22 卷、《骈体文》2 卷、《外集》2 卷、《义学轩》《西溪渔隐》各 1 卷。其骈文佳作被编入《八家四六文钞》。

曾燠还是一位著名的典籍选刻家，热心家乡和国家的文化建设，先后选列了《清骈体正宗》12 卷，书中选录了毛奇龄、陈维崧、毛先舒、陆圻、吴兆骞等 42 家文 172 篇，正编 12 卷、补编 1 卷。著作以六朝为宗，尤尊徐陵、庾信、任昉、沈约诸家，所选文章，不无偏好；还先后选辑了《苏文忠公奏议》2 卷、《虞文靖公诗集》8 卷、《江右八家诗》8 卷、《朋旧遗诗》18 卷、《江右诗征》120 卷，以及《续金山志》12 卷、《吕子易说》2 卷、《邗上题襟集》等刊行。另外，还有一部他选编的清朝诗集《清真集》，由于晚年多病，最终未能完成，留下了永久的遗憾。

乐钧是抚州市临川县长宁高坪村，也就是今天的金溪县陈坊积乡高坪村人。清代著名文学家。

他从小聪敏好学，秀气孤秉，喜作骈体文，弱冠补博士弟子。乾隆五十四年，1789 年由学使翁方纲拔贡荐入国子监，聘为怡亲王府教席。嘉庆六年，1801 年乡试中举，怡亲王欲留，乐钧以母老为由辞归。后屡试不第，未入仕途，一生之中先后游历于江淮、楚、粤之间，江南大吏争相延聘，曾在扬州梅花书院讲席。嘉庆十九年，因母去世过分伤心，不久亦卒。

乐钧与吴嵩梁同为翁方纲弟子，是继诗家蒋士铨之后，在清代文坛极负盛名的诗人。他所做的各种体裁的诗文均可称得上是清代的佳品，他才华渊懿，执清代骚坛牛耳几十年，大江南北知名人莫不心折。曾燠官扬州时，乐钧曾寓其馆中，颇得曾燠的赏识，谓其所长不惟诗，诸体之文，靡不绮丽。其骈文与张惠言、李兆洛等并称"后八家"，被录入《后八家四六文选》之中。其诗，张维屏以为"江西诗家，蒋苕生（士铨）后，乐莲裳、吴兰雪（嵩梁）"；杨希闵则称其"才气稍逊兰雪、茗孙（汤显祖裔孙汤储璠），而真意流露，秀韵天成，则反胜之"，是继蒋士铨、吴嵩梁之后江西诗坛的佼佼者，尝赋《绿春诗》二十章，又续赋三十章，盛行于时。亦工词，早年学柳永、周邦彦，后则"郁勃如寒泉奔进，冷峻而奇峭"。其词与蒋士铨、勒方锜、文廷式被称为"江西四大家"，词作被选入《清名家词》。其笔记小说《耳食录》，可与蒲松龄的《聊斋志异》媲美，记录了众多人世间的奇闻趣事、神仙鬼怪的秘迹幽踪，并掺以街谈巷语，"胸情所寄，笔妙咸鞍，虽古作者无多让焉"，时人竞相传抄。

乐钧在诗、词、骈文以及小说方面都颇具成就。其代表作《耳食录》脱稿于乾隆五十六年，乾隆五十七年刊印，吴兰雪为序，是一部志怪小说。此后在道光元年，同治七、十年先后又重刊三次，可见为时人所重。虽然从整体上来说《耳食录》不能跟文言小说的巅峰之作《聊斋志异》相媲美，但《耳食录》艺术上的特色，决定其在文言小说领域应占一席之地。

他毕生著有《青芝山馆诗集》22卷，《断水词》3卷，骈体文2卷，《耳食录》初编12卷，续编8卷。另有《楠善词赋稿》散佚。其散文《罗台山轶事》《广俭不至说》曾入中学课本。

吴嵩梁是抚州东乡新田，也就是今天的红光垦殖场人。清代的文学家、书画家，江西最杰出的诗人之一。在诗坛与王维一般被人称作"小诗佛"。

吴嵩梁少年孤贫，有异才。15岁时，便以文名于乡里，时为金溪杨馥所识，结为忘年交。乾隆四十九年，1784年高宗南巡时，吴嵩梁应召赴金陵应试，时年不到20岁，诗稿已有数百首。嘉庆五年，1800年中举，授国子监博士，旋改内阁中书。道光十年，1830年擢贵州黔西知州，其时年已65岁，他在上任的次年，便于黔西东山开元寺修建了阳明书院，广收学子。后因事得罪上司，转为长寨厅，今天的长顺县任同知。曾经先后两次充任乡试同考官。

吴嵩梁在中举前曾师从蒋士铨学诗法，以杜甫为宗，兼及唐宋各家之要，诗名渐起，后浪迹名山大川之上，至弱冠之年入都，与当时的名流交游酬唱，与王昶和北平的翁方纲、满州的法式善、钱塘的吴锡麒等并相推重。他曾经先后主讲过兴鲁、白鹿洞、鹅湖等书院。在鹅湖时，注重言教与身教结合，告诫生徒要"贵实学"，忌"一暴十寒"，曾主持清理书院学田、店租，修成《鹅湖书田志》4卷。于白鹿洞任课之余，喜游胜景，撰有《庐山纪游诗集》。

吴嵩梁才华横溢，与乾嘉间优秀诗人黄景仁齐名，并称为"一时之二杰"。是活跃于嘉庆、道光年间著名的诗人，诗名远播海内外。曾经有日本商人出重金购买其诗扇，还有朝鲜吏曹判书金鲁敬得其所著诗，以梅花一龛供奉之，称为"诗佛"。清代的梁绍壬在《两般秋雨盦随笔·梅龛诗佛》中这样写道："西江吴兰雪中翰嵩梁，工诗，高丽使臣得其所著诗，称为诗佛，而筑一龕以供之，种万梅树云。"《晚晴簃诗汇》则称其诗"纵横排再，议论藻采足以佐之"。在清道光年间的内阁中书舍人中，吴嵩梁的诗与龚自珍的才、魏源的学、宗稷文的文章、端木国瑚的经术，被称为"薇垣五名士"。

吴嵩梁不仅能诗，还亦工文、词、书、画，但被其诗名所掩。其书法则学苏、米，画从汪梅鼎学写兰，出笔即秀逸。其女吴萱、妹素云、妻蒋徽都是当时有名的女画家。小女儿吴芸华是个诗人，可谓一门风雅，尽在吴氏。

吴嵩梁毕生著有《香苏山馆全集》57卷，其中《近体诗古体诗》28卷、《词》1卷、《文集》2卷、《石溪舫诗话》2卷、《听香馆丛录》6卷、《鹅湖书田志》4卷、《新田十忆图咏》4卷、《表忠录》《东乡风土记》《粤游日记》《庐山记游图咏》《武夷记游图咏》《莲花博士图咏》《拜梅图咏》《秦淮春泛图咏》《香苏草堂图咏》《鹤听诗图咏》各1卷。

陈用光是抚州黎川县人，嘉庆六年的进士。初授编修，官至礼部左侍郎，提督福建、浙江学政。尝为其师姚鼐、鲁仕骥置祭田，以其学识慎行而名重一时。

他从少年时代起，便就学于舅父鲁九皋，成年后又师从姚鼐、翁方纲。他虚心好学，出言有识，颇受姚、翁器重。与陈希曾、陈希祖同为鲁九皋得意门生。嘉庆五年，1800年中举，六年中进士，改庶吉士，授编修。道光二年，1822年提升为司业。历任中允侍讲庶子，翰林院侍讲学士，詹事府詹事，内阁学士兼礼部右侍郎，代理户部右侍郎，礼部左侍郎。还曾任日讲起居注官，文渊阁直阁事，国史馆纂修总纂，文颖馆《明鉴》总纂，乡会试同考官，河南、江南乡试正考官，福建、浙江学政，1832 年壬辰科会试的复试阅卷大臣，武会试总裁等职。为道光皇帝所器重，曾被钦命为"文魁"。在方苞以后的桐城派文人中，陈用光是最为官运亨通的一个。

陈用光为人正直，为官清廉。他在浙时，劾罢奸佞，以儒学规训学子。道光五年江南乡试中，他认真选拔人才，考生管同中举后，他大喜说："吾今乃得管生，不虚此行！"另一考生梅曾亮也由其亲手提拔。此后，他们互为知友，经常在一起谈古论今，赋诗撰文，均为桐城派得意门生。陈用光不愿趋炎附势，对达官贵人的邀约，总是借口推辞谢绝。对贫寒之士，则慷慨赠与周济，还曾为老师鲁九皋、姚鼐设置祭田，被称为荣师爱才的典范。居官 30 余年而家无余财。

陈用光工古文，"理道宽博朴雅"，文笔浑厚精深，为当时文人所佩服。为学宗汉儒而不背程朱。桐城派后起之秀管同、梅曾亮等多出其门。作诗始学于蒋士铨，后效姚鼐方法，"气稍敛抑"，为宣南诗社成员。系林则徐密友，曾与林则徐相和诗，林《云左山房诗钞》卷五有《题陈石士侍郎用光韬步竹图遗照》诗。

一生著述甚多，传之于世的有《太乙舟文集》8 卷，《衲被录》等。其中《太乙舟文集》8 卷，影响较大。该集为梅曾亮编次，于道光十六年，1835 年刊刻出版。还有《诗集》12 卷及《衲被录》等并传于世。《春秋属辞会议》一书尚未完成，即病卒。

杨希闵也是抚州的黎川县人。他自幼勤奋好学，青年时便在家乡的私塾当老师。道光十七年，1837 年选拔贡时，被推荐为内阁中书的候选人才。他一直认为走上仕途非己之所愿，遂放弃了举业的机会，专心攻经，潜心治学。尤好讲《易》，崇奉宋代儒家朴学笃行之说，与龚自珍、梅曾亮等切磋学问，为乡人所敬佩。

咸丰六年太平军攻克黎川、南城等地时，杨希闵主动站出来招募乡兵与之相抗，等到广信郡守沈宝祯率部来援时，见他一介书生有此胆略，乃以礼待之。不久，建昌府所属各县均被太平军攻陷，南昌也被太平军围困。杨希闵举家流落到福建邵武，后迁福州，先后被福建学政吴南池和布政使周开锡延聘。他利用这一时机，饱读经史百家，并加以披阅考证，获益匪浅。同治九年，1870年东渡台湾，在海东书院主讲11年。以宋儒性理之学及经、易之书，启迪台湾士子，使得台湾学风为之一新。

杨希闵在理学上崇尚程、朱，文章则有桐城派风格，主张"义理、考证、词章"三者不可缺一。他毕生埋头书卷文海当中，砚田笔耕不止，在考证评论前人的文史书籍等方面，花费了极大的精力，其"考订精详，论事平允，非浅学者所能及"。在闽北邵武期间，他著有《乡诗摭谭》20卷，宣统二年，1910年由新建夏敬观刊行；另有《江西诗轨》《江西诗话》若干卷，未能刊行。他评述了晋陶潜以来江西籍的340位诗人，对历代能诗而名不甚著者，均有所记，为研究江西诗歌发展史提供了珍贵的参考依据。在福州时著有《榕阴日课》10卷刊行。在台湾时著有诸葛亮、李泌、陆贽、韩琦、李纲、王守仁诸家年谱，也叫作《四朝先贤六家年谱》及《豫章先贤九家年谱》。他在蔡上翔《王荆公年谱考略》的基础上，撰写了《王文公年谱考略推论》和《熙丰知遇录》各1卷，继续为王安石"辨诬"。晚年编撰的《客中随记》，亲自笔录藏书、说经、居家、政事、校籍、文章、杂余、释典等八大类，其中不乏大量珍贵文献资料。

杨希闵十分爱好和擅长诗词创作，撰有《遐憩山房诗》《痛钦词》《过存草》《覆音瓦草》《诗榷》《绝句诗选》《四书改错平》等。此外，他对医学也有一定研究，著有《伤寒论百十三方解答》《金匮百七十五方解答》《盱客医谈》等。还有《四书改错平》14卷、《水经注汇校》40卷、附录2卷、《读书举要》2卷遗世。

吴宏是抚州金溪人，后移居在建宁。他自幼好绘画，在毕生的创作实践中能够独辟蹊径，在画坛自成一派。顺治十年，1653年他曾渡横黄河，畅游雪苑，归来后笔墨一变，风格变得纵横放逸，苍茫空远。他的画作大多取材于自然景物及仰慕的桃花源仙境，构图疏密相间，气势雄阔。其与龚贤、高岑、樊圻、邹喆、叶欣、胡慥、谢荪合称为"金陵八家"，在八家中画风最为粗放，浑然无际，任凭想象，景色细致苍郁，充满了生活气息。偶作竹石，亦有水墨淋漓之致。周亮工赠诗云："幕外青霞自卷舒，依君只似住村虚，枯桐已碎犹为客，妙画通神独亦予"。

他留下的传世作品有康熙五年所作的《山水》册页、《江山行旅图》卷轴，现均收藏在北京故宫博物院中；他于1672年所作的《松溪草堂图》立轴、《竹石图》立轴，现今被收藏在南京博物院中；《山村樵牧图》立轴，藏在天津市艺术博物馆。

揭暄是抚州市广昌县盱江镇后塘村人，我国明末清初时期著名的军事理论家、天文学家、哲学家和数学家。他一生最大的贡献是费尽心血撰写了著名的军事著作《揭子兵经》《揭子战书》和《兵法纪略》，科学名著《璇玑遗述》（又名《写天新语》）和人性论著《性书》。2013年是揭暄400周年诞辰。

他少年时便身负奇才，喜论兵，且慷慨自任，独闭门户精思，得其要妙，著为《兵经》《战书》，皆亘古所未有。学使吴炳见之，惊曰："此异人异书也。"

明末，揭暄发愤举义，与抚州揭重熙、同邑何三省、骆而翔，先后并起，父子义声，奕奕震动江闽间。闽汀失，遂身居林薮，箨冠野服，幽抑以终。

揭暄的军事名著有《揭子兵经》和《揭子战书》，其中《揭子兵经》分"智""法""术"三卷，亦称《兵经百篇》《兵镜百篇》《兵法百言》《兵经百言》《兵经百字》《兵略》《兵法圆机》等，是清代的一部重要兵书，与《孙子兵法》一同被视为"兵书"之瑰宝，是我国历史进程中较为完整的一部兵法奇书。书中共有100个智慧谋略，体现了揭子博大的军事思想、哲学思想、和谐思想。该书博大精深，具有很高的军事价值、哲学价值和科学价值，在中国军事思想史上占有极其重要的地位，是发展了的孙子兵法。

《揭子兵经》很好地体现了揭暄的战争观，他在孙子"不战而屈人之兵"基础之上发展和丰富了其内涵，他主张"于无争止争，以不战弭战，当未然而寝消之"的战争观，"无功之功乃为至功"的战争思想。此外，他还在治军方面采取以将制将，重视军队团结的办法，提出了"胜天下者用天下"的观点，认为不管是本国，还是邻国、敌国，凡是可用之材，都要充分利用起来，要重视和爱护士兵，并对爱护士兵提出了更高的要求。他在书中特别强调粮饷在战争中的作用。

《揭子兵经》在军事哲学方面也具有明显的进步，揭暄能够自觉地利用朴素的唯物主义自然观来解释古代的天文术数，就充分说明他对辩证唯物主义有着深刻的理解和认识，所以，他才反对观天意，主张观天象而用兵，对通过观察自然界的现象来推测人、军队和国家的气数命运持否定态度，它认为战争胜负与术数无关，是人的因数决定所谓的"气数"，而非"气数"来决定人的命运。所以，《揭子兵经》是反对以占卜的结果决定军事行动。

而《揭子兵经》则是一部理论性较强的兵书，它不仅继承了古代的优秀军事思想，还结合了明末清初的军事实践，用当时较为通俗的语言来进行了阐述，对一些问题提出了自己的看法。因此，它被称为是对中国古典兵学的继承和发展，有人说"读完《兵经百篇》，中国其他的古代兵书就不用再读了。"这部兵书涵盖了古典兵学的内容，注入了当时最进步的思想。

《璇玑遗述》是他耗费50年精力于康熙二十八年，1684年完成的一部天文力作，该书共十卷，不仅阐发了他在天文学方面的惊人创见，还体现了渊博的数学知识。其代表性的著述还有：《揭子性书》《揭子昊书》《揭子二怀篇》《揭子道书》《揭子射书》《帝王纪年》《揭方问答》《周易得天解》《星图》《星书》《火书》《舆地》《水注》等，涉及天文、地理、历史、哲学、数学各个领域。

一路逶迤道来，我们不难看出清代抚河两岸文化艺术的兴盛与繁荣局面，应该一点也不输于文化全盛时期的唐、宋那两个朝代。在抚州的这块红壤沃土之上，无论是在政治、经济、军事、文学艺术等领域，以思想家、文学家、考据家：李绂、黄爵滋、谢文洊、蔡上翔、王谟、王聘珍、纪大奎、曾燠、乐钧、吴嵩梁、陈用光、陈孚恩、杨希闵、吴宏，军事家揭暄等人在历史进程中展示出来的卓越、非凡表现，再次向后世的人们证明了素以"才子之乡"著称的抚州，为鄱阳湖地域文化及其地域文学的发展作出了很大的贡献，同时，它也在中国历史文化的进程中作出了自己应有的贡献。

一路从抚州缓步出来，踽踽西行，不几日便来到了庐陵的地界，细细打量之下，昔日文学艺术特别繁盛，素有江右望郡之称谓，江右文化发源地之一的庐陵大地，呈现在我们面前的仿佛是一派文化枯寂及文学凋敝的寂冷气象。徜徉在庐陵的纵横阡陌间，四下顾盼，终于看到了从永新方向踽踽走来了一位头戴毡帽，一袭长衫的老人，他不是别人，正是曾为吏部主事的龙文彬先生。

龙文彬是吉安永新县澧田乡南城村人。咸丰九年，1859年因恩科举于乡，同治四年，1865年考中进士，授吏部主事。

他在3岁时便父母双亡，后由叔父给抚养长大，6岁那年就开始帮财主家放牛，在放牧牛儿的空余时间里，他用赶牛的竹竿在沙滩上练习写字，还未满10岁时，就能够写文章了，可以说是下笔千言，提笔成章。长大后，遂入塾馆以教书为业。同治四年，1865年进士及第，初授吏部主事，光绪元年充棱穆宗实录加四品衔，后因不满朝政的腐败，遂辞官还乡，继续在家乡的塾馆教书，当时的名士刘绎曾经有诗赞他说："龙子具史才、善学紫阳笔。古今纳怀抱，早兼才学识。"

龙文彬小时和叔父相依为命，家里穷得没有一担谷的储备，中进士前以教书为生，有点薪水，便全交给叔父，甘于清贫。在京为官及后来在教馆收入丰厚了，但凡有公益的事，他总是慷慨解囊。他说，我不做守财奴，把很多钱遗给子孙。见义、量力去做，不等待有了余钱再去做。还说，俭以养廉且惜福，勤以补拙且养生。他的品格就是这样的高洁。龙文彬在京做官15年，不能改变国家贫弱的状况。于是，他告老还乡，仍如进京前那样，主讲本县的秀水、联珠、莲洲等书院及本府的白鹭洲书院和临江府的章山书院。龙文彬一边教授生员，一边著书立说。

龙文彬在朝为官，在乡执教，上至士大夫、下至普通百姓、无论认识与不认识的人，都称他是"古所谓有道君子"。

他在经、史、诗、文等方面都有非凡的成就。其所著的《明会要》共80卷，堪称是鸿篇巨制。内分帝系、礼乐、舆服、学校、运历、职官、选举、民政、兵刑、食货、祥异、方域、外番等15门，共498个子目。征引赡博、详尽地记载了明代的政治、典章制度掌故。对研究明史，有很重要的参考价值。他还写了许多诗，刊印了《永怀堂诗钞》2卷及《明纪事乐府》。收录在《永怀堂诗钞》中的杂诗、咏物抒怀、写景叙事、清新自然、情真意切。所著《永怀堂文钞》一共10卷，分经解、论辩、序、传、墓志墓表、碑记、杂著等7类。如《罢中书省论》《成祖杀梅殷论》《张居正论》《刘基论》等的见解都有独到之处。其他的著作还有一本研究《易经》的书，名字叫作《周易绎说》，均被《清史列传》收入其中流传于世。

游遍了庐陵，一路北上，我们的脚步逶迤而去，不几日便来到了曾经被称为筠州、雷州的古袁州。甫一进入袁州，我的眼前不由得为之一亮，晚清著名的人物文廷式先生，竟然带领着一班文人墨客正在大踏步地朝我们迎了上来。

文廷式是萍乡市城花庙前，也就是今天的安源区八一街人，中国近代的著名爱国诗人、词家、学者，在甲午战争期间主战反和，并积极致力于维新变法运动，是晚清政治斗争中的关键人物之一。

文廷式是清光绪十六年，1890 年殿试的榜眼。1898 年戊戌变法失败后出走日本，1904 年逝于江西萍乡。

他幼年在家塾就读，人极聪慧，有过目不忘之能。十七岁时受业于广东名儒陈沛之门下，文华得以猛进，为菊坡精舍高才生。光绪八年壬午，以附监生领顺天乡荐，中试举得第三名举人。光绪十五年，1889 年在保和殿大考翰林，得翁同和与汪鸣銮援手，年仅三十九岁的文廷式考取内阁中书第一名。次年春闱，中式恩科贡士，由户部带引见，复试一等第一名。殿试第一甲第二名，也就是中了榜眼，赐进士及第，授职翰林院编修，旋充国史馆协修，会典馆纂修，本衙门撰文。

由于文廷式是光绪帝瑾妃、珍妃的老师。因而他与瑾、珍二妃算是世交，为此在光绪心目中有一定的地位。后在大考翰詹，经德宗也就是光绪皇帝复看卷时，专书殊谕干预，亲自提擢，钦定廷式一等头名，由编修上升为翰林院侍读大学士，兼日讲起居注官。不久，又派他稽查右翼宗学，教习庶吉士，协同内阁看本，署大理寺正卿等职。

文廷式志在救世，遇事敢言，与黄绍箕、盛昱等列名"清流"，与汪鸣銮、张謇等被称为"翁门六子"。中日甲午战争期间，他力主抗击，上疏请罢慈禧生日"庆典"、召恭亲王参大政；奏劾李鸿章"昏庸骄蹇、丧心误国"；谏阻和议，以为"辱国病民，莫此为甚"。光绪二十一年，1895 年秋，与陈炽等出面赞助康有为，倡立强学会于北京。次年二月，遭李鸿章姻亲御史杨崇伊参劾，被革职驱逐出京。

这一时期，文廷式日益潜心时务，用心著述。他的《琴风余谭》《闻尘偶记》，记述的便是甲午、乙未年间的时事、人物，他能言人所不能言、人所不敢言之事。即便是在被革职归里后，仍然撰写了《罗霄山人醉语》一书，用来表达他痛感"中国积弊极深""命在旦夕"的担忧，提出了"变则存，不变则亡"的口号，倾向于变法，但他又以为变法不可急切从事。自戊戌政变后，清廷密电访拿文廷式，他遂出走日本。1900 年夏回国，与容闳、严复、章太炎等沪上名流，参加唐才常在张园召开的"国会"。唐才常的自立军起义失败后，清廷复下令"严拿"。此后数年，文廷式往来萍乡与上海、南京、长沙之间，沉伤憔悴，寄情文酒，以佛学自遣，同时从事著述。这时期所著杂记《纯常子枝语》40卷，是其平生的精力所萃。

文廷式一生存词150余首，其中大部分是他在中年以后表达感时忧世，哀国怀愤，愁情流露的作品，在慨叹国势衰颓中，流露出对慈禧专权的不满，对当道大臣误国的愤慨，也寄托了他的报国救世之志，激荡着他的爱国的豪情。他晚期的词作，飘零之感与忧时之情交织，出尘避世的情绪日趋明显。文廷式的一些艳词，风格接近花间词风；其的抚时感事，言志抒怀之作，则以苏轼、辛弃疾为宗，或慷慨激越、抑郁幽愤，或神思飘逸、清远旷朗，但大都借景言情，托物咏志，兼有豪放俊迈，婉约深微的特点，被誉为神似东坡、逼肖稼轩，在近代词坛上，文廷式强调比兴寄托，推尊词体，与常州词派相近，但又不为其囿，自成一家。

文廷式的藏书甚丰，校本、抄本极多，曾藏有《永乐大典》10数册、彭兆荪《全上古三代秦汉三国六朝文》手稿、《范石湖诗集》《素问释义》《四书考典》等10数种罕见之册。藏书楼有"思简楼""知过轩""云起轩"等，编撰有《知过轩目录》，著录图书2654种。著《云起轩词抄》《文道希先生遗诗》《云起轩文录》《纯常子枝语》《闻尘偶记》《春秋学术考》等50余种。

朱轼是古瑞州府高安县艮下村，也就是今天的高安市村前镇艮溪朱家村人，清朝中期的名臣，著名史学家，乾隆帝的师傅。《朱氏宗谱》上曾记有北宋元丰年间，苏轼因赴筠州（后改为瑞州）看望弟弟苏辙的途中，慕名游览过艮溪里，于是，流经艮溪里的河，被村民改叫苏溪河，艮溪里的山，也改名叫坡山。艮溪里人因苏轼曾经来村子里游览过而认为是一大殊荣，这给了朱轼以极大的影响，为此，他把学名取为朱轼。

朱轼自幼苦读寒窗，通晓经史百家，是著名的经学家、文学家，历任潜江知县、陕西学政、奉天府尹、浙江巡抚、左都御史。雍正时，充圣祖实录总裁，拜文华殿大学士，兼吏部、兵部尚书。乾隆时，充世宗实录总裁，命协同总理事务，跻身相位，当朝一品，得到康熙帝的赏识、雍正帝的重用、乾隆帝的倚重，是康、雍、乾三世"恩宠极人臣之分"的显赫人物。

朱轼一生秉承"皇权专制加道德教化"为自己的政治主张和为官之道。在他出任潜江知县期间，他认为教民易俗莫如圣谕十六条，即援用楚中乡语，注为训解，每月朔望，宣讲四乡。无论他在何处为官，都必强调教育的重要，办书院崇尚儒学。他三主会试，以"读对贤书而能发明其义蕴"为选才标准，在浙江任上刊印颁发了《大戴礼记》《仪礼节略》以及《张子全书》《颜氏家训》《温公家训》等书，使浙江风俗为之一变。

朱轼为官清廉刚正、望正朝端。其时，康熙推崇朱熹学说，朱轼便是当朝御用程朱学派的重要代表。他生活俭朴，高安民间旧时流行的酒席"朱公席"，待客时多为四盘两碗，据说是朱轼宴请乾隆时所创。

朱轼还主张"民本"，"民可载舟，民可覆舟"。他在潜江，下车伊始，即下免粍之令，正供之外无丝毫多取。朱轼关心民生，对于营田水利各节，筹划举措，都事必躬亲。他在浙江督修海塘，多所创造，海宁、上虞等县常患海潮，朱轼采用"木柜法"作堤基，从而堤塘坚固，潮患免除，民则安之，所以人言"朱轼所修不塌"。康熙五十九年朱轼擢左都御史。六十年，山西、陕西大旱，朱轼差往山西劝粜给赈。他严惩贪官污吏，奖励富户、绅士捐献粮钱，救济灾民。他还组织劳力整治漕河水道，停收米船课税，以利粮食流通责任地方官设厂医治患病灾民。此后疏请山西建立社仓以备荒歉；大兴水利，引泉灌田，民受其利。

雍正元年，御赐"朝堂良佐"匾和题诗扇面，转迁吏部尚书，晋加太子太保，又加太子太傅，雍正视其为左右手。

在朱轼的家乡高安市，至今还在上演着以朱轼为模特而创作的高安采茶戏《南瓜记》。《南瓜记》讲的是南昌县恶霸地主王寿庭勾结官府，横行霸道，强抢穷秀才丁文选之妻杜兰英为十房夫人。适为回高安与老母拜寿的宰相朱轼所闻，并设下巧计救出杜兰英，依法严惩了王寿庭和一班贪官污吏。为表感激之情，丁文选挑担南瓜去与朱母祝寿。这个节目多次在中央人民广播电台、江西人民广播电台中播放，成为家喻户晓的采茶戏。乾隆元年，1736 年 9 月，朱轼积劳成疾，病逝于京都。

二百多年过去了。今天，人们只能从他留下的文稿，他的手书，以及碧落桥连同他的墓地等为数不多的文物中来凭吊这位为民兴利，为国选才，鞠躬尽瘁、死而后已的"朝堂良佐"。

朱轼在康熙三十三年高中进士，初选为庶吉士，后由庶吉士改授湖北潜江知县，再放陕西学政、奉天府尹、浙江巡抚、左都御史。至雍正时，先是充圣祖实录总裁，授刑部主事，督学陕西，累官文华殿大学士，兼吏部尚书。任浙江巡抚时，他首创"水柜法"修筑海塘，为治理沿海水患而功垂后世。由于康熙非常推崇朱熹的学说，因而朱轼也成为了当时朝廷御用的程朱学派的重要代表人物。因其居官廉洁，刚正不阿，故而在任上颇具惠政，曾经历仕康熙、雍正、乾隆三朝，累官至太子太傅、文华殿大学士，兼吏兵二部尚书。世人赞其曰"束其励行，通经史百家"之人。

朱轼不但是历史上对政治有重大建树之杰出人物，而且他还工古文，学宗横渠，还是一位博学多才、著述丰富、潜心教育、善育英才的著名史学家、文学家和教育家。曾先后被雍正、乾隆皇帝召充为《圣祖实录》《世宗实录》总裁，他的传世之作《周礼注解》《周易注解》《文端公集》以及《春秋钞》《历代名臣传》《历代名儒传》《仪礼节要》等，至今在我国文史学术界影响巨大。在教育上，朱轼不但培养出了乾隆皇帝这一文武兼备、治国称雄的杰出人才，而且在振一代文风、严格科举制度、兴办各类书院、选拔优秀人才等方面也作出了巨大贡献。

舒梦兰是靖安县城西门外的一座叫作"世大夫第"家里的人，平常也叫作木门楼的人，生卒年月不详。他一生与诗书相伴，曾经将自己撰写的《寻祖》《悼亲》《哀儿》等系列诗文辑录在一起，取名为《秋心集》并刊印发行。

舒梦兰生前曾经写下了许许多多的诗词散文，一共刊行有 11 个文集。乾隆六十年，也就是 1795 年，人们把他的 11 部文集合编成了《天香全集》，其中的《白香词谱》至今仍风行全国，是词界不可多得的一部好书。

《白香词谱》应该是舒梦兰在北京怡贤亲王官邸客居时的那一时期里写成的。他选辑自唐代李白至清初黄元隽等 59 家著名词人各种词牌的代表作共 100 首，严格按照格律分别注上平仄声并编成词谱，堪为填词者的典范。这在当时就被收入《四部丛刊》和《清代名家》之中，并同为雁序。当代，上海教育出版社出版的《中学语文教师手册》中，就把《白香词谱》列为中学语文教师必读的古籍和工具书之一。1962 年 1 月，陈毅元帅在《荣宝斋画谱题词》中写道：

"画谱的刊行，我们拍掌欢迎。近代作画的不读芥子园画谱是例外，好像作诗词的不读《唐诗三百首》和《白香词谱》是例外一样。"

舒梦兰一生著有《游山日记》12卷、《古南余话》5卷、《婺令余稿》一卷以及《湘舟漫录》《骖鸾集》《香词百选》《秋心集》等集子存世。

刘凤诰是萍乡市上栗县赤山镇观泉村人。1789年，清乾隆五十四年己酉科进士胡长龄榜第三名，也叫作探花郎。乾隆曾经称赞刘凤诰为"江西大器"，"江西才子"。

刘凤诰在乾隆年间被封为太子少保，曾经担任过吏、户、礼、兵等四部的侍郎。出任过湖北、山东、江南主考官和广西、山东、浙江等地的学政，权衡选拔文士，名声远播。1821年，清道光元年，因病呈请回家调理，致仕归家。

作为彭元瑞的弟子，他在史学上贡献很大。刘凤诰在彭元瑞去世前完成《五代史》前十四册的基础之上，接着完成了后五十八册的编纂，接着又完成了对《五代史》的诠释。他对《五代史》的先后三次易稿，历经二十余年，终于完成了这部很有史学价值的大书，累得他呕吐出的血色黑如墨。刘凤诰死后，赵慎畛曾在会稽见到他的手抄残稿，六册十二卷，稿用墨笔，涂改、注释用丹黄笔，书写用端正楷书，点画皆遵照《康熙字典》的要求，半点也不越矩。

刘凤诰的嗜好就是对古文的研究，他能博古通今也很擅长诗歌创作。毕生以唐朝的杜甫为宗师，文才淡雅。

他所作的塞外诗，"豪宕奇崛，盖得山川之助也"。将塞外的风光、民俗、物产、史迹，尽可能地在诗中反映出来。譬如他所做的《炕五十韵》《黄豆瓣儿曲》《放鹰行》《龙江杂诗》《塞上杂诗》《蒙古塞宴赋》等，都是当地物产风土及历史地理的实录，是考边事者所必取资的"史诗"，也是研究黑龙江史，乃至东北史的一份珍贵文献。

刘凤诰毕生著有《存悔斋集》32卷、《五代史记注》74卷、《江西经籍志补》4卷、《杜工部诗话》等以及参与纂修了《高宗实录》1部。

李有棠是江西省萍乡市上栗县赤山镇周江村人，清代的历史学家。他在二十二岁时，以第三名的成绩考取进入袁州府学为附生，也就是那时候人们口中的秀才。他在二十五岁时，又以超等第一名的好成绩补授廪膳生，亦即是在岁试及科试中都考列一等以上，因而有资格领取国家津贴的秀才。二十八岁那年，又考取辛酉科第一名优贡。次年，通过朝考，选拔江西省峡江县训。在任三年，后因祖母、母亲年高无人侍奉，弃官归家养亲。这就是李有棠"学而优则仕"的简单里程。

李有棠幼年时读书，就已显露出天资的聪慧，他不但能强记，而且十分注意锻炼理解能力。十多岁开始，他便领悟到"有用之学，无不自经史酝酿而出"。所以他特别留心经史，不到二十岁，就已读完了《十三经》。由于在他的上代中，没有一个读书人，家里也没有一本可读的书，他读的这些书都是借来的。他一面读，一面摘录，一面心里盘算着自己要买一批书。那时正值太平天国定都天京之后，满清政府尽力想要扑灭其乱，东南各省遍地战火，苏、杭等处各大书肆无不毁于兵燹。他决心不惜重金，北从京、津，南从粤、桂，设法购买了大量的书籍，为日后讲求学问、从事著作打下了厚实的基础。同时又在宅旁隙地另筑精舍一所，专门用作藏书、读书之用。从此，他日日与诸学弟研习其中，互相切磋、问难，互为师友，在怡情悦性中彼此提高都很快很大。

李有棠的习惯是无书不读。经、史、子、集四部，他在读后都各有心得。而他用力最专的则是史部。他编纂的《历代帝王正闰统总纂》，在实际的角度来说，恐怕基本上就是一部简明的中国通史，可惜的是这部著作当时并没有刊印行世，所以也都不曾流行于世，只有少数人知道。

李有棠用了二十多年的精力，主要研究辽史和金史。二十四史中的宋、辽、金三史都是元丞相脱脱主持修撰的。由于三史成书的时间都很仓促，故而错讹、挂漏的部分很多，尤其以《辽史》为最甚。李有棠便按集各种正史、野文、笔记、杂说等类资料，考订错讹，补充挂漏，用力甚勤，厥功甚伟。最后于光绪十年，1884 年始仿袁枢、陈邦瞻的体例，写成《辽史纪事本末》四十卷，《金史纪事本末》五十二卷。两书皆分"正文"和"考异"两部分。"正文"对辽史金史纪传中所载史实，按专题纂辑，缕晰条分，区别条流，各从其类，俱本正史。"考异"则兼采群书，小注双行，将诸种异同逐条分载；每条之下，列举大量史料和释疑线索，以便观览，供资参证；质疑之中寓有作者见解，说理性强，令人信服。

李有棠在完成了两书之后，不到一年，终因心力交瘁而去世了。《辽史纪事本末》《金史纪事本末》则在他去世一年后出版，朝廷颁旨授其"内阁中书衔"，由胞弟李有棻再请旨授正二品的"资政大夫"。

这两部著作，他都完整地誊写了三次草稿，于光绪二十年，1894 年在上海石印成书，是为两书的第一次出版。第一次出版后，又花了整整十年的工夫，李有棠对两书作了大量的补充、修正。他决定这次在家中雇工刻印，由他亲自指导和校对。所以这个家藏版不仅内容上更箱审，而且做工准确，印刷精美。全部印成并发行于光绪三十年，也就是 1904 年，是为两书的第二次出版。两书发行之后，颇受社会上和学术界的重视，曾先后被收进《七种纪事本末》和《九种纪事本末》里，与宋人袁枢的《通鉴纪事本末》和明人陈邦瞻的《宋史纪事本末》等名著并列在一起。李有棠的姓名也列入了民国时期出版的《中国名人大辞典》里。这两部书并于 80 年代初期先后由中华书局点校出版，先人的心血受到了后世的尊重，这是最可贵的继承和发扬。

朱益藩是江西省萍乡市莲花县人。光绪庚寅年的翰林，累官至湖南正主考，陕西学政，上书房师傅，考试留学生阅卷大臣。曾任北京大学第三任校长、著名的书法家。

朱益藩在 1892 年，光绪十八年的散馆中，取一等中馆元，初授翰林院编修，翌年派为奉天乡试同考官，后升任詹事府詹事，授湖北省乡试、会试副考官，光绪二十一年任翰林院侍读，二十三年大考翰詹科道获第一名，擢任翰林院侍读学士，钦命在南书房行走，兼充经筵进讲大臣，入值南书房、轮值养心殿为慈禧太后和光绪皇帝进讲，历任湖南乡试，会试正考官。光绪二十七年任日讲起居注官、翰林院侍读学士，光绪二十八年为南书房行走，授为补行庚子、辛丑恩正并科浙江省乡试、会试正考官，光绪二十九年任陕西学政，光绪三十而已年 8 月奉谕调补闽布政使，9 月奉谕为山东提学使，光绪三十三年任京师大学堂总监督、南书房行走。1907 年 12 月 25 日调宗人府府丞，1908 年，光绪三十四年派充廷试赴日、赴欧游学毕业生监考官及阅卷大臣，1909 年，也就是宣统元年被钦命为廷试游学生阅卷大臣。1911 年，宣统三年授副都御史，后授毓庆宫授读，毓庆宫行走、少保、太保、赏紫禁城骑马、乘坐二人暖轿、诰授光禄大夫、赐谥"文诚"。是"中国最后一位皇帝的师傅"即末代帝师。还是江西历史上出任全国最高学府京师大学堂，现北京大学、北京师范大学前身的总监督第一人。

由此可见，清代的袁州在政治以及经济、文化、文学艺术等领域，均开创了一派繁荣昌盛的兴旺气象，不仅如此，以文廷式为代表的政治家、文学家们，在国家生死存亡的关头，敢于仗义执言，挺身而出，大声疾呼，支持变法，以强国体，真切体现了鄱阳湖人敢说敢做，勇于担当的坚强品质。

离开了袁州，我们折返身体一路向西偏北而行，然后，再登舟顺赣江而下，一路顺风顺水，不几日便来到了赣北的浔阳江头，踏上了江州大地。进入江州以后，一路沿九岭山道傍着修河往西北而行，便进入了幕阜山的深处，在山的深处有个义宁州，就是清代湖南巡抚陈宝箴的老家。

陈宝箴是九江市修水县桃里竹塅村人，算得上是晚清政坛上的风云人物。道光三十年庚戌，1850 年入义宁州学读书，咸丰元年辛亥，1851 年乡试中举人。起初，他在家乡随父亲一起操办团练事宜，后因率团练协助官军克复义宁州城有功，被咸丰皇帝谕以知县后补并尽先选用。1860 年，入京会试未中曾一度留京，与四方俊雅之士交往。1862 年往安庆谒见两江总督曾国藩，被尊为上宾，1865 年被保荐觐见皇帝，授予候补知府。1875 年授辰、靖、永、沅道官职，1880 年改任河北道，1890 年任湖北按察使，咸丰二十年甲午，1894 年调任直隶布政使，翌年秋，升任湖南巡抚，一直到光绪二十四年戊戌，1898 年发动的政变。百日维新宣告失败，陈宝箴以"滥保匪人"被罢黜。陈宝箴一家四代在他的引领与感召下一共走出了陈三立、陈衡恪、陈寅恪、陈封怀五位杰出人物，后人称之"陈氏五杰"。

特别值得一提的是，陈宝箴在任湖南巡抚期间，积极以"变法开新"为己任，积极推行新政，开设时务学堂，办矿务，整顿吏治，革除旧习，启用和向上推荐维新人物谭嗣同、梁启超等人。1898 年光绪皇帝宣布变法维新时，他在湖南率先响应，成为全国诸省中之佼佼者。先后设置矿务局、铸币局、官钱局，大力兴办电信、轮船及制造公司等新型实体，创立南学会、算学堂、时务学堂，公开支持谭嗣同等刊行《湘学报》《湘报》，使湖南维新风气大开，成为全国最有生气的省份之一。

光绪二十一年，1895 年 2 月，湖南矿务总局在省城长沙正式成立。又拟奏了《湖南矿务简明章程》，对办矿的方法、经费、股份、矿质等问题作了若干具体规定。随后开始了大张旗鼓的招股建矿工作。同年还与长沙绅士王先谦、张祖同、杨巩、黄自元等商议，创办了和丰火柴公司和宝善成机器公司，倡议创办的这几个企业，实际上是长沙也是湖南最早的企业，是湖南近代电信业的开拓者。他曾经与湖广总督张之洞商议，接设湘鄂两省间的电线，湖南一段自长沙省城起，沿湘阴、岳州、临湘一带驿路安设，至湖北蒲圻县境，计程 225 公里。全线竣工后，在长沙设立电报局，收发官、商电报，为湘省设立电报局之始。

光绪二十二年，1896 年先后建起了常宁水口山铅锌矿、新化锡矿山锑矿、益阳板溪锑矿、平江黄金洞金矿等大型官办企业，其中以水口山铅锌矿为第一，铅锌产量呈逐年上升趋势。委任宁乡秀才廖树蘅督办水口山矿，独创"明坑法"，顺利排去积水，使采矿效率大大提高。新化、益阳锑矿的大量开采，使长沙省城的炼锑业开始产生。1896 年起陆续有民族资本家在灵官渡开设大成公司、湘裕炼锑厂。灵官渡则成为湖南省最大的矿产品转运码头。矿务政策对后任的经济决策影响甚深。

光绪二十四年，1898 年 5 月，力行奏请新政，并提出兴事、练兵、筹款三策以挽救危亡。7 月，出面保荐杨锐、刘光第参与新政。9 月，又奏请调湖广总督张之洞入京总理新政。但反对维新派"民权平等"说，也不满康有为的托古改制，对湖南守旧顽固势力的攻击采取妥协态度。

光绪二十四年，1898 年 9 月 21 日慈禧借力发难，幽禁光绪，通缉康梁，杀谭词同等"六君子"于京城菜市口，戊戌维新变法运动惨遭失败。农历八月二十一，亦即是 10 月 6 日朝廷发出惩处陈宝箴、陈三立父子的上谕："湖南巡抚陈宝箴，以封疆大吏滥保匪人，实属有负委任。陈宝箴着即行革职，永不叙用。伊子吏部主事陈三立，招引奸邪，着一并革职。"

那年冬天，被罢免的陈宝箴、陈三立父子携家眷及陈宝箴夫人黄淑贞的灵柩，一同离开湖南巡抚任所，迁回江西老家。全家老幼扶柩而行，并未回修水县的竹塅村，而是在南昌市的磨子巷赁屋暂居。光绪二十六年，1900 年 7 月 22 日，陈宝箴猝然去世，终年 69 岁。

《清史稿》卷四百六十四《陈宝箴传》："宝箴思以一隅致富强，为东南倡，先后设电信，置小轮，建制造枪弹厂，又立保卫局、南学会、时务学堂，延梁启超主湘学，湘俗大变。上皆嘉纳，敕令持定见，毋为浮言动，并特旨褒励之。"《湘学报》曰："陈右铭中丞，亟力图维，联属绅耆，藉匪不达。兴矿务、铸银圆、设机器、建学堂、竖电线、造电灯、行轮船、开河道、制火柴凡此数端，以开利源，以塞漏，以益民生，以裨国势。善于立法，而不为法所变。"

康有为："师陈义宁，抚楚救黎蒸。变法兴民权，新政百务兴。"

曾国藩："议事有陈同甫气，所居在黄山谷乡。万户春风为子寿，半瓶浊酒待君温。"

陈三立，系陈宝箴长子，近代同光体诗派重要代表人物。他虽出身名门世家，与谭延闿、谭嗣同并称为"湖湘三公子"，又与谭嗣同、徐仁铸、陶菊存并称为"维新四公子"，有"中国最后一位传统诗人"之美誉。他于1892年壬午乡试中举，历任吏部行走、主事。1898年戊戌政变后，与父亲陈宝箴一起被革职。1937年发生"卢沟桥事变"后北平、天津相继沦陷，日军欲招陈三立为己所用，陈三立为表明立场，连续绝食五日，不幸忧愤而死，享年85岁。他是历史学家陈寅恪、著名画家陈衡恪之父。

陈三立年少博学，才识通敏，洒脱而不受世俗礼法约束。1882年，光绪八年入乡试，因恶时文，自以散文体作答，主考陈宝琛赏识其才，破例录为举人。1886年，光绪十二年会试中举。返长沙，与王闿运等人结碧湖诗社。1889年，光绪十五年参加殿试，中三甲四十五名进士，授吏部主事，旋而弃职，随父在湖北布政使任所侍父，期间，曾应张之洞所邀，为两湖书院校阅试卷，并应易顺鼎相邀，两游庐山南北。

1900年，陈三立移居南京，未几丧父。家国之痛，陈三立更无心于仕途，于金陵青溪畔构屋十楹，号"散原精舍"。常与友人以诗、古文辞相遣，自谓"凭栏一片风云气，来做神州袖手人。"陈三立早年虽有"吏部诗名满海内"之誉，但《散原精舍诗集》所收乃自此始。此后虽不问政，为社会兴利仍极热忱。

1903年，光绪二十九年办家学一所，又赞助柳诒徵创办思益小学堂。让出住宅作课堂，延聘外国教师，开设英语及数、理、化新课目；注重德、智、体、美全面发展；还废除"八股文"和跪拜礼节，禁止死背课文及体罚学生，创新式学校的先例。1905年，光绪三十一年初，曾与李有芬创办江西铁路公司，并拟倡修南浔铁路，可惜因故未果。

1906年夏，义宁州大荒，铜鼓双坑饥民往宜丰天宝买粮，富商何大毛诬称"匪徒抢劫"，并说"宁州遍地是匪"，挑起斗殴，杀死双坑饥民57人，双坑人控诉不得上达，求助陈三立，陈主持正义，具陈上疏，终获刑部详查，严惩主犯及当地知县，冤案大白。

陈三立生前曾刊行《散原精舍诗》及其《续集》《别集》，世后有《散原精舍文集》17卷出版。

雷发达是江西南康府建昌县梅棠乡新庄，也就是今天的江西省永修县梅棠镇新庄村人。他是清初宫廷"样式房"的掌案，也就是总设计师，后世称其为"样式雷"，被誉为近代世界著名的建筑艺术大师。

清代初年，雷发达与堂兄雷发宣，因以建筑工艺见长，应募赴北京修建皇室宫殿。雷发达年近70才被解役回家，一生著有《工部工程做法则例》《工程营造录》等著作遗世。

雷发达一共生有三个儿子，分别是雷金玉、雷金鸣、雷金升。长子金玉承继父业，到光绪末年，已传到第六代孙雷建昌的手上，掌管"存式"房长达二百余年。他们参与设计的建筑物除了皇宫外，还有圆明园、颐和园、静宜园、静明园四园以及三山、三海、二陵等。

雷发达在担任修建皇室宫殿工部样式负责人期间，虚心向人求教，融会贯通，技艺很高。康熙中期，他修建了故宫三大殿：太和殿、中和殿、保和殿，其中规模最大的要数太和殿了，因为太和殿也就是人们泛称的金銮宝殿。太和殿始建于明永乐十八年，先后称奉天殿、皇极殿。清康熙初重新修建，改名太和殿。工程开始时，因缺少大木梁，雷发达建议拆取明陵楠木旧梁柱充用。上梁之日，康熙率文武大臣亲临行礼，正当上梁之际，大梁因卯眼不合，悬而不落，工部长官相顾愕然，唯恐有误上梁吉辰，急忙找来雷发达，并授予冠服，雷袖斧猱升，急攀梁上，高扬钢斧，只听"笃、笃、笃"连响三声，木梁"轰隆"一声，稳稳地落了下来。刹时，鼓乐齐鸣，文武百官，三呼"万岁"！上梁礼成，康熙皇帝龙心大悦，当即召见雷发达，面授发达为工部营造所长班。因此时人留下"上有鲁班，下有长班，紫徽照令，金殿封官"的歌谣。以后，规模宏大的圆明园工程开始，调任雷发达为圆明园楠木样式房掌案，也就是担任工程任务的总设计师。

由于雷发达善于在继承前人传统的基础上，勇于创新，形成了自己独特的风格，譬如中国古代建筑群采用中线南北纵深发展，采取对称布置等地方式。使得他在进行清宫设计时，并不墨守成规，既在中线上的建筑物保持严格对称，又对主轴两侧轴线上的各建筑物采用大致对称，而显灵活变动的新格局。这样，不但突出了中心又体现了"居中为尊"的思想，而且形成了统一并有主次的整体。由于雷发达在建筑设计方面功勋卓著，成就斐然，人们便从此称誉为"样式雷"。

高心夔是九江市湖口县城山乡高大屋村人。咸丰九年进士，两次考试都因在"十三元"一韵上出了差错，被摈为四等，后官吴县知县。与王闿运、龙汝霖、李寿蓉和黄锡焘等人一起曾为清末宗室贵族肃顺的幕府，号称为"肃门五君子"。

高心夔出身书香门第，自幼好学不倦，颖悟异常。咸丰元年举人，"计偕入都，宾于尚书肃顺之门"。咸丰三年，太平军攻占湖口县，其父遇难。高心夔锐意复仇，在乡训练 500 名乡兵。后间道拜谒正在九江驻防的曾国藩，表示愿将部下归曾指挥，陈说攻破太平军之策，为曾所器重，延入幕府，参赞军事，师久无功，再入京师。咸丰九年贡士，咸丰十年补廷对，列二甲，铨选县令不就，遂南归，奔走于楚越之间。李鸿章督军德州，心夔佐其军幕。后论功以直隶州知州发江苏，先后两次署吴县知县，共 4 年。曾治理县西南的横金故渠。又驱赶高景山寺僧，亲自将泥像投入湖中。第二次署吴县事时，治娼过激，反而被老鸨所诬，告至上官，终被免官。卒年仅 49 岁。他的挚友，时任江苏按察使的李鸿裔叹息他："嗟乎，伯足负干济之才，士不得志，年未五十郁郁以殁。"并检其文稿付梓，名曰《陶堂志微录》。

高心夔学识渊博，精研小学。工诗，多拟魏晋古风，自成一家，尤好渊明诗，故自号"陶堂"。在遣词造句上较多生新创奇。诗风沉雄峭拔，诙诡不测，属近代以拟古诗歌为标榜的"汉魏六朝诗派"主将之一。王闿运《湘绮楼说诗》评其诗风，曰："高伯足诗少拟陆机、谢灵运，长句在王维、杜甫之间。中乃思树帜，自异湘吟。"亦好讥时人的名士李慈铭也不得不称高为："实名士也，文学为江右之冠，己未，庚申两榜中人，罕能及之者。"高心夔博采众长，矜求新古，在近代诗坛中成为"鹰扬于楚蜀"的名家。

高心夔的篆刻功底深厚，不落恒蹊，是能于浙、皖两派外，别开生面者，现仍存有其不少刻印作品。善书法，所临颜帖，几可乱真，现存江苏宜兴"东坡书院"的匾额，即为心夔所书。

他一生既工诗文，又善书法，兼擅篆刻，著有《陶堂志微录》5 卷、《陶堂遗文》《恤诵》《碑求九》各一卷遗世。

蒋士铨是上饶市铅山县人，清代著名的戏曲家、文学家。乾隆二十二年，1757年高中进士，初授官翰林院编修，于乾隆二十九年，1764年辞官后，一度主持戬山、崇文、安定三座书院并亲任讲席。

蒋士铨的先祖姓钱，原居在浙江湖州府的长兴县，也就是湖州市长兴县的九里泷庵画溪头村。明末甲申年，1644年，他的祖父钱承荣在九岁时，因避兵乱与家人失散，随人流辗转而流落到了铅山县的永平镇，被当时的邑长蒋氏收为嗣子，自此改姓蒋氏。

他的父亲蒋坚是位秀才，侠肝义胆，擅长刑名之学，有古烈士遗风，曾长期佐幕于山西泽州，屡雪疑案，为当世所重，著有《求生录》4卷，《晋昌纪狱》2卷，《铁案》《剑旁诗》《书法指南辑说》各1卷。母亲钟令嘉也知书识礼，工诗善文，著有《柴车倦游集》。

知书识礼的父母双亲，使他从小就受到良好的家庭教育。

在蒋士铨四岁时，母亲便断竹篾为点画，攒簇成文，教其识字。稍稍长大后，即教以《四书》《礼记》《周易》《毛诗》等经，使他能够背诵。由于母亲教子得法，且课督甚严，酷暑严寒，未尝少倦。甚至在蒋士铨病中，仍书以唐诗贴四壁，母抱士铨行走其间，教之低吟以为戏。

十岁时，父亲担心他读书膝下，难免为平常儿，他日为文，亦不免书生态，便将他缚于马背，随他历游燕、赵、秦、魏、齐、梁、吴、楚等地之间，让他目睹崤函、雁门的壮丽，历览太行、王屋之胜景，随后安排他就读于泽州凤台秋木山庄之王氏楼中。凤台王氏是富甲一方的大户，楼接百栋，书连十楹，家藏图书非常丰富，蒋士铨在这里可以尽阅所藏，打下深厚的文学根底。十五岁，始就外傅，受业于王允升先生，修习完成了《诗》《书》《易》《三礼》《三传》等九经，同时开始学习作诗。

蒋士铨十五岁学诗，是师从李商隐开始的。李商隐之诗的格调浓艳，文字华美，带有浓厚的浪漫主义色彩，正好迎合了少年蒋士铨内心的需求，他爱之读之，数年中积下了不少的模仿之作。

十九岁那年的秋天，蒋士铨于病中咳嗽不能卧，一天晚上独坐绳床，见皎月穿窗，戚然而思，忽有所悟。于是强撑病体，起床点燃残烛，检出屉中所藏淫靡绮丽之书数十册，并所作艳诗四百余首，尽焚于庭中。又向天泥首悔过，发誓断除妄念。第二天买回《朱子语类》，细加研读，安排好日程自学。经过三个月的自我反思，他的病居然痊愈了。

乾隆九年，1744 年 9 月，蒋坚举家南下，为士铨聘南昌张氏女，第二年冬天，他们结了婚。婚后，蒋士铨随父归铅山老家，就读于永平北门张氏塾中。这年，正值殿撰金德瑛督学江西来到铅山，他读到蒋士铨诗卷，深以为奇，拔补他为弟子员，对他的试卷给了这样的评语："喧啾百鸟群，见此孤凤凰，将来未可量也。"

此后，士铨便从学于金师，"船窗署斋，一灯侍侧，凡修己待人之道，诗古文词所以及于古，孜孜诲迪，未尝少倦"，一年中他随金师游历了抚州、建昌、吉安、赣州、南安、瑞州等地，广结江西名士，学识大长，诗名渐著。金德瑛曾作诗赞誉他："蒋生下笔妙天下，万马瘖避骅骝前。……老夫搜罗士如卿，得尔少隽喜成颠。"

蒋士铨 22 岁中举，26 岁那年的大年初一夜里，他家中的存米仅剩五斗，生计茫然。初二日，鄱阳知县黄荻村遣人持南昌知县顾锡鬯书信到蒋士铨家，请他担任《南昌县志》的总纂，他应邀到了南昌。历时二年，《南昌县志》成书，28 岁，在南昌东街水口巷买了一所住宅，名之为"藏园"，当年移家于此。

蒋士铨从二十三岁起，先后三次进京赶考，都未能求取功名，直到乾隆二十二年，1757 年他三十三岁时，才得以高中进士。但那时，中了进士是不能马上授官的，还得入庶常馆任庶吉士，等到三年散馆满了，才能授受官职。

他在庶常馆熬过了三年"尚习雕虫业"的痛苦生活，终于散馆，钦取第一，授翰林院编修。这以后四年中，他曾担任顺天乡试同考官和《续文献通考》纂修官，一直供职于翰林院，久久未得升迁。他的"我生不愿作公卿，但为循吏死亦足"的愿望也得不到实现，于是，便于乾隆 29 年，1764 年毅然辞官南归了。

蒋士铨辞归后，并没有返回江西的老家铅山，而是选择了虎踞龙盘的金陵作为自己的藏身之地。究其原因，是因为他一生所敬仰的诗人袁枚就是住在金陵城里的。

说起蒋士铨与袁枚的交往还真颇有些戏剧性的味道。二十年前，蒋士铨过南京燕子矶时，曾题两诗于宏济寺壁，末署"苕生"二字。袁枚往扬州，经过其寺，看见僧壁题诗，以为绝佳。归访年余，后听熊涤斋先生告以"苕生"姓蒋，名士铨，江西才子也，且为通其意。然而他们却一直没有机会见面，直到蒋士铨辞官归寓金陵，他们才见面订交。后来，袁枚把这段经过录入在了《随园诗话》之中。

但是，蒋士铨在南京与袁枚相聚的日子并没有持续多久，乾隆31年，他应浙江巡抚熊廉村之聘，在掌绍兴蕺山书院讲习。在这里，他有机会结交任处泉、刘文蔚等越中诗人，与"越中七子"寻幽探胜，诗酒周旋，他在这里度过了六个春秋。

乾隆37年，他又应扬州运使郑大进之聘，主持扬州安定书院。在这里结识了"扬州八怪"中之罗聘和画圣王石谷。他们谈诗论画，吟咏山河，交流艺术思想，批判社会现实，创作了大量作品。

10年的教育生涯，是诗人创作的丰收季节，也是诗人创作风格的成熟阶段。他的诗从"以少陵昌黎为宗"，到"兼取苏黄"，至此则进入"脱去依傍而为我之诗"的新阶段。他的戏曲创作也在这期间完成了《桂林霜》《四弦秋》《雪中人》《香祖楼》《临川梦》等重要剧目。

由于慈母的逝世，蒋士铨离开了扬州，奉母归葬于铅山之鹅湖山下。家居服丧期间，他积极向铅山县邑宰建议，修文峰塔，开焦溪坝，兴修紫溪黄柏坂水利，润田六千亩，建试院，开县东两耳门以利群众来往，皆被采纳实施。

乾隆四十二年，乾隆皇帝南巡，赐诗彭元瑞。称彭与蒋为"江右两名士"，并屡问及之。消息传来，诗人感激涕零，于是，57岁力疾起官，充国史馆纂修官，记名以御史补用，修《开国方略》，计十四卷。59岁得风痹之疾，半体偏废，滞留京中六年，最后以病辞归，晚年于病中还在南昌修建了蒋氏祠堂。同年三月，袁枚来访。临别时，蒋士铨嘱袁枚为他作墓志铭，并还要为他的诗集作序。1785年4月3日蒋士铨病逝于南昌藏园，后归葬于永平镇的文家桥。

蒋士铨诗作的题材比较广泛，其中有一部分是揭露社会矛盾，同情人民疾苦的诗，譬如《饥民叹》《禁砂钱》《官戒二十四首》之四的《察隶役》《乞人行四首》《米贵倒叠前韵》等作品，或是揭露官府搜刮钱财的不义之举，或是批判役吏横行乡里的丑态，或是描写社会底层人民生活得艰辛，有一定的社会意义。不过，蒋士铨的诗大部分为个人抒情，及吊古、纪游之作。

他论诗，也重"性灵"，反对前后七子的复古模拟倾向。他说沈德潜、翁方纲诗论的流弊是："后贤傍门户，摹仿优孟容。……各聚无识徒，奉教相推崇。"他在《忠雅堂文集》卷二中这样说：他在 15 岁时学李商隐写诗，19 岁又改学杜甫、韩愈，到了 40 岁时，兼学苏轼、黄庭坚，50 岁以后便"不依傍古人，而为我之诗矣"了。

他主张兼师唐宋："唐宋皆伟人，各成一代诗"，"寄言善学者，唐宋皆吾师。"他戒蹈袭，重性情，"文章本性情，不在面目同"。

他说诗要"性灵独到删常语，比兴兼存见国风"。但他对"性灵"的理解与袁枚不同，而且他比较强调"忠孝节义之心，温柔敦厚之旨"，表现出更多的传统意识。他的诗总的来说，写得笔力坚劲。然古诗胜于近体，七言尤胜于五言，苍苍莽莽，不主故常。

蒋士铨的戏曲创作，最早见于蒋氏家刻本《蒋氏四种》丛书中，署"红雪楼板"，后曾抽印为单行本，题为《藏园九种曲》，另外，有书坊渔古堂别为翻刻，称《藏园九种曲》。其内容包含《空谷香》《香祖楼》《冬青树》《临川梦》《一片石》《桂林霜》《第二碑》《雪中人》《四弦秋》九种。九种曲中，《一片石》《第二碑》《四弦秋》三种为杂剧，其余六种为传奇。又除《空谷香》《香祖楼》两剧为现实题材外，其他八种均为历史题材。

此后，蒋士铨陆续创作了《采石矶》《采樵图》《庐山会》，汇编成《红雪楼十二种填词》。另据李调元《雨村曲话》谓蒋士晚年病瘅，右手不能书，疾中尚有左手所撰十五种曲未刊，但不见藏本传世。梁廷□《曲话》又谓乾隆十六年，恭祝皇太后万寿，江西绅民远祝纯嘏杂剧四种，亦心馀手编，为《康衢乐》《忉利天》《长生箓》《升平瑞》。

王昶论其诗，标为"当代之首"。李调元评其曲，论为"近时第一"。高丽使臣曾以重金求其乐府诗，以夸荣于东国。近代梁启超说他是"中国词曲界之最豪者"。日本青木正儿称其为"中国戏曲史上的殿军"。今人钱仲联教授说："蒋士铨以诗曲成就双双得到同时著名评论家的充分认识和最高评价，这在整个清代文学史上恐怕只是绝无仅有的一家。"

蒋士铨精通戏曲，工诗古文，少时便与汪轫、杨垕、赵由仪并称"江西四才子"。其诗与袁枚、赵翼合称为"江右三大家"。盖文横出锐入，苍苍莽莽，不主故常，受黄庭坚影响较深，讲究骨力；又工古文辞，雅正有法；其词笔墨恣肆，自是奇才；戏曲亦为清代大家。所著《忠雅堂诗集》存诗 2569 首，存于稿本的未刊诗达数千首，其戏曲创作存《红雪楼九种曲》等四十九种。

蒋士铨一生著有《忠雅堂集》43 卷，其中包括文集 12 卷、诗集 27 卷及补遗 2 卷，词集 2 卷、另附有南北曲集。蒋士铨也写词作与散文。此外，他还是位重要的戏曲作家，他写成的杂剧、传奇戏曲共有 16 种，其中的《临川梦》《冬青树》等 9 种合在一起，并称为《藏园九种曲》。

齐彦槐是古徽州婺源，也就是今天的上饶市婺源县人。于嘉庆十三年，公元 1808 年召试为举人。翌年高中进士，改授翰林院庶吉士。散馆后，授江苏金匮县知县。他的主要成就并不仅仅是在文学艺术领域，而是在天文学的研究中有其独到的造诣。他一生从事天文学和农田水利方面的研究并卓有成就。我国古代的天球仪就是他根据天象来设计制造的计时仪器。

清代，自从欧洲的钟表传入中国后，齐彦槐就模仿其内部的结构，用发条作动力，制作出来了天球仪，在天球仪的外表铸有各个星座，借以观察天象。

天球仪，指的是在一个圆球面上绘有全天 88 星座、低至五等星名、主要星云星团、古中国二十八宿及赤道、黄道、赤经圈和赤纬圈等几种天球坐标系的刻度就制成天球。中国古代演示天象的仪器浑象与天球仪在基本结构上能力是完全一致的。它与铜壶滴漏一样，体现了中国古代利用天象计时的特点。

天球仪采用透明塑胶制作，标识完全，内部为地球模型，便于理解天球的概念。适用于大、中学校天文、地理教学。适用于航海及科研。利用它来表述天球的各种坐标，天体的视运动以及求解一些实用的天文问题。

将天球仪放在一个座架上，架中的水平圆环代表地平圈，使用者可根据地理纬度在子午圈上调节天极高度，并且能使天球绕极轴转动，从而看出来在不同地理纬度上，在不同日期，不同时刻的星空景象以及某一天体的地平经度与地平纬度，地平经度也叫作方位角，地平纬度也就是地平高度。因此，它同样可以显示出某一天太阳出没的时刻和方位、经天路径、中天时刻、高度和昼夜的长度。天球仪具较大的实用价值。陈列在中国北京古观象台上的天文仪器中，就有一台清代铜制的天球仪，它铸造于 1673 年，直径 2 米，球上有恒星一千多颗，是以三垣二十八宿来划分的。一般使用的天球仪，它的直径在 30 厘米左右。

天球的模型，是一种用于航海、天文教学和普及天文知识的辅助仪器，人们利用它来表述天球的各种坐标、天体的视运动以及求解一些实用的天文问题。球面上绘有亮星的位置、星名、星座以及几种天球坐标系的标志和度数。天球仪上的星象和我们从天空中看到的星象是恰好相反的，这是由于我们是站在天球外面来看天球仪的缘故，但这对于了解天象并无影响，利用天球仪可以观察到任意指定时刻和地理纬度处的星空图像。

在金匮县衙内存有《衙斋书壁诗》十九首，是人们用来纪念齐彦槐在金匮县的治理成绩的，后来他改迁苏州同知，保擢知府，陈海运议于巡抚，得旨优奖。彦槐之诗，出入韩苏，尤长骈体律赋，兼擅书法，精于鉴藏。所著有《梅麓诗文集》26 卷，《海运南漕丛议》1 卷《北极星纬度分表》4 卷，及《天球浅说》《中星仪说》各 1 卷，均《清史列传》并传于世。

江永也是徽州府婺源县，今天的上饶市婺源县江湾镇人，我国清代著名的经学家、语言学家、数学家、天文学家，徽派学术的创立者。他是生员出身，晚年入贡，平生博通古今，尤其擅长于考据之学，在数学、天文学上受梅文鼎的影响很大。

他生于寒儒世家，6 岁便能写下数千言的日记，读私塾时遍求当地藏书之家，诵读了十三经的正文和注疏。他学而不厌，过目能诵。21 岁考取秀才，之后便无心博取功名。27 岁开始以教书为业，先后在婺源的大畈、江湾，城郊宜园、七里亭以及安徽的休宁山斗、五城、歙县紫阳书院等地开设学馆收徒授业。嘉庆时期的著名学者戴震、金榜皆从其为师授业。江永曾与戴震书曰：驰逐名场，非素心。戴震在《江永事略状》中赞："盖先生之学，自汉经师康成，亦即郑玄后，罕其俦匹"。

康熙五十三年，33 岁的江永补廪膳生。中年，他曾连遭两次打击，一是其儿因病无钱求医夭折，二是其妻不久忧郁而亡。丧妻失子的不幸，使江永陷入了极度的悲痛之中，以致提督学政召升他入太学时，他也力辞不赴。

步入中年后的江永开始厚积薄发，进行治学，著书立说，41 岁那年，写成《礼书纲目》88 卷；54 岁时又写成了《四书典林》30 卷。到了 60 岁以后，江永进入著书立说的黄金时期。他将宇宙万物比作一个"丸"，"弄丸"即是研究探索天地间万事万物的自然规律。因而江永为其书房取名"弄丸斋"，自号"弄丸主人"，专意编著书籍。乾隆七年，61 岁的江永开始充当贡生。但他绝意仕进，终身未踏仕途。

到了晚年，江永已渐从礼学转向小学的训诂学、文字学、音韵学以及天文、历算的研究，学术思想日臻成熟，他的许多著作也是在这一时期完成的。于是在徽州，这个经历了长期积累和磨砺出来的崭新学术流派——"皖派朴学"开始形成了。

江永治学的特点表现在"经世致用"方面。"经世致用"在学术上即如实地把握研究对象，科学地探求真理，使其为世人所用。他受顾炎武"凡文之不关六经之旨，当世之务者一切不为"思想的影响，努力从古书中寻求对现实有用的东西，以所学所识于世间有所裨益。在治学之道上，江永要求做到"博""精""新"。所谓"博"，就是要"博通古今"，要"广撷博讨""搜集散见"。所谓"精"，就是要"精深研究"，以"穷其理"而"辨其微"。所谓"新"，就在于"有所创新"，切忌"固守前人之见"而"止步不前"。在具体方法上，他提倡"比勘"，就是要"善排比""勤考释""重辨微"，只有这样，才能"比之细""考之详""释之精""辨之深"。

江永平生致力于经学、音韵学和理学。他通《三礼》，所著有《周礼疑义举要》《礼书纲目》《律吕阐微》等，均为阐释经学之作。其学以考据见长，开皖派经学研究的风气。又精于音理，注重审音。所注疏的《十三经》，对周礼、仪礼和礼记这"三礼"的精思博考，能发现前人所未发现之处。乾隆初，儒臣纂修《三礼疏》，礼部取江永所著《礼经纲目》考订，并请江永赴京答解疑义。

他长于比勘，所著《古韵标准》一书，对研究中国古韵有重要创见。其所著《古韵标准》定古韵为十三部，又著有《音学辨微》《四声切韵表》，论述等韵学及韵书中分韵的原理。

他精通中西历算，更服承朱熹之学，取阳儒阴释各家之说辨析校正，深究力行，以"孝、悌、仁、让"为先。江永一生蛰居乡里，潜修砥行，写下了大量的著作。据不完全统计，约有 39 种凡 260 余卷。除前已列的《礼书纲目》88卷、《春秋地理考实》4 卷、《周礼疑义举要》7 卷、《翼梅》8 卷（其中：《数学补论》1 卷、《岁实消长辨》1 卷、《恒气注历辨》1 卷、《脾至权度》1 卷、《七政衍》1 卷、《金水三星发微》1 卷、《中西合法拟草》1 卷，《算剩》1 名《方园幂积比例补》）和续 1 卷《正弧三角疏义》《推步法解》5 卷、《律吕新论》2

卷、《律吕阐微》11 卷、《古韵标准》6 卷、《音学辨微》1 卷、《四声切韵表》4 卷之外，另著有《近思录集注》14 卷，集注朱熹与吕祖谦同撰之《近思录》《乡党图考》10 卷，搜集经传中所载古代制度名物同《论语·乡党》有关的内容，分图谱、圣道、朝聘、宫室、衣服、饮食、器用、仪节、杂典九类加以诠释，其中于宫室、衣服、饮食诸门尤详；《四书典林》30 卷，书内共题七百三十有奇，大抵为举业而设，后又作《四书古人典林》12 卷。还著有《深衣考误》1 卷，《礼记训义释言》8 卷，《河洛精蕴》9 卷，《孔子年谱辑注》1 卷，《群经补义》5 卷，《仪礼释例》1 卷，《仪礼释宫谱增注》1 卷，《历学补论》1 卷，《考订朱子世家》1 卷，《读书随笔〉2 卷，《兰棱萧氏二书》3 卷，《卜易圆机》9 卷与《论语琐言》《纪元部表》《慎斋文钞集》《明史历志拟稿》《历学疑问》《古今历法通考》《勿庵历算书目》若干卷。

尤为可贵的是，江永每著一书，既能采择前人的长处，又有自己独创的见解，成一家之言。乾隆三十八年，1773 年清廷为编纂《四库全书》博采天下遗书，江永的著作被四库馆采入的有 16 种凡 166 卷。他的作品被评为："考证精核""全书持义多允，非深于古义者不能也。"

一路叙述至此，我们并不难看出清代时期的江州与广信两府，在政治经济文化及其文学艺术等方面所取得的成就是有目共睹的，让我们看到了在那一时期里，以陈宝箴、陈三立、雷发达、高心夔、蒋士铨、齐彦槐、江永等人的表现，是可圈可点的，是为鄱阳湖地域文化的发展和振兴做出了应有的贡献的。

侠唱近代

我们一路从鄱阳湖流域的人文历史深处走了出来，先是由伟岸秦汉而至缤纷三国，再经由铿锵两晋渡过纷繁喧闹的南北朝，待到穿越过雄峻浑伟的隋唐，漫步游走宋的都市繁华，依稀看到了"元贞亨利"大元一统的万千气象，尔后，便乘舟登船，跟随大明王朱元璋一起舟行在鄱阳湖上，几番征战，几度霜剑，扫平了南汉王陈友谅，硬生生在鄱阳湖上耸立起一座叫作大明的朝堂，在经历了几百年的风侵雨蚀、江湖飘摇之后，终于又缓缓地摇进了清廷，从清廷出来之后，晃晃悠悠地走到了近代。

纵观鄱阳湖流域的近代地域文学史，真的可以这么说，值得我们关注的人文历史中的人物并不多，依笔者的愚见，恐怕只有赣西北幕阜山脉深处的修水人陈衡恪，陈寅恪两兄弟在人文历史及文学艺术研究上的成果是值得人们所称道的，开现代苏区文学"革命文学"之先河的方志敏同志的爱国诗文在光照千秋。

陈衡恪，又名陈师曾，江西省九江市修水县人，我国近代著名的美术家、艺术教育家。其出生在书香门第，父亲是清末著名的诗人，桐城派的代表人物陈三立，有兄弟五人分别是陈衡恪、陈寅恪、陈隆恪、陈方恪、陈登恪。

陈师曾于 1902 年东渡日本留学，1909 年回国，先是任江西教育司长。从 1911 年 2 月至 1913 年 4 月，受南通张謇之邀，至通州师范学校任教，专授博物课程。1913 年赴长沙第一师范任课，后至北京任编审员之职。先后兼任北京女子高等师范学校、北京高等师范学校、北京美术专门学校教授。

陈师曾善诗文、书法，尤长于绘画、篆刻。其山水画在承袭明代沈周、清代石涛技法的基础之上，注重师法造化，从自然景观中汲取创作灵感；写意花鸟画近学吴昌硕，远宗明代的徐渭、陈淳等大写意笔法，画风雄厚爽健，富有情趣；人物画以意笔勾描，注重神韵，带有速写和漫画的纪实性。其著作有《陈师曾先生遗墨》《陈师曾先生遗诗》《中国绘画史》《中国美术小史》《中国文人画之研究》《染仓室印集》等。

戊戌变法失败后，由于陈宝箴、陈三立被革职。陈三立便携家定居南京。其时，陈师曾考取了江南陆师学堂附设的矿务铁路学堂，后转至上海法国教会学校学习外语。1902 年，与二弟寅恪一同赴日本留学，先在东京弘文学院，后入高等师范学校学习博物学。1910 年归国，先就职于江西省教育厅任司长，不久又转赴江苏南通师范学校任教，其间师从吴昌硕学画。1912 年翻译出版译著《欧西画界最近之状况》一书。1913 年应聘于湖南长沙第一师范学校，同年秋赴北京任教育部编审，兼任北京高等师范学校及北京女子师范学校博物教员。1916 年转任北京高等师范学校手工图画专修科国画教员。1917 年，42 岁的陈师曾结识了著名画家齐白石先生，在齐白石的指导下，他的绘画技艺得到了极大的提高，于 1918 年应聘为北大画法研究会中国画导师。1919 年在北京的多所美术专门学校任国画教授。他在 45 岁那年与周肇祥等发起"中国画学研究会"，并先后在《绘画杂志》发表《清代山水画之派别》《清代花卉画之派别》《中国人物画之变迁》等文，同年，《陈朽画册》一书出版。1921 年发表《文人画之价值》，《中国文人画之研究》出版。翌年，应日本画家之邀赴日参加中日绘画联合展览会。1923 年 9 月为奔母丧回南京，不幸于 17 日病逝于南京。

陈寅恪是中国现代最负盛名的集历史学家、古典文学研究家、语言学家、诗人于一身的百年难见的人物，与叶企孙、潘光旦、梅贻琦一起被列为清华百年历史上四大哲人，与吕思勉、陈垣、钱穆并称为"前辈史学四大家"。先后任职任教于清华大学、西南联大、广西大学、燕京大学、中山大学等。因其身出名门，而又学识过人，在清华任教时被称作"公子的公子，教授之教授"。

平生著有《隋唐制度渊源略论稿》《唐代政治史述论稿》《元白诗笺证稿》《金明馆丛稿》《柳如是别传》《寒柳堂记梦》等。

陈寅恪儿时启蒙于家塾，学习四书五经、算学、地理等知识。1900 年，陈三立举家迁居江苏金陵，在家中开办"思益学堂"，教授四书五经、数学、英文、体育、音乐、绘画等课程，先后延聘教师有国学大师王伯沆、柳翼谋、周大烈。陈家两代素来倡议新政，"思益学堂"开一代风气之先采用现代化教育，陈三立与教师相约一不打学生、二不背死书，一派新式作风，深得当时两江总督张之洞赞赏。在如此的家学渊源之下，陈寅恪自小除打好深厚的国学底子外，眼界扩大到东西洋，在留学日本前便"从学于友人留日者学日文"。1902 年，陈寅恪随兄衡恪东渡日本，入日本巢鸭弘文学院。1905 年因足疾辍学回国后就读于上海复旦公学。1910 年自费出国留学，先后在德国柏林大学、瑞士苏黎世大学、法国巴黎高等政治学校就读。第一次世界大战爆发后，他于 1914 年回国。

1918 年冬，他在得到江西官费资助的情况下，再度出国游学，先在美国哈佛大学随篮曼教授学习梵文和巴利文。1921 年又转往德国柏林大学随路德施教授攻读东方古文字学，同时向缪勤教授学习中亚古文字，向黑尼士学习蒙古语。留学期间，他不仅勤奋学习、积蓄各方面的知识而且具备了阅读梵、巴利、波斯、突厥、西夏、英、法、德八种语言的能力，尤以梵文和巴利文最精。文字是研究史学的工具，他国学基础深厚，国史精熟，又大量吸取西方文化，故其见解，多为国内外学人所推重。

民国十四年，1925 年陈寅恪回国。这时，清华学校改制为大学，设立研究院国学门，由胡适建议采用导师制。其"基本观念，是想用现代的科学方法整理国故"。聘任当时最有名望的学者王国维、梁启超、陈寅恪、赵元任等人为导师，人称清华四大国学大师。当时的研究院主任吴宓很器重他，认为他"最为学博识精"。梁启超向校长曹云祥力荐陈寅恪为导师，并向人介绍："陈先生的学问胜过我。"

1926 年 6 月，他只有 36 岁，就与梁启超、王国维一同应聘为研究院的导师，并称"清华三巨头"。1929 年，他在撰写纪念王国维的铭文中，首度提出了以"独立之精神，自由之思想"为追求的学术精神与价值取向。

陈寅恪在国学院指导研究生，并在北京大学兼课时，同时对佛教典籍和边疆史进行了研究并加以著述。在清华大学开设语文和历史、佛教研究等课程时，他在课时堂上或引用多种语言，佐证历史；或引诗举史，从《连昌宫词》到《琵琶行》《长恨歌》，皆信口道出，而文字出处，又无不准确，伴随而来的阐发更是精当，令人叹服！他朴素厚实，谦和而有自信，真诚而不伪饰，盛名之下人称学者本色。

1930 年，清华国学院停办，陈寅恪任清华大学历史、中文、哲学三系教授兼中央研究院理事、历史语言研究所第一组组长，故宫博物院理事等职。1937 年 7 月，全面抗日战争爆发，日军直逼平津，寅恪随校南迁，过着颠沛流离的旅途生活。1938 年秋，西南联大迁至昆明，他随校到达昆明。

1939 年，英国牛津大学聘请他为汉学教授，并授予英国皇家学会研究员职称。他是该校第一位受聘的中国语汉学教授，这在当时是一种很高的荣誉。那一年，他离开昆明到香港，拟全家搭乘英轮转赴英国牛津大学任教，后因为第二次世界大战的爆发，被逼暂居在香港，任香港大学客座教授兼中文系主任。

1941 年 12 月 8 日，太平洋战争爆发，日本入侵略香港，陈寅恪立即辞职闲居，日本当局持日金四十万元委任他办东方文学院，被他坚决拒绝。

1942 年春，有人奉日方之命，专程请他到已被日军侵占的上海授课，他又一次拒命，随即出走香港，取道广州湾至桂林，先后任广西大学、中山大学教授，不久移居燕京大学任教。这一时期，在繁忙的教学中，他仍致力于学术研究，先后出版了《隋唐制度渊源论稿》《唐代政治史论稿》两部著作，对隋唐史提出了许多新的见解，为后人研究隋唐史开辟了新的途径。

1945 年，抗战胜利后，陈寅恪再次应聘去牛津大学任教，并顺便到伦敦治疗眼睛，但由于此前在国内进行过一次不成功的手术，再经英医诊治开刀，目疾反而加剧，最后下了双目失明已成定局的诊断书。寅恪怀着失望的心情，辞去聘约，于 1949 年返回祖国，任教于清华园，继续从事学术研究。解放前夕，他到广州，拒绝了中央研究院历史语言研究所所长傅斯年要他去台湾、香港的邀聘，任教于广州岭南大学。后因院系调整，岭南大学合并于中山大学，遂移教于中山大学。

1949 年，中华人民共和国成立后，先后被选为中国科学院社会科学部委员、中国文史馆副馆长、第三届全国政协常务委员等职，并继续担任中山大学教授。

1962 年，陈寅恪因跌致右腿骨折，胡乔木同志曾经前去看望他，并关心他的文集出版情况。他说："盖棺有期，出版无日。"胡乔木笑答："出版有期，盖棺尚早。"在助手的帮助下，他把《隋唐制度渊源论稿》《唐代政治史述论稿》《元白诗笺证稿》以外的旧文，编为《寒柳堂集》《金明馆丛稿》，并写有专著《柳如是传》，最后撰《寒柳堂记梦》。他的助手黄萱曾感慨地说："寅师以失明的晚年，不惮辛苦、经之营之，钩稽沉隐，以成《柳如是别传》文稿，其坚毅之精神，真有惊天地、泣鬼神的气概。"

由于陈寅恪长期致力于史学研究工作，他的研究范围甚广，因此、他对魏晋南北朝史、隋唐史、宗教史，特别是宗教史中的佛教史以及西域的各民族史、蒙古史、古代语言学、敦煌学、中国古典文学以及史学方法等方面都作出了重要的贡献。陈寅恪治学的主旨是"在史中求识"。继承了清代乾嘉学者治史中重证据、重事实的科学精神，又吸取西方的"历史演进法"，即从事物的演化和联系考察历史，探究史料，运用这种中西结合的考证比较方法，对一些资料穷本溯源，核订确切。并在这个基础上，注意对史实的综合分析，从许多事物的联系中考证出关键所在，用以解决一系列问题，求得历史面目的真相。他这种精密考证方法，其成就超过乾隆、嘉庆时期的学者，发展了中国的历史考据学。

陈寅恪研究中古史的著述影响最大。他是魏晋南北朝史研究的开拓者，涉及的领域相当广泛并提出了许多精辟的见解。在对魏晋南北朝史研究的过程中，他不仅在许多方面都有开拓创建，而且还有许多方法、结论至今仍发人深思，给人启迪。他从等级性，宗法性、民族性、宗教性四大突出特点进行分析，把政治史和文化史的研究推向了深入。

其中，最值得关注的是关于民族与文化的历史考察。在《隋唐制度渊源略论稿》《唐代政治史述论稿》中，他反复强调种族与文化问题是研究中古史最重要的关键。在民族融合与文化整合关系上，他提出"北朝胡汉之分，在文化而不在种族"的论点。这对研究中华民族融合史有着极其重要的意义。

隋唐两朝一共有三百多年的历史，是我国中世纪的极盛时代，居当时世界各国的前列。但是史家对这一时期历史的许多重要问题研究得不够深入，特别是对其文物制度渊源流变的研究，缺少符合历史事实的论著。陈寅恪有鉴于此，于二十世纪40年代初写出了《隋唐制度渊源略论稿》，应用大量的资料，系统地论述了从汉魏到隋唐文物制度的渊源和演变，在海内外学术界产生了重大的影响。

不仅如此，陈寅恪还从"古文运动""新乐府""行卷"等三方面着手研究唐代文学。他把"古文运动"与民族意识，文化交互关系结合起来研究，提出了研究唐代文学的新见解。在《论韩愈》一文中，他指出古文运动的中心是恢复古代儒家思想的地位，韩愈等人是走在古文运动中最前面的人。他认为"新乐府"是我国文学逐步趋向下层的一个重要标志，其价值与影响比陈子昂李白更为高远，他的这种见解超越了前人。

在《唐代政治史述论稿》中采用宇文泰的"关中本位政策"所鸠合的集团兴衰和分化，解释唐代近三百年间统治阶级的升降，论证充分，后来学者多所称道。此外，他在书中，还精细入微地考察了隋唐时期的主要制度，如礼仪、职官、刑律、音乐、兵制、财政诸制，发其源而究其变，提出关于"关陇集团"的概念，为后学提供了一个宏观地把握西魏、北周、隋代至初唐历史发展基本线索的关键，具有重要的学术意义。

陈寅恪所著80余万言的《柳如是别传》为明清文学研究提供了许多价值的成果。他详细考证了柳如是，精辟地诠释了钱、柳诗文。他颂扬柳如是，赞同钱谦益的观点，使人耳目一新。他为钱、柳诗文进行笺证，反映明清之际的政治、社会状况，是以诗文论证一代史事的典范。

《柳如是别传》不仅是陈寅恪检验自己毕生学术水平的一次综合实践，同时也是陈寅恪一生治史思想的结晶。

陈寅恪的著作，多属考证性文字，但他的考据方法，已有别于传统意义上的考据。他以考据为手段，在考证历史事实的基础上，还注意探求历史发展的规律。陈寅恪在继承乾嘉学者实事求是、精密严谨的考据之学时，也吸收了宋代学者追求义理的作风，注重探求历史的规律。在西方历史语言考证学派的影响下，他十分重视对语言工具的学习，并掌握了十几门外语。他利用自己所掌握的语言工具，对中外文资料进行比较研究：在西方文化史学的影响下，他在历史研究中引入文化史学观点，从民族与文化两个角度来进行研究，拓展了史学研究的范围。在继承传统的前提下，陈寅恪对考据方法加以创新，形成了他独具特色的新考据方法。其考据方法的特点即"诗史互证"与比较的方法。

比较的方法体现在他利用自己掌握的语言工具，进行中外文资料的比较研究，发现了许多前人未发现的问题，并阐明了自己的看法。他利用这种方法在蒙古史研究中获得了许多成果；他还利用对音方法考证出史书中的一些地名，以及书籍在辗转翻译过程中出现的一些错误。与王国维一样，陈寅恪也注重地上实物与地下实物的比较研究，特别是利用敦煌出土资料释证文献记载，并有许多发现。

陈寅恪的新考据学方法，丰富和发展了中国传统文献研究方法，在弘扬中国传统文化方面具有重大意义。陈寅恪与王国维、陈垣等形成了中国史学史上具有代表意义的"新考据学派"，其研究的范围涉及到了中古史、宗教史、蒙古史、敦煌学等方面，并取得了不少开创性的成果。

陈寅恪不仅是大史学家，他在旧体诗上的成就亦称得上是一位卓然大家。他既佩服陶渊明与杜甫，但也爱好李白及李义山诗，却不认为他们的诗是上品。他特别喜好平民化的诗，他故最推崇白居易的诗，在他《论再生缘》中有"论诗我亦弹词体"之句。有《诗存》问世。其平生著作，经过他的学生复旦大学中文系教授蒋天枢的整理、校勘，一套二卷、二百万字的《陈寅恪文集》于1979年编纂成册，由上海古籍出版社出版。

陈寅恪自1926年留学回国后，就任清华大学研究院教授，是当时清华"四大导师"之一。之后，成为清华大学唯一的中文系"合聘教授"，在师生中享有"盖世奇才""教授的教授""太老师"等称誉。在清华校园里，不论是学生还是教授，凡是文史方面有疑难问题，都向他请教，而且一定能得到他满意的答复。大家称他为"活字典""活辞书"。他讲课时，研究院主任吴宓教授是风雨无阻，堂堂必到的听课者；其他如朱自清等水准很高的教授，也常到教室听他讲学。哲学专家冯友兰，当时任清华大学秘书长、文学院长，可每当陈寅恪上《中国哲学史》课时，冯先生总是恭敬地陪着陈寅恪从教员休息室走出来，静静地坐在教室里听他讲课。他讲授的课程主要有《佛经翻译文学》《梵文文法》《两晋南北朝史》《唐史》《唐代乐府》《唐诗证史》等。

陈寅恪对学生的爱护无微不至，对学生生活乃致毕业后就业问题，也非常关心。他认为问答式的笔试，不是观察学问的最好方法。做论文，要求新资料、新见解。他从不要求学生用死记方法，而是鼓励思考，他更反对"填鸭式"的教育方式。"桃李满天下"，对陈寅恪来说，当之无愧。他为国家培养了许许多多的优秀人才。

陈寅恪平生著有《陈寅恪集》《读书札记一集》《读书札记二集》《读书札记三集》《书信集》《诗集》《寒柳堂集》《柳如是别传》《隋唐制度渊源略论稿》《唐代政治史述论稿》《元白诗笺证稿》《金明馆丛稿初编》《金明馆丛稿二编》以及手稿《讲义及杂稿》《魏晋南北朝史讲演录》《唐代政治史略稿》等著作遗失。

方志敏是江西省上饶市弋阳县漆工镇湖塘村人，中国共产党的优秀党员，江西党组织的创始人之一，闽、浙、皖、赣革命根据地的创建者。他历任过县委书记、特委书记、省委书记、军区司令员、红十军政委、闽浙赣省苏维埃政府主席，中华苏维埃共和国中央主席团委员，党中央委员。方志敏的主要作品有《我是个共产党员了!》《同情心》《呕血》《哭声》《可爱的中国》《清贫》《诗一首》《狱中纪实》《我从事革命斗争的略述》《赣东北苏维埃创立的历史》等，他在狱中一共留下了十六篇计十四万字的文稿传世。

至此我们并不难看出，尽管近现代以来的鄱阳湖流域文学艺术的阵营不大，但是在传统在文化艺术领域里的表现并不俗，特别是陈寅恪在人文历史研究上的成果，不愧为一座史学界的高峰。方志敏同志在革命斗争中留下的十几万字的文稿，开创了苏区文学的"革命文学"先河，为红色革命文化的发展繁荣作出了杰出的贡献。

纵情水云

对于鄱阳湖地域文学的思考，源于我在 2008 年 8 月接任《鄱阳湖》文学报编辑的那一段时间里，这前后算起来，已经有 15 年了。特别是在最近的这几年里，对于鄱阳湖文学背影的追寻，让我几乎放弃了手头上的其他文学创作任务，全身心地沉寂下来，一门心思地潜自对秦汉以来 2000 多年里的鄱阳湖流域的人文历史资料，加以详细的分类和认真仔细地整理，基本算得上是厘清了长期以来鄱阳湖地域文学在我国人文历史进程中的发展脉络，以及它在各个不同历史时期里呈现出来的不同文学样式及形态，这对于我们在今后开展有关鄱阳湖地域文学的探索和研究工作，寻找到了一定的历史根据，也为今后确定鄱阳湖地域文学的研究方向找到了一些可以信赖的依据。

纵观两千多年来鄱阳湖流域的文化发展与变迁史，在文学艺术领域所取得的成就来看，鄱阳湖这块地域上的文化及文学现象，应该是有着其独特的表现形式的，并且一直在以一种属于自己的方式流传，这是毋庸置疑的。

鄱阳湖地域文化及其鄱阳湖地域文学，不管是在那个历史发展时期，都以自己有别于其他地域文学的艺术形式渗透到了历史进程中的政治与经济、军事、技术等的各个方方面面，鄱阳湖上的政治家、文学家、艺术家们，他们以各自不同的风采走到了历史的前沿，集中展示了鄱阳湖地域文学的非凡魅力。

据我粗略地考证，在文化及其文学艺术的领域里，自秦汉、两晋、三国、南北朝而至隋唐、五代十国、宋金、元明以及清与近代以来的鄱阳湖流域，先后走来了以毛苹、徐穉、李朝、唐檀、程增、陈重、雷义、聂友、徐整、周访、张华、熊远、雷次宗、胡藩、邓琬、陶渊明、李元婴、钟绍京、刘眘虚、綦毋潜、许和子、陶岘、杨志坚、吉中孚、王季友、彭坑、张氏、吴武陵、舒元舆、施肩吾、熊孺登、郑史、郑启、卢肇、陈陶、黄颇、李潜、易重、张顶、莲花、来鹏、来鹄、沈彬、袁皓、任涛、虚中、郑谷、孙鲂、贯休、唐廪、王贞白、王毂、孙岘、程长文、伍唐珪、王定保、宋齐邱、廖匡图、李征古、廖凝、董源、徐熙、伍乔、曹仲玄、刘洞、巨然、沈麟、毛炳、胡元龟、李颁、夏宝松、蔡润、乐史、徐崇嗣、徐崇矩、曾志尧、陈彭年、王钦若、萧贯、夏竦、晏殊、王益、危固、彭思永、欧阳修、李觏、黄庶、金军卿、曾巩、刘敞、邓考甫、邓名世、王安石、潘兴嗣、刘攽、王无咎、王安国、王韶、晏几道、李常、李氏、刘恕、王安礼、曾布、魏玩、孔文仲、孔武仲、孔平仲、彭汝砺、刘奉世、刘延世、王霄、黄庭坚、黄大临、黄叔达、马存、彭乘、曾肇、吕南功、刘弇、欧阳棐、陈景元、朱京、李彭、洪朋、洪刍、洪炎、善权、杨泽民、李朴、胡直孺、饶节、徐友、谢逸、谢薖、王宷、惠洪、汪革、曾纡、徐俯、何师韫、汪藻、王庭珪、曾开、李仲宁、江纬、张扩、欧阳珣、曾几、吴曾、朱弁、晏敦复、向子諲、刘才邵、黄彦平、洪皓、张继先、德正、程瑀、舒翁、舒娇、贺罗姑、董德元、欧阳澈、朱松、扬无咎、陈康伯、朱槔、胡铨、王刚中、曾季貍、曾惇、曾宏父、曾纮、曾思、董颖、俞处俊、蔡楠、吴沆、吴涛、吴洸、李浩、洪适、汪应辰、曾敏行、洪遵、赵彦瑞、谢谔、谢懋、谢举廉、袁去华、洪迈、施师点、周必大、孙奕、徐梦莘、杨万里、王质、欧阳铁、吕定、陆九韶、陆九龄、何异、甘叔异、舒邦佐、京镗、李南金、王炎、刘清之、陆九渊、赵汝愚、吴镒、王大受、章颖、刘德秀、孙逢吉、曾三聘、曾三异、曾三复、石孝友、黄人杰、彭龟年、曾丰、黄希、黄鹤、赵善括、章甫、赵蕃、曾协、杨炎正、李修己、李义山、王阮、邓元、黄畴若、黄鐕、李洪、李漳、李泳、李哲、李淦、王子俊、赵师侠、罗点、刘过、姜夔、罗椿、张履信、俞国宝、曹彦约、郭应祥、危稹、程端蒙、徐得之、徐天麟、曾极、裘万顷、幸元龙、刘昌诗、汤正仲、张洽、宋自逊、刘仙伦、戴复古妻，徐鹿卿、赵汝鐩、李刘、冯延登、罗必元、张辑、赵长卿、黄大受、罗大经、张世南、邢凯、包恢、朱涣、章鉴、徐经孙、彭蠡、彭方、黄灏、冯椅、冯去非、曾原一、徐元杰、萧崱、萧泰来、李伯玉、陈容、陈文蔚、罗与之、赵崇嶓、赵崇鉘、江万里、汤汉、汤千、汤巾、汤中、欧阳守道、陈郁、陈宗礼、陈貔孙、陈杰、萧立之、甘泳、罗椅、王义山、姚勉、许月卿、利登、李珏、道璨、马廷鸾、胡次焱、陈世崇、谢枋得、刘辰翁、文天祥、邓光荐、邹登龙、曾撰、罗烨、罗公升、谌佑、王炎午、王奕、艾性夫、赵文、刘壎、姚云文、熊朋来、赵功可、程钜夫、吴澄、胡炳文、马端临、圆至、吴存、刘将孙、李思衍、燕公楠、徐明善、徐嘉善、刘时中、萧士赟、何中、刘诜、刘岳申、虞集、范梈、大䜣、朱思本、吴全节、揭傒斯、熊自得、杜本、周德清、李存、赵善庆、欧阳玄、张昱、刘鹗、吴文明、黄复圭、于立、周霆震、吴当、周巽、危素、梁寅、傅若金、周闻孙、郭钰、吴皋、周伯琦、倪道原、叶瓒、胡行简、杨允孚、胡布、方从义、汪元亨、程国儒、黄嗣贞、陈漠、王礼、怀渭、来复、曾鲁、克新、朱梦炎、吴彤、刘霖、刘丞直、胡闰、吴勤、詹同、张率、周㮣、刘秩、甘维寅、赵壎、王沂、黄维宏、黄肃、刘绍、鲁修、饶介、陈汝秩、陈汝言、练僖、罗以明、易恒、贺守约、段所、刘养晦、甘瑾、甘复、张适、邓学诗、自恢、刘永之、周所立、侯复、周启、揭轨、邹矩、涂几、朱弘祖、甘渊、刘崧、戴安、周榘、王佑、刘仔肩、张美和、张羽、萧执、吴伯宗、曾子修、朱善、熊鼎、刘炳、王时宝、叶子奇、周启、龚敩、萧翀、萧岐、张唯、梁兰、张宇初、黄子澄、练子宁、何澄、陈诚、习韶、黄榘、徐素、王贡魁、邹缉、周是修、宋一俊、胡俨、杨士奇、梁潜、夏元吉、金幼孜、王艮、解缙、尹昌隆、胡广、吴溥、曾棨、钱习礼、李时勉、李祯、王英、朱权、周述、周孟简、王直、周忱、余学夔、张彻、王恪、余鼎、张叔豫、李伯尚、刘髦、吴余庆、陈衡、熊直、熊概、黎恬、傅玉良、傅玉润、李圭、程南云、胡圭、陈循、戴礼、王增佑、曾鹤龄、况钟、孙瑀、彭百鍊、赖异、周振、萧仪、周叙、习嘉言、黄闰、何文渊、万节、吴与弼、刘球、至妙、萧镃、吴节、刘俨、聂大年、廖庄、姜洪、刘俙、黎近、黎公弁、黎公颖、刘定之、黎扩、单宇、左鼎、陈宜、伍礼、伍福、刘孜、彭时、黄溥、黄子琼、袁端、李均、高明、钟同、童轩、左赞、吴宣、尹直、李裕、何乔新、罗伦、彭华、俞适、徐琼、周谟、李穆、胡君仁、张元祯、彭教、郑节、戴珊、孙圭、舒清、徐霖、张升、董越、张宪、孙需、苏章、袁庆祥、刘鸿、钟璡、罗玘、张吉、杨廉、彭福、刘时、郭诩、龙瑄、邹准、程楷、王烈、杨楑、吕桢、符遂、符观、徐威、王绪、王俊、罗钦顺、费宏、汪伟、熊卓、黎凤、范兆祥、董天锡、刘玉、刘麟、郑毅、江潮、余祐、游潜、孙伟、何春、乐护、刘节、万镗、崔铣、李忠、严嵩、舒芬、夏言、李玉璧、宴恭、宴良弼、宴良用、谭宝焕、刘霖、智闇（yin）、汪都、刘魁、彭簪、夏良胜、毛伯温、戴冠、欧阳铎、甘公亮、尹襄、聂豹、江汝璧、费寀、陈宪、张鳌山、夏尚朴、邹守益、刘梦诗、魏良弼、魏良器、刘孔愚、陈九川、桂华、桂萼、黄宏纲、裘衍、柳邦杰、梁朝宗、汪佃、汤惟学、敖英、詹泮、曾梧、潘葵、娄素珍（娄妃）、翠妃、郭氏、谌道行、尹爽、夏浚、管登、何廷仁、欧阳德、李乔、张衮、郭鹏、何涛、刘阳、刘教、张鏊、江以达、张敬（yu）、吴遒、胡经、欧阳杲、董燧、吕怀、朱衡、罗洪先、朱瓒、萧克良、尹台、龙遂、李玑、徐灿、贺世采、徐良溥、陈昌积、杨载鸣、黄注、游震得、游再得、尹祖懋、万衣、王材、李万实、刘懃（que）、吴桂芳、熊汝达、罗汝芳、汪柏、胡直、史桂芳、谭纶、吴宗吉、陈嘉谟、王时槐、张春、宋仪望、吴国伦、余曰德、乐镗、张鸣凤、张启元、高应芳、郭汝霖、邓元锡、蔡国珍、匡叔祺、袁淳、曾同亨、欧阳一敬、舒化、何源、李材、管熙、祝世禄、萧廪、杨时乔、帅机、余懋学、刘元卿、周一濂、吴崇节、朱一桂、闵文振、戴有孚、邓子龙、余弼、余长祚、戴斗南、朱叔湘、颜铎、姜鸿绪、汪之宝、盛善才、李氏、李妙惠、魏良辅、孙晓、张位、朱孟震、蔡文范、喻均、刘应麒、贺沚、林维憾、邓以赞、郭子章、郑邦福、徐贞明、李涞、谢亭宷（shen）、罗治、曾思孔、甘雨、朱维京、简继芳、曾乾亨、詹事讲、曾维伦、王德新、刘日升、汤显祖、汤开先、何震、邹元标、潘世藻、邹得溥、刘应秋、张受彭、罗大纮、周献臣、李鼎、吴道南、刘文卿、左宗郢、吴仁度、蔡毅中、万嗣达、黄立言、刘一焜、余懋衡、王演畴、胡大成、胡世英、朱世守、谢廷谅、刘一燝、陈际泰、喻以恕、邓渼、袁业泗、陈邦瞻、徐良彦、黄龙光、赵师圣、谢廷讚、袁懋谦、郑以伟、熊明遇、刘铎、章世纯、李邦华、余懋孳、樊良枢、邓澄、王嗣经、叶时雨、盛宗龄、邹维琏、郑之文、胡舜允、魏光国、丘兆麟、李日宣、罗万藻、艾南英、马犹龙、刘同升、宋应星、邹氏、汪梦尹、吴兆壁、萧士玮、姜日广、贺中男、万时华、江汝海、李嗣成、朱多贵、朱多炡、金光弼、徐奋鹏、景翩翩、贺应保、黄戴玄、姜以立、余绍祉、郭君聘、贺吾生、杨以任、万元吉、吴甘来、黄端伯、刘光震、孙承荣、史乘古、郑鼎、舒忠谠、杨廷霖、何三省、李陈玉、刘大年、揭重熙、叶应震、胡梦泰、叶联飞、汤来贺、徐敬时、万发祥、杨益俞、朱谋玮、朱谋晋、朱谋㻱、杨思本、李飞鹏、余正垣、费元禄、詹陵、吴东开、王纲、尹方平、贺桂、刘淑英、宋之盛、汪灵芝、（清）谢德溥、李元鼎、朱中楣、陈宏绪、张自烈、刘士祯、王猷定、陈允衡、周汉杰、熊文举、杜漪兰、熊人霖、欧阳斌元、傅占衡、贺贻孙、杨长世、车衮、徐世溥、章于今、黎元宽、刘命清、涂伯昌、文德翼、黄云师、张映斗、陈孝威、陈孝逸、谢文洢、刘九嶷、徐芳、易学实、何一泗、程士鲲、邓炅、雷发达、魏应桂、吴宏、毛乾乾、罗牧、曾畹、张贞生、魏禧、李腾蛟、彭士望、邱维屏、林时益、魏际瑞、彭任、曾灿、魏礼、李来泰、余光令、牛石慧、朱耷、曾大奇、喻周、罗光春、游东升、甘京、孔毓琼、孔毓功、郑日圭、张云鹗、余为霖、蔡兆丰、熊颐、吴学炯、黎骞、傅宏烈、王有年、李伍渶、周礼、万任、应是、王俞扩、王俞融、梁份、李振裕、钟元铉、喻指、邹山、魏世杰、孔尚典、蔡秉公、帅我、吴名岸、蔡受、江球、李如旻、干建邦、梅之衍、盛际斯、盛谟、盛镜、盛乐、吴庞、吴之章、彭廷谟、朱轼、魏世傚、魏世俨、裘君弘、邓裴、帅仍祖、李纮、吴湘皋、黄文澍、廖道稷、傅涵、梁机、蒋坚、尹元贡、陶成、万承苍、李纮、甘汝来、汤斯祚、冯咏、冯谦、凌之调、潘安礼、洪文机、汪绂、龙体刚、帅念祖、赖鲲升、汤大坊、陈象枢、曹茂先、黄永年、杨锡绂、冯行、黄世成、蓝千秋、李睿、曹秀先、袁夺定、钟令嘉、陈道、邓元昌、涂瑞、裘日修、尚廷枫、张梦龙、熊为霖、胡兆爵、林有席、陈奎、蔡上翔、黄松、罗暹（xian）春、余复、张应遴、周鸣、王贤望、帅家相、李芹月、李蘩月、何飞熊、万廷兰、李友棠、许权、杨有涵、鲁鸿、杨垕（hou）、邓梦琴、涂以辀、潭尚忠、李统贤、蒋士铨、赵由仪、赖晋、陈奉兹、饶学曙、谢鸣谦、谢本量、谢鸣盛、谢鸣鸾、宋韵山、龚元玠、何在田、陈之兰、李荣弼、汪轫、钱时雍、刘芬、闵贞、宋昌图、宋华国、宋光国、游瑜、彭元瑞、鲁九皋、罗有高、吴森、盛元绩、王谟、蔡珍焕、熊荣、李梦松、叶尚琏、谢启昆、张望、朱嗣韩、晏善澄、叶向荣、纪大圭、李孔地、王友亮、杨士瑶、梁道焕、王子音、黄勤业、董邦直、李秉礼、吴煊、曹龙树、王朝槼、曾燠、余鸣珂、杨巽、万承风、蒋之廉、蒋之让、蒋之节、蒋之白、戴大昌、方锡庚、吴照、胡永焕、裘行简、宋鸣珂、闵肃英、黄晖吉、熊定飞、赵敬襄、刘子春、舒梦兰、宋鸣琼、甘立猷、辛从益、邹梦莲、张瑗、刘凤诰、帅翰阶、甘扬声、洪占铨、麻敬业、宋鸣琦、刘士俊、乐钧、吴嵩梁、辛绍业、张琼英、陈用光、查振鸿、裘行恕、宁元隽、吴芾、王先春、揭垂佩、邹隆远、邹昉、李宗瀚、宋九芝、冯春晖、罗安、齐彦槐、李祖陶、郭仪霄、龚鉽、徐谦、钟崇俨、钟秀、钟谷、李培谦、黄麟、洪锡光、邹均、黄凤题、李文杰、朱栾、萧元吉、曹焜年、程烈光、娄谦、徐骧、王赠芳、余成教、曹星平、汤储璠、徐湘潭、余煌、晏棣、尚熔、艾畅、汪芦英、陈兰瑞、程懋采、帅方蔚、陈偕灿、余遂生、曾锡华、黄爵滋、彭定澜、辛师云、夏心葵、杨炳、陈世庆、吴芸华、蔡紫琼、诸汝文、黎树培、刘绎、石景芬、何元炳、陈方海、吴觉、张凤翥、涂兰玉、徐永韶、张景渠、吴嘉宾、朱翰、朱航、吴嘉言、刘文藻、陈广敷、万梦丹、杨士达、尹继隆、杨希闵、朱舲、彭铨、萧露瀼、丁亨、张德升、周劼、石成瑛、徐启运、裘纫兰、汪元慎、姜曾、谢华章、冷采芸、郭俨、赵莲城、谢兰生、白云章、慧霖、王其淦、范淑、黄淳熙、吴坤修、勒方锜、尹继美、程佩琳、游馨、黄长森、邹树荣、李联琇、欧阳云、龙文彬、萧鹤龄、胡友梅、陶淑、陈卿云、江人镜、刘庠、文星瑞、赵承恩、罗文瀚、胡友兰、蔡泽宾、彭桂鑫、杨梦龙、高心夔、周怀霁、欧阳翘、王谦、张宿煌、杨是龙、刘仁骏、何邦彦、江式、吴式章、陶福祝、龚溥庆、裘献功、邵伯棠、陈三立、吴庭芝、范金镛、刘孚京、程道存、魏元旷、施琪、邹鼎、郭显球、杨增荦、赵世骏、饶芝祥、彭若梅、赵辉、李之鼎、雷凤鼎、刘凤起、胡思敬、李瑞清、黄维翰、刘廷琛、王敬先、欧阳述、桂念祖、夏廷义、华焯、熊用梅、程学恂、江峰青、胡矞、杨赫坤、黄为基、乐嗣青、陈衡恪、陈寅恪、方志敏等一千余名文学艺术家为代表的鄱阳湖地域文学阵营，构筑起了一座地域文学发展史上宏伟的鄱阳湖文学大厦，为我们今天的鄱阳湖地域文学研究提供了可以佐证的充分史料。现代苏区文学开红色文化革命文学之先河，方志敏的爱国诗文光照千秋。当代鄱阳湖地域文学的圭璋呈采，绚烂如毕必成先生的电影文学剧本《庐山恋》、王一民先生的"乡土三部曲"影视剧本《乡情》《乡思》《乡音》，陈世旭先生的短篇小说《小镇上的将军》《镇长之死》，摩罗先生的《中国站起来》，阿乙的《灰故事》《鸟，看见我了》等，在文学艺术路上先后相踵，异彩纷呈，开创了一派崭新的繁荣兴盛气象。

回望那些湮没在历史深处、游弋在近代的鄱阳湖流域的文学艺术家们的背影，虽然有太多的感慨自我孤寂的内心泛起，但是，我并没有后悔自己走到鄱阳湖文学研究的这条路上来。通过这一路对鄱阳湖文学的回望，对远去的文学艺术家们的背影的思考，让我对鄱阳湖地域文学的骨骼、经络、肌理以及它的完整形态有了一个较为清晰的认知，这是一件令我十分庆幸的事，更是值得我用余生去玩味、去体会、去深究的大事件，在未来的日子里，我将一如既往地跋涉下去，生命不息、奋斗不止！

鄱阳湖文学价值研究

我们为什么要开展鄱阳湖文学研究？开展鄱阳湖文学研究的价值在哪里？

鄱阳湖流域，春秋时期属吴，战国时期属楚。它虽然襟江带湖，流域广袤，但是，它在文化的发展上是远远落后于长江中游的荆州以及下游的扬州等那些地方的。鄱阳湖区虽然也算得上是一块丰腴的富饶之地，但是在经济开发上却比太湖和洞庭湖地区晚了许多。这和它坐落在江南的腹地、处在吴头楚尾的尴尬位置上有很大的关系。

从地理环境上来说，鄱阳湖流域的地貌是呈现出了一种"山无傍走，水不外趋"的形式，所有的水系全部都汇入鄱阳湖中，然后进入长江。它的北面有天然的长江天堑，给人一种妥妥的安全感。西南东三面则有幕阜、罗霄、大庾、武夷、怀玉等沿境的岭脉形成了天然的屏障，其间，还有多处内连外通的水上孔道可以让舟楫行走。赣江、抚河、修水、信江、鄱江，五大水系纵横罗布，脉络清晰；清丰山溪、博阳河、童津河、章田河、土塘水、侯港水六道大溪蜿蜒其上，奔流不息，给人们带来了诸多的水利与舟楫之便。在这块土地之上，地表上的竹木生长繁茂，地下蕴有各种丰厚的宝藏，给人们的物质生活和物质生产及运输创造了极好的发展条件。整个湖区内的山川、平原，土地肥沃，气候湿热，极大地方便了水稻种植和农业生产的发展，是名副其实的江南鱼米之乡，足以给人们的生活提供必要的保障。

自建安以来，由于北方的战祸频仍，百姓们四处离散逃亡，这就很自然地有人选择到鄱阳湖流域的河网平原上来繁衍生息，落地生根。自孙吴时期起，鄱阳湖区的户口便迅速得到增加，这里的郡县开始被细分起来，偏安的小朝廷也逐渐加强了对湖区的控制，让这里的经济得到了较快较好的开发、发展和繁荣。即使是在南北朝时期的重大分裂、对抗阶段，也几乎没有引起较大的动荡，也没有让这个地方受到很大的破坏性影响。

纵观中国历史的发展，我们应当注意到，之前的春秋五霸、战国七雄们的征战杀伐，并没有影响到那时的鄱阳河网平原，吴楚越之间的拉锯战争以及项羽与刘邦之间的楚汉大战也并没有给整个流域造成什么大的影响和破坏，整个河网平原在相当长的一段时间里，应该是一直处在一种相对封闭而平静的生活环境中维持着人们的生活。因而，安宁祥和的生存和生活环境，就使得这个地块上的人们能够积极地发展教育，并能够较好地沉淀和积累属于自己的文化。

可以这么说，从东汉的徐穉开始一直到东晋的陶渊明算起，鄱阳湖区的文艺家们，普遍都在重视正心修身，涵养品节的行为，这恐怕和整个鄱阳湖区的良好环境有一定的关系。尽管南朝时期的《子夜》《读曲》之歌，虽然并不是产生鄱阳湖上，但是，后来的宋明理学却在鄱阳湖上和发展和繁荣到了极盛的阶段，因而我们猜想，鄱阳湖上的这种人文现象，恐怕就是因为鄱阳湖区被长期封闭的原因所造成的吧？故而，我们觉得鄱阳湖上的这种奇异文化现象，应该是值得人们去探究的吧？

文学意义上的文学活动，它应该是起源于人类自身的思维活动。在人类发展史上，人类最先出现的是口头文学，一般情况下，它是与音乐联系在一起的，成为了可以用来表演和歌唱的抒情诗歌，并且在很长的一段时间里，中国的文学跟史学、神话并无明显的分界线，而最早的文学便是对历史和神话的忠实记录。在我国的先秦时期，一般情况下是将用文字写成的作品，全部都统称为文学的，只是到了魏晋以后，人们才逐渐地将文学作品从中单独地剥离出来并自成了体系，这就是中国古典文学的由来。

总体来说，文学的本质其实就是人类话语形式的艺术呈现，也就是平时人们生活中的话语形式的艺术呈现，同时，在话语形式的艺术呈现中，又蕴藉了人类对审美意识的形态体现。

从南北朝时期开始，那时的文学家们，大抵出自朝中的世家大族，那时候的文学便在不知不觉中成为了典型的士族文学、贵族文学。封建王朝的门阀政治，造成了"世家"子弟们拥有至高无上的社会地位。作为一个特殊的社会阶层，他们的价值取向以及行为方式，甚至是他们的生活习惯，都成为了社会各阶层成员们羡慕及模仿的对象。在世家子弟的身份构成中，除了政治、经济、家世等原因以外，他们自身所兼具的文学修养，也是其中的一个重要元素。新兴的贵族阶级若是要想真正地确立起自己的"士族"地位，他们就必须在文化上，要得到大家的认同，而尤其是要得到朝廷上那些老牌世家的承认。因此，历代的新进贵族在取得政治地位以后他们着手做的第一件事，就是要提高自身的文化素养，主动向那些老牌的世家们看齐、靠拢。

隋唐之前，我国并没有开科取士的先例。即便是在南北朝时期，国家也没有形成自己上下一体，完整的教育体系。国民教育兴起的初始阶段，应该是在南北朝时期的南朝宋元嘉十五年，也就是公元的 438 年。那一年，南朝的刘宋朝廷再次征辟鄱阳湖上的豫章人，也就是现在的南昌人雷次宗到京师建邺，命其开设学馆于鸡笼山上，聚徒教授学业，当时，一共有百余名学生来学馆读书。其时，会稽的朱膺之、颍川的庾蔚之也在鸡笼山上教授儒学，并且帮着雷次宗监理学馆及诸生。

彼时，由于国学未立，朝廷便对艺术门类的教育格外关心起来。朝廷下诏让丹阳尹何尚之带头设立玄学，太子率更令何承天设立史学，司徒参军谢元又相继设立了文学，至此，在刘宋一朝，儒学、玄学、史学、文学，四学共建，共同发展，这便极大地丰富和发展了国家的教育事业，为国家选拔和使用人才拓宽了基本的通道。四学的共建活动，它既改变了自汉代官学中儒家独尊的文化格局，也同时反映了当时的人们在思想文化领域客观、实际的变化，并为之后走来的隋、唐两朝，在开科取士上做出了很好的示范性作用。

近代的文学大师、史学家刘师培先生曾经在谈论南朝文学时说过，自江左以来，其文学之士，大抵出于世族之上，而世族之中，父子兄弟各以能文擅名者，比比皆是。他一针见血地指出了当时文学家的出身以及文学的这一家族性特征。

长期以来，由于江右与江左在文化、文艺方面存在较大的差距，从而激起了鄱阳湖人内心的一种不满足感，也可以说是强烈的"危机感"，从而引发了人们一种深深的"羞赧感"意识。为了树立和振兴鄱阳湖人的文化紧迫感，激发鄱阳湖人开展并进行新的文明创造的强烈愿望，纪念曾经创造过精神文明成果、丰富了文化宝库的鄱阳湖上的先贤，追溯民族的文学本源精神，这个意义是多方面的。

唐朝时期的全国大一统，造就了我国南北国民经济的普遍大繁荣。在生产力得到全面发展和提高，生产经营利好，国家经济全面繁荣的大好环境下，北方的文化建设进入了一种了空前的大繁荣、大发展阶段，而江南东、西两道，尤其是江南西道，也就是今天所指的鄱阳湖流域，则进入了迎接文化高潮到来的酝酿时期。其时，鄱阳湖流域的广大学子们还没有来得及走出家门，迈步跨出江南的地界，而江北各地的许多政治家及其文人们却相继来到了江西任职、寓居和游览。

他们俯察彭蠡之汪洋恣肆，仰匡庐之崇隆伟岸，感湖区风物之澄清，触发了内心深处灵感的火花，在鄱阳湖上留下了不少流传甚广，令人百读不厌的，优秀的文学作品。譬如，王勃的《滕王阁序》，宋之问、张九龄、孟浩然、李白、杜甫、白居易等人的作品，他们尽情描绘和歌唱鄱阳湖上的山川风物，用优美的文字提升了江鄱阳湖流域的名望，吸引了更多的文人学士前来鄱阳湖上。江州司马白居易谪居江州三年余，在这期间，他创作了《琵琶行》等近二百篇诗文于此。他虽然在一方面深深感叹鄱阳湖上"浔阳地僻无音乐""黄芦苦竹绕宅生"的荒凉与孤寂、苍茫与空寂，在另一方面，他又从内心里赞叹鄱阳湖上"楼阁宜佳客，江山入好诗"。难道鄱阳湖流域的秀丽自然，只是"宜客"而不"宜"本地的文人骚客么？答案一定是否定的。

隐居在匡庐山下的陶渊明，在"桃花源"的理想世界里，摒弃玄言诗的约束，冲破它的禁锢，开创了诗歌创作史上的一代田园新诗风，诗人这样的创作成就不可能产生在征战不息的中原大地之上的。后来的花鸟画在这里蓬勃兴旺，山水画在这里得到全面的变革与发展，无疑是得益于这里的山川草木，自然之美的。

在经过中晚唐、五代到宋初的长时间积累，鄱阳湖流域的文学人才如雨后春笋般地喷涌而出，仅宋一朝，鄱阳湖上的能文之士便超过四千余人，抚州南丰的曾氏家族，在宋朝高中取进士第的就有三十余人之多。

经济的繁荣兴盛，无疑给文化教育的发展提供了有效的物质保证，而教育的兴旺发达则是人才不断涌现出来的必备条件。饶州人洪迈在《容斋随笔》卷五中这样说："古者江南不能与中土等。宋受天命，然后七闽二浙与江之西东，冠带诗书，翕然大肆，人才之盛，遂甲于天下。江南既为天下甲，而饶人善事，又甲于江南。盖饶之为州，壤土肥而养生之物多，其民家富而户羡……又当宽平无事之际，而天性好善，为父兄者以其子与弟不文为咎，为母妻者以其子与夫不学为辱，其美如此。"

这段话，除了说明宋代以后江南人才超过北方外，还论述了饶州和江南人才成团崛起，原因在于普遍重视教育，至以"不学为辱"，可见重文风气之盛；和平安定的环境、富裕的经济生活则使百姓有余财余闲来关心教育，重视对子弟培养。

宋代，在鄱阳湖流域大办学校，晏殊是其中的一个关键人物。在《宋史·晏殊传》中，曾经这样指出过："自五代以来，天下学校废，兴学自殊始"。仁宗天圣年间，晏殊任应天知府时，即延请范仲淹"以教生徒"。后来升任宰相，更是全面关心全国各地的人才培养。

进入宋朝以来，大兴学校的举措就是从宋仁宗皇帝一朝开始的。庆历初期，朝廷号召"天下皆立学"，全国各地的州、县都普遍建立了官学。从鄱阳湖流域来说，素来富饶的洪州、吉州、抚州、饶州等地的教育基础比较好，学校也办得比较多，而其他较为偏远的州县，同时也在积极响应，大力兴办起自己的学校来。在全宋时期，整个鄱阳湖流域的州学、县学校，总计是办了八十一所，而其中就有五十六所是在庆历以后开办的。宋代的文人学士大都喜欢写州县的"学记"，而关于鄱阳湖流域的学记尤其多，例如李觏《袁州州学记》、王安石《虔州学记》、曾巩《宜黄县学记》《筠州学记》《墨池记》、苏轼《南安军学记》、吴孝宗《余干县学记》、文天祥《兴国县安湖书院记》等等，都反映了当时官府对教育的重视和办学的盛况。

除各州、县的官学外，朝廷还兴起了大办书院的风气。南宋时期，鄱阳湖流域的各类书院便多达一百四十九所，当时，泛鄱阳湖上的著名书院就有鹅湖书院、豫章书院、白鹿洞书院、白鹭洲书院等四座书院，其中的白鹿洞书院，在那时候，便是排在天下四大书院之首的。其时，朱熹主持白鹿洞书院事，他曾经邀请许多名儒：陆九渊、刘清子、林择之等人来此讲学，使书院成为了理学宗源，独盛于天下其他的书院。

在相当长的一段时间里，白鹿洞书院"学者云集，讲学之盛，他郡无比"。一时间，引发了鄱阳湖流域的人们兴起了狂热的读书求学之风。大凡家庭者，"为父兄者以其子与弟不文为咎，为母妻者以其子与夫不学为辱"，家长们普遍希望自家子弟读书成才，家庭教育也抓得比较紧。而中原士族的大量南移，也同时给鄱阳湖区的人们带来了重视族人子弟教育而人才辈出。

安土重迁，是鄱阳湖流域上人们的一贯作风，因此，便在整个湖区营造出了一种淳美朴厚的良好风气与日常的生活习俗。

反观鄱阳湖流域的文艺大家，我们不难发现，这里的文艺大家的先辈，大多是从外地辗转迁移来到鄱阳湖上的。例如晏殊的先祖迁徙不常，先是落籍高安，再是移居临川。而欧阳修先祖是越人经由潭州迁庐陵。王安石的先祖则是太原人，曾巩先祖是山东人，黄庭坚的先祖是由婺州，也就是今天的浙江金华迁来的，文天祥的先祖是成都人。他们的这些家族是有着家学渊源的，迁来鄱阳湖上以后，依然十分重视对子弟的培养教育。黄庭坚的先人定居分宁后，便着手筑馆以教家人子弟，"两馆游学士常溢百人，故黄氏诸子多以文学知名，称江南望族"。文天祥出身庶族地主家庭，家境并不宽裕，但父母教育子女不惜费费，"名师端友，招聘仍年"，"久之室馨"，其父便亲执教鞭，言传身授，无时或懈图，终使文天祥科举占魁。再如饶州洪氏、临川王氏、南丰曾氏，都因重视族人子弟教育而人才辈出。

宋代时期的学校与书院并立的双轨制教育，在社会、家庭的齐抓共管下，整个鄱阳湖流域一时间人才不断涌现，盛况空前，仅在两宋期间担任正副相职的人就有二十多个人，光在《宋史》上有传的鄱阳湖人就多达二百二十余名，其中进士就占到了六成以上，因而，鄱阳湖上的大批文艺家就从这些有科名和无科名的人、这些官吏和布衣中显现出来了。

由此可见，宋代造成鄱阳湖流域文艺创作高度繁盛的原因就是与本土教育事业的兴旺发展有着极大的内在联系，而当时的地域经济实力的强弱与否，则是整个鄱阳湖流域文化教育发展好坏的基础和前提。

在开展鄱阳湖地域文学研究的过程中，如何去开展鄱阳湖文学价值研究？我们应该从以下三个方面来着手并逐渐地深入进去。

首先，是要研究在地域自然环境下的文学艺术家们的双向多边互动关系。因为大家成长时期所处的自然地理环境，会对人的记忆及世界观的形成以及语言的表达方式等方面产生隐性的或显性的影响。同时，文艺家也可能会对某一种特定的生态自然环境产生出或大或小的不同影响。

其次是研究地理自然环境与文学作品之间的互相影响关系。这里就包括研究地理自然环境对作品本身的题材、体裁、形象、意境等多方面的影响以及作品对自然空间的拓展、想象、建构等等。

最后是研究自然的地理环境与读者之间的内在关系。包括研究自然地理环境对读者期待的视野角度、阅读心理、阅读习惯、心灵感受等方面的影响，也要研究读者对地理环境的接受、建构与异化的认知。通过对以上这三个方面的探索研究，并非仅仅只是为了揭示某种地域的文学现象，其终极的目标是为了揭示地域文化背景下的文化生成语境与它的生成模式。站在文学的地理学角度来看，鄱阳湖其独特的地理自然环境，对江右文化、江右文学有着不可替代的重要性，因而研究鄱阳湖文学无疑是对揭示江西文化与江西文学的内涵，有着极为重要的历史意义的。

我们今天开展鄱阳湖文学研究，就是为了承前启后，大力弘扬鄱阳湖文学这面地域文学旗帜，因此，在今后的日子里就要求我们一定要根据丰富的文学史料去开展地域文化及地域文学的比较学研究；开展古今之间的文学艺术的比较学研究；开展鄱阳湖地域的自然环境学及其人文环境学的研究；开展文化传统与文学艺术上出人才、出成果的关系研究；开展文学艺术方面的管理学、文学艺术方面的人才学研究。开展总结在过去的社会条件下，如何造就人才辈出的历史经验来作为引领鄱阳湖地域文化工作、繁荣鄱阳湖地域文学，鄱阳湖流域文学艺术创作各方面有效借鉴的研究。

当下，我们在鄱阳湖文学研究这方面的工作上才只是刚刚在起步。如何采用客观的态度来审视历代鄱阳湖流域的文艺家们，譬如像陶渊明、欧阳修、王安石、黄庭坚、文天祥、汤显祖、八大山人等人一样，他们从这块土地上的大大小小的溪涧中、山沟里，弯弯曲曲的河道中、湖岔里，走出来，又走出去，直到走向全国，走向世界，赢得了广泛的国际声誉。前辈们的榜样力量给了我们以应有的鼓舞，但前辈的业绩不等于给我们签署了走向了通往未来的通行证。我们固然可以利用前人的路基，但必须拓展新的道路，开辟新的艺术天地，我们需要有新的开创者大军，发扬前辈创建的文化传统和革命传统，高速度地进入全国文学艺术事业的前沿，并力争有更多的文艺家们走向外面更广大的世界。

综合以上的所述，这就是我们今天应该积极开展鄱阳湖地域文学研究的价值所在，是值得我们用余生去完成的一项有关鄱阳湖地域性的文学研究事业。

创作夜话

眺望鄱阳湖

窗外连日的雨正在淅淅沥沥地下个不停，阴冷潮湿的风吹在人们的身上，依然让人感到了阵阵袭人的寒意。我想，这时候的鄱阳湖边也应该是没有什么人会去那里闲逛的，此时去眺望鄱阳湖这不正好遂了我的心意？没人打扰，没有聒噪，就让我一个人在那里与鄱阳湖相守，静静地跟它来一番对话？这不是很好吗？因为在这样的一个时刻，鄱阳湖应该是属于我一个人的。

我迎着料峭的春风，转动手中的黑布伞，用力地割裂开身前密密麻麻的雨帘，艰难地来到了鄱阳湖边，一任细密的雨点扑打在我冰冷的脸上，任料峭的春风狂野地撕裂我的衣襟，径直地往我的胸口里面钻，全然不顾的双足稳稳踏在了湖边的红壤高坎上，我的眼前不由浮现出了几个不同的鄱阳湖，正在大踏步地朝我身前走来……

向东眺望，雾雨中的鄱阳山影影绰绰游离在苍茫的雾雨中，给人一种如梦似幻的感觉。初春的鄱阳湖，依然是那样地清奇骨瘦，像一位英气俊朗的男子，在朝我快步走来，身后留下了一路弥漫天际的烟尘。我知道在他的身后走来的应该还有余干、余江、万年、鄱阳等人……

蜿蜒纵横，大大小小的河道似一条条经络般，九曲回肠地爬满了他的全身，仿佛自天的尽头而来，又向着远处的天际而去，缓缓流动的湖水便如一条条纯白的腰巾，缠满了他的腰际，迎着风儿在飞舞飘扬。远处的湖州上，早已呈现出来了一派萌动的生机，一大片一大片朦胧的翠绿颜色，以及翠绿颜色上面氤氲飘浮着的，隐隐约约的嫩黄，伴着洲头上的那几羽鹭鸶、江四两、以及数量不等的各色各样的鸟们，它们分散在洲头上沐雨而立，迎风而舞；与湖相拥，抱湖而眠；

与湖共饮，偕湖同醉；与湖酣歌，携湖诵吟。好一派自然祥和与宁静安然的迷人气象。

咪来哆来咪来咪，嗦啦嗦米来，来嗦嗦米来哆来咪嗦，来米来哆啦哆西啦嗦……这是来自那云天深处的故乡，坐落在鄱阳湖东岸的，我老家芗溪传唱了几百年的当家曲牌《小桃红》的美妙乐音。当曲调如脚下潺潺溪水般地流进我心里的时候，我止不住内心的激动，眼里的泪水便有如打开了闸门似的直往下淌，不一会儿就湿透了我的衣襟……

转而向南望去，连绵横亘在鄱阳湖中的松门山，就仿如一条僵死在水中的巨大蜈蚣，肚皮朝天地漂浮在西去的湖面上，裸露出遍体的苍黄凄冷，写意着世态的辛艰，给人们留下了无限的猜疑与无边的美丽幻想。

我知道，翻过松门山就是鄱阳湖的南湖了，南湖的湖床上依旧静静地躺卧下去了已然远走的古艾之地，汉代的海昏，宋时的建昌，岸然站立起来了昨天曾经号称"一镇六坊八码头九垅十八巷"的吴城，今天"泮临修水，永受其利"的新兴之地——永修。眼光掠过前面熙攘的街市，我看到了"白云留恋不肯去，云蒸霞蔚居此山"的清修雅处——云居山，我仿佛还看到了山上的真如寺，真如寺前的道场上空，那里有一朵刚刚居停下来的，曾经一度在天上漂泊着的洁白的云朵……

极目而远望，我知道紧跟在永修后面出场的便是那龙光射牛斗之墟，徐孺下陈蕃之榻，名满天下的古城豫章，豫章城里不仅有万寿宫，而且万寿宫里还住着许逊许真君，许真君的脚下便是那口锁困孽龙，救黎民百姓于水火的"锁龙井"。离"龙井"不远的地方，徐孺子静静地躺在那里默然地注视着眼前的白云苍狗，人世沧桑的百般变化，人们时不时地见谒者李朝带上他的《黎阳九歌》来孺子亭与徐稗坐而论文，把酒谈欢……

纵观徐孺子的一生，秉节持重的他是多么孤寂与清冷地度过了那些艰难苦涩的岁月，但他与陈蕃素手相携的情谊却不料被一把不会说话，悬吊在空中的孤独的椅子给传唱了几千年，这恐怕是至今都未曾想到的一件美事吧？

赣水苍茫成一色，彭蠡无波玉镜开。莫道身前身后事，留得樽前月下吟。你们继续在那里敞开了畅聊吧，我尊敬的，鄱阳湖上的徐先师，黎大人呢……

思绪至此，我仿佛看见了一位身穿湖蓝色粗布衣裤，头上顶着一方雪白头帕的男子，肩头斜挎着一副背囊，手里拿着书卷，眼神充满睿智的精瘦汉子在向我大踏步地走来……

透过公元 421 年，也就是南朝的永初二年那场大地陷之后留下来的，古老彭蠡湖东岸的巨大豁口，我依稀看到了电闪雷鸣中的山川大地在颤抖，汹涌奔腾的的彭蠡湖水在咆哮，在怒吼，它们犹如出柙的猛虎张牙舞爪，凶相毕露，见人就咬；它们犹如被激怒的狂狮，张开血盆大口，嚼碎了千百万人的美梦，让无数的生灵涂炭。一座好端端的鄡阳城，就那样在瞬间被无情的洪水给吞噬了，沉睡在了鄱阳湖底；还有一座稻香鱼肥的海昏县也紧随其后被深深掩埋在了浩瀚无垠的碧波之下。由此，我们不难想见，大自然发起怒来的威力到底有多大？这是人们永远也无法去计算得出来的。顺着鄱阳湖水流的方向，我找到了遥远历史深处的敷浅原上的历陵县，自九天陨落而下，掉落在鄱阳湖中，玲珑剔透的星子城，门前挖有一口硕大爱莲池的南康军，还有那九派汇聚，龙争虎斗的望郡柴桑，以及望郡之侧高耸入云霄，难以让人识得其真面目的匡庐奇秀。

我拢聚眼神，想着一定要穿透那匡庐之巅，流淌不绝的瀑布云去寻觅匡俗的踪影，看看他隐居的茅庐还在不；我要去金轮峰下的归宗寺瞻仰王羲之"金轮开山，返祖归宗"的大手笔，临摹右军当年在墨池留下的笔墨真迹，听他畅聊何以为书，何以为法的书法真谛，听他诠释书法与做人之间的美妙人生哲理。记得宋时的苏辙游罢归宗寺后，曾经是这样感叹的，"来听归宗早晚钟，疲劳懒上紫霄峰；墨池漫垒溪中石，白塔微分岭上松。佛宇争雄一川甲，僧徒坐待十方供。欲游山北东西寺，岩谷相连更几重？"

岩谷相连更几重？多么深长而又无可奈何的感喟。难怪他的哥哥苏轼在来了庐山之后，也只能发出"不识庐山真面目，只缘身在此山中"的千古一叹，一直叹到了千年之外的今天！

我遥遥相望，似乎看到了那匡庐深处的涧谷中开满了一树树红艳艳的桃花，迷人的桃林中走来了一位名唤陶元亮的后生，背上斜挎着一把棕黄色的油布雨伞，脚踏一双穿云底的高帮芒鞋，风度翩翩地微笑着向我走来。这人，便是后来与我相隔不过数十千米，居住在武山一脉的天山峰下，彭泽县衙中那亲仁善邻的乡党——陶彭泽。

我似乎记得陶彭泽在离开了彭泽之后，就有意识地给自己改了个名字叫作潜。随之，他就在芸芸众生交织的奔腾河流中，毅然决然地"潜水"了……

我陆陆续续地看到周子来了又去了，朱子来了又去了，还有许许多多的人杰走马灯似的在鄱阳湖上来来去去，尽管时间很短，但是他们为人为学、秉文精武的精神，却永远地留在了鄱阳湖流域这块厚实的红壤沃土之上。

他们这些人来人往的身影，慢慢地聚拢在一起，幻化成了我眼前的一位雍容华美，面目清秀，满腹经纶，慈眉善目的中年学者，正在迈开脚下那稳健的步伐，神态庄严地朝我走来……

看看脚下的红壤沃土，看看身前骨骼清奇，面容清冷、枯戚的鄱阳湖，看着前面远处裸露的荒滩、沙洲，千疮百孔的渔港，一股莫名的哀伤自心底爬了上来，让我由旧山的吴猛，想到了南门外清隐禅院的惟惺，又由左蠡城山的檀道济，想到了唐初的李大亮，由王市想到了都村，同时，我还想到了很多很多的事情……

因为我知道，这近几十年来的鄱阳湖，已经在不知不觉中发生了翻天覆地的巨变，现当代的传统捕捞业向现代化捕捞业的巨大转变，有些人盲目地在湖区挖沙与四处淘金船的侵害，使得鄱阳湖受到伤害。静静地伫立在鄱阳湖边，我似乎听到了它低低的哭声。

前几日，当我听闻江西省已作出自 2021 年 1 月 1 日起，全面禁止对鄱阳湖区内的天然渔业资源进行生产性捕捞，而禁捕期竟然是为期长达十年的禁渔令的这一利好消息时，我真的是欣喜若狂了，因为我有时候，竟然在无人的时候为自己的杞人忧天而自嘲，这样看来，我的那种感觉倒是没错的了……

湖面上的风，吹在身上似乎已变小了很多，风中的雨，好像也不再有之前那般的狂放，打在身上已然轻柔了许多。此刻的我，心神竟仿如与鄱阳湖紧密地融合在了一起，让我听到了它深处的心跳，听懂了它呢喃的心语，这一刻，我觉得自己值了。因为，在这一刻眺望鄱阳湖，它是属于我一个人的，属于我一个人的鄱阳湖。

文学的寻找

人们常说，文学是一个人的事业。经常要"枯坐陋室，孤钓史海"，看来这话是一点儿也不带假的！

特别是当一个人能够潜下心来去从事自己喜欢的文学创作及其文学研究工作的时候，开始自己的文学寻找，这对于他来说，所面对的就是一桩桩一件件既枯燥又乏味的总也做不完的工作，并且还需要其耐得住寂寞、吞得下孤独、经得住凄冷、守得住本心，有着"板凳坐得十年冷，管他风刀与剑霜"的坚定信念和顽强意志。

曾经的鄱阳湖上，就有这样的两位诗人，他们各自分别隐居在鄱阳湖西岸庐山脚下的溪涧中，北岸矶山群峰中的石壁之下，分别成就了属于他们自己的文学："中国田园诗派"与"中国山水诗风"。

这两位伟大的诗人就是几乎处在同一时期里的东晋诗人，传奇式文学大家陶渊明与谢灵运两位老先生。

陶渊明与谢灵运两人所处的时代，正是玄学成为思想界主流思潮的年代。自魏晋以来，社会上的动荡不安，使得士大夫们借故托意玄虚，以求全身远祸，自求多福。到了西晋后期，这种风气便逐步影响到了诗歌创作，玄言诗便一路飘红，成为了那一时期里的主流诗潮。尤其是在东晋时期，由于佛教的盛行，使得玄学与佛教逐步结合，许多诗人都用诗歌的形式来表达自己对玄理的感知与领悟。故此，那一时期里的玄学它并不仅仅只是作为一种智慧思想而风行于世，而其实它已经广泛深刻地影响了到那一时期里社会生活的方方面面。尤为值得人们注意的是，玄言诗在那一时期里乘势而上、顺势而为，成为了那个时代的主流诗派，主导了其时的诗歌创作潮流。

而陶渊明与谢灵运则是那一时期里诗人中的另类诗人。就在大家熙熙攘攘，你来我往的热衷于玄言诗歌创作的时髦大潮中，他们俩则静静地退居世外，藏身在田园山水之中，置身玄言诗的包围之外。

仕途不畅，官运不亨，死要面子活受罪的陶渊明，终于趁着朦胧的夜色逃离了天山脚下的彭泽县衙，行船摇过了鄱阳湖，弃舟登岸，缓慢走进了幕埠山的深处，迷失在匡庐的溪涧之中将身掩藏了起来，采菊东篱下，悠然见南山了。他自觉以"田园乐享"为自己的诗歌创作主旨，倾情地在牧野清风中尽享田园人家的闲适情趣，随手将眼前的田园美景、村居风光，大把地纳入到自己的诗歌创作当中："种豆南山下，草盛豆苗稀。晨兴理荒秽，带月荷锄归……衣沾不足惜，但使愿无违。"创造性地刮起了一股清新雅致的田园诗风，开创了只属于他自己一个人的文学："田园诗派"。

乌衣巷里的走出来的谢灵运，则驾起了一叶扁舟离开了永嘉府衙，一路溯长江而上进入鄱阳湖口，来到了鄱阳湖上都昌县的矶山群峰之中的西山石壁之下，筑起了一座由茅庐青石搭建而成的"精舍"隐居了下来，每日在翻经台上注释经书，穿行在"后河"之上，徜徉在山水之间。当他在无意识的状态之中，偶见眼前的山水盛景蓦然闯入眼帘的时候，他的心下不由得大震起来，往日，早已被玄言诗所累的心境一下子得到了恣意的放逐，他高举起双手张开怀抱尽力地将面前灵动的山水拥入怀中，嵌入在他的诗歌当中："客游倦水宿，风潮难具论。洲岛骤回合，圻岸屡崩奔……攀崖照石镜，牵叶入松门……"破天荒地将自然的山水美景有机地嵌入到了他的诗歌创作当中，给自己来了一个华丽的转身，逃脱了玄言诗风的羁绊，自由地吹起了一股只属于他自己的山水诗清风，同陶渊明一样，创造了属于他自己的文学寻找。

其实，对于"田园诗歌"与"山水诗歌"这两种诗歌风格的极力推崇与推广，是在陶渊明与谢灵运这两位另类诗人先后逝去了400多年之后，才由唐代的诗学界强加在他们头上的荣誉桂冠，这是一个不争的事实。

由于我是一个出生在鄱阳湖东北岸的渔村——芗溪，地地道道喝着鄱阳湖水、浸在鄱阳湖水里长大的鄱阳湖人的儿子，打儿时记事起，不是在水里撒网，就是在湖里打鱼；今天是在岸滩边放牧，明天便去了洲头上打草。蹚水、划船、撑篙、摇橹、舀断窝、摸绳头，跑银鱼、捕毛发鱼，水上的生计我几乎全都干过。一直以来，我也从来没有离开过鄱阳湖的怀抱，也并未长时间地远离过它，因此，在一般意义上来说，对于鄱阳湖的物理印象认识，我可以毫不夸张地说，应该是熟悉得不能再熟悉了，通透得不能再通透了。故而，我总是在别人提起鄱阳湖时，毫不脸红地对别人说，我对鄱阳湖的眷恋情感是与生俱来的，是浓得密不可分的。

但是，在我的内心里也清楚地知道，自己对于"鄱阳湖"的真正认识，应该还仅仅只是停留在了浅层次的地理意义的认知之上，在文化及其文学的意义上来说，的确是谈不上对它能有多少的真正了解的。

直到2008年夏天，我误打误撞地闯进了鄱阳湖文学研究会的大门之后，才知道先前的自己，对鄱阳湖的认识与认知竟然是有多么的浅陋和可笑了。

也正是自那时候起，便让我有了与鄱阳湖文学直面交流的机会，为我重新认识面前的鄱阳湖及其鄱阳湖地域文化与地域文学提供了便利的了解渠道，创造了有利的挖掘条件和适时的认知机遇。

就在我于08年夏季，鄱阳湖文学研究会第一次换届会上开始担任副会长的当下，接手的第一个任务就是负责执行主编一个小四开版的会刊《鄱阳湖》文学报的出版发行工作。之后的日子里，随着我对会刊编辑工作的深入了解以及对鄱阳湖文学研究工作的全面认识得到提高之后，个人认为，鄱阳湖文学的研究工作绝不是仅仅凭着一张小四开的民间小报全面推动得了的，因为《鄱阳湖》这个文学报的体量太小了。尽管在此之前，鄱阳湖文学研究会老一辈的同仁们，为鄱阳湖文学的研究事业付出了大量的心血和汗水，并在这一领域里取得了一定的研究成果，也曾经在当地政府有关部门的主导下，分别在都昌、鄱阳、新建、南昌等地举办过几届大型的"鄱阳湖文学论坛"，积极开展过有关"鄱阳湖文学"的研讨活动，但可惜的是活动过后的鄱阳湖文学研究会，并未能就一个阶段性的研究工作推出相应及相关的研究成果。

就这样，随着时间的推移与人事的更替，鄱阳湖文学研究这项工作便在不知不觉中，似乎被人们给忽视和淡忘了，也差点被人们给遗忘了。

面对当下的困惑与困境，也为了重新焕发和振兴鄱阳湖文学研究事业的风气，鼓舞同仁们的士气，坚定大家投身鄱阳湖文学研究事业的信念，同时，也是为了让大家能够更好地将鄱阳湖文学研究事业推到更高的一个层面上去，我在经过深度的思考与谨慎的考量之后，毅然决然地开始了在鄱阳湖文学研究事业上的探寻之路。

我先是于2009年在网络中发起了一次规模空前的"鄱阳湖文学散文大赛"

活动，这次活动前后历时两年，一共收到参赛散文作品 30000 余篇，一共评选出获奖作品仅 98 篇。活动结束之后，我们便将获奖作品结集，编辑成《鄱阳湖文学（散文）作品选》获奖文集，然后经由中国戏剧出版社出版后上架发行，使得鄱阳湖文学散文大赛的影响力大大超出了我们的预期，与此同时，也大大地提振了参与从事鄱阳湖文学研究事业的同行们的信心，增添了干劲。

通过两年来编辑出版发行鄱阳湖文学研究会会刊《鄱阳湖》文学报的劳动实践，在这个过程中让我们深深地体悟到一个满打满算只能容纳下 20000 字内容的文学小报，它自身有限的容量极大地束缚了她的发展，绑住了它的手脚，制约了它前进的脚步，这样子的一个文学交流平台实在是太小了，小得容不下外面的文朋诗友们来登台唱戏。想明白了这些道理以后，我们便想到了给会刊扩容的问题，把这个问题提到了议事日程之上。

2010 年 2 月，我们围绕鄱阳湖文学研究工作，办好会刊《鄱阳湖》文学报，大胆提出了"用感性认识鄱阳湖，用理性认知鄱阳湖，构建文化交流平台，做好生态湖都文章"的工作方针，决定在小四开版《鄱阳湖》文学会刊报的基础之上升级会刊，创办一份大型的纯文学交流平台《鄱阳湖文学》，以此来吸引文学艺术界的目光。有了想法就行动，但以何种形式来落实办刊的想法倒真的令人一时手足无措，不知如何是好。面对资金的缺乏，我冥思苦想了几天几夜也没能理出个头绪来。

三月的一天，当我坐在办公室里的电脑前悠然地更新博客的时候，我的脑海里突然冒出了一个闪念，做《鄱阳湖文学》的电子刊。于是，当即注册上线了电子版的《鄱阳湖文学》季刊，并配发了《三月，飞翔希望》的发刊词。我记得在发刊词中说过：让世界知道鄱阳湖，让世人认识鄱阳湖，了解鄱阳湖，让我们更加热爱鄱阳湖，呵护母亲湖。鄱阳湖不是你的我的他的，它是属于整个世界的。让我们的理想和希望在三月的春风里载着《鄱阳湖文学》启航、飞翔。这是一群有志于鄱阳湖儿女的共同心愿！

为了配合《鄱阳湖文学》电子版的编辑发行，我们依托《鄱阳湖文学》电子杂志，于 2010 年底在网络上发起了"中国首届鄱阳湖文学陶渊明杯散文大赛"，随着赛事的逐步深入，《鄱阳湖文学》的影响力与日俱增，使得它在文学艺术界拥有了一定的知名度和较好的社会公信力，为建构鄱阳湖地域文学平台打下了良好的基础，为进一步推介鄱阳湖地域文学找到了一条崭新的通道。

2011 年夏季,《鄱阳湖文学》季刊电子版终于来了一个华丽的转身,在社会各界的关心及支持下,成功转型为实体版的平面媒体杂志了,这为我们以后的工作注入了源源不断的前进动力。

就在我们准备甩开膀子大干一场的时候,有关"鄱阳湖文学"的积极与不积极的,正面的及负面的各种舆论炒作,一时之间甚嚣尘上,突然在我们的周围炸响起来了:什么是鄱阳湖文学?什么鄱阳湖地域文化及地域文学?鄱阳湖的历史意义在哪里?鄱阳湖与文学有什么样的联系?等等的诘问满天飞,诘难四处立……

面对此情此景,我冷静地坐了下来对来自外部的议论加以认真、客观、理性地分析,觉得外部的那些诘问中有许多闪光的地方值得我去加以探索和挖掘,应该是我们在办刊过程中下一阶段工作的研究方向。我在内心里暗暗下定决心,将压力转化为带动自己前行的动力,一定要在不远的将来,将那些问题的答案摆到人们的面前,接受他们的检查与审验。

接下来的十几年里,我便一一找准那些我个人认为是"闪光点"的设问作为开展鄱阳湖地域文化及地域文学的切入口,尝试着从历史的人文深处走进去,对鄱阳湖地域文化及其地域文学展开系统的探索与研究。

首先,我从鄱阳湖的"身体"上着眼,站在地理意义上的角度来解读我眼中的鄱阳湖,将《我认识的鄱阳湖》形象地和盘托出,端在了广大读者的面前,以期通过《我认识的鄱阳湖》传递给大家一个完整的地理鄱阳湖印象。

其次,我积极地从文化方面着手,以鄱阳湖的五河六水为基本着力点,通过对鄱阳流域的总体认知来向外部世界细致介绍鄱阳湖流域与江右文化之间千丝万缕的联系,以期通过《鄱阳湖上六道水》等有关水文字的叙述,传递给大家一个完整的鄱阳湖流域概念。

其三,我逆时空而上,从鄱阳湖的历史深处开始寻寻觅觅,一路从新石器时代的"乌山"遗址,走过万年的"仙人洞",来到了新干"大洋洲"上,穿过"四梦文化"的走廊,来到了"铜岭矿冶"的遗址之上,眺望昌南古镇的繁华,怀揣"白如玉、薄如纸、明如镜、声如磬"的瓷器,一路摇摇摆摆地从鄱阳湖上的水云天中走了出来,期望通过我这一路的游历给读者呈现出一幅真实的鄱阳湖历史画卷。

其四,我潜心走进唐诗宋词里去,在浩如烟海的诗山词海里尽情地遨游,一手牵着韦庄，一手拉着释贯休，身边跟着徐铉、杨万里等人，身后跟着年轻的鄱阳湖，脚下踩着古彭蠡的黄泥土路，亦步亦趋、一步一步地从唐诗宋词筑成的隧道里钻了出来，一边吟哦、一边咏叹，期望通过诗家们的慨然吟诵，传递给人们一个文学鄱阳湖的粗浅印象。

其五，我跟随理学家们的脚步，开始了在鄱阳湖区的艰难觅踪旅程。从幕埠群峰中的古艾分宁到"大江东去几千里，庾岭南来第一州"的中国理学孕育和发源地的大余，再到广信府铅山县鹅湖山麓的"鹅湖书院"、南康军星子镇匡庐山下的"白鹿洞书院"，鄱阳湖流域不愧是理学的成长地，更是名副其实的布道场。

其六，我以自然地理环境下的眼光来看待我们眼前的鄱阳湖及其鄱阳湖人，从他们由水里到岸上，再由岸上返回到水里的生活变迁来看待今天的鄱阳湖流域的人文变化，我们不难想见，从过去的几十年里鄱阳湖所经历的"肢体革命""动力革命"等等的几次重大变革来看，以期通过它们传递给人们一个鲜活的鄱阳湖形象。

其七，我尝试着以回望过去的背影为主线，通过对鄱阳湖上几个不同文学时期的细致阐述，向人们呈现一个不同于传统意义上的文学的鄱阳湖，有别于其他地方的鄱阳湖地域文化及其地域文学。通过秦汉时期的诗歌及小说与传记文学的创作，到"西江词派""江西诗派""江西画派"等的细致梳理，传递给人们一个完整的鄱阳湖地域文化及其地域文学的形象，期望借此建构起一座闳美的"鄱阳湖文学"大厦。

总之，作为一个鄱阳湖人，一个母亲湖的儿子，我一直坚信鄱阳湖就是我天然的文学原乡，是我开展文学创作的力量源泉之所在。我不管别人在怎么样看我和议论我，我会抛开一切的世俗，摒弃任何的牵绊，拒绝一切不必要的干扰，远离繁华与浮躁，潜心沉寂下来，坚持开展鄱阳湖地域文学研究的方向不会变；坚持挖掘鄱阳湖地域文学的信念不会变；坚持鄱阳湖地域文学研究的意志不会变。

以上的种种，便是我在这过去的十几年里孜孜以求的追求和目标，是我心灵深处的灵魂归属。故而，我觉得从走在鄱阳湖地域文学研究的这条路上来说，并不仅仅只有鄱阳湖它是属于我一个人的，而一路伴我走来的"鄱阳湖文学"，她亦是我一个人的。

这，便是我一个人的文学寻找之所系，一个人的文学寻找之所在！